Fantasy

Herausgegeben von Wolfgang Jeschke

Von Tim Powers erschienen in der Reihe
HEYNE SCIENCE FICTION & FANTASY:

Die Tore zu Anubis Reich · 06/4473
Zu Tisch in Deviants Palast · 06/4582
In fremderen Gezeiten · 06/4632

TIM POWERS

IN FREMDEREN GEZEITEN

Roman

Deutsche Erstausgabe

Fantasy

WILHELM HEYNE VERLAG
MÜNCHEN

HEYNE SCIENCE FICTION & FANTASY
Band 06/4632

Titel der amerikanischen Originalausgabe
ON STRANGER TIDES
Deutsche Übersetzung von Walter Brumm
Das Umschlagbild schuf Dieter Rottermund

Redaktion: Wolfgang Jeschke

Printed in Germany 1989
Umschlaggestaltung: Atelier Ingrid Schütz, München
Satz: Schaber, Wels
Druck und Bindung: Elsnerdruck, Berlin

ISBN 3-453-03894-0

Inhalt

... Und ankerlose Seelen mögen treiben
In fremderer Gezeiten Sog als jenen,
Die von der Menschen Sinne sind erkannt,
Und untergehn in der Gewalt von Winden,
Die nicht einmal ein Haar bewegen würden ...

William Ashbless

Weit offen steht des Neuvermählten Tür,
Die Gäste sind begrüßt, das Mahl bereitet;
Als der Verwandten nächster bin ich hier,
Weit dringt hinaus das fröhliche Gelärm.

Er faßt ihn an mit seiner dürren Hand,
»Es war einmal ein Schiff«, beginnt er drauf ...

Samuel Taylor Coleridge

Prolog

Obwohl die Abendbrise ihm unterwegs den Rücken gekühlt hatte, hatte sie noch nicht ihr nächtliches Werk begonnen, die vom Tag zurückgelassene feuchtwarme Luft zwischen den Palmen, Sträuchern und Schlingpflanzen der Insel hinauszukehren, und Benjamin Hurwoods Gesicht glänzte vor Schweiß, ehe der Schwarze ihn ein Dutzend Schritte in den Dschungel geführt hatte. Hurwood hob die Machete, die er in seiner Linken — und einzigen — Hand hielt, und spähte beklommen in die Dunkelheit, die sich hinter der fackelbeschienenen Vegetation ringsum und über ihnen heranzudrängen schien, denn die Geschichten über Kannibalen und Riesenschlangen, die er gehört hatte, kamen ihm in dieser Umgebung durchaus einleuchtend vor, und trotz jüngster Erfahrungen war es schwierig, seine Sicherheit allein der Sammlung aus Stoffbeutelchen, Haaren vom Ochsenschwanz und kleinen Schnitzfiguren anzuvertrauen, die vom Gürtel des anderen Mannes hingen. In diesem ursprünglichen Regenwald nützte es wenig, wenn er sich diese Amulette und Fetische als *gardes, arrets* oder *drogues* vorstellte, oder wenn er in seinem Gefährten einen *bocor* sah, anstatt einen Schamanen oder Medizinmann.

Der Schwarze gestikulierte mit der Fackel und blickte zu ihm zurück. »Jetzt nach links«, sagte er in sorgfältig betontem Englisch, dann fügte er im denaturierten Französisch eines der Dialekte Haitis hinzu: »Und geben Sie acht, wohin Sie treten — kleine Wasserläufe haben den Weg an vielen Stellen unterspült.«

»Dann gehen Sie langsamer, guter Mann, damit ich sehen kann, wohin Sie Ihre Füße setzen«, erwiderte Hurwood in seinem fließenden Lehrbuch-Französisch. Er fragte sich freilich, wie schwer sein bis dahin vollkommener Akzent während des letzten Monats unter dem Ausgesetztsein so vieler sonderbarer Abwandlungen der Sprache gelitten haben mochte.

Der Pfad wurde steiler, und bald mußte er die Machete in die Scheide stecken, um die Hand frei zu haben, daß er sich an Ästen und Zweigen weiterziehen konnte, und eine Zeitlang pochte sein Herz so beängstigend, daß er dachte, es müsse bersten, trotz der schützenden *drogue*, die der Schwarze ihm gegeben hatte — dann waren sie über die Ebene des umgebenden Dschungels hinausgelangt, und der Seewind machte sich bemerkbar, und er rief seinem Gefährten zu, daß er stehenbleiben solle, damit er in der frischen Luft verschnaufen und sich seiner Kühle in dem durchnäßten weißen Haar und dem durchgeschwitzten Hemd erfreuen könne. Der Wind raschelte in den Palmzweigen unter ihnen, und durch eine Lücke im weniger dichten Bewuchs konnte er Wasser sehen — einen vom Mondschein gesprenkelten Ausschnitt des Meeresarmes, über den sie an diesem Nachmittag, von der Insel New Providence kommend, gesegelt waren. Er erinnerte sich, von See her den Höhenzug bemerkt zu haben, auf dem sie nun standen; und während er sich bemüht hatte, das Segel zur Zufriedenheit seines ungeduldigen Führers hart am Wind zu halten, hatte er sich seine Gedanken darüber gemacht.

Auf den Karten hieß die Insel Andros, aber die Leute, mit denen er in letzter Zeit Umgang gehabt hatte, nannten sie allgemein Isle de Loas Bossals, was, wie er erfahren hatte, Insel der ungezähmten (oder, vielleicht zutreffender, bösen) Geister (oder, wie es manchmal schien, Götter) hieß. Er selbst sah sie als das Gestade der Persephone, wo er endlich wenigstens ein Fenster zum Haus des Hades zu finden hoffte.

Er hörte ein Gurgeln neben sich und wandte rechtzeitig den Kopf, um zu sehen, wie sein Führer eine der Flaschen wieder verkorkte. Die frische Luft trug ihm den scharfen Geruch vom Rum zu. »Verdammt«, knurrte er, »der ist für die Geister.«

Der *bocor* zuckte die Achseln. »Zu viel mitgebracht«, erklärte er. »Wenn wir zu viel bringen, kommen zu viele.«

Der Einarmige antwortete zwar nicht, verspürte jedoch wieder einmal den Wunsch, daß er genug — und nicht bloß annähernd genug — wüßte, um dies allein zu tun.

»Bald da jetzt«, sagte der *bocor*, steckte die Flasche zurück in den Lederbeutel, der ihm von der Schulter hing, und sie setzten ihre Wanderung auf dem festgetretenen Pfad aus feuchter Erde fort. Obwohl das Auge keinen Unterschied registrierte, spürte Hurwood, daß etwas anders war — Aufmerksamkeit wurde ihnen gezollt.

Auch der Schwarze fühlte es und grinste über die Schulter zurück, wobei er Zahnfleisch entblößte, das beinahe so weiß war wie seine Zähne. »Sie riechen den Rum«, sagte er.

»Sind Sie sicher, daß es nicht bloß diese armen Indianer sind?«

Der Mann vor ihm antwortete, ohne sich umzusehen: »Sie schlafen noch. Was Sie fühlen, sind die *loas*, die uns beobachten.«

Obwohl er wußte, daß es noch nichts Außergewöhnliches zu sehen gab, blickte der Einarmige umher, und zum ersten Mal kam ihm der Gedanke, daß diese Umgebung kein unangemessener Rahmen war — diese Palmen und der Seewind unterschieden sich wahrscheinlich nicht sehr von dem, was man im Mittelmeerraum finden würde, und diese karibische Insel mochte durchaus der Insel ähneln, wo vor Jahrtausenden Odysseus fast genau die gleiche Prozedur vollzogen hatte, die sie in dieser Nacht durchführen wollten.

Erst nachdem sie die Lichtung auf der Kuppe des Hügels erreicht hatten, begriff Hurwood, daß er es die ganze Zeit gefürchtet hatte. Dem Schauplatz war nichts offensichtlich Bedrohliches eigen — er bestand aus einer ebenen Fläche, einer Hütte abseits und, in der Mitte der Lichtung, vier Pfosten, die ein kleines Strohdach über einem hölzernen Kasten trugen — aber Hurwood wußte, daß in der Hütte zwei betäubte Arawak-Indianer lagen, und auf der anderen Seite ein mit Ölzeug ausgekleideter, sechs Fuß langer Graben war.

Der Schwarze überquerte die Lichtung zu dem beschirmten Holzkasten — dem *trone* oder Altar —, und nahm mit großer Sorgfalt ein paar der kleinen Statuen von seinem Gürtel und stellte sie darauf. Er verbeugte sich, trat zurück, richtete sich auf und wandte sich zu seinem Begleiter, der ihm zur Mitte der Lichtung gefolgt war. »Sie wissen, was als nächstes kommt?« fragte er ihn.

Hurwood wußte, daß es eine Probe war. »Man versprengt den Rum und das Mehl um den Graben«, sagte er, bemüht, seiner Stimme einen zuversichtlichen Klang zu geben.

»Nein«, sagte der *bocor,* »vorher.« Sein Tonfall war argwöhnisch.

»Ach, ich weiß, was Sie meinen«, sagte Hurwood, um Zeit zu gewinnen, während er fieberhaft überlegte. »Ich dachte, das verstünde sich von selbst.« Was in aller Welt meinte der Mann? Hatte Odysseus zuvor etwas getan? Nein — jedenfalls nichts, was aufgezeichnet wurde. Aber Odysseus hatte natürlich in einer Zeit gelebt, als Magie einfach gewesen war — und relativ unverdorben. Das mußte es sein — eine schützende Prozedur mußte jetzt bei einer solch auffallenden Aktion erforderlich sein, um irgendwelche Ungeheuer in Schach zu halten, die davon angezogen werden mochten. »Sie meinen die abschirmenden Maßnahmen.«

»Welche woraus bestehen?«

Als in der östlichen Hemisphäre starke Magie noch wirksam war — welche Schutzvorkehrungen hatte man gebraucht? Pentagramme und Kreise. »Die Zeichen am Boden.«

Der Medizinmann nickte, besänftigt. »Ja. Die *verver.*« Er legte die Fackel behutsam auf den Boden, suchte dann in seinem Beutel und zog einen kleineren daraus hervor, dem er eine Prise grauer Asche entnahm. »Guineamehl nennen wir das«, erläuterte er, kauerte nieder und machte sich daran, das Zeug in einem komplizierten geometrischen Muster auf die Erde zu streuen.

Der weiße Mann gönnte sich hinter seiner zuversichtlichen Pose ein wenig Entspannung. Was gab es nicht alles von diesen Leuten zu lernen! Primitiv waren sie gewiß, aber in Berührung mit einer lebendigen Kraft, die in zivilisierten Regionen bloß verzerrte Geschichte war.

»Hier«, sagte der *bocor,* nahm den Lederbeutel von der Schulter und warf ihn seinem Begleiter zu. »Sie können das Mehl und den Rum verschütten ... und Kandiszukker ist auch dabei. Die *loas* haben gern ein paar Süßigkeiten.«

Hurwood trug den Beutel zu dem seichten Graben — sein vom Fackelschein geworfener Schatten erstreckte sich vor ihm bis zu der Laubwand der Lichtung — und ließ ihn zu Boden fallen. Er bückte sich, zog die Rumflasche heraus und entkorkte sie mit den Zähnen. Darauf richtete er sich auf und schritt langsam um den Graben, wobei er den aromatischen Inhalt auf die Erde goß. Als er den Rundgang beendet hatte, war noch ein Bechervoll in der Flasche, und er trank den Rest, bevor er die Flasche wegwarf. In dem Beutel waren auch kleine Säcke mit Mehl und Kandiszucker, und auch deren Inhalt verstreute er um den Graben, nicht ohne ein unbehagliches Gefühl bei dem Gedanken, daß seine Bewegungen denen eines Säers glichen, der einen Acker bewässerte und Saatgut ausbrachte.

Ein metallisches Quietschen lenkte seine Aufmerksamkeit zur Hütte, und das Schauspiel, das sich ihm bot — es war der *bocor,* der mühsam einen Schubkarren mit zwei übereinandergeworfenen dunkelhäutigen Gestalten vorwärts bewegte — weckte in ihm sowohl Grauen als auch Hoffnung. Sein Gewissen regte sich mit dem flüchtigen Wunsch, daß es nicht menschliches Blut sein müsse, daß das Blut von Schafen den gleichen Zweck erfüllen würde, wie es das in den Tagen des alten Odysseus getan hatte —, aber er biß die Zähne zusammen und half dem *bocor,* die Bewußtlosen auf die Erde zu legen, so daß ihre Köpfe in zweckdienlicher Nähe des Grabens waren.

Der *bocor* hatte ein kleines Schnitzmesser, das er dem Einarmigen hinhielt. »Wollen Sie?«

Hurwood schüttelte den Kopf. »Es ist Ihre Zeremonie«, sagte er heiser. Er blickte angestrengt zur flammenden Fackel, während der schwarze Mann sich über die bewußtlosen Indianer beugte, und als er Augenblikke später das Plätschern auf dem Ölzeug im Graben hörte, schloß er die Augen.

»Nun die Worte«, sagte der *bocor.* Er begann, Worte in einem Dialekt zu singen, in dem sich die Sprachen Frankreichs, des Mundongo-Gebietes in Afrika und der indianischen Kariben vereinigten, während der weiße Mann, noch mit geschlossenen Augen, auf Althebräisch zu singen begann.

Der willkürliche Zweigesang wurde allmählich lauter, wie in einem Versuch, die neuen Geräusche aus dem Dschungel zu übertönen: Geräusche wie flüsterndes Gekicher und Weinen, und vorsichtiges Rascheln in den hohen Ästen, und ein chitinartiges Kratzen, wie von abgestreiften, trockenen Schlangenhäuten, die aneinander gerieben werden.

Auf einmal wurden die zwei gesungenen Litaneien identisch, und die beiden Männer sprachen in perfektem Unisono, Silbe für Silbe — obgleich der weiße Mann noch immer Althebräisch sprach, und der Schwarze nach wie vor seine eigentümliche Dialektmischung. Verblüfft von diesem Phänomen, noch während er daran teil hatte, fühlte Hurwood die ersten Regungen wirklicher Ehrfurcht angesichts dieses unmöglich verlängerten Zufalls. In die aromatischen Dämpfe des vergossenen Rums und den rostigen Geruch des Blutes mischte sich urplötzlich ein neuer Geruch, der Heißmetallgeruch der Magie, und weitaus stärker jetzt als er ihn je zuvor angetroffen hatte …

Und dann waren sie auf einmal nicht mehr allein — tatsächlich war die Lichtung voll von menschenähnlichen Gestalten, die im Fackelschein nahezu transparent waren, obwohl das Licht getrübt wurde, wenn mehrere von ihnen vor den Feuerschein gerieten, und all diese substanzlosen Wesen drängten sich zu dem Graben und klagten und flehten in winzigen, zwitschernden, vogelähnlichen Stimmen. Die beiden Männer stellten ihren Singsang ein.

Auch andere Erscheinungen waren gekommen, überschritten jedoch nicht die Aschenstreifen, die der *bocor* um die Lichtung gezogen hatte, sondern begnügten sich damit, auf Ästen zu kauern oder zwischen den Stämmen hervorzuspähen. Hurwood sah ein Kalb mit flammenden Augenhöhlen, einen Kopf, der mit einem gräßlichen Pendel bloßer Eingeweide, die aus seinem Halsansatz hingen, in der Luft schwebte, und in den Bäumen mehrere kleine Wesen, die mehr Insekten als Säugetieren ähnelten; und während die Geister innerhalb der Aschenstreifen ein unaufhörliches schrilles Gezwitscher hören ließen, waren die Beobachter draußen alle stumm.

Der *bocor* hielt die Geister mit ausholenden Bewegungen seines kleinen Messers vom Graben zurück. »Schnell!« schnaufte er. »Suchen Sie den heraus, den Sie wünschen!«

Hurwood trat an den Rand des Grabens und nahm die durchsichtigen Geschöpfe genauer in Augenschein.

Unter seinem Blick gewannen einige von ihnen etwas mehr Sichtbarkeit, wie Eiweiß in erwärmtem Wasser. »Benjamin!« rief eine von ihnen, und ihre kratzige, schwächliche Stimme erhob sich über das Hintergrundgeplapper. »Benjamin, ich bin es, Peter! Erinnerst du dich, ich war dein Trauzeuge? Sag ihm, er soll mich trinken lassen!«

Der *bocor* blickte fragend zu seinem Begleiter.

Hurwood schüttelte den Kopf, und des *bocors* Messer schoß heraus und schnitt den bettelnden Geist sauber entzwei, und mit einem leisen Schrei löste sich das Wesen wie Rauch auf.

»Ben!« kreischte ein anderer. »Sei gesegnet, Sohn, du hast deinem Vater Erfrischungen gebracht! Ich wußte ...«

»Nein«, sagte Hurwood. Sein Mund war eine dünne Linie, als das Messer wieder zustieß und ein weiteres verlorenes Winseln mit dem Wind verwehte.

»Kann sie nicht ewig zurückhalten«, keuchte der *bocor.*

»Ein wenig länger«, sagte Hurwood. »Margaret!«

Auf einer Seite entstand wallende Bewegung, und eine an Spinnweben gemahnende Gestalt trieb heran. »Benjamin, wie bist du hierher gekommen?«

»Margaret!« Sein Ruf war mehr ein Ausruf des Schmerzes als des Triumphes. »Sie«, knurrte er dem *bocor* zu. »Sie soll herankommen.«

Der *bocor* stellte die ausholenden Armbewegungen ein und begann mit kurzen Stößen alle Schattengestalten bis auf die von Hurwood bezeichnete zurückzustoßen. Der Geist näherte sich dem Graben, verschwamm und schrumpfte und wurde in kniender Haltung wieder deutlich sichtbar. Sie reckte sich nach dem Blut, hielt dann inne und begnügte sich mit der Paste aus Mehl und Rum am Rand. Einen Augenblick erschien sie milchig im Fackelschein, und ihre Hand gewann hinreichend Substanz, um ein Stück Kandiszucker zu bewegen. »Wir sollten nicht hier sein, Benjamin«, sagte sie mit etwas gekräftigter Stimme.

»Das Blut, nimm das Blut ...«, rief der Einarmige und fiel auf der anderen Seite des Grabens auf die Knie.

Lautlos löste die Geistergestalt sich in Rauch auf und verwehte, obwohl die kalte Klinge nicht in ihre Nähe gekommen war.

»Margaret!« brüllte der Mann und sprang über den Graben in die zusammengedrängten Geister; sie gaben vor ihm nach wie zwischen Bäumen gespannte Spinnennetze, und einen Augenblick später strauchelte er und schlug mit dem Gesicht auf den festgetretenen Boden. Das Dröhnen in seinem Kopf hinderte ihn beinahe daran, den Chor der bestürzten Geisterstimmen zu hören, der sich rasch in Nacht und Stille verlor.

Nach einigen Augenblicken richtete er sich zu sitzender Haltung auf und blinzelte umher. Der Fackelschein war nun, da er nicht mehr von Geistererscheinungen gefiltert wurde, merklich heller.

Der *bocor* starrte ihn an. »Ich hoffe, es war der Mühe wert.«

Hurwood antwortete nicht. Er stand schwerfällig und müde auf, rieb sich das Gesicht und streifte das feuchte weiße Haar zurück. Die Ungeheuer standen und kauerten und hingen noch immer außerhalb der Aschenstreifen. Offenbar hatte keines von ihnen sich während des ganzen Auftritts bewegt oder auch nur mit den Augen gezwinkert.

»Habt euch gut unterhalten, wie?« rief Hurwood zu ihnen hinüber und schüttelte seine Faust. »Soll ich mich noch einmal über den Graben werfen, damit ihr euch nicht betrogen fühlt?« Seine Stimme wurde schrill und gepreßt, und er zwinkerte heftig, als er einen Schritt zum Rand der Lichtung tat und auf einen der Beobachter zeigte, ein riesiges Schwein, dem ein Büschel Hahnenköpfe aus dem Hals sproß. »Ah, Sie dort, geehrter Herr«, fuhr Hurwood in einer Parodie herzlicher Freundlichkeit fort, »haben Sie doch die Güte, uns mit Ihrer offenen Meinung zu beehren. Wäre ich besser beraten gewesen, statt dessen eine Vorführung im Jonglieren zu geben? Oder vielleicht mit Gesichtsbemalung und einer falschen Nase —«

Der *bocor* ergriff ihn von hinten am Ellbogen und drehte ihn herum und starrte ihn mit Verwunderung und einem Ausdruck wie Mitleid an. »Hören Sie auf!« sagte er leise. »Die meisten von ihnen können nicht hören, und ich glaube nicht, daß einer von ihnen Englisch versteht. Bei Sonnenaufgang werden sie fortgehen, und wir werden diesen Ort verlassen.«

Hurwood machte sich vom Zugriff des Mannes frei, ging in die Mitte der Lichtung und setzte sich nieder, nicht weit vom Graben und den zwei ausgebluteten Leichen. Der Heißmetallgeruch der Magie war verflogen, aber die Brise konnte den Blutgeruch nicht wirksam vertreiben. Bis Sonnenaufgang hatte er noch neun oder zehn Stunden vor sich; und wenn er auch bis dahin an Ort und Stelle bleiben mußte, würde es ganz gewiß unmöglich sein zu schlafen. Die Aussicht auf die lange Wartezeit machte ihn krank.

Er erinnerte sich der Worte des *bocors*: »Ich hoffe, es war der Mühe wert.« Sein Blick ging empor zu den Sternen, und er grinste ihnen eine höhnische Herausforderung hinauf. Versucht mich aufzuhalten, dachte er, ich weiß jetzt, daß es wahr ist, daß es zu machen ist, selbst wenn es mich noch Jahre kosten sollte. Ja — und wenn es nötig sein sollte, daß ich ein Dutzend Indianer töten lasse, um es zu lernen, ein Dutzend weiße Männer, ein Dutzend Freunde ... es wäre dennoch der Mühe wert.

Erstes Buch

Die See und das Wetter sind, was ist;
eure Schiffe passen sich ihnen an oder sinken.

Jack Shandy

1

John Chandagnac ergriff eine der straff gespannten Wanten, beugte sich weit über die Reling hinaus und wartete einen Augenblick lang, bis die Dünung das mächtige knarrende Schiff mit dem Heck und dem Schanzdeck, auf dem er stand, schwindelnd emporhob, dann warf er den Schiffszwieback mit aller Kraft hinaus. Zuerst sah es nach einem ziemlich weiten Wurf aus, doch als das Stück zum Wasser herabfiel, sah er, daß er es nicht sehr weit geworfen hatte; aber die Möwe hatte es erspäht und kam über das grüne Wasser herangesegelt, und im letzten Augenblick, als wollte sie ihm ihre Geschicklichkeit zeigen, schnappte sie das Stück aus der Luft. Der Schiffszwieback zerbrach, als die Möwe aufflatterte, aber sie schien einen guten Schnabelvoll bekommen zu haben.

Chandagnac hatte noch einen Schiffszwieback in seiner Rocktasche, begnügte sich aber einstweilen damit, den gleitenden Flug des Vogels zu beobachten und ohne rechte Aufmerksamkeit die Art und Weise zu bewundern, wie er nur hin und wieder die leichteste Wendung oder einen Flügelschlag tun mußte, um seine Position über der Steuerbord-Hecklaterne zu halten. Während er dies tat, schnüffelte er den trügerischen Landgeruch, der seit dem Morgengrauen vom Wind herübergetragen wurde. Kapitän Chaworth hatte gesagt, daß sie bis zum frühen Nachmittag die purpurnen und grünen Berge Jamaicas sehen würden, dann kurz vor dem Abendessen Morant Point umrunden und noch vor Dunkelwerden in Kingston festmachen würden; aber während das Löschen der Ladung den Sorgen ein Ende machen würde, die den Kapitän während dieser letzten Woche der Seereise sichtlich hatten abmagern lassen, würde die Ausschiffung erst den Beginn von Chandagnacs Aufgabe markieren.

Und erinnere dich auch, sagte er sich nicht eben freundlich, als er den anderen Schiffszwieback aus der Tasche zog, daß du ebenso wie Chaworth wenigstens zur Hälfte selbst für deine Probleme verantwortlich bist. Diesmal warf er noch angestrengter, und die Seemöwe fing den Schiffszwieback auf, ohne tiefer als ein paar Klafter herabstoßen zu müssen.

Als er sich dem kleinen Frühstückstisch zuwandte, an dem der Kapitän die Passagiere essen ließ, bemerkte er mit Erstaunen, daß die junge Frau aufgestanden war, lebhaftes Interesse in den braunen Augen.

»Hat sie die Stücke aus der Luft gefangen?« fragte sie.

»Gewiß«, sagte Chandagnac, als er zum Tisch zurückging. Er wünschte sich jetzt, daß er sich rasiert hätte. »Soll ich ihr auch Ihren Zwieback hinauswerfen?«

Sie schob ihren Stuhl beiseite und überraschte Chandagnac noch mehr, indem sie sagte: »Ich werde es ihr selbst hinwerfen ... wenn Sie sicher sind, daß die Möwe nichts gegen Maden hat.«

Chandagnac blickte zu dem segelnden Vogel auf. »Sie ist jedenfalls nicht geflohen.«

Nach einem winzigen Augenblick des Zögerns nahm sie den gewohnten Schiffszwieback vom Teller und schritt zur Reling. Chandagnac bemerkte, daß sogar ihr Gleichgewichtssinn an diesem Morgen besser war. Als sie die Reling erreichte und hinunterblickte, wich sie einen halben Schritt zurück, denn das Schanzdeck lag ein gutes Dutzend Fuß über der rauschenden See. Dann ergriff sie mit der linken Hand die Reling und zog daran, wie um ihre Festigkeit zu prüfen. »Ein schrecklicher Gedanke, da hineinzufallen«, sagte sie ein wenig nervös.

Chandagnac trat zu ihr und ergriff ihren linken Unterarm. »Seien Sie unbesorgt«, sagte er. Sein Herz klopfte mit einem Mal stärker, und er ärgerte sich über die Reaktion.

Sie holte aus und warf den Schiffszwieback, und der weißgraue Vogel tat ihr den Gefallen, ein weiteres Mal herabzustoßen und das Stück aufzufangen, bevor es ins Wasser fiel. Ihr Lachen, das Chandagnac jetzt zum ersten Mal hörte, war hell und fröhlich. »Ich wette, die Möwe folgt jedem nach Jamaica fahrenden Schiff, weil sie weiß, daß die Leute an Bord bereit sind, den alten Proviant über Bord zu werfen.«

Chandagnac nickte, und sie kehrten an den kleinen Tisch zurück. »Mein Budget lädt nicht zu verschwenderischem Leben ein, aber ich denke immer wieder an das heutige Abendessen in Kingston. Beefsteak und frische Kartoffeln und Bier, das nicht wie heißes Pech riecht.«

Die junge Frau runzelte die Stirn. »Ich wünschte, ich dürfte Fleisch essen.«

Chandagnac rückte seinen Stuhl ein Stück nach links, so daß der prall gespannte Bogen des Besansegels sein Gesicht gegen die Morgensonne beschirmte. Er wollte in der Lage sein, das Mienenspiel dieser plötzlich interessanten Person zu sehen. »Ich habe bemerkt, daß Sie nur Gemüse und Kartoffeln zu essen scheinen«, sagte er.

Sie nickte. »Nährstoffe und Heilmittel — das sagt mein Arzt dazu. Er sagt, ich hätte ein in der Entstehung begriffenes Gehirnfieber infolge der schlechten Luft in der schottischen Klosterschule, die ich besuchte. Er ist der Sachverständige, also wird er recht haben — obwohl ich sagen muß, daß ich mich besser fühlte, tatkräftiger, bevor ich anfing, seine Diätanweisungen zu befolgen.«

Chandagnac hatte einen Faden aus seiner Serviette gezogen und zupfte am nächsten. »Ihr Arzt?« fragte er beiläufig, da er nichts sagen wollte, was ihre muntere Stimmung beeinträchtigen und sie wieder zu der ungeschickten, in sich gekehrten Mitreisenden zu machen, die sie während des letzten Monats gewesen war. »Ist er der ... beleibte Herr?«

Sie lachte. »Armer Leo. Sagen Sie ruhig fett oder korpulent. Ja, das ist er. Dr. Leo Friend. Ein persönlich unangenehmer Mensch, aber mein Vater schwört, daß es auf der Welt keinen besseren Arzt gebe.«

Chandagnac blickte von seiner Serviettenarbeit auf. »Haben Sie unterlassen, Ihre ... Medikamente zu nehmen? Sie wirken heute fröhlicher als sonst.« Ihre Serviette lag auf dem Tisch, und er nahm sie an sich und fing an, auch an ihr zu zupfen.

»Nun, ja. Gestern abend warf ich den ganzen Tellervoll aus meinem Kabinenfenster. Ich hoffe, die arme Möwe hat nichts davon gekostet — es ist nichts als ein ekelhaftes Kräutergemisch, das Leo in einer Kiste in seiner Kabine züchtet. Dann schlich ich hinüber zur Kombüse und ließ mir vom Koch harten Ziegenkäse und eingelegte Zwiebeln und Rum geben.« Sie lächelte verlegen. »Ich mußte einfach etwas mit einem Geschmack haben.«

Chandagnac zuckte mit der Schulter. »Hört sich nicht schlecht an.« Inzwischen hatte er aus jeder der Servietten drei Fäden gezogen, formte die Stoffrechtecke zu glockenförmigen Gebilden und steckte nun drei Finger jeder Hand in die aus den Fäden geknüpften Schlingen und machte so, daß die Servietten aufrecht standen und mit einer realistischen Simulation des Gehens aufeinander zukamen. Dann ließ er die eine sich verbeugen, während die andere einen Knicks machte, und die zwei kleinen Stoffgestalten — deren einer er irgendwie ein weibliches Aussehen zu geben verstand — tanzten in komplizierten Sprüngen und Pirouetten auf der Tischplatte.

Die junge Frau klatschte begeistert in die Hände, und Chandagnac ließ die Servietten auf sie zugehen und einen weiteren Knicks und eine prahlerische Verbeugung machen, bevor er die Fingerspitzen aus den Schlingen zog.

»Ich danke Ihnen, Miß Hurwood«, sagte er im Tonfall eines Zeremonienmeisters.

»Ich danke *Ihnen,* Mr. Chandagnac«, sagte sie, »und Ihren tüchtigen Servietten. Aber seien wir nicht so förmlich — nennen Sie mich Beth.«

»Mit Vergnügen«, sagte Chandagnac, »und ich bin John.« Er bedauerte bereits die Regung, die ihn veranlaßt hatte, sie aus ihrer Reserve zu locken: er hatte weder die Zeit noch wirklich den Wunsch, sich wieder mit einer Frau einzulassen. Er dachte an Hunde, die er auf städtischen Straßen gesehen und gerufen hatte, nur um zu sehen, ob sie mit den Schwänzen wedeln und herüberkommen würden, und dann waren sie allzu oft so dankbar für ein wenig Freundlichkeit gewesen, daß sie ihn stundenlang begleitet hatten.

Er stand auf und schenkte ihr ein höfliches Lächeln. »Nun«, sagte er, »es wird Zeit, daß ich gehe. Es gibt verschiedenes, was ich mit Kapitän Chaworth zu besprechen habe.«

Und wirklich, nun, da er daran dachte, sollte er den Kapitän aufsuchen. Das Schiff lief glatt vor dem Wind und konnte nicht allzu viel Überwachung benötigen, und es wäre nett, sich vor der Ankunft mit dem Kapitän zusammenzusetzen und ein letztes mit Bier geöltes Gespräch zu führen. Chandagnac wollte Chaworth zum augenscheinlichen Erfolg seiner die Versicherungsprämie sparenden Taktik beglückwünschen — obwohl er, es sei denn, sie wären völlig allein, die Glückwünsche in sehr verschleierter Form würde vorbringen müssen —, und den Mann anschließend in allem Ernst davor warnen, jemals wieder ein derart tollkühnes Kunststück zu versuchen. Schließlich war Chandagnac ein erfolgreicher Geschäftsmann — oder war es zumindest gewesen —, und wußte wohl zwischen einem sorgsam kalkulierten Risiko und dem puren Leichtsinn eines Mannes zu unterscheiden, der Laufbahn und Ansehen dem Wurf einer Münze anheimgab. Natürlich würde Chandagnac den Tadel in scherzhaftem Ton hervorbringen, um dem alten Mann nicht Ursache zu geben, daß er seine trunkene Vertrauensseligkeit bereute.

»Oh«, sagte Beth, offensichtlich enttäuscht, daß er nicht bleiben und sich mit ihr unterhalten konnte. »Nun, dann werde ich meinen Stuhl zur Reling tragen und auf das Meer hinausschauen.«

»Sie gestatten, daß ich Ihnen den Stuhl trage.« Sie stand auf, und Chandagnac hob ihren Stuhl und trug ihn zur Steuerbordreling, wo er ihn ein paar Schritte von einer der auf Pfosten montierten Miniaturkanonen, die von den Seeleuten Drehbassen genannt wurden, auf das Deck stellte. »Schatten ist hier nur zeitweilig«, sagte er zweifelnd, »und Sie bekommen die volle Windstärke. Meinen Sie wirklich, daß Sie unten nicht besser aufgehoben wären?«

»Leo würde das sicherlich meinen«, sagte sie und setzte sich mit einem dankbaren Lächeln, »aber ich würde gern mein gestern abend begonnenes Experiment fortsetzen und sehen, welche Art von Krankheit man sich von normalem Essen und Sonnenschein und frischer Luft zuzieht. Außerdem ist mein Vater mit seinen Forschungen beschäftigt, und das führt unweigerlich dazu, daß der ganze Boden unserer Kabine mit Papieren und Pendeln und Stimmgabeln und was weiß ich noch bedeckt ist. Hat er erst alles ausgebreitet, kann man nicht mehr hinein noch hinaus.«

Chandagnac zögerte, neugierig wider Willen. »Forschungen? Was erforscht er?«

»Mmh ... genau kann ich es Ihnen nicht sagen. Er beschäftigte sich einmal sehr eingehend mit Mathematik und Naturphilosophie, aber seit er vor sechs Jahren seinen Lehrstuhl in Oxford aufgab ...«

Chandagnac hatte ihren Vater während der Reise nur wenige Male gesehen — der würdevolle, einarmige alte Mann hatte anscheinend keinen Wert auf Geselligkeit an Bord des Schiffes gelegt, und Chandagnac hatte ihm nicht sehr viel Beachtung geschenkt, aber nun schnippte er mit den Fingern. »Oxford? *Benjamin* Hurwood?«

»So ist es.«

»Ihr Vater ist der ...«

»Ein Segel!« Kam der Ruf aus der Höhe des Hauptmastes. »Backbord voraus!«

Beth stand auf, und beide eilten über das Schanzdeck zur Backbordreling, beugten sich hinaus und reckten die Hälse, um an den drei Gruppen der Stütztaue vorbeizuspähen, welche als stehendes Gut die drei Masten an den Bordwänden verankerten. Es war schwieriger, dachte Chandagnac, als während einer bewegten Szene im Marionettentheater die Bühne von oben zu sehen. Der Gedanke erinnerte ihn jedoch allzu deutlich an seinen Vater, und er verdrängte ihn und konzentrierte sich auf die Beobachtung der See.

Endlich machte er den weißen Punkt am langsam auf- und niedersteigenden Meereshorizont aus und zeigte ihn Beth Hurwood. Sie beobachteten ihn mehrere Minuten, doch schien er nicht näherzukommen, und der Seewind war auf dieser Seite trotz des prallen Sonnenlichts kälter, und so kehrten sie zu ihrem Stuhl bei der Steuerbordreling zurück.

»Ihr Vater ist der Autor von ... ich habe den Titel vergessen. Dieser Widerlegung von Hobbes.«

»Die Rechtfertigung des Freien Willens.« Sie lehnte sich gegen die Reling und blickte nach achtern, um sich das lange dunkle Haar vom Wind aus dem Gesicht wehen zu lassen. »Das stimmt. Obwohl Hobbes und mein Vater Freunde waren, so viel ich weiß. Haben Sie es gelesen?«

Wieder wünschte Chandagnac, er hätte den Mund gehalten, denn Hurwoods Buch war ein Teil des umfassenden und ziemlich unsystematischen Leseprogramms, durch welches sein Vater ihn geführt hatte. All diese Dichtung, Geschichte, Philosophie, Kunst! Aber ein gefühlloser römischer Soldat hatte Archimedes mit dem Schwert durchbohrt, und ein Vogel hatte eine Schildkröte auf Aischylos' kahlen Kopf fallen lassen, weil er ihn für einen zum Aufbrechen von Schildkrötenpanzern nützlichen Stein gehalten hatte.

»Ja. Ich dachte, er hätte Hobbes' Vorstellung eines

mechanischen Kosmos überzeugend zurückgewiesen.« Bevor sie zustimmen oder Einwände machen konnte, fuhr er fort: »Aber wofür verwendet er Pendel und Stimmgabeln?«

Beth runzelte die Stirn. »Ich weiß es nicht. Ich weiß nicht einmal, auf welchem ... Gebiet er jetzt arbeitet. In den Jahren, seit meine Mutter starb, hat er sich mehr und mehr in sich selbst zurückgezogen. Manchmal denke ich, daß er damals auch gestorben sei, wenigstens der Teil von ihm, der ... ich weiß nicht, lachte. In diesem letzten Jahr ist er jedoch aktiver gewesen — seit seinem verhängnisvollen ersten Besuch in Westindien.« Sie schüttelte mit erneuertem Stirnrunzeln den Kopf. »Seltsam, daß der Verlust eines Armes ihn so beleben sollte.«

Chandagnac sah sie fragend an. »Was geschah?«

»Verzeihen Sie, ich dachte, Sie hätten es gehört. Das Schiff, mit dem er fuhr, wurde von dem Piraten Schwarzbart erobert, und eine Pistolenkugel zerschmetterte ihm den Arm. Ich bin ein wenig überrascht, daß er sich trotzdem entschließen konnte, hierher zurückzukehren — freilich hat er diesmal ein Dutzend geladener Pistolen mitgenommen, von denen er immer ein paar bei sich trägt.«

Chandagnac verbiß sich ein Lächeln bei der Vorstellung, wie der emeritierte Oxford-Professor seine Pistolen befingerte und darauf wartete, daß ihm ein Pirat in die Quere käme.

Über das blaue Wasser rollte ein lauter, hohler Knall, als wenn ein großer Stein auf Straßenpflaster herabfiele. Chandagnac, neugierig geworden, wollte das Schanzdeck überqueren, um wieder zu dem Segel hinauszuspähen, doch ehe er zwei Schritte getan hatte, wurde er von einer weißen Gischtsäule abgelenkt, die sich plötzlich hundert Schritte steuerbord voraus aus der See erhob.

Sein erster Gedanke war, daß das andere Schiff ein Fischerboot sei, und daß das Klatschen den Sprung eines großen Fisches markierte; dann hörte er den Mann aus dem Mastkorb rufen, mit schrillerer Stimme als zuvor: »Piraten! Eine einzige Schaluppe, die verrückten Dummköpfe!«

Beth war aufgesprungen. »Gott im Himmel«, sagte sie mit leiser Stimme. »Ist es wahr?«

Obwohl er Herzklopfen verspürte, war Chandagnac eher leichtfertig als ängstlich zumute. »Ich weiß nicht«, sagte er, während sie über das Schanzdeck zur Backbordreling eilten, »aber wenn es wahr ist, dann hat der Ausguck recht, dann sind diese Leute Verrückte — eine Schaluppe ist nicht viel mehr als ein Segelboot, und unsere *Brüllende Carmichael* ist ein Dreimaster und besitzt achtzehn schwere Geschütze.«

Er mußte die Stimme erheben, um sich Gehör zu verschaffen, denn der bis dahin stille, nur vom immerwährenden Knarren der Takelage und dem Klatschen und Rauschen des Wassers an den Bordwänden belebte Morgen war auf einmal erfüllt vom Lärm gebrüllter Befehle, rennender bloßer Füße auf den unteren Decks und dem Summen der durch die Blockrollen sausenden Leinen; und ein weiteres Geräusch mischte sich hinein, entfernt aber sehr viel beunruhigender — ein wildes metallisches Schlagen und Scheppern, begleitet vom rauhen Mißklang einiger Messingtrompeten, die zum Lärmen geblasen wurden, nicht aber, um Musik zu machen.

»Es *sind* Piraten«, sagte Beth mit gepreßter Stimme. »Mein Vater beschrieb mir dieses Geräusch. Dazu tanzen sie — sie nennen es ›Dampfen‹, und es hat den Zweck, uns einzuschüchtern.«

Und darin war es wirksam, dachte Chandagnac; gleichwohl lächelte er Beth zu und sagte: »Es würde mich einschüchtern, wenn sie in einem größeren Schiff wären, und wir in einem kleineren.«

»Wahrschau!« kam ein gebieterischer Ruf von einem der unteren Decks, und Chandagnac sah den Rudergänger und einen anderen Mann unter sich zu seiner Rechten den Kolderstock hart nach Steuerbord stoßen, und im nächsten Augenblick wurde über ihnen ein gewaltiges Quietschen und Knarren laut, als die langen horizontalen Rahen mit den bauchigen Segeln, die sie trugen, sich langsam an den Achsen der Masten drehten, die höheren weiter als die tieferen.

Den ganzen Morgen hatte das Schiff unter dem gleichmäßigen Druck des Windes leicht nach Steuerbord übergelegt; nun richtete es sich auf, und dann legte es ohne Pause so weit nach Backbord über, daß Chandagnac einen Arm um Beth und den anderen um eine Want warf, mit der Hand die schlaffe Webeleine ergriff und die Knie gegen das Strombord stemmte, als das Deck sich hinter ihnen erhob und der Frühstückstisch ins Rutschen kam und dann herabpolterte, um einen Schritt von Beth entfernt gegen die Reling zu prallen. Die Teller und das Silberbesteck und die verformten Servietten flogen durch den plötzlichen Schatten des Schiffsrumpfes und klatschten direkt unter der Stelle, wo Chandagnac und Beth sich festhielten, ins Wasser.

»Verdammich!« stieß Chandagnac durch zusammengepreßte Zähne hervor, als das Schiff in seiner Schräglage blieb und er direkt in die kabbelige See hinabstarrte. »Ich glaube nicht, daß die Piraten uns umbringen können, aber unser Kapitän versucht es jedenfalls!« Er mußte den Kopf in den Nacken legen, um zum Horizont aufzublicken, und das erzeugte ein so unangenehmes Gefühl im Magen, daß er den Blick nach ein paar Sekunden wieder auf das Wasser unter ihm richtete — zuvor aber hatte er gesehen, daß das ganze Spektakel sich von rechts nach links verlagert hatte und das Piratenschiff nicht mehr voraus, sondern viel näher und beinahe querab stand; und obwohl es aus dieser Position auf die *Brüllende Charmichael* zulief, hatte Chandagnac bemerkt, daß es tatsächlich eine Schaluppe war, ein einmastiges kleines Schiff mit Gaffeltakelung und zwei schäbigen, vielfach geflickten Dreieckssegeln, eines nach hinten zum Ende des Baumes verlaufend, das andere nach vorn über den Bug hinaus zum Ende des besonders langen Klüverbaumes. Das Deck war bevölkert mit zerlumpten Gestalten, die wirklich zu tanzen schienen.

Dann drückte das Deck gegen seine Stiefelsohlen, und der Horizont sank abwärts, als das Schiff sich aufrichtete. Wind und Sonne kamen jetzt von Steuerbord. Chandagnac zog Beth hastig zum Niedergang. »Ich bringe Sie unter Deck, Miß Hurwood!« rief er ihr durch den Lärm zu.

Als sie den Niedergang erreichten, begegneten sie ihrem Vater, der vom Achterdeck heraufkam, und selbst in diesem Augenblick der Krise starrte Chandagnac ihn verdutzt an, denn der alte Mann trug eine bestickte Seidenweste und einen langen Überrock zu den Kniehosen, und sogar eine gepuderte Perücke. Er zog sich die Treppe hinauf, indem er den Kolben einer Pistole, deren Lauf er in seiner einzigen Hand hielt, hinter die Stufen hakte. Mindestens ein halbes Dutzend weitere Pistolen steckten in den Schlaufen einer Schärpe, die er um die Schulter gelegt hatte. »Ich bringe Sie hinunter!« rief der alte Mann, ließ Beth vorbei und schob sie mit dem Knie schneller die Treppe hinunter. »Vorsichtig!« hörte Chandagnac ihn rufen. »Gib acht, Mädchen, verdammt noch mal!«

Chandagnac fragte sich unwillkürlich, ob der alte Hurwood in den wenigen Minuten seit dem Alarmsignal Zeit gefunden hatte, Blei zu schmelzen und ein paar Pistolenkugeln zu gießen, denn der alte Mann roch eindeutig nach erhitztem Metall ... aber dann waren Hurwood und Beth unter Deck verschwunden, und Chandagnac mußte mehreren Seeleuten ausweichen, die den Niedergang heraufkamen. Er zog sich zum Frühstückstisch zurück, der sich unter die Reling gekeilt hatte, und hoffte, daß er niemandem im Wege sei. Dann begann er sich zu fragen, wie es sein würde, wenn die Zwölfpfünder abgefeuert würden, und warum der Kapitän ihr Abfeuern verzögerte.

Drei dumpf erschütternde Schläge erschütterten das Deck unter seinen Füßen. Waren sie das? überlegte er. Doch als er sich umwandte und über die Reling nach Backbord blickte, sah er weder Rauch noch Gischtfontänen.

Hingegen sah er die Piratenschaluppe, die vorher hart am Wind auf Ostkurs gelaufen war, wenden und von achtern aufkommen.

Warum, zum Teufel, dachte er mit wachsender Besorgnis, haben wir nicht gefeuert, als die Piraten gerade auf uns zukamen, oder als sie auf Ostkurs gingen und uns ihr Profil zeigten? Er beobachtete die geschäftig vorbeieilenden Seeleute, bis er auf dem Achterdeck unter sich Kapitän Chaworths stämmige Gestalt beim Aufgang zum Vorschiff stehen sah, und er bekam plötzlich ein flaues Gefühl im Magen, als er erkannte, daß auch Chaworth vom Stillschweigen der Geschütze überrascht war. Chandagnac verließ seinen Platz und lief zu dem Geländer neben dem Aufgang, um besser sehen zu können, was unter ihm auf dem Mitteldeck vorging.

Chaworth erreichte den Niedergang zum Batteriedeck, als von dort eine dicke schwarze Rauchwolke hervorbrach, und Chandagnac hörte die erschrockenen Rufe der Seeleute: »Himmel, eines der Geschütze ist explodiert!« — »Drei sind hochgegangen, unten sind alle tot!« — »In die Boote, bevor das Pulver in die Luft fliegt!«

Das Krachen eines Pistolenschusses beendete das Stimmengewirr, und Chandagnac sah den Mann, der zum Verlassen des Schiffes aufgefordert hatte, zurücktaumeln und rücklings aufs Deck schlagen, den Kopf von der Pistolenkugel blutig aufgerissen. Chandagnac wandte den Blick von dem Toten und sah den sonst so gutmütigen Chaworth mit der rauchenden Pistole fuchteln.

»Ihr werdet in die Boote gehen, wenn ich es befehle!« brüllte der Kapitän. »Kein Geschütz ist explodiert, und ein Feuer gibt es auch nicht! Bloß Rauch ...«

Wie um seine Aussage zu bestätigen, kam ein Dutzend heftig hustender Männer durch den Rauch vom Batteriedeck herauf, Kleider und Gesichter geschwärzt.

»Trotzdem ist es bloß eine Schaluppe«, fuhr der Kapitän fort, »also bemannt die Drehbassen und bringt Musketen und Pistolen heraus! Säbel bereithalten!«

Ein Maat stieß Chandagnac beiseite, um an eine der Drehbassen heranzukommen, und Chandagnac zog sich wieder in die relative Sicherheit des verkeilten Tisches zurück. Hol mich der Teufel, dachte er verwirrt, ist dies Seekrieg? Der Feind tanzt und bläst Trompeten, Männer mit geschwärzten Gesichtern stürzen vom Unterdeck herauf wie Komparsen in einer Londoner Bühnenkomödie, und der einzige ernsthafte Schuß wird von unserem Kapitän abgefeuert, um einen Mann seiner eigenen Besatzung zu töten ...

Die beiden Drehbassen an der Backbordreling des Schanzdecks waren bemannt, und mehrere Matrosen hielten sich bereit, Schotleinen und Taue zu bedienen. Die Drehbassen wurden geladen und mit Zündern versehen, und dann warteten die Matrosen auf weitere Befehle, beobachteten die Piratenschaluppe und bliesen alle paar Sekunden auf ihre glimmenden Lunten.

Chandagnac kauerte nieder, um zwischen den Pfosten hindurchzuspähen, statt über die Reling hinweg, und auch er sah die niedrige, flachgängige Schaluppe aufholen. Nun war auch zu sehen, daß die Schaluppe mehrere ansehnliche Kanonen an Bord hatte, aber die Piraten ließen sie unbemannt und hatten sich statt dessen mit Pistolen, Säbeln und Enterhaken bewaffnet.

Sie mußten die Absicht haben, das Schiff unbeschädigt in ihre Gewalt zu bringen. Sollte es ihnen gelingen, dachte Chandagnac, werden sie erfahren, welches Glück sie gehabt hatten, daß irgendein rußiger Pesthauch die Kanoniere der *Brüllenden Carmichael* außer Gefecht gesetzt hatte.

Benjamin Hurwood mühte sich wieder auf das Achterdeck, und er starrte geradezu von Pistolen — sechs hatte er in der Schärpe und eine in der Hand, und ein weiteres halbes Dutzend steckte im Gürtel. Chandagnac spähte über die Tischkante, und als er den entschlossenen Ausdruck im Gesicht des einarmigen Professors sah, mußte er einräumen, daß der Mann wenigstens in dieser gefahrvollen Situation mehr würdevoll als lächerlich aussah.

Der Maat an der achteren Drehbasse hatte das kugelförmige Ende der langen Führungsstange in der Hand, zielte über das Korn und senkte die Mündung, um die Schaluppe ins Visier zu bekommen. Mit der anderen Hand hob er seine glimmende Lunte. Er stand nur etwa zwei Meter von Chandagnac entfernt, der ihn mit angespannter Zuversicht beobachtete.

Chandagnac versuchte sich vorzustellen, wie das Geschütz feuerte, und nach ihm die anderen Drehbassen, Musketen und Pistolen, und Kugeln und Hackblei in das überfüllte kleine Piratenschiff feuerten, zwei oder drei Salven vielleicht, bis eine Wolke von Pulverrauch das sinkende, hilflose Fahrzeug verhüllte, auf dem undeutlich ein paar Piraten zu sehen sein würden, die halb betäubt über die aufgerissenen Leichen ihrer Gefährten krochen, während die *Carmichael* wieder auf Kurs ging und ihre unterbrochene Reise fortsetzte. Chaworth würde einen schlimmen Schrecken bekommen haben und an seinen Kniff zur Vermeidung der Versicherungsprämie denken und mehr denn je bereit sein, ein Bier mit ihm zu trinken.

Aber der Schuß krachte hinter Chandagnac, und der Maat, den er beobachtet hatte, wurde vorwärts über die Drehbasse geworfen, und bevor er zusammenbrach, konnte Chandagnac das frische, blutige Loch in seinem Rücken sehen. Etwas Metallisches fiel schwer auf das Deck, und ein weiterer Schuß krachte, gefolgt von dem gleichen metallischen Aufschlag.

Chandagnac drehte sich in seiner Deckung herum

und spähte rechtzeitig über die Tischkante hin, um zu sehen, wie der alte Hurwood eine dritte Pistole zog und direkt in das entsetzte Gesicht eines der beiden Matrosen feuerte, die das Besantau bedient hatten. Der Mann wankte rückwärts und schlug mit seinem zerschmetterten Hinterkopf auf das Deck, und sein Kamerad duckte sich mit einem Aufschrei und rannte zum Niedergang. Hurwood ließ die Pistole fallen, um die nächste zu ziehen, und die abgefeuerte Waffe fiel mit metallischem Schlag noch rauchend auf das Deck. Sein nächster Schuß spaltete das Befestigungsholz, um welches die Besanleine gewickelt war, und die befreite Leine sauste durch die Rollen, und dann blähte sich das dreißig Fuß hohe Segel unkontrolliert und schwang seine schwere Rahe nach Backbord, wobei sie die Stütztaue wie verrottetes Garn zerriß; die plötzlich unverankerten Wanten und Webeleinen flogen aufwärts, das Schiff erzitterte, als der Besanmast sich nach Steuerbord neigte, und von oben kam der zerreißende Knall überbeanspruchter brechender Rahen.

Der Mann, der die andere Drehbasse hätte bedienen sollen, lag mit dem Gesicht auf dem Deck, offensichtlich das Ziel von Hurwoods zweitem Schuß.

Der Einarmige hatte Chandagnac hinter seinem Tisch nicht bemerkt — er zog eine frische Pistole, trat zum Niedergang und zielte ruhig in die Menge der aufgeregten Matrosen auf dem Mitteldeck.

Ohne lange zu überlegen, sprang Chandagnac auf, war mit zwei langen Sätzen bei ihm und rammte die Schulter Hurwood ins Kreuz, gerade als der alte Mann feuerte. Die Kugel ging harmlos in die Luft, und beide Männer fielen den Niedergang hinab.

Chandagnac zog die Knie an, überschlug sich einmal und landete glücklich auf den Füßen, rollte aber weiter und prallte gegen einen Matrosen, den er umwarf. Sofort sprang er wieder auf und blickte zurück, um zu sehen, wie Hurwood gefallen war, konnte ihn im Gedränge der in Panik geratenen Seeleute jedoch nicht sehen. Schüsse krachten in unregelmäßigen Abständen, und das schrille Pfeifen von Querschlägern zwang die Leute, sich zu ducken und die Köpfe einzuziehen, aber Chandagnac konnte nicht erkennen, wer schoß oder beschossen wurde.

Dann hörte man in der Höhe Tauwerk reißen, und eine dicke Spiere kam herunter, krachte aufs Deck und zerschlug ein Stück Reling in Chandagnacs Nähe, bevor sie abprallte und über Bord ging, und keine drei Schritte von ihm prallte ein Mann, der aus der Takelage gefallen war, mit einem Geräusch, als ließe jemand einen Armvoll große Bücher fallen, auf das Deck; aber erst das nächste Ding, das unweit von ihm landete, riß ihn aus der Betäubung seines Entsetzens — ein Enterhaken kam über die Reling gesegelt, die Leine wurde straff gezogen, so daß die eisernen Spitzen sich in der Reling verbissen, bevor er auf das Deck niederfallen konnte.

Ein Matrose stürzte hinzu, um ihn loszureißen, bevor das Gewicht des Piraten daran hing, und Chandagnac war unmittelbar hinter ihm, aber eine Pistolenkugel traf den Matrosen und warf ihn nieder, und Chandagnac stolperte über ihn. Er kam hoch, an die Reling gekauert, und hielt verzweifelt Ausschau nach Hurwood, überzeugt, daß der einarmige alte Mann den Matrosen getötet habe; doch als eine Kugel vor seinen Füßen Splitter aus dem Deck riß, fuhr er halb herum und sah Leo Friend, Beths fetten und geckenhaft gekleideten Arzt, zehn Schritte entfernt auf dem erhöhten Vordeck stehen und mit einer neuen Pistole auf ihn zielen.

Chandagnac sprang fort, und die Pistolenkugel schlug ein Loch in das Strombord, wo er gekauert hatte. Chandagnac rannte geduckt durch die Menge bis hinüber zur Steuerbordreling.

Dort lag ein Seemann in einer frischen Blutlache, und Chandagnac wälzte ihn hastig herum, um an die zwei geladenen Pistolen heranzukommen, deren Kolben er aus dem Gürtel ragen sah. Der Mann öffnete die Augen und versuchte, durch zersplitterte Zähne zu sprechen, aber Chandagnac hatte im Augenblick alle Fähigkeit zu Mitgefühl verloren. Er nahm die Pistolen, nickte dem Sterbenden zu und wandte sich wieder dem Vorschiff zu.

Er brauchte ein paar Sekunden, bis er Friend ausgemacht hatte, denn das Schiff lag jetzt breitseits vor dem Wind und schlingerte, und Chandagnac mußte ständig nachtreten, um sich auf den Beinen zu halten. Endlich erspähte er den dicken Mann, der am Geländer des Vorderdecks lehnte, eine verschossene Pistole fallen ließ und seelenruhig eine geladene aus einem Kasten nahm, den er unter dem linken Arm trug. Chandagnac zwang sich zur Ruhe. Er duckte sich ein wenig, um das Gleichgewicht besser zu halten, und dann, als das Schiff den Endpunkt einer Schlingerbewegung nach Steuerbord erreicht hatte, brachte er eine der Pistolen in Anschlag, zielte sorgfältig über den Daumenknöchel auf Friends quellenden Wanst und drückte ab.

Die Waffe ging los, der Rückstoß verstauchte ihm beinahe das Handgelenk, aber als der bittere Pulverrauch verwehte, stand der dicke Arzt noch immer dort und feuerte zwischen die Seeleute auf dem Mitteldeck.

Chandagnac warf die verschossene Pistole weg und brachte die andere mit beiden Händen in Anschlag. In dieser Haltung, kaum dessen bewußt, was er tat, ging er über das Deck auf Friend zu und feuerte aus einer Entfernung von nicht mehr als fünf Metern direkt aufwärts auf Friends Bauch.

Der dicke Mann, unverletzt, wandte den Kopf, um verächtlich zu Chandagnac herabzulächeln, bevor er eine weitere Pistole aus dem Kasten nahm und auf jemanden unter ihm zielte. Durch den Geruch von Pulverrauch und Angstschweiß und zersplittertem Holz fing Chandagnac wieder ein Aroma von etwas wie überhitztem Metall auf.

Einen Augenblick später legte Friend die Pistole jedoch unabgefeuert in seinen Kasten zurück, denn der Kampf war zu Ende. Ein Dutzend Piraten hatte das Schiff geentert, und weitere schwangen sich über die Reling, und die überlebenden Matrosen hatten ihre Waffen fallen gelassen.

Auch Chandagnac ließ seine Pistole fallen und zog sich langsam zur Steuerbordreling zurück, den Blick ungläubig auf die Piraten fixiert. Sie waren guter Dinge: ihre Augen und ihre gelben Zähne blitzten in Gesichtern, die, abgesehen von ihrer Belebtheit, wie poliertes Mahagoni aussahen, und ein paar von ihnen hatten noch das Lied auf den Lippen, das sie während der Verfolgung gesungen hatten. Ihre Kleidung sah aus, als wären sie beim Ausplündern der Requisitenkammer eines Theaters unterbrochen worden; und trotz ihrer offensichtlich regelmäßig benutzten Pistolen und Säbel und der verblaßten Narben, die in unregelmäßiger Anordnung viele der Gesichter und Gliedmaßen zeichneten, kamen sie Chandagnac so unschuldig wild wie Raubvögel vor, verglichen mit der kalten, methodischen Bösartigkeit Hurwoods und Friends.

Einer der Piraten sprang so leichtfüßig die steile Treppe zum Schanzdeck hinauf, daß Chandagnac überrascht war, als der Mann sich umwandte und seinen Dreispitz in den Nacken schob, daß man die tiefen Furchen in seinem von der Sonne dunkelgebrannten Gesicht und die dicken grauen Strähnen in seinem wirren schwarzen Haar sehen konnte. Er überflog die Männer auf dem Mittelschiff unter ihm und grinste mit schmalen Augen und unerwartet vielen Zähnen.

»Gefangene«, sagte er, und seine rauhe, aber gutgelaunte Stimme brachte das aufgeregte Geplapper augenblicklich zum Verstummen, »ich bin Philip Davies, der neue Kapitän dieses Schiffes. Ihr versammelt euch jetzt um den Hauptmast und laßt euch von meinen Jungen nach ... ah ... verborgenen Waffen durchsuchen. Skank, du gehst mit Tholomew und ein paar anderen unter Deck und holst alle heraus, die noch da sind. Aber vorsichtig — für heute ist genug Blut geflossen.«

Die acht überlebenden Mitglieder der überwältigten Mannschaft schlurften zum Hauptmast; Chandagnac schloß sich ihnen mit der Hoffnung an, daß man seinen unsicheren Gang den Schlingerbewegungen des Decks zuschreiben würde, statt seiner Angst. Er nahm bei den anderen Aufstellung, und als er zum Piratenhäuptling blickte, sah er die Möwe, offenbar beruhigt durch das Aufhören des Feuers, herabflattern und sich auf eine der Hecklaternen setzen. Es war kaum zu glauben, daß er und Hurwoods Tochter noch vor einer halben Stunde dem Vogel zum Zeitvertreib Zwieback zugeworfen hatten.

»Meister Hurwood!« rief Davies. Als sich niemand meldete, fügte er hinzu: »Ich weiß, daß Sie nicht getötet wurden, Hurwood — wo stecken Sie?«

»Hier«, keuchte eine Stimme hinter ein paar übereinanderliegenden Leichen am Fuß der Treppe zum Schanzdeck. »Nein ... ich bin nicht tot.« Hurwood setzte sich aufrecht. Seine Perücke war fort, seine eleganten Kleider derangiert. »Aber ich wünschte ... ich hätte einen Zauber ... gegen das Fallen gehabt.«

»Sie haben Mate Care-For als Schutz gegen Verletzungen«, sagte Davies ungerührt. »Das hatte keiner von diesen Burschen.« Er machte eine Handbewegung zu den verstreut umherliegenden Toten und Verwundeten. »Ich hoffe, es war ein schwerer Sturz.«

»Meine Tochter ist unten«, sagte Hurwood, und in dem Maße, wie er einen klaren Kopf bekam, klang dringende Sorge in seinem Tonfall an. »Sie ist geschützt, aber sagen Sie Ihren Männern, daß sie nicht ...«

»Sie werden ihr nichts antun.« Der Piratenhauptmann blinzelte kritisch umher. »Kein allzu schlechtes Schiff, das Sie gebracht haben«, sagte er. »Anscheinend haben Sie beachtet, was wir Ihnen sagten. Hier, Payne, Rich!

Geht mit ein paar Burschen in die Wanten und refft alle Besansegel, daß der Mast entlastet wird. Anschließend bringt ihr die Takelage soweit in Ordnung, daß wir über die Große Bahama-Bank kommen.«

»In Ordnung, Phil«, riefen ein paar Piraten und erkletterten die Wanten.

Davies kam wieder herab zum Mitteldeck und starrte die entwaffneten Männer und den Hauptmast mehrere Sekunden lang wortlos an. Er lächelte noch immer. »Vier von meinen Männern wurden während unserer Kaperung getötet«, bemerkte er in ruhigem Ton.

»Großer Gott«, flüsterte der Mann neben Chandagnac und schloß die Augen.

»Aber«, fuhr Davies fort, »mehr als die Hälfte von euch sind umgekommen, und ich will das als ausreichende Genugtuung betrachten.«

Keiner der Matrosen sagte etwas, aber Chandagnac hörte sie aufatmen und erleichtert mit den Füßen scharren. Verspätet wurde ihm bewußt, daß er dem Tode nur knapp entgangen war.

»Ihr seid frei und könnt mit dem Beiboot fahren, wohin ihr wollt«, fuhr Davies fort. »Hispaniola liegt im Osten, Kuba im Norden, Jamaica südwestlich. Ihr bekommt Proviant, Wasser, eine Seekarte, Sextant und Kompaß. Aber«, fügte er hinzu, »wer von euch Lust dazu hat, kann bleiben und einer der unsrigen werden. Es ist ein leichteres Leben als das der meisten Seeleute, und jeder bekommt einen Anteil an den Gewinnen, und nach jeder Reise steht es euch frei, eurer Wege zu gehen.«

Nein danke, dachte Chandagnac. Sobald ich meine ... Geschäfte ... in Port au Prince erledigt habe und in die Heimat zurückgekehrt sein werde, will ich in meinem ganzen Leben keinen verdammten Ozean mehr sehen.

Der alte Chaworth hatte die letzten Minuten damit verbracht, auf dem Schiff umherzublicken, dessen Eigner er vor kurzen noch gewesen war, und Chandagnac begriff, daß der Kapitän sich zwar mit dem Verlust seiner Ladung abgefunden, bis jetzt aber nicht geglaubt hatte, daß er auch sein Schiff verlieren würde. Schließlich waren Piraten eine Art, die im Flachwasser und zwischen den Inseln gedieh, wo sie sich der Verfolgung leichter entziehen konnte, indem sie zwischen Riffen und Untiefen davonschlüpfte, und selten wagten sie sich aus der Sichtweite von Land. Für ein großes Tiefwasserschiff wie die *Brüllende Carmichael* hätten sie ebenso wenig Verwendung haben sollen wie ein Straßenräuber für ein Belagerungsgeschütz.

Der alte Mann war aschfahl; bis zu dieser letzten Entwicklung war Chaworth nicht völlig ruiniert gewesen; solange ihm das Schiff selbst geblieben wäre, hätte er es verkaufen und vielleicht nach Auszahlung der Miteigner oder Aktionäre genug Geld übrig behalten können, um den Eigentümern der Ladung ihren Verlust zu ersetzen; das hätte ihn unzweifelhaft in den Bankrott getrieben, würde aber wenigstens das Geheimnis gewahrt haben, das er Chandagnac eines Abends im Rausch anvertraut hatte: daß er, da die Versicherungsprämie heutzutage höher sei als die größtmögliche erreichbare Gewinnspanne, den Eigentümern der Ladung in seiner Verzweiflung die Versicherungsprämie berechnet, aber keine Versicherung abgeschlossen hatte.

Einer der Piraten, die unter Deck verschwunden waren, kam jetzt vom achteren Niedergang herauf, wandte sich halb zurück und machte auffordernde Bewegungen mit einer Pistole. Hinter ihm stiegen der Schiffskoch — der offenbar dem ehrwürdigen Brauch gehuldigt hatte, sich bei Schiffskatastrophen so rasch wie möglich gründlich zu betrinken — und die zwei Schiffsjungen und Beth Hurwood ans Tageslicht.

Hurwoods Tochter war blaß und bewegte sich ein wenig steif, gab sich aber äußerlich gefaßt, bis sie ihren zerzausten Vater sah. »Papa!« rief sie und lief zu ihm. »Haben sie dich verletzt?« Ohne eine Antwort abzuwarten, fuhr sie zu Davies herum. »Ihresgleichen haben ihm schon letztes Mal genug angetan«, sagte sie in einer seltsamen Mischung von Zorn und Bitten. »Die Begegnung mit Schwarzbart kostete ihn seinen Arm! Was immer er Ihnen heute getan hat ...«

»Fand unsere größte Wertschätzung, Miß«, sagte Davies und grinste sie an. »In Übereinstimmung mit dem Vertrag, auf den er und Thatch — oder Schwarzbart, wenn Sie so wollen — sich letztes Jahr einigten, hat Ihr Papa mir dieses feine Schiff ausgeliefert.«

»Was sagen Sie ...«, fing Beth an, wurde aber von Chaworth unterbrochen, der sich mit einem schrillen Fluch auf den nächstbesten Piraten stürzte, dem überrschten Mann den Säbel entwand, ihn wegstieß und mit geschwungener Waffe gegen Davies stürmte, ihm den Schädel zu spalten.

»Nein!« schrie Chandagnac, instinktiv vorwärtsspringend, »tun Sie es nicht, Chaworth ...«

Davies aber zog ruhig eine Pistole aus seiner auffallenden Schärpe, spannte sie und feuerte auf Chaworths Brust; die Wucht der großkalibrigen Bleikugel brach den Angriffsschwung des Kapitäns und warf ihn mit solcher Gewalt rücklings zu Boden, daß er einen Augenblick beinahe auf dem Kopf stand, bevor er in der völligen Erschlaffung des Todes wie ein Sack dumpf aufschlug.

Chandagnac schwindelte, und er konnte keinen tiefen Atemzug tun. Es war, als hätte die Zeit ihren Gang verlangsamt — nein, es war nur, daß jedes Ereignis plötzlich abgesondert war, nicht mehr Teil eines ineinander übergehenden Fortschreitens. Beth schrie. Der Pulverrauch aus der Pistolenmündung wallte in der Luft über dem Deck, bevor der Wind ihn davontrug. Die Seemöwe kreischte in erneuertem Schrecken und flatterte auf. Der aus Chaworths Hand gefallene Säbel klapperte auf die Decksplanken und traf Chandagnacs Knöchel schmerzhaft mit dem Messingbügel. Er bückte sich und hob die Waffe auf.

Dann stürzte er sich, ohne daß eine bewußte Entscheidung vorausgegangen wäre, selbst auf den Piratenhauptmann, und obwohl er in voller Aktion war und die schwere Waffe ausgestreckt vor sich hielt, hantierte er in Gedanken geschickt mit Haupt-, Kopf- und Handhölzern, und machte, daß die daran hängende Marionette des Mercutio in einer Angriffsbewegung, die sein Vater immer *coup-et-flèche* genannt hatte, auf die des Tybalt zusprang.

Davies, erschrocken und erheitert zugleich, warf einem Gefährten die verschossene Pistole zu, trat zurück, zog seinen Degen und nahm die leicht geduckte *en garde*-Haltung ein.

Chandagnac glaubte geradezu, den Aufwärtsruck des Marionettenfadens zu spüren, als er die Säbelspitze schnell über den Degen seines Gegners einwärtsdrehte und in Davies Innenlinie wieder ausstreckte; und er war so an die folgende Seitwärtsparade der Tybalt-Marionette gewöhnt, daß er seinen Säbel beinahe zu rasch unter diese wirkliche, uneinstudierte Parade sinken ließ — aber Davies hatte der Finte geglaubt und die Parade gemacht, und die freie Säbelspitze zielte auf die ungeschützte Flanke des Piratenhauptmannes, und Chandagnac stieß sie im vollen Schwung seines Ansturmes hinein, daß der Säbelgriff ihm aus der Hand geprellt wurde, bevor er zum Stillstand kam.

Der Säbel fiel klappernd auf das Deck, und einen langen Augenblick hörte alle Bewegung auf. Davies, noch auf den Beinen, aber vom Stoß halb herumgerissen, starrte Chandagnac verblüfft an, und Chandagnac, mit leeren Händen und angespannt in der Erwartung einer Pistolenkugel aus irgendeiner Richtung, hielt den Atem an und starrte hilflos in das Auge des verwundeten Piraten.

Schließlich steckte Davies seinen Degen sorgfältig in die Scheide, dann knickte er in den Knien ein, und die Stille war so absolut, daß Chandagnac die Blutstropfen wie Regen auf das Deck fallen hörte.

»Tötet ihn!« sagte Davies.

Chandagnac hatte sich halb zur Reling gewandt, entschlossen, lieber über Bord zu springen und den Versuch zu machen, schwimmend nach Hispaniola zu gelangen, als eine sarkastische Stimme sagte: »Weil er dich als Fechter übertroffen hat, Phil? Wahrhaftig, das ist eine Art, deine Überlegenheit zu zeigen.«

Auf diese Feststellung folgte einiges Gemurmel unter den Piraten, und Chandagnac faßte Hoffnung. Er blickte zu Davies und hoffte, der Mann möge verbluten oder ohnmächtig werden, bevor er den Befehl wiederholen konnte.

Aber Davies sah den Sprecher an und wies mit einem wölfischen Lächeln auf seine verletzte Seite. »Ah, Venner, du meinst, dies würde mir den Garaus machen? Dieser Schnitt?« Davies beugte sich vorwärts, stemmte die Hände auf das Deck und brachte mit einiger Mühe erst einen und dann den anderen gestiefelten Fuß unter sich. Noch immer grinsend, blickte er wieder zu Venner auf, dann erhob er sich langsam aus der Hocke. Das Grinsen wich nicht aus seinen Zügen, obwohl er unter seiner Sonnenbräune erbleichte und ihm der Schweiß ausbrach. »Du bist ... neu, Venner«, sagte Davies mit heiserer Stimme. »Du solltest Abbott oder Gardner fragen, wie schwer eine Wunde sein muß, um mich umzuwerfen.« Er holte tief Atem, schwankte und starrte auf das Deck zu seinen Füßen. Seine Kniehose glänzte dunkel vom Blut bis zur Wade, wo sie in seinem Stiefel steckte. Dann blickte er wieder auf. »Oder«, fuhr er fort, trat einen unsicheren Schritt zurück und zog von neuem seinen Degen, »würdest du gern ... selbst entdecken, wie sehr mich dies kampfunfähig gemacht hat?«

Venner war klein und stämmig, mit einem geröteten, pockennarbigen Gesicht. Er schaute seinen Kapitän mit einem halben Lächeln und dem spekulativen Ausdruck eines Kartenspielers an, der überlegt, ob die Trunkenheit seines Mitspielers ein Täuschungsmanöver oder zumindest übertrieben sein könnte. Schließlich breitete er die Hände aus. »Verdammich, Phil«, sagte er in umgänglichem Ton, »du weißt, daß es nicht als Herausforderung gemeint war.«

Davies nickte und gestattete sich, für einen Moment die Augen zu schließen. »Natürlich nicht.« Er steckte den Degen ein und wandte sich zu Chandagnac. »Aber Venner hat recht«, sagte er, »und ich bin froh ... daß niemand dich getötet hat ... und sei es nur, daß ich diese Finte lernen kann.« Er lehnte sich an die Wand des Heckaufbaus. »Aber Gott im Himmel, Mann«, platzte er heraus, »wie, zum Teufel, ist es möglich, daß du solch einen diebischen Kniff weißt, wenn du wie eine Ente läufst und einen Säbel hältst, wie ein Koch den Pfannenstiel?«

Chandagnac versuchte, sich eine gute Lüge auszudenken, konnte aber auf keine kommen und erzählte dem Mann zögernd die Wahrheit. »Mein Vater hatte ein Marionettentheater«, sagte er stockend, »und ich ... war die meiste Zeit meines Lebens Puppenspieler. Wir ... traten in ganz Europa auf, und wenn in den Stücken Fechtszenen vorkamen — wir brachten viel von Shakespeare —, befragte er Fechtmeister, um es ganz realistisch zu machen.« Er zuckte die Achseln. »Ich habe mir eine Menge Fechthiebe und -stöße eingeprägt, und jeden einzelnen Hunderte von Malen ausgeführt ... aber nur mit Marionetten.«

Davies hielt sich mit einer Hand die verwundete Seite und starrte ihn an. »Marionetten«, sagte er. »Nun, ich — verdammt, Marionetten!« Langsam ließ er sich an der Wand abwärtsgleiten, bis er auf dem Deck saß. »Wo, zum Teufel, steckt Hanson?«

»Hier, Phil.« Einer der Piraten eilte zu ihm und öffnete ein kleines Klappmesser. »Wirst dich hinlegen müssen«, sagte er.

Davies legte sich gehorsam zurück, blieb aber auf die Ellbogen gestützt, um Chandagnac anzusehen, während

Hanson, der den Piraten augenscheinlich als Wundarzt diente, das blutgetränkte Hemd aufschnitt. »Nun«, sagte Davies, »Venner meint, ich sei zu ... hart, wenn ich dich töten ließe, und wir ... au! —, daß dich der Leibhaftige, Hanson, sei vorsichtig!« Er schloß einen Moment die Augen, holte tief Atem und fuhr fort: »Und wir arbeiten nach dem Grundsatz, daß alle Befehle diskutiert werden können, außer wenn wir im Kampf stehen. Nichtsdestoweniger hast du mich verletzt, also kann ich dich nicht einfach ... mit dem Boot davonfahren lassen.« Er blickte in die Runde seiner Gefährten. »Ich schlage vor, wir geben ihm die Wahl.«

Darauf gab es befriedigtes Kopfnicken und Zustimmung.

Davies blickte zu Chandagnac auf. »Komm zu uns, nimm unsere Ziele als deine eigenen an, oder finde dich damit ab, daß du hier und jetzt dein Leben lassen mußt.«

Chandagnac wandte sich zu Beth Hurwood, aber sie flüsterte ihrem Vater zu, der sich nicht einmal ihrer Anwesenheit bewußt zu sein schien. Sein Blick ging an den beiden vorbei, und er sah Leo Friends breite Gestalt, finster dreinblickend — wahrscheinlich enttäuscht, daß Chandagnac noch am Leben war. Dieser hatte sich niemals einsamer und ungeschützter gefühlt. Auf einmal vermißte er schrecklich seinen Vater.

Er wandte sich zurück zu Davies. »Ich schließe mich euch an.«

Davies nickte gedankenvoll. »Das ist die übliche Entscheidung«, sagte er. »Ich war nicht ganz sicher, daß sie auch die deinige sein würde.«

Hanson stand auf und betrachtete zweifelnd den Verband, mit dem er seinen Hauptmann umwickelt hatte. »Das ist alles, was ich für dich tun kann, Phil«, meinte er. »Sprich mit Milord Hurwood, daß er die Blutung stillt und sorgt, daß die Wunde nicht brandig wird.«

Chandagnac blickte überrascht zu Hanson. Sicherlich

meinte er Leo Friend. Mit Philosophie konnte man keine Wunden verarzten.

Als er seinen Namen hörte, erwachte Hurwood aus seiner Gedankenverlorenheit und blinzelte umher. »Wo ist Thatch?« fragte er mit unnötig lauter Stimme. »Er sollte hier sein.«

»Er hat sich heuer verspätet«, sagte Davies, ohne sich die Mühe zu machen, den Kopf zu drehen und Hurwood anzusehen. »Zur Zeit ist er oben in Charles Town und beschafft die Güter, die Sie wollten. Wir werden ihn in Florida treffen. Nun kommen Sie her und tun Sie etwas, damit ich an diesem Durchstich nicht sterbe.«

Beth wollte etwas sagen, aber Hurwood brachte sie abwinkend zum Schweigen. »Er überließ Ihnen den Hühnerhund?« sagte er, offensichtlich nicht erfreut.

Davies schnitt ein Gesicht. »Den mumifizierten Hundekopf? Gewiß. Und tatsächlich fing er gestern an, in seinem Eimer voll Rum zu zischen und sich herumzudrehen, und um die Mittagszeit kam er zur Ruhe und starrte nach Südosten, und veränderte die Stellung nur, wenn wir den Kurs änderten, also liefen wir in die Richtung, die er anzeigte.« Er zuckte die Achseln, so gut er konnte. »Er führte uns zu Ihnen, kein Zweifel, aber es ist wirklich ein ekelhaft aussehendes Stück Abfall. Kostete mich einige Mühe, die Ratten fernzuhalten, daß sie es nicht abnagten.«

»Zum Henker mit Thatch, diesem Verrückten!« explodierte Hurwood. »Wie konnte er gewöhnlichen Briganten ein hochverfeinertes Gerät überlassen? Wenn Ratten diesen Hühnerhund auch nur angerührt haben, dann werden sie Sie auffressen, Davies, das verspreche ich Ihnen. Sie achtloser Dummkopf, wie oft, glauben Sie, werden zweiköpfige Hunde geboren? Schicken Sie sofort einen Mann zu Ihrem Schiff, daß er ihn hole.«

Davies lächelte und streckte sich auf dem Deck aus. »Hmmm«, sagte er, »nein. Sie können die andere Hälfte von Ihrem schmutzigen Paar zurückbekommen, sobald ich auf New Providence an Land gegangen bin, so gesund wie ich vor einer Stunde war. Wenn ich mich bis dahin nicht ganz und gar erholt habe, werden meine Jungen das gottverdammte Ding verbrennen. Habe ich recht?«

»Du sagst es, Phil!« rief einer der Piraten, und die anderen nickten alle verständnisinnig.

Hurwood funkelte in die Runde, ging aber zu Davies und kniete bei ihm nieder. Er betrachtete die Bandage, hob sie von der Wunde und spähte darunter. »Na, Sie könnten sich auch ohne meine Hilfe sehr gut davon erholen«, sagte er, »aber um meines Hühnerhundes willen werde ich es zur Gewißheit machen.« Er begann in den tiefen Taschen seines knielangen Überrockes zu suchen.

Chandagnac sah sich nach links um. Chaworths Körper, offensichtlich tot, bewegte sich locker mit den Schlingerbewegungen des Schiffes hin und her, und eine ausgestreckte Hand klappte dabei auf und zu, so daß die Handfläche in einer merkwürdig philosophischen Geste bald nach oben und bald nach unten wies. Es kommt und geht, schien die Bewegung anzudeuten; Gutes und Schlechtes, Leben und Tod, Freude und Schrekken, und nichts sollte einen überraschen.

Chandagnac fand es peinlich unangemessen, als hätte man den Toten mit heruntergelassener Hose liegen gelassen, und er wünschte, jemand würde die Hand in eine passendere Position bewegen. Er blickte weg.

Da er nie gesehen hatte, wie eine Wunde von einem Arzt versorgt wurde, wie Hurwood einer zu sein schien, trat Chandagnac näher, um zuzuschauen; und einen verwirrenden Augenblick dachte er, Hurwood werde damit anfangen, daß er Davies' äußere Erscheinung zurechtmachen wolle, denn was er aus der Rocktasche zog, sah wie ein kleiner Staubwedel aus.

»Dieser Ochsenschwanz«, sagte Hurwood betont, als wende er sich an sein Vorlesungspublikum, »ist behandelt worden, um ein Brennpunkt der Aufmerksamkeit des Wesens zu werden, das Sie Mate Care-For nennen. Wäre er ein größeres Wesen, könnte er uns allen gleichzeitig seine Aufmerksamkeit zuwenden, aber wie die Dinge stehen, kann er sich nur um ein paar Leute zur Zeit gründlich kümmern. In diesem letzten Handgemenge bewahrte er mich und Mr. Friend, und da die Gefahr für uns vorüber ist, werde ich Sie seiner Aufmerksamkeit anheimstellen.« Er steckte den haarigen Gegenstand vorn in Davies' limonengrünes Hemd. »Mal sehen ...« Wieder suchte er in seinen Rocktaschen. »Und hier«, sagte er und brachte einen kleinen Stoffbeutel mit etwas zum Vorschein, »ist eine *drogue,* die für ein gutes Arbeiten der Gedärme sorgt. Sie sind auch in dieser Hinsicht im Augenblick mehr in Gefahr als ich es bin — aber ich möchte es wieder haben.« Er nahm Davies den Dreispitz vom Kopf und legte ihn auf das Deck, dann tat er den kleinen Stoffbeutel auf den Kopf des Piraten und setzte ihm den Hut wieder auf. »Das wäre das«, sagte er und stand auf. »Vergeuden wir keine weitere Zeit. Wer von Bord geht, soll das Boot besteigen, und dann wollen wir weiterfahren.«

Die neuen Eigner der *Carmichael* schwenkten das Beiboot an den Davits aus und ließen es mit einem achtlosen Aufklatschen steuerbords zu Wasser, dann warfen sie ein Netz aus Tauen und Leinen hinterher, an dem die Leute hinabklettern konnten. Beim nächsten Auflaufen der Dünung wurde das Boot gegen den Schiffsrumpf geschlagen und nahm eine Menge Wasser über, aber Davies rief mit müder Stimme ein paar Befehle, und das Schiff drehte schwerfällig, bis der Wind von Steuerbord achtern kam und das Schlingern nachließ.

Davies stand auf und verzog schmerzlich und gereizt das Gesicht. »Alle von Bord, die weg wollen!« knurrte er.

Sehnsüchtig sah Chandagnac der ursprünglichen Mannschaft des Schiffes nach, als sie zur Steuerbordreling zog. Mehrere der Matrosen stützten verwundete Gefährten. Beth Hurwood, die eine schwarze Kapuze über ihre kupferroten Ringellocken gezogen hatte, schloß sich ihnen an, wandte sich dann noch einmal um und rief: »Vater! Komm mit mir ins Boot!«

Hurwood blickte auf und stieß ein Lachen aus, das wie das letzte Rasseln ungeölter Maschinerie klang. »Die Leute würden sich gewiß über meine Gesellschaft freuen! Die Hälfte dieser Niedergestreckten verdanken ihren gegenwärtigen Zustand meiner Pistolensammlung und meiner Hand. Nein, liebes Kind, ich bleibe an Bord dieses Schiffes — und du auch.«

Seine Erklärung mußte sie getroffen haben, aber sie kehrte ihm den Rücken und wollte zur Reling.

»Haltet sie!« rief Hurwood.

Davies nickte, und mehrere grinsende Piraten vertraten ihr den Weg.

Hurwood gestattete sich ein weiteres Lachen, aber es wandelte sich zu einem würgenden Husten. »Fahren wir«, krächzte er. Chandagnacs Blick fiel zufällig auf Leo Friend, und er war beinahe froh, daß er gezwungen worden war, an Bord zu bleiben, denn der fette Arzt zwinkerte angestrengt, und seine wulstigen Lippen waren naß, und sein Blick ruhte auf Beth Hurwood.

»Recht so«, sagte Davies. »Los, ihr Tölpel, schafft diese Leichen über Bord — aber schmeißt sie nicht in das Boot, wohlgemerkt —, und dann laßt uns fahren!« Er blickte nach oben. »Wie sieht es aus, Rich?«

»Kann das Segel nicht umlegen«, kam ein Ruf von oben, »weil der Besan weg ist. Aber bei diesem Wind und Seegang können wir kreuzen, denke ich, wenn alle Mann an die Schoten gehen.«

»Gut. Elliot, du nimmst ein paar Leute und fährst die Schaluppe nach Haus!«

»In Ordnung, Phil.«

Beth Hurwood wandte ihren Blick vom Vater und sah zu Leo Friend, der lächelnd vorwärts trat — Chandagnac bemerkte zum ersten Mal, daß zum Aufputz des fetten Arztes auch ein Paar lächerliche Schuhe mit roten Absätzen und ›Windmühlenflügel‹-Schnürsenkeln gehörte —, um ihr den Arm zu reichen, aber Beth ging ohne ein Wort zu Chandagnac und stellte sich neben ihn. Sie hatte die Lippen fest zusammengepreßt, aber Chandagnac bemerkte das verräterische Glänzen von Tränen in ihren Augen, bevor sie sie mit einer ungeduldigen Armbewegung an der Manschette trocknete.

»Soll ich Sie unter Deck bringen?« fragte Chandagnac mit leiser Stimme.

Sie schüttelte den Kopf. »Ich könnte es nicht ertragen.«

Davies blickte zu ihnen herüber. »Du hast noch keine Pflichten«, sagte er zu Chandagnac. »Geh mit ihr aufs Vorschiff, wo ihr nicht im Weg seid. Wenn du schon dabei bist, könntest du ihr etwas Rum holen.«

»Ich glaube kaum ...«, fing Chandagnac in einem Ton steifer Förmlichkeit ab, aber Elizabeth unterbrach ihn.

»Um Gottes willen, ja«, sagte sie.

Davies grinste Chandagnac zu und winkte sie vorwärts.

Ein paar Minuten später waren sie auf dem Vordeck beim Steuerbordanker, durch das geblähte Hauptsegel hinter ihnen gegen den Wind abgeschirmt. Chandagnac war in die Kombüse gegangen und hatte zwei Keramikbecher mit Rum gefüllt. Einen reichte er ihr.

Schotleinen summten wieder durch die Rollen, und die Rahen knarrten, als die an den Wind getrimmten Segel den stetigen Ostwind einfingen; das Schiff kam in einem langsamen Bogen herum, daß der Bug nach Norden und dann nach Nordosten zeigte, und Chandagnac sah das überfüllte Rettungsboot zurückbleiben und schließlich hinter dem hohen Heckaufbau verschwinden. Die Schaluppe begleitete den Schoner backbords. Von seinem Platz an der Reling, wo er mit aufgestütztem Ellbogen lehnte und warmen Rum schlürfte, konnte Chandagnac den Mast und die Segel des kleineren Fahrzeugs sehen, und als der Schoner Fahrt aufnahm, ging die Schaluppe auf Distanz, so daß er auch ihren langen, niedrigen Rumpf sehen konnte. Er schüttelte den Kopf, noch immer ungläubig.

»Nun, es hätte für uns beide schlimmer ausgehen können«, bemerkte er in einem Versuch, sich selbst ebenso wie sie zu überzeugen. »Mein Angriff auf den Piratenhäuptling ist mir anscheinend vergeben worden, und Sie sind durch die ... Stellung Ihres Vaters vor diesen rauhen Gesellen sicher.« Auf dem Mitteldeck ging einer der Piraten pfeifend hin und her und bestreute die vielen Blutlachen und Spritzer auf den Decksplanken mit Sand aus einem Eimer. Chandagnac blickte weg und fuhr fort: »Und wenn es uns gelingt, aus dieser Lage herauszukommen, können alle Matrosen in dem Rettungsboot bezeugen, daß Sie und ich unfreiwillig geblieben sind.« Er war stolz auf die Festigkeit seiner Stimme und schluckte etwas mehr Rum, um das Zittern zu beruhigen, das nun, nach überstandener Krise, in seinen Händen und Beinen einsetzte.

»Mein Gott«, sagte Beth halb betäubt, »ich kann nur hoffen, daß er hier draußen umkommt. Er kann niemals mehr zurück. Sie würden ihn nicht einmal in ein Tollhaus stecken — sie würden ihn hängen.«

Chandagnac nickte und dachte bei sich, daß selbst Erhängen weniger sei als ihr Vater verdient hatte.

»Ich hätte den Ausbruch seiner Tollheit erkennen müssen«, sagte sie. »Ich wußte, daß er ... exzentrisch geworden war und sich mit Forschungen beschäftigte, die ... mir etwas absonderlich vorkamen, um nicht zu sagen, verrückt ... aber nie hätte ich mir träumen lassen, daß er wild werden würde wie ein tollwütiger Hund, und anfangen, Menschen umzubringen.«

Chandagnac dachte an den Maat, dessen Tod an der Drehbasse er aus nächster Nähe gesehen hatte, und an den anderen Matrosen, den Hurwood einen Augenblick später ins Gesicht geschossen hatte. »Er tat es nicht in einer Art von Raserei, Miß Hurwood«, erwiderte er. »Es war kalt und methodisch — wie ein Koch, der auf dem Küchenboden Schaben zertritt, eine nach der anderen, und sich dann der nächsten Aufgabe zuwendet. Und der fette Kerl war am anderen Ende des Schiffes und tat es ihm Schuß für Schuß gleich.«

»Friend, ja«, sagte sie. »Es ist immer etwas Widerwärtiges an ihm gewesen. Ohne Zweifel verleitete er meinen armen Vater zu diesem Unternehmen, was es auch ist. Aber mein Vater *ist* wahnsinnig. Hören Sie, kurz bevor wir im vergangenen Monat England verließen, blieb er die ganze Nacht aus und kam am Morgen ganz verdreckt und ohne Hut nach Haus, einen übelriechenden kleinen Holzkasten in den Händen. Er wollte nicht sagen, was es war — als ich ihn fragte, starrte er mich bloß an, als hätte er mich noch nie gesehen —, aber seither hat er sich nicht von dem Kasten getrennt. Er ist jetzt in seiner Kabine, und ich schwöre Ihnen, daß er nachts damit flüstert. Und mein Gott, lesen Sie nur sein Buch! Er war ein so brillanter Mann! Welche Erklärung außer Tollheit könnte es geben, daß der Autor von *Die Rechtfertigung des Freien Willens* all diesen Unsinn über Ochsenschwänze und zweiköpfige Hunde schwatzt?«

Chandagnac hörte in ihrer sorgsam beherrschten Stimme Untertöne von Anspannung und Zweifel heraus. »Da kann ich Ihnen nicht widersprechen«, räumte er ein.

Sie trank ihren Rum aus. »Vielleicht werde ich doch unter Deck gehen. Ach, ah, John, könnten Sie mir helfen, etwas zu essen zu bekommen?«

Chandagnac starrte sie an. »Jetzt gleich? Gewiß, ich denke schon. Was haben Sie ...?«

»Nein, ich meine zu den Mahlzeiten. Es könnte jetzt noch schwieriger werden, der Diät zu entgehen, die Friend mir vorgeschrieben hat, und gerade jetzt möchte ich mehr denn je meine Spannkraft und Wachsamkeit erhalten.«

Chandagnac lächelte, aber er dachte wieder an die Folgen, die sich daraus ergaben, wenn man streunenden Hunden Bissen zuwarf. »Ich werde tun, was ich kann. Aber Gott allein weiß, was diese Teufel essen. Friends Kräuter könnten dem vorzuziehen sein.«

»Sie haben nicht davon gekostet.« Sie ging zum Niedergang, hielt aber inne und blickte zurück. »Das war sehr mutig, John, diesen Piraten anzugreifen, wie Sie es taten.«

»Es war bloß ... eine Art Reflex.« Er fühlte das Wiederaufleben seines Ärgers. »Ich hatte den alten Chaworth liebgewonnen. Er erinnerte mich an ... einen anderen alten Mann. Keiner der beiden hatte irgendwelchen gesunden Menschenverstand. Und ich fürchte, ich habe auch keinen, sonst wäre ich jetzt mit den anderen im Boot.« Er stürzte den Rest seines Rums hinunter. »Nun, wir sehen uns später.«

Er blickte am Bugspriet vorbei zum blauen Horizont, und als er den Kopf wandte, war sie gegangen. Er entspannte sich ein wenig und sah der neuen Besatzung bei der Arbeit zu. Die Männer kletterten beweglich wie Spinnen in den Wanten herum und verfluchten einander beiläufig auf Englisch, Französisch, Italienisch und ein paar Sprachen, die Chandagnac nie gehört hatte, und obwohl ihre Grammatik schauderhaft war, verstanden sie es, aus jeder Sprache, die ihm geläufig war, ein Höchstmaß an Blasphemien und Schimpfworten herauszuholen.

Er mußte lächeln, als ihm klar wurde, daß diese vielsprachigen, gutmütigen Neckereien aufs Haar den Reden glichen, die er so oft in den Tavernen von Amsterdam und Marseille, Brighton und Venedig gehört hatte; in seiner Erinnerung verschmolzen sie alle zu einer archetypischen Seemannskneipe, in der sein Vater und er an einem Tisch beim Feuer saßen, die einheimische Spezialität tranken und mit anderen Reisenden Neuigkeiten austauschten. Für den jungen Chandagnac hatte es manchmal den Anschein gehabt, daß die Marionetten eine Reisegesellschaft hölzerner Aristokraten seien, die mit zwei Dienern von Fleisch und Blut reisten, und nun, sieben Jahre nachdem dieses Leben aufgehört hatte, mußte er daran denken, daß die Puppen keine schlechten Herren gewesen waren. Die Bezahlung war unregelmäßig gewesen, denn die Glanzzeit der europäischen Puppentheater hatte 1690, dem Jahr von Chandagnacs Geburt, ein Ende genommen, als in Deutschland das zehnjährige kirchliche Verbot von Schauspielen mit lebenden Darstellern aufgehoben worden war, aber die Einnahmen waren bisweilen noch immer üppig gewesen, und dann waren die warmen Mahlzeiten und weichen Federbetten durch die Erinnerungen an vorausgegangene Monate eisiger Zimmer, Strohschütten und übergangener Mahlzeiten um so angenehmer gewesen.

Der Pirat mit dem Sandeimer hatte seine Arbeit anscheinend beendet, aber als er am Hauptmast vorbei nach achtern ging, glitt er mit dem Absatz aus. Er funkelte finster in die Runde, wie um jeden herauszufordern, der es wagen sollte, ihn auszulachen, dann schüttete er den ganzen Rest seines Sandes auf die schlüpfrige Stelle und marschierte davon.

Chandagnac versuchte sich zu besinnen, ob die Blutlache, in der er ausgeglitten war, Chaworths gewesen war. Und er erinnerte sich der Nacht in Nantes, als sein Vater einer Bande von Strolchen, die vor einer Weinschenke Chandagnac *père et fils* aufgelauert, sie eingekreist und ihr ganzes Geld verlangt hatte, mit dem Messer entgegengetreten war. Der alte François Chandagnac hatte an jenem Abend eine Menge Geld bei sich gehabt, und er war Mitte sechzig und seiner Zukunft ungewiß, und so hatte er, statt das Geld herauszugeben, wie er es bei früheren Anlässen getan hatte, als er beraubt worden war, das Messer, mit dem er Marionettengesichter und Hände schnitzte, aus der Tasche gezogen und gegen die Räuber geschwungen.

Chandagnac lehnte sich gegen eine der nicht angefeuerten Steuerbord-Drehbassen und genoß mit aller gebotenen Vorsicht, daß die Sonne ihm warm auf den Rücken schien, daß er leicht angetrunken war, und daß er keine Schmerzen litt.

Das Messer war seinem Vater mit dem ersten verächtlichen Fußtritt aus der Hand geschlagen worden, und dann hatte es in der Dunkelheit nur noch Fäuste, Zähne, Knie und Stiefel gegeben, und als die Strolche fortgegangen waren, lachend und krähend vor Vergnügen, mit dem Zählen des Geldes in der unerwartet fetten Börse beschäftigt, mußten sie angenommen haben, daß sie am Schauplatz des Überfalls zwei Leichen zurückgelassen hatten.

In den seither vergangenen Jahren hatte Chandagnac manches Mal gewünscht, sie hätten in dieser Annahme recht behalten, denn weder sein Vater noch er hatten sich jemals davon erholt.

Den beiden war es schließlich gelungen, sich in ihre Herberge zurückzuschleppen. Sein Vater hatte die Vorderzähne und das linke Auge verloren, mehrere Rippenbrüche und möglicherweise einen Schädelbruch erlitten. Der junge John Chandagnac hatte durch den Stiefelabsatz eines schweren Mannes den Gebrauch der rechten Hand zum größten Teil verloren und war einen Monat lang am Stock gegangen, und es hatte ein volles Jahr gedauert, bis sein Urin ganz frei von Blut gewesen war. Die verletzte Hand — deren fast vollständigen Gebrauch er später allmählich wiedergewonnen hatte — war ihm ein willkommener Anlaß gewesen, dem nomadischen Leben des Puppenspielers ade zu sagen, und durch Bitten gelang es ihm, Reisegeld und Unterkunft bei einem Verwandten in England zu bekommen, und vor seinem zweiundzwanzigsten Geburtstag hatte er eine Stellung als Buchhalter in einer englischen Textilhandlung gefunden.

Sein Vater, dessen Gesundheitszustand sich zusehends verschlechtert hatte, war noch zwei Jahre allein mit dem Marionettentheater herumgezogen, bis er im Winter 1714 in Brüssel gestorben war. Er hörte nie von dem Geld, das sein geworden war und das sein Leben hätte verlängern und verschönern können, dem Geld, um das ihn sein jüngerer Bruder Sebastian auf gerissene Art und Weise betrogen hatte.

Chandagnac blickte über die rechte Schulter und blinzelte zum Osthorizont, bis er dort eine dunklere Linie zu sehen glaubte, die Hispaniola sein mochte. In einer Woche hätte er dort sein sollen, dachte er zornig, nachdem er seine Kreditverhandlungen mit der Bank in Jamaica abgeschlossen hätte. Wie lang würde es jetzt dauern? Er konnte nur hoffen, daß Onkel Sebastian nicht sterben würde, ehe er zu ihm käme.

2

SELBST IN DER ABENDDÄMMERUNG, als am dunkelnden Strand die Kochfeuer entzündet wurden, war das Gesprenkel der Untiefen in der Hafenbucht deutlich sichtbar, und man konnte sehen, wie die Boote, die das entfernte Ende der Schweinsinsel umfuhren, häufig den Kurs änderten, als sie sich bei der Fahrt von der offenen See zu der Siedlung auf New Providence an das Dunkelblau des tieferen Wassers hielten. Die meisten Boote der Siedlung hatten für die Nacht bereits festgemacht und ankerten draußen im Hafen oder lagen an der baufälligen Landungsbrücke oder waren, wie es im Fall der kleineren Boote geschah, auf den weißen Sandstrand gezogen worden. Die Bevölkerung der Insel beschäftigte sich unterdessen mit den Vorbereitungen zum Abendessen. Zu dieser Stunde wetteiferte der Gestank der Siedlung auf das energischste mit der reinen Meeresbrise, denn zu seiner gewohnten Mischung von Teergeruch, Schwefel, verdorbenen Speiseresten und den ungezählten Latrinengruben kam das oft erschreckende Geruchsspektrum laienhafter Küche: der Geruch von abgesengtem Gefieder, das von den Hühnern zu rupfen die Männer zu ungeduldig waren, von seltsamen Schmorgerichten, in welche die enthusiatische Hand des Amateurs ansehnliche Mengen erbeuteter Minze, Koriander und chinesischen Senfs geworfen hatten, um den Hautgout zweifelhaften Fleisches zu überdecken, sowie von absonderlichen und bisweilen explosiven Experimenten in der Kunst der Punschherstellung.

Benjamin Hurwood war vier Stunden früher mit seiner Tochter und Leo Friend von Bord gegangen, kurz nachdem das Schiff mühsam in den Hafen geschleppt worden war, und lange bevor die Piraten darangegangen waren, es mit Rollen und Flaschenzügen auf den

Strand zu ziehen und abgestützt auf die Seite zu legen. Er hatte das erste Boot angerufen, das längsseits gekommen war und verlangt, daß die Männer darin sie an Land brächten, und man hatte ihm nicht nur gehorcht, sondern, wie es Chandagnac geschienen hatte, ihn auch wiedererkannt.

Und nun lag die *Brüllende Carmichael* mit grotesker Schlagseite, Flaschenzüge mit Tauen zu den Mastspitzen gespannt, mit Rundhölzern abgestützt und zusätzlichen Tauen und Flaschenzügen, die unter dem Kiel durchgezogen und an der freigelegten Seite verankert waren. So lag sie mit der Hälfte seiner 110 Fuß Länge auf dem weißen Strand am Ende eines ausreichend tiefen Wasserarmes hundert Schritte südlich der Hauptansammlung von Zelten, und Chandagnac stapfte in der Gesellschaft der Piraten den Strand hinauf, taumelnd vor Erschöpfung wie auch von dem ungewohnten Gefühl, festen, bewegungslosen Boden unter den Füßen zu haben, denn die Piraten hatten es als selbstverständlich angesehen, daß er als neues Mitglied der Mannschaft für zwei arbeiten sollte.

»Ah, verdammt«, bemerkte der zahnlose junge Mann, der neben Chandagnac einherstapfte. »Ich rieche kräftiges Futter.« Chandagnac hatte mitbekommen, daß der Name dieses jungen Mannes Skank war.

Das Schiff hinter ihnen ächzte laut, als seine Spanten sich den neuen Belastungen anpaßten, und Vögel — Chandagnac nahm an, daß es Vögel sein mußten — krähten und kreischten im dämmrigen Dschungel.

»Kräftig ist das rechte Wort«, sagte Chandagnac. In Anbetracht der Flammen, Gerüche und Rufe voraus schien es in der Tat, als sei das Abendessen, das dort bereitet wurde, nicht nur kräftig, sondern noch lebendig.

Zur Linken ragte eine felsige Erhebung über die Palmwipfel. »Das Fort«, sagte sein zahnloser Begleiter und nickte hinüber.

»Fort?« Chandagnac spähte durch das Zwielicht und

bemerkte schließlich Mauern und einen Turm, die aus dem gleichen Stein gefügt waren, aus dem die felsige Anhöhe bestand. Soweit er im schwindenden Licht erkennen konnte, klafften mehrere unregelmäßige Lücken in der Mauer. »Ihr habt hier ein Fort gebaut?«

»Nein, die Spanier bauten es. Oder vielleicht die Engländer. Beide haben diese Insel seit Jahren abwechselnd beansprucht, aber auf ganz New Providence gab es nur eine Menschenseele, ein taubes altes Wrack, als Jennings auf den Ort stieß und beschloß, hier seine Piratenstadt zu gründen. Die Engländer denken, sie hätten es jetzt — König Georg soll sogar jemand beauftragt haben, zu uns herüberzusegeln und allen Straferlaß anzubieten, die der Schlechtigkeit entsagen und mit, ich weiß nicht, Landwirtschaft oder was anfangen — aber das wird auch nicht von Dauer sein.«

Unterdessen waren sie zwischen den Kochfeuern und suchten sich den Weg um die Gruppen von Leuten, die im Sand saßen. Viele von ihnen hatten Faßdauben oder zerbrochene Bretter als Rückenlehnen in den Sand gesteckt, und alle riefen den Neuankömmlingen Begrüßungen zu und schwenkten Flaschen und angekohlte Stücke Fleisch. Chandagnac beäugte nervös die vom Feuer beschienenen Gesichter und war überrascht zu sehen, daß ungefähr jedes dritte einer Frau gehörte.

»Die *Jenny* ankert da drüben«, sagte Skank mit einer ungewissen Handbewegung. »Sie werden inzwischen Feuer gemacht und mit etwas Glück irgendwelches Zeug für den Kochtopf organisiert haben.«

Chandagnac war noch immer, als schwanke der Boden unter seinen Füßen, und als er durch den weichen Sand stapfte, schwankte er hin und her, als müsse er auf einem schlingernden Deck das Gleichgewicht halten; er brachte es fertig, nicht zu fallen, stieß aber einer Frau ein Hühnerbein aus der Hand.

Mein Gott, dachte er in jähem Schreck. »Tut mir leid«, murmelte er, »ich ...«

Aber sie lachte bloß betrunken, nahm ein anderes Stück Hühnerfleisch von einem anscheinend echten goldenen Teller und antwortete etwas in einer lallenden Mischung von Französisch und Italienisch; Chandagnac war ziemlich sicher, daß es eine halb ironische sexuelle Einladung gewesen war, aber der Mischdialekt war zu unvertraut, und die Redeweise zu undeutlich, als daß es Gewißheit gegeben hätte.

»Ah«, sagte er zu Skank, als sie weiterstapften, »die *Jenny*?«

»Das ist die Schaluppe, mit der wir euren Schoner gekapert haben«, sagte der junge Seeräuber. »Ja«, fügte er hinzu, als sie einen Sandrücken überwanden und einen weiteren Strandabschnitt überblicken konnten, »jetzt kann man sie sehen. Sie haben einen Topf Seewasser auf dem Feuer und werfen irgendwas hinein.«

Skank ging in einen schwerfälligen Laufschritt über, und Davies' übrige Männer folgten seinem Beispiel. Chandagnac ging langsamer weiter. Am Strand brannte ein Feuer, und der über dem lodernden Treibholz auf einem Eisengestell ruhende Kochtopf war beinahe hüfthoch. Er sah mehrere Hühnchen, geköpft und ausgenommen, aber ansonsten unbereitet, aus der Dunkelheit fliegen und in den Topf klatschen, und dann kam ein Mann mit einem Eimer und goß irgendeine klumpige Flüssigkeit dazu. Chandagnac unterdrückte ein Würgen, dann mußte er lächeln, als ihm der Gedanke kam, daß er diese Leute weniger fürchtete als ihre Speisen.

Ein untersetzter alter Kerl, kahlköpfig aber bärtig wie ein Palmbaum, beugte sich über das Feuer und steckte den tätowierten rechten Arm in das Gebräu, um es zu rühren. »Noch nicht heiß genug«, brummte er, fischte ein durchnäßtes Huhn heraus, trat vom Feuer zurück und biß einen Flügel ab. Nasse Federn machten ein überraschendes Schauspiel aus seinem Bart, und selbst durch den Lärm des allgemeinen Gespräches konnte Chandagnac hören, wie Knochen zermalmt wurden.

»Aber es wird schmackhaft«, erklärte der Mann und warf den verstümmelten Vogel wieder in den Topf.

»Laßt uns was singen!« schrie jemand. »Während wir warten.«

Beifallsrufe folgten, aber dann trat eine hagere, grinsende Gestalt in den Feuerschein. »Zum Teufel mit Gesang«, sagte Philip Davies und sah zu Chandagnac herüber. »Sehen wir uns ein Puppentheater an.« Die erheiterte Geringschätzung in seinem Ton ließ Chandagnac heiße Röte in die Wangen steigen.

Vielleicht hatte Davies nur gescherzt, aber die anderen Seeräuber griffen den Gedanken begierig auf. »Richtig«, rief ein Mann, dessen einziges Auge vor Erregung beinahe aus der Höhle sprang. »Dieser Bursche von der *Carmichael* kann mit Marionetten umgehen! Wahrhaftig, er soll uns eine Vorstellung geben, nicht?«

»Das wird er tun«, rülpste ein Betrunkener, der in seiner Nähe saß, »oder ich ... reiß ihm den Arsch auf.«

Alle schienen zu empfinden, daß dies der richtige Geist sei, und Chandagnac sah sich in den freien Raum vor dem Feuer gestoßen.

»Wa ... aber ich ...« Er blickte umher. Die betrunkene Drohung schien kein Scherz gewesen zu sein, und er erinnerte sich der Beiläufigkeit, mit der Chaworth ermordet worden war.

»Willst du es tun oder nicht, Junge?« fragte Davies. »Was ist los, ist deine Schau zu gut für uns?«

Ein Schwarzer mit vorquellenden Augen starrte Chandagnac an, dann blickte er in die Runde seiner Genossen. »Er hat mich einen Hundsfott genannt, nicht wahr?«

»Augenblick!« sagte Chandagnac und hob die Hände. »Wartet, ja, ich werde es tun. Aber ich brauche ... ah ... eine Menge dünnen Faden, eine gute Nadel, ein scharfes Messer und ein Stück sehr weiches Holz von der Größe eines Wasserkruges.«

Mehrere der Piraten sprangen auf und riefen fröhlich durcheinander.

»Ach«, ergänzte Chandagnac, »und ein paar Stücke Stoff wären nützlich, und Reißzwecken oder kleine Nägel. Und ich sehe, daß dort Flaschen die Runde machen … wie wär's mit einem Schluck für den Puppenspieler?«

Einige Minuten später kauerte er über seine primitiven Werkzeuge gebeugt beim Feuer, arbeitete und trank zwischendurch immer wieder von einer Flasche wirklich sehr guten Brandys, und als er in aller Eile Gliedmaßen, Rumpf, Becken und Kopfstücke aus einem gespaltenen Palmstamm schnitt, überlegte er, welche Art von Vorstellung dieses Publikum erfreuen würde. Shakespeare erschien ihm ungeeignet. Es gab ein paar rasche, humoristische Szenen mit ziemlich vulgären Dialogen, die sein Vater vor Jahren bisweilen in Wirtshäusern gespielt hatte, als er der Meinung gewesen war, sein noch jugendlicher Sohn sei hinaufgegangen, sich schlafen zu legen, und Chandagnac vermutete, daß diese kurzen Stücke früher in den mageren Jahren vor dem deutschen Verbot lebender Schauspieler einen wichtigen Teil vom Repertoire des alten Mannes dargestellt hatten. Wenn er sich jetzt daran erinnern konnte, würden diese Stücke hier wahrscheinlich gut ankommen.

Mit einer Geschicklichkeit, die noch zu besitzen er abgestritten haben würde, schnitzte er die Gesichter der zwei kleinen hölzernen Köpfe und brachte derbe, aber genaue Gesichtszüge zustande; als nächstes schnitt er kleine Stoffstreifen, die als anzuheftende Verbindungen zwischen Gliedmaßen und Körpern zu dienen hatten, und dann größere, kompliziertere Umrisse für die Kleidungsstücke. Es kostete ihn nicht mehr als eine Minute, alles zusammenzuheften; dann schnitt er die Fäden in passende Längen und befestigte sie an den Ohren, Händen, Knien und Rücken seiner beider Marionetten. Die anderen Enden befestigte er an den Führungskreuzen, die er in beiden Händen halten konnte. Die Beherrschung zweier Marionetten zugleich bedeutete, daß er auf einen separat gehaltenen Führungsstock für die Knie der Puppen verzichten mußte, aber er hatte längst gelernt, wie er statt dessen die steif ausgestreckten ersten zwei Finger jeder Hand dafür einsetzen konnte.

»Sehr gut, es kann losgehen«, sagte er schließlich und bemühte sich, so zuversichtlich zu wirken, wie sein Vater es ihm immer geraten hatte, wenn sie vor einem möglicherweise unruhigen Publikum auftraten, was für dieses sicherlich zutraf. »Alle müssen sich niedersetzen. Könnte mir jemand das zerbrochene Faß dort zuwerfen, bitte? Besser als nichts, wenn man keine Bühne hat.«

Zu seiner Überraschung brachte einer ihm das geborstene Faß herüber und stellte es behutsam vor ihm ab. Chandagnac betrachtete es einen Augenblick, dann trat er die ganze Frontseite ein, zog die zerbrochenen Dauben heraus und entfernte auch den einen, noch verbliebenen Faßstreifen. Dann trat er zurück und nickte. »Unsere Bühne.«

Die meisten der Seeräuber hatten sich gesetzt und wenigstens aufgehört, durcheinander zu schreien, also hielt Chandagnac den Augenblick für gekommen, die Führungskreuze aufzuheben und seine Finger in die Schleifen zu stecken. Er hob die Marionette, deren Beine in einer grob zusammengehefteten Hose steckten. »Unser Held!« sagte er mit lauter Stimme, dann hob er die andere in die Höhe, für die er ein Kleid gemacht hatte. »Und eine Frau, die er trifft.«

Sein Publikum schien diese Ausgangslage vielversprechend zu finden.

Die weibliche Puppe wurde in die offene Front des Fasses bugsiert, und die männliche Marionette begann, aus einem Schritt Entfernung näherzuschlendern.

Chandagnac war sich akut bewußt, daß er an einem Strand auf der falschen Seite der Welt stand, vor einer Bande betrunkener Mörder. Unter diesen Umständen eine Marionettenvorführung zu gestalten, war sicherlich so unpassend wie Festtagsgirlanden an einem Galgen ... oder Tanz und Musik, wenn man sich anschickte, ein Handelsschiff zu kapern und mehr als die Hälfte der Besatzung umzubringen.

Aus der Richtung der anderen Feuer kam nun der älteste Mann in den Feuerschein getappt, den Chandagnac seit seiner Abreise aus England gesehen hatte. Der Bart und das lange, filzige Haar hatten die Farbe ausgebleichter Knochen, und sein Gesicht war dunkles altes Leder, straff über einen Schädel gespannt. Chandagnac konnte die Rassenzugehörigkeit des Mannes nicht erraten, doch als mehrere der Piraten den Alten als ›Gouverneur‹ begrüßten und Platz machten, daß er sich zu ihnen setzen konnte, vermutete er, daß dieser Veteran das ›taube alte Wrack‹ sein müsse, das Skank erwähnt hatte: der Mann, der einziger Bewohner der Insel gewesen war, als die Piraten den Landeplatz gefunden hatten.

Die männliche Marionette war zum Faß hinaufgegangen und schien im Begriff, vorbeizugehen, aber die weibliche beugte sich aus der einem Hauseingang ähnlichen Öffnung und legte den Kopf auf die Seite. »N'abend, Sir«, sagte Chandagnac mit schriller Stimme und kam sich wie ein Trottel vor. »Würde es Ihnen was ausmachen, einer Dame ein Gläschen zu spendieren?«

»Wie bitte?« ließ Chandagnac die andere Marionette in einer breiten Parodie des Oberklassen-Englisch sagen. »Ich bin sehr hart ...«

»Bitte sprechen Sie lauter, Sir!« unterbrach ihn die weibliche Puppe. »Ich höre nicht sehr gut.«

» ... harthörig.«

»Was sagen Sie, Sir? Sie meinen, daß Sie stören? Ich weiß, mein Mann ist nicht zu Hause, und ich kann garantieren ...«

»Nein, nein: hart*hörig*.«

»Hering? Was ist mit Hering?«

»Ich sagte, daß ich mich sehr hart damit tue.«

»Oh! Nun, großartig, Sir, wunderbar, sehr hart, sagen Sie, nun, dann lassen Sie uns unverzüglich zur Sache kommen und aufhören, von Fischen zu reden, nicht wahr?«

»Das ist eine Falle!« schrie einer der Seeräuber aus dem Publikum. »Sie wird ihn direkt in die Hände einer Aushebungsmannschaft führen! So hat die Marine mich rangekriegt!«

»Mit einer Frau?« rief ein anderer Pirat ungläubig. »*Ich* hatte bloß einen getrunken — und hatte nicht mal die Hälfte davon unten, da zogen sie mir schon einen über den Schädel, und ich wachte erst im Schiffsboot auf.«

Davies lachte und entkorkte eine neue Flasche. »Mich haben sie mit Zuckerwerk geködert. Ich war fünfzehn und ging gerade von der Holzschnitzerwerkstatt, wo ich Lehrling war, nach Haus.« Er setzte die Flasche an die Lippen und tat einen langen Zug.

»Das können sie nicht!« widersprach ein anderer. »Das ist illegal! Lehrlinge unter achtzehn sind ausgenommen. Das hättest du dem Kapitän sagen sollen, Phil, dann hätte er dich mit einer Entschuldigung wieder an Land setzen müssen.«

»Königin Anne erließ dieses Gesetz 1703, aber ich wurde vier Jahre vorher gepreßt.« Davies grinste und setzte die Flasche wieder an, wischte sich dann den Schnurrbart und sagte: »Und sie machten das Gesetz nicht rückwirkend.« Er blickte zu Chandagnac auf. »Ja, sie soll ihn zu einer Aushebungsmannschaft führen.«

»Ah ... in Ordnung.« Chandagnac hatte in mehreren Ländern Aushebungsmannschaften am Werk gesehen, obwohl sein jugendliches Alter, oder seine Staatsangehörigkeit, oder mgölicherweise eine gelegentliche diskrete Bestechung durch seinen Vater ihn davor bewahrt hatte, diesen Menschenräubern zum Opfer zu fallen.

»Kommen Sie nur herein, Sir«, sagte die weibliche Marionette lockend und wich ins Innere des Fasses zurück. »Wir können ein Gläschen zusammen trinken, bevor wir zu anderen Dingen übergehen.«

Die andere Puppe nickte idiotisch. »Wie bitte?«

»Ich sagte, ich kenne mich hier aus. Wir können was trinken.«

»Stinken? Das kann man wohl sagen. Mein Wort, kein Wunder, wenn man diese rohen Burschen ansieht, ich weiß wirklich nicht, ob ich ...« Die männliche Puppe folgte ihr hinein, und dann schüttelte Chandagnac die Marionetten und stieß mit dem Stiefel gegen die Rückseite der Faßdauben. »Au!« ließ er eine rauhe Stimme schreien. »Aufgepaßt! Packt ihn! So ist's recht! Haltet ihn nieder! Und jetzt ab mit Ihnen, Sir! Ich beglückwünsche Sie, daß Sie sich für ein Leben auf hoher See entschieden haben.«

Chandagnac hoffte, seine Geschichte in die gewohnten Bahnen zurücklenken zu können, aber sein Publikum verlangte jetzt, daß er seinem unglücklichen Hauptdarsteller auf ein Schiff der Kriegsmarine folge, und so mußte er das Faß auf die Seite legen, so daß es als Schiff dienen konnte, und den Frauenrock schnell aufschneiden und zu einer Hose zusammenheften, damit diese Marionette verschiedene männliche Rollen übernehmen könne.

Souffliert von seinem erinnerungsfreudigen Publikum, ließ Chandagnac die Arme Hauptdarsteller-Marionette — deren Oberklassenakzent mittlerweile verschwunden war — von den Händen der gefürchteten und verabscheuten Offiziere alle möglichen Bestrafungen erleiden. Weil er auf den Befehl eines Offiziers in einem Ton geantwortet hatte, die dieser für ironisch hielt, wurde ihm ein Ohr abgeschnitten, für einen anderen Verstoß wurden ihm mit einer Belegklampe die Zähne eingeschlagen, und dann wurde er ›durch die Flotte gepeitscht‹, was offenbar bedeutete, daß er mit einigem Zeremoniell in einem Boot von einem Schiff zum anderen gefahren wurde, um an Bord ausgepeitscht zu werden. Endlich gestattete ihm das Publikum, in einem tropischen Hafen zu desertieren, indem er über Bord sprang und ans Ufer watete. Bei diesem Stand der Dinge schienen mehrere Zuschauer das Interesse zu verlieren und begannen zu singen, und zwei fochten außerhalb des Kreises mit Stöcken.

Chandagnac machte trotz der Ablenkungen weiter und ließ den Flüchtling sich im Urwald verstecken, um die Ankunft eines Piratenschiffes abzuwarten, das einen Seemann brauchen konnte, aber dann sprang der uralte Mann plötzlich auf und schrie: »Die Quelle! Das Wasser, das schon verdorben ist, wenn es aus der Erde quillt!«

»Schon recht, Gouverneur«, sagte Skank, »aber du störst die Vorstellung.«

»Die Gesichter in der Gischt! *Almas de los perdidos!*«

»Sei still, Sawney!« schrie ein anderer.

»Ah!« Der alte Mann sperrte die Augen auf und blickte umher, dann zwinkerte er. »Essig«, sagte er dann so bedeutungsvoll, als verriete er ihnen das Losungswort für den Zutritt zum Himmlischen Königreich, »vertreibt die Läuse vom Körper.«

»Ich bin kein Hundsfott!« schrie der Neger, der durch Einschüchterung dazu beigetragen hatte, daß Chandagnac diese Vorstellung gab. Chandagnac gewann den Eindruck, daß die ganze Geschichte sich im Chaos auflöste.

»Das ist eine Neuigkeit, die Charlie Vanes Besatzung nötiger hat als wir, Gouverneur«, sagte Davies. Der Piratenhäuptling reichte dem alten Mann die Flasche, an der er gesaugt hatte und die noch mehr als halbvoll war. »Warum gehst du nicht hin und erzählst es ihnen?«

Gouverneur Sawney tat einen tiefen Zug, dann stand er auf und ging schwankend in die Dunkelheit davon, nicht ohne zweimal stehenzubleiben und ermahnend klingende Zitate aus dem Alten Testament zu rufen.

Zu Chandagnacs Erleichterung schrie an diesem Punkt jemand, daß das Essen fertig sei. Er ließ die Marionetten im Faß liegen und schloß sich dem allgemeinen Sturm auf den Kochtopf an, wo er nach kurzer Wartezeit ein Stück Brett mit einem heißen, nassen, gedunsen aussehenden Huhn darauf bekam. Es roch jedoch nicht allzu schlecht, denn der Inhalt des Eimers, dessen Entleerung in den Kochtopf er vorher beobachtet hatte, war eine Art Currysoße gewesen, die andere Besatzungen allzu würzig gefunden hatten, um sie zu essen, und so zog er seinem Huhn die lose Haut ab, spießte den Vogel auf einen Stecken und hielt ihn über das Feuer. Mehrere der Piraten, die von halb gekochtem Huhn auch nicht begeistert waren, taten desgleichen, und nachdem sie alle gegessen und die noch immer zweifelhafte Nahrung mit mehr Brandy verdaulicher gemacht hatten, kam jemand mit dem Vorschlag, daß der Puppenspieler zum offiziellen Koch ernannt werden solle.

Die Idee fand sofort Beifall, und Davies, der sich unter jenen befand, die Chandagnacs Zubereitungsweise nachgeahmt hatten, stand schwankend auf. »Steh auf, Junge«, sagte er zu Chandagnac.

Chandagnac gehorchte, allerdings ohne zu lächeln.

»Wie heißt du, Junge?«

»John Chandagnac.«

»Shandy-was?«

»Chandagnac.« Ein Stück Feuerholz knackte laut und sprühte Funken in die Luft.

»Teufel noch mal, Junge, das Leben ist zu kurz für solche Namen. Du heißt Shandy. Und das ist ein guter Name für einen Koch.« Er wandte sich den anderen Seeräubern zu, die wie Verwundete nach einer Schlacht im Sand herumlagen. »Das hier ist Jack Shandy«, sagte er laut geug, um im immerwährenden Geplapper gehört zu werden. »Er ist Koch.«

Alle, die ihn verstanden, schienen erfreut, und Skank legte eines der übriggebliebenen gekochten Hühner auf einen Dreispitz und setzte diesen Chandagnac auf, während er einen Becher Rum leerte.

Danach wurde der Abend für den neuen Koch zu einer langen, undeutlich verschwommenen Angelegenheit, unterbrochen von gelegentlichen klaren Eindrükken: einmal platschte er als Teilnehmer an einem komplizierten Tanz in der Brandung, und die Musik war ein Getrommel, das die Brandungsgeräusche und das Rascheln des warmen Windes in den Palmen und sogar Chandagnacs eigenen Herzschlag mit einbezog; später war er aus dieser Runde ausgebrochen und zum Ufer gelaufen, und dann lange zwischen dem Wasser und dem Dschungel herumgewandert, hatte einen weiten Bogen um die Feuer gemacht und immer wieder ›John Chandagnac‹ vor sich hingemurmelt, denn nachdem er einen neuen Namen bekommen hatte, konnte er sich vorstellen, daß er hier draußen in dieser Welt von Mord und Rum und kleinen, grünen Inseln den alten vergessen würde; und einige Zeit danach sah er eine Gruppe nackter Kinder, die seine Marionetten gefunden hatten und tanzen ließen, die hölzernen Figuren aber nicht berührten, sondern nur die Hände nahe um sie hielten, und jeder Reißzweckenkopf in den zappelnden Puppen glühte dunkelrot; und dann sah er sich endlich im weichen Sand sitzen, in dem sich niederzulegen noch bequemer sein würde. Er ließ sich zurücksinken und merkte, daß er noch immer den Hut auf dem Kopf hatte, wollte ihn abnehmen und steckte die Hand zufällig in den Bauch des glitschig-kalten Hühnchens, sprang wie von der Tarantel gestochen auf, um sich ein paar Schritte weiter zu übergeben und sank dann wieder zurück und schlief.

3

Der Sommer 1718 war nicht charakteristisch für die Republik der Geächteten auf New Providence. Traditionell überholten die karibischen Piraten ihre größeren Schiffe im Frühjahr, und wenn die Rümpfe von Algen und Muscheln gereinigt und alle verrotteten Planken und Taue ersetzt waren, wurden die Laderäume mit Proviant, Wasser und dem Besten von der Beute des Winters beladen. Dann segelten sie nach Nordwesten, umfuhren die Berry-Inseln und die Biminis und ließen sich vom ewigen Golfstrom helfen, die nordamerikanische Küste hinaufzufahren. Die Gouverneure der britischen Kolonien hießen die Piraten im allgemeinen willkommen und waren dankbar für Handel und Wohlstand, den ihre zu Schleuderpreisen verkauften Waren ins Land brachten, und im Sommer war die Karibik eine feuchtheiße Brutstätte für Malaria und Gelbfieber und alle Arten von Ruhr, von den Wirbelstürmen zu schweigen, die in dieser Jahreszeit mit Vorliebe vom offenen Ozean jenseits Barbados nach Westen heraufzogen, und wie ein Drillbohrer, der sich über eine Glasscheibe frißt, um Kuba und hinauf in den Golf von Mexiko rasten und auf dem Weg Inseln verwüsteten und sogar völlig auslöschten.

Aber inzwischen war es Juli, und die Hafenbucht von New Providence war noch immer voller Schaluppen und Schoner und Brigantinen, und noch immer verräucherten Kochfeuer die Luft über den Hütten und Bretterschuppen und Segeltuchzelten entlang dem Strand, und die Huren und Schwarzmarkteinkäufer schlenderten noch immer unter den Mannschaften herum und hielten nach einlaufenden Schiffen Ausschau; denn Gerüchte wollten wissen, daß Woodes Rogers von König Georg zum Gouverneur der Insel ernannt worden sei und jeden Tag mit einer Eskorte der Royal Navy eintreffen könne, um alle Piraten, die ihrem verderblichen Unwesen entsagen wollten, die Begnadigung zu bringen — und allen, die das nicht tun wollten, die vom Gesetz verordneten Strafen.

In den ersten Juliwochen konnte man unter den Einwohnern von New Providence am häufigsten die Einstellung antreffen, daß man ›abwarten und sehen‹ müsse. Einige wenige, unter ihnen auch Philip Davies, waren entschlossen, vor Rogers' Ankunft das Weite zu suchen, und ein paar andere, vor allem Charlie Vane und seine Mannschaft, hatten beschlossen, dazubleiben und diesem feindlichen Einfall seitens der Behörden vom anderen Ufer des Atlantik Widerstand zu leisten; die meisten Seeräuber aber waren geneigt, die angebotene Amnestie anzunehmen und von ihrer Zukunft das drohende Gespenst des silbernen Zeremonienruders zu nehmen, das vom Scharfrichter getragen wurde, wenn er einen verurteilten Piraten zum Schafott führte, wo ihn der Geistliche und die Zuschauermenge und der letzte Knoten erwarteten, mit dem der Pirat in diesem Leben noch zu tun haben würde. Und wenn sie das Leben unter der neuen Herrschaft nicht als eine Verbesserung empfanden, konnten sie schließlich noch immer ein Boot stehlen und dem Wind zu einer anderen Insel folgen. Vor zweihundert Jahren hatten die vorausschauenden Spanier es sich angelegen sein lassen, auf all ihren Inseln Geflügel, Schweine und Vieh auszusetzen, und es gab wahrhaftig Schlimmeres als an einer unüberwachten Küste zu hausen, von Früchten und Fischen und Fleisch an den Feuern der Bukanier zu leben; die Lebensweise der Bukanier hatte ein Jahrhundert vorher ein Ende gefunden, als die Spanier all diese harmlosen Strandzigeuner von ihren Inseln auf die See vertrieben hatten. Bald hatten die Spanier ihr Vorgehen bedauert, denn die vertriebenen Bukanier wurden rasch zu seefahrenden Räubern — aber die Inseln waren noch da.

Orangen sprenkelten den Dschungel jetzt wie helle Goldmünzen auf grüner Seide und zerdrücktem Samt, und selbst die Leute, die in England aufgewachsen waren, folgten dem Beispiel der anderen Rassen und bereicherten ihre einförmige Kost mit Tamarinden, Papayas und Mangos; in den Bäumen hingen die Avocados zu Hunderten fett und dunkelgrün, und oft fielen sie mit dumpfem Schlag auf den Sand und erschreckten Piraten, die nicht daran gewöhnt waren, die Früchte in der Jahreszeit ihrer Reife zu sehen.

Tatsächlich spielte die Kochkunst nun eine größere Rolle im täglichen Leben der Siedlung auf New Providence, zum einen, weil Woodes Rogers' bevorstehende Ankunft zumindest einen Aufschub seeräuberischer Unternehmungen bedeutete und den Leuten Zeit gab, mehr Aufmerksamkeit darauf zu wenden, was sie aßen, zum anderen, weil der Schiffksoch der *Brüllenden Carmichael* sich nicht nur als sachverständig erwiesen hatte, sondern es auch auf sich genommen hatte, für mehrere Mannschaften zu kochen, wenn sie als Gegenleistung halfen, die Zutaten zu beschaffen. So hatte es in den drei Wochen, seit er seines Amtes waltete, zum Beispiel sieben ›Bouillabaisse-Unternehmungen‹ gegeben, bei denen Piraten und Huren, Aufkäufer und Kinder nahezu ohne Ausnahme bei Ebbe in die Hafenbucht hinausgewatet waren, bewaffnet mit Netzen und Eimern, und genug Meeresgetier dieser oder jener Art herausgezogen hatten, daß der Koch in mehreren großen Kesseln Bouillabaisse über dem Feuer am Strand kochen konnte, und als die Suppe dampfte, aromatisch und scharf mit Knoblauch und Zwiebeln und Safran, sagten die Leute, auf einlaufenden Schiffen werde man das Gericht schon lange vor Sichtung der Insel riechen.

Und als der Monat seinen Gang nahm und die Zeit der längsten Tage kam, fanden sich zu den Essenszeiten mehr und mehr Leute bei Davies' Besatzungen ein, denn man wußte, daß die *Jenny* und die *Brüllende Carmichael*

New Providence am Samstag, dem dreiundzwanzigsten verlassen und den Koch mitnehmen wollten.

Am Freitagnachmittag ruderte der Koch ein Boot von dem tiefen Einlaß, wo der Dreimastschoner lag, zum Hafen; das Schiff hatte wieder seine normale aufrechte Position und war ins Wasser zurückgezogen worden. Und als Jack Shandy sich mit kräftigen Ruderzügen seiner muskulösen, braungebrannten Arme von ihm entfernte, sah er, wie Teile des Arbeitsgerüstes vom Rumpf abgebaut wurden und klatschend ins Wasser fielen.

Bevor der Monat um wäre, sagte er sich, sollte es ihm möglich sein, nach Kingston zu kommen und seine Kreditsituation zu regeln, um dann ein Schiff nach Port au Prince zu nehmen und dem Familienbesitz einen Besuch abzustatten.

Nun, da er die Farben dieser westlichen Himmel und Seen und Inseln gesehen hatte, fühlte er sich von der Zeichnung, die sein Anwalt in dem Brief gefunden hatte, nicht annähernd so desorientiert wie zuerst; die breiten überdachten Veranden und Fenster des Chandagnac-Hauses bei Port au Prince, mit den Palmen und Baumfarnen im Hintergrund, und den Papageien, die darüber hin und her flogen, schienen jetzt sehr viel leichter erreichbar und nicht mehr wie eine Zeichnung von imaginären Wohnungen auf dem Mond.

Nach dem Tod des alten François Chandagnac, seines Vaters, hatte Johns Anwalt in Bayonne einen bis dahin unbekannten Chandagnac-Vetter ausfindig gemacht, und dieser Vetter hatte ihnen eine Anzahl von Briefen einer Tante in Haiti überlassen, wo John einen Großvater und einen Onkel hatte. Diese Briefe, und dann kostspielige Nachforschungen in obskuren Labyrinthen von Übereignungen, Verzichtsleistungen, gerichtlichen Bestätigungen von Geburts- und Sterbeurkunden sowie Testamentabschriften, hatten endlich die Information zutage gefördert, welche John Chandagnac veranlaßt hatte, seine Verlobung mit der Tochter eines erfolgreichen Kohlenhändlers zu lösen, seine Stellung in der Textilfirma aufzugeben und eine Passage an Bord der *Brüllenden Carmichael* zur anderen Seite des Atlantik zu buchen: John hatte erfahren, daß sein Großvater in Haiti sein Haus, die Zuckerrohrpflanzung und ein beträchtliches Vermögen testamentarisch seinem ältesten Sohn François, Johns Vater, hinterlassen hatte und dann 1703 gestorben war; und daß François' jüngerer Halbbruder Sebastian, gleichfalls in Haiti wohnhaft, gefälschte Dokumente vorgelegt hatte, um damit den Nachweis zu führen, daß François tot sei.

Aufgrund dieses Schwindels hatte Sebastian den Besitz geerbt, und John Chandagnacs Vater, der von dem Erbe nicht einmal gewußt hatte, war weiter in zunehmender Armut und verschlechtertem Gesundheitszustand mit seinem Marionettentheater herumgezogen, bis zu jener letzten einsamen Nacht im Winter 1714 zu Brüssel. Sein Onkel hatte, so betrachtet, seinen Vater nicht nur beraubt, sondern auch getötet.

Jack Shandy blinzelte in die Sonne und legte sich stärker in die Riemen, als könnte es ihn eher zu seinem Onkel bringen, und ungebeten stellte sich die Erinnerung an sein Gespräch mit der Besitzerin der schäbigen Herberge ein, in der sein Vater gestorben war. John Chandagnac war dorthin gegangen, sobald er vom Tode seines Vaters gehört hatte, und er hatte die Frau mit mehreren Gläsern sirupartigen Genevers bearbeitet, um ihre trübe Aufmerksamkeit auf das Geschick des alten Puppenspielers zu lenken, dessen Leichnam vier Tage zuvor ihre Treppe hinuntergetragen worden war. Endlich hatte sie sich an den Vorfall erinnert. *»Ah oui«*, hatte sie lächelnd und mit dem Kopf nickend gesagt. *»Oui. C'était impossible de savoir si c'était le froid ou la faim.«* Sein Vater war entweder erfroren oder verhungert, und niemand war dagewesen, um festzustellen, welcher Tod ihn zuerst ereilt hatte.

Jack Shandy hatte keinen wirklichen Plan, keine bestimmte Vorstellung davon, was er tun würden, wenn er nach Port au Prince käme — obwohl er allerlei Papiere und auch die Sterbeurkunde seines Vaters mitgebracht hatte, um sie den französischen Behörden in Haiti zu zeigen —, aber sein Anwalt hatte ihm gesagt, daß es so gut wie aussichtslos sei, aus einem anderen Land in einer anderen Hemisphäre Anklage zu erheben und einen Prozeß zu führen, und er solle dort vor Gericht ziehen, wo sein Onkel Sebastian lebte. Er konnte nur ahnen, welche Probleme sich ihm in den Weg stellen würden, Schwierigkeiten, als Fremder eine Anklageerhebung gegen einen vermutlich angesehenen Bürger durchzusetzen, die Beauftragung eines einheimischen Anwalts, die genaue Feststellung, ob und wenn ja, gegen welche lokalen Gesetze verstoßen worden war ... er wußte einfach, daß er seinem Onkel gegenübertreten und den Mann wissen lassen mußte, daß sein Verbrechen aufgedeckt worden war, das zum Tode des betrogenen Bruders geführt hatte ...

Shandy zog an den Riemen und sah die langen Muskeln in seinen Armen und den eingestemmten Beinen arbeiten, und gestattete sich ein grimmiges Lächeln. Zusätzlich zu Schiffsproviant und Pulver und Kanonenkugeln waren Gerätschaften zur Zauberei — die Werkzeuge des Vodu — an Bord der *Carmichael* gebracht worden, darunter ein großer Spiegel; eine andere Piratenmannschaft hatte mehrere erbeutet und einen davon an Trauerkloß verkauft, Davies' Haupt*bocor,* und Shandy hatte den Auftrag erhalten, das Ding an Bord zu bringen. Während dieser Operation war nicht ausgeblieben, daß er von vorn gerade in den Spiegel gesehen hatte — und für die Dauer eines Augenblicks hatte er sich tatsächlich nicht wiedererkannt und gedacht, er sehe einen der Piraten hinter dem Glas.

Die wochenlangen Überholungsarbeiten am Schoner hatten seine Schultern gekräftigt, seine Hüften von überflüssigem Fett befreit, seinen Händen ein paar neue

Narben verschafft, und jetzt sah er, daß er aufhören mußte, sich als unrasiert zu betrachten, und zugeben, daß er einen Bart hatte — sonnengebleicht mit unregelmäßigen blonden Strähnen, wie sein Haupthaar war, das er nun der Bequemlichkeit halber in einem geteerten Zopf zurückgezogen trug —, aber vor allem war es die tiefe, tabakfarbene Sonnenbräune, die er in Wochen hemdloser Arbeit unter der tropischen Sonne erworben hatte, welche ihn ununterscheidbar von den wilden Gesellen seiner Umgebung machte.

Ja, dachte er, ich werde mich auf Onkel Sebastians geraubten Besitz schleichen, und dann, wenn er seinen Rundgang macht, Fallensteller aus dem Gesträuch jagt oder was immer der Landadel hierzulande tut, werde ich erschreckend anzusehen hinter einem Busch hervortreten und ihn mit einem Enterbeil bedrohen.

Dann verlor sich sein wildes Grinsen in einem kläglichen Ausdruck, denn er erinnerte sich seines letzten Gesprächs mit Beth Hurwood. Es war ihr wieder gelungen, sich Leo Friend zu entziehen, und Shandy und sie waren in der angenehmen Stunde nach dem Abendessen, wenn der Seewind Kühlung brachte und die Papageien in lärmenden Scharen durch die Baumwipfel flatterten, den Strand entlang nach Süden gegangen. Shandy hatte ihr von seiner Selbstbegegnung im Spiegel erzählt, und wie er einen Augenblick geglaubt habe, er sehe einen von Davies' Seeräubern. »Einen von den *anderen* Seeräubern, sollte ich wohl sagen«, hatte er mit einer Spur von jungenhaftem Stolz in seinem Tonfall hinzugefügt.

Beth hatte nachsichtig gelacht und ihn bei der Hand genommen. »Sie sind kein Seeräuber, John«, sagte sie. »Hätten Sie diese Matrosen töten können, oder den alten Kapitän Chaworth?«

Ernüchtert und mit der Hoffnung, seine Bräune werde das plötzliche Erröten verbergen, hatte er verneint.

Sie waren noch eine Weile weitergegangen, ohne zu sprechen, und Beth ließ seine Hand erst los, als sie den

Liegeplatz der *Carmichael* erreicht hatten und umkehren mußten.

Er zog das linke Ruder etwas kräftiger durch, um das Boot zum Strand zu steuern, und sah, als er über die rechte Schulter blickte, Skank und die anderen neben dem Stapel von Platten aus Carraramarmor warten, der nun sichtbar niedriger war als noch am Morgen. Hinter ihnen leitete der weiße Strand, blendend im grellen Nachmittagslicht, zu der unordentlichen Ansammlung von Zelten und Hütten hinauf, die am Rand des Dschungels standen. Eine Frau in einem zerrissenen purpurfarbenen Kleid stapfte den sandigen Strandwall entlang.

Venner watete hinaus, als Shandy das Boot ins Flachwasser bugsiert hatte, und Shandy stieg aus und half ihm, das Boot auf den Sand zu ziehen.

»Ich könnte die nächsten Überfahrten rudern, wenn du müde wirst, Jack«, sagte Venner, dessen Lächeln so beständig war wie der Sonnenbrand auf seinen breiten Schultern. Hinter ihm stand Bird, der Neger, der jeden Streit mit der Unterstellung anfing, jemand habe ihn einen Hundsfott genannt.

»Nein, das ist schon gut, Venner«, sagte Shandy und bückte sich, um die oberste Marmorplatte zu fassen. Er stemmte sie auf die Schultern, stapfte steifbeinig und grimassenschneidend zum Boot und schob die Platte dann über die Bordwand auf die Heckbank und von dort auf den Boden. »Beim Schoner lassen sie mir ein starkes Netz herab, und das lege ich bloß um jede Platte und winke ihnen dann, daß sie es hochziehen.«

Er ging zurück zum Stapel, als Skank ihm mit einer weiteren Marmorplatte entgegenkam.

»Gut«, sagte Venner und faßte das andere Ende der nächsten Platte, über die Shandy sich beugte. »Laß dir Zeit und verlier keinen Schweiß und kein Blut, lautet meine Devise.«

Shandy blinzelte gedankenvoll zu Venner hinüber, als sie zu zweit die Platte zum Boot trugen. Venner drückte sich gern von harter Arbeit, ohne sie eigentlich zu scheuen, aber der Mann hatte verhindert, daß Shandy an dem Tag, als Davies die *Carmichael* gekapert hatte, getötet worden war, und seine Philosophie des Vermeidens aller unnötigen Anstrengungen verlockte Shandy, ihm seinen Fluchtplan anzuvertrauen. Venner mußte das bevorstehende Unternehmen zumindest als eine bedauerliche Anstrengung betrachten, und wenn Shandy sich auf der Insel verstecken wollte, bis *Jenny* und *Carmichael* ausgelaufen wären, um dann wieder zum Vorschein zu kommen und auf die Ankunft des neuen Gouverneurs aus England zu warten, wäre ein Partner, der die Insel und ihre Sitten kannte, ohne Zweifel wertvoll.

Bird hatte eine der Platten auf die Schulter gehoben und stapfte hinter ihnen einher. Shandy war drauf und dran, Venner zu sagen, er solle nach dieser Arbeit auf ihn warten, damit sie über pragmatische Anwendungen seiner Philosophie sprechen könnten, doch vernahm er im gleichen Augenblick ein Scharren am oberen Teil des Strandes und wandte den Kopf zu sehen, wer da kam.

Es war die Frau in dem zerschlissenen purpurnen Kleid, und als er und Venner ihre Marmorplatte ins Boot gelegt hatten, beschirmte Shandy die Augen mit einer Hand und sah zu ihr hin.

»Hallo, Jack«, sagte sie, und Shandy erkannte sie als Jim Bonnys Frau.

»Hallo, Ann«, sagte er. Er ärgerte sich, daß ihm auf einmal kalt in der Brust war, und daß sein Herz wie ein Hammer in weicher Erde klopfte, obwohl sie ein großes, dickes Mädchen mit schiefen Zähnen war. Befand er sich in Beth Hurwoods Gesellschaft, so schämte er sich ein wenig seines Bartes und geteerten Haares und der dunklen Sonnenbräune, aber wenn Bonnys Frau in der Nähe war, verspürte er einen verstohlenen Stolz auf diese Attribute.

»Immer noch Ballast für das Schiff?« sagte sie und nickte an ihm vorbei zum Schoner. Sie hatte den Begriff gelernt, als sie ihm eines Nachmittags vor ein paar Tagen bei der Arbeit zugesehen hatte.

»Ja«, sagte er auf dem Rückweg zum Strand und versuchte, nicht auf ihre Brüste zu starren, die unter der achtlos geknöpften Bluse deutlich sichtbar waren. Er zwang sich zur Konzentration auf seine Arbeit. »Dies ist jedenfalls der Rest vom beweglichen Ballast. Die *Carmichael* hatte zu wenig davon, legte bei starkem Wind furchtbar über. Einmal wären wir fast über Bord gegangen, als er eine Halse machte, um die *Jenny* vor die Breitseite zu bekommen.« Er erinnerte sich, wie der Frühstückstisch über das Schanzdeck gepurzelt und Teller und Bestecke in die See direkt unter der Stelle gefallen waren, wo Beth und er sich an der Reling und einander festgehalten hatten — und dann merkte er, daß sein Blick wieder zu Anns Busen zurückgekehrt war. Er beugte sich über den Stapel und zog eine weitere Platte herunter.

»Hört sich nach furchtbar viel Arbeit an«, sagte Ann. »Mußt du so viel davon tun?«

Er hob die Schultern. »Die See und das Wetter sind, was sie sind; eure Schiffe passen sich ihnen an oder sinken.« Er hob die Platte auf die Schulter, kehrte ihr den Rücken und stapfte wieder zum Boot, wo Bird und Skank gerade eine andere niederlegten. Venner saß am Strand und untersuchte mit sorgenvoller Miene seine Fußsohle.

Shandys Pulsschlag und Atem waren laut in seinem Kopf, und so entging ihm, als er im flachen Wasser war, daß Ann hinterdreinplatschte. Skank und Bird waren wieder an Land gegangen, und als Shandy sich vom Verstauen seiner Platte aufrichtete und umwandte, fühlte er sich geküßt.

Anns Arme waren um ihn, und ihr Mund war offen, und an seiner bloßen Brust konnte er ihre Brustwarzen durch das Gewebe der Bluse fühlen; wie die meisten Leute auf der Insel roch sie nach Schweiß und Alkohol, aber in ihrem Fall war dies mit so viel weiblichem Aroma durchsetzt, daß Shandy seine Vorsätze und Beth und seinen Vater und seinen Onkel vergaß und die Arme um sie legte und an sich zog. Das Mädchen, die heiße Sonne auf seinem Rücken, und das warme Wasser um seine Knöchel, schienen ihn einen Augenblick lang wie einen Baum auf der Insel zu verankern, beseelt nur von biologischen Zwängen und Reflexen und nicht im mindesten seiner selbst bewußt.

Dann faßte er sich und ließ die Arme sinken; sie trat zurück und lachte ihn an.

»Was«, krächzte Shandy, »wofür war das?«

Sie lachte wieder. »Wofür? Fürs Glück, Mann.«

»Aufgepaßt, Jack«, sagte Skank leise.

Jim Bonny kam durch den weichen Sand gerudert, das runde Gesicht rot unter einem dunklen Tuch, mit den Stiefeln Fontänen weißen Sandes hochschleudernd. »Shandy, du Hurensohn!« schrie er. »Du gottverdammter Lumpenkerl!«

Trotz einiger Bangigkeit trat Shandy ihm entgegen. »Was willst du, Jim?« rief er zurück.

Bonny blieb vor seiner Frau stehen, um seine Stiefel nicht naß zu machen, und einen Augenblick hatte es den Anschein, als wollte er sie schlagen. Dann zögerte er, sein Blick ging von ihr zu Shandy und verdüsterte sich. Er fummelte ein Klappmesser aus der Tasche — Shandy trat zurück und griff zu seinem eigenen —, aber als Bonny die Klinge ausgeklappt hatte, drückte er die Messerspitze in seinen eigenen linken Zeigefinger, bis Blut austrat, und schnippte dann mit dem Finger ein paar Blutstropfen zu Shandy. Gleichzeitig begann er einen unsinnigen, vielsprachigen Reim zu singen.

Shandy merkte, daß die Sonne auf einmal heißer war — erschreckend heißer —, und dann sprang Skank von rückwärts Jim Bonny an und warf ihn vorwärts auf die

Knie ins flache Wasser, worauf er absprang, einen bloßen Fuß zwischen Bonnys Schulterblätter setzte und ihn im flachen Wasser aufs Gesicht niederdrückte.

Bonny schlug um sich und platschte und fluchte, aber der plötzliche Schweiß kühlte auf Shandys Gesicht und Schultern, und Skank watete ins Wasser und versetzte Bonny einen Fußtritt an den Arm. »Du vergißt doch nicht die Regeln, wie, Jim?« fragte er. »Keine *vodun*-Angriffe unter uns, solange es kein erklärter Zweikampf ist, verstanden?« Bonny rappelte sich auf, aber Skank trat wieder zu, kräftiger diesmal, und Bonny fiel mit einem blubbernden Protestschrei zurück ins Wasser.

Shandy blickte zu Ann und war ein wenig überrascht, daß sie besorgt schien. Bird beobachtete den Vorfall mit deutlicher Mißbilligung.

»Du bist kein *bocor*«, fuhr Skank fort, »und auf der Insel gibt es kleine Kinder, die deinen Kopf wie eine Fackel in Brand setzen könnten und über jede lahme *drogue* lachen würden, die du zu ihrer Abwehr machen könntest, aber Shandy ist neu und weiß nichts von alledem. Glaubst du, Davies wird sich freuen, wenn ich ihm davon erzähle?«

Bonny war ein Stück weggekrochen und stand nun auf. »Aber ... aber er küßte meine ...«

Skank trat drohend einen Schritt näher. »Wird er sich freuen?«

Bonny zog sich platschend zurück. »Erzähl ihm nichts davon«, murmelte er.

»Dann verschwinde von hier!« sagte Skank. »Ann — du auch!«

Ohne Shandys Blick zu begegnen, folgte Ann ihrem tropfenden Mann den Strand hinauf.

Shandy wandte sich zu Skank. »Danke ... wofür auch immer.«

»Ah, du wirst es schon noch lernen.« Skank blickte prüfend zum Ruderboot. »Liegt ziemlich tief«, sagte er. »Noch eine Platte sollte für diese Ladung reichen.«

Shandy ging hinauf zu dem rohen Holzschlitten, auf dem die Marmorplatten lagen — und wurde dann auf Venner aufmerksam, der während der ganzen Aufregung nicht einmal aufgestanden war. Der Mann lächelte so freundschaftlich wie zuvor, aber einer plötzlichen Eingebung folgend, entschied Shandy, ihn nicht in den Fluchtplan einzuweihen.

4

Weil die *Carmichael* am nächsten Morgen auslaufen sollte, waren die abendlichen Gespräche an den Lagerfeuern ein phantastisches Gewebe von Spekulationen, Warnungen und unmöglichem Seemannsgarn. Jack Shandy, isoliert von den Besorgnissen, welche den Rest von Davies' Mannschaft beschäftigten, lauschte nichtsdestoweniger mit großem Interesse den Erzählungen von Schiffen, die mit Untoten bemannt waren und nur um Mitternacht von todgeweihten Menschen gesehen werden konnten, von verschiedenen magischen Vorkehrungen, die in Florida erforderlich sein würden, weit vom schützenden Mate Care-For und dem Rest der *vodun loas,* von den Spaniern, denen sie im Golf von Mexiko begegnen könnten, und welche Taktiken gegen sie angewendet werden konnten; alte Legenden wurden wieder erzählt, und Shandy hörte die Geschichte des Piraten Pierre le Grand, der fünfzig Jahre früher mit einem winzigen Boot und einer Handvoll Männern eine Galeone der spanischen Silberflotte gekapert hatte, und er hörte eine lebhafte Version vom vierstündigen Seegefecht zwischen dem englischen Schiff *Charlotte Bailey* und der spanischen *Nuestra Señora de Lagrimas,* das mit dem Sinken beider Schiffe geendet hatte, und dann versuchten die Piraten, einander mit Geschichten von Sukkuben zu übertrumpfen, weiblichen Buhlteufeln, die verschmachtende Schiffbrüchige auf öden Inseln überfielen und ihre letzten Stunden mit aussaugender Erotik füllten.

Und die *Carmichael* sollte in Florida mit Schwarzbarts *Queen Anne's Revenge* zusammentreffen, also gab es eine Menge Klatschgeschichten über diesen höchst farbenprächtigen Piratenhäuptling, und Spekulationen über die Gründe seiner Rückkehr zu jenen unzivilisierten

Küsten, wo er vor einem oder zwei Jahren auf der Suche nach irgendeinem zauberischen Machtzentrum weit landeinwärts gegangen und Tage später hinkend, erfolglos und krank wieder zum Vorschein gekommen war, besessen von den Geistern, die ihn jetzt plagten wie Flöhe einen Hund.

Shandy hatte sein bisher bestes Abendessen gekocht und erfreute sich satt und leicht angetrunken des angenehmen Abends ... bis er die anderen Besatzungsmitglieder bemerkte, diejenigen, die nicht wacker trinkend und lachend um das Feuer saßen. Mehrere waren zu den Segeltuchzelten gegangen, und einmal, als der Seewind einschlief, glaubte Shandy, leises Schluchzen aus dieser Richtung zu vernehmen, und er sah Skank im Halbdunkel unter einer Palme sitzen und sorgsam einen Dolch schärfen, einen Ausdruck angespannter Konzentration — beinahe von Traurigkeit — im jungen Gesicht.

Shandy stand auf und ging hinunter zum Wasser. Jenseits der halben Meile dunklen Wassers lag die schwarze Silhouette der Schweinsinsel vor der Hafenbucht, und etwas näher konnte er nackte Masten sehen, die sich sanft in der leichten Dünung wiegten. Er hörte knirschende Stiefel im Sand, und als er sich zu den Feuern umwandte, sah er Philip Davies' hagere Gestalt auf sich zukommen, eine Flasche Wein in jeder Hand. Hinter ihm hatten die Musikanten der Siedlung angefangen, ihre zusammengewürfelten Instrumente zu stimmen.

»Da hast du«, sagte Davies mit etwas lallender Stimme. »Wer hat den besten Wein verdient, wenn nicht der Koch?« Er streckte ihm eine der Flaschen hin, die in Ermangelung eines Korkenziehers einfach am Hals abgebrochen worden war.

»Danke, Kapitän«, sagte Shandy, nahm die Flasche an und beäugte mißtrauisch den scharfgezackten Flaschenhals.

»Château Latour 1702«, sagte Davies und setzte seine Flasche an.

Shandy schnüffelte an seiner, dann hob er sie und goß sich etwas davon in den Mund. Es war der trockenste und zugleich samtigste Bordeaux, den er je gekostet hatte — und sein Vater und er hatten bisweilen gute Weine getrunken —, aber er ließ sich keinen Genuß anmerken. »Hm«, sagte er, »ich wünschte, ich hätte etwas davon gefunden, als ich Zutaten für das Schmorgericht suchte.«

»Für das Schmorgericht!« Die Hälfte von Davies' Gesicht war vom Feuerschein erhellt, und Shandy sah, wie es sich in einem säuerlichen Lächeln verzog. »Ich war ein junger Bursche in Bristol, und eines Weihnachtsabends, als ich gerade aus der Holzschnitzerwerkstatt kam, wo ich Lehrling war, schlugen ein paar Straßenjungen unser Fenster ein, um etwas von dem Zeug mitzunehmen. Was sie nicht einsteckten, stießen sie um, und da war dieser ...« Er hielt inne, um einen Schluck Wein zu trinken. »Da war diese Serie von kleinen geschnitzten Chorknaben, keiner davon größer als dein Daumen, alle hübsch bemalt und ich sah einen davon in den Schnee fallen, und als einer der Diebe davonlief, erwischte er ihn mit dem Zeh, und er flog die Straße hinunter. Und ich erinnere mich, daß ich damals dachte, daß dieser kleine hölzerne Kerl, was immer aus ihm werden mochte, nie wieder bei seinen Gefährten in diesem kleinen Schlitz stecken würde, aus dem er herausgefallen war.« Davies wandte sich der Hafenbucht zu und atmete tief die Meeresbrise ein. »Ich weiß, was du vorhast«, sagte er über die Schulter zu Shandy. »Du hast gehört, daß Woodes Rogers jeden Tag mit der Amnestie des Königs hier eintreffen kann, also hast du geplant, heute abend am Strand davonzuschlüpfen, dich irgendwo außer Sicht der Siedlung zu verstecken, bis die *Carmichael* ausläuft — nein, unterbrich mich nicht, ich laß dich gleich reden —, und dann willst du wieder zum Vorschein kommen und deine Kocherei wieder aufnehmen und in der Sonne herumliegen, bis Rogers kommt. Stimmt's?«

Nach einer langen Pause lachte Shandy leise und nahm einen weiteren Schluck von dem ausgezeichneten Wein. »Es schien ausführbar«, gab er zu.

Davies nickte und wandte sich zu ihm um. »Natürlich«, sagte er, »aber du denkst noch immer in Begriffen dieses Ladenfensters, aus dem du gefallen bist, verstehst du? Du wirst nie wieder dahin zurückkommen, wo du warst.« Er nahm einen Schluck aus der Flasche, dann seufzte er und fuhr sich mit der Hand durch das wirre schwarze Haar.

»Erstens«, sagte Davies, »ist es ein Kapitalverbrechen, mitten in einer Unternehmung von Bord zu desertieren, und wenn du morgen nach dem Auslaufen der *Carmichael* in die Siedlung kämst, würdest du getötet — mit Bedauern, weil du ein netter Kerl bist und kochen kannst, aber die Regeln sind die Regeln. Erinnerst du dich an Vanringham?«

Shandy nickte. Vanringham war ein munterer Junge von nicht mehr als achtzehn Jahren gewesen, der überführt worden war, daß er sich unter Deck versteckt hatte, als die Brigantine, auf der er diente, von einem Schiff der Royal Navy beschossen worden war. Als das Piratenschiff sich beschädigt nach New Providence zurückgeschleppt hatte, hatte der Kapitän, ein stämmiger alter Veteran namens Burgess, Vanringham in dem Glauben gelassen, daß die vorgeschriebene Strafe, in Anbetracht seiner Jugend ausgesetzt würde ... aber dann, am Abend nach dem Essen, trat Burgess von hinten an Vanringham heran und schoß ihm — mit Tränen in den Augen, denn er mochte den Jungen — eine Pistolenkugel durch den Kopf.

»Zweitens«, fuhr Davies fort, »verletztest du mich, nachdem ihr euch ergeben hattet. Gewiß, das geschah, weil ich gerade deinen Freund getötet hatte, den ich vielleicht auch weniger tödlich hätte ausschalten können — aber schließlich hatte auch er sich vorher ergeben. Jedenfalls verdankst du dein Leben dem Umstand, daß ich eine Auseinandersetzung mit Venner vermeiden wollte. Aber als ich dich vor die Wahl stellte, war es keine Wahl zwischen dem Tod auf der einen Seite und drei Wochen bei freier Verpflegung und Unterkunft auf einer tropischen Insel. Für diese Verletzung schuldest du mir harten Dienst, und ich entlasse dich nicht aus dem Handel, den du abgeschlossen hast.«

Die Musikanten hatten eine Basis zur Zusammenarbeit gefunden und begannen *Greenleeves* zu spielen, und die melancholische alte Melodie war gleichzeitig so vertraut und an diesem Ort so unpassend — sie wehte herab zum leeren Strand, bizarr untermalt von den Rufen aufgeschreckter tropischer Vögel —, daß sie alles, was mit der Alten Welt zusammenhing, seien es Götter, Philosophen oder Dinge, fern und substanzlos erscheinen ließ.

»Und drittens«, sagte Davies, und die Schärfe verlor sich wieder aus seiner Stimme, »mag es sein, daß all diese Könige und Kaufleute auf der anderen Seite des Atlantik im Begriff sind, das Ende ihrer Beschäftigung mit diesen neuen Ländern zu sehen. Für sie ist Europa und Asien noch immer das Schachbrett, auf dem gespielt wird; diese neue Welt interessiert sie nur in zweierlei Hinsicht: als eine Quelle rascher, müheloser Gewinne, und als ein Abladeplatz für Verbrecher. Es mag eine ... überraschende Ernte sein, die aus solcher Art Landbestellung hervorgeht, und wenn Rogers kommt, mag er entdecken, daß niemand von uns eine Amnestie brauchen, geschweige denn, von ihr profitieren kann, die von einem Mann verkündet wird, welcher eine kalte kleine Insel am anderen Ende der Welt regiert.«

Die Meeresbrise, inzwischen deutlich abgekühlt, flüsterte in den Palmwedeln und ließ die Lagerfeuer der Piraten aufflackern.

Davies' Worte hatten Shandy aus der Fassung gebracht, nicht zuletzt, weil sie dem Vorhaben, das ihn zur Überquerung des Ozeans veranlaßt hatte, die Rechtschaffenheit zu nehmen schien — auf einmal schien die Handlungsweise seines Onkels so unpersönlich pragmatisch wie das Verschlingen der frisch geschlüpften Meeresschildkröten durch die hungrigen Raubmöwen, und seine eigene Mission so unüberlegt wie ein Versuch, die Möwen Mitleid zu lehren. Er öffnete den Mund zu einem Einwand, doch ein Ruf aus der Menge bei den Feuern kam ihm zuvor. »Phil!« rief jemand herüber. »Käpt'n Davies! Ein paar von den Jungen stellen Fragen, die ich nicht beantworten kann!«

Davies ließ seine Flasche in den Sand fallen. »Das ist Venner«, sagte er nachdenklich. »Wie ging dieser Angriff? Über die Klinge nach innen und eine Finte, dann, wenn sie pariert wird, gehst du unten durch und stößt in die Flanke?«

Shandy schloß die Augen und stellte es sich vor. »Richtig. Und dann passiert man den Gegner auf der Außenlinie.«

»Verstanden.« Davies erhob die Stimme und rief: »Bin gleich zurück, Venner.«

Als die beiden langsam zu den Feuern zurückgingen, zog Davies eine Pistole aus dem Gürtel. »Wenn Venner mir offen entgegentritt, kann ich mit ihm fertig werden«, sagte er. »Wenn er es aber nicht tut, möchte ich, daß du dich mit diesem Ding im Hintergrund hältst und sichergehst ...« Er brach ab und lachte müde auf. »Laß gut sein. Ich vergaß, daß ich zu dem kleinen hölzernen Chorknaben sprach.« Er steckte die Pistole wieder ein und schritt aus.

Shandy folgte ihm, zornig auf sich selbst — teils, weil er sich nicht für voll genommen fühlte, teils, weil er sich ärgerte, daß er Eifersucht empfinden konnte, wenn er aus einem Streit zwischen Seeräubern herausgehalten wurde.

Leo Friend kam den Pfad von den Ruinen des Forts herab. Bei jedem seiner schwerfälligen Schritte wogte seine weite seidene Überfallhose um die Knie, und er schwitzte erbärmlich in der Beengtheit seines phantastisch mit Borten besetzten Wamses, während er durch den Sand zu den Feuern von Davies' Mannschaft stapfte. Beth Hurwood ging neben ihm, schluchzend vor Zorn und mit dem Versuch beschäftigt, die mumifizierte Hundepfote, die Friend ihr ins Haar gesteckt hatte, herauszuziehen. »Das wird Sie schützen, sollten wir getrennt werden!« hatte er ungeduldig geknurrt, bevor er sie aus ihrem fensterlosen Raum gezogen und ohne Umstände vor sich hergetrieben hatte.

Obwohl es ihr nicht schwerfiel, mit dem mühsam schnaufenden dicken Mann Schritt zu halten, wandte er sich alle paar Schritte nach ihr um, keuchte: »Können Sie sich nicht ein wenig beeilen?« und benutzte die Gelegenheit, um ihr verstohlen in den Ausschnitt zu spähen.

Friend verwünschte all diese Verzögerungen, und die Dummköpfe, mit denen sie sich zusammentun mußten, um zu dem Brennpunkt in Florida zu gelangen. Warum mußten es unwissende, zankende Briganten sein, die es gefunden hatten? Wenn andererseits ein klügerer Kopf es gefunden hätte, wären Hurwood und er nicht in der Lage, die Leute so zu manipulieren ... und dieser Schwarzbart schien ihm beinahe zu schlau zu sein. Er hielt sich jetzt zurück und überließ sie der Mühseligkeiten dieser Reise, bevor er sich zu ihnen gesellen wollte; er hätte die schützenden indianischen Heilkräuter geradesogut durch Kauf bekommen können, in Gottes Namen, doch statt dessen mußte er die ganze Stadt Charles Town einer Blockade unterwerfen, neun Schiffe und eine ganze Menge von Geiseln fangen, darunter einen Mitarbeiter des Gouverneurs, und dann die Kiste Heilkräuter als Lösegeld verlangen. Wenn ich nur wüßte, dachte Friend, ob der Mann bloß renommiert, bloß bestrebt ist, seine Leute kriegstüchtig und diszipliniert zu erhalten, oder ob er dieses ganze Schauspiel nur inszeniert hat, um ein anderes, geheimes Ziel zu verbergen. Aber welche Pläne konnte der Mann haben, die mit der allzu zivilisierten und gesetzesfrommen Küste von Carolina zusammenhingen?

Wieder blickte er zu Beth Hurwood, die endlich die Hundepfote aus dem Haar befreit hatte, und als sie das Ding wegwarf, flüsterte er ein paar schnelle Worte und machte eine liebkosende Bewegung in die Luft, und ihr Kleid flog in die Höhe — aber sie zwang es wieder herunter, ehe er mehr als ihre Knie hatte sehen können. Ah, warte nur, Mädchen, dachte er, während ihm der Mund trocken wurde und sein Herzklopfen noch stärker wurde — bald wirst du so hungrig auf mich sein, daß du nicht mal tief Atem holen kannst.

Friend stapfte in den Lichtschein des Lagerfeuers, als Davies ihn von der Strandseite erreichte. Der Piratenhäuptling grinste zuversichtlich, und Friend drehte die Augen zum Himmel. Erspar uns dein Bramarbasieren, Kapitän, dachte der fette Arzt; du bist hier nicht in Gefahr, es sei denn, du verdrießt mich zu sehr mit deiner Heldenpose.

»Ah, da ist unser Käpt'n!« rief einer der Piraten, ein gedrungener rothaariger Mann mit einem breiten, sommersprossigen Gesicht; und obwohl einige der Versammelten finster dreinschauten oder zornig die Stirn runzelten, behielt Friend diesen lächelnden Rotschopf im Auge, denn er spürte, daß er derjenige war, von dem die Bedrohung ausging. »Phil«, sagte der Mann in ernstem Ton, »einige der Jungen hier haben sich gefragt, für welche Unternehmung wir so angestrengt das Schiff überholt haben, und wieviel Gewinn wir daraus erwarten können, verglichen mit den Gefahren, die uns erwarten. Ich versuchte, ihnen allgemein zu antworten, aber sie wollen genaue Antworten.«

Davies lachte. »Man sollte meinen, sie würden es alle

besser wissen, als genaue Antworten bei dir zu suchen, Venner«, sagte er leichthin — obwohl Friend die Anspannung hinter der sorglosen Haltung offensichtlich war.

Friend sah den neuen Rekruten — Elizabeths Freund, wie hieß er noch? Shandy, das war es — hinter Davies durch die Menge gehen, und einen Augenblick lang überlegte der Arzt, ob er die Sache so deichseln sollte, daß der störende Puppenspieler getötet würde ... oder, besser noch, verstümmelt, oder durch einen Schlag auf den Kopf einfältig gemacht ... aber er entschied mit Bedauern, daß es schon so schwierig genug sein würde, eine große und wilde Seeräubermannschaft wie diese von einer Meuterei zurückzuhalten, und es könnte unberechenbare Folgen haben, wenn er sie zu bewegen suchte, gleichzeitig seine persönliche Fliege zu zerquetschen.

Er wandte seine Aufmerksamkeit wieder Venner zu, dessen Gesicht trotz des Lächelns im Feuerschein von Schweiß glänzte. »Das sagte ich ihnen auch, Käpt'n«, sagte er und einen Augenblick mußte die Falschheit seines Lächelns allen Anwesenden offensichtlich sein, »aber mehrere haben gesagt, sie wollen einfach nicht segeln, wenn wir zu diesem verwünschten Ort an der Küste Floridas fahren, wo Thatch von Geistern heimgesucht wurde.«

Davies zuckte die Achseln. »Jeder, der mit einem Versprechen, ihn reich zu machen, nicht zufrieden ist, oder der an meinem Wort darauf zweifelt, kann mich persönlich sprechen, um die Fragen zu regeln. Und wer mitten in einer Unternehmung desertieren will, kennt die vorgeschriebenen Strafen. Gehörst du zu einer dieser Gruppen, Venner?«

Friend, der ihn von der Peripherie beobachtete, flüsterte und hob die Hand.

Venner wollte antworten, brachte aber nur ein ersticktes Grunzen hervor.

Friend überlegte, ob er den Mann veranlassen solle,

den eigenen Tod zu provozieren. Oder sollte er ihn retten? Es war besser, er ließ ihn leben, denn in dieser Menge gab es wirklich Furcht und Zorn, und es lag nicht in seinem Interesse, daraus einen Brand zu entfachen. Er flüsterte und gestikulierte wieder mit den Händen, und plötzlich krümmte Venner sich und erbrach auf den Sand. Die Leute in seiner Nähe wichen zurück, und rauhes Gelächter löste die Spannung.

»Das nenne ich eine entgegenkommende Antwort«, sagte Davies.

Friends dicke Finger tanzten in der Luft und Venner richtete sich auf und sagte vernehmlich, aber stockend: »Nein ... Phil. Ich ... vertraue dir. Ich ... was ist hier los? Das sind nicht meine ... Ich war bloß betrunken, und wollte ... ein bißchen Unruhe stiften. All diese Burschen ... wissen, daß ihre Interessen und ihr Wohl ... *verdammich!* ... bei dir in guten Händen sind.«

Davies hob überrascht die Brauen, dann runzelte er sie argwöhnisch und spähte umher; aber Venners Worte waren überzeugend genug wenigstens für einen Piraten gewesen, der aufstand und dem verhinderten Meuterer einen Schlag ins Gesicht versetzte.

»Verräterisches Schwein«, stieß der Pirat vor, als Venner sich rücklings in den Sand setzte und das Blut ihm aus der Nase quoll. Der Mann wandte sich zu Davies. »Dein Wort eher als seines, Käpt'n, jederzeit.«

Davies lächelte. »Versuch das nicht zu vergessen, Tom«, sagte er.

Am äußeren Rand der Menge lächelte auch Friend — dies alles war hier so viel einfacher als es in der östlichen Hemisphäre gewesen war — und wandte sich dann zu Elizabeth Hurwood. »Wir können jetzt zum Fort zurückgehen«, sagte er zu ihr.

Sie starrte ihn an. »Das ist alles? Sie rannten hier herunter, so schnell, daß ich dachte, es müsse Ihnen das Herz sprengen, bloß um zu sehen, wie dieser Mann sich übergeben mußte und geschlagen wurde?«

»Ich wollte sichergehen, daß es dabei bleiben würde«, sagte Friend ungeduldig. »Kommen Sie jetzt!«

»Nein. Da wir schon hier sind, werde ich John begrüßen.«

Friend wollte zornig auffahren, zügelte aber seinen Unmut. Er lächelte breit und anzüglich. »Der Kielkratzer und Seeräuberkoch? Ich glaube, er ist hier«, sagte er und schnüffelte die Abendbrise. »Es sei denn, was ich rieche, ist ein nasser Hund.«

»Gehen Sie zurück zum Fort«, sagte sie in überdrüssigem Ton.

»Damit Sie ... ungestört mit ihm Um-umgang pf-pflegen können ... nehme ich an?« sprudelte Friend hervor, schrille Obertöne in der Stimme. Zu seinem Leidwesen verfiel er noch immer ins Stottern, wenn er an sexuelle Dinge dachte. »Verbannen Sie diesen Gedanken, meine l-l-liebe Elizabeth. Ihr Vater befahl mir, Sie nicht aus den Augen zu lassen.« Er nickte tugendhaft.

»Dann tun Sie, wie es Ihnen beliebt«, sagte sie und fügte leise hinzu: »Verdammter Schuft.« Friend aber erkannte in einer Einsicht von uncharakteristischer und unwillkommener Klarheit, daß sie das *verdammter* nicht als ein bloß verstärkendes Adjektiv gebrauchte. »Ich werde hingehen und mit ihm sprechen. Sie mögen mir folgen oder nicht.«

»Ich werde Sie von hier im Auge behalten«, sagte Friend und hob die Stimme, als sie fort ging: »Fürchten Sie nicht, daß ich folgen würde! Ich werde meine Nase nicht der Nähe dieses Kerls aussetzen!«

Nachdem die Konfrontation am Lagerfeuer vorüber und mehr oder weniger geregelt war, hielten einige der Piraten und Prostituierten in ihrer Nähe zu weiterer Unterhaltung nach Friend Ausschau — und kamen offenbar auf ihre Rechnung, denn es gab Geflüster und lautes Auflachen und Gekicher hinter juwelenbesetzten Händen.

Friend blickte finster zurück und hob die Hand, doch

machte sich die geistige Anstrengung der vorausgegangenen Übungen bereits bemerkbar, und er ließ die Hand wieder sinken und begnügte sich mit der Feststellung: »Ungeziefer!« Darauf schritt er fort, bis er die Erhebung des Strandwalls erreicht hatte, wo er mit vor der Brust gekreuzten Armen stehenblieb und zu Hurwoods Tochter hinstarrte. Sie hatte den Shandy-Burschen gefunden und war mit ihm ein Stück abseits gegangen, um zu sprechen.

Verabscheut mich nur, dachte er, alle miteinander — euch bleibt nur noch eine Woche, in der ihr es tun könnt.

Zum ersten Mal seit Jahren dachte Friend an den alten Mann, der ihn auf den ... er hielt inne, um die Wendung zu genießen — auf den Weg zur Gottheit gebracht hatte. Wie alt war er damals gewesen? Ungefähr acht — aber er hatte bereits Latein und Griechisch gelernt und Newtons *Principia* und Paracelsus' *De Sagis Earumque Operibus* gelesen ... und damals schon hatte der Neid auf seinen Intellekt und seine kräftige Konstitution kleinen und beschränkten Meistern Anlaß gegeben, eine Abneigung gegen ihn zu fassen und ihn zu fürchten. Selbst sein Vater, der eine Größe, die er niemals würde begreifen können, in ihm gefühlt und abgelehnt hatte, war auf Beschimpfungen und Mißhandlungen verfallen, um ihn zu sinnlosen körperlichen Übungen anzutreiben und seine tägliche Portion der Süßigkeiten zu reduzieren, die seinem Körper den benötigten Blutzucker lieferten; nur seine Mutter hatte seinen Genius wirklich erkannt und dafür gesorgt, daß er nicht mit anderen Kindern zur Schule gehen mußte. Ja, er war ungefähr acht gewesen, als er den zerlumpten alten Mann am Hoffenster der Pastetenbäckerei gesehen hatte.

Der alte Kerl war offensichtlich einfältig und vom Duft der frisch gebackenen Obstkuchen zum Fenster gelockt worden, aber er gestikulierte in einer sonderbaren Art und Weise, seine Hände machten grabende Bewegungen vor ihm, als stießen sie in der leeren Luft auf Widerstand, und zum ersten Mal in seinem Leben reizte der Geruch, der wie überhitztes Metall war, Friends Nase.

Trotz allem, was die Leute über seine Dickleibigkeit dachten, gewandt und fest auf den Füßen, war Friend leise auf eine Kiste hinter dem alten Mann geklettert, um durch das Fenster hineinsehen zu können — und was er sah, ließ sein junges Herz höherschlagen. Ein frischer Obstkuchen bewegte sich ruckartig durch die Luft zum Fenster, und seine Stockungen und wackeligen Manöver korrespondierten genau mit den Handbewegungen des alten Mannes. Das Ladenmächen war auf der anderen Seite auf allen vieren und litt zu sehr unter Übelkeit, um den fliegenden Kuchen zu bemerken, und alle paar Sekunden ließ der alte Mann den Kuchen innehalten, während er kichernd andere Gesten machte, die aus der Ferne die Kleidung des Mädchens in Unordnung brachten.

Friend, ungeheuer erregt, war von der Kiste geklettert und hatte sich versteckt, um dem alten Mann ein paar Minuten später zu folgen, als dieser mit dem gestohlenen Kuchen fröhlich davonstolzierte. Der Junge ging dem alten Mann den ganzen Tag nach und beobachtete, wie er sich zu einer Mittagsmahlzeit und Bier verhalf und verursachte, daß hübschen Mädchen die Röcke über die Köpfe flogen, alles einfach durch Handbewegungen und Gemurmel, und der kleine Leo Friend wurde kurzatmig vor Aufregung, als deutlich wurde, daß niemand von den Leuten, die der alte Mann beraubte oder mit denen er mehr oder weniger unsanft umsprang, auch nur die leiseste Ahnung hatte, daß der grinsende, zwinkernde alte Vagabund verantwortlich war. Am Abend erbrach der alte Mann das alte Schloß eines unbewohnten Hauses und zog sich gähnend ins Innere zurück.

Am nächsten Morgen war Friend vor dem bewußten Haus, ging auf und nieder und trug die größte und großartigste Torte, die er mit dem Geld aus seines Vaters

Haushaltkasse hatte kaufen können. Es war ein Anblick, der in jedem Liebhaber von Süßwaren Entzücken wachrufen mußte, und der Junge hatte sich große Mühe gegeben, alle Hinweise auf seine Manipulation zu verbergen.

Nach eineinhalb Stunden, als seine stämmigen kurzen Arme von der Qual, die schwere Torte zu halten, grausam schmerzten, sah der kleine Friend endlich den alten Mann herauskommen, wieder gähnend, aber jetzt in einen farbenprächtigen Samtrock mit Seidenbesatz gekleidet. Friend hielt die Torte ein bißchen höher, als er diesmal vorbeiging, und er jubelte innerlich, als gleichzeitig plötzlich einsetzende Krämpfe seinen Magen zusammenzogen, und der Kuchen aus seinen Händen aufwärtsschwebte.

Der Krampf krümmte den Jungen, und er wälzte sich auf dem Pflaster, zwang sich aber trotz der Schmerzen, die Augen offen zu halten und die schwebende Torte zu beobachten; sie stieg gerade aufwärts, und dann veränderte sie die Richtung ein wenig und ging auf der anderen Seite des Hauses nieder. Der kichernde alte Mann ging wieder hinein, und Friends Magenkrämpfe hörten auf. Er rappelte sich auf, hoppelte zur Eingangstür und schlüpfte leise hinein.

Er hörte den alten Mann, wie er in einem anderen Zimmer geräuschvoll die Torte verschlang, und wartete in der staubigen Diele, bis das Kauen und Schmatzen aufhörte und das Wimmern anfing. Dann ging er kühn in den Raum und sah den alten Mann sich zwischen undeutlichen, mit Tüchern bedeckten Möbelstücken am Boden wälzen. »Ich habe die Medizin versteckt«, sagte er. »Erklären Sie mir, wie Sie Ihre Zauberei machen, und ich gebe sie Ihnen.«

Er mußte dies einige Male wiederholen, jedesmal lauter, aber endlich verstand der alte Mann. Stockend und mit reichlichem Gebrauch von ausdrucksvollen Gebärden, wenn sein erbärmliches Vokabular versagte, hatte der alte Mann dem Jungen die Grundlage des Austausches erklärt, der Zauberei war, ein ebenso einfaches, nicht aber augenfälliges Konzept wie die Nützlichkeit eines Flaschenzuges zur dramatischen Verstärkung der Zugkraft. Der Junge erfaßte die Idee rasch, bestand aber darauf, daß der alte Mann ihn lehre, Gegenstände aus der Entfernung zu bewegen, bevor er das Gegenmittel holen würde; und nachdem der junge Friend erfolgreich eine Couch so hart gegen die Zimmerdecke gestoßen hatte, daß der Stuck Risse bekommen hatte, hatte der alte Mann ihn gebettelt seinen Schmerzen ein Ende zu machen.

Friend hatte ihm lachend den Gefallen getan, war nach Haus gesprungen und hatte den verwüsteten Leichnam sich selbst überlassen, daß er von den Eigentümern des Hauses gefunden würde, wann immer sie zurückkehren mochten.

Als er jedoch älter wurde und die Aufzeichnungen der alten Magier sudierte — alle so quälend übereinstimmend, von Kultur zu Kultur! —, gelangte er zu der bitteren Erkenntnis, daß die wirklich große, gottgleiche Zauberei im Laufe der Jahrtausende allmählich unmöglich geworden war. Es war, als wäre die Magie einst ein Quell gewesen, an dem ein Zauberer das Gefäß seiner selbst hatte füllen können, heute jedoch zu einem Flekken feuchter Erde verkommen, aus dem nur wenige Tropfen gepreßt werden konnten, und auch das nur unter Schwierigkeiten ... oder als ob es unsichtbare Trittsteine in der Luft gäbe, die seither aber expandiert und sie weit auseinandergezogen hatte, so daß es jetzt beinahe die Kraft eines ganzen Lebens erforderte, nur um von einem Stein zum nächsten zu springen, während die alten Magier mit nur geringer Anstrengung hatten hinaufsteigen können.

Aber er arbeitete mit dem, was geblieben war, und im Alter von fünfzehn Jahren konnte er alles nehmen, was er wollte, und er konnte andere Menschen zwingen, praktisch alles zu tun, auch gegen ihren Willen ... und dann versuchte er seiner Mutter, die allein immer Vertrauen zu ihm gehabt hatte, Zugang zu dieser geheimen Welt zu geben, die er gefunden hatte. Er konnte sich nie genau erinnern, was dann geschehen war ... aber er wußte, daß sein Vater ihn verprügelt hatte, und daß er aus dem Elternhaus geflohen und nie wieder zurückgekehrt war.

Seine zauberischen Fähigkeiten versetzten ihn in die Lage, die nächsten fünf Jahre als Student ein angenehmes Leben zu führen. Das beste an Nahrung, Kleidung und Wohnung stand ihm zur Verfügung — obwohl ein tiefes Mißtrauen gegenüber der Geschlechtlichkeit, ihn daran hinderte, seine Fähigkeit auch auf diesem Gebiet zu erproben —, und so war er eines Tages alarmiert, wie ein Mann alarmiert sein mag, der erkennt, daß seine gewohnte tägliche Dosis Laudanum nicht mehr ausreicht, als er erkannte, daß er mehr als dies wollte und brauchte.

Denn schließlich war es nicht die Fähigkeit zu nehmen, die Zauberei atemberaubend köstlich machte, sondern das *Nehmen,* die Verletzung des Willens einer anderen Person, die Wahrnehmung seiner ausgreifenden Willenskraft; und so war es eine beunruhigende Kenntnis, daß seine Herrschaft über andere nicht vollständig war, daß es in dem Bild Stellen gab, die seinem Willen widerstanden, wie eingewachste Flächen auf dem Lithographiestein Farbe abstoßen — er konnte ihren Geist nicht erreichen. Er konnte Menschen zwingen, seinem Willen zu gehorchen, aber er konnte sie nicht zwingen, es auch zu wollen. Und solange es im Bewußtsein der Menschen, die er gebrauchte, das leiseste Zittern von Protest oder Entrüstung gab, war seine Herrschaft über sie nicht vollständig.

Er brauchte diese Vollständigkeit seiner Herrschaft ... aber bis er Benjamin Hurwood begegnet war, hatte er nicht geglaubt, daß es sich machen ließe.

5

»Warum nennen Sie ihn so?« fragte Beth Hurwood mit einem Unterton von Gereiztheit.

»Was, *hunsi kanzo?*« sagte Shandy. »Es ist sein Titel. Ich weiß nicht, es erscheint mir allzu vertraulich, ihn Thatch zu nennen, und zu theatralisch, ihn Schwarzbart zu nennen.«

»Sein Titel? Was bedeutet das?«

»Es bedeutet, daß er ein … ein Eingeweihter ist. Daß er die Feuerprobe bestanden hat.«

»Eingeweiht in was?« Sie schien beunruhigt, daß Shandy dies alles wußte.

Er zuckte die Achseln. »Das ist magisches Zeug. Selbst wenn Sie oben im alten Fort leben, müssen Sie bemerkt haben, daß Magie hier ebenso gebräuchlich ist wie … wie Feuer daheim in England.«

»Ich habe natürlich bemerkt, daß diese Leute abergläubisch sind. Ich nehme an, alle ungebildeten Gemeinschaften …« Sie brach ab und faßte ihn ins Auge. »Großer Gott, John — *Sie* glauben doch nicht daran, oder?«

Shandy runzelte die Stirn und blickte am flackernden Feuer vorbei zum Waldrand. »Ich will Sie nicht beleidigen, indem ich nicht offen zu Ihnen spreche. Dies ist eine neue Welt, und die Piraten leben viel intimer mit ihr als die Europäer in Kingston und Cartagena und Port au Prince, die sich bemühen, so viel von der Alten Welt hierher zu verpflanzen, wie sie können. Wenn Sie an alles glauben, was im Alten Testament steht, dann müssen Sie einige ziemlich unheimliche und unwahrscheinliche Dinge glauben … und Sie sollten nicht allzu rasch entscheiden, was möglich und was nicht möglich ist.«

Plötzlich warf Bird sein Essen fort, sprang auf und blickte wild in die Runde. »Ich bin kein Hundsfott!«

schrie er zornig, und seine goldenen Ohrringe blinkten im Feuerschein. »Du Hurensohn!«

Beth sah besorgt hinüber, aber Shandy lächelte und sagte: »Kein Grund zur Sorge — es vergeht kaum ein Abend, an dem er dies nicht wenigstens einmal macht. Was ihn so aufbringt, hat jedenfalls nichts mit New Providence oder dem Jahr 1718 zu tun.«

»Gott soll euch verdammen!« brüllte Bird. »Ich bin kein Hundsfott!«

»Ich vermute, daß er einmal so genannt worden ist«, sagte Shandy. »Wenn er was getrunken hat, fällt es ihm wieder ein.«

»Augenscheinlich«, stimmte Beth zu. »Aber wollen Sie sagen, John, daß Sie Amulette und dergleichen tragen, damit Sie durch diesen Mate Care-For geschützt werden?«

»Nein«, sagte Shandy, »aber ich erinnere mich, daß ich an dem Tag, als Davies die *Carmichael* kaperte, eine Pistole auf den Bauch Ihres Arztes abfeuerte, als *er* solch ein Zauberamulett trug.

Und noch etwas: In der ersten Woche unserer Anwesenheit hier fing ich ein Huhn und kochte und aß es, und am nächsten Tag bekam ich ein schlimmes Fieber. Der alte ›Gouverneur‹ Sawney, wanderte vorbei, führte Selbstgespräche und schlug nach unsichtbaren Fliegen, wie er es immer macht und sah mich in meinem Zelt schwitzen und stöhnen, und sofort fragte er mich, ob ich ein Huhn gegessen hätte, das geschriebene Worte auf dem Schnabel gehabt habe. Nun, ich hatte Zeichen auf dem Schnabel bemerkt und sagte ja. ›Dachte ich mir‹, sagte der Alte. ›Das war das Huhn, in das ich Rouncivels Fieber zauberte. Du darfst nie ein Huhn essen, wenn Schriftzeichen auf dem Schnabel sind — denn dann kriegst du, was jemand anders loswerden wollte.‹ Und dann holte er ein anderes Huhn und machte seinen Hokuspokus, und am nächsten Morgen war ich gesund.«

»Aber John«, sagte Beth, »sagen Sie bloß nicht, daß Sie glauben, seine Tricks hätten Sie geheilt!«

Shandy zuckte ein wenig ungeduldig die Achseln. »Ich würde dieses Huhn nicht essen.« Er verzichtete darauf, ihr von dem Mann zu erzählen, den er eines abends unten am Strand gesehen hatte. Die Taschen dieses Mannes waren alle aufgerissen gewesen, und er sprach nicht, weil sein Kiefer mit einem auf dem Kopf verknoteten Tuch festgebunden war. Als er an Shandy vorbeigegangen war, hatte dieser bemerkt, daß der Rock des Mannes zugenäht statt zugeknöpft war. Es hatte keinen Sinn, ihr davon zu erzählen, oder was er später über Leute, die so gekleidet waren, gehört hatte.

Sie ließ das Thema mit einer ungeduldigen Handbewegung fallen. »John«, sagte sie, »ich kann nicht lange bleiben, Friend läßt es nicht zu. Können *Sie* mir sagen, wohin wir morgen segeln werden?«

Shandy sah sie erstaunt an. »Sie werden nicht mitfahren, nicht wahr?«

»Doch. Mein Vater ...«

»Sind Sie sicher? Ich dachte mir, daß es für Ihren Vater eine ausgemachte Sache sein würde, dazubleiben, weil Woodes Rogers hier jeden Tag eintreffen kann.«

»Ich bin ganz sicher, John. Ich sah meinen Vater heute, übrigens zum ersten Mal seit einer Woche oder so, und natürlich trug er diesen kleinen Holzkasten bei sich, der so schlecht riecht, und er sagte mir, ich würde mitfahren. Dann setzte er mir des langen und breiten auseinander, wie gründlich ich vor Verletzungen und Krankheiten geschützt sein würde, aber über das Ziel unserer Reise, und die Gründe wollte er kein Wort sagen.«

»Mein Gott.« Shandy holte tief Luft und blies den Atem seufzend von sich. »Nun, Davies hat auch nichts gesagt, aber das Gerücht besagt, daß wir einen Ort an der Westküste Floridas anlaufen werden, einen Ort, wo der *hunsi* — ah, wo Schwarzbart zufällig von einer Anzahl Geister heimgesucht wurde, die ihn nicht mehr losließen.« Er lächelte ihr nervös zu. »So etwas wie Neunaugen, oder Blutegel. Und«, fügte er mit der Hoffnung hinzu, daß sie ihm die Besorgnis nicht anmerkte, »wir werden dort mit Schwarzbart selbst zusammentreffen.«

»Gott sei uns gnädig«, murmelte sie.

Und mit Mate Care-For, dachte Shandy.

Friend kam gravitätisch und mit den Armen schwingend, Sand verspritzend und vor Anstrengung grunzend herübergewatschelt. »Das ist ... genug, Elizabeth«, schnaufte er. »Das Abendessen erwartet uns ... im Fort.« Er wischte sich die Stirn mit einem Spitzentaschentuch.

Beth Hurwood blickte unwillkürlich zu den Kochtöpfen der Piraten, und ihr Ausdruck war so verlangend, daß Shandy fragte: »Abendessen?«

»Kräuter und Grünzeug und Schwarzbrot«, seufzte sie.

»Einfach aber gesund«, erklärte Friend. »Wir müssen sie gesund erhalten.« Auch er blickte zu den Töpfen, hielt in einem gespielten Anflug von Übelkeit die Hand vor den Mund, nahm dann Beth beim Arm und führte sie davon.

Ein paar von den Leuten in der Nähe lachten und sagten Shandy, daß man mit so etwas rechnen müsse, daß Mädchen immer gutaussehenden Männern den Vorzug vor solchen gäben, die nichts als aufrichtige Herzen hätten.

Shandy lachte auch, wenngleich ein wenig gezwungen, und sagte, Friends Erfolg sei wohl eher ein Ergebnis seiner immerwährenden Fröhlichkeit und seines lebhaften Temperaments. Er lehnte einen Nachschlag vom Essen ab, akzeptierte jedoch eine zweite geköpfte Flasche Latour und trug sie südwärts den Strand entlang zum Liegeplatz der *Carmichael.*

Der Bug des Schiffes ragte am Ende des schmalen Tiefwasserkanals noch über dem Strand auf, gestützt von einem stabilen hölzernen Gerüst und mehreren starken Tauen, die an Bäumen verankert waren, und das Heck lag sehr tief im Hafenwasser; doch trotz dieser ungünstigen Position, schien es jetzt viel mehr sein Schiff, als während der Zeit, die er als Passagier an Bord zugebracht hatte. Er kannte es jetzt in- und auswendig, war wie ein Affe in der Takelage und an den Rahen herumgeklettert, als sie den Besan repariert hatten, er hatte die Axt geschwungen, als sie den Aufbau des Vorschiffes und den größten Teil der Reling entfernt hatten, hatte mit Säge und Bohrer geschwitzt, als sie neue Pfortluken für weitere Kanonen geöffnet hatten, und hatte mehr Stunden als er sich erinnern mochte, in einer Schlinge halbwegs zwischen dem Deck über ihm und dem Sand oder Wasser unter ihm gesessen und Stück für Stück vertrocknete Algen und Muscheln vom Rumpf gemeißelt und geschabt, hatte die Schiffsbohrwürmer ausgegraben und kleine Messing*drogues* in das Holz gehämmert, die Davies' *bocor* gegossen und mit Zaubersprüchen geweiht hatte, daß sie machtvolle Antiwurm-Amulette wurden.

Morgen sollte auch der Rest des Schiffes zu Wasser gelassen werden, und dann konnten sie die Segel setzen und auslaufen. Und sein Leben als Seeräuber würde beginnen.

Er bemerkte, daß jemand im Sand unter dem hohen Bug saß, und nach einem Augenblick angestrengten Spähens erkannte er im Mondschein den verrückten alten Mann, den die Piraten immer als ›Gouverneur‹ anredeten — möglicherweise wegen einer Ungewißheit über seinen Namen, den Shandy verschiedentlich als Sawney, Bonsey oder Pon-sea ausgesprochen gehört hatte. Die nächtliche Szene des alten Mannes unter dem dunkel ragenden Schiffsbug gemahnte ihn an etwas, das sich seinem Gedächtnis entzog ... aber er wußte, daß es ein Bild oder eine Geschichte war, die dem alten Sawney durch den Vergleich eine traurige Würde verlieh. Es störte Shandy, den alten Verrückten als etwas mehr denn einen zauberisch schlauen, aber schwachsinnigen Hanswurst zu sehen, selbst wenn es nur in Form einer Analogie geschah.

Dann fiel ihm ein, woran ihn die Szene erinnerte: an den vom Alter gebeugten Jason, der unter dem Rumpf der gestrandeten und verlassenen *Argo* saß.

»Wer ist da?« quäkte der alte Mann, als er Shandys Stiefel im Sand hörte.

»Jack Shandy, Gouverneur. Wollte mir das Schiff nur noch einmal in dieser Lage ansehen.«

»Hast du mir was zu trinken gebracht?«

»Ah, ja.« Shandy hielt inne, tat mehrere große Schlukke und reichte dem alten Mann die halbvolle Flasche.

»Ihr segelt morgen?«

»Richtig«, sagte Shandy, überrascht, daß der alte Mann es wußte und sich daran erinnert hatte.

»Zum *hunsi kanzo* und seinem Hündchen.«

Shandy sah dem alten Mann scharf ins Gesicht und überlegte, ob er vielleicht einen seiner lichten Augenblicke habe. »Sein Hündchen?«

»Bonnett. Ich sah dich mit den Puppen spielen, du verstehst es, die kleinen Kerle herumspringen zu machen, wenn du sie an den Fäden hast.«

»Ach so. Ja.« Shandy hatte von dem neuen Piraten Stede Bonnett gehört, der vor kurzer Zeit aus unerforschlichen Motiven eine blühende Plantage auf Barbados zurückgelassen hatte, um unter die Seeräuber zu gehen, er hatte aber nicht gehört, daß der Mann in irgendeiner Verbindung mit Schwarzbart stand; natürlich war der alte Sawney kaum eine verläßliche Quelle.

»Nach Norden soll es gehen, höre ich«, fuhr der Gouverneur fort. Nach einem Schluck Wein nickte er bedeutungsvoll. »Nach Florida.« Er sprach es mit einem starken spanischen Akzent. »Schöner Name, aber ein Fieberland. Ich kenne die Gegend. Ich habe dort eine ganze Menge Kariben-Indianer getötet, und einer von ihnen verpaßte mir mal eine böse Pfeilwunde. Ihr werdet gut daran tun, vor ihnen auf der Hut zu sein — sie sind die schlimmsten Kannibalen. Sie halten Frauen und Kinder von anderen Stämmen in Gehegen ... so wie wir Vieh halten.«

Shandy glaubte das nicht, aber um höflich zu sein, pfiff er durch die Zähne und schüttelte den Kopf. »Teufel auch«, sagte er. »Denen werde ich aus dem Weg gehen.«

»Sieh zu, ja ... Wenigstens, bis du zu diesem verdammten Geysir kommst. Danach, wenn du weißt, wie du damit umzugehen hast, brauchst du dich um nichts mehr zu sorgen.«

»Das ist das rechte für mich«, sagte Shandy. »Mich um nichts mehr zu sorgen.«

Der Gouverneur schmunzelte und antwortete auf Spanisch, doch obwohl Shandy im Begriff war, das primitive Spanisch der Piraten von Hispaniola, Puerto Rico und Kuba zu lernen, konnte er die Redeweise des Gouverneurs nicht verstehen. Sein Spanisch schien gleichzeitig zu archaisch und zu rein zu sein. Der alte Mann schloß jedoch in allzu flüssigem Englisch mit einer obszönen Andeutung, welche Fähigkeiten Schwarzbart durch diese Unternehmung wiederzugewinnen hoffte.

Shandy lachte schwächlich, entbot dem alten Mann ein Lebewohl und ging den Weg zurück, den er gekommen war. Nach ein paar Dutzend Schritten erreichte er den Kamm des Strandwalles und blieb stehen, um zum Schiff zurückzublicken. Er konnte schräg von vorn auf Mitteldeck und Schanzdeck sehen und versuchte zu bestimmen, wo Chaworth gestorben war, und wo er sein Duell mit Davies gefochten hatte, und wo er und Beth gestanden und der Möwe madigen Schiffszwieback zugeworfen hatten. Er bemerkte, daß die Reling dort, wo sie gestanden hatten, jetzt entfernt worden war, und es verdroß ihn ein wenig, daß er sich nicht erinnern konnte, ob das ein Abschnitt war, den er selbst abgebrochen hatte.

Er versuchte sich vorzustellen, welche anderen Ereignisse auf diesem Deck noch stattfinden mochten, und nach einer kleinen Weile bemerkte er verdutzt, daß er sich instinktiv als einen der dabei Anwesenden vorstellte. Aber das stimmt nicht, sagte er sich mit einem nervösen Lächeln. Beth und ich werden bei der ersten Gelegenheit das Weite suchen. Dieses Schiff wird ohne mich weiterfahren, trotz meines Schweißes — und manchmal auch Blutes, wenn Spachtel oder Meißel abglitten — die von seinem Holz aufgesogen wurden. Ich habe einen Onkel, der an den Galgen muß.

Er ging weiter auf die Feuer zu, und es kam ihm in den Sinn, daß er nicht weit von der Stelle entfernt war, wo er den Mann mit den zerrissenen Taschen und dem zugebundenen Unterkiefer gesehen hatte; und die Erinnerung daran bewirkte, daß er seinen Schritt beschleunigte, nicht, weil der Mann bedrohlich ausgesehen hatte, sondern dessentwegen, was Davies gesagt hatte, als Shandy ihm davon erzählt hatte.

Davies hatte ausgespuckt und verdrießlich den Kopf geschüttelt. »Das wird Duplessis gewesen sein, von Thatchs letztem Aufenthalt hier. Thatch nimmt sich nicht mehr die Zeit, die kleinen Dinge richtig zu machen. Duplessis war ein *bocor* und kaufte eine Menge *loas*, und daraus entsteht eine Schuld, von der dich nicht einmal der Tod befreien kann. Ich nehme an, Thatch begrub ihn ohne die gebotene Zurückhaltung.«

»Begrub ihn?«

Davies hatte ihn angegrinst und in einer verächtlichen Nachahmung des Oberklassenakzents die Pointe des alten Scherzes zitiert: »Er mußte — tot, verstehst du?« In seinem normalen Ton fuhr er fort: »Wenigstens zog Thatch ihm die Stiefel aus, bevor er ihn begrub. Geister wandern gern herum, besonders auf den Schiffen, und wenn sie Stiefel anhaben, kannst du nicht schlafen, weil sie die ganze Nacht herumtrampeln.«

Als Shandy zu den Lagerfeuern kam, waren die meisten Piraten entweder zu den Hütten gegangen oder hatten sich mit Flaschen niedergelassen, um die Nacht mit ernsthaftem, wortkargem Trinken zu verbringen. Shandy entschied, daß er genug getrunken habe, um schlafen zu können und ging zu der windschiefen Hütte aus Planken und Segeltuch, die er sich unter den Bäumen gebaut hatte. Er wanderte den sandigen Hang zum Strandwall hinauf, als ihn von voraus eine Stimme zum Stehen brachte, die tief wie eine Orgel am Grund eines Bergwerksschachtes dröhnte. Shandy blickte im trügerischen, gefleckten Mondlicht unter den Palmen umher und machte schließlich eine riesige schwarze Gestalt aus, die mit untergeschlagenen Beinen in einem in den Sand geritzten und sorgsam gesäuberten Kreis saß.

»Bleib außerhalb«, sagte die Gestalt, ohne aufzusehen, und Shandy erkannte verspätet Trauerkloß, Davies' *bocor.* Der Mann galt als taub, also begnügte sich Shandy mit einem Kopfnicken, was jedoch noch weniger Sinn hatte als das Sprechen, weil der Mann wegblickte, und trat einen Schritt zurück.

Trauerkloß sah sich nicht nach ihm um. Er machte mit dem hölzernen Messer, das er stets bei sich trug, Zeichen in die Luft und schien Mühe zu haben, die Bewegungen gegen einen unsichtbaren Widerstand auszuführen. *»Raasclaat«,* fluchte er, dann brummte er: »Kann diese flinken Teufel nicht dazu bringen, daß sie sich benehmen. Rede schon den ganzen Abend auf sie ein.« Der *bocor* war in den Südstaaten aufgewachsen, und da er taub war, hatte er den breiten heimischen Akzent nie abgelegt.

»Hm ...«, machte Shandy ungewiß und sah sich nach einer Ausweichmöglichkeit um, denn Trauerkloß versperrte ihm den Durchgang. »Ah, ich weiß wirklich nicht, warum ...«

Plötzlich riß der *bocor* den Arm hoch und wies mit dem hölzernen Messer zum Himmel.

Shandy blickte unwillkürlich auf und sah zwischen

den zottigen Umrissen zweier Palmwipfel eine Sternschnuppe aufleuchten, wie einen leuchtenden Kreidestrich auf einer entfernten Schiefertafel. Dreißig Sekunden später setzte der Wind aus ... um danach stärker als zuvor wieder anzuheben.

Trauerkloß ließ den Arm sinken und stand auf — leichtfüßig, trotz seiner unglaublichen Leibesfülle. Er wandte sich um, lächelte Shandy düster zu und trat beiseite. »Nur zu«, sagte er. »Jetzt ist es nicht mehr als eine in den Sand geritzte Linie.«

»Danke.« Shandy schob sich an dem Riesen vorbei, lief eilig durch den Kreis und ging dann weiter. Er hörte Trauerkloß zum Strand davonstampfen; der *bocor* gluckste und sagte in seiner tiefen, aber unheimlich tragenden Stimme: *»C'était impossible de savoir sie c'était le froid ou la faim.«* Dann kam er außer Shandys Hörweite.

Shandy verhielt und starrte minutenlang dem Mann nach, als überlegte er, ob er ihm folgen solle; nachdem er unbehaglich zu den Sternen aufgeblickt hatte, tappte er im Finsteren weiter zu seiner Hütte, froh, daß er sie unter einem besonders dichten Laubdach aufgebaut hatte.

6

VIELLEICHT HATTE DAVIES GESCHLAFEN, vielleicht nicht: als die Morgendämmerung noch nicht mehr als ein trüber blaugrauer Schimmer hinter den Palmwipfeln der Schweinsinsel war, warf er einen alten Umhang über die weiße Asche eines der niedergebrannten Feuer, und als der Stoff zu schwelen begann und kurz darauf in Flammen aufging, ging er durch das Lager, klatschte in die Hände, zog Schläfer an den Haaren und Bärten und stieß Stützpfosten von behelfsmäßigen Zelten um. Die ächzenden Piraten rappelten sich gähnend auf und wankten zum Feuer, manche von ihnen beladen mit Teilen ihrer bald überflüssigen Zelte und Hütten, um sie in das wiederbelebte Feuer zu werfen, und Davies ließ ihnen Zeit, einen Kessel mit Rum und Bier zu wärmen und genug von der scharfen, aber belebenden Flüssigkeit zu schlucken, daß sie zur Arbeit bereit waren, bevor er sie zum Strand führte, wo die *Carmichael* lag.

Eine Stunde lang spannten sie ein komplizieres Netz von Tauen und Flaschenzügen, bauten es wieder ab, um die Zugrichtung zu verbessern, stießen schreckliche Flüche aus, fielen ins Wasser, weinten vor Wut ... doch als die Sonne aufgegangen war, schwamm das Schiff mit mehreren Fuß Wasser unter dem Kiel, und Davies schritt auf dem Schanzdeck auf und nieder und rief den Männern, die beim Segelsetzen an den Rahen arbeiteten, und den Männern an Bord der Schaluppe *Jenny*, die das Schiff in Schlepptau genommen hatte, Anweisungen zu. Eine weitere Stunde lang lavierte der Schoner unter einem Minimum von Besegelung durch das gewundene Fahrwasser und stoppte wiederholt ab, während Davies und Hodges, der Schiffsführer der *Jenny*, sich durch Zurufe verständigten, und die Frühaufsteher unter den Mannschaften anderer Schiffe am Strand standen und Dreharbeiten über das im ersten Sonnenglanz funkelnde Wasser riefen; aber endlich gelangte das Schiff in die nördliche Mündung der Hafenbucht und erreichte tieferes Wasser nordöstlich des Providence-Kanals, und Davies ließ alle Segel setzen, sogar die Beisegel, welche die Hauptsegel flankierten, und alle drei Klüver zwischen Bugspriet und Vormast. Das Schlepptau wurde losgeworfen, und beide Fahrzeuge nahmen Fahrt auf; ihre hell in der Morgensonne schimmernden Segel füllten sich mit der leichten Brise.

Davies hatte behauptet, man könne die Grundbegriffe des Segelns an Bord eines Bootes besser lernen als auf einem Schiff, also half Shandy der Besatzung der *Jenny*. Nachdem er mit dem Schoner vertraut geworden war, erschien ihm die *Jenny* mit ihrem einzigen Mast und dem Haupt- und Vorsegel wie ein Fischerboot; aber die Schaluppe hatte sechs Geschütze und ein Dutzend Drehbassen an Bord, und als sie die Segel gesetzt und das Schlepptau eingeholt hatten, fühlte Shandy durch die bloßen Fußsohlen, daß die *Jenny* ein viel schnelleres Schiff war.

Der Schoner übernahm jedoch die Führung, und Shandy, der Anweisung erhalten hatte, den anderen nicht im Weg zu stehen, aber die Augen offen zu halten, bis sie draußen auf See wären, saß auf dem kaum tischgroßen Vordeck und beobachtete das Schiff, das ein paar hundert Schritte vor ihnen majestätisch dahinglitt, und er fragte sich, wo Beth sich nun, da man das Schiff so rücksichtslos auf Schnelligkeit getrimmt hatte, ein Plätzchen finden konnte, wo sie niemandem im Weg wäre.

»Da hast du, Jack«, sagte Skank und drückte Shandy einen mit Rum gefüllten Holzbecher in die Hand, bevor er nach achtern wankte, um beim Anziehen der Schotleine zu helfen. »Noch mehr, und ich geh über Bord.«

»Danke«, sagte Shandy und fragte sich, ob diese Leute jemals völlig nüchtern waren. Er blickte zurück und beobachtete auf Steuerbord die hügelige grüne Silhouette von New Providence jenseits der kristallblauen See. In mancher Weise, dachte er bei sich, würde er den Ort vermissen.

Skank zog sich zum Vordeck herauf und hielt sich an dem Pfosten einer Drehbasse fest. »Ja«, sagte er, als stimme er einer Bemerkung Shandys zu, »vielleicht kommen wir nie wieder hierher zurück. Nächstes Jahr wird es schwieriger sein, unsere Einnahmen zu verkaufen, weil es nicht mehr den gewohnten Handelsplatz geben wird, wohin die reichen Inselkaufleute ihre Aufkäufer schicken.«

Shandy schlürfte den Rum. »Reiche Kaufleute machen Geschäfte mit Piraten?«

»Wieso, natürlich — wie sollten sie sonst reich geworden sein? Und es bleiben? Natürlich kamen sie im allgemeinen nicht persönlich herüber — sie schickten ihre Vertrauensleute und Aufkäufer. Manchmal hatten wir bei Großgeschäften die Ware sogar zu liefern; wie oft habe ich in mondlosen Nächten ein schwer beladenes Boot mit umwickelten Ruderblättern in irgendeine einsame Bucht auf Jamaica oder Haiti oder Barbados gefahren! Die Sache ist natürlich für alle Beteiligten interessant; wir können die Güter enorm billig verkaufen, weil wir überhaupt nicht für sie bezahlt haben.«

»Diese Händler, an die ihr verkauft«, sagte Shandy, »wissen sie, daß das Zeug gestohlen ist?«

»Klar, Jack, wie könnten sie es nicht wissen? Manche können es sich sogar leisten, die Küstenpatrouillen der Royal Navy zu bestechen, daß sie in die andere Richtung schauen, wenn wir die Ware an Land bringen. Und Thatch persönlich stellte die Verbindungen mit den wirklich reichen Kaufleuten her: Bonnett auf Barbados — aber der ist jetzt selbst Pirat geworden, das kann ich nicht ganz verstehen —, und Lapin und Shander-knack auf Haiti und ...«

»*Wer* auf Haiti?« Shandy ergriff ein Tau der Mastverspannung, um sich festzuhalten.

»Lapin — das soll Kaninchen heißen, glaube ich, und paßt auch zu dem Mann, tatsächlich — und Shanderknack oder wie immer die Franzosen es aussprechen.« Skank runzelte die Stirn. »Dein richtiger Name klingt irgendwie ähnlich, nicht?«

Shandy holte tief Luft und blies den Atem von sich. »Ein wenig, ja. Hat dieser ... dieser Shander-neck viel mit euch ... ah ... mit uns zu tun?«

»O ja, er ist Spekulant. Thatch arbeitet gern mit solchen Leuten. Sie sind immer nahe daran, reich zu werden, weißt du, aber wenn du nach einem Jahr wiederkommst, sind sie immer noch kurz davor. Wenn sie Geld haben, können sie nicht erwarten, es uns zu geben, und wenn sie keins haben, wollen sie Kredit — und wenn er weiß, daß sie wohlhabend sind und Besitz haben, räumt Thatch ihnen gern welchen ein.«

»Es muß aber schwierig sein, solche Schulden einzutreiben«, meinte Shandy.

Skank warf ihm ein mitleidiges Lächeln zu, stieß sich vom Pfosten der Drehbasse ab und tappte wieder nach achtern.

Shandy blieb auf dem Vordeck, und ein Lächeln vertiefte die Linien in seinem braungebrannten Gesicht, und seine Augen verengten sich in Erwartung des Tages, wenn er in der Lage sein würde, diese neue Information gegen seinen Onkel zu verwenden. Der war froh, daß die Piraten nur einen unbewohnten Abschnitt der Küste Floridas ansteuerten und nicht auf kriegerische Unternehmungen aus waren, denn es wäre unvorstellbar für ihn, getötet zu werden, bevor er mit dem Bruder seines Vaters abgerechnet hätte.

Sobald sie nördlich der Bahama-Bank standen und in die tiefblauen Gewässer des Providence-Kanals kamen, wurde Shandy von Hodges nach achtern gerufen und erfuhr, was er zu tun hätte, um seinen Unterhalt zu verdienen ... und während der nächsten fünf Stunden mußte Shandy bis zur Erschöpfung arbeiten. Er lernte die Gaffel so zu setzen, daß im Hauptsegel nur noch ein paar kleine Falten zu sehen waren; er hatte bereits die verwirrende Tatsache begriffen, daß Schoten und Wanten Leinen und Taue und keine Segel waren, aber nun lernte er einige der Kniffe, wie man mittels der Schoten die Segel am günstigsten hart am Wind hielt, und da die *Jenny* sehr viel leichter und manövrierfähiger war als der Schoner, gab Hodges dem neuen Rekruten Unterricht in der Kunst des Segelns. So lernte Shandy die Grundsätze des Kreuzens gegen den Wind, und wann dabei der richtige Augenblick gekommen war, um das Steuer herumzuwerfen. Er lernte die hölzernen Ringe im Auge zu behalten, die das Hauptsegel am Mast hielten, und an ihrem Zittern zu erkennen, wenn das Boot zum Erreichen maximaler Geschwindigkeit etwas weniger hart am Wind gehalten werden mußte.

Als gelte es, Shandys Lehre zu unterstützen, erschien über dem östlichen Horizont das blumenkohlartige Gebilde einer aufgetürmten Haufenwolke, und obwohl sie viele Meilen entfernt sein mußte, ließ Hodges alles für einen Sturm vorbereiten, »die Wäsche einholen«, wie er das Reffen der Segel nannte, und einen weißhaarigen alten *bocor* an Deck bringen, daß er eine den Wind einschläfernde Melodie aus Dahomey pfeife, und die Wanten festzurren, daß sie den Mast gegen stärkeren Winddruck halten konnten.

Die Bö kroch schwärzlich über das kobaltblaue Wasser und erreichte sie innerhalb einer Stunde nach der ersten Sichtung der Wolke — Shandy, der niemals Anlaß gesehen hatte, dem Wetter besondere Aufmerksamkeit zu schenken, war verblüfft von der Schnelligkeit, mit der die Wetterlage sich ändern konnte, und selbst unter den kleinen Sturmsegeln legte sich die Schaluppe über, als die Windstöße sie trafen.

Eine Minute später folgte peitschender Regen und verlieh den Wellen ein dampfendes, verschwimmendes Aussehen, und hüllte die *Carmichael* in diesige graue

Vorhänge. Hodges hielt die stark krängende Schaluppe unbeirrbar auf dem Kurs, und Shandy war überrascht, daß der Mann durch den Wetterumschwung nicht im mindesten beunruhigt schien.

»Ist das etwas Ernstes?« rief er ihm nervös zu.

»Dies?« rief Hodges durch den trommelnden Regen zurück. »Nein. Gerade genug, um unsere Kleider zu waschen. Wäre aber der Regen zuerst gekommen, hätte es Schwierigkeiten geben können.«

Shandy nickte, ohne den tieferen Sinn der Bemerkung zu verstehen. Der Regen war nicht unangenehm kalt, und wie Hodges bemerkt hatte, war es nicht übel, sich das Salz aus den Kleidern spülen zu lassen, so daß sie morgen durchtrocknen und ihre Steifheit verlieren würden. Bald ließ der Wolkenbruch nach, und voraus kam der Schoner aus der Regenbö. Chandagnac wußte, daß er in ein paar Stunden unter Deck kriechen würde, noch immer in seinen durchnäßten Kleidern, um einen Winkel zum Schlafen zu finden, und er hoffte, Beth Hurwood würde an Bord des Schiffes bequemere Unterkunft finden. Er wickelte seine Vorschot um das Belegholz, entspannte seine schmerzenden Muskeln für einen Augenblick und wartete auf die nächste Arbeit, die Hodges ihm zuteilen würde.

Am folgenden Tag wurden die Freiwachen zu Übungen an den Geschützen eingeteilt, und Shandy, immer gut in Dingen, die Geschicklichkeit erforderten, war bald ein Fachmann in der schwierigen Kunst, eine Drehbasse zu zielen und die glimmende Lunte zum Zündloch zu führen, ohne entweder den langen Lauf aus der Zielrichtung zu bringen oder sich ein Auge auszubrennen, wenn die Pulverladung losging. Nachdem er in rascher Folge sechs leere Kisten, die von der Besatzung der *Carmichael* als Ziele über Bord geworfen wurden, zu Splittern schoß, ernannte Hodges ihn vom Anfänger zum Instrukteur, und als der Tag zu Ende ging, war jeder Mann an Bord ein wenigstens um einiges besserer Schütze als er es am Morgen noch gewesen war.

Am dritten Tag wurden Manöver geübt, und nachmittags durfte Shandy das Ruder übernehmen und die Kommandos geben, und innerhalb von zwanzig Minuten führte er die Schaluppe in einem ovalen, aber vollständigen Kreis um die *Carmichael.* Es folgten Übungen für den Ernstfall, und als sie Gefechtstaktiken übten, ließ Davies ein paar Geschütze der *Carmichael* in das Wasser um die Schaluppe feuern, um die Sache realistischer zu machen.

Shandy war stolz auf die Gewandtheit, mit der er mittlerweile auf dem Deck und in den Wanten herumturnen konnte, wie auch auf den Umstand, daß er — obwohl viele der Piraten gegen diese energischen Aktivitäten protestierten — nur angenehm müde war, wenn die sinkende, bernsteinfarbene Sonne goldene Nadeln auf den Wellen voraus funkeln ließ; aber sein Vergnügen am Seemannsleben erfuhr eine Dämpfung, als Davies über das Wasser brüllte, sie hätten in der vergangenen Nacht zu viel Zeit verloren, als sie vor Treibanker gegangen seien, und daß sie diese Nacht bis zum Morgen durchsegeln würden.

Shandy wurde für die Wache von Mitternacht bis vier Uhr eingeteilt und machte die Erfahrung, daß nächtliches Segeln naß und kalt war. Es fiel starker Tau und machte die Decksplanken glitschig, und jedes Tau und jede Leine, die er in die Hand nehmen mußte, ließ ihm kaltes Wasser in den Ärmel rinnen. Hodges saß am Ruder, und sein kantiges, aber humorvolles Gesicht wurde vom roten Schein der Kompaßlampe unheimlich von unten erleuchtet; zu Shandys Erleichterung waren die ihm zugewiesenen Arbeiten leicht und verlangten keine ständige Aufmerksamkeit: in periodischen Abständen hatte er eine Laterne zu nehmen und bestimmte gefährdete Teile der Takelage zu überprüfen, im Bug Ausguck zu stehen, falls entgegen aller Erwartung ein anderes

Schiff aus der nächtlichen See auftauchen könnte, und Sorge zu tragen, daß die Buglaterne brannte und dem Rudergänger der *Carmichael* zeigte, wo die Schaluppe war.

Der Schoner war ein knarrender, ächzender Turm von Schwärze auf der Steuerbordseite voraus, aber bisweilen, wenn Shandy an der Backbordreling stand und über den grenzenlosen, im schwachen Sternenlicht liegenden Ozean hinausblickte, ließ seine Phantasie ihn Köpfe und emporgereckte, winkende Arme erkennen, und schwach glaubte er, in der Ferne Chöre einen ewigen, zweitönigen Gesang singen zu hören, der so alt war wie die Gezeiten.

Um vier gab Hodges ihm einen Becher Rum, den er über der Kompaßlampe gewärmt hatte, wies ihn an, die Frühwache zu wecken und heraufzuschicken, und schickte ihn zum Schlafen unter Deck.

Um die Mittagszeit des nächsten Tages — es war Dienstag, der sechsundzwanzigste Juni —, gerade als die beiden Schiffe zwischen den Bimini-Inseln und Florida in den nordwärts fließenden Golfstrom kamen, fand sie das Kriegsschiff der Royal Navy.

Als sie es zuerst sichteten, einen weißen Punkt am südlichen Horizont, hatten sie es für einen Dreimastschoner etwa von der Größe der *Carmichael* gehalten, und mehrere Piraten hatten halbherzig vorgeschlagen, es zu kapern, statt nach Florida zu gehen; ein paar Minuten später rief der Mann, der mit dem Teleskop im Ausguck saß, aufgeregt herab, daß es ein Schiff der britischen Kriegsmarine sei.

In den ersten Minuten nach dieser Entdeckung gab es Spannung, aber keine Panik, denn die *Carmichael* war für maximale Schnelligkeit umgebaut worden, und die *Jenny* konnte sich mit Leichtigkeit durch Kreuzen in die seichten, von Korallenriffen durchzogenen Gewässer der Biminis retten, wo das Wasser vielfach nur zwei Faden tief war — die *Jenny* hatte einen Tiefgang von nur eineinhalb Faden und konnte ungefährdet über Untiefen fahren, an die das Kriegsschiff sich nicht heranwagen durfte.

Aber die *Carmichael* hielt ihren Südwestkurs, die geblähten Segel strahlend weiß in der Tropensonne, und Hodges schien nicht daran zu denken, den Kurs der *Jenny* zu ändern.

»Warum warten wir, Käpt'n?« fragte ein weißbärtiger Riese mit entblößtem Oberkörper. »Wenn wir sie zu nahe heranlassen, könnte es schwierig werden, sie abzuhängen.«

Shandy stand an der Steuerbordreling neben dem Querholz, das aus irgendeinem Grund ›Katzenkopf‹ genannt wurde und den aufgezogenen Anker hielt, und blickte erwartungsvoll zu Hodges. Er glaubte, eine ungewohnte Blässe unter der Sonnenbräune zu sehen, aber der Kapitän fluchte nur und schüttelte den Kopf. »Wir würden mindestens einen Tag verlieren, wenn wir abliefen und nach einem Umweg wieder auf unseren Kurs gingen, und nach dem Regen am Samstag und dieser verdammten Liegezeit Sonntagnacht werden wir schon so zu arbeiten haben, um am ersten August den Treffpunkt in Florida zu erreichen. Nein, Jungs, diesmal kann die Navy weglaufen. Die *Carmichael* ist mindestens so gut bewaffnet wie das Kriegsschiff da drüben, und wir sind auch kein Fischerboot, und dann haben wir noch Mate Care-For und Legba und Bosu in der Hinterhand.«

Der stämmige alte Mann musterte Hodges ungläubig; dann, als müsse er einem Kind etwas erklären, zeigte er zu den nicht mehr so entfernten Segeln und sagte mit Betonung: »Henry — es ist die verdammte Royal Navy.«

Hodges wandte sich ärgerlich zu ihm um. »Und wir sind im Kampf, Isaac, und ich bin heute der Kapitän hier, und außerdem Davies' Quartiermeister. Mann Gottes, glaubst du, *mir* gefallen diese Befehle? Die *hunsi kan-*

zo werden uns alle zu Untoten machen, wenn wir jetzt kneifen — aber wenn wir auf Kurs bleiben, riskieren wir nur den Tod.«

Zu Shandys unbehaglicher Überraschung fand die Besatzung diese Logik zwar unglücklich, aber unangreifbar, und alles machte sich hastig kampfbereit. Ein paar Männer kletterten mit Eimern in die Wanten und bespritzten die Segel mit Alaunlösung, um sie weniger leicht brennbar zu machen, die Schotleinen wurden durch Ketten ersetzt, die Kanonen vorgerollt, daß ihre Mündungen aus den Geschützpforten ragten, der *bocor* ging zum Bug und begann zu singen und Scherben eines sorgfältig zerbrochenen Spiegels in die Richtung des britischen Schiffes zu werfen, und Shandy erhielt den Befehl, alle verfügbaren Eimer mit Seewasser zu füllen und ein Ersatzsegel in Wasser zu tränken und dann das Ganze um die Pulverfässer anzuordnen.

Während der letzten drei Wochen hatte Shandy eine gewisse Befriedigung daraus bezogen, wie gut er sich verhalten hatte, als die *Carmichael* von den Piraten gekapert worden war, doch nun, als er seine Hände zittern sah, während sie einen Eimer Seewasser um den anderen an der Leine über die Reling hoben, wurde ihm klar, daß seine relative Kaltblütigkeit an jenem Tag, eine Folge des Schocks und noch mehr der Unwissenheit gewesen war: denn er hatte kaum verstanden, daß er sich wirklich in Gefahr befand, als er sie auch schon überstanden hatte. Diesmal freilich näherte sich die Gefahr mit quälender Langsamkeit, und diesmal wußte er im voraus, wie ein Mensch von einer Kugel tödlich in den Kopf getroffen wurde, oder an einem Säbelstich in den Magen starb.

Diesmal war er so entsetzt, daß er sich betrunken fühlte — alle Farben waren zu lebhaft, alle Geräusche zu laut, er schwankte zwischen Weinen und Erbrechen und mußte immer wieder daran denken, sich nicht die Hosen naß zu machen.

Als er die Pulverfässer mit vollen Eimern umstellt und mit nassem Segeltuch zugedeckt hatte, eilte er zurück auf Deck, wo er gepackt, mit einer schwelenden Lunte versehen und zur Steuerbord-Drehbasse am Bug geschickt wurde. »Nicht feuern, bevor Hodges das Zeichen gibt, Jack«, sagte der Mann, der ihm die Lunte gegeben hatte. »Und dann heißt es treffen.«

Shandy spähte über den Lauf seiner Kanone und sah, daß alle drei Schiffe nach Osten in den Wind drehten, *Carmichael* und *Jenny* schärfer als das Kriegsschiff — das ihm jetzt ein Dreiviertelprofil zeigte, so daß er das gelbbraune und schwarze Schachbrettmuster der Geschützpforten entlang der Backbordseite sehen konnte.

Ich *kann* nicht auf ein Schiff der Royal Navy feuern, dachte er, aber wenn ich mich weigere zu schießen, werden diese Leute mich umbringen ... und wenn ich meine Sache hier nicht gut mache, muß ich mit der Wahrscheinlichkeit rechnen, daß die Royal Navy mich mit allen anderen an Bord der *Jenny* aufhängen wird. Es gibt einfach keine akzeptable Handlungsweise für mich.

Eine grauweiße Rauchwolke schoß aus der Seite des Kriegsschiffes, und einen Augenblick später rollte der hohle Trommelwirbel der Kanonen über die halbe Seemeile blauen Wassers, welche die Schiffe voneinander trennte, und einen Augenblick später rauschte es durch die Luft, und hohe Gischtfontänen erhoben sich zur Linken aus dem Wasser, um wie eine hochgeschleuderte Schaufelvoll Diamanten wieder zusammenzufallen.

»Schlecht gezielt, Salve liegt zu weit und hinter uns«, rief Hodges vor Erregung schrille Stimme. »Feind ist in Schußweite — Feuer!«

Und wie so viele Soldaten zu ihrer eigenen Überraschung entdeckt haben, machte die intensive, bis zur Erschöpfung wiederholte Ausbildung die Ausführung des Befehls zu einem automatischen Ablauf; Shandy zielte, berührte das Zündloch mit der Lunte und trat zurück zur nächsten Drehbasse, bevor er sich schlüssig geworden war, ob er den Befehl befolgen sollte oder nicht. Nun, jetzt bist du dabei, dachte er verzagend, als er die zweite Drehbasse richtete; nun gilt es, alles für die Seite zu tun, mit der du dein Los teilst.

Als er mit der Lunte das Zündloch der zweiten Drehbasse berührte, gingen die Steuerbordgeschütze der Schaluppe alle gleichzeitig los, und das Boot, das im Wind nach Steuerbord krängte, wurde vom Rückstoß beinahe aufgerichtet.

Dann schob sich die *Brüllende Carmichael* für seine Größe furchterregend rasch in die rauchverhüllte Gasse zwischen dem Kriegsschiff und der *Jenny*, nahe genug, daß Shandy die Männer auf Deck und in den Wanten deutlich erkennen und Davies' Ruf »Feuer!« hören konnte, ehe die Steuerbordgeschütze der *Carmichael* mit einem Geräusch wie naher Donner losgingen und die Segel des Kriegsschiffes hinter einer brodelnden Wand aus Pulverrauch verschwinden ließen.

Die *Jenny* behielt ihren Parallelkurs zur *Carmichael* bei, und als der Pulverrauch nach achtern abzog, sah Shandy zu seinem Schrecken das Kriegsschiff, anscheinend unbeschädigt, nur hundert Schritte entfernt auf Parallelkurs zur *Jenny*; aber als Skank ihn zur nächsten Drehbasse gezerrt und er mechanisch über den Lauf das Kriegsschiff anvisiert hatte, sah er, daß dieses doch nicht unbeschädigt geblieben war — das Sicherheitsnetz über dem Mitteldeck lag voll herabgefallener Rahen, Segel hingen in Fetzen, und das Schachbrettmuster der Stückpforten war von einem halben Dutzend frischer, gezackt ausgebrochener Löcher verunziert. Und Shandy sah auch, daß die *Jenny* schneller fuhr, als die Marinefregatte und in vielleicht einer Minute voraus und in Sicherheit sein würde. Davies war durchgefahren und hatte dem Kriegsschiff eine Breitseite verpaßt, um der *Jenny* das Entkommen zu ermöglichen.

»Schieß auf eine vordere Stückpforte!« schrie Skank, und Shandy zielte gehorsam auf eine der schimmernden

Kanonenmündungen, die aus den Bugpforten ragten, und hielt seine Lunte an das Zündloch. Die Drehbasse ging mit einem Krachen und Stoßen los, und als Shandy durch den bitteren Pulverrauch blinzelte, sah er mit Befriedigung Staub und Splitter von der Stückpforte fliegen, auf die er gezielt hatte.

»Gut!« knurrte Skank. »Und jetzt ...«

Rauch eruptierte aus den verbliebenen Geschützen im Batteriedeck des Kriegsschiffes, aber das Brüllen der Kanonen ging unter im jäh hämmernden Krachen, das über die *Jenny* fegte, und Shandy wurde von der Drehbasse zurück in eine Gruppe von Matrosen hinter ihm geschleudert. Benommen und des Gehörs beraubt, kam er quer über einem reglos ausgestreckten Körper liegend zu sich und versuchte, Luft in die Lungen zu bekommen, ohne an dem Blut und den Zahnsplittern in seinem Mund zu ersticken. Durch das Dröhnen in den Ohren hörte er, wie aus der Ferne zornige und angstvolle Rufe ertönten, und spürte eine neue, träge Bewegung des Decks unter sich.

Hodges brüllte Befehle, und endlich wälzte Shandy sich herum und saß hustend und spuckend aufrecht. Angstvoll besah er seinen Körper und war dem Geschick zutiefst dankbar, als er alle Gliedmaßen vorhanden und anscheinend unversehrt fand — insbesondere, nachdem er sich umgesehen hatte. Überall lagen Tote und Verletzte verstreut, und das Stagsegel war zerrissen und mit Blut bespritzt. Das vom Wetter und dem Alter gedunkelte Holz des Mastes und der Stromborde zeigte an vielen Stellen aufgepflügte Schrammen, aus denen das helle, frische Holz darunter hervorsah. Es sah aus, dachte Shandy halb betäubt, als hätte Gott sich vom Himmel niedergebeut und wäre einige Male mit einem scharfen Rechen über die Schaluppe gefahren.

»Ruder hart Steuerbord, verdammt noch mal!« schrie Hodges. Der Kapitän wischte sich Blut von der Stirn. »Und jemand an die Hauptsegelleine!«

Ein Mann am Ruder versuchte krampfhaft zu gehorchen, fiel aber hilflos auf die Knie. Aus einem unregelmäßigen Loch in seiner Brust schäumte Blut; Skank kletterte verzweifelt über ein paar tote Kameraden, um die Hauptsegelleine zu fassen, aber es war zu spät. In den Augenblicken, nachdem sie der Hagel aus Alteisen und Kettengliedern getroffen hatte, steuerlos geworden, hatte die *Jenny* den Bug in den Wind gedreht und würde wenigstens während der nächsten Minuten manövrierunfähig im Wasser liegen. Shandy hatte gehört, daß die Seeräuber diese mißliche Lage »in den Ketten liegen« nannten, und es ging ihm durch den Kopf, daß die Bezeichnung in diesem Fall schwerlich hätte passender sein können.

Der hohe, anmutige Aufbau des Kriegsschiffes, hinreichend hart am Wind, um noch Fahrt zu machen, schob sich jetzt steuerbords an den Bug der Schaluppe heran, und als der hohe Rumpf gegen das Vorschiff der *Jenny* knirschte, den gekatteten Anker und sogar die Wantklampen wegriß, klapperten von oben herabfallende Enterhaken auf das Deck der Schaluppe, und eine rauhe Stimme rief: »Auf jeden von euch Halunken zielt eine Pistole, also laßt die Waffen fallen, und wenn wir die Strickleiter werfen, kommt einer nach dem anderen herauf, aber langsam!«

7

Obwohl im Sicherheitsnetz zerbrochene Rahen und Spieren schaukelten, war das Deck des Kriegsschiffes einschüchternd sauber und aufgeräumt. Die Taue waren ordentlich in Spiralen aufgeschossen, statt zu liegen, wo sie gerade gefallen waren, wie es auf der *Jenny* üblich gewesen war, und Shandy legte unwillkürlich den Kopf in den Nacken, um nicht Blut auf die hellen, mit Sand gescheuerten Eichenplanken zu vertropfen. Seit die Salve über das Deck der *Jenny* gefegt war, blutete seine Nase kräftig, und die ganze linke Kopfseite schmerzte; er vermutete, daß die Drehbasse, hinter der er gestanden hatte, von einem Teil der Ladung getroffen worden war und ihm das hintere Ende gegen den Kopf geschmettert worden war.

Zusammen mit den zehn anderen relativ unverletzten Besatzungsmitgliedern der Schaluppe stand er nun im Mitteldeck beim Gangspill und versuchte, die Schreie und das Stöhnen der Schwerverletzten nicht zu hören, die auf dem Deck der Schaluppe zurückgeblieben waren.

Die Matrosen, die an der Reling standen und mit Pistolen auf die Gefangenen zielten, trugen alle enge graue Jacken, gestreifte Kniehosen und Ledermützen, und ihre einfache, gleichförmige Kleidung ließ den buntscheckigen, teerfleckigen Aufputz der Piraten lächerlich erscheinen. Als Shandy die Matrosen nervös musterte, bemerkte er etwas außer Verachtung und Zorn in ihren Mienen, und war nicht ermutigt, als er endlich identifizierte … die morbide Faszination, Männer anzusehen, die, wenn sie im Augenblick auch noch kräftig atmeten, bald in der Schlinge des Henkerstrickes nach Luft schnappen würden.

Obwohl die *Carmichael* nur noch ein ferner Turm von

unterteiltem Weiß weit im Süden war, hatte der Kapitän des Kriegsschiffes eines der Beiboote abfieren lassen und stand jetzt auf seinem Aussichtspunkt hoch auf dem Schanzdeck, spähte durch das Teleskop und lachte. »Bei Gott, Hendricks hatte recht — einer ist über Bord gefallen, und wir haben ihn.« Er wandte sich um und blickte mit einem harten Grinsen zu seinen Gefangenen hinab. »Es scheint«, rief er, »daß einer von euren Kumpanen es nicht ertragen konnte, euch zurückzulassen.«

Nach einem Augenblick der Verwirrung dachte Shandy, es könne sehr wohl Beth sein, die das Seegefecht als eine Gelegenheit gesehen habe, ins Wasser zu springen und vor den Piraten und dem geisteskranken Vater zu fliehen. Er hoffte, daß dies der Fall sei, denn dann würden wenigstens sie beide ungeschoren davonkommen, und Davies und Schwarzbart und Hurwood und Friend konnten nach Florida gehen oder zur Hölle fahren, das brauchte sie beide nicht mehr zu kümmern.

Der Gedanke erinnerte ihn daran, daß es höchste Zeit sei, umherzustarren und einfältig mit der Zunge die Lükke zu befühlen, wo vor kurzem noch einer seiner Backenzähne gewesen war, und daß er dem Kapitän sagte, wer er sei und wie er an Bord der Schaluppe gelangt sei.

Er holte tief Atem, zwang sich, den Blick zu konzentrieren, dann breitete er beschwichtigend die Arme aus und trat aus der Gruppe der stumm beisammenstehenden Piraten vor — und wurde um ein Haar getötet, denn einer der Bewacher feuerte eine Pistole auf ihn ab.

Shandy hörte den Schuß krachen, fühlte im selben Augenblick die Druckwelle in der Luft, als die Bleikugel an seinem Ohr vorbeischoß, und er warf sich auf die Knie, die Hände noch erhoben. »Barmherziger Gott!« schrie er. »Nicht schießen, ich tue nichts!«

Die Aufmerksamkeit des Kapitäns war durch den Zwischenfall auf ihn gelenkt worden, und er brüllte zornig vom Schanzdeck herunter: »Was fällt dir ein, Satanskerl? Zurück zu deinen Genossen!«

»Sie sind nicht meine Genossen, Kapitän«, rief Shandy, der vorsichtig aufstand und versuchte, sich einen Anschein von Gelassenheit zu geben. »Mein Name ist ... ist John Chandagnac, und ich war ein zahlender Passagier an Bord der *Brüllenden Carmichael*, bevor das Schiff von Philip Davies und seinen Männern gekapert wurde. Während dieser ... Kaperung verwundete ich Davies, und so kam es, daß ich, statt Erlaubnis zu erhalten, mit der Besatzung ins Boot zu gehen, unter Todesandrohung gezwungen wurde, bei den Piraten Dienst zu tun. Auch zum Bleiben gezwungen wurde ein anderer Passagier, Elizabeth Hurwood, die, wie ich vermute, die Person ist, die von Bord der *Carmichael* sprang.« Ein Blick über die Schulter zu den Piraten, die unlängst noch seine Gefährten gewesen waren, zeigte Shandy nicht nur Verachtung, sondern wahren Haß, und er setzte eilig hinzu: »Mir ist klar, daß es Zeit erfordern wird, meine Geschichte zu verifizieren, aber ich bitte darum, daß Sie mich irgendwo getrennt von diesen Männern gefangenhalten ... nur, um sicher zu gehen, daß ich überlebe und bei der Gerichtsverhandlung über Philip Davies Zeugnis geben kann.«

Der Kapitän war zum Geländer des Schanzdecks gekommen und blickte forschend zu ihm herab. »Davies?« Er ließ seinen Blick über die Gefangenen um das Gangspill gehen, und blickte dann zum Mast der *Jenny*, der über dem Vordeck sichtbar war. »Ist er hier? Verletzt?«

»Nein, er ist an Bord der *Carmichael*«, sagte Shandy und deutete mit einem Kopfnicken auf das sich entfernende Schiff.

»Ah«, sagte der Kapitän nachdenklich. »Dann wird sein Gerichtsverfahren nicht so bald sein.« Er blickte wieder zu Shandy herab. »Ein gezwungener Passagier der *Carmichael*, sagen Sie? Sie werden erfreut sein — oder vielleicht nicht — zu erfahren, daß wir Ihre Geschichte sofort überprüfen können. Wir liefen erst vergangenen Freitag von Kingston aus, und wenn ich mich recht erinnere, wurde die *Carmichael* vor ungefähr einem Monat gekapert, also werden unsere letzten Schifffahrtsmeldungen darüber berichten.« Er wandte sich zu einem Seekadetten, der hinter ihm stand. »Bringen Sie mir bitte den Band mit den Schiffahrtsmeldungen, Mr. Nourse.«

»Zu Befehl, Sir.« Der Kadett lief den Niedergang herunter und verschwand unter Deck.

»Für einen gezwungenen Mann warst du ziemlich eifrig mit dem Geschütz«, sagte Skank hinter Shandy. »Hurensohn von einem Verräter.« Shandy hörte ihn ausspucken.

Das Blut schoß ihm ins Gesicht, als er sich des Tages erinnerte, als Skank es mit Jim Bonny aufgenommen hatte, um Shandy vor einem echten oder imaginären magischen Angriff zu retten, und am liebsten hätte er sich jetzt umgewandt und Skank gebeten, sich der Umstände seiner Rekrutierung vor dreieinhalb Wochen zu entsinnen ... aber nach einem Augenblick der Besinnung sagte er nur zu dem nächsten bewaffneten Matrosen: »Darf ich noch einen Schritt vorwärts gehen?«

»In Ordnung«, sagte der Matrose. »Aber langsam.«

Shandy tat es und hörte, wie die Piraten hinter ihm verdrießlich darum stritten, ob er ein verräterischer oder bloß ein pragmatischer Feigling sei. Als er über die Steuerbordreling blickte, konnte er das zurückkehrende Beiboot sehen und kniff gegen das Glitzern des Sonnenlichts auf dem Wasser und den nassen Rudern die Augen zusammen, um auszumachen, ob es tatsächlich Beth Hurwood war, die zusammengekauert im Heck saß.

Der Kapitän setzte wieder das Teleskop an und durchmusterte das Boot. »Es ist niemand namens Elizabeth«, bemerkte er.

Himmel, dachte Shandy, dann ist sie noch bei ihnen. Warum zum Henker hatte sie nicht daran gedacht, über Bord zu springen? Nun, es ist nicht mehr meine Sache

— es ist Sache dieses Burschen, oder eines anderen Marinekapitäns, sie zu retten. Ich habe in Haiti zu tun. Und vielleicht führen Friend und ihr Vater nichts Böses gegen sie im Schilde.

Er lächelte düster über die gewollte Naivität dieses Gedankens; und dann gestattete er sich — behutsam und eine zur Zeit — die Erinnerung an die Geschichten, die er über Schwarzbart gehört hatte: zum Beispiel, wie der Mann beschlossen hatte, daß seine Mannschaft davon profitieren würde, wenn sie einige Zeit »in unserer eigenen Hölle« verbrächte. So hatte er alle unter Deck um sich versammelt, wo er vergnügt eine Anzahl von Töpfen mit Schwefel anzündete und mit vorgehaltener Pistole verhinderte, daß jemand den Raum verließ, bevor die Hälfte der Besatzung bewußtlos und in wirklicher Erstickungsgefahr war, und selbst dann war Schwarzbart selbst der letzte gewesen, der an die frische Luft zurückgekehrt war ... Obwohl man es damals bloß als eine seiner barbarischen Launen betrachtet hatte, wurde die rituelle Natur des Geschehens später bemerkt, und ein in der Trunkenheit geschwätziger *bocor* hatte angedeutet, daß es eine notwendige Erneuerung des *hunsi kanzo*-Status Schwarzbarts gewesen sei, und zudem nicht ganz erfolgreich, weil kein Besatzungsmitglied tatsächlich daran gestorben sei; und Shandy erinnerte sich Schwarzbarts angeblichen Umgangs mit dem wirklich gefürchteten *loas,* der als Baron Samedi bekannt war, dessen Domäne der Friedhof und dessen geheime *drogue* ein langsam schwelendes Feuer sein sollte, aus welchem Grund Schwarzbart stets angezündete, langsam glimmende Lunten in sein Haar und den Vollbart flocht, bevor er in ein riskantes Treffen ging; und er hatte von den oberflächlich unsinnigen, aber zauberisch erklärlichen Verwendungen gehört, denen der legendäre Pirat jede unglückliche Frau zuführte, die er ehelich an sich band ... und Shandy dachte an Beths vergeblichen Mut, und die fröhliche Natur, die ihr eigen war und der sie nur einmal vor dreieinhalb Wochen auf dem Schanzdeck der *Carmichael* für eine halbe Stunde hatte nachgeben können.

Seekadett Nourse kam mit einem gebundenen Journal oder Logbuch wieder zum Vorschein und stieg zum Schanzdeck hinauf, wo der Kapitän stand.

Dieser bedankte sich, nahm ihm den Band aus den Händen und steckte das Teleskop unter den Arm. Er blätterte ein paar Minuten in den Eintragungen, dann blickte er mit etwas weniger Strenge in seinem kantigen Gesicht zu Shandy herab. »Es wird tatsächlich ein John Chandagnac erwähnt, der von den Piraten zum Beitritt gezwungen wurde.« Er schlug eine andere Seite auf. »Wann und wo schifften Sie sich an Bord der *Carmichael* ein?«

»Am Morgen des dritten Juni, am Batsford Company Dock in Bristol.«

»Und ... sehen wir mal ... welches Schiff segelte mit Ihnen durch den St. Georgs-Kanal?«

»Die *Mershon.* Sie ging jenseits von Mizen Head auf Nordkurs, weil sie Galway und die Aran-Inseln anlaufen sollte.«

Der Kapitän ließ das Buch sinken und starrte Shandy prüfend ins Gesicht. »Hm ...« Er schlug wieder die Seite auf, die er zuvor gelesen hatte. »Ja, und die Überlebenden der *Carmichael* erwähnten den Angriff Chandagnacs auf Davies ... das scheint eine recht mutige Tat gewesen zu sein ...«

»Hah«, sagte Skank geringschätzig. »Er überraschte ihn. Davies hatte gar nicht hingesehen.«

»Danke, junger Mann«, sagte der Kapitän mit einem frostigen Lächeln zu Skank. »Das bestätigt die Behauptung dieses Mannes. Mr. Chandagnac, Sie können von diesen Briganten wegtreten und zu mir heraufkommen.«

Shandy seufzte und entspannte sich und erkannte erst jetzt, daß er seit Wochen unter Anspannung gestanden hatte, ohne sich dessen bewußt zu sein, da er unter Menschen hatte leben müssen, denen gewalttätige Wildheit gleichsam beiläufig von der Hand ging. Er stieg die Treppe zum Heckaufbau hinauf. Die auf dem Schanzdeck stehenden Offiziere machten ihm Platz und starrten ihn neugierig an.

»Hier«, sagte der Kapitän und reichte ihm das Teleskop. »Sehen Sie, ob Sie unseren Schwimmer identifizieren können.«

Shandy blickte hinaus zu dem Boot, das im blauen Wasser näherkam, und er brauchte nicht einmal durch das Fernrohr zu sehen. »Es ist Davies«, sagte er ruhig.

Der Kapitän wandte sich dem Seekadetten zu. »Lassen Sie die Männer, wo sie sind, Mr. Nourse«, sagte er und zeigte auf den niedergeschlagenen Haufen um das Gangspill, »aber lassen Sie Davies zu mir in die Kajüte bringen. Mr. Chandagnac, ich möchte, daß auch Sie anwesend sind, um Davies' Erklärung zu bezeugen.«

Ach du lieber Gott, dachte Shandy. »Sehr wohl, Kapitän.«

Der Kapitän schritt zum Niedergang, machte dann noch einmal halt. »Es werden noch einige Minuten vergehen, bis der Gefangene an Bord gebracht wird, Mr. Chandagnac. Der Proviantmeister wird Ihnen Kleider aus dem Magazin geben, wenn Sie gern aus diesem ... Kostüm heraus wollen.«

»Danke sehr, Kapitän, das würde ich gern tun.« Als er unter all den Offizieren mit ihren nüchternen blauen Uniformen und Messingknöpfen und Epauletten stand, kam Chandagnac sich in seinen roten Kniehosen und dem goldverzierten Gürtel wie ein Hanswurst vor — obgleich solche Kleidung auf New Providence keineswegs unpassend gewesen war.

Vom Mitteldeck drang Skanks zornig-verächtliches Lachen an sein Ohr.

Nicht viel später saß Shandy in einem rüschenbesetzten Hemd, blaukariertem Wams, hellgrauer Kniehose und grauwollenen Strümpfen mit Schnallenschuhen an einem Ende eines langen Tisches in der Kapitänskajüte, fühlte sich sehr viel mehr zivilisiert als zuvor und blickte aus dem Heckfenster, dessen verbleite Butzenscheiben geöffnet waren, um die Seebrise einzulassen. Zum ersten Mal beschäftigte er sich mit der Überlegung, was er tun würde, nachdem er seinen Onkel vor Gericht gebracht hätte. Nach England zurückkehren und wieder eine Stellung als Buchhalter annehmen? Er schüttelte zweifelnd den Kopf. England erschien ihm kalt und weit entfernt.

Dann, und der Gedanke beschwichtigte ein Schuldgefühl, das ihn bedrückt hatte, seit der Schwimmer als Davies identifiziert worden war, wußte Shandy, was er tun würde: er wollte alles tun, um seinen Onkel so bald als möglich verhaften, verurteilen und einkerkern zu lassen, und dann würde er die sicherlich beträchtlichen Geldmittel, die ihm von Rechts wegen zufallen würden, zu Beth Hurwoods Rettung einsetzen. Er sollte imstande sein, ein kleines Schiff, einen in der Karibik erfahrenen Kapitän und eine zähe, beutehungrige Mannschaft zu heuern ...

Stiefel trampelten draußen, dann wurde die Tür aufgestoßen, und zwei Offiziere führten Philip Davies in die Kabine. Dem Piratenhäuptling waren die Arme auf den Rücken gefesselt, und die linke Seite eines durchnäßten Hemdes war von der Schulter bis zur Mitte blutig, und sein Gesicht, halb verborgen hinter wirrem, nassem Haar, war bleicher und verkniffener als gewöhnlich — aber er grinste, als er sich auf einen Stuhl manövrierte, und als er Shandy bemerkte, zwinkerte er ihm zu.

»Wieder im Ladenfenster, wie?«

»So ist es«, erwiderte Shandy.

»Keine Beschädigungen? Farbe noch dran?«

Shandy antwortete nicht. Die zwei Offiziere nahmen zu beiden Seiten von Davies Platz.

Wieder wurde die Tür geöffnet, und der Kapitän und Seekadett Nourse traten ein. Nourse hatte Gänsekiel, Tintenfaß und Papier mitgebracht und setzte sich neben Shandy, während der Kapitän sich gravitätisch gegenüber von Davies niederließ. Die Offiziere und der Seekadett trugen, anscheinend als Teil der Uniform, Säbel und Pistole.

»Schreiben Sie, Mr. Nourse«, sagte der Kapitän, »daß wir am Dienstag, dem sechsundzwanzigsten Juni 1718 den Piratenkapitän Philip Davies aus der See zogen, der vom gekaperten Schiff *Brüllender Carmichael* über Bord gefallen war, nachdem einer seiner Mitschuldigen ihn in den Rücken geschossen hatte.«

»Bloß in die Schulter«, bemerkte Davies zu Shandy. »Ich glaube, es war dieser Dicke, Friend.«

»Warum sollte Friend auf dich schießen?« fragte Shandy überrascht.

»Die *Jenny*«, sagte Davies, und seine Stimme wurde rauh von der Anstrengung des Sprechens, »eskortierte die *Carmichael* nur, um Feuer auf sich zu ziehen ... und alle feindlichen Schiffe zu beschäftigen, so daß die *Carmichael* in der Lage sein würde, unbehindert weiterzufahren. Hodges wußte das. Aber ich dachte, daß wir *alle* davonkommen würden, wenn ich mit der *Carmichael* dazwischenginge und diesen Lumpenhunden von der Navy noch eine Breitseite verpaßte. Friend war schon wütend wie der Teufel, als ich das erste Mal hineinging, um der *Jenny* Luft zu machen, und ich denke mir, er war der Idee, wieder dazwischenzufahren ... sehr abgeneigt. Es stimmt, daß ich gegen einen Befehl verstieß ... und so wurde ich, gerade als ich den Befehl geben wollte, von den Backbordwanten geschossen.« Er wollte lachen, verzog aber das Gesicht und mußte sich mit einem zuckenden Grinsen begnügen. »Und ich hatte Mate Care-For meine Hand gegeben! Ich nehme an ... die Kugel hätte mir sonst das Rückgrat durchschlagen.« Schweiß glänzte auf seinem vom Schmerz gezeichneten Gesicht.

Shandy schüttelte unglücklich den Kopf.

»Von der Art ist die Ehre unter Dieben«, bemerkte der Kapitän. »Philip Davies, Sie werden nach Kingston überführt und dort wegen einer beträchtlichen Zahl von Gesetzesverstößen und Verbrechen, deren letztes vielleicht die Ermordung Arthur Chaworths ist, des rechtmäßigen Kapitäns der *Brüllenden Carmichael*, vor Gericht gestellt.« Der Kapitän räusperte sich. »Wünschen Sie eine Erklärung abzugeben?«

Davies saß vornübergebeugt und blickte mit einem Grinsen, das Shandy an einen Totenschädel gemahnte, zum Kapitän auf. »Wilson, nicht wahr?« sagte er mit heiserer Stimme. »Sam Wilson, habe ich recht? Ich erkenne Sie wieder. Was sagten Sie? Eine Erklärung? Für das Gericht?« Er blinzelte den Kapitän an. »Nein danke, Mr. Wilson. Aber sagen Sie mir ...« — er schien Kraft zu sammeln, dann sagte er rasch: »ist es zufällig wahr, was Panda Beecher mir einmal über Sie erzählte?«

Kapitän Wilson preßte die Lippen zusammen, daß sie weiß wurden, ließ seinen Blick schnell zu den anderen Offizieren gehen und sprang dann unerwartet auf, zog seine Pistole und spannte den Hahn. Shandy war im selben Augenblick aufgesprungen und warf sich über den Tisch, um die Waffe aus der Zielrichtung zu schlagen, als der Kapitän abdrückte.

Das laute Krachen dröhnte Shandy in den Ohren, aber er hörte den Kapitän rufen: »Der Teufel soll Sie zerreißen, Chandagnac, ich könnte Sie dafür festnehmen lassen! Nourse, geben Sie mir Ihre Pistole!«

Shandy schoß Davies einen Blick zu, der angespannt, aber munter zu sein schien, dann zu Nourse. Der junge Kadett schüttelte entsetzt den Kopf.

»Es ist *Mord,* wenn Sie ihn einfach erschießen, Kapitän«, brüllte er mit schriller Stimme. »Er muß vor Gericht gestellt werden! Wenn wir ...«

Der Kapitän fluchte wütend, und als Nourse und Shandy ihm beide zuriefen, er solle zur Vernunft kommen, beugte er sich über den Tisch, zog blitzschnell einem von Davies Bewachern die Pistole aus dem Gürtel, trat dann rückwärts aus der Reichweite aller anderen, hob die Pistole —

— Davies lächelte ihn höhnisch an —

— und selbst im Augenblick der Handlung schwindlig vor Angst, zog Shandy dem Kadetten die Pistole aus dem Gürtel und feuerte auf den Kapitän.

Die beiden Schüsse krachten fast gleichzeitig, aber während Kapitän Wilsons Kugel Davies verfehlte und den Arm des Offiziers zu seiner Rechten durchschlug, fuhr Shandys Kugel dem Kapitän glatt durch die Kehle und warf ihn gegen die Wand zurück, von der er abprallte und taumelnd auf das Deck hinschlug.

Das Dröhnen in Shandys Ohren schien außerhalb zu sein, das Geräusch einer zum Zerreißen gespannten Saite. Er wandte den Kopf in der raucherfüllten Luft und sah Erstaunen und blankes Entsetzen in den Gesichtern der vier anderen Männer im Raum. Am meisten erstaunt war Davies.

»Großer Gott, Junge!« rief er fassungslos. »Weißt du, was du getan hast?«

»Dir das Leben gerettet, denke ich«, keuchte Shandy. Er schien unfähig, tief Atem zu holen. »Wie kommen wir hier hinaus?«

Der in den Arm geschossene Offizier hatte seinen Stuhl zurückgestoßen und versuchte mit der unverletzten Hand seine Pistole zu erreichen. Shandy trat auf ihn zu und schlug ihm den Lauf der Waffe, mit der er den Kapitän getötet hatte, beinahe geistesabwesend über dem Ohr gegen die Schläfe; und als der Mann zusammensackte, noch halb auf seinem Stuhl, ließ Shandy seine verschossene Pistole fallen und nahm schnell die geladene aus dem Gürtel des Mannes, und dann zog er mit der anderen Hand auch den Säbel des Offiziers aus der

Scheide. Er richtete sich auf, als der Mann auf den Boden sackte, war mit ein paar Schritten bei der Tür und schob mit zwei freien Fingern seiner Säbelhand den Riegel vor.

»Sie beide«, sagte Shandy zu Nourse und dem Offizier, dessen Pistole Kapitän Wilson an sich genommen hatte, »legen Ihre Säbel auf den Tisch und stellen sich dort an die Wand. Davies, steh auf und dreh dich um!«

Davies tat es, obwohl die Anstrengung ihn zwang, einen Moment die Augen zu schließen. Während Shandy die Pistole auf die beiden Offiziere gerichtet hielt, schob er die Säbelspitze unter Davies' Fesseln und zog sie nach oben. Davies wankte, aber die scharfe Schneide zerschnitt den Strick, und Davies schüttelte die Fesseln ab. Bei diesem Stand der Dinge schlug jemand von draußen kräftig an die Tür.

»Ist alles in Ordnung, Kapitän?« rief eine Stimme. »Wer hat geschossen?«

Shandy visierte Nourse über den Pistolenlauf an. »Sagen Sie ihm ... sagen Sie ihm, Davies hätte den Kapitän bewußtlos geschlagen und sei dann von Ihren Offizieren erschossen worden«, sagte er leise. »Sagen Sie ihm, er solle den Schiffsarzt herbringen.«

Nourse wiederholte die Botschaft laut, und seine bebende Stimme verlieh ihr eine hübsche Note von Aufrichtigkeit.

Davies hob eine Hand. »Und die gefangenen Piraten«, flüsterte er, »sollten nach vorn geschafft werden, zum Vorschiff.«

Nourse gab auch diesen Befehl weiter, und der Mann draußen bestätigte ihn und eilte fort.

»Nun«, sagte Shandy in verzweifeltem Ton, »wie kommen wir hier heraus?« Er blickte zum Fenster hinaus auf die See, versucht, einfach hinauszuspringen und zu schwimmen. Die arme alte *Jenny* schien hoffnungslos weit entfernt.

Etwas Farbe war in Davies' mageres Gesicht zurückgekehrt, und er grinste wieder. »Warum den Schiffsarzt?«

Shandy zuckte die Achseln. »Hätte es sonst nicht unglaubwürdig geklungen?«

»Ja, vielleicht.« Er fuhr sich mit der unverletzten Hand durch das feuchte graue Haar. »Gut! Wenn die Navy seit meinen Tagen nichts geändert hat, ist das Pulvermagazin zwei oder drei Decks direkt unter uns.« Er wandte sich zu Nourse. »Ist das richtig?«

»Ich werde solche Fragen nicht beantworten«, sagte der Junge zitternd.

Davies nahm einen der Säbel vom Tisch, ging auf Nourse zu und versetzte ihm mit der Spitze einen leichten Stoß in den Bauch. »Du wirst mich hinführen, oder es ergeht dir schlecht. Ich bin Davies«, erinnerte er ihn.

Nourse hatte offenbar einschlägige Geschichten gehört, denn seine Schultern verloren ihre Steifheit, und er stieß hervor: »Also gut ... wenn Sie mir Ihr Wort geben, daß Sie mir oder dem Schiff keinen Schaden zufügen werden.«

Davies starrte ihn an. »Du hast mein feierliches Versprechen«, sagte er leise. Dann wandte er sich zu Shandy. »Hinter dieser Tür ist die Schlafkammer des Kapitäns mit seiner Koje. Schafft Decken heraus und wickelt den alten Wilson darin ein, zusammen mit euren Säbeln und allen geladenen Pistolen, die ihr finden könnt.« Er nickte dem verletzten Offizier zu, der noch bei Bewußtsein war. »Dann werdet ihr das Bündel zum Vorschiff tragen, wo die Jungs von der *Jenny* sind. Sagt ihnen, es sei meine Leiche. Ist das klar? Gut. Nun, wenn das Pulvermagazin hochgeht — und das sollte es wirklich, denn ich habe ein paar sehr wirksame Reime für die Feuergeister aufbewahrt, und an Blut, ihre Aufmerksamkeit anzulocken, wird es nicht fehlen —, wenn es explodiert, werde ich, so Mate Care-For will, mit Waffen aus dem Vorschiff kommen, und ihr werdet die Decken des Kapitäns aufschlagen, und wir kämpfen uns den Weg zur

Schaluppe frei. Und sollte ich nicht sofort nach der Explosion erscheinen, haltet euch nicht mit Warten auf.«

Nourse glotzte Davies mit offenem Mund an. »Sie ...« stammelte er, »Sie gaben mir Ihr Wort!«

Davies lachte. »Da siehst du, was es wert ist. Aber gib acht, du wirst mich zum Magazin führen, oder ich schneide dir die Ohren ab und zwinge dich, sie zu essen. Das habe ich früher schon mit Leuten gemacht, die lästig waren.«

Nourse schaute weg, und wieder gewann Shandy den Eindruck, daß der Seekadett sich an eine Schauergeschichte über Davies erinnerte. Wie kann es sein, fragte sich Shandy entsetzt, daß ich auf der Seite dieses Ungeheuers stehe?

Einige Minuten später war alles bereit. Shandy und der unglückliche Offizier hatten den toten Kapitän und die Säbel und einen Satz eleganter Duellpistolen so in Decken eingerollt, daß Shandy seine Pistole, die er auf den Offizier gerichtet hielt, unter herabhängendem Stoff verbergen konnte, und Davies hatte sich in den Uniformrock des bewußtlosen Offiziers gezwängt. Als sie so abmarschbereit standen, wurde an die Kajütentür geklopft.

Shandy schrak zusammen und ließ beinahe die Pistole fallen.

»Das ist der Wundarzt«, zischte Davies. Er ging hinter die Tür, dann winkte er Nourse mit der Säbelspitze. »Laß ihn ein!«

Nourse zitterte noch mehr als Shandy, als er den Riegel zurückstieß und die Tür öffnete. »Wir haben den Kapitän zu seiner Koje getragen«, stammelte er.

Als wäre es eine Tanzfigur, die sie gemeinschaftlich eingeübt hätten, trat Davies hinter der Tür heraus und schlug dem alten Schiffsarzt den Säbelknauf an den Kopf, und Nourse fing den Fallenden auf.

»Fein«, sagte Davies befriedigt. »Auf geht's!«

8

Nicht mehr als eine Minute später schleiften Shandy und der zitternde Offizier den in Decken gehüllten Leichnam und die Säbel über das Deck. Das lange Bündel hatte sich als zu schwer und unhandlich erwiesen, um es zu tragen — insbesondere unter den obwaltenden Umständen, die Shandy zwangen, seine verborgene Pistole im Anschlag auf den Offizier zu halten, der das Fußende der Bürde tragen mußte —, und so hatten sie ihre Last ablegen und in geduckter Haltung unbeholfen über das Deck schleifen müssen.

Shandy schwitzte stark, und nicht nur wegen der heißen tropischen Sonne, die auf ihn herabschlug und grell auf den gescheuerten Decksplanken lag: er war sich jedes bewaffneten Matrosen so akut bewußt wie eines an seinen Kleidern hängenden Skorpions und versuchte, seine Gedanken auf den Transport des ungefügen Bündels zum Vorschiff zu konzentrieren und sich nicht vorzustellen, was geschehen würde, wenn das Pulvermagazin explodierte, oder wenn die Seeleute merkten, was gespielt wurde, und das Feuer auf sie eröffneten, oder wenn dem bleichen Offizier am anderen Ende des Deckenbündels der Gedanke käme, daß er im Kreuzfeuer stehen würde, wenn es zum Kampf käme.

Während sie sich schwankend und schnaufend weitermühten, vorbei an der geschlossenen Ladeluke mittschiffs, wich der Blick des Offiziers keinen Augenblick von Shandys versteckter rechter Hand, und Shandy wußte, daß sein unwilliger Partner sofort davonspringen und den Alarmruf ausstoßen würde, wenn die vom Schweiß schlüpfrige Waffe seinem verkrampften Griff entglitte.

Die entwaffneten Gefangenen auf dem Vorschiff sahen sie näherkommen. Sie hatten gehört, daß dies Philip Davies' Leichnam sei, der zu ihnen herübergeschleift wurde, und für sie war es eine bittere Befriedigung, daß Shandy gezwungen wurde, ihn zu bringen. »Komm noch ein bißchen näher, Shandy, du Lumpenhund!« rief einer der Männer. »Ich laß mich gern hängen, wenn ich dir vorher an die Gurgel gehen kann.«

»So dankst du es Davies, daß er dich am Leben ließ?« rief ein anderer.

»Daß du schon als Wickelkind verreckt wärest, du Hundesohn!« schrie ein dritter. »Dafür werden dich die Untoten heimsuchen, zweifle nicht daran.«

Einige der Kriegsschiffmatrosen, von denen die meisten junge Burschen waren, lachten über diesen Aberglauben.

Eine lange, mühselige Minute später — gerade als sie ihre Last an der vorderen Ladeluke vorbeischleiften — sah Shandy am Gesichtsausdruck seines unfreiwilligen Gefährten, daß dieser endlich begriffen hatte, was in den nächsten paar Minuten geschehen würde.

»Ich werde nicht zögern«, keuchte Shandy, aber der Offizier hatte das Fußende des Bündels schon losgelassen und rannte zurück.

»Es ist ein Schwindel!« brüllte er. »Davies ist unten und versieht das Pulvermagazin mit einer Lunte!«

Shandy atmete fast erleichtert auf, denn wenigstens war die stumme, angespannte Ungewißheit beendet. Er kauerte rasch nieder, schlug die Decken zurück und rollte Kapitäns Wilsons Leichnam auf das Deck, stieß die Waffen wieder in das Kleiderbündel, faßte es wie einen Sack zusammen ... hielt dann einen Augenblick inne und schaute umher.

Nur einer der Matrosen hatte die Situation erfaßt und zielte mit einer Pistole auf ihn. Shandy feuerte zuerst, ohne zu zielen, und verfehlte den Mann, verdarb ihm aber das Ziel, so daß die Kugel hinter Shandy splitternd in die Reling fuhr. Dann rannte er, das Bündel mit den

Waffen um den Kopf schwenkend, so schnell er konnte, zum Vorschiff.

Schüsse knallten und peitschten, und er hörte Pistolenkugeln vorbeizischen und fühlte eine in sein Bündel schlagen. Kurz vor dem erhöhten Deck des Vorschiffs warf er das Bündel zu den verblüfften Piraten hinauf und ließ sich vom Schwung der Bewegung in einem Seitwärtssprung zum Niedergang tragen.

Mit einem Klang wie schnelle Hammerschläge durchlochten zwei Pistolenkugeln neben ihm die Wand zum Vorschiff.

Ein Fuß berührte den Antritt, dann war er auf dem Vorschiff und riß den Kasten mit den Duellpistolen auf. »Auf die *Jenny!*« keuchte er, nahm die beiden Pistolen aus dem samtgefütterten Kasten und wandte sich wieder dem Mittelschiff zu.

Doch ehe er entscheiden konnte, auf wen er feuern sollte, wurde er zu Boden geworfen, als das ganze Schiff heftig vorwärtsschwankte und ein tiefer Donnerschlag die Luft bis hinauf zu den Mastspitzen erschütterte und das gesamte Heck des Schiffes unglaublich auswärts und aufwärts anschwoll, um sich gleich darauf in einer hoch emporschießenden Wolke aus Staub und Rauch und fliegenden Hölzern aufzulösen. Im weiten Umkreis war die kochende See überschattet von der brodelnden dunklen Wolke und gesprenkelt von den Aufschlägen herabfallender Trümmerstücke, und der Donnerschlag rollte über die Wellen hinaus.

Dann kamen die Masten herab, zuerst mit dem Brechen der Taue, das, obwohl laut wie Pistolenschüsse, im anhaltenden Donner der Explosion kaum zu hören war, dann mit einem schwerfälligen Rauschen durch die rauchige Luft, dem Reißen der Sicherheitsnetze und schließlich dem Splittern und dumpfen Poltern der auf das Deck schlagenden Rahen und Masten.

Das Deck, auf dem Shandy kauerte, war nicht mehr eben — es war zum Heck geneigt, und in dem Augenblick, als er es bemerkte, nahm die Neigung zu. Er suchte nach Halt, ließ beide Pistolen fallen und kroch auf allen vieren die Schräge des Decks hinauf zur Steuerbordreling und hielt sich an einem der Pfosten fest.

Er blickte nach achtern, was gleichzeitig unten war. Die achtere Hälfte des Schiffes war entweder in die Luft geflogen oder unter Wasser, aber die Masse der zerrissenen und über zersplitterte Maststümpfe und an Rahen hängenden Segel und der dichte Rauch machten es unmöglich, Gewißheit zu finden. Kapitän Wilsons Leichnam war anscheinend ins Wasser gerollt, als er nicht hingesehen hatte, und nun sah er eine der geladenen Duellpistolen vom Vorschiff fallen und verschwinden. Überall ringsum hörte er Luft zischend aus dem Rumpf entweichen, und noch immer regneten kleine Stücke Holz und Metall aus dem schwarzen Himmel herab.

Jemand schüttelte seinen Arm, und als er aufblickte, sah er, daß es Davies war. Sein Offiziersrock war in Fetzen, er saß rittlings auf der Reling und rief ihm etwas zu. Shandy konnte die Worte nicht verstehen, doch war ihm sofort klar, daß Davies ihn aufforderte, ihm zu folgen, also kletterte Shandy auf die Reling.

Im unruhigen Wasser unter ihnen schaukelte die *Jenny,* nur noch durch eine Leine mit dem untergehenden Kriegsschiff verbunden, und noch als er hinuntersah, hieb einer der Piraten diese letzte Leine mit einem Säbel durch und sprang dann vom steil aufwärtsragenden Bug dreißig Fuß hinab ins schäumende Wasser.

»Los!« schrie Davies und versetzte Shandy einen Schlag zwischen die Schultern, dann sprang er nach ihm von der Reling.

Die ersten Minuten an Bord der *Jenny* waren ein alptraumhafter Wirrwarr. Ein Dutzend Männer, die Hälfte von ihnen verwundet, mühten sich in einer verzweifelten Anstrengung, Manövrierfähigkeit zu gewinnen und freizukommen, bevor das Kriegsschiff sank, die vom Alteisen zerrissenen Segel zu setzen, denn im Strudel sinkender Schiffe waren schon größere Fahrzeuge als die *Jenny* gekentert.

Endlich, als von dem Kriegsschiff nur noch die vordere Hälfte sichtbar war, die mit dem mächtigen, triefenden Bug steil aus dem Wasser ragte, und die zwei Beiboote, voll besetzt mit Seeleuten, dreißig Schritte nach Süden gerudert waren, hörte das Hauptsegel der *Jenny* auf, um den Mast zu klatschen, und blähte sich im Wind. Ein paar Augenblicke später nahm die Schaluppe Fahrt auf, und Davies ließ mit dem Ruder etwas nachgeben. Sie waren hundert Schritte südöstlich und nahmen weiter Fahrt auf, als der Bug des Kriegsschiffes, der in seinen letzten Augenblicken Rauch ausspie, als die im Innern gefangene, vom Pulverrauch gesättigte Luft hinausgepreßt wurde, unter der Meeresoberfläche verschwand und durch eine kochende weiße Turbulenz ersetzt wurde.

»Halt sie auf Kurs, wie sie jetzt läuft, während wir Inventur machen«, rief Davies dem Rudergänger zu. Er lehnte erschöpft und bleich am Heck und schien nicht mehr die Kräfte zu haben, sich von der Reling zu lösen.

Skank legte den Klüver fest und stützte sich auf das Strombord, um zu verschnaufen. »Wie ... zum Teufel ... sind wir da herausgekommen?«

Davies lachte schwächlich und winkte zu Shandy, der fröstelnd an der Heckreling kauerte. Sein Zittern rührte allerdings mehr vom Schock her als von seinen durchnäßten Kleidern. »Unser Junge Shandy gewann das Vertrauen des Kapitäns mit seiner Nummer vom unfreiwilligen Piraten — und dann schoß er ihn bei erster Gelegenheit nieder.«

In der verblüfften Stille, die auf diese Erklärung folgte, wandte Shandy sich um und blickte zurück zu den treibenden Schiffstrümmern in der Ferne der blaugrünen See; sie kamen jedesmal, wenn das Heck der *Jen-*

ny von der Dünung emporgehoben wurde, wieder in Sicht.

Skank, der seine Erschöpfung vergessen zu haben schien, stieg über die Leichen und das zerfetzte Takelwerk zum Heck. »Wirklich?« fragte er mit heiserer Stimme. »All dieses Ich-gehöre-nicht-zu-denen-Gerede war bloß Schauspielerei?«

Shandy seufzte, und als er die Achseln zuckte, spürte er, daß die Anspannung seine Rückenmuskeln bis hinauf in den Nacken verkrampft hatte. Dies ist jetzt mein Leben, dachte er. Die Männer in den Rettungsbooten wissen, wer ich bin. Ich hätte mich nicht entschiedener festlegen können. Er wandte sich um und grinste Skank zu. »So ist es«, sagte er. »Und ich mußte es so überzeugend machen, daß es auch euch täuschen würde, damit ihr natürlich reagiertet.«

Skank runzelte verwirrt die Stirn. »Aber du *kannst* es nicht gespielt haben ... ich stand gleich neben dir ...«

»Ich sagte dir, daß ich seit Jahren mit dem Theater zu tun hatte, nicht wahr?« erwiderte Shandy mit gespielter Nonchalance. »Außerdem sahst du, daß Davies gefesselt war, als er an Bord gebracht wurde, nicht? Wer, meinst du, schnitt ihm die Fesseln durch, der Kapitän? Und wer warf euch die Säbel zu?«

»Verdammt«, murmelte Skank kopfschüttelnd. »Du bist gut.«

Davies blinzelte Shandy zu und lachte leise. »Ja«, sagte er, »bist ein guter Schauspieler, Jack.« Er richtete sich schwankend an der Reling auf, blasser noch als zuvor, dann schüttelte er energisch den Kopf. »Hat Hodges' alter *bocor* überlebt?«

Nach kurzer Suche wurde des *bocors* ausgemergelter Körper gefunden, der vom Deck in den Laderaum hinabhing. »Nein, Phil«, kam ein heiserer Ruf aus zugeschnürter Kehle.

»Also, dann schaut nach, wo er seine gesundmachenden Leckerbissen versteckt hat und bringt sie mir herauf!« Zu Shandy sagte er mit leiserer Stimme: »Getrocknete Leber und Schwarzwurst und Rosinen, hauptsächlich. *Bocors* fressen sich immer mit solchem Zeug voll, nachdem sie schwere Zauberei gewirkt haben, und ich habe heute ein höllisches Stück davon geliefert. Die Feuergeister waren bereit und hungrig.«

»Das sah ich. Warum Leber und Schwarzwurst und Rosinen?«

»Weiß ich nicht. Sie behaupten, es halte ihr Zahnfleisch rot, aber alle alten *bocors* haben sowieso weißes Zahnfleisch.« Davies atmete tief durch, dann schlug er ihm auf den Rücken. »Im Vorschiff ist Rum — ich brauche welchen, um Mate Care-For zu wecken, damit er sich um meine Schulterverletzung kümmere, und ich wette, auch du wirst einen Schluck nicht ablehnen.«

»Nein«, sagte Shandy inbrünstig.

»Ist Hodges durchgekommen?« fragte Davies einen Mann in seiner Nähe.

»Nein, Phil. Er erwischte eine Kugel in den Bauch, als wir über Bord gingen, und er sprang auch, kam aber nicht mehr hoch.«

»In Ordnung, dann übernehme ich es. Kurs Südwest«, rief Davies der erschöpften Mannschaft zu. »Wer zu sehr verletzt ist, um zu arbeiten, flickt Segel und spleißt Taue. Wir müssen uns ranhalten und Tag und Nacht segeln, um rechtzeitig den Treffpunkt in Florida zu erreichen.«

»Zum Henker, Phil«, klagte ein hagerer alter Kerl, »wir sind zu schwer zusammengeschossen. Niemand könnte uns Vorwürfe machen, wenn wir nach Providence zurückliefen.«

Davies grinste wölfisch zurück. »Seit wann kümmert uns, ob jemand uns Vorwürfe machen könnte? Die *Carmichael* ist mein Schiff, und ich will es zurück haben; und ich glaube, Ed Thatch wird bald König von Westindien sein, und wenn der Rauch abzieht, will ich oben sitzen. Es ist euer Pech, daß einige von euch so alt sind, sich der friedlichen Bukaniertage zu erinnern, denn diese Tage sind längst vorbei — der Sommer ist vergangen, und in ein paar Tagen wird es wahrscheinlich nirgendwo in der Karibik mehr möglich sein, einfach in der Sonne zu sitzen und eingefangenes spanisches Vieh am Spieß zu braten. Es ist eine neue Welt, eine Welt, die dem gehört, der mutig zugreift, und wir sind diejenigen, die sich darauf verstehen, wie man in ihr lebt, ohne so tun zu müssen, als sei es eine Provinz Englands oder Frankreichs oder Spaniens. Alles, was uns aufhalten könnte, ist Faulheit.«

»Nun, Phil«, sagte der Mann, ein wenig verdutzt über diese Ansprache, »Faulheit kann ich eben am besten.«

Davies tat das mit einer Handbewegung ab. »Dann befolge die Befehle, bleib bei mir, und du wirst genug zu essen und zu trinken haben, oder tot und frei von Sorgen sein.« Er zog Shandy mit sich zum Vorschiff, und als sie dort anlangten, suchte er unter einem Haufen Segeltuch und brachte mit einem Freudenruf eine Flasche zum Vorschein. Er zog den Korken mit den Zähnen und reichte sie Shandy.

Shandy nahm mehrere tiefe Schlucke von dem sonnenwarmen Rum; er schien in gleicher Weise aus Dämpfen wie aus Flüssigkeit zu bestehen, und als er nach der Rückgabe der Flasche einatmete, war es wie ein weiterer Schluck.

»Nun erzähl mir«, sagte Davies, nachdem er dem Rum kräftig zugesprochen hatte, »warum hast du Wilson niedergeschossen?«

Shandy breitete die Hände aus. »Er wollte dich töten. Wie dieser Kadett sagte, es wäre glatter Mord gewesen.«

Davies sah ihn aufmerksam an. »Wirklich? Das war der einzige Grund?«

Shandy nickte. »Ja, so wahr mir Gott helfe.«

»Und als du deine neuen Kleider bekamst und sagtest, du seist zum Dienst gezwungen worden und kein richtiger Pirat … war das aufrichtig?«

Shandy seufzte hoffnungslos. »Ja.«

Davies schüttelte den Kopf in Verwunderung und nahm einen weiteren Schluck vom warmen Rum. »Ah«, sagte Shandy, »wer ist … war … Peachy Bander?«

»Hm?«

»Könnte ich noch ein bißchen davon haben? Danke.« Shandy nahm mehrere Schlucke und gab die Flasche zurück. »Percher Bandy?« sagte er, ein wenig schwindlig im Kopf. »Du weißt, derjenige, der dir etwas über Kapitän Wilson erzählt hatte, und war es die Wahrheit?«

»Oh!« Davies lachte. »Panda Beecher! Der war — ist vielleicht noch — ein Gewürzgroßhändler, der es immer verstand, die Kapitäne der Kriegsmarine zu bewegen, daß sie seine Waren in den Laderäumen von Marineschiffen beförderten; das ist natürlich illegal, aber viele Händler tun es: sie können dem jeweiligen Kapitän genug zahlen, daß es sich für ihn lohnt, fahren aber immer noch viel besser, als wenn sie die Ware Handelsschiffen übergeben müßten, weil sie sich so ihre zusätzlichen Versicherungsprämien und die zwölfeinhalb Prozent Ladungsgebühr für eine offizielle Marineeskorte gegen die Piraten sparen können. Ich habe selbst vierundzwanzig Jahre in der Kriegsmarine gedient und kenne viele Kapitäne, die sich durch Abmachungen mit Panda und seinesgleichen Nebeneinnahmen verschaffen, obwohl sie vor ein Kriegsgericht kämen, wenn sie sich erwischen ließen. Ich hörte den Namen des Kapitäns von einem der Männer im Boot, also gab ich vor, mich seiner zu erinnern. Es schien nicht allzu weit hergeholt, zu vermuten, daß auch Wilson solche Geschäfte gemacht hatte und glauben würde, ich wisse davon. Hinzu kommt, daß Panda in den 90er Jahren ein paar Hurenhäuser führte, die besonders für Offiziere der Royal Navy sorgten, und ich habe gehört, daß die … Anstrengungen des Dienstes in der Karibik einige der jungen Offiziere verleitete, ah … Seltsamkeiten vorzuziehen — Jungen, weißt du, und Peitschen, und orientalische Abwandlungen —, und es bestand die Möglichkeit, daß auch Wilson so einer gewesen sein mochte.«

Shandy nickte. »Und du stelltest deine Frage so, daß sie sich auf jeden der beiden Geschäftszweige beziehen konnte.«

»Genau. Und der eine oder der andere Haken verfing tatsächlich, nicht wahr? Freilich werden wir nie erfahren, welcher es war.« Skank kam zu ihnen, reichte Davies einen übelriechenden Segeltuchbeutel und eilte wieder nach achtern, nachdem er sich die Hände an der Reling abgewischt hatte. Davies zog ein Stück Schwarzwurst heraus und biß ohne Begeisterung ab. »Siehst du«, fuhr er kauend fort, »nachdem der verdammte Friede von Utrecht den Kommandanten der Kaperschiffe die Arbeit nahm und die Seefahrt als legalen Lebensunterhalt ruinierte, und ich infolgedessen Pirat wurde, gelobte ich, daß ich niemals hängen würde. Ich hatte im Laufe der Jahre zu viele Erhängungen gesehen.« Er griff nach der Flasche und tat einen weiteren herzhaften Schluck. »Also war ich dankbar, daß mir diese Panda Beecher-Frage eingefallen war ... in der gleichen Weise, wie ein Mann, der gestrandet auf einem öden Riff sitzt, dankbar für eine Pistole ist.«

Shandy runzelte die Stirn, dann gingen seine Brauen in die Höhe. »Es war Selbstmord?« rief er aus, zu betrunken, um taktvoll zu sein. »Du *wolltest*, daß er dich tötete, als du das sagtest?«

»Sagen wir, ich zog es vor. Einem Gerichtsverfahren und dem Galgen. Ja.« Wieder schüttelte er den Kopf, offensichtlich noch immer erstaunt über Shandys Handlungsweise. »Bloß, weil es Mord gewesen wäre?«

Shandy machte eine Bewegung zu den anderen Männern an Bord. »Jeder von ihnen hätte genauso gehandelt.«

Davies lachte. »Nie. Nicht einer. Erinnerst du dich an Lot?«

»Wie bitte?«

»Lot — der Kerl mit der Frau, die zu einer Salzsäure wurde.«

»Ach, der Lot.« Shandy nickte. »Klar.«

»Erinnerst du dich, wie Jahweh zu ihm ins Haus kam?«

Shandy runzelte grüblerisch die Stirn. »Nein.«

»Nun, Jahweh sagte ihm, er werde die ganze Stadt dem Erdboden gleichmachen, weil die Leute darin solch ein erbärmliches Lumpengesindel seien. Und Lot sagte zu ihm, warte, wenn ich zehn anständige Kerle finde, wirst du die Stadt dann in Ruhe lassen? Jahweh schnaufte und ächzte ein bißchen, sagte aber schließlich ja, wenn es zehn gute Männer gäbe, würde er die Stadt nicht zusammenschlagen. Darauf sagte Lot, ein gerissener Jude, wie er im Buche steht, gut, wie wäre es, wenn ich drei gute Männer finden würde? Jahweh steht auf und geht herum, denkt darüber nach und sagt dann, in Ordnung, meinetwegen sollen drei genügen. Also sagt Lot, wie wäre es mit einem? Inzwischen ist Jahweh ganz durcheinander, weil er sich vorgenommen hatte, die Stadt zu ruinieren, aber schließlich sagt er, meinetwegen auch das, ein anständiger Mann soll genügen. Und dann konnte Lot natürlich nicht einmal den einen finden, und Jahweh legte die Fackel an die Stadt.« Davies winkte zu den anderen Männern an Bord, eine Geste, die auch die *Carmichael* und New Providence und vielleicht die ganze Karibik mit einschloß. »Begeh nie den Fehler, Jack, zu glauben, er würde unter diesen einen finden.«

Zweites Buch

Getrennt vom Land, das uns geboren,
Verraten von dem, das wir finden,
Wo vor uns die Klügsten verloren,
Und die Dümmsten zu Tode sich schinden —
So hebt eure Gläser, Gefährten,
S'ist alles, was zu preisen uns bleibt:
Ein Hoch den vom Grabstein Beschwerten,
Ein Hoch auf den Nächsten, der stirbt!

Bartholomew Dowling

9

Eine starke Abendbrise wehte von der See herein; die drei vor der Küste ankernden Schiffe wurden parallel zueinander gedrückt, und aus den Feuern am Strand stoben Funken zu den schwarzen Zypressensümpfen Floridas, die das letzte Licht der untergehenen Sonne verschluckten. In dem Pfahlbau, den die Piraten auf einer sandigen Anhöhe landeinwärts von den Feuern errichtet hatten, saß Beth Hurwood und blickte in den Abendhimmel, atmete tief die kühle Seeluft und hoffte, daß der Wind die Nacht über anhalten würde. Sie mochte nicht noch eine dritte Nacht eingesperrt in dem stickigen ›Moskitoschutz‹ zubringen, den zu bauen ihr Vater die Piraten gezwungen hatte — einen Kasten mit Segeltuchwänden, gerade groß genug, um sich darin niederzulegen.

Sie hatte nie gedacht, daß sie eines Tages mit Gefühlen liebevoller Wehmut an ihre zweieinhalb Jahre in der Klosterschule und Schottland zurückdenken würde, jetzt aber betrauerte sie den Tag, da ihr Vater sie dort herausgeholt hatte. Die blassen Schwestern in ihren Ordenstrachten und Hauben hatten außerhalb des Unterrichts kaum jemals gesprochen, die Räume waren aus nacktem altem Haustein gewesen, das einzige Essen, das die Zöglinge bekommen hatten, eine öliggraue Hafergrütze mit gekochtem Gemüse, und außer den wenigen Schulbüchern hatte es nicht ein Buch gegeben, nicht einmal eine vollständige Bibel. Tatsächlich hatte sie nie erfahren, welchem Orden die Schwestern angehört hatten, nicht einmal, welchem Glauben; in den Räumen der Zöglinge hatte es weder Bilder noch Statuen oder Kruzifixe gegeben, und soweit Beth unterrichtet war, hätten sie geradesogut Moslems sein können. Aber wenigstens hatte man sie in Ruhe gelassen, und in ihrer Freizeit hatte sie durch den Garten schlendern und die Vögel füttern können, oder auf dem alten Wehrgang hinter der Mauerkrone stehen und über das Heideland hinausschauen können, um auf der Straße, die sich dort hindurchwand, vielleicht einen Fremden zu erspähen. Hin und wieder hatte sie jemanden gesehen, einen Bauern, der mit einem Ochsenkarren vorübergezogen war, oder einen Jäger mit Hunden, doch obwohl sie ihnen manchmal zugewinkt hatte, waren sie stets eilig weitergezogen, beinahe so, als hätten sie den Ort gefürchtet. Nichtsdestoweniger hatte sie sich jenen entfernten Gestalten näher gefühlt als den unzugänglichen Schwestern. Schließlich waren ihr alle, denen sie bisher im Leben begegnet war, fremd geblieben.

Mit dreizehn hatte Beth ihre Mutter verloren, und damals war ihr der Vater fremd geworden. Er hatte seine Position in Oxford aufgegeben, seine Tochter der Obhut von Verwandten anvertraut und war dann fortgegangen, beschäftigt mit »unabhängigen Studien«, wie er einmal gesagt hatte. Und sie war fünfzehn gewesen, als er Leo Friend kennengelernt hatte.

Das leise Zischen von Stiefeln, die durch den Sand streiften, ließ sie aufmerken, und sie war erleichtert, daß es wenigstens nicht Friend war. Da sie in die sinkende Sonne blinzeln mußte, erkannte sie die Gestalt nicht, bis sie die Stufen erstieg und geduckt unter das niedrige Strohdach trat; dann lächelte sie, denn es war bloß der alte Stede Bonnett. Er war erst gestern mit seinem Schiff, der *Revenge* eingetroffen, doch obwohl er ein Piratenkapitän war und als Partner Schwarzbarts galt, schien er eine gute Erziehung genossen zu haben und hatte nichts von der spöttischen, ironischen Munterkeit eines Mannes wie Philip Davies, und erst recht nichts von der kalten, besessenen Wildheit ihres Vaters. Beth fragte sich, was ihn zum Seeräuber gemacht haben konnte.

»Entschuldigen Sie«, murmelte er und zog tatsächlich den Dreispitz. »Ich hatte nicht ... erkannt ...«

»Das ist schon gut, Mr. Bonnett.« Sie zeigte zu dem Holzklotz, der als Sitzbank diente. »Bitte, setzen Sie sich.«

Er bedankte sich und folgte der Aufforderung. Ein Vogel mit langem Hals flatterte aus den Sümpfen auf und stieß dabei ein Kreischen aus, das Bonnett zusammenschrecken ließ. Argwöhnisch blickte er dem Vogel nach.

»Sie ... scheinen nicht sehr glücklich zu sein, Mr. Bonnett«, sagte Beth.

Darauf faßte er sie ins Auge und schien sie zum ersten Mal wirklich zu sehen. Er befeuchtete sich die Lippen und lächelte zögernd, aber schon einen Augenblick später war das besorgte Stirnrunzeln zurückgekehrt, und sein Blick hatte sich von ihr entfernt. »Glücklich? Hah — nach diesem Spektakel in Charles Town biete ich allen Trotz. Bevor Thatch das Lösegeld verlangte, dachten sie, wir wollten die Stadt einnehmen. Ich beobachtete den Ort durch das Fernrohr: Frauen und Kinder liefen weinend durch die Straßen — großer Gott — und wozu? Wegen einer Kiste voller schwarzer Heilkräuter, damit er fahren und den Ocracoke-Einlaß in Augenschein nehmen konnte. Und ich ertappe mich dabei, daß ich Dinge sage und tue ... sogar meine Träume sind nicht mehr meine eigenen ...«

Die Brise änderte ein wenig die Richtung, blies Beth das lange Haar über das Gesicht, und verspätet roch sie den Brandy in Bonnetts Atem. Dabei kam ihr eine Idee, doch unterdrückte sie aus Furcht vor Enttäuschung das plötzliche Aufbranden der Hoffnung.

Sie biß sich auf die Unterlippe. Sie mußte vorsichtig sein ...

»Woher kommen Sie?« fragte sie ihn.

Er schwieg lange, und sie überlegte, ob er sie nicht gehört habe, oder nicht antworten wolle. Ich *muß* weg von hier, dachte sie; ich muß glauben können, daß mein Verstand an irgendeinem normalen Ort, weit von Friend und meinem Vater, nicht so gefährdet, fehlerhaft und zerbrechlich erscheint.

»Barbados«, sagte er schließlich. »Ich ... besaß eine Zuckerrohrpflanzung.«

»Ah, und Sie hatten kein Glück damit?«

»Es ging mir gut«, sagte er mit heiserer Stimme. »Ich war Major der britischen Armee und hatte meinen Abschied. Ich hatte Sklaven und Ställe, die Plantage gedieh ... Ich war ein Herr.«

Beth widerstand dem Impuls, ihn zu fragen, warum er sich der Seeräuberei zugewandt hatte, wenn das alles der Wahrheit entsprach. Statt dessen fragte sie ihn nur: »Würden Sie gern zurückgehen?«

Wieder sah er sie von der Seite an. »Ja. Aber ich kann nicht. Man würde mich hängen.«

»Berufen Sie sich auf das Begnadigungsangebot des Königs.«

»Ich ...« Er steckte einen Finger zwischen die Zähne und kaute am Nagel. »Thatch würde mich niemals lassen.«

Beth bekam Herzklopfen. »Wir könnten heute nacht fortschleichen, Sie und ich. Alle sind vollauf beschäftigt mit diesem Vorhaben oben am Fluß.« Sie blickte nach rechts den Strand entlang und überlegte, warum die anderen dieses Sumpfland einen Fluß nannten.

Bonnett lächelte nervös und befeuchtete sich die Lippen, und wieder roch sie den Brandy. »Sie und ich«, sagte er und streckte die Hand aus.

»Richtig«, sagte sie und trat einen Schritt zurück. »Wir fliehen. Heute nacht. Wenn der *hunsi kanzo* flußaufwärts beschäftigt ist.« Der Hinweis auf Schwarzbart ernüchterte Bonnett, und er runzelte die Stirn und kaute wieder am Fingernagel.

Um ihn nicht die verzweifelete Hoffnung in ihren Augen sehen zu lassen, blickte Beth Hurwood zum Sumpfland hinüber. Vielleicht nannten sie es einen Fluß, weil es beinahe einer war.

Alle Gewässer dieser Gegend schienen westwärts zu fließen, wenn auch meistenteils so langsam wie Brandy durch einen Obstkuchen sickert, und die dünnen Abendnebel folgten den Schleifen der Wasserläufe und konnten einen Ruderer fast so gründlich durchnässen als ob er geschwommen wäre.

Sie schloß die Augen. Diesen Sumpf einen Fluß zu nennen, schien ihr typisch für die Art und Weise, wie diese schreckliche Neue Welt beschaffen war — alles war hier draußen am Westrand der Welt noch roh und ungeformt und hatte nur die entfernteste Ähnlichkeit mit der besiedelten und konsolidierten östlichen Hemisphäre. Und obwohl sie hörte, wie Bonnett sich auf dem Holzklotz regte und rasch zu ihm hinsah, kam ihr der flüchtige Gedanke, daß die unentwickelte Natur dieser Länder einer der Gründe sein mochte, die ihren Vater bewogen hatten, hierher zu kommen und sie mitzunehmen.

Bonnett beugte den Oberkörper vor, die Ellbogen auf die Knie gestützt, und im Abendlicht konnte sie das Stirnrunzeln dürftiger Entschlossenheit in seinem faltigen alten Gesicht sehen. »Ich werde es tun«, sagte er im Flüsterton. »Ich glaube, ich muß. Heute nacht den Fluß hinauf würde mein Ende sein ... wenn mein Körper auch ohne Zweifel noch gehen und sprechen und Thatchs Befehle ausführen würde.«

»Sind genug Leute an Bord Ihres Schiffes, um es zu segeln?« fragte sie und sprang so rasch auf, daß die Hütte auf ihren Holzpfählen erbebte.

Bonnett blinzelte zu ihr auf. »Die *Revenge?* Wir können sie nicht nehmen. Glauben Sie, niemand würde sehen oder hören, wie wir den Anker aufziehen und Segel setzen und auslaufen? Nein, wir werden ein Boot mit Proviant und Wasser ausrüsten und alles Notwendige hineintun, um einen Mast und ein Segel zu improvisieren, und mit umwickelten Rudern die Küste entlang fahren und dann auf der offenen See unserem Glück vertrauen. Gott ist weitaus barmherziger als Thatch.« Plötzlich schnaufte er und ergriff sie beim Handgelenk. »Himmel! Augenblick! Ist das eine Falle? Hat Thatch Sie hierher geschickt, um mich zu erproben? Ich vergaß, daß Ihr Vater sein Partner ist ...«

»Nein, es ist keine Falle«, sagte Beth. »Ich muß fort von hier. Nun kommen Sie, lassen Sie uns das Boot fertig machen!«

Bonnett ließ ihr Handgelenk los, obwohl er nicht völlig überzeugt aussah. »Aber ... wie ich höre, sind Sie fast einen Monat mit ihnen gewesen. Warum haben Sie mit der Flucht bis jetzt gewartet? Sicherlich wäre es in New Providence viel einfacher gewesen, das Weite zu suchen.«

Sie seufzte. »Einfach wäre es nie gewesen. Aber ...« Ein weiterer großer Vogel flog mit klatschenden Flügelschlägen über sie hinweg, und sie schraken zusammen. Beth lachte. »Nun, bis wir hier eintrafen, glaubte ich nicht, daß mein Vater mir wirklich Schaden zufügen wollte, aber jetzt ... nun, er will mir keinen Schaden zufügen, aber ... vorgestern, als wir uns ausschifften, schnitt ich mich, und mein Vater war außer sich vor Sorge, daß es sich entzünden und ein Fieber verursachen könnte. Er sagte zu Leo Friend, daß die schützende karibische Magie ...« — sie sprach die Worte voller Abscheu aus — »hier weniger wirksam sei, und sie müßten mich für irgendein Anzeichen von Krankheit scharf im Auge behalten. Aber seine Sorge war ... unpersönlich; es war nicht die Sorge eines Vaters um eine bedrohte Tochter, sondern eher wie die Sorge eines Kapitäns um die Seetüchtigkeit eines Schiffes, von dem sein Leben abhängt.«

Bonnett hatte kaum zugehört. Er drückte die Locken seiner Perücke zurecht und leckte sich den Schnurrbart, dann stand er auf und ging zu ihr — die Hütte schwankte gefährlich — und lehnte sich neben ihr an die Wand. Sein Gesicht verzog sich zu einem unsicheren, aber einschmeichelnden Lächeln. »Gibt es noch einen Grund?« fragte er.

Beth vermied es, ihn anzusehen, und lächelte traurig. »Ja; es ist albern, aber ich glaube, es ist so. Es wurde mir erst am Dienstag klar, als das Kriegsschiff ihn tötete — er war an Bord der *Jenny,* und Friend sagt, niemand könne diese Breitseite überlebt haben —, aber ich glaube, ich wollte nicht wirklich fort, ohne ... nun, Sie haben ihn nicht kennengelernt. Einen Mann, der auch Passagier der *Carmichael* war.«

Bonnett schürzte die Lippen und trat zurück. »Ich muß Sie nicht mitnehmen, wissen Sie«, sagte er.

Beth zwinkerte überrascht und sah ihn an. »Wie? Natürlich müssen Sie. Was sollte mich, wenn Sie es nicht tun, daran hindern, Alarm zu schlagen, bevor Sie einen sicheren Vorsprung haben?« Kürzlich erinnerte sie sich, daß dieser Mann trotz seiner guten Manieren ein Pirat war, und sie fügte eilig hinzu: »Ihre Sache wird jedenfalls viel besser aussehen, wenn Sie sich nicht nur als reuig erweisen, sondern außerdem eine Gefangene Schwarzbarts befreit haben.«

»Da ist etwas dran, denke ich«, murmelte Bonnett widerwillig. »Nun gut, passen Sie auf! Wir gehen jetzt gleich auf getrennten Wegen zum Strand, wo eines der Beiboote der *Revenge* auf den Sand gezogen ist — Sie werden mich bei dem Boot sehen —, und Sie steigen schnell ein und verstecken sich darin. Es liegt ein zusammengerolltes Bündel Segeltuch im Boot, verstecken Sie sich darunter. Wir haben wieder Flut, also sollte es mir nicht zu schwer werden, das Boot ins Wasser zu schieben. Dann rudere ich hinaus zur *Revenge,* lade soviel Proviant und Material ein, wie ich kann, ohne den Argwohn der verräterischen Mannschaft zu wecken, und dann rudern wir südwärts die Küste entlang. Können Sie nach den Sternen navigieren?«

»Nein«, antwortete Beth. »Können Sie es?«

»Oh, gewiß«, sagte Bonnett hastig. »Ich dachte nur

daran, daß ich, ah, einmal schlafen könnte. Wie auch immer, wenn wir auf Südkurs bleiben, werden wir in nicht allzu langer Zeit in die Handelsroute geraten. Und dann«, fuhr er, zur Leiter tretend, fort, »wenn ich weit genug von ihm wegkomme, bevor er erfährt, daß ich geflohen bin, wird er vielleicht nicht imstande sein, mich zurückzurufen.«

Dies war schwerlich geeignet, Beth zu ermutigen, aber sie folgte ihm die Leiter hinunter auf den Sand und ging in einer anderen Richtung als er davon. Sie hatte sich vorgenommen, die drei Feuer zu umgehen und zum Strand zu gelangen, ohne von dem stets wachsamen Leo Friend gesehen zu werden.

Langsam und nachdenklich, das Gesicht von Falten aufrichtiger Sorge beinahe veredelt, stapfte Stede Bonnett den Strand hinunter zu dem Feuer. Seine Ledersohlen streiften mit Geräuschen wie träge Grillen durch das harte Dünengras.

Mit Hurwoods Tochter über Flucht zu sprechen — und sich dann von ihr in Erregung bringen zu lassen und sogar in seiner Einfalt zu denken, sie könne in gleicher Weise reagieren! — hatte ihm mit zu viel schmerzlicher Klarheit das Leben ins Gedächtnis zurückgerufen, dessen er vor drei Monaten beraubt worden war. Doch selbst wenn es ihm gelänge, Schwarzbart zu entkommen und der königlichen Amnestie teilhaftig zu werden, konnte er schwerlich nach Barbados zu seiner Frau zurückkehren. Darin lag ein gewisser Trost.

Vielleicht könnte er in einem anderen Land unter einem anderen Namen einen neuen Anfang machen — schließlich war er erst achtundfünfzig; bei vernünftiger Lebensweise war er noch ein gutes Jahrzehnt von der Notwendigkeit entfernt, mit Religion anfangen zu müssen. Es würde noch immer viele junge Frauen geben, auf die er seine Aufmerksamkeit richten konnte.

Ein flüchtiges Lächeln zupfte an seinen Mundwinkeln, und die Hände liebkosten eine imaginäre Gestalt, und er fühlte die alte Zuversicht, die alte Selbstsicherheit — die Frau, die er vor vier Jahren geheiratet hatte, hatte sie ihm genommen, hatte aus dem einstmals strengen Offizier einen eingeschüchterten kleinen Mann gemacht, und erst als er die Mädchen bei Ramona getroffen hatte, war es wiederhergestellt worden — aber dann mußte er natürlich wieder daran denken, wie er das letzte dieser Mädchen verlassen hatte, und er wurde in den Schrecken zurückgestoßen, in welchem er seit drei Monaten gelebt hatte. Seine runzligen alten Hände fielen schlaff an die Seiten herab.

Draußen auf der rötlich glitzernden See erhob sich, über das Heck gesehen, die bewegungslose Silhouette von Schwarzbarts vor Anker liegender *Queen Anne's Revenge* wie das aufrechte schwarze Skelett eines Leviathans. Bonnett wandte den Blick sofort wieder ab, da er durchaus nicht sicher war, daß Schwarzbart nicht entlang der Linie seines Blickes seinen Gedanken auf die Spur kommen konnte.

Diese Flucht mußte klappen, dachte Bonnett, während er durch den nässer und schwammiger werdenden Sand stapfte. Es war ein Segen, daß der König eine Totalamnestie angeboten hatte! Nichts von allem war seine Schuld gewesen, aber das würde ihm ein Geschworenengericht niemals glauben. Welcher Jurist konnte verstehen, wie ein *hunsi kanzo* vom Blut eines anderen Gebrauch machen konnte, um seinen Geist vom Körper zu trennen? Er hatte die *Revenge* nicht ausgerüstet ... er war nicht einmal sicher, daß er es gewesen war, der dieses Mädchen bei Ramona getötet hatte, obwohl er zugab, daß seine Hand das Stuhlbein geschwungen hatte — wieder und wieder, so daß, obwohl er sich nicht daran erinnern konnte, seine Schulter danach noch tagelang geschmerzt hatte. Und selbst wenn er es gewesen war, er hatte unter Drogeneinfluß gestanden ... und wer hatte gerade dieses Mädchen für ihn ausgewählt, mit diesen Zügen, und wer hatte ihr gesagt, diese Worte und diesen Ton zu gebrauchen?

Ein furchtbarer Gedanke kam ihm in den Sinn, und er blieb so plötzlich stehen, daß er fast vornüber gefallen wäre. Warum sollte er annehmen, wie er es bisher getan hatte, daß Schwarzbart bei Ramona zuerst auf ihn aufmerksam geworden war und erst dann entschieden hatte, daß ein begüterter ehemaliger Offizier einen nützlichen Partner abgeben würde? Wie, wenn — und trotz aller Verdrießlichkeiten, in denen er steckte, brannte Bonnetts Gesicht jetzt vor Erniedrigung —, wie, wenn Schwarzbart ihn schon vorher hatte für sich gewinnen wollen und die ganze scheinbar spontane Abfolge von Ereignissen in Wirklichkeit geplant hatte? Wie, wenn dieses Mädchen damals nur vorgegeben hatte, sich den Knöchel verstaucht zu haben, und in Wirklichkeit nur ausgewählt worden war, weil sie die Dünnste war und er so in der Lage sein würde, sie aufzuheben und hinein zu ihrem Bett zu tragen? Sie und auch die anderen Mädchen hatten sich bei seinen nachfolgenden Besuchen geweigert, Bezahlung von ihm anzunehmen, und darauf bestanden, daß seine beispiellose Virilität genug Belohnung und in der Tat zu einer unentbehrlichen Arznei gegen alle Arten von Unpäßlichkeiten, Hypochondrien und Melancholien geworden sei; wie aber, wenn Schwarzbart sie bezahlt hatte? Und teuer bezahlt hatte, ohne Zweifel, denn zusätzlich zu ihren gewöhnlichen Diensten hatten sie ihm stets ein beträchtliches Maß an — Schauspielerei? — zukommen lassen.

Wieder blickte er über das ruhige Wasser hinaus zu Schwarzbarts lichtlosem Schiff, diesmal voller Haß. So muß es gewesen sein, dachte er; er wollte mich einfangen und forschte mich aus, um die rascheste und einfachste Methode zu finden, wie er mich aus meinem Platz in der geordneten Welt herauslösen konnte. Bonnett fluchte in sich hinein. Wäre er nicht mit dieser entmannenden Frau verheiratet gewesen, so hätte

Schwarzbart ein anderes Mittel finden müssen, was immer das gewesen wäre ... vielleicht seinen Stolz: er hätte ihn in ein verbotenes, aber aus Gründen der Ehre unvermeidliches Duell manövrieren können ... Oder er hätte ihn bei seiner Ehrlichkeit packen und in eine Lage bringen können, sich zu erniedrigen, indem er von seiner Frau eingegangene hohe Schulden hätte zurückzahlen müssen ...

Aber er hatte es Schwarzbart leicht gemacht. Der Mann hatte bloß Ramonas Huren bezahlen müssen, daß sie ihm zurückgaben, was seine Frau ihm genommen hatte. Und dann hatte er ihn eines Tages unter Drogen gesetzt und ein Mädchen zu ihm geschickt, das im Aussehen wie in seiner höhnischen Art ein vollkommenes Duplikat seiner Frau gewesen war ...

Und danach, als sein Körper sich von der Droge gereinigt hatte und er dem toten Mädchen ins Gesicht gestarrt hatte, das keine Ähnlichkeit mehr mit irgendwem gehabt hatte, war dieser üble Schinder hereingekommen, im Gesicht ein Grinsen wie eine freigelegte Granitbank in einer Bergflanke, und er hatte ihn vor die Wahl gestellt.

Vor eine feine Wahl.

10

Zu Beth Hurwoods Rechter lag der ausgedehnte Sumpf, der, wie es hieß, weit ins Binnenland reichte, eine Gegend, wo Land und Wasser ineinander übergingen, selten deutlich voneinander geschieden, wo Schlangen in den warmen Tümpeln schwammen und Fische über die Schlammbänke krochen, wo das gesamte Netz von Wasserläufen und Inseln sich wie ein diabolisch belebtes Labyrinth in steter Veränderung befand und Landkarten für die Navigation ebenso nutzlos machte wie Skizzen von Wolken es gewesen wären, wo die unbewegte Luft schwülheiß über dem stillen Wasser stand, so drückend und miasmatisch dick, daß Insekten, die zu groß waren, um anderswo mehr als zu kriechen, hier fliegen konnten. Noch als sie über diese dunkelnde Landschaft hinblickte, erschien fern über dem Sumpfland eine der willkürlich treibenden phosphoreszierenden Kugeln, die von den Piraten Geisterbälle genannt wurden; sie stieg über die zartfaserige Oberfläche des Nebels und schwebte langsam zwischen den Zypressenästen, von denen das Spanische Moos in langen Fetzen hing, und sank dann genauso langsam zurück in den Nebel über dem Fluß, und ihr Leuchten wurde trübe und erlosch.

Darauf blickte sie in die andere Richtung, hinaus zur stahlgrauen See, hinter deren Horizont die Sonne in einer so ungeheuren geschmolzenen Glut versunken war, daß die hohen, hauchfeinen Zirruswolken noch rosig glühten; und da sie auf höherem Gelände stand und von den Feuern nicht geblendet war, sah sie das Segel, ehe die Piraten es ausmachten.

Zuerst schallte ein ferner Ruf von einem der drei ankernenden Schiffe über das Wasser, und dann sprang einer der Männer unten bei den Feuern auf, streckte den Arm aus und schrie: »Ein Segel!«

Im Nu waren alle Piraten auf den Beinen und rannten zu den Booten; instinktiv zogen sie es vor, auf dem Wasser als auf dem Land zu sein, falls es zu einem Kampf kommen sollte. Beth war unschlüssig. Wenn das Segel — ein einziges, und enttäuschend klein — einem Fahrzeug der Royal Navy gehörte, so wollte sie gewiß nicht an Bord eines Schiffes sein, dem die Flucht vor dem Kriegsschiff gelang; versteckte sie sich aber und blieb zurück, würde das Kriegsschiff stoppen und jemand an Land schicken, um dort Nachzügler zu suchen?

Jemand kicherte in ihrer Nähe, und sie fuhr zusammen und unterdrückte einen Schrei.

Leo Friend trat hinter einer Gruppe von Sumpfahornen hervor. »Auf einem Abendspaziergang, meine l-liebe Elizabeth?« Seine Augen, so bemerkte sie, schienen zu viel Weiß um die Regenbogenhäute zu zeigen, und ein Lächeln kam und ging auf seinem Gesicht so rasch und wechselhaft wie etwas, was im Wind flatterte.

»Ah, ja«, sagte sie und überlegte verzweifelt, wie sie ihn loswerden könne. »Was für ein Segel mag das sein?«

»Es hat nichts zu sagen«, erwiderte Friend. Seine Stimme war heute abend schriller als gewöhnlich. »Royal Navy, andere Piraten — es ist zu spät, als daß jemand uns aufhalten könnte.« Das Lächeln huschte über seine wulstigen Lippen und verschwand wieder. »Und m-m-morgen w-w-werden wir von h-h-hier ... verdammt ... von hier segeln.« Er zupfte ein Spitzentaschentuch aus dem Ärmel und betupfte sich die Stirn. »Einstweilen werde ich mit Ihnen gehen.«

»Ich gehe hinunter zu den Feuern, um zu sehen, was vorgeht«, sagte sie, da sie wußte, daß der fette Arzt, seit er Davies erschossen hatte, trotz seiner schützenden Fetische und Amulette ungern unter die Piraten ging.

»Ihr B-B-Bukanier-Schatz ist tot, Elizabeth«, sagte Friend, und seine Munterkeit war wie weggewischt. »Ich denke, es zeigt zumindest einen Mangel an Phantasie, seinen N-a-nachfolger aus demselben Topf zu nehmen.«

Beth beachtete ihn nicht weiter und ging vorsichtig den sandigen Hang hinab. Zu ihrem Verdruß hörte sie Friend hinterdreinschnaufen. Wie in aller Welt sollte sie sich von ihm befreien und die Verabredung mit Bonnett einhalten?

Draußen auf der ankernden *Carmichael* rief jemand etwas, was Beth nicht hören konnte, aber die Nachricht wurde von den Männern am Strand wiederholt. »S'ist die verdammte *Jenny!*« kam ein erstaunter Ausruf. »Die *Jenny* ist freigekommen!«

Ohne klaren Übergang wurde die panische Flucht der Piraten zu einer tumulthaften Feier. An Bord der *Brüllenden Carmichael* und Bonnetts *Revenge* — allerdings nicht auf Schwarzbarts Schiff — begannen Glocken zu läuten, und Musketen wurden in den dunkelnden Himmel geschossen, und die verschiedenen Schiffsmusikanten griffen eilig zu ihren Instrumenten und begannen darauf zu lärmen.

Froh jetzt, daß es kein Schiff der Royal Navy war, beschleunigte Beth Hurwood ihren Schritt, während Friend, als er sah, daß das Schiff nicht von der Art war, die ihr eine Gelegenheit zur Flucht geboten hätte, verdrießlich zurückblieb.

Da die *Jenny* einen viel geringeren Tiefgang als die drei größeren Schiffe hatte, konnte sie nahe ans Ufer kreuzen, bevor sie den Anker warf — das Rasseln der Ankerkette ging im allgemeinen Pandämonium unter —, und ein paar von den Männern an Bord warteten nicht auf Boote, sondern hechteten vom Bug ins Wasser und vertrauten wagemutig auf den Schwung und den flachen Winkel ihrer Sprünge, daß sie sie in weniger tiefes Wasser tragen würden, wo sie stehen könnten. Wenige konnten wirklich schwimmen, und diese nutzten die Gelegenheit, ihre exotische Fähigkeit vorzuzeigen, indem sie im Kreis paddelten, spritzten und wie Delphine bliesen, bevor sie mit angeberisch nonchalanten Zügen zum Ufer schwammen.

Einer von ihnen jedoch sprang bloß hinein und kraulte schnell und unprätentiös zum Strand, und er erhob sich als erster aus dem flachen Wasser und watete auf den Sand.

»Gepriesen seien die Heiligen!« rief einer der Wartenden am Strand. »Der Koch hat überlebt!«

»Hau uns ein Essen zusammen, Shandy!« rief ein anderer, »bevor die Kapitäne landeinwärts fahren!«

Unterdessen waren ein paar andere Seeleute ans Ufer gekommen, und die Boote wurden ins Wasser gezogen, um die eigentliche Ausschiffung zu erleichtern, und Jack Shandy gelang es, dem schlimmsten Begrüßungsgedränge zu entgehen. Er blickte umher, bemüht, seine Nachtsicht nicht durch Blicke in die Feuer zu ruinieren, und dann zeigte sein dunkles, bärtiges Gesicht ein Lächeln, als er die schmale Gestalt Beth Hurwoods über den Strand näherkommen sah.

Sie eilte ihm schon entgegen, als er in einen unsicheren Trab fiel, und als sie zusammentrafen, schien es ihr nur natürlich, ihm beide Arme um den Hals zu werfen.

»Alle erzählten mir, ihr wäret alle getötet worden — von dieser letzten Breitseite«, keuchte sie.

»Viele von uns mußten dran glauben«, sagte er. »Paß auf, ich habe während dieser letzten fünf Tage viel mit Davies gesprochen und ...«

»Nein, paß du auf. Stede Bonnett und ich werden heute nacht ein Boot stehlen und fliehen, und ganz sicher wird auch für dich Platz darin sein. Die Ankunft der *Jenny* wird es ein wenig aufschieben, denke ich mir, aber zugleich eine gute Ablenkung sein. Nun mußt du folgendes tun: bleib noch eine Weile am Strand, bis Bonnett ein Boot auswählen kann, und dann gib acht auf mich. Ich werde ...«

»Shandy!« kam ein Ruf aus der Menge bei den Feuern. »Jack! Wo zum Henker steckst du?«

»Verdammt«, sagte Shandy. »Ich komme zurück.« Er löste sich von ihr und ging zurück zu der Menge.»Da ist er!« rief Davies. »Darf ich Ihnen, Herrschaften, meinen neuen Quartier- und Feldzeugmeister vorstellen?« Der Applaus, der diese Erklärung beantwortete, war dürftig, aber Davies fuhr fort: »Ich weiß — ihr alle glaubt, er verstünde sich am besten aufs Kochen und die Puppenspielerei, und das dachte ich auch, aber wie sich gezeigt hat, sind seine wirklichen Werte von ganz anderem Kaliber: Mut und Täuschung und eine schnelle, sichere Hand mit einer Pistole. Wollt ihr wissen, *wie* wir diesem Kriegsschiff entwischt sind?«

Die Piraten gaben laut zu erkennen, daß sie es wissen wollten. Am Rand der Menge tat Beth Hurwood mehrere langsame Schritte rückwärts. Shandy blickte über die Schulter zu ihr, gab ihr mit einer Gebärde zu verstehen, daß er zurückkommen und mit ihr sprechen wolle, aber da wurde er schon von einem Dutzend Händen gepackt und von einem oder zwei ermutigenden Stiefeln weiter zu Davies und der festgetrampelten Stelle zwischen den Feuern befördert. Der hagere alte Piratenhäuptling grinste ihm zu; obwohl Davies während der letzten fünf Tage die Abwesenheit eines *bocor* verwünscht hatte, war er selbst an das Handwerkszeug des toten *bocor* gegangen und imstande gewesen, »Mate Care-For« wachzurütteln, und so die Aufmerksamkeit dieser Persönlichkeit in einem gewissen Umfang auf die Schaluppe zu lenken, und nun genasen die Verwundeten ohne Fieber und Komplikationen, und Davies' Schulter schien wiederhergestellt.

»Nachdem ich von der *Carmichael* geschossen worden war«, sagte Davies mit weithin hörbarer Stimme, »ein Umstand, über den ich gleich anschließend mit gewissen Leuten sprechen werde, wurde ich von den Jungen der Kriegsmarine aus dem Wasser gefischt und an Bord ihres Schiffes gebracht. Ich fand die *Jenny* zerschossen und gefangen, alle überlebenden Burschen unter bewaffneter Bewachung — mit Ausnahme unseres Shandy, der dem Kapitän erzählt hatte: ›Lieber Herr, *ich* bin keiner von diesen schmutzigen Piraten, ich wurde gezwungen, bei ihnen mitzumachen, und es wird mir eine Freude sein, bei ihrer Gerichtsverhandlung auszusagen.‹« Mehrere Männer von der Besatzung der *Jenny* waren an Land gekommen und hatten sich unter die Menge gemischt, und nun brüllten sie ihre Zustimmung. »Genau das hat er gesagt, Phil!« »Unschuldig wie ein verdammtes Schaf, so hat Jacky sich angestellt, und dieser Kapitän nahm es ihm ab!«

»Aber«, fuhr Davies fort, »er zwinkerte mir zu, als niemand schaute, also wartete ich ab, um zu sehen, was er vorhatte. Und Jack überzeugte doch den Kapitän, daß ich allein vernommen werden sollte, unten in der Kapitänskajüte, und kaum waren wir drei und ein paar Offiziere dort drinnen und hatten die Tür geschlossen, da griff Jack sich eine Pistole und schoß dem Kapitän glatt den Kopf vom Rumpf!«

Diesmal war der Applaus stürmisch, und Shandy wurde gewaltsam aufgehoben und auf den Schultern einiger Piraten um die Feuer getragen. Beth tat einen weiteren Schritt rückwärts, dann wandte sie sich und rannte zum dunklen Ufer hinaus, während Davies genießerisch beschrieb, wie Shandy die völlige Zerstörung des britischen Kriegsschiffes ins Werk gesetzt hatte.

Sie fand Bonnett auf der trockenen Seite der Flutmarke, die Hände auf dem Rücken und den Blick seewärts gewandt. Die Neigung seines Dreispitzes ließ erkennen, daß er zum Himmel aufblickte.

»Lassen Sie uns fliehen, schnell«, schnaufte sie. »Ich fürchte, ich habe unsere Absichten einem anvertraut, der uns vielleicht verraten wird, aber wenn wir gleich fahren, wird das nichts ausmachen. Und die Ankunft der *Jenny* ist sicherlich günstig für uns — Sie können erklären, daß die Vorräte, die Sie von Ihrem Schiff nehmen, zur Ergänzung der Bordvorräte der *Jenny* bestimmt seien, nicht wahr? Also lassen Sie uns fahren, um Himmels willen, jede Sekunde …«

Sie brach ab, denn Bonnett hatte sich ihr zugewandt, und sein Gesicht zeigte ein uncharakteristisch ironisches Lächeln.

»Ah!« sagte er freundlich. »Heimliche Flucht? Das erklärt seine extreme Spannung und Sorge … sehr verräterische Gemütsbewegungen, wenn man gelernt hat, solche Dinge zu wittern.« Er zuckte die Achseln und schenkte ihr ein Lächeln, das nicht ohne Sympathie war. »Tut mir leid. Keines der Stücke, die von Bord zu holen Sie vorschlagen, ist gegenwärtig entbehrlich.«

Beth stockte der Atem, dann flog sie herum und lief in Verzweiflung zurück zu dem Feuer. Ihr Weltverständnis war zum ersten Mal bis in die Grundfesten erschüttert, denn sie wußte jenseits aller Hoffnung auf eine Vernunfterklärung, daß, obwohl die Stimme Bonnetts gewesen war, und aus seinem Mund gekommen war, ein anderer durch sie zu ihr gesprochen hatte.

Shandy fluchte in sich hinein, denn er hatte Beth aus den Augen verloren, und ihm lag sehr daran, dem Mädchen seinen Bericht über Davies' Rettung zu geben, bevor sie die ausgeschmückte Version hörte, auf welche die Besatzung der *Jenny* sich geeinigt hatte.

Er war drauf und dran zu verlangen, daß die Piraten ihn von den Schultern lassen sollten, als er einen Hauch des mittlerweile nicht mehr unvertrauten Geruchs von überhitztem Metall auffing. Er versuchte sich auf einige der Dinge zu besinnen, die Davies ihn während der vergangenen fünf Tage gelehrt hatte. Er atmete ganz aus und summte eine der einfacheren Parierweisen und drehte sich auf seinem schwankenden Platz, bemüht, in alle vier Himmelsrichtungen zu sehen.

Er fand bald, daß seine Nase höchst unangenehm

brannte, wenn er sich dem entferntesten Feuer zuwandte, und bei genauerem Hinsehen bemerkte er dort die stämmige, rothaarige Gestalt Venners. Shandy stützte sich mit der Rechten, dann hob er die Linke und krümmte die Finger in die unbequeme Stellung, die Davies ihm gezeigt hatte, doch sobald Venner erkannte, daß Shandy ihn bemerkt hatte, schaute er weg, und augenblicklich war der Geruch verflogen.

Shandy holte schnaufend Luft. Sieh da, dachte er bei sich, als die Piraten ihres Umzugs müde wurden und ihn von ihren Schultern auf den festgetrampelten Sand springen ließen, das ist gut zu wissen. Wahrscheinlich glaubt Venner nicht, daß ich für den Posten des Quartiermeisters der beste Mann bin.

Unterdessen hatten das Geschrei und die Hochrufe in den Gruppen, die dem Ufer am nächsten standen, rasch nachgelassen, und nach ein paar Sekunden breitete sich die unerwartete Stille auf den Rest der Menge aus; ein oder zwei Unaufmerksame riefen noch weiter, und ein betrunkener Alter brachte seinen kichernden Lachanfall zu Ende, und Bird erinnerte alle noch einmal daran, daß er kein Hundsfott sei, aber danach war die Stille vollkommen.

Und von der dunklen See kam das kalunk ... kalunk ... kalunk ... kalunk von Rudern, die in ihren Dollen bewegt wurden.

Shandy blickte in unbehaglicher Verwunderung umher. »Was ist los?« flüsterte er einem Mann in seiner Nähe zu. »Ein Boot kommt herüber — was ist daran so schrecklich?«

Der Mann hob die Rechte zur Stirn, zögerte aber und kratzte sich dann bloß die Kopfhaut. Shandy vermutete, daß er sich zuerst hatte bekreuzigen wollen. »Es ist Thatch«, sagte der Mann.

»... Oh.« Shandy spähte zu dem Boot hinaus, das nun halbwegs zwischen dem Ufer und der lichterlosen Masse der *Queen Anne's Revenge* war. Zwei Gestalten saßen darin, und eine von ihnen, die größere, schien aus dieser Entfernung eine Tiara aus Glühwürmchen zu tragen.

Inniger denn je wünschte Shandy, daß Kapitän Wilson nicht versucht hätte, Davies zu töten. Er entsann sich all der Geschichten, die er über diesen Mann in dem heranrudernden Boot gehört hatte, und er dachte, daß Thatch — Schwarzbart — der gefürchtete *hunsi kanzo* — wohl der erfolgreichste der Bukanier sei, die versucht hatten, sich dieser neuen, westlichen Welt anzupassen. Schwarzbart schien so sehr und so untrennbar ein Teil dieser Welt zu sein wie der Golfstrom.

Shandy sah zu Davies hin, der stärker blinzelte als der Feuerschein es erforderlich machte, und obwohl die zusammengebissenen Zähne seine Wangen noch hohler und faltiger als gewöhnlich erscheinen ließ, war darin eine Andeutung zu erkennen, wie Davies als junger Mann ausgesehen haben mußte — eigenwillig und entschlossen, alle Zweifel und Befürchtungen hintanzustellen, sobald ein Entschluß gefaßt war.

Stiefel knirschten in seiner Nähe im Sand, und Shandy wandte den Kopf und sah den einarmigen Benjamin Hurwood dastehen und zum Boot hinausstarren. Auch Hurwood, dachte Shandy, verbarg seine Empfindungen, doch im Gegensatz zu Davies schien Beths Vater voll innerer Spannung, Ungeduld und Eifer. Und da Davies ihm manches über Hurwood erzählt hatte, glaubte Shandy zu wissen, warum es so war — und obwohl er wußte, daß Hurwood ein Mörder war, wußte er auch, daß, sollte er je in Hurwoods Lage kommen und einen anderen Weg gehen als Hurwood ihn genommen hatte, es aus Furcht und nicht aus Tugend geschehen würde.

Das Boot wurde auf den letzten Wellenkamm gehoben und inmitten auslaufender Gischt an den Strand getragen, bis der Kiel auf dem Sand knirschte. Schwarzbart schwang sich über die Bordwand und platschte schwerfällig zum Strand herauf. Sein Bootsmann — dessen Unterkiefer, wie Shandy schaudernd bemerkte, aufgebunden war — blieb im Boot sitzen und unternahm weder einen Versuch, es auf den Strand zu ziehen, noch zurück in tieferes Wasser zu rudern, bevor die nächste Welle brach.

Schwarzbart stapfte durch den Sand auf die Feuer zu und blieb für einen Augenblick stehen, wo die Neigung des Strandes sich abflachte, ein großer, kantiger Schattenriß vor dem purpurgrauen Himmel; die Enden seines Dreispitzes schienen zu dünn und lang auszulaufen, und im Widerschein des rötlichen Feuerscheins ähnelte er einem dreihörnigen Dämonen, der gerade aus der Hölle emporgestiegen war.

Dann ging er weiter auf die Feuer zu, und die leuchtenden roten Punkte um seinen Kopf erwiesen sich als die glimmenden Enden von langsam brennenden Luntenschnüren, die in seine zottige Mähne und den Bart geflochten waren. Er war ein hochgewachsener Mann, größer als Davies und massig wie ein vom Wind geschliffener Felsblock.

»Und so treffen wir uns ein Jahr später wieder, Mr. Hurwood«, sagte Schwarzbart. »Sie haben uns ein feines Schiff gebracht, wie Sie versprachen, und ich habe die Kräuter gebracht, die wir — wie Sie sagen — benötigen. Und trotz Ihrer Befürchtungen, daß ich mich verspäten würde, sind wir am ersten August hier.« Er sprach Englisch mit einem leichten Akzent, und Shandy vermochte nicht zu bestimmen, ob er einen nichtenglischen Ursprung anzeigte, oder nur einen Mangel an Interesse und Redegewandtheit. »Mögen wir beide finden, was wir suchen.«

Shandy sah Leo Friend, noch außer Atem, nachdem er zu den Feuern geeilt war, mit verstohlenem Grinsen hinter dem Piraten erscheinen; und zum ersten Mal kam Shandy der Gedanke, daß der fette Arzt bei alledem eigene Ziele verfolgen mochte.

Schwarzbart wandte sich etwas mehr in seine Richtung, und Shandy sah, daß das zerklüftete Gesicht von

Schweiß glänzte — vielleicht wegen seines schweren schwarzen Mantels, der ihm in weiten Falten bis über die Knie reichte. »Phil?« sagte Schwarzbart.

»Hier.«

»Fühlst du dich genug erholt, um mitzukommen?«

»Laß es darauf ankommen.«

»Oh, das werde ich tun. Aber dies sind anstrengende Zeiten.« Schwarzbart zeigte ein starres Grinsen, das die meisten seiner Zähne entblößte. »Und du hast die Befehle mißachtet.«

Davies grinste zurück. »Im Gegensatz dazu, was du getan hättest, natürlich.«

»Hah.« Der Riese sah sich im Kreis der Menge um, die sich mehr oder weniger in drei Gruppen aufgegliedert hatte — die drei Schiffsbesatzungen. »Wer sonst ist ...?« Er hielt plötzlich inne und starrte auf seinen weiten Ärmel, und sein dunkles Gesicht verlor jeden Ausdruck. Die Männer in seiner Nähe zogen sich von ihm zurück und murmelten Schutzformeln; Hurwood und Friend hingegen beugten sich näher und starrten zu ihm hin.

Auch Shandy starrte, wenngleich ohne Eifer, und glaubte einen Augenblick die Manschette zucken und eine dünne Rauchwolke sich herauskräuseln zu sehen; dann sah er ganz klar ein blutiges Rinnsal zwischen Schwarzbarts Mittel- und Ringfinger herabfließen und von den Fingerspitzen in den Sand tropfen. Der lange weite Mantel des Piraten schien in Bewegung, als liefen darunter Ratten herum.

»Rum«, sagte der Riese in einem zugleich ruhigen und gespannten Tonfall.

Einer der Leute eilte mit einem Krug hinzu, aber Davies packte ihn beim Kragen und zog ihn zurück. »Nicht bloß rohen Rum«, sagte er. Er nahm den Krug, verlangte einen Becher, und nachdem er diesen gefüllt hatte, entkorkte er eilig seine Pulverflasche und schüttete eine Handvoll Schießpulver in das Getränk. »Jack«, sagte er, »ein Licht, schnell.«

Shandy lief zum nächsten Feuer und zog einen Stekken heraus, dessen Ende in Flammen stand, dann eilte er damit zurück zu Davies, der den Becher in Armeslänge von sich streckte, und berührte den Rand des Bechers mit dem flammenden Ende des Steckens.

Augenblicklich brannte und blubberte es in dem Becher, und Davies gab ihn Schwarzbart. Shandy dachte, er sähe etwas wie einen kleinen nackten Vogel an Schwarzbarts Hand haften, war jedoch abgelenkt von dem Anblick des Piraten, der den Kopf in den Nacken legte und den feurigen Inhalt des Bechers einfach in seinen offenen Mund goß.

Zuerst schien es, daß sein ganzer Kopf Feuer gefangen hätte; aber so rasch die Glut aufgeflammt war, war sie nun erloschen, und es blieb nur der trübe Lichterkranz der glimmenden Luntenschnüre, und über seinem Kopf hing eine wallende, rötlich leuchtende Rauchwolke — und kaum hatte Shandy ihre Ähnlichkeit mit einem wutverzerrten Gesicht bemerkt, war sie fort.

»Wer geht mit uns?« fragte Schwarzbart mit rauher Stimme.

»Ich und mein Quartiermeister, Jack Shandy«, sagte Davies »und Bonnett und Hurwood, natürlich, und wahrscheinlich Hurwoods Gehilfe, Leo Friend, das ist der fette Kerl dort ... und Hurwoods Tochter.«

Shandy ließ sich sein Erstaunen nicht anmerken, ärgerte sich jedoch, daß Davies ihm nicht gesagt hatte, daß Beth mit in den Sumpf kommen würde, denn Davies hatte ihm die Reise, die sie noch in dieser Nacht durch die gefährlichen Sümpfe antreten würden, mit hinreichender Ausführlichkeit beschrieben, und vor allem den noch gefährlicheren »magischen Ausgleichspunkt«, den sie suchten, der weit entfernt in den nahezu undurchdringlichen Tiefen der Sumpfwildnis liegen sollte, wo es von abscheulichen und räuberischen Geschöpfen wimmeln sollte, und er konnte nicht glauben, daß ein vernünftiger Mensch Beth Hurwood dorthin mitnehmen würde.

»Dein Quartiermeister«, grollte Schwarzbart und zerdrückte zerstreut den Becher in der Hand. »Was ist aus Hodges geworden?«

»Er wurde getötet, als wir dem Kriegsschiff entkamen«, sagte Davies. »Shandy bewerkstelligte diese Flucht.«

»Hörte davon«, sagte Schwarzbart nachdenklich. »Shandy — tritt vor!«

Shandy tat es, und der riesige Piratenkönig richtete seinen Blick auf ihn. Shandy fühlte sich von der ungeteilten Aufmerksamkeit des Mannes wie von einer Druckwelle getroffen. Schwarzbart starrte ihm einen Moment in die Augen, und Shandy merkte, wie ihm heiß wurde, denn er spürte geradezu, wie die Schrankfächer und Schubladen seines Geistes geöffnet und ihr Inhalt durchmustert wurde.

»Ich sehe, daß es an Bord der *Brüllenden Carmichael* mehr gab, als wir wußten«, sagte der Riese in ruhigem, aber beinahe argwöhnischem Ton. Dann, etwas lauter: »Willkommen auf der Welt, Shandy — ich sehe, daß Davies den rechten Mann ausgewählt hat.«

»Danke, Sir«, sagte Shandy, ohne es zu wollen. »Obwohl ... ich meine, es war nicht ganz ...«

»Das ist es nie. Erweise dich heute nacht, wenn wir die Quelle erreichen ... und steh auf deinen eigenen Füßen, obwohl wir mit Baron Samedi und Maître Carrefour reisen.« Damit wandte er sich ab, und Shandy entließ den angehaltenen Atem mit einem Seufzer und ließ seine verkrampfte Psyche wieder in ihre normale Ausdehnung zurückschnellen. Ihm war, als sei er gerade aus grellem Sonnenlicht in tiefen Schatten getreten.

Die anlaufenden Wellen hatten Schwarzbarts Boot zuerst halb vollschlagen lassen, es aber ins Flachwasser hinaufgeschoben, und mehrere Männer hatten sich darangemacht, eine große Kiste auszuladen, doch gingen sie ungeschickt zu Werke, weil keiner von ihnen dem steif und bewegungslos sitzenden Bootsmann zu nahe kommen wollte. Der Piratenkönig spuckte verdrießlich aus und schritt davon, die Arbeit zu beaufsichtigen.

Shandy wandte sich um und prallte fast auf den imponierenden Bauch von Davies' *bocor,* Trauerkloß. Eine Nacht für Riesen, dachte Shandy, als er an dem massigen Zauberer vorbeispähen wollte. »Entschuldige«, sagte er, bevor ihm einfiel, daß der *bocor* angeblich taub war, »hast du Phil gesehen? Ich meine, Kapitän Davies? Ach so, ja, du kannst nicht hören, nicht? Also warum ...« Der durchbohrende Blick des *bocor* ließ sein Geplapper austrocknen. Warum können diese Leute nicht jemand anderen so anstarren, dachte Shandy erschauernd, oder einander?

Anders als Schwarzbart, der Shandy mit einem unbestimmten Argwohn betrachtet zu haben schien, starrte Trauerkloß mit einem Ausdruck offenbaren Zweifels auf ihn herab — beinahe enttäuscht, als ob Shandy eine Flasche teuren Weines wäre, den jemand zu lange dem prallen Sonnenschein ausgesetzt hatte.

Shandy gab dem Zauberer ein nervös-höfliches Lächeln, dann wich er zurück und eilte um ihn herum. Davies stand, wie er jetzt sah, nur ein paar Schritte entfernt im Sand, und Shandy stapfte zu ihm.

Davies nickte grinsend zu Schwarzbart hinunter. »Ein mächtiger Mann, wie?«

»Weiß Gott«, sagte Shandy, ohne zu lächeln. »Hör zu, Phil«, fuhr er mit halblauter Stimme fort, »du sagtest mir nie, daß Beth Hurwood mit uns in die Sümpfe kommen würde.«

Davies zog die Brauen hoch. »Sagte ich es nicht? Vielleicht, weil es dich nichts angeht.«

Shandy hatte das Gefühl, daß der andere sich ein wenig abwehrend verhielt, und das alarmierte ihn noch mehr. »Was habt ihr mit ihr vor?«

Davies seufzte und schüttelte den Kopf. »Ehrlich gesagt, Jack, ich bin nicht sicher — obwohl ich weiß, daß den anderen sehr daran gelegen ist, sie vor allem

Schaden zu bewahren. Eine höhere Magie, nehme ich an.«

»Die mit Hurwoods toter Frau zu tun hat.«

»Ja, ganz gewiß«, stimmte Davies zu. »Wie ich dir auf der Herfahrt sagte, ist die Hoffnung, sie zurückzugewinnen, das einzige, was den alten Knaben in Bewegung hält.«

Shandy wiegte besorgt den Kopf von einer Seite zur anderen. »Aber wenn die karibischen *loas* hier schwach sind, wie du mir sagtest, wie in aller Welt wollen sie das Mädchen dann dort draußen im Sumpfland vor Schaden bewahren? Und wer ist dieser Maître Carrefour?«

»Hm? Ach, das ist unser alter Freund Mate Care-For. Thatch spricht es bloß richtig aus. Es bedeutet Meister der Kreuzwege. Meister verschiedener Möglichkeiten, mit anderen Worten — des Zufalls. Aber ja, er und Samedi und der Rest der Geisterjungen sind schwächer geworden, je weiter wir uns nordwärts von den Orten entfernten, wo sie verankert sind. Ohne Zweifel gibt es hier auch *loas,* aber es werden indianische sein — weniger als keine Hilfe für uns. Ja, wir sind hier ziemlich auf uns selbst gestellt. Wie Thatch sagte, wir müssen auf unseren eigenen Füßen stehen. Aber natürlich, nachdem wir zu diesem magischen Brennpunkt oder Quell oder was immer es ist, gekommen sind, und wenn Hurwood sein Versprechen halten und uns zeigen kann, wie man Gebrauch davon macht — ohne heimgesucht zu werden, wie es Thatch erging, als er den Ort entdeckte —, nun, dann werden wir wahrscheinlich in der Lage sein, uns einfach in die Luft zu erheben und hinauszufliegen.«

Shandy zog die Brauen zusammen. »Verdammt noch mal — ich verstehe nicht, warum Schwarzbart überhaupt das erste Mal hierher kam. Ich nehme an, er wußte, daß es irgendwo in den Tiefen dieses sumpfigen Dschungels große Magie geben sollte, aber was bewog ihn, soviel Mühe und Gefahr auf sich zu nehmen, um dorthin zu kommen? Besonders da er mit der Magie nicht einmal geschickt genug umgehen konnte, um sich vor Schaden zu bewahren.«

Davies setzte zu einer Erwiderung an, dann schmunzelte er und schüttelte den Kopf. »Wie lange bist du jetzt in der westlichen Hemisphäre, Jack?«

»Du weißt, wie lange.«

»Richtig. Sagen wir, einen Monat. Gut, ich sah diese Inseln zuerst, als ich sechzehn war, ein Jahr, nachdem die Anwerber mich in Bristol gefaßt und mir erzählt hatten, ich sei nun Matrose in der Marine Seiner Majestät. Nein, laß mich reden. Du kannst danach sagen, was du willst. Ich war jedenfalls Schiffsjunge, dann Leichtmatrose auf der Fregatte *Swan*, und im Mai 1692 — ich war inzwischen achtzehn — lag die *Swan* in Port Royal, das in jenen Tagen Jamaicas wichtigster Hafen war, und wir hatten das Schiff zur Überholung aufgelegt, ungefähr hundert Schritte westlich der Mauern von Fort Carlyle.« Davies seufzte. »Zehn Jahre früher muß Port Royal ein wahres Höllenloch gewesen sein — es war Henry Morgans Heimathafen —, aber als ich dort war, war es bloß eine nette, lebendige kleine Stadt. Nun, am zweiten Juni, während meine Kameraden in der Sonne arbeiteten und Seemuscheln vom Rumpf der *Swan* kratzten, war ich unten am Strand, um im königlichen Lagerhaus eine Unstimmigkeit mit unseren Proviantlisten zu klären, und als ich damit fertig war, schaute ich gleich nebenan in Littletons Taverne. Und ich kann dir sagen, Jack, als ich wieder hinausging, voller Bier und Littletons ausgezeichnetem Essen — Rindfleisch und Schildkröte war es — wie ich mich erinnere — bebte die Straße unter meinen Füßen, und ein Lärm wie Kanonen oder Donner kam vom Bergland herübergerollt. Ich wandte mich gerade rechtzeitig zur Taverne um, daß ich sehen konnte, wie die ganze Fassade in vier Teile zerbrach, wie man einen Kuchen zerschneidet, und dann brach das Ziegelpflaster der Straße auf, wie in Streifen, und rutschte hinab in die See, und die ganze Stadt rutschte hinterdrein.«

Shandy lauschte fasziniert; er hatte das eigentliche Thema einstweilen vergessen.

»Ich glaube, ich war nur drei Minuten lang unter Wasser«, fuhr Davies fort, »wurde von Erde und Ziegeln getroffen und war auf dem besten Wege, von Wasser selbst zerrissen zu werden, das sich nicht entscheiden konnte, in welche Richtung es wollte. Schließlich tauchte ich auf und bekam einen Dachbalken zu fassen, der von der verrücktesten, aufgewühltesten See, die du dir vorstellen kannst, wie ein Zahnstocher herumgeworfen wurde. Schließlich wurde ich von der *Swan* selbst aufgefischt, die eines der wenigen Schiffe war, die nicht zerschlagen worden waren — vielleicht, weil sie schon auf der Seite lag, als das Erdbeben ausbrach. Sie kreuzte auf dem neuen Stück Ozean, der bis zur Mittagszeit Port Royal gewesen war, und wir zogen noch viele andere aus der weißen See — alles blubberte und siedete, verstehst du? Wie ein riesiger Topf Bier — aber später hörte ich, daß es zweitausend Tote gegeben habe.«

»Großer Gott«, sagte Shandy in respektvollem Ton. »Ah, aber wie hängt das mit ...«

»Ja, richtig, entschuldige — ich lasse mich von meinen Erinnerungen mitreißen. Also, drei Blocks vom Hafen landeinwärts, auf der Breiten Straße, probierte an diesem selben schrecklichen zweiten Juni ein alter Zauberer aus England — von der Sorte wie Hurwood, denke ich — ein schweres Stück Auferstehungsmagie aus. Ich kann mir nicht denken, daß er sehr geübt darin war, aber er hatte an dem Tag einen sechzehnjährigen Jungen bei sich, der unter den freien Schwarzen im Bergland Jamaicas aufgewachsen war, ein Junge, der, obschon weiß, von einem Vodu-Priester ausgebildet und gerade ein Jahr zuvor dem furchtbarsten der *loas*, dem Herrn der Friedhöfe, Baron Samedi geweiht worden war, dessen geheime *drogue* ein langsam schwelendes Feuer ist. Es war Reinkarnationsmagie, mit der sie spielten und lernen wollten, wie man alte Seelen in neue Körper steckt, und das erfordert frisches Menschenblut, und um das zu beschaffen, hatten sie irgendeinen armen Teufel gepackt. Der alte englische Zauberer hatte dieses Zeug schon mal probiert, und ich weiß nicht, vielleicht war es ihm an seinem besten Tag gelungen, einen oder zwei tote Käfer wieder zum Leben zu erwecken, aber diesmal hatte er den sechzehnjährigen Jungen mit sich selbst im doppelten Joch angeschirrt, richtig?«

»Richtig ...?« fragte Shandy.

»Nun, es stellte sich heraus — keiner von beiden wußte es damals, obwohl es wahrscheinlich einigen der alten *bocors* bekannt war, und vor denen ganz gewiß den Indianern, den Kariben — es stellte sich heraus, daß wirklich ergiebige Wiederauferstehungsmagie *auf See* gewirkt werden muß. Es hat was mit der Verwandtschaft zwischen Blut und Seewasser zu tun, soviel ich weiß. Nun, dieser weiße Junge erwies sich als der mächtigste natürliche Magier seiner Hautfarbe, von dem man je gehört hatte ... und nun bewirkte er Auferstehungsmagie in Port Royal — auf dem Land.«

Shandy wartete einen Augenblick. »Äh ... ja? Und?«

»Also sprang die Stadt Port Royal in die See, Jack.«

»Oh.« Shandy blickte auf den schwarzen Ozean hinaus. »Dieser ... dieser sechzehnjährige Junge ...«

»Hieß Ed Thatch. Seit damals hat er versucht, den Auferstehungstrick zu vervollkommnen. Und das war es, was ihn vor zwei Jahren zu dieser Küste führte. Das wolltest du wissen, nicht wahr?«

»Ja.« Shandy fühlte sich keineswegs ermutigt. »Nun gut, was hat es mit diesem Brennpunkt oder Quell auf sich, den zu suchen wir in den Sumpf gehen?«

Davies sah ihn groß an. »Wieso, ich dachte, das wüßtest du, Jack. Es ist ein Loch in der Wand zwischen Leben und Tod, und wer herumsteht, bekommt die Spritzer von einer Seite oder der anderen ab. Kennst du keine Geschichte? Es ist der gleiche Ort, den Juan Ponce de Leon suchte — er nannte es den Jungbrunnen.«

11

Unterdessen war es tiefe Nacht geworden, und Schwarzbart, Davies und die anderen hatten die letzten stärkenden Becher Rum getrunken und stapften den Strand entlang nordwärts zu dem Fluß und den wartenden Booten. Benjamin Hurwood zwang sich aufzustehen und ihnen zu folgen.

Die Tagträume, die im Laufe der letzten Jahre zunehmend lebendiger und eindringlicher geworden waren, hatten inzwischen den Punkt erreicht, wo man sie Halluzinationen nennen konnte, aber Hurwood schwieg davon und erlaubte seinen Blicken nicht, den Gestalten und Objekten zu folgen, von denen er wußte, daß sie imaginär waren.

Es ist 1718, sagte er sich mit Entschiedenheit, und ich bin an der Westküste Floridas, mit dem Piraten Edward Thatch und ... meiner Tochter ... wie zum Teufel heißt sie noch? Nicht Margaret ... Elizabeth! Das ist es. Trotz allem, was ich die Hälfte der Zeit sehe, bin ich *nicht* in der Kirche in Chelsea. Ich bin nicht 43 Jahre alt, das Jahr ist nicht 1694 ... und was ich dort sehe, ist nicht meine Braut, meine liebe Margaret, mein Leben, zumindest meine Vernunft ... es ist unsere Tochter ... das ... das Vehikel ...

Hurwood blinzelte in das helle Sonnenlicht, das zum Vorzimmerfenster hereinschien, als er die Flasche seinem Trauzeugen zurückgab. »Danke, Peter«, sagte er lächelnd. Er spähte durch den Spalt zwischen den beiden Türen, die der Seiteneingang der Kirche waren, aber noch gingen Leute suchend durch die Kirchenschiffe und schoben sich seitwärts in die Bänke, und der Geistliche war noch nicht erschienen ... obwohl auf einer der Altarstufen ein ängstlich aussehender Meßdiener war. »Wir haben noch etwas Zeit«, sagte er zu seinem Begleiter. »Ich will doch noch einmal in den Spiegel sehen.«

Peter lächelte über die Nervosität des Bräutigams, als Hurwood wieder zu dem Spiegel ging, den er auf ein Regal gestellt hatte. »Die Sünde der Eitelkeit«, murmelte Peter.

»Heute, glaube ich, kann ein Anflug von Eitelkeit entschuldigt werden«, erwiderte Hurwood und ordnete seine langen braunen Locken. Hurwood war ein gelehrter, Zurückgezogenheit liebender Mann, aber er war stolz auf sein Haar und trug entgegen der Mode niemals eine Perücke — stets erschien er »in seinem eigenen Haar« in Gesellschaft, und trotz seiner Jahre war noch keine graue Strähne darin.

»Ich sehe Margaret noch nicht«, bemerkte Peter, nachdem er einen der Türflügel ein wenig geöffnet und zum hinteren Teil der Kirche gespäht hatte. »Bestimmt hat sie es sich anders überlegt.«

Der bloße Gedanke krampfte Hurwood den Magen zusammen. »Um Gottes willen, Peter, sprich solch einen Gedanken nicht aus! Ich würde ... ich würde verrückt. Ich —«

»Bloß ein Scherz«, versicherte ihm Peter, aber hinter seinem jovialen Ton verbarg sich ein Anflug von Sorge. »Sei ganz ruhig, Ben, natürlich wird sie kommen. Hier, nimm noch einen Schluck Brandy — du bist der blasseste Bräutigam, den ich je gesehen habe.«

Hurwood nahm die angebotene Flasche und trank kräftig. »Danke — aber mehr nicht. Ich kann nicht betrunken vor den Altar treten.«

»Soll ich ihr ins Boot helfen?« fragte Peter und zog irgendwie einen Vorhang vor das Fenster, so daß sie bis auf das Licht einer Lampe, die Hurwood nicht bemerkt hatte, im Dunkeln standen. Die Luft war plötzlich frischer, und sie roch nach der See, und nach Marschland; Hurwood kam der flüchtige Gedanke in den Sinn, daß man diese Räume häufiger lüften sollte — hundert Jahre

Weihrauch und mottenzerfressene Wandbehänge und ausgetrocknete Gebetbucheinbände erzeugten einen muffigen Geruch.

»Ich glaube, du bist derjenige, der zuviel getrunken hat«, sagte Hurwood in gereiztem Ton. Er konnte sein Haar nicht mehr im Spiegel sehen. »Zieh den verdammten Vorhang zurück.«

»Dies ist keine Zeit für Visionen, Mr. Hurwood«, sagte jemand, vermutlich Peter. »Es ist Zeit, die Boote zu besteigen.«

Hurwood sah zu seinem Schrecken, daß die Lampe im Vorderzimmer irgendwie ein Feuer entzündet hatte — nein, drei Feuer! »Peter!« rief er aus. »Die Kirche brennt!« Er wandte sich zu seinem Trauzeugen, doch statt der schlanken, eleganten Gestalt Peters sah er einen unförmig fetten, noch jüngeren Mann in grotesken Kleidern. »Wer sind Sie?« fragte Hurwood sehr geängstigt, denn nun war er überzeugt, daß seiner Verlobten etwas zugestoßen sein mußte. »Ist Margaret wohlauf?«

»Sie ist *tot,* Mr. Hurwood«, sagte der fette Bursche in ungeduldigem Ton. »Darum sind Sie hier, erinnern Sie sich?«

»Tot!« Dann mußte er zu einem Trauergottesdienst in der Kirche sein, nicht zu einer Hochzeit — aber warum war der Sarg so klein, ein rechteckiger hölzerner Kasten, nicht länger als eineinhalb Fuß? Und warum roch er so erdig und schlecht?

Dann erwachte er aus seinem Wachtraum, und die Erinnerungen an das letzte Viertel eines Jahrhunderts fielen wie ein Erdrutsch auf ihn und ließen ihn schwach und weißhaarig zurück.

»Ja, tot«, wiederholte Leo Friend. »Und Sie werden sich in den nächsten Stunden vernünftig benehmen, und wenn ich Sie selbst beherrschen müßte«, fügte der Dicke hinzu.

»Beruhigen Sie sich, Leo«, sagte Hurwood, und es gelang ihm, ein wenig distanzierte Erheiterung in seine

Stimme zu legen. »Ja, in Gottes Namen, helfen Sie Elizabeth ins Boot.«

Hurwood schritt zuversichtlich den schwach geneigten Hang hinab zum Fluß, wo die Boote an Land gezogen waren, und der hölzerne Kasten, der zuvor aus der schützenden Kiste in Schwarzbarts Boot genommen worden war, nun geöffnet wurde — doch taumelte er ein bißchen, weil er alle paar Sekunden in einem zeremoniellen, langsamen Schritt durch den Mittelgang der Kirche ging, durch abwechselnde Flecken von Schatten und schräg einfallendem farbigen Licht, als er nacheinander die Säulen und die hohen buntverglasten Fenster passierte.

Die federnden spinnenhaft aussehenden Mangrovenwurzeln waren auf einem dreißig Schritte breiten Abschnitt des Flußufers abgehauen worden, und Männer standen knietief im schwarzen, vom Fackelschein glitzernden Wasser, fingen in Ölzeug gewickelte Bündel auf, die ihnen vom Ufer zugeworfen wurden, und legten sie in die Boote. Im Bug jedes der drei Boote war eine brennende Fackel aufgesteckt, und Hurwood sah, daß Davies und der Koch bereits in einem der Boote saßen. Davies hielt es an Ort und Stelle, indem er sich an einem Mangrovenstumpf festhielt, der einen Fuß aus dem Wasser ragte.

»... von diesem Tag an, bis daß der Tod euch scheidet?« fragte der Geistliche und lächelte gütig auf das ernste, vor ihm kniende Paar. Aus den Augenwinkeln sah Hurwood den Meßdiener, den er zuvor bemerkt hatte, abseits auf den Altarstufen knien und noch immer ängstlich aussehen ... nein, mehr verloren als ängstlich.

»Ja«, sagte Hurwood.

»Wie war das, Chef?« fragte der Pirat, der gerade das letzte Bündel aufgehoben und den Männern im Wasser zugeworfen hatte.

»Er sagt ›ja‹«, gackerte der Mann neben ihm.

Der erste Pirat zwinkerte seinem Gefährten zu. »Ich dachte mir schon, daß er wie der Typ aussah, aber ich war nicht sicher.«

»Haha.«

Hurwood zwinkerte umher, dann lächelte er. »Höchst amüsant. Ich werde daran denken, Ihnen ein paar Andenken vom Jungbrunnen mitzubringen.«

Das Grinsen verging den beiden. »War nicht unhöflich gemeint, Sir«, sagte einer von ihnen.

»Trotzdem, ich werde es nicht vergessen.« Hurwood sah über die Schulter. Leo Friend kam schwerfällig den Hang herab. »Wir fahren mit dem da«, sagte Hurwood den eingeschüchterten Piraten und wies auf eines der Boote. »Bitte ziehen Sie es näher und halten Sie es sehr fest, denn mein Begleiter ist schwer.«

Die Männer taten schweigend wie geheißen, und aus Furcht vor Hurwood zogen sie das Boot so weit auf den Strand, daß er hineinsteigen konnte, ohne seine Stiefel naß zu machen.

Ein paar Leute warfen Reis, obwohl Hurwood zuvor erklärt hatte, daß er davon nichts halte, aber er lächelte, als er neben seiner Braut in die Kutsche stieg, denn er war viel zu freudig und stolz, um sich von kleinen Verdrießlichkeiten die Stimmung verderben zu lassen.

Er lächelte breit. »Seid bedankt!« rief er den glotzenden Piraten und Leo Friend zu. »Wir werden Sie alle zum Abendessen einladen, wenn wir von der Hochzeitsreise zurückkommen!«

Shandy beugte sich über die Bordwand, fort von der Bootsfackel, um Hurwood besser zu sehen. Noch immer grinste und winkte der alte Mann zum Ufer hinüber, zur sprachlosen Verblüffung der Piraten und Beths, die von dem scheinbar schlafwandelnden Stede Bonnett zum Boot ihres Vaters geführt wurde. Wahrscheinlich, dachte Shandy, hatte sie doch recht damit, daß ihr Vater verrückt ist.

Während der letzten halben Stunde war der Mond von Wolken, die an seinem Antlitz vorübereilten, abwechselnd verdeckt und freigegeben worden, und nun begann warmer Regen zu fallen. Die Boote waren beladen, und die Passagiere hatten alle auf den Ruderbänken Platz gefunden — Schwarzbart und sein unheimlicher Ruderer im ersten Boot, Hurwood, Friend, Elizabeth und Bonnett im nächsten, und Shandy und Davies im dritten. Shandy war überrascht, daß Trauerkloß nicht mitkam; wußte der ungeschlachte *bocor* vielleicht etwas, was die Leute in den Booten nicht wußten?

Als die Boote vom Ufer abstießen und die Ruder in den Dollen knarrten und klapperten, und die brennenden Fackeln im Regen dampften, begannen alle Reisenden bis auf Beth Hurwood eine leise kontrapunktische Melodie zu summen, die den Zweck hatte, alles an Aufmerksamkeit anzuziehen, was Baron Samedi und Maître Carrefour bis zu dieser gottverlassenen nördlichen Küste entsenden mochten — aber nach wenigen Minuten hörte das Summen wieder auf, als ob sie alle es hier unpassend fänden.

Die Strömung war sehr träge, und es war leicht, den Fluß hinaufzurudern, und bald verlor sich der Lichtschein der drei Feuer am Strand hinter ihnen im schwarzen Labyrinth des nächtlichen Sumpfes. Shandy saß im Bug seines Bootes und beobachtete den zwischen den Mangrovendickichten und Schilffeldern sich windenden Wasserlauf, und von Zeit zu Zeit rief er Davies, der trotz seiner frisch geheilten Schulterverletzung darauf bestanden hatte zu rudern, mit gedämpfter Stimme Richtungsangaben zu. Moosbehangene Sumpfzypressen lösten sich ragend aus der Dunkelheit, einige wie mißgestaltete Menschen unter Kapuzen, andere wie Reste versunkener Ruinenstädte, Türme, von denen zerfetzte Fahnen hingen.

Schemenhafte dunkle Formen glitten von Schlammbänken, als sie vorüberfuhren, und es gab unerklärliches

Klatschen und Blubbern, aber Shandy sah nichts, was beseelt aussah, außer vielleicht die perlig schillernden Streifen, die ölig auf dem Wasser lagen und zugreifende Hände zu bilden schienen, und verzerrte Gesichter, die unhörbare Worte redeten, als die Bootskiele sie entzweischnitten und zu beiden Seiten fortstießen.

Schwarzbarts Boot fuhr voran, und in der stillen Kathedrale des Sumpfwaldes glaubte Shandy, ein intermittierendes Zischen vom seltsamen Bootsmann des Piratenkönigs zu hören. Die einzigen anderen Geräusche von den Booten waren Friends gemurmelte Richtungsangaben für Bonnett, der sich an den Rudern mühte, und bisweilen ein leises, einfältiges Glucksen von Hurwood. Beth kauerte in hoffnungslosem Schweigen neben ihrem Vater.

Als Shandy nach ungefähr einer Stunde langsamer Fahrt durch das wäßrige Labyrinth das leise Summen bemerkte, wurde ihm zugleich klar, daß er das Geräusch seit einiger Zeit vernahm, es aber bisher nicht vom gedämpften Plätschern und Tropfen der Ruder getrennt hatte. In seinen Ohren nahm es sich aus, als flüsterten Hunderte von Menschen nicht weit voraus ängstlich miteinander. Ungefähr zur gleichen Zeit nahm er den neuen Geruch wahr, der die starken Gerüche von verrottender Vegetation, schwarzem Sumpfwasser und Zypressenöl überdeckte, und sobald er ihn registriert hatte, wurde ihm klar, daß er ihn erwartet hatte. Er stieß den Atem scharf durch die Nase aus, dann räusperte er sich und spuckte ins Wasser.

»Ja«, murmelte Davies, dem der Geruch offenbar nicht besser gefiel, »riecht wie eine Kanone, die man zwischen den Schüssen nicht hat abkühlen lassen.«

Auch Hurwood schien den Geruch zu bemerken, denn er stellte sein Glucksen und Gurren ein und sagte: »Die Kräuter — tut sie jetzt in die Fackeln.«

Shandy wickelte das seinem Boot zugeteilte Bündel aus und warf das feuchte, faserige Zeug — dasselbe, dessentwegen Schwarzbart Charles Town terrorisiert hatte – eine Handvoll zur Zeit auf die glühende Oberfläche der Fackel. Rauch erhob sich, dünn zuerst, dann auf einmal in dicken Wolken, und Shandy nahm eilig den Kopf zurück und hustete und spuckte wieder, diesmal, um den stechenden, an Ammoniak erinnernden Gestank aus dem Kopf zu bekommen. Warum sich die Mühe machen, dachte er, es als Abwehrmittel gegen Geister zu verwenden? Dieses Zeug würde eine hölzerne Galionsfigur vom Bug eines Schiffes verjagen.

Er war gespannt, aber nicht ängstlich, obwohl ihm bewußt war, daß sein Zustand der relativen Kaltblütigkeit während der Kaperung der *Carmichael* ähnelte: beruhend auf Unkenntnis der Gefahr. Aber Schwarzbart war schon einmal hier gewesen, sagte er sich, und einigermaßen wohlbehalten wieder herausgekommen ... und natürlich war Schwarzbart einfach hineingestolpert, achtlos und ohne Vorsichtsmaßnahmen, angezogen von den magischen Erschütterungen der Quelle oder was immer es gewesen war, wie eine Motte vom Kerzenlicht, während wir einen Führer haben, der mit all diesem Zeug umzugehen weiß ...

Seine Zuversicht schwand jedoch ein wenig, als er sich erinnerte, daß Hurwood augenscheinlich den Verstand verloren hatte. Und warum hatte Schwarzbart ihm verboten, Pistolen mitzunehmen?

Der Flußlauf verengte sich, oder, genauer ausgedrückt, verzweigte sich in Dutzende von schmalen Kanälen, und bald wurde Rudern unmöglich, und die Ruder mußten als Stangen zum Vorwärtsstaken eingesetzt werden. Schwarzbarts Boot behielt die Führung, Hurwoods war das nächste, und Shandys das letzte. Als die von den Sumpfzypressen herabhängenden nassen Schlingpflanzen und wilden Orchideen sich immer näher an das orangefarbene Feuer der Fackeln drängten, begann Shandy sich zu fragen, ob dort draußen im Sumpfwald nicht etwas sei, was still in der Dunkelheit nicht allzuweit entfernt mit ihnen Schritt hielt — etwas Großes, obwohl es sich völlig gräuschlos durch das vom Mondschein gesprenkelte Dickicht der Lorbeerbäume, Mooreichen und Sumpfahorne bewegte. Er versuchte, seine Phantasien gewaltsam zu unterdrücken, doch machte das flüsternde Summen, lauter jetzt, es nicht einfach.

Er kniete auf einer der Ruderbänke und stieß sein Ruder in den schlammigen Grund, drückte es zurück und zog es wieder heraus, um es weiter vorn wieder einzusetzen, und spähte durch den schädlichen Dunst nach vorn, um zu sehen, welche Kanäle die vorderen Boote nahmen. Funken von der brennenden Fackel im Bug waren auf ihn gefallen, seit das Boot abgelegt hatte, und er hatte sie ohne besondere Achtsamkeit weggewischt, aber nun fühlte er in seiner Mitte zwei warme Stellen, doch als er hinsah, konnte er keine Funken oder Glut entdekken.

Er wischte an seinem Hemd und entdeckte, daß seine eiserne Gürtelschnalle unangenehm heiß war, ebenso sein in der Scheide steckendes Messer. Und nun, da er dies bemerkt hatte, wurde ihm auch eine Wärme auf dem Spann seiner Füße bewußt — genau dort, wo seine Schuhschnallen waren.

»Ah«, fing er an, sich zu Davies wendend, aber ehe ihm einfiel, was er sagen sollte, rief Hurwood von dem Boot voraus zu ihnen herüber.

»Eisen!« rief der alte Mann ihnen zu. »Anscheinend der alte Aberglaube — die Verbindung zwischen Eisen und Zauberei. Wahrscheinlich würde es klug sein, es abzulegen oder wegzuwerfen, soweit das möglich ist ...«

»Behaltet eure Waffen«, dröhnte Schwarzbarts Baß dazwischen. »Ich war schon mal hier — es wird nicht unerträglich heiß. Und schmeißt eure Gürtelschnallen nicht weg, wenn es bedeutet, daß euch die Hosen herunterfallen.«

Ein Schrei aus dem schwarzen Sumpfwald ließ Shandy zusammmenzucken, aber Davies, der auf das andere Ruder gestützt stand, lachte nur und sagte: »Kein Geist — das war einer von diesen braunen und weißen Vögeln, die Wasserschnecken fressen.«

Shandy holte sein Ruder ein und legte es über den Bug. So behutsam, als spalte er die Schale von einem kochend heißen Hummer, schnallte er den Gürtel auf, dann zog er sein Messer — konnte die Hitze sogar durch die Lederumwicklung des Griffes fühlen — und sägte das Schnallenende vom Gürtel ab. Es fiel klappernd von der Ruderbank, wo das Bilgenwasser über die Bodenbretter schwappte. Er steckte das heiße Messer wieder in die Scheide und nahm das Ruder auf.

Davies, der im Rhythmus des Stakens nicht innegehalten hatte, grinste spöttisch und schüttelte den Kopf. »Hoffentlich verlierst du die Hose nicht.«

Shandy stützte sich mit seinem ganzen Gewicht auf das Ruder und fragte sich, ob sie noch Wasser unter dem Kiel hatten oder das Boot durch Schlamm stakten. »Paß auf«, keuchte er, »daß deine nicht Feuer fängt!«

Die drei Boote schoben sich langsam durch das feuchtwarme Dickicht weiter, eingehüllt in den dunstigen Rauch der Fackeln. Um seine tränenden Augen vor dem blendenden Feuerschein zu schützen, aber auch, um nach verstohlen nahenden Ungeheuern Ausschau zu halten, lugte Shandy immer wieder nach rechts und links in das Gesträuch; und zuerst war er sehr erleichtert, als er erkannte, daß das ›Flüstern‹ aus klappenartigen Löchern in den runden Hülsen weißer, pilzähnlicher Gewächse drang, die sich in immer größerer Zahl entlang den schlammigen Ufern drängten. Auf der Suche nach Erklärungen für das Phänomen verstieg er sich zu der Vermutung, daß ihre Wurzeln mit Höhlen in Verbindung stünden, und daß Temperaturunterschiede Luftströme von dort emporsteigen ließen, die auf diese zugegebenermaßen absonderliche Art und Weise freigesetzt wurden, doch als die Boote weiter in das Sumpfgebiet eindrangen, wo die Pilzknollen größer wuchsen, sah er, daß über den Atemlöchern Beulen und Einbuchtungen waren, die bei längerer Betrachtung immer mehr wie Nasen und Augen aussahen.

Das Gefühl einer riesigen und aufmerksamen, aber schweigenden Einheit draußen in der Finsternis wurde zusehends bedrückender. Schließlich blickte Shandy furchtsam auf, und obwohl er das vom Mondlicht versilberte Geflecht ineinandergreifender Äste über sich sehen konnte, wußte er, daß etwas sich unsichtbar über sie niederbeugte, etwas, das hierher gehörte, das diese abstoßend fruchtbaren Sümpfe und Tümpel und Schlingpflanzen und Amphibien besaß — oder vielleicht zu einem guten Teil aus ihnen bestand.

Die anderen empfanden es offensichtlich auch. Friend erhob sich schwerfällig von der Ruderbank und löschte die Fackel seines Bootes beinahe aus, indem er eine doppelte Handvoll der schwarzen Kräuter darauf legte; die Flamme blakte matt, flackerte aber nach wenigen Sekunden wieder auf und entsandte eine dichte Wolke des stechenden Rauches aufwärts zu den Ästen, die den Wasserlauf überdachten.

Ein Schrei aus dem Himmel schüttelte Blüten von den Bäumen und erzeugte so enge und gleichmäßige Riffelungen im Wasser, daß die Boote auf einer trüben Riffelglasscheibe zu sitzen schienen. Das Geräusch verhallte im Sumpfwald, und dann folgte das Kreischen und Kakeln aufgeschreckter Vögel, und nachdem sie sich beruhigt hatten, blieb nur das Flüstern der Pilzknollen.

Shandy blickte zur nächsten Anhäufung der Knollen und sah, daß diese jetzt deutlich Gesichter trugen, und nach der Art und Weise, wie sie mit den Augenlidern zuckten, war er unglücklich überzeugt, daß er bald den Blicken von Augen begegnen würde, wenn er sie ansähe.

Davies fluchte in müder Monotonie vor sich hin.

»Erzähl mir nur nicht«, sagte Shandy in leidlich ruhigem Ton, »daß das auch einer von diesen braunen und weißen Vögeln war, die die gottverdammten Wasserschnecken fressen.«

Davies lachte kurz auf, antwortete aber nicht. Shandy konnte Beth leise weinen hören.

»Ach, meine liebe Margaret«, sagte der alte Benjamin Hurwood mit halb erstickter, aber deutlich hörbarer Stimme, »mögen diese Freudentränen die einzigen Tränen sein, die du je wieder vergießen mußt! Und nun verzeih bitte einem sentimentalen alten Oxford-Professor. An diesem unserem Hochzeitstag möchte ich dir ein Sonett vortragen, das ich gedichtet habe.« Er räusperte sich.

Die unsichtbare Gegenwart lag wie ein psychisches Gewicht in der dicken Luft, und auf Shandys Füßen wurde es unangenehm heiß, trotz des dicken Leders zwischen den Stiefelschnallen und seiner Haut.

»Margaret!« fing Benjamin Hurwood an, »dich zu besingen, ist die Muse eines Dante aufgerufen ...«

»Wir sind auf festem Grund«, kam Schwarzbarts Ruf von vorn. »Stakt nicht weiter. Von hier gehen wir zu Fuß.«

Gott, dachte Shandy. »Macht er Witze?« fragte er, nicht sehr hoffnungsvoll.

Statt zu antworten, legte Davies sein Ruder ins Boot, kletterte über das Heck und ließ sich in das schwarze Wasser hinab. Es war ungefähr hüfttief.

»... Geziemend ist's, nach diesem Tag der Freude laut zu singen«, deklamierte Hurwood.

Shandy blickte voraus. Schwarzbart hatte die Fackel seines Bootes aus der Klammer gezogen, und er und sein beunruhigender Bootsmann waren bereits im Wasser und wateten auf die nächste Uferbank zu. Schatten umtanzten sie, als sie im Fackelschein gingen, und neue Anhäufungen der Pilzknollen wurden sichtbar.

»Mr. Hurwood«, zischte Leo Friend und schüttelte den Einarmigen. »Mr. Hurwood! Wachen Sie auf, verdammt noch mal!«

»Als in der Mitte meines Lebens«, deklamierte Hurwood, »Gott ein Erbarmen mit mir hatte ...«

Shandy sah Beths Schultern zucken. Bonnett saß steif und bewegungslos wie eine Gliederpuppe auf der Ruderbank.

Schwarzbart und sein Bootsmann hatten das Wasser verlassen und über die Böschung das Ufer gewonnen. Ohne die zuckenden, flüsternden weißen Knollen zu ihren Füßen zu beachten, hielten sie sich mit beiden Händen an den herabhängenden Ranken, um sich zwischen glitschigem Schlamm und gekrümmten, schlüpfrigen Wurzeln auf den Beinen zu halten. »Wir brauchen ihn wach«, rief Schwarzbart dem fetten Arzt zu. »Ohrfeigen Sie ihn, aber richtig. Wenn das nicht hilft, tue ich es selbst.«

Friend lächelte nervös, holte mit der dicken Hand aus und schlug sie Hurwood klatschend ins albern lächelnde Gesicht.

Hurwood stieß einen Schrei aus, der beinahe ein Schluchzen war, dann blickte er zwinkernd umher, und schien seine wirkliche Umgebung wieder wahrzunehmen.

»Jetzt ist es nicht mehr weit«, sagte Schwarzbart geduldig, »aber wir lassen die Boote hier.«

Hurwood starrte fast eine Minute in das schwarze Wasser und zur Schlammbank. Zuletzt sagte er: »Wir werden das Mädchen tragen müssen.«

»Ich werde helfen, sie zu tragen«, rief Shandy.

Friend warf ihm einen giftigen Blick zu, aber Hurwood sah sich nicht einmal um. »Nein«, sagte der alte Mann, »Friend und Bonnett und ich können es tun.«

»Richtig«, sagte Schwarzbart. »Wir anderen werden zu tun haben, uns einen Pfad durch dieses Dickicht zu hauen.«

Shandy legte seufzend sein Ruder ins Boot. Er zog die Fackel rüttelnd aus ihrer Klammer, gab sie und das Bündel schwarzer Kräuter Davies und stieg aus dem Boot. Das relativ kühle Sumpfwasser drang in seine Stiefel und wirkte wohltuend auf seine heißen Füße.

12

Eine halbe Stunde lang platschte, stapfte und stolperte die zusammengewürfelte Gesellschaft durch ein Dikkicht nach dem anderen; Shandys messerschwingender Arm zitterte vor Erschöpfung, denn sein Messer war zum Durchhauen von Schlingpflanzen und Zweigen zu klein und wenig geeignet, aber er kämpfte sich verbissen weiter, stieg aus Sumpflöchern, in die er getappt war, und zwang sich, die schlechte Luft zu atmen, und war stets sorgfältig darauf bedacht, die Fackel, die er in der anderen Hand trug, nicht erlöschen zu lassen; und jedesmal, wenn die schwarzen Kräuter darin verbrannt waren, streute er welche nach.

Hurwood, Bonnett und Friend schwankten hinterdrein und machten alle paar Schritte halt, um neue Methoden zum Tragen ihrer Fackel, Hurwoods Kästen und Beths auszuprobieren, und zweimal hörte Shandy ein unglückliches mehrfaches Platschen, gefolgt von Beths erneuertem Schluchzen und einem Ausbruch fast unverständlich schriller Flüche von ihrem Vater.

Kurz nachdem die Gruppe die erste Schlammbank betreten hatte, begannen die Pilzköpfe zu niesen, und ein körniges Pulver wie Sporen oder Pollen paffte aus den Mundklappen; aber der dichte, tief hängende Rauch der Fackeln hielt diese pulvrigen Wolken nieder, als ob jede Fackel die Quelle eines starken Windes wäre, den nur das Pulver fühlen konnte.

»Das Einatmen dieses Staubes«, keuchte Hurwood einmal, als mehrere der Knollen gleichzeitig niesten, »brachte die Geister über Sie, Thatch.«

Schwarzbart lachte, als er mit einem Schlag seines Enterbeiles einen Schößling abhackte. »Wolken von Geistereiern, wie?«

Shandy blickte über die Schulter und sah Hurwoods

Miene gelehrter Unzufriedenheit. »Nun, ungefähr«, sagte der alte Mann und zog die Schultern ein, um die Beine seiner Tochter bequemer darauf zurechtzurücken.

Shandy wandte sich wieder seiner Arbeit zu. Er hatte sich von Anfang an bemüht, Schwarzbarts Bootsmann nicht zu nahe zu kommen, der sein Enterbeil mit starrer Miene so metronomisch schwang, daß er Shandy an eine der wasserbetriebenen Figuren im Park der Villa d'Este in Tivoli gemahnte, und die Folge davon war, daß Shandy die meiste Zeit zwischen Davies und Schwarzbart arbeitete.

Das Gefühl einer ungeheuren, unsichtbaren Gegenwart verstärkte sich wieder, und abermals hatte Shandy den Eindruck, dieses Etwas beuge sich aus dem Himmel über sie und funkele mit verständnisloser Entrüstung auf diese acht Eindringlinge herab.

Shandy stieß sein Messer in einen Stamm, öffnete das Ölzeugbündel und warf eine Handvoll von dem schwarzen Zeug auf die Fackel. Nach einem Augenblick stieg eine dicke Rauchwolke auf und blendete ihn fast, als er sein Messer wieder herauszog; doch als die Rauchwolke diesmal im Laubdach des Sumpfwaldes verschwand, erzitterte dieser von einem lauten Brüllen — einem Grollen, das den Boden unter den Stiefeln erzittern ließ und eindeutig Zorn ausdrückte, jedoch ebenso eindeutig aus keiner organischen Kehle drang.

Schwarzbart trat zurück und spähte argwöhnisch in das grüne Dickicht, das sie von allen Seiten bedrängte. »Als ich das erste Mal hier war«, murmelte er, zu Davies und Shandy gewandt, »sprach ich mit den Eingeborenen — hauptsächlich Creek-Indianern. Handelte ihnen ein Zaubermittel für offene Rede ab. Sie erwähnten ein Ding, das sie *Este Fasta* nannten, und sagten, daß es ›Person geben‹ bedeute. Hörte sich nach einer einheimischen Sorte von *loas* an. Ich frage mich, ob das unser Brüller eben war.«

»Aber er hat dich bei deinem ersten Besuch nicht behelligt«, sagte Davies.

»Nein«, stimmte Schwarzbart zu, »aber damals hatte ich das geistervertreibende Mittel nicht. Wahrscheinlich dachte er, er brauche nicht einzugreifen.«

Großartig, dachte Shandy. Er blickte in das Dickicht vor ihnen und bemerkte eine Sekunde vor den anderen, daß die Äste und Schlingpflanzen sich in der windstillen, stagnierenden Luft bewegten — wanden.

Dann wurde auch Schwarzbart darauf aufmerksam, und als die Pflanzen die ungefähre Form einer Riesenhand annahmen und nach ihnen griffen, ließ der Piratenkönig seine Fackel fallen, sprang vorwärts und schlug das Gebilde mit zwei Hieben seines Enterbeiles in Stücke.

»Nur zu, du Teufel!« brüllte Schwarzbart, schrecklich anzusehen mit den gebleckten Zähnen und dem Weiß in seinen verrückten Augen, das im Glimmen der schwelenden, in seine Mähne geflochtenen Lunten schimmerte. »Nur her mit deinen Büschen!« Ohne eine Reaktion des fremden *loas* abzuwarten, stampfte er weiter in den Sumpfwald und schwang sein Enterbeil. »Coo yah, du Nichts von einer Patty-Eule!« brüllte er, in die Mundart seines jamaikanischen Bergstamms zurückfallend. »Es braucht mehr als einen deggeh bungo duppy, um einen tallowah *hunsi kanzo* zu verscheuchen!«

Shandy konnte Schwarzbart kaum noch ausmachen, sah jedoch die Schlingpflanzen springen und hörte die Schläge des Enterbeiles und das Rauschen der abgeschlagenen Zweige, die in alle Richtungen flogen. Geduckt und das Messer in der Hand, hatte Shandy einen Augenblick Zeit, zu überlegen, ob dieses berserkerhafte Wüten die einzige Art und Weise war, wie Schwarzbart seiner Angst Luft machte — und dann kam der hünenhafte Pirat aus dem Dickicht zurück, und einige seiner glimmenden Lunten waren erloschen, seine Wut aber so schrecklich wie zuvor. Schwarzbart riß Shandy das Bündel Ölzeug aus der Rocktasche, riß es mit den Zähnen auf und warf es in den Schlamm.

»Hier!« schrie er in den Wald, packte Shandys Fackel und stieß ihr flammendes Ende in die verschütteten Kräuter. »Ich brandmarke dich zu meinem Sklaven!«

Eine Dampfwolke stieg auf, die nach verbranntem schwarzem Schlamm ebenso wie nach brennenden Kräutern stank, und ein Schrei unmenschlichen Schmerzes und Zornes erschütterte die Luft über ihnen, riß Blätter von den Bäumen und stieß Shandy zu Boden.

Als er sich im nassen Schlamm wälzte, um wieder aufzuspringen und nach Luft zu schnappen, sah Shandy undeutlich Schwarzbarts Silhouette, wie er den zottigen Kopf in den Nacken legte und ein ohrenbetäubendes, rauhes Heulen ausstieß. Es war ein schreckliches Geräusch, wie der Kampfruf eines gargantuesken Reptils; Shandy fühlte mehr Verwandtschaft mit den Wölfen, deren Geheul er in seiner Jugend bisweilen aus weiter Ferne über die Eisfelder des Nordens gehört hatte.

Die drei Männer, die Beth trugen, waren stehengeblieben; Shandy stand geduckt schräg hinter Schwarzbart, und Davies, ausdruckslos aber sichtlich bleich im Schein der Fackeln, stand mit gezogenem Säbel auf der anderen Seite.

Ein jäher Windstoß blies das Echo von Schwarzbarts Geheul fort, und diesmal war das Gewisper der Pilzköpfe das einzige Geräusch, das noch zu hören war — alle Vögel in der Umgebung waren verstummt.

Auf einmal merkte Shandy, daß die Pilzköpfe ihre Augen geöffnet hatten und sprachen, in menschlichen Sprachen; der nächste bei ihm beklagte sich auf Französisch, wie grausam es sei, daß eine alte Frau von ihren Kindern vernachlässigt werde, und einer in Davies' Nähe hielt in einem schottischen Dialekt eine Ansprache, wie sie ein Vater seinem Sohn mitgibt, der im Begriff ist, in die Großstadt zu reisen. Shandy starrte voll Staunen, als er hörte, wie der Pilzkopf davor warnte, irgendwelche Meinungen über Religion oder den jüngsten Königsmord zu äußern. Königsmord? dachte Shandy; hat jemand während dieses letzten Monats König Georg umgebracht ... oder spricht dieses Ding über die Ermordung James I. vor einem Jahrhundert?

Schwarzbart ließ langsam den Kopf sinken und funkelte einen mit Beeren bedeckten Lorbeerbusch vor ihm an. Ein ausholender Schlag mit dem Enterbeil machte eine aromatische Ruine aus dem Strauch, und jenseits davon zeigte sich statt weiterer Vegetation Dunkelheit und ein schwaches Glimmen, wie von einer hell beleuchteten Stadt jenseits des Horizonts. Eine kühlere Brise wehte von dort.

Schwarzbart fluchte wieder, dann trat er durch die Lücke, und einen Augenblick später folgte ihm sein Bootsmann. Shandy und Davies wechselten einen Blick, zuckten die Achseln und gingen den beiden nach.

Der Sumpfwald öffnete sich auf eine ebene Fläche, die sich unter dem unverhüllten Mond ausbreitete, und ein paar hundert Schritte voraus war etwas wie ein kniehoher Wall, der einen kreisförmigen Teich umgab. Sein Durchmesser mußte den des römischen Kolosseums übertreffen. Draußen über der Mitte des Teiches hing eine große Lichterscheinung, deren schimmernde Substanz langsam aufstieg und herabsank. Shandy starrte in die feierlich wallenden Vorhänge und erkannte mit einem flauen Gefühl im Magen, daß er keine Ahnung hatte, wie weit sie entfernt waren; einen Augenblick lang schienen sie farbige Glasschmetterlinge zu sein, die in einer Armeslänge Entfernung im Licht von Hurwoods Fackel schimmerten, aber im nächsten Augenblick waren sie ein astronomisches Phänomen, das weit jenseits der Domäne der Sonne und ihrer Planeten stattfand. Auch der Teich war, wie Shandy jetzt bemerkte, wie eine optische Täuschung — er zwinkerte und spähte, mußte schließlich aber zugeben, daß er nicht die leiseste Vorstellung hatte, wie hoch der umgebende Wall war. Weitab zur Rechten und Linken erhoben sich zierliche Brücken von dem Wall und führten in hohen Bogen zur Mitte des Teiches, gerieten aber vorher außer Sicht.

Die Schnallen an Shandys Schuhen waren jetzt sehr heiß. Er verbrannte sich die Hand, als er das Messer zog, aber es gelang ihm, sich zuerst auf ein Knie und dann auf das andere niederzulassen und die Schnallen abzuschneiden. Er richtete sich wieder auf und versuchte zu ignorieren, wie die lederne Scheide rauchte, als er das Messer wieder einsteckte, und überlegte, wann er anfangen würde, die Nägel zu spüren, die seine Stiefelsohlen hielten. Es war ein Segen, daß Schwarzbart Pistolen verboten hatte.

»Viel weiter als bis hier kam ich nicht«, sagte Schwarzbart mit halblauter Stimme. Er wandte sich zu Davies und grinste. »Geh zu — geh zum Rand des Bekkens!«

Davies schluckte, dann tat er einen Schritt vorwärts.

»Halt!« rief Hurwood hinter ihnen. Er, Friend und Bonnett waren gerade durch die Lücke gewankt und hatten Beth mehr oder weniger sanft zu Boden gelassen, als sie im dunklen Sand gestolpert und gefallen waren. Hurwood richtete sich als erster auf. »Scheinbare Richtungen taugen hier nicht. Man könnte in einer geraden Linie gehen, bis man verschmachtet, ohne dem Brunnen näherzukommen. Er würde wahrscheinlich den Anschein erwecken, kreisförmig auszuweichen, je mehr man sich ihm zu nähern glaubt.«

Schwarzbart lachte. »Ich hätte ihn nicht so weit gehen lassen, daß wir ihn nicht zurückholen könnten. Aber Sie haben recht, so sah es aus. Ich ging zwei Tage lang darauf zu, bevor ich mir eingestehen mußte, daß ich von hier nicht herankommen konnte, und dann brauchte ich drei weitere Tage, um zu der Stelle zurückzugehen, wo wir stehen.«

Hurwood stand auf und klopfte seine Kleider aus. »Tage?« fragte er.

Schwarzbart sah ihn scharf an. »Nun, nein, wenn ich es recht bedenke. Die Sonne ging auf, kam aber nie weit über den Punkt hinaus, den wir Dämmerung nennen würden, bevor sie wieder unterging. Die Morgendämmerung wurde so zur Abenddämmerung, ohne einen rechten Tag dazwischen.«

Hurwood nickte. »Wir sind in Wirklichkeit jetzt nicht in Florida — oder nicht mehr in Florida als an jedem anderen Ort. Haben Sie Pythagoras studiert?«

Davies und Schwarzbart gaben beide zu, daß sie nicht hatten.

»Die seiner Philosophie innewohnenden Widersprüche sind hier keine Widersprüche. Ich weiß nicht, ob die Umstände hier die allgemeinen sind, oder ob ein besonderer Fall vorliegt — aber hier ist die Quadratwurzel von zwei nicht eine irrationale Zahl.«

»Unendlichkeit — *apeiron* — wie sie hier existiert, hätte Aristoteles nicht beleidigt«, fügte Leo Friend hinzu, der ausnahmsweise einmal Beth Hurwood vergessen zu haben schien.

»Das ist gute Nachricht«, sagte Schwarzbart, »aber kann ich hier meine Geister loswerden?«

»Ja«, sagte Hurwood. »Wir müssen Sie nur zum Brunnen bringen.«

Schwarzbart winkte in die Richtung. »Gehen Sie voraus!«

»Das werde ich tun.« Hurwood hielt die Bündel, die er mitgebracht hatte, in die Höhe, dann legte er sie sorgsam auf den Sand.

Während er und Friend niederknieten, die Bündel aufzuschnüren, schob Shandy sich an Beths Seite. »Wie geht es dir?« war alles, was ihm einfiel.

»Gut, danke«, sagte sie mechanisch. Ihre Augen blickten unkonzentriert, und sie atmete kurz und sehr schnell.

»Halt aus!« flüsterte Shandy, zornig über seine eigene Hilflosigkeit. »Sobald wir zum Strand zurückkommen, werde ich dich herausbringen, das schwöre ich ...«

Ihre Knie gaben nach, und sie fiel; er konnte sie noch auffangen, bevor sie in den Sand schlug, und als er sah, daß sie ohnmächtig geworden war, legte er sie behutsam auf den Rücken. Dann war Friend zur Stelle, stieß ihn weg, fühlte ihr den Puls und zog ein Augenlid hoch, um in die Pupille zu sehen.

Shandy stand auf und sah zu Hurwood, der mit Hilfe der Fackel eine Laterne anzündete, die in einem der Bündel gewesen war. »Wie können Sie Ihrer eigenen Tochter das antun?« fragte Shandy ihn, heiser vor Erregung. »Sie verdammter Narr, ich hoffe, Ihre Margaret kommt gerade lange genug zurück, um Sie zu verfluchen, und fällt dann zu einem Haufen Dreck zusammen, so schmutzig wie Ihre verdammte Seele.«

Hurwood blickte ohne Neugier auf und wandte sich wieder seiner Arbeit zu. Er hatte den Docht der Laterne entzündet und setzte nun die Haube darauf. Die Haube war aus Metall und mit einem Tragering versehen und trug an den Seiten eingeschnittene Schlitze, die anscheinend wahllos verteilt waren und Lichtstreifen auf den dunklen Sand warfen.

Shandy trat einen Schritt auf den alten Mann zu, aber auf einmal stand Schwarzbart vor ihm. »Später, Freundchen«, sagte der Pirat. »Er und ich arbeiten jetzt zusammen, und wenn du versuchst, meine Pläne zu durchkreuzen, wirst du im Sand sitzen und versuchen, dir die Gedärme in den Bauch zurückzustopfen, ehe du weißt, wie dir geschehen ist.« Er wandte sich zu Hurwood. »Alles fertig?«

»Ja.« Hurwood stieß die noch brennende Fackel aufrecht in den Sand und stand mit der Laterne auf. Der Holzkasten, den er mitgebracht hatte, hing jetzt wie ein Fischkorb an seinem Gürtel. »Ist sie in Ordnung?« fragte er Friend.

»Fein«, sagte der Dicke. »Sie wurde bloß ohnmächtig.«

»Tragt sie.«

Hurwood nahm die Laterne in die einzige Hand und betrachtete die Muster der Lichtstreifen, die sie auf den Sand warf. Nach kurzem Studium nickte er und setzte sich in Bewegung, in eine Richtung, die etwas an dem Brunnen vorbeiführte.

Da niemand Anstalten machte, ihm zu helfen, schob Friend die erschlaffte Gestalt der Bewußtlosen über seine Schultern und brachte es fertig, mit ihr aufzustehen, obwohl sein Gesicht vor Anstrengung dunkel wurde. Er stampfte mit pfeifendem Atem Hurwood nach, und der Rest der Gruppe folgte. Bonnett und der seltsame Bootsmann bildeten den Schluß.

Es war keine gleichmäßige, zielgerichtete Wanderung. Hurwood blieb häufig stehen, um die Lichtstreifen zu untersuchen und mit Friend über mathematische Spitzfindigkeiten zu streiten, und einmal hörte Shandy, wie Friend auf einen Irrtum in einer von Hurwoods »Schwarzen Newton-Gleichungen« aufmerksam machte. Mehrmals gab es scharfe Richtungsänderungen, und längere Zeit wanderten sie alle in einem Quadrat herum und herum; aber Shandy hatte bemerkt, daß der Mond, ganz gleich, wie ihre scheinbare Richtung war, niemals seine Stellung über seiner linken Schulter veränderte, und ihn fröstelte, und er war nicht in Versuchung, ironische Bemerkungen zu machen.

Die Fackel, die Hurwood in den Sand gepflanzt hatte, war ebenso oft voraus oder auf einer Seite wie hinter ihnen sichtbar, doch jedesmal, wenn Shandy hinsah, war sie weiter entfernt. Das Brunnenbecken selbst war so schwierig zu fixieren, daß er keine Veränderung in der Entfernung wahrnehmen konnte, aber er bemerkte, daß die beiden brückenartigen Gebilde näher zusammengerückt waren.

Dann bemerkte er die Mengen. Zuerst dachte er, es sei

Bodennebel, oder eine Wasserfläche, aber als er angestrengt die unebenen grauen Linien am Horizont beobachtete, sah er, daß sie aus Tausenden von Gestalten bestanden, die lautlos hin und her liefen und die emporgereckten Arme schwenkten, daß es aussah wie ein im nächtlichen Wind wogendes Kornfeld.

»Ich hätte nie geglaubt«, sagte Hurwood leise, als er in seinen Berechnungen innehielt, um die entfernten Menschenmassen zu betrachten, »daß der Tod so viele vernichtet hat.«

Das Inferno, dachte Shandy — dritter Gesang, wenn ich nicht irre. Und wen kümmert es, in diesem Augenblick?

Die Brücken waren jetzt sehr nahe beisammen, und in einer Richtung, die Osten gewesen sein mochte, hellte sich der Himmel auf. Hurwoods Lichtstreifen waren jetzt weniger deutlich sichtbar auf dem Sand, der im schwachen Tageslicht eine rostrote Tönung annahm, und Hurwood und Friend arbeiteten rascher. Die über der Mitte des Brunnenbeckens steigenden und fallenden Gebilde verloren ihre Farbe und wurden grau und glichen jetzt eher Gischtwolken als Feuererscheinungen. Mit Tagesanbruch schien die vollkommene Stille noch unheimlicher zu werden — es gab weder Vogelrufe noch Insektengezirpe, und weder die unruhigen Mengen noch die Fontäne machten ein hörbares Geräusch. Die Luft war merklich abgekühlt, seit sie den Sumpfwald hinter sich gelassen hatten, aber seine Füße wurden gewärmt von den eisernen Nägeln in den Stiefelsohlen, und es war leicht, die Hände zu wärmen, indem er sie in die Nähe seiner rauchenden Messerscheide hielt.

Er hatte sich nach dem fernen Lichtpunkt umgesehen, der die Fackel war, und so rempelte er Hurwood an, als die Gruppe hielt.

Es gab jetzt nur noch eine Brücke, und sie waren unmittelbar vor ihr. Sie war ungefähr sechs Fuß breit und mit breiten, flachen Steinen gepflastert, und steinerne

Brüstungen erhoben sich zu beiden Seiten bis in Schulterhöhe. Obwohl die Brücken, von Ferne gesehen, sich steil emporgewölbt hatten, sah sie nun, als Shandy vor ihr stand, beinahe eben aus und stieg nur sehr allmählich an, als sie sich in der Ferne perspektivisch verjüngte und zwischen den wogenden Gischtwolken der Fontäne verlor. Trotz ihrer ungewöhnlichen Umgebung dachte Shandy, daß er die Brücke schon einmal gesehen habe.

»Nach Ihnen«, sagte Hurwood zu Schwarzbart.

Der riesenhafte Pirat, dessen Gürtel und Stiefel rauchten und glommen wie die Lunten in seiner Mähne, betrat die Brücke ...

... und schien zu explodieren. Undeutliches graues Geflatter eruptierte aus seinem Mund, der Nase und den Ohren und schoß in alle Richtungen davon, und seine Kleider sprangen und schüttelten sich an seiner mächtigen Gestalt wie Wellen in kabbeliger See. Seine Hände wurden vor ihm hochgerissen, als die grauen Dinger aus seinen Ärmeln schossen, aber inmitten dieses wilden Geschehens brüllte Schwarzbart auf und wandte sich um.

»Bleiben Sie dort!« rief Hurwood. »Nicht von der Brücke treten! Es sind Ihre Geister, die Sie verlassen!«

Der Exodus der Geister ließ nach, aber Schwarzbart hörte nicht auf, herumzuspringen. Sein Gürtel und seine Schuhe brannten, und er umfaßte den schwelenden Griff seines Enterbeiles, zog die rotglühende Klinge und berührte mit ihr den Gürtel, der sofort durchbrannte. Dann warf er das Enterbeil hinaus auf den Sand und zerrte mit zischenden Fingern an der Gürtelschnalle, zog die Lederstücke aus den Schlaufen und warf alles dem Enterbeil nach. Dann setzte er sich nieder, zog die Stiefel aus, stand wieder auf und grinste Hurwood zu.

»Laßt alles Eisen fahren!« sagte er.

Die ihr hier eintretet, dachte Shandy.

»Sie können herunterkommen und hier mit den anderen auf Leo und mich warten«, sagte Hurwood. »Ihre

Geister sind fort, und wir haben noch viel von den schwarzen Kräutern — wenn wir zu den anderen zwei Fackeln zurückkommen und auch sie anzünden, wird keine Gefahr bestehen, daß wir auf dem Weg durch den Sumpfwald wieder befallen werden. Unser Handel ist abgeschlossen, und Leo und ich werden bald zurück sein, um Sie alle dorthin zu führen, wo diese Region mit der Welt, die Sie kennen, zusammenhängt.«

Shandy seufzte erleichtert und sah sich nach einem Flecken um, wo er sich niedersetzen könnte, als er bemerkte, daß Friend keine Anstalten gemacht hatte, Beth Hurwood zu Boden zu lassen.

»W-wer«, stammelte Shandy, »geht hinüber, und wer bleibt hier?«

»Leo, das Mädchen und ich gehen hinüber«, sagte Hurwood in ungeduldigem Ton. Er stellte seine Laterne auf den Sand, zog den Gürtel aus den Schlaufen seiner Beinkleider und entledigte sich der Schuhe. Dann kniete er in einer grotesken, unbewußten Parodie von Intimität vor Friend nieder und öffnete einhändig das verzierte Gürtelschloß am Bauch des fetten Mannes. Friends schlammverklebte Schuhe enthielten augenscheinlich kein Eisen.

»Ich gehe auch hinüber«, verkündete Schwarzbart, ohne von der Brücke herabzusteigen. »Ich habe mich vor zwei Jahren nicht hierher durchgekämpft, bloß um einen Pelzvoll Geister mitzunehmen.« Er blickte an Hurwood vorbei, und einen Augenblick später traten Stede Bonnett und der Bootsmann näher. Bonnett öffnete seinen Gürtel und stieß die Stiefel von seinen Füßen, aber die Kleider des Bootsmannes waren zugenäht, und er ging barfuß. »Sie kommen auch mit!«

Davies' Gesicht war erkennbar faltiger und hohlwangiger geworden, seit sie die Feuer am Meeresstrand verlassen hatten, aber es war ein Ausdruck von Humor in seinen Augen, als er sich bückte, die Stiefel auszuziehen.

Nein, dachte Shandy beinahe ruhig. Es kann von mir nicht erwartet werden. Ich bin bereits auf dem Gehsteig außerhalb der Wirklichkeit — ich denke nicht daran, weiter hinaus auf die Straße zu gehen. Keiner von diesen wird jemals zurückkommen, und ich werde mich mit Hurwoods magischer Laterne befassen müssen, um den Rückweg zum verdammten Sumpfwald zu finden. Warum bin ich überhaupt mitgekommen? Warum habe ich jemals England verlassen?

Er war durchaus zuversichtlich, einen Ausweg zu finden ... und sein Gesicht errötete, als er begriff, daß es ein aus früher Kindheit herübergeretteter Grundsatz war — die Überzeugung, daß ihn jemand heimbringen würde, wenn er laut und lange genug weinte.

Welches Recht hatten diese Leute, ihn in solch eine demütigende Lage zu bringen?

Er blickte zu der über Friends Schultern gelegten Beth Hurwood. Sie war noch ohnmächtig, und ihr Gesicht, wenngleich es ihm herzzerreißend schön erschien, war von den Schrecken der vergangenen Stunden und Tage erschöpft und schmal — unerträglich mißbrauchte Unschuld. Würde es nicht menschenfreundlicher sein, sie jetzt sterben zu lassen, ohnmächtig und noch nicht zerstört?

Noch im Zweifel, fing er Leo Friends Blick auf. Friend lächelte ihn mit zuversichtlicher Geringschätzung an und festigte den Griff seiner feisten Hand an Beths Schenkel.

Im gleichen Augenblick begann Hurwood leise vor sich hin zu summen und ließ sich auf seine Hand und die Knie nieder. Er murmelte mit undeutlicher Stimme Zärtlichkeiten, dann legte er sich flach auf den Sand. Noch immer murmelnd, begann er, sich dort in einem schwerfälligen Rhythmus wie ein ermatteter Fisch auf dem Trockenen zu bewegen.

Leo Friend errötete zornig und nahm die Hand von Beths Bein. »Mr. Hurwood!« schrie er.

Hurwood gluckste fröhlich, ohne in seiner Beschäftigung einzuhalten.

»Er scheint nach einer Weile aus diesen Anfällen zu erwachen«, meinte Schwarzbart. »Wir warten diesen ab und gehen dann los!«

Shandy fragte sich, ob sie alle verrückt geworden waren. Hurwood war die einzige Chance, und eine verdammt geringe noch dazu, daß es einem von ihnen gelingen würde, diese Brücke alleine in beiden Richtungen zu überqueren, und nun gebärdete er sich verrückter als der alte Gouverneur Sawney. Er sah keine Möglichkeit, ein weiteres Vorgehen zu überleben und hatte kein Verlangen, seinen ewigen Platz unter den stummen grauen Legionen an diesem unnatürlichen Horizont einzunehmen. Er beschloß an Ort und Stelle zu warten, bis es dunkel würde, und wenn diese Narren bis dahin nicht zurückkämen, wollte er irgendwie von Hurwoods Laterne Gebrauch machen, um zu der Fackel, dem Sumpfwald und den Booten am Strand zurückzukehren. Vielleicht würde er diese Feigheit später bereuen, aber wenigstens würde er in der Sonne liegen und sich einen Schluck aus der Flasche genehmigen können, während er sie bedauerte ...

Er trat von der Brücke zurück und setzte sich. Er hatte sich bemüht, niemanden anzusehen, doch als er sich nach Hurwoods Laterne umsah, begegneten seine Augen Davies' Blick.

Der hagere alte Seeräuber grinste ihn an, augenscheinlich erfreut.

Shandy grinste erleichtert zurück, froh, daß Davies verstand ... und dann wurde ihm klar, daß Davies dachte, er habe sich gesetzt, um die Stiefel auszuziehen.

Und auf einmal wußte er mit unglücklicher Gewißheit, daß er es nicht einfach aussitzen konnte. Das wäre dumm, so dumm wie sein Vater, der in einer finsteren Gasse in Nantes ein Schnitzmesser gegen eine Bande von ausgekochten Strolchen gezogen hatte, oder wie

Kapitän Chaworth, der sich auf den mit einer Pistole bewaffneten Piratenhäuptling gestürzt hatte; aber irgendwie, und vielleicht wie sie, war er jedes möglichen Auswegs beraubt. Er zog die Stiefel aus und stand wieder auf.

Als Friend seinen Blick von der lächerlich zuckenden Gestalt Benjamin Hurwoods wandte, lagen Shandys Stiefel und Messer im Sand, und Shandy stand vor ihm.

»Was ist los?« fragte Shandy den fetten Arzt. Seine Stimme bebte nur wenig. »Können Sie erst mit einem Mädchen vertraut werden, wenn es ohnmächtig ist?«

Friends Gesicht wurde noch röter. »W-ww-werd-d-den Sie n-n-nicht ...«

»Ich glaube, er will sagen: ›Werden Sie nicht frech‹, Jack«, sagte Davies.

»Ist das so?« fragte Shandy, Wildheit in der Stimme. »Ich dachte, es sollte heißen: ›Ja, denn nur dann muß sie bei meinem Anblick nicht erbrechen.‹«

Friend quakte und stotterte wie ein kleiner Junge; es war unheimlich. Dann sprang ihm Blut aus der Nase, und hellrote Tropfen befleckten die Rüschen seines Seidenhemdes und machten zerfließende, kreuzförmige Muster hinein. Seine Knie begannen zu zittern, und einen Augenblick lang dachte Shandy, der Arzt werde selber in Ohnmacht fallen oder gar sterben.

Dann richtete Friend sich mit einem Ruck auf, holte tief Atem und betrat, ohne Shandy eines weiteren Blikkes zu würdigen, mit seiner Last die Brücke.

Endlich wälzte Hurwood sich herum und lächelte ein paar Augenblicke zum Himmel auf, dann zuckte er, blickte umher, verzog das Gesicht und kam auf die Beine. Er ging zur Brücke. »Friend und ich werden vorausgehen«, war alles, was er sagte.

Shandy und Davies folgten ihm auf die Pflastersteine der Brücke, dann traten Bonnett und der Bootsmann vom Sand auf die Brückenoberfläche.

Der Bootsmann brach augenblicklich in einem Haufen

loser Kleider zusammen. Shandy schaute genauer hin und sah, daß die Kleidung alles war, was auf den Steinplatten lag — es gab keinen Körper.

Hurwood bemerkte das Phänomen und hob die Brauen. »Ihr Diener war ein toter Mann?«

»Nun ... ja«, sagte Schwarzbart.

»Ah.« Hurwood zuckte die Achseln. »Zu erwarten, nicht? Staub zu Staub, wissen Sie.« Er kehrte ihnen den Rücken zu und ging voran.

13

Geraume Zeit gingen sie, ohne zu sprechen — die Tritte ihrer bloßen Füße waren die einzigen Geräusche. Um sich abzulenken und zugleich seine Neugierde zu befriedigen, begann Shandy die Schritte zu zählen; und er hatte mehr als zweitausend gezählt, als das Licht wieder zu verblassen begann. Er hatte keine Vorstellung, wie lange die Dämmerungsperiode gedauert hatte.

Sie schienen jetzt durch alternierende Stellen von Licht und Schatten zu gehen, und einmal glaubte Shandy, den Duft von Weihrauch zu riechen. Hurwood ging langsamer, und Shandy wandte ihm seine Aufmerksamkeit zu.

Sie gingen alle durch den Mittelgang einer Kirche. Hurwood war in einen langen Überrock oder Mantel gekleidet, der an ein Ornat erinnerte, und sein Haar war braun und lang und sorgfältig gelockt, aber die übrigen Teilnehmer an der Prozession waren noch in die schlammverklebten, zerrissenen, versengten Sachen gekleidet, die sie im Sumpfwald getragen hatten. Hurwood hatte eine Hand an dem hölzernen Kasten, der an seinem Gürtel befestigt war, und seine andere Hand schwang im Gehen vor und zurück …

Er hat den anderen Arm zurückgewonnen, dachte Shandy mit einem traumähnlichen Fehlen von Überraschung.

Er blickte nach vorn zum Altar. Ein Geistlicher lächelte der kaum vertrauenerweckenden Gesellschaft entgegen, aber abseits kniete ein Meßdiener auf den Altarstufen, der sie mit weit größerem Schrecken anstarrte, als selbst ihr verwahrlostes Aussehen zu rechtfertigen schien. Nervös geworden, blickte Shandy hinter sich …

… Und sah nur die Brücke und Ebene weit jenseits davon, unter den tiefen Schatten später Dämmerung. Er wandte sich wieder der Kirchenszene zu, doch verblaßte sie bereits. Wieder wehte ihn Weihrauchduft an, und dann war die Brücke einfach wieder die Brücke.

Er fragte sich, was die Halluzination zu bedeuten hatte. Ein Blick in Hurwoods Gedächtnis, eine seiner Erinnerungen? Hatten Davies und Schwarzbart es auch gesehen, oder war nur er Zeuge geworden, weil er zufällig Hurwood angesehen hatte, als dieser das Bild projiziert hatte?

Auf den Pflastersteinen vor ihnen waren Blutspuren, und als Shandy sie erreichte, bemerkte er, daß die Tropfen und Schmierer und Handabdrücke von zwei blutenden, auf allen vieren kriechenden Menschen herrühren mußten. Er blieb einen Moment lang stehen, um niederzukauern und einen großen Tropfen mit ausgefransten Rändern zu berühren — das Blut war noch naß. Aus einem ihm unverständlichen Grund brachte diese Entdekkung ihn aus der Fassung, obwohl er zugeben mußte, daß es sicherlich eine geringere Unerfreulichkeit war, verglichen mit den meisten der anderen jüngsten Ereignisse. Vor ihnen waren keine Gestalten sichtbar, weder gehend noch kriechend, aber Shandy spähte immer wieder voraus, beinahe angstvoll.

Die Luft hier war von Anfang an nicht sonderlich frisch gewesen, aber nun war sie stickig und abgestanden — Shandy roch gekochtes Gemüse und zu lange benutztes Bettzeug. Er blickte von einem seiner Gefährten zum anderen; und als er Friend ansah, bildete sich um den fetten Arzt eine Szene und nahm klare Umrisse an. Der fette Mann war jünger, nicht mehr als ein Junge, und obwohl er mit Shandy und den anderen Schritt hielt, lag er in einem Bett. Shandy folgte dem Blick des Jungen aufwärts und sah mit einigem Erschrecken die vagen weiblichen Gestalten in durchscheinenden Gewändern, die sich langsam über ihm bewegten. Es war eine naiv übertriebene Erotik an den Gestalten, wie die primitiven Bilder von nackten Frauen, die ein Junge an eine Wand malen mochte ... aber warum hatten sie alle graues Haar?

Die Szene löste sich in Weiß auf, und wieder war die Brücke unter ihm, die schulterhohen Brüstungen zu beiden Seiten. Shandys Fuß glitt auf etwas aus, das sich wie ein Kiesel anfühlte — gleichwohl wußte er, daß es ein Zahn war, und das Wissen verstärkte sein Unbehagen.

Dann war tiefer Sand unter ihren Füßen, und Davies' Gesicht war von Feuerschein erhellt. Sein Gesicht war voller, das Haar dunkler, und er trug die verschlissenen zerfetzten Reste einer Seeoffiziersuniform der Royal Navy. Shandy schaute umher und sah, daß sie am Strand von New Providence dahingingen; jenseits der Hafenbucht zu ihrer Rechten war im Sternenlicht undeutlich der niedere schwarze Umriß der Schweinsinsel sichtbar, und die Kochfeuer der Seeräuber sprenkelten den Sandstrand zur Linken — aber es waren weniger Feuer, und weniger Fahrzeuge lagen in der Hafenbucht, und ein paar große Wrackteile havarierter Schiffe, die Shandy halb versunken im Sand hatte liegen sehen, waren hier nicht zu entdecken. Shandy konnte das Gespräch nicht hören, aber Davies sprach zu Schwarzbart; und obwohl Davies lachte und geringschätzig den Kopf schüttelte, fand Shandy, daß er aufgeregt aussah — sogar ängstlich. Schwarzbart schien ein Angebot zu machen, und Davies schien es nicht so sehr abzulehnen als vielmehr anzuzweifeln — seine Echtheit anzuzweifeln. Zuletzt seufzte Schwarzbart, trat zurück, zeigte auf den Sand. Shandy roch heißes Metall. Dann kam der Sand in rieselnde, hüpfende Bewegung, als hätte der Schlag alle Sandkrabben gleichzeitig getroffen, und weiße Gebeine kamen aus der Tiefe hervor und rollten zusammen zu einem Haufen; der Haufen bewegte sich und streckte und schüttelte sich, und als er zur Ruhe kam, war er zu einem menschlichen Skelett in kauernder Haltung geworden. Als Davies darauf niederstarrte, sein halbes Lächeln jetzt eine verkrampfte Grimasse, richtete das Skelett sich auf und sah ihn an. Schwarzbart sprach, und das Skelett ließ sich auf ein Knie nieder und senkte den Schädel. Darauf machte Schwarzbart eine entlassende Gebärde, worauf das Skelett auseinanderfiel und wieder zu einem verstreuten Durcheinander gebleichter Knochen wurde, und Schwarzbart setzte seine beschwörende Ansprache fort. Davies antwortete noch immer nicht, aber seine Haltung erheiterten Skeptizismus war verflogen.

Dann ging Shandy wieder auf blutbespritzten Steinplatten.

»Kommen wir dem gottverdammten Ort näher?« fragte er. Noch als er sprach, befürchtete er, daß seine Stimme seine wachsende Furcht verriet, aber die tote Luft dämpfte seine Worte, und er hörte sie selbst kaum.

Sie gingen weiter. Einige Male dachte Shandy, er höre scharrende Geräusche, und keuchendes Schluchzen irgendwo vor ihnen auf der Brücke, aber es war zu dunkel, um etwas zu sehen.

Die Luft war schwer und drückend, wie so dicker Sirup, daß eine zusätzliche Prise Zucker zum Kristallisieren bringen würde, und obwohl es ihn schreckte, konnte Shandy nicht umhin, den Kopf zu wenden und zu Schwarzbart zu blicken, und als er das tat, hörte er für eine Weile auf, Shandy zu sein.

Er war ein fünfzehnjähriger Junge, der den gesetzlosen schwarzen Gebirgsbewohnern als Johnny Con bekannt war, obwohl er seit seinem Mißbrauch eines Zauberspruches des *hungan,* dem er gedient hatte, nicht mehr ein geeigneter Helfer für einen Vodu-Priester von Ansehen sein konnte und kein Recht mehr hatte — noch auch nur die Neigung — sich einen *adjanikon* zu nennen; Ed Thatch war sein wirklicher Name, sein Erwachsenenname, und in drei Tagen würde er berechtigt sein, ihn zu gebrauchen.

Heute sollte der erste Tag seiner Taufe für den *loas*

sein, der in Zukunft sein Führer durch das Leben sein würde und dessen Ziele er in Hinkunft teilen würde. Die *marrones,* die ihn seit seiner Kinderzeit aufgezogen hatten, waren an diesem Morgen mit ihm von den blauen Bergen zum Haus Jean Petros gegangen, der ein legendärer Zauberer war und nachweislich seit mehr als hundert Jahren hier gelebt hatte. Man sagte ihm nach, er habe tatsächlich viele *loas* selbst gemacht, und müsse in einem Haus auf Pfosten wohnen, weil die Erde durch seine andauernde Nähe rostig und unfruchtbar werde; verglichen mit Petro war jeder andere *bocor* in der Karibik nach Ansicht der Leute ein bloßer *caplata,* ein Rübenzauberer von der Straßenecke.

Die *marrones* waren geflohene Sklaven, die ursprünglich aus Senegal und Dahomey und von der Kongoküste stammten und keine Schwierigkeiten gehabt hatten, sich dem Leben in den Gebirgswäldern Jamaicas anzupassen; und die weißen Kolonisten waren so entfernt von dieser gefährlichen und unversöhnlichen Bevölkerung, daß sie den Negern einen jährlichen Tribut bezahlten, um dafür die Verschonung der vereinzelt liegenden Farmen und Siedlungen zu erkaufen; aber selbst die *marrones* wagten sich nicht näher als eine halbe Meile an Jean Petros Haus heran, und der Junge ging allein den langen Pfad hinunter, der zu dem Garten und den Viehpferchen und schließlich dem Haus auf Pfählen führte.

Ein Bach verlief hinter dem Haus, und dort war der alte Mann — Thatch konnte seine bloßen Beine sehen, knotig und dunkel wie Krücken aus dem Holz des Schwarzdorns, hingen sie aus dem Eingang des Pfahlbaues. Thatch war natürlich barfuß, und er machte eine »Seid still«-Geste zu den Hühnern, die unter dem Haus scharrten, und dann wanderte er über den staubigen Vorplatz, so geräuschlos wie die Schatten und Sonnenkringel unter dem hohen Baum, der das ganze Anwesen beschirmte. Als er um die Ecke des Hauses kam, sah er, daß der alte Petro am Bachufer entlang ging und da und dort stehen blieb, um eine Flasche um die andere aus dem Wasser zu heben, in das wolkige Glas zu spähen, mit den langen Fingernägeln daran zu klopfen, die tropfende Flasche ans Ohr zu halten und dann den Kopf zu schütteln und niederzukauern, um sie wieder hineinzutun und eine andere aus dem Wasser zu nehmen.

Thatch sah schweigend zu, und endlich gerann das Gesicht des alten *bocor* zu einem Lächeln, als er an einer Flasche lauschte, und wieder ließ er seine Fingernägel daran klappern; und dann stand er bloß da und lauschte und klopfte abwechselnd wie ein Gefangener im Kerker, dessen Klopfsignale endlich eine, wenn auch eine schwache Antwort hervorgerufen haben.

»Es ist unser Junge, wahrhaftig«, sagte er in einer kratzigen Altmännerstimme. »Gede, der *loas,* der... Vormann von dem ist, der dich will.«

Thatch begriff, daß der alte Mann sich seiner bewußt war und zu ihm sprach. Er blieb, wo er war, rief aber zurück: »Mich will? *Ich* habe *ihn* gewählt.«

Der alte Mann schmunzelte.

»Na, der ist sowieso nicht im Bach hier, und wir brauchen Gede, ihn zu rufen. Natürlich ist auch Gede nur zeichenhaft hier. Das ist nur ein Teil von ihm, in dieser Flasche, sein Bauchnabel, könnte man sagen — gerade genug, ihn zu zwingen.« Petro wandte sich um und hinkte zurück auf den Hof, wo Thatch stand. »Die Toten werden mit dem Ablauf der Zeit mächtiger, verstehst du, Junge. Was für deinen Großvater nur ein unruhiger Geist war, könnte für deine Enkel ein ausgewachsener *loas* sein. Und ich habe gelernt, sie zu biegen, in bestimmte Richtungen zu ziehen, wie du es bei einer Weinranke machen würdest. Der Bauer legt einen Samen in die Erde, und eines Tages hat er einen Baum — ich stecke einen Geist in eine Flasche unter fließendes Wasser, und eines Tages habe ich einen *loas.*« Er grinste und entblößte ein paar Zähne im weißen Zahnfleisch und winkte mit der Flasche zurück zum Bach. »Bald ein Dutzend habe ich zur Reife gezogen. Sie sind nicht ganz von der Qualität der Rada-*loas,* die mit uns von Guinea über den Ozean kamen, aber ich kann sie aufziehen, daß sie dem entsprechen, was ich brauche.«

Die Hühner im Schatten unter dem Pfahlbau erholten sich von Thatchs Geste und fingen an zu glucken und sich aufzuplustern. Petro zwinkerte, und sie waren wieder still. »Natürlich«, fuhr Petro fort, »ist derjenige, der dich will — oder den du willst, wenn dir das lieber ist —, der alte Baron Samedi nämlich, von anderer Art.« Er schüttelte den Kopf, und seine Augen nahmen einen Ausdruck an, der schwer zu deuten war, aber vielleicht etwas wie Ehrfurcht enthielt. »Hin und wieder, nicht öfter als zweimal oder dreimal in meinem ganzen Leben, glaube ich, habe ich zufällig einen gemacht, der zu sehr dem einen oder anderen glich, der bereits existierte, bereits da draußen war, und die Ähnlichkeit war dann zu groß für sie, um separat zu bleiben. Und so hatte ich plötzlich ein Ding in einer Flasche, das zu groß war, um hineinzugehen ... selbst bildlich gesprochen. Mein verdammtes Haus fiel beinahe um, als Baron Samedi zu groß wurde — die Flasche ging los wie eine Bombe, warf Bäume in alle Richtungen, und der Bach füllte sich erst nach einer Stunde wieder. An der Stelle ist immer noch ein breiter, tiefer Teich. Am Ufer wächst kein Gras, und jedes Frühjahr muß ich mit dem Netz tote Kröten herausfischen.«

Der junge Thatch starrte indigniert auf die Flasche. »Was du da in deiner Bierflasche hast, ist also bloß ein Diener von Baron Samedi?«

»Mehr oder weniger. Aber Gede ist ein *loas* erster Güte — er ist hier bloß die Nummer zwei, weil der Baron so viel mehr ist. Und wie jeder andere *loas* muß Gede eingeladen und dann gebeten werden, nach den Riten, die er verlangt, wenn er tun soll, was wir wünschen. Nun, ich habe die Laken von dem Bett, in welchem ein schlechter Mensch gestorben ist, und ein schwarzes Gewand für dich, und heute ist Samstag, Gedes geheiligter Tag. Wir werden ein Huhn und eine Ziege für ihn braten, und ich habe ein ganzes Faß *clarin*-Rum —, weil Gede in seinem Verbrauch davon verschwenderisch ist. Heute werden wir ...«

»Ich bin nicht von den Bergen gekommen, um mich mit Baron Samedis Bungo-Laufjungen abzugeben.«

Jean Petro lächelte breit. »Ohhh!« Er streckte dem Jungen die Flasche hin. »Gut, warum sagst du ihm das nicht selber? Du brauchst die Flasche nur ins Sonnenlicht zu halten und bei der Seite hineinzuschauen, bis du ihn siehst ... dann kannst du ihm deine gesellschaftliche Stellung erklären.«

Thatch hatte niemals direkten Umgang mit einem *loas* gehabt, aber er versuchte, selbstbewußt aufzutreten, als er mit geringschätziger Miene die Flasche annahm. »Also, Geistling«, sagte er und hielt die Flasche in die Sonne, »zeige dich!« Sein Tonfall war verächtlich, aber der Mund war ihm plötzlich trocken geworden, und das Herz pochte hart in seiner Brust.

Zuerst konnte er nur die Luftblasen und Unreinheiten in dem primitiv geblasenen Glas sehen, dann aber machte er Bewegung aus und konzentrierte sich darauf — und einen Augenblick glaubte er, einen federlosen, frisch geschlüpften Vogel zu erkennen, der mit verkrümmten Flügeln und Beinen in einer wolkigen Flüssigkeit ruderte.

Dann war auf einmal eine Stimme in seinem Kopf, die schrill in verdorbenem Französisch plapperte. Thatch verstand nur einiges davon, jedoch genug, um zu begreifen, daß der Sprecher nicht nur Huhn und Rum verlangte, sondern auch erklärte, daß er ein gutes Recht auf diese Dinge habe, und auf so viel Zuckerwerk, wie er wolle, obendrein, und daß er schlimme Strafen androhte, wenn die Formalitäten seiner Einladungszeremonie nicht mit dem größten Pomp und Aufwand und Respekt vollzogen würden; und keiner solle sich unterstehen, zu lachen. Zur gleichen Zeit gewann Thatch den Eindruck hohen Alters, und einer Macht, die ungeheuer geworden war … um einen so hohen Preis freilich, daß nur ein Fragment der ursprünglichen Persönlichkeit geblieben war, wie ein gemauerter Schornstein, der aus den Trümmern eines niedergebrannten Hauses ragt. Die senile Verdrießlichkeit und die furchtbare Macht, erkannte Thatch, waren keine widersprüchlichen Qualitäten — jede war in einer Weise das Produkt der anderen.

Dann wurde der *loas* auf ihn aufmerksam. Die Tirade brach ab, und er merkte, wie der Sprecher in einiger Verwirrung umherblickte. Thatch stellte sich einen sehr alten König vor, der erschrocken seine Gewänder ordnet, als er merkt, daß er allein ist, und sich das spärliche Haar nach vorn kämmt, seine Kahlköpfigkeit zu bedecken.

An diesem Punkt rief Gede sich offenbar Thatchs Worte ins Gedächtnis und beachtete sie, denn mit einem Mal war die Stimme wieder im Kopf des Jungen, und sie brüllte.

»›Geistling‹?« wütete Gede. »›Bungo-Laufjunge‹?«

Thatchs Kopf wurde von einer unsichtbaren Gewalt zurückgestoßen, und plötzlich blutete er aus Nase und Mund. Er taumelte ein paar Schritte zurück und wollte die Flasche von sich werfen, aber sie haftete an seiner Handfläche.

»Thatch ist dein Name, wie?« Die Stimme knirschte im Schädel des Jungen wie eine Säge, die sich in eine Kokosnuß frißt.

Thatchs Bauch wurde nach innen gedrückt, daß er glaubte, die Bauchdecke müsse das Rückgrat berühren, Blut sprühte aus seiner Nase, und er landete unsanft am Boden. Einen Augenblick später standen seine Kleider in Flammen. Er wälzte sich brennend zum Bach, und obwohl er unterwegs unter weiteren unsichtbaren Tritten zusammenzuckte, gelang es ihm, ins Wasser zu klatschen. »Ich werde es dem Baron sagen«, sagte die Stimme in seinem Kopf, als er zappelnd im Wasser lag, noch immer unfähig, sich der Flasche zu entledigen, »daß er dir eine Sonderbehandlung angedeihen läßt.«

Thatch brachte die Beine unter sich und kroch die Uferböschung hinauf und setzte sich. Sein Haar war abgesengt, seine Kleider glichen den Fetzen schmutziger Vorhänge, die aus dem Schutt eines niedergebrannten Hauses gezogen worden sind, und von der die Flasche haltenden Hand rann Blut den Unterarm entlang zum Ellbogen, aber er zitterte nicht, als er die Flasche gegen die Sonne hielt und in ihre glasigen Tiefen grinste. »Tu das«, flüsterte er, »du gottverdammter eingelegter Hering!«

Das Licht trübte sich, und plötzlich war er trocken und aufrecht und ging dahin, und er war wieder Jack Shandy. Die Blutspritzer auf den Pflastersteinen der Brücke waren weniger zahlreich — vielleicht hatten die verwundeten Kriecher ihre Verletzungen verbunden —, doch als er sich bückte, um einen verwischten nassen Flecken zu berühren, schrak er entsetzt zurück. Das Blut war noch warm. Wieder, lauter jetzt, hörte er voraus ein pfeifendes Keuchen.

Er blickte auf und wußte auf einmal, warum er geglaubt hatte, daß er diese Brücke schon einmal gesehen habe. Hier waren die zwei blutenden Kriecher, vor seinen Füßen; das weiße Haar des einen war durchnäßt von glänzender Dunkelheit, und die andere Gestalt, jünger und schmaler, versuchte zu kriechen, ohne mit der rechten Hand den Boden zu berühren, deren Finger seltsam verbogen und schwärzlich geschwollen waren. Die Lichter der Stadt Nantes flimmerten matt, und Shandy wußte, daß diese Verwundeten von keinem hilfreichen Wanderer gesehen würden, sondern den ganzen Weg zurück zu ihrer Herberge kriechen mußten, zu ihren Strohsäcken und den allgegenwärtigen Marionetten.

Shandy lief voraus und kauerte vor seinem Vater nieder. Ein Auge des alten Mannes war von Schmutz und

Blut verklebt, und Shandy wußte, daß es das Auge war, das er verlieren würde. Die Züge des alten Mannes waren von der Anstrengung gezeichnet, und sein Atem zischte durch die frischen Lücken in der Reihe seiner entblößten Zähne.

»Papa!« sagte Shandy in drängendem Ton, als seines Vaters zerstörtes Gesicht näherrückte. »Papa, du hast eine Menge Geld geerbt. Dein Vater ist gestorben und hat dir seinen Besitz hinterlassen! Wende dich an die Behörden in Haiiti, in Port au Prince!«

Der alte François Chandagnac hörte ihn nicht. Noch zweimal versuchte Shandy, seine Botschaft anzubringen, dann gab er auf und bewegte sich zu dem anderen zerschlagenen Kriecher, demjenigen, der der einundzwanzigjährige John Chandagnac war.

»John«, sagte Shandy, als er vor seinem erinnerten jüngeren Selbst niederkauerte, »hör zu! Verlaß deinen Vater nicht! Nimm ihn mit dir! Oder besser, bleib bei ihm, du ... du gottverdammter hölzerner Chorknabe!« Es schnürte ihm die Kehle zu, und Tränen rannen ihm über sein älteres, bärtiges Gesicht, als wollten sie es dem Blut gleichtun, das dem Jüngeren das Gesicht streifte. »Er schafft es nicht allein, aber er wird es dir nicht zugeben! Verlaß ihn nicht, er ist alles, was du in der Welt hast, und er liebt dich und wird allein an Kälte und Hunger sterben und an dich denken, während du behaglich in England bist und *nicht* an ihn denkst ...«

Die kriechende Gestalt war sich seiner nicht bewußt. Shandy, bereits auf den Knien, senkte die Stirn auf das Steinpflaster und schluchzte rauh, als das Abbild seines jüngeren Selbst durch ihn hindurchkroch, substanzlos wie ein Schatten.

Eine Hand schüttelte seine Schulter. Er blickte auf. Davies' hageres Gesicht grinste auf ihn herab, nicht ohne Mitgefühl. »Du darfst jetzt nicht zusammenbrechen, Jack«, sagte der alte Pirat. Er nickte an Shandy vorbei nach vorn. »Wir sind da.«

14

Die Brücke war verschwunden, und verspätet fragte sich Shandy, ob einer der anderen sie überhaupt gesehen habe. Oder hatte Hurwood etwa das Ganze als einen Gang durch ein unmöglich langes Kirchenschiff gesehen? Nun befanden sie sich abwärtsgewandt an einem schlammigen Hang, und Shandy fühlte eisige Nässe durch die Knie seiner Hosen sickern.

Er blickte wild umher, und seine frühere Panik kehrte wieder, denn etwas hier fühlte sich sehr falsch an, sehr desorientierend — aber er konnte keine Erklärung für das Gefühl sehen. Der schlammige Hang erstreckte sich zu beiden Seiten von ihnen abwärts, und als er in das trübe Licht spähte, sah er, daß die Böschungen sich in einiger Entfernung vereinigten; es war eine Grube mit geböschten Seiten, und am Grund sprudelte und plätscherte Wasser. Der Himmel war eine Decke unheimlich rasch ziehender, brodelnder Wolken, die oberseits erhellt waren, vermutlich vom Mond. Er schaute zu seinen sieben Gefährten, zu sehen, ob sie sein Unbehagen teilten. Es war schwer zu sagen. Beth hatte das Bewußtsein wiedererlangt — Shandy fragte sich, wann —, zwinkerte aber benommen, und Bonnett war so ausdruckslos wie ein einbalsamierter Leichnam.

»Vorwärts!« sagte Hurwood, und sie stiegen alle hinab.

Obwohl er mehrere Male im Schlamm ausglitt, bedrückte Shandy der Gedanke, wie massiv und fest die Erde selbst sei. Es bewirkte trotz der hohen, aufgewühlten Bewölkung klaustrophobische Empfindungen.

Dann kam es ihm in den Sinn — *sieben* Gefährten? Es hätten nur sechs sein sollen! Er blieb ein wenig zurück und bestimmte die mühsam durch den Schlamm stapfenden Gestalten unter ihm: Da waren Schwarzbart, Davies und Bonnett, und Beth und Friend und Hurwood …

und niemand sonst. Das waren sechs. Shandy eilte ihnen nach, und dann, nur um sich zu vergewissern, zählte er die Gestalten noch einmal ... und kam wieder auf sieben.

Es war auch ein Geruch in der Luft, wie fauliges Wasser und alte Abzugskanäle. Eine Nacht für widerwärtige Gerüche, dachte er. Der Gedanke erinnerte ihn an etwas, und er arbeitete sich hinüber zu Davies. »Ich dachte«, sagte Shandy mit halblauter Stimme, »man darf auf dem Land keine Wiederauferstehungsmagie ausüben.«

»Du vermißt den Geruch nach heißem Eisen, nicht?« sagte der Pirat im gleichen Ton. »Aber nein, Jack, sie üben hier keine Magie von der Art aus; sie passen bloß ihre Seelen an, so daß sie es später tun können, irgendwo auf See.« Der Hang lief nun eben aus, und sie konnten aufrecht stehen, ohne auf ein Ausgleiten gefaßt sein zu müssen. »Nein«, fuhr Davies fort, »davon konnten sie hier nichts tun — hast du jemals solch festen Boden gefühlt? Als ob anderswo überall nur ... nur große Flöße wären.«

Das war es, erkannte Shandy — das hatte ihn gestört. Dieser Ort gab einem kein Gefühl von Bewegung. Er hatte sich nie vorgestellt, daß ein Ort auf dem Festland sich bewegen könne, es sei denn, während eines Erdbebens; bis zum heutigen Tag hätte er jeden ausgelacht, der behauptete, die Bewegung des Planeten Erde durch den Raum *fühlen* zu können. Jetzt freilich schien es ihm, daß er sich dieser Bewegung immer fundamental bewußt gewesen sei, wenngleich so gedankenlos wie ein Fisch sich des Wassers bewußt ist.

Kopernikus und Galilei und Newton, dachte er, würden diesen Ort noch beunruhigender finden.

Alle bis auf Bonnett, der langsam in sitzender Haltung den Hang herabrutschte, hatten jetzt den ebenen Boden erreicht. »Wie viele von uns sind da?« fragte Shandy seinen Gefährten.

»Wieso ... ah ... sieben?« antwortete Davies.

»Zähle!«

Davies tat es, dann fluchte er. »Du und Bonnett und Thatch«, sagte er, »und die drei aus der Alten Welt, und ich. Das macht sieben. Richtig, und niemand sonst ist da. Ja, einen Augenblick schien es, als wären wir acht, nicht?«

Shandy schüttelte unglücklich den Kopf. »Zähl noch mal, schnell, und du wirst auf acht kommen! Tust du es langsam und nennst jeden Namen, kommst du auf sieben.«

Davies zählte abermals, indem er mit dem Finger auf jede undeutliche Silhouette zeigte, einmal schnell und dann noch einmal langsam — und als er fertig war, stieß er eine müde Verwünschung aus. »Jack«, sagte er mit gepreßter Stimme, in der Shandy Abscheu und Schrekken verborgen glaubte, »sind unsere Augen behext? Wie kann ein Fremder unter uns sein, der nur unsichtbar wird, wenn wir sorgfältig zählen?«

Shandy versuchte nicht einmal, eine Antwort zu finden, denn er hatte die Fontäne ins Auge gefaßt. Er hatte bereits bemerkt, daß das Wasser, obwohl es hoch in die Luft geschleudert wurde, seltsam dick war und mehr zu klatschen als zu spritzen schien, wenn eine hochgeschleuderte Menge davon herabfiel, und daß sie die Quelle der trüben Phosphoreszenz ebenso wie des fauligen Geruches war, aber nun konnte er Gesichter in der bewegten Flüssigkeit sehen — Hunderte von Gesichtern, die sich eines nach dem anderen ausbildeten, als ob die Fontäne ein Spiegel wäre, der sich inmitten einer Menge drehte, und jedes vorübergehend erscheinende Gesicht war von Angst und Wut verzerrt. Obschon abgestoßen, trat er einen Schritt näher — und dann sah er die wallenden Vorhänge blassen farbigen Lichtes, wie ein Nordlicht, das sich vom Bereich der Fontäne aufwärtsströmend erhob und lautlos über die Wolken hoch am Himmel huschte, so daß der Eindruck entstand, es sei die Kraft, die sie in aufwühlender Bewegung hielt.

Hurwood trat zu Shandy und Davies. Der alte Mann

schnaufte kurzatmig. »Blicken Sie nicht umher«, sagte er. »Alle sollten einfach ... ihre Blickrichtung beibehalten, gleichgültig, wohin sie sehen. Der Geist, mit dem wir sprechen müssen, kann nicht erscheinen, wenn ihm zu viel Aufmerksamkeit geschenkt wird.«

Mit einem Frösteln begriff Shandy, daß der Geist, den Hurwood suchte, die zusätzliche Gestalt sein mußte, die er und Davies immer wieder gezählt hatten.

Jemand in der Nähe flüsterte etwas, und Shandy erwartete, daß Hurwoods Stillschweigen verlangen würde, aber dann antwortete der einarmige Zauberer in einer Sprache, die Shandy nie gehört hatte, und ihm wurde klar, daß das Geflüster auch in dieser Sprache gewesen war, und daß der Flüsterer nicht zu ihrer Gruppe gehörte.

Wieder sprach die fremde Stimme, deutlicher jetzt, aber noch immer sehr leise, und es schien Shandy, als ob der Sprecher unmittelbar neben ihm stünde. Aber er gehorchte Hurwood und starrte geradeaus. Gleichwohl konnte er in der Übergangszone am Rand des Gesichtsfeldes jemand neben ihm sehen. Davies war auf der anderen Seite ... war das der geheimnisvolle Flüsterer? Oder bloß Bonnett? Oder auch Beth? Shandy war versucht, den Kopf zu wenden.

Die Stimme brach ab. »Augen geradeaus«, befahl Hurwood. »Schließen Sie sie, wenn es Ihnen lieber ist, aber niemand darf sich umsehen.« Darauf sprach er wieder in der anderen Sprache, nervöser und gespannter als zuvor, und als er geendet hatte, fügte Leo Friend einen Satz hinzu, der offensichtlich eine Frage war.

Die leise, unbestimmbare Stimme antwortete und sprach mit einiger Ausführlichkeit, und Shandy fragte sich, wie lange er es fertig bringen würde, geradeaus zu starren. Der Gedanke, an einem so gräßlich bewegungslosen Ort wie diesem die Augen zu schließen, krampfte ihm den Magen zusammen; sogar das Stillhalten wurde unerträglich.

Endlich hörte die Stimme auf zu sprechen, und Hurwood und Friend kamen in Bewegung. Shandy riskierte ein Blinzeln in ihre Richtung. Sie eilten zu dem Becken um die Fontäne, und als sie den Rand erreichten, stiegen sie in das dickflüssige Wasser und bückten sich, um etwas mit den Händen aufzufangen und begierig zu trinken. Dann wateten sie zurück auf den schlammigen Boden, und Hurwood sprach wieder.

Die Antwort, die ein paar Sekunden später kam, war sehr schwach, vielleicht weil jemand sich umgesehen hatte. Die Stimme sprach nur ein paar Silben.

Sofort gruben Hurwood und Friend in ihren Rocktaschen. Hurwood brachte ein Taschenmesser zum Vorschein, und Friend zog eine Nadel aus seiner gepuderten Perücke, und im nächsten Augenblick stach jeder von ihnen sich das Werkzeug in einen Finger und schüttelte Blutstropfen auf den kalten Schlamm.

Die Blutstropfen zischten, wohin sie fielen, und dann glaubte Shandy, zwei klauenähnliche Hände zu sehen, die aus dem Schlamm hervorbrachen, aber gleich darauf hörten sie auf, sich zu bewegen, und er sah, daß es Pflanzen waren — dünne, kaktusähnliche Schößlinge, aber auffallend in dieser öden Landschaft. Dann bemerkte Shandy eine dritte Pflanze, näher am Becken, aber sie war verwelkt und dürr.

Dann schritt Schwarzbart vorwärts, und obwohl Hurwood den Arm ausstreckte, ihn zurückzuhalten, war der Piratenkönig mit zwei langen Schritten knöcheltief im Becken. Er schöpfte mit beiden Händen von der Flüssigkeit und trank, dann ging er wieder heraus, biß sich in einen Finger und schüttelte das Blut auf den Boden. Wieder kam das Zischen, und die Eruption aus der Erde, und einen Augenblick später war eine weitere stachelige Pflanze emporgewachsen, wenige Schritte von Hurwood und Friend entfernt.

Die zwei Zauberer starrten ihn an, einen identischen Ausdruck von Überraschung und leichter Bestürzung in den Gesichtern, aber dann zuckte Hurwood bloß die Achseln und murmelte: »Nichts zu machen.«

Der Einarmige sprach wieder, und wieder antwortete ihm die leise Stimme, obwohl Shandy jetzt das Gefühl hatte, sie komme von der anderen Seite der Gruppe, jenseits von Davies.

»Verdammt«, stieß Hurwood hervor, als die Stimme geendet hatte. »Er weiß das jetzt nicht.«

Shandy sah Friend die Achseln zucken. »Wir können eine Weile warten.«

»Wir werden warten, bis er weiß und es mir gesagt hat«, sagte Hurwood.

»Wer ist *er?*« fragte Schwarzbart.

»Die ... Persönlichkeit, die wir befragen«, sagte Hurwood, »obwohl das Fürwort ›wer‹ den Fall zu stark betont.« Er seufzte, anscheinend ob der Hoffnungslosigkeit jedes Erklärungsversuches, aber dann schien sein professoraler Ehrgeiz die Oberhand zu gewinnen. »Newtons Gesetze der Mechanik sind durchaus nützlich, wenn wir die Welt beschreiben wollen, die wir kennen — für jede Aktion gibt es eine gleiche, aber gegensätzliche Reaktion, und ein gleichmäßig bewegtes Objekt wird sich gleichmäßig weiterbewegen, sofern nicht eine andere Kraft darauf wirkt — aber wenn man es mit sehr kleinen Ereignissen sehr genau nimmt, wenn man sich mit ihnen in einer spezifischen, unnötig besessenen Genauigkeit beschäftigt, wie sie einen beinahe für ein Irrenhaus qualifizieren könnte —, dann findet man, daß Newtons mechanische Beschreibung der Wirklichkeit nur in den meisten Fällen richtig ist. In winzigen Ausdehnungen von Raum oder Zeit gibt es ein Element von Unentschiedenheit, verzögerter Bestimmung, und man kann die Realität aufgelockert finden. In unserer normalen Welt ist das kein bedeutungsvoller Faktor, weil die — Verhältnisse, könnte man sagen — von Ort zu Ort ziemlich übereinstimmend sind, und überwältigend stark zugunsten von Newton. Aber hier sind sie nicht übereinstimmend. Hier sind sie polarisiert, obwohl die Gesamtwerte die gleichen sind. Es gibt in diesem Boden keine Elastizität, keine Ungewißheit, und so liegt hier draußen eine Menge in der Luft. Was wir erfragten, war eine — Tendenz zur Persönlichkeit; die Wahrscheinlichkeit eines Bewußtseins.«

Schwarzbart schnaubte. »Welche Sprache war das, die von der *Wahrscheinlichkeit* gesprochen wurde?«

»Die älteste«, sagte Hurwood unerschütterlich.

»Ist das der Grund«, fragte Shandy, »warum er — dieses Etwas — so schwierig auszumachen ist?«

»Ja«, sagte Hurwood, »und versuchen Sie es nicht. Es ist nicht irgendwo — *wo* ist für dieses Phänomen so ungeeignet wie *wer*. Wenn Sie nach ihm Ausschau halten, suchen Sie zu einem bestimmten Zeitpunkt und an einem bestimmten Ort ein *was* — und auf dieser Basis mögen Sie manches finden, aber nicht ...« Er ließ den Satz mit einer vagen Handbewegung in der Luft hängen.

Mindestens eine Minute lang standen sie alle fröstelnd in der kalten, dunklen Mulde, während Hurwood geduldig wieder und wieder einen unverständlichen Satz rief. Shandy hielt Umschau nach Beth, aber Hurwood wies ihn scharf zurecht, daß er den Blick nicht schweifen lassen dürfe.

Endlich sagte Schwarzbart: »Diese Verzögerung war nicht Teil unserer Abmachung.«

»Fein«, sagte Hurwood. Er sandte seinen seltsamen Satz noch einmal hinaus; dann fügte er, zu Schwarzbart gewandt, hinzu: »Gehen Sie, wenn Sie wollen. Ich wünsche Ihnen viel Glück, daß Sie zum Sumpfwald zurückfinden.«

Schwarzbart fluchte, blieb jedoch, wo er war. »Ihr Geist sieht etwas für Sie nach, wie?«

»Nein. Er wird sich wieder manifestieren, aber nicht dieselbe Persönlichkeit sein wie vorher; obwohl er auch keine andere Persönlichkeit sein wird. ›Gleich‹ und ›verschieden‹ sind viel zu spezifisch. Und er wird nicht *er-*

fahren haben, was ich wissen möchte. Er wird es diesmal einfach zufällig wissen. Oder, wenn nicht dieses Mal, dann wird er es ein anderes Mal wissen. Es ist, wie wenn Sie beim Würfelspiel auf eine Zwei oder eine Zwölf warten.«

Mehr Zeit verging, und endlich wurde einer vor Hurwoods geduldigen Rufen beantwortet. Beths Vater sprach eine weitere Minute oder so mit der örtlich nicht feststellbaren Stimme, und dann hörte Shandy ihn schwerfällig durch den Schlamm stapfen.

»Sie können jetzt alle schauen, wohin Sie wollen«, sagte er.

Shandy beobachtete Hurwood, und er war nicht ermutigt, die schmalen Augen und knotigen Backenmuskeln des ehemaligen Oxfordprofessors zu sehen.

»Leo«, sagte Hurwood, »halten Sie Elizabeth.«

Friend war nur zu gern bereit, es zu tun. Beth schien nach wie vor in einer Betäubung zu sein, doch bemerkte Shandy, daß sie sehr schnell atmete.

Hurwood schnallte den hölzernen Kasten vom Gürtel; er öffnete den Deckel mit den Zähnen und schüttelte den Kasten aus. Shandy konnte nicht sehen, was darin war. Dann schlurfte Hurwood zu seiner Tochter und hielt den offenen Kasten unter ihre rechte Hand.

»Schneiden Sie ihr die Hand ab, Leo!« sagte der alte Mann.

Shandy trat vor, aber lange bevor er dazwischen gehen konnte, befeuchtete Friend sich die Lippen, schloß die Augen halb und stieß seine Haarnadel in Beth Hurwoods Daumen.

Das riß sie aus ihrer Benommenheit. Sie schrak zusammen und schaute auf ihren durchbohrten Daumen, und dann in den Kasten, den ihr Vater hielt und in welchen ihr Blut tröpfelte — und dann kreischte sie und rannte fort und versuchte auf allen vieren den glitschigen Hang hinaufzukommen.

Shandy lief ihr nach und erreichte sie nach wenigen

Schritten. Er legte ihr den Arm um die zuckenden Schultern und tätschelte sie begütigend. »Es ist jetzt vorbei, Beth«, sagte er. »Dein Daumen ist verletzt, aber wir leben, und ich glaube, wir sind jetzt auf dem Rückweg. Das Schlimmste ist ...«

»Es ist der Kopf meiner Mutter!« schrie Beth. »Er hat den Kopf meiner Mutter in diesem Kasten!«

Shandy starrte in Entsetzen zurück. Hurwood setzte sich in den Schlamm und tat den Deckel wieder auf den Kasten, und ein Ausdruck nahezu schwachsinniger Befriedigung erhellte sein altes Gesicht, während Friend begehrlich zu Beth hersah, die Hände noch in der Position, wie er sie gehalten hatte — aber Davies, und sogar Schwarzbart, starrten den Einarmigen voll Bestürzung und Abscheu an.

Hurwood rappelte sich auf. »Zurück!« sagte er. »Zurück zur See!« Er war so angespannt und munter, daß das Sprechen ihm schwerzufallen schien.

Alle mühten sich erschöpft den Hang hinauf, und wo der Boden eben wurde, legte Shandy den Arm wieder um Beth und ging mit ihr, obwohl sie seine Gegenwart nicht einmal mit einem Blick quittierte.

Die Brücke war verschwunden. Hurwood führte sie einen ausgefahrenen Feldweg zwischen Heideflächen dahin, unter einem regenschweren Himmel; in der Ferne erhoben sich Berge, und als Shandy zurückblickte, sah er eine Ansammlung alter, fast gänzlich fensterloser Steingebäude hinter einer Mauer — ein Kloster vielleicht —, und als er genauer hinsah, bemerkte er eine schmale, langhaarige Gestalt auf der Mauerkrone über dem geschlossenen Tor.

Es war ihm unmöglich, von der jungen Frau, die wie eine Schlafwandlerin neben ihm ging, eine Reaktion zu erhalten, aber er hob, noch immer zurückblickend, die freie Hand und winkte, und die Gestalt auf der Mauer winkte zu ihm zurück — dankbar, dachte er.

15

Hurwood und Friend führten sie zurück zu der Ebene aus dunklem Sand, wo sie die noch heißen Stiefel und Messer wiedererlangten, und dann benutzten die beiden Zauberer abermals die Lampe mit der geschlitzten Haube, um den Weg zurück zu der brennenden Fackel zu finden, die Hurwood aufrecht in den Sand gestoßen hatte, und dann waren sie wieder in der gewöhnlichen Welt. Der schwarze Sumpfwald Floridas nahm sich in Shandys Augen jetzt erfreulich diesseitig aus, und er genoß die Sumpfgerüche wie ein Mann, der die duftenden Blumenwiesen seiner Jugend wiedersieht.

Nachdem er Davies und dem leer blickenden Bonnett geholfen hatte, alle Fackeln zu entzünden und die Boote in tieferes Wasser zurückzustoßen und umzudrehen, nahm er Beth beim Arm und führte sie über den federnden Sumpfboden zu dem Boot, das er und Davies für die Hinfahrt benutzt hatten. »Auf der Rückfahrt fährst du mit uns«, sagte er mit Entschiedenheit.

Hurwood hörte ihn und reagierte leidenschaftlich, aber während einiger Sekunden kamen nur wahllose, infantile Vokallaute aus seinem Mund. Als er es merkte, schloß er in konzentrierter Anstrengung die Augen und fing von vorn an. »Sie ... wird ... bei mir ... bleiben.«

Hurwoods Beharren alarmierte Shandy, denn er glaubte Hurwoods Plan durchschaut zu haben, aber nun schien es, daß mehr dahintersteckte, als er vermutet hatte.

»Warum?« fragte er. »Sie haben jetzt keine weitere Verwendung für sie.«

»Falsch, Junge«, stieß Hurwood hervor. »Hab es bloß — wie sagt man? — gespannt, hier. Werde es nächsten

Jul-Weihnachten abfeuern. Margaret bleibt bei ... ich meine ... sie ... das Mädchen bleibt in der Zwischenzeit bei mir.«

»Richtig«, warf Friend ein und schob die glänzende Unterlippe vor. »W-w-wir w-werden acht-g-g-g ...« Er gab den Versuch auf und begnügte sich mit einer Kopfbewegung zu dem Boot, in welchem Bonnett bereits saß.

Plötzlich kam Shandy in den Sinn, was Hurwoods Plan sein könnte — und sobald er daran gedacht hatte, mußte er wissen, ob er recht hatte. Es machte ihm nichts aus, Hurwood in Aufregung zu versetzen, und Beth schien sich ihrer Umgebung bestenfalls minimal bewußt zu sein, also hielt er sein heißes Messer nahe an Beths Kehle — aber so, daß Hurwood nicht sehen konnte, daß der Messerrücken ihrer Kehle zugekehrt war.

Der triumphierende Ausdruck in Hurwoods Miene machte augenblicklich äußerstem Entsetzen Platz. Er fiel in einer Pfütze öligen Sumpfwassers auf die Knie, und dann glotzten er und Friend wortlos und wie Karpfen nach Luft schnappend zu Shandy.

Dieser sah seine Befürchtungen bestätigt und grinste die beiden an. »Dann ist es geregelt.« Er ging Schritt für Schritt rückwärts durch den schwammigen Ufersumpf, ohne die beiden aus den Augen und das Messer von Beths Kehle zu lassen. So eskortierte er sie zu dem Boot, wo der verwunderte Davies wartete.

Hurwood wandte sich Schwarzbart zu und heulte flehentlich.

Schwarzbart hatte dieses vom Fackelschein erhellte Drama mit schmalen Augen beobachtet, und nun schüttelte er bedächtig den Kopf. »Unser Handel ist zu Ende«, sagte er. »Ich mische mich nicht ein.«

Shandy und die nahezu katatonische Beth Hurwood stiegen ins Boot, und Davies stieß es von der Schlammbank ab. Shandy steckte das Messer in die Scheide.

Bonnett erwies sich als unfähig zu komplizierteren

Manövern als einfachem Geradeausrudern, und so mußte Leo Friend sein voluminöses Gesäß auf der Ruderbank ausbreiten und mit den dicken, unschwieligen Händen die Ruder ergreifen. Hurwood saß vornübergebeugt auf der Heckbank ihm gegenüber, die Handfläche vor dem geneigten Gesicht, und seine Schultern hoben und senkten sich mit seinen tiefen Atemzügen.

Schwarzbart stakte sein Boot vor die anderen zwei und blickte dann zurück, und mit der Fackel gerade hinter seinem zottigen Kopf erinnerte er Shandy an eine totale Sonnenfinsternis. »Ich rechne nicht damit«, bemerkte Schwarzbart, »daß mein Bootsmann wieder erscheinen wird.«

Hurwood hob den Kopf, und obwohl es ihn sichtliche Anstrengung kostete, brachte er eine Antwort hervor. »Nein. So wenig wie ... Ihre Geister wiedererscheinen werden. Solange wir ... die Fackeln brennen lassen ... und die Kräuter verbrennen, alle miteinander ...«

»Dann hoffe ich, daß ich mich an den Weg hinaus erinnern kann«, sagte Schwarzbart.

Friend wandte den fleischigen Kopf mühsam über die Schulter. »Was? Aber Sie kamen den Fluß herauf! Sie brauchen nur die gleiche Route zurückzufahren.«

Davies lachte. »Du hast hoffentlich daran gedacht, eine Fährte aus Brotkrumen zurückzulassen, Thatch?«

»Nein«, sagte Schwarzbart, »aber wenn wir uns verfranzen, können wir im ersten gottverdammten Wirtshaus, zu dem wir kommen, die Richtung erfragen.«

Langsam glitten die drei Boote durch das schwarze Wasser. Die orangefarbenen flackernden Bugfackeln waren die einzigen Lichtpunkte in der feuchten Schwärze. Die weißen Pilzköpfe entlang den Schlammbänken und Ufern waren jetzt still, nur gelegentlich blähten ihre Lippen sich in Ein- und Ausatmung. Shandy fragte sich, ob sie schnarchten.

Nach wenigen Minuten verbreiterte sich der Kanal, dem sie folgten, und normales Rudern wurde möglich.

Shandy machte es sich im Bug bequem, denn nun mußte er sich nicht mehr bereithalten, das Boot von Untiefen, Wurzeln und versunkenen Stämmen fortzustoßen.

Nach einer Weile wurde er sich eines mörderischen Zornes bewußt, und glaubte zuerst, es sei sein eigener; er sah sich nach dem nächsten Boot hinter seinem um, aber Hurwood sah bloß erschöpft und unglücklich aus, und Friend ächzte und wimmerte leise bei jedem qualvollen Zug an den Rudern, und er erkannte, daß der Zorn, den er spürte, von anderer Art war als sein eigener. Seiner war gewöhnlich jäh und heiß in der Kehle würgend, und stark mit Schrecken gewürzt, aber dieser war verdrießlich und gewohnheitsmäßig und bösartig, und er ging von einem Geist aus, der bei weitem zu egozentrisch war, um Schrecken zu beherbergen.

Schwarzbart hatte seine Fackel aufgenommen und war auf den Beinen. »Es ist wieder unser Freund, der *Este Fasta*«, rief er mit gedämpfter Stimme. »Er ist zurückgekommen, uns wieder anzubrüllen und mit Sträuchern vor den Nasen herumzufuchteln.«

Die fremde Gegenwart schien ihn zu hören, denn Shandy machte in der psychischen Ausdunstung der Wut einen Beigeschmack bitteren Humors aus. Er spürte, wie das Ding dachte: *Sträucher.*

Und Shandy spürte, wie es sich aufmerksam über die Boote niederbeugte — die Luft war drückend schwül, und seine Lungen mußten sich anstrengen, Atem zu holen. Halb betäubt, suchte er eine Handvoll der Kräuter aus dem Beutel und warf sie auf die Fackel, und eine stinkende Rauchwolke stieg durch die dicke Luft aufwärts, um sich zwischen den Schlingpflanzen und moosbehangenen Ästen zu verlieren.

Er bemerkte auch die plötzliche Qual des Sumpfgeistes, aber diesmal gab es keinen Schrei und kein Zurückweichen. Er ertrug den Schaden, wich nicht zurück.

Die Luft und das Wasser — der ganze Sumpfwald — begannen sich zu verändern.

»Weiter ... weiter!« kam ein erstickter Ruf von Hurwood. »Wir müssen ... unter ihm heraus!«

»Na, viel Glück«, knurrte Davies, aber auch er legte sich verzweifelt in die Riemen.

Das Wasser zitterte jetzt wie Gelee, und die Luft war dampfend und voll von nassen Stückchen Vegetation, die offenbar von den Bäumen geschüttelt wurden. Die Struktur des Bootes schien sich unter Shandy zu verändern, flexibler zu werden, und als er zu den Bodenplanken niedersah, bemerkte er, daß sie unbearbeitete Zweige waren, denen glänzende grüne Blätter entsprossen. Sie bewegten sich und wuchsen unter seinen Augen — er fühlte, wie sie unter den Füßen anschwollen und empordrängten. An seinem bloßen Unterarm war ein Klumpen nasser Wasserpflanzen; als er ihn abstreifen wollte, klammerte er sich mit einem Ende fest, und als er das freie Ende ergriff und zog, sah er, daß er lediglich mehr und mehr davon aus einem Loch in seinem Arm zog, und er fühlte das innere Ziehen und Zupfen bis hinauf in die Schulter. Sofort ließ er los, dann sah er die winzigen grünen Triebe, die sich schmerzend unter seinen Fingernägeln hervorarbeiteten.

Er sah sich nach Davies um; der Hinterkopf des Piraten war eine Masse von Blumen, und neue, nachwachsende schoben ihm den Dreispitz auf die Seite. In Davies' Schatten wogte Beth im Griff der vegetativen Metamorphose. Schaudernd wandte er den Blick von ihr zum dritten Boot.

»Werfe ihn ... jemand«, heulte Hurwood, aus dessen Kehle sich grüne Stengel entrollten.

»Bonnett«, krächzte Friend. Seine fetten Hände waren nur noch knollige Verdickungen der Äste oder Wurzeln, die von seinen Schultern ausgingen, durch die Ruderdollen wuchsen und seitwärts im Wasser verschwanden. »Gebt ihm Bonnett!«

Schwarzbart hob ein Gesicht, das eine riesige, aufblühende Orchidee war. Die Stengel der Staubgefäße erzitterten, und eine Stimme pfiff: »Ja, Bonnett.«

Davies' Blumenstraußkopf nickte.

Shandy fühlte kaltes Wasser zwischen seinen Zehen fließen und begriff, daß seine Füße zu Wurzeln geworden waren und den Bootsrumpf durchdrungen hatten. Er brachte es nicht fertig, mit dem Kopf zu nicken. »Nein«, wisperte er durch eine Kehle voller Röhricht. »Kann nicht. Hab ich ... dich der Navy ... vorgeworfen?«

Davies ließ die Schultern hängen. »Hol dich der Teufel«, flötete er, »Jack.«

Shandy blickte wieder zum dritten Boot. Leo Friend war ein gedrungener nasser Baumstamm mit Ästen und Wurzeln, die sich gleich Spinnenbeinen in alle Richtungen reckten. Ein Ding wie ein von Pilzen überwachsener Zypressenstumpf schien Stede Bonnett zu sein, und Hurwood, nicht länger der Sprache mächtig, war jetzt nur noch ein dichtes Büschel Farne, die wie in starkem Wind durcheinander wogten.

Davies mühte sich noch immer an den Rudern, aber ihr Boot löste sich rascher auf als die anderen beiden und war bereits bis zur Bordwand versunken. Shandy dachte, daß Davies wahrscheinlich noch Zeit habe, die Ruder loszulassen, Hurwoods Boot längsseits treiben zu lassen, Bonnett herauszureißen und ins Wasser zu werfen. Nach solch einem Tribut mochte der Sumpfgeist die anderen vielleicht ziehen lassen —, aber Shandys Worte hatten Davies offenbar von diesem Weg abgebracht.

Dann zog Davies sich in die Höhe und ließ die Ruder los.

Er wird es tun, dachte Shandy. Es ist unrecht, Phil, und es gefällt mir nicht, aber beeil dich, in Gottes Namen!

Davies hob einen gestiefelten Fuß und zog den Palmwedel, der kurz zuvor noch seine rechte Hand gewesen war, über die mit Lehm und Schlamm verklebte Sohle. Die linke Hand kam der rechten zu Hilfe, und während Shandy noch überlegte, was zum Henker der Mann tue, rollten die schlotterigen grünen Hände den Schlamm zu einem Ball.

Verdammt noch mal, Phil, dachte Shandy, wozu soll eine Schlammkugel gut sein?

Shandys schrecklich verlängerte Zehen hatten den Grund des Flusses gefunden und gruben sich hinein, und er fühlte, wie Nährstoffe durch seine Beine emporströmten. Seine Hände waren verschwunden, und nicht einmal eine Naht in der glatten Rinde der frischen Stämme unterschied, was zuvor er gewesen war, von dem, was das Boot gewesen war.

Davies stützte sich mit einer Palmwedelhand auf das Wurzelwerk der Bordwand, und sofort schlug die Hand Wurzeln; aber der blühende Pirat holte mit der anderen Hand aus und schleuderte den Ball aus Lehm und Schlamm gerade empor.

Und eine Bombe schien loszugehen. Die Luft wurde in einem Schrei komprimiert, der den Geist wie das Gehör betäubte und die Boote heftig schaukelnd voneinander entfernte. Dann war der Druck fort, und die Luft plötzlich sehr kalt, so daß Shandy beim Atemholen die Zähne schmerzten. Er drehte sich herum — und entdeckte, daß er sich herumdrehen konnte und nicht mehr mit dem Holz des Bootes verwachsen war, und das Boot war wieder ein gewöhnliches Beiboot und nicht ein Gebilde aus Wurzeln und Zweigen; es war im Innern sogar relativ trocken. Beth lag ausgestreckt über der achteren Ruderbank — er konnte nicht erkennen, ob sie bei Bewußtsein war, aber wenigstens atmete sie und hatte ihre menschliche Gestalt wieder angenommen. Davies saß über die Ruder gebeugt, hatte die Augen geschlossen, lachte erschöpft und hielt die Hand, mit der er den Lehmball geworfen hatte. Die Hand schien verbrannt zu sein. Und irgendwie prasselte Regen auf sie herab, obwohl das Dach des Sumpfwaldes sich nahezu lückenlos über ihnen wölbte. Shandy dröhnte es in den Ohren, und er mußte rufen, um nur sich selbst zu hören. »Ein Ball aus Lehm hat ihn getötet?«

»Etwas von dem Lehm an meinem Stiefel war von dem Boden um die Fontäne«, rief Davies zurück, für Shandy gerade noch hörbar. »Aus dem Bereich, der für alle toten, aber belebten Dinge Gift ist.«

Schwarzbart, augenscheinlich bereit, sich die Erklärung später geben zu lassen, hatte die Ruder wieder in die Hände genommen und setzte die Fahrt fort.

»Ich nehme an«, rief Shandy seinem Bootsgefährten zu, »daß wir von hier mit aller gebotenen Eile zur Hölle fahren.«

Davies wischte sich eine Haarlocke aus der Stirn und setzte sich auf die Ruderbank. »Betrachte es als geschehen, mein Lieber.«

Um sie her wurden Geräusche wie von bellenden Hunden oder grunzenden Schweinen hörbar; durch seine Taubheit benötigte Shandy eine gute Weile, um zu merken, daß sie von den Pilzköpfen herrührten. »Die Gemüsejungen sind heute lebhaft!« rief er übermütig durch ihren Lärm.

»Betrunken, wahrscheinlich!« erwiderte Davies mit einer hysterischen Heiterkeit. »Verdammter Unfug!«

Beth hatte sich aufgerichtet und saß im Heck. Sie starrte aus halbgeschlossenen Augen nach vorn und hätte entspannt gewirkt, wären die Knöchel ihrer Hände an den Bordwänden nicht weiß gewesen.

Nebel umzog die brennenden Fackeln mit schwachen Lichthöfen. In einiger Entfernung vor ihnen änderte Schwarzbarts Boot den Kurs nach Süden, und obwohl Shandy seinen Bootsgefährten in denselben Kanal zu dirigieren glaubte, konnten sie das andere Boot nicht mehr sehen; alles Licht schien von der Fackel ihres eigenen Bootes auszugehen, und obwohl sie Schwarzbarts Antwortruf vernahmen, als sie seinen Namen brüllten, war er entfernt, und sie konnten nicht sagen, aus welcher Richtung er kam.

Shandy mußte sich eingestehen, daß sie Schwarzbart verloren hatten, und er spähte in die Richtung, aus der sie gekommen waren. Das Boot mit Hurwood, Friend und Bonnett war nirgends zu sehen.

»Wir sind auf uns selbst gestellt«, sagte er zu Davies. »Meinst du, daß du den Rückweg zur See finden kannst?«

Davies hielt im Rudern inne und blickte in die Runde der Sumpftümpel und Wasserarme, die mit allen anderen identisch waren, die sie durchfahren hatten, unterteilt durch moosbehangene Bäume, Schlingpflanzen und Wurzeln, die in keiner erkennbaren Weise von irgendeinem anderen Teil des Sumpfes abwichen. »Klar«, sagte er und spuckte ins ölig schillernde Wasser. »Ich steuere nach den Sternen.«

Shandy blickte auf. Das hochgewölbte Dach aus Moos und Ästen und Schlingpflanzen schien so fest und dicht wie das Gewölbe einer Kathedrale.

Während der nächsten Stunde, in der Shandy immer wieder die anderen Boote rief, aber keine Antwort erhielt, und Beth keinen Muskel regte, und der Nebel immer dichter wurde, ruderte Davies durch die gewundenen Kanäle, beobachtete die langsame Strömung und versuchte, dieselbe Richtung einzuhalten; er war jedoch behindert durch Kanäle, die in Schilffeldern oder Morast endeten, und durch Gebiete, wo die Strömung sich im Verlauf von Flußschleifen wieder landeinwärts wandte. Endlich fanden sie einen breiten Wasserlauf, der eine kräftige Strömung zeigte. Shandy fiel ein Stein vom Herzen, denn die Fackel brannte zusehends schwächer.

»Dies muß klappen«, schnaufte Davies, als er in die Mitte der Strömung hinausruderte.

Shandy bemerkte, daß der andere das Gesicht verzog, wenn er sich in die Riemen legte, und plötzlich fiel ihm ein, daß Davies sich die Hand verbrannt hatte, als er den Lehmball auf den Sumpf-*loas* geworfen hatte. Er wollte ihn an den Rudern ablösen, als einer der Pilzköpfe am Ufer sprach. »Sackgasse«, quakte er. »Links halten! Enger, aber ihr kommt hin.«

Shandy war um so erstaunter, als er die Stimme zu erkennen glaubte. »Was?« rief er rasch der weißen, undeutlich aus dem Dunkel schimmernden Kugel zu.

Sie antwortete nicht, und Davies ruderte weiter den breiten Wasserlauf hinunter.

»Der Pilzkopf sagte, dies sei eine Sackgasse«, sagte Shandy nach einer kleinen Weile.

»Erstens«, erwiderte Davies, dessen Stimme heiser von Erschöpfung war, »steckt er im Schlamm, also sehe ich nicht, wie er es wissen kann. Und zweitens, warum sollten wir annehmen, daß er uns guten Rat geben will? Vorhin hätten wir beinahe Wurzeln geschlagen — dieser Bursche hat es offensichtlich getan. Warum sollte so einer uns guten Rat geben wollen? Elend liebt Gesellschaft.«

Shandy blickte zweifelnd in die ausbrennende Fackel. »Aber diese Pilzköpfe ... Ich glaube nicht, daß wir uns in solche verwandelt hätten. Wir wurden alle zu normalen Pflanzen — Blumen und Sträuchern und Bäumen. Und jeder von uns unterschied sich von den anderen. Diese Jungen sind alle gleich ...«

»Zurück, Jack«, meldete sich ein anderer von den kugeligen weißen Knollen. Wieder bildete Shandy sich ein, er höre einen vertrauten Tonfall heraus.

»Wenn er sich überhaupt verändert«, sagte Davies dickköpfig, »wird dieser Kanal breiter.« Einer der Pilzbälle hing von einem Ast, der weit über das Wasser hinausreichte, und als sie unter ihm vorbeifuhren, öffnete er eine lappige Öffnung und sagte: »Sümpfe und Treibsand voraus. Glaub mir, Jack.«

Shandy sah Davies an. »Das ... das war meines Vaters Stimme«, stammelte er.

»Es ... kann nicht sein«, knurrte Davies und legte sich noch stärker in die Riemen.

Shandy blickte weg und sagte in die Dunkelheit voraus: »Links, sagtest du, Papa?«

»Ja«, flüsterte ein anderer der Pilzknollen. »Aber hinter dir — dann mit der Strömung zur See.«

Davies ruderte noch zwei Züge, dann stieß er die Ruder zornig ins Wasser hinab. »Meinetwegen!« sagte er und begann das Boot zu drehen. »Obwohl ich erwarte, daß wir selbst als Pilzköpfe enden werden, die der nächsten Gesellschaft von Dummköpfen, die sich hier hereinwagen, falsche Richtungen angeben.«

Im blakenden Fackelschein fanden sie eine Lücke zwischen den schlammigen Uferbänken, und Davies ruderte zögernd hinein, daß der breite, gleichmäßig strömende Wasserlauf zurückblieb. Das kühle weiße Licht eines Geisterballes glomm im Nebel hinter ihnen auf und verlosch wieder.

Der Nebel zog jetzt in dicken Schwaden flußabwärts, durchdrang das Gewirr der Äste und Ranken wie Milch, die in klares Wasser tropft; und bald war er wie Watte, und ihre Fackel war ein diffuser, orangen leuchtender Fleck im schwarzgrauen Gewebe der Nacht — aber der Kanal, den sie befuhren, war so schmal, daß Shandy mit ausgestreckten Armen zu beiden Seiten das nasse Gesträuch fühlen konnte.

»Die Strömung wird tatsächlich ein bißchen stärker«, räumte Davies widerwillig ein.

Shandy nickte. Der Nebel hatte eine unangenehme Kühle mit sich gebracht, und als er zu frösteln begann, fiel ihm ein, daß Elizabeth nur ein leichtes Baumwollkleid trug. Er zog seinen Rock aus und legte ihn um ihre Schultern.

Dann glitt das Boot durch eine so schmale Engstelle zwischen zwei Mangrovendickichten, daß Davies die Ruder einziehen mußte, und einen Augenblick später kam das Boot hinaus auf eine weite Wasserfläche, und hier lichtete sich der Nebel, so daß sie nach einigen Dutzend weiteren Ruderschlägen den Strand und voraus zu ihrer Linken die Glutpunkte der drei Feuer erkennen konnten.

»Ha!« rief er freudig aus und schlug Davies auf die unversehrte Schulter. »Sieh dir das an!«

Davies grinste zurück. »Und sieh dir *das* an«, sagte er und nickte nach achteraus.

Shandy wandte den Kopf und sah, noch im Nebel, das schwache Glimmen zweier Fackeln. »Die anderen haben es auch geschafft«, bemerkte er, nicht sehr erfreut.

Auch Beth war aus ihrer Teilnahmslosigkeit erwacht und blickte zurück. »Ist ... mein Vater in einem dieser Boote?«

»Ja«, sagte Shandy. »Aber ich werde nicht zulassen, daß er dir weh tut.«

In den nächsten Minuten sprach keiner von ihnen, und Davies ruderte auf Parallelkurs zum Strand. Die Piraten dort sichteten die herannahenden Boote und begannen zu brüllen und in Hörner zu stoßen.

»Wollte er mir weh tun?« fragte Beth.

Shandy sah sie an. »Erinnerst du dich nicht? Er ...« Verspätet kam ihm der Gedanke, daß es einen geeigneteren Zeitpunkt geben könnte, ihre jüngsten gräßlichen Erinnerungen wachzurufen. »Ah ... er befahl Friend, dir die Hand zu verletzen«, sagte er lahm.

Sie blickte auf ihren Daumen, dann sagte sie nichts mehr, bis sie in die Nähe der Feuer gelangt waren und Männer herausgewatet kamen, das Boot auf den Strand zu ziehen. »Ich erinnere mich, daß du mir ein Messer an die Kehle setztest«, sagte sie dann.

Shandy machte eine ungeduldige, gepeinigte Handbewegung. »Es war der Messerrücken, und ich habe dich nicht einmal damit berührt! Das geschah, um ihn auf die Probe zu stellen. Um zu sehen, ob er dich noch brauchte, um seine Magie zu vollenden, ob etwas von deinem Blut vielleicht noch nicht alles war, was er brauchte! Verdammt noch mal, ich versuche, dich zu *beschützen!* Vor *ihm!*« Mehrere Männer waren zu ihrem Boot gewatet, kräftige Hände packten die Bordwände und zogen es zum Strand.

»Magie«, sagte Beth.

Shandy mußte sich vorbeugen, um sie durch die aufgeregten Fragen der Piraten zu hören. »Ob es dir gefällt oder nicht«, sagte er mit erhobener Stimme, »es ist nun einmal, was uns hier beschäftigt.«

Sie schwang ein Bein über die Bordwand und sprang ins flache Wasser und blickte zurück zu ihm. Die Bugfakkel war fast erloschen, besaß aber noch genug Helligkeit, um die Linien der Anspannung und Erschöpfung in ihrem Gesicht zu zeigen. »Womit zu beschäftigen du dich entschieden hast«, sagte sie, dann wandte sie sich ab und ging den Strand hinauf zu den Feuern.

»Weißt du«, bemerkte Shandy zu Davies, »ich werde sie aus alledem herausbringen ... nur, um des Vergnügens willen, ihr noch einen Punkt vorzuweisen, in dem sie sich ganz und gar irrt.«

»Wie wir uns freuen, euch zu sehen!« rief einer der Piraten. Sie hatten das Boot ganz auf den Sand gezogen, und Shandy und Davies stiegen aus und streckten sich. Der Begrüßungslärm begann sich zu legen.

»Und wir erst«, sagte Davies.

»Ihr müßt halb verhungert sein«, sagte ein anderer. »Oder habt ihr dort drinnen was zu essen gefunden?«

»Wir hatten nicht mal Zeit, daran zu denken.« Davies wandte den Kopf, die anderen zwei Boote zu beobachten. »Wie spät ist es? Vielleicht könnte Jack uns eine Art Vorfrühstück zusammenschustern.«

»Ich weiß nicht, Phil, aber es ist nicht spät — nicht später als eine oder zwei Stunden nach Sonnenuntergang.«

Shandy und Davies starrten ihn an. »Aber wir sind

Zwischendurch:

Völlig übermüdet und hungrig gelangen unsere Seefahrer an den Strand, nichts dringlicher wünschend als einen steifen Grog und zwölf Stunden Schlaf.

Im Alltagsleben aber bemüht man sich, solche Situationen tunlichst zu vermeiden – und es gibt ja bei uns auch immer Gelegenheit, eine kleine Mahlzeit zwischendurch einzunehmen. Wir brauchen dazu nur fünf Minuten Zeit, einen Löffel, heißes Wasser und die …

ungefähr eine Stunde nach Sonnenuntergang losgefahren«, sagte Shandy. »Und wir sind mindestens mehrere Stunden fort gewesen ...«

Der Pirat schaute verständnislos, und Davies fragte: »Wie lang waren wir fort?«

»Na ... zwei Tage«, antwortete der Mann in einiger Verwirrung. »Ziemlich genau — von der Abenddämmerung bis zur Abenddämmerung.«

»Ah.« Davies nickte nachdenklich.

»Und Asche zu Asche«, warf Shandy ein, zu müde, um zu überlegen, ob seine Worte einen Sinn ergaben. Wieder blickte er hinaus zu den nahenden Booten. Müßig, denn trotz seiner Ableitungen wünschte er sich im Moment nichts als einen steifen Grog und eine Hängematte und zwölf Stunden Schlaf, überlegte er, wie er Hurwood daran hindern würde, Beth die Seele aus dem Leib zu zwingen, so daß der Geist ihrer Mutter, seiner Frau, einziehen könnte.

16

Am nächsten Morgen hatte der Nebel sich über das Flußdelta ausgebreitet und legte einen feuchten, nur schwach durchscheinenden Schleier über Land und Meer, und es war so kühl, daß die Piraten mit eingezogenen Schultern um die zischenden, knackenden Feuer saßen, und es war Vormittag, als der Nebel sich endlich auflöste und bemerkt wurde, daß die *Brüllende Carmichael* fort war; und eine weitere halbe Stunde des Absuchens der Küste mit Booten, des Rufens und Glockenläutens bestätigte nur das Verschwinden des Schiffes.

Der größte Teil der Besatzung war an Land, und zuerst wurde angenommen, daß der Segler sich irgendwie vom Anker losgerissen habe und abgetrieben sei — dann kam Hurwood von der Hütte den Hang herbeigerannt und schrie, daß seine Tochter fort sei und er Leo Friend nicht finden könne.

Shandy stand bei einem der Boote am Strand, als Hurwoods Nachricht bekannt wurde. Davies und Schwarzbart standen dreißig Meter entfernt und verhandelten mit leiser Stimme, aber auch sie blickten auf, als die neue Nachricht durch das Lager schallte.

»Kein zufälliges Zusammentreffen«, erklärte Schwarzbart.

»Der fette Kerl?« meinte Davies. »Aber warum?«

»Dein Quartiermeister weiß, warum«, sagte Schwarzbart und nickte an Davies vorbei zu Shandy. »Stimmt's, Shandy?«

Shandy ging zu ihnen hinüber. Er fühlte sich ausgehöhlt und kälter als der Nebel. »Allerdings«, sagte er heiser. »Ich habe beobachtet, wie er sie manchmal angesehen hat.«

»Aber warum mein Schiff nehmen?« knurrte Davies, zornig auf die noch verschleierte See hinausstarrend.

»Er mußte Beth fortschaffen«, sagte Shandy. »Ihr Vater hatte Pläne für sie, die mit den Plänen, die Friend für sie hatte ... nicht zu vereinbaren waren.« Er sprach in ruhigem Ton, war aber angespannt wie eine Stahlfeder.

Schwarzbart, auch er zur See hinausblickend, schüttelte den massigen Kopf. »Ich wußte, daß er mehr war als bloß Hurwoods Lehrling — daß er eigene Ziele verfolgte. Bei der Fontäne bekam er endlich, was er brauchte. Ich hätte ihn gestern abend umbringen sollen, nachdem wir alle zurückgekommen waren. Ich glaube, ich hätte es tun können.« Der hünenhafte Pirat ballte die Hand zur Faust und schlug sie in die Handfläche der anderen.

Das Geräusch des Schlages ging unter in dem jähen, zerreißenden Krachen eines nahen Blitzschlages, und die grelle, den ganzen Himmel spaltende Lichterscheinung ließ Shandy und Davies geblendet zurücktaumeln.

»Ich glaube, ich hätte es tun können«, wiederholte Schwarzbart.

Als die Echos über die Küste davonrollten und Schwarzbart die Hände sinken ließ, ertappte Shandy sich bei der Wunschvorstellung, daß er auch etwas von seinem Blut in den Schlamm bei der Fontäne vertropft hätte. Der Gedanke erinnerte ihn an die Art und Weise, wie Davies den Sumpfgeist besiegt und vielleicht getötet hatte. Verstohlen hob er den Fuß und zog einen Fingernagel durch den Ritz zwischen Sohle und Oberleder und rollte den so gewonnenen Schmutz zu einer kleinen Kugel, die er in die Tasche steckte. Er wußte nicht, ob sie tatsächlich Schlamm vom Randbereich der Fontäne enthielt, oder gegen welche Art von Feind er von Nutzen sein könnte, selbst wenn ersteres der Fall wäre, aber es lag auf der Hand, daß jemand, der nur über Pistolen und Säbel verfügte, für die Kämpfe, in welche sie hier verstrickt waren, lächerlich schlecht ausgerüstet war.

»Ich muß mein Schiff zurückgewinnen«, sagte Davies, und Shandy begriff, daß Davies mit dem Verlust des Schiffes auch seinen Rang verloren hatte — ohne der *Brüllenden Carmichael* war er bloß der Schiffsführer einer bemerkenswert mitgenommenen, aber ansonsten wenig beeindruckenden kleinen Schaluppe.

Davies blickte verzweifelt zu Schwarzbart. »Kannst du mitkommen und helfen? Er ist jetzt mehr als er war, und schon vorher wußte er ein paar gute Kniffe.«

»Nein«, sagte Schwarzbart mit ausdrucksloser Miene. »Inzwischen mag Woodes Rogers in New Providence eingetroffen sein, mit der Generalamnestie, die darauf angelegt ist, mich meiner Nation zu berauben.« Ein leichter Seewind war aufgekommen und blies die schwarze Löwenmähne des Piratenkönigs aus der Stirn, und Shandy bemerkte graue Strähnen an den Schläfen und im Bart. »Ich wollte die *Carmichael* — mit dir als Kapitän — zum Flaggschiff meiner Flotte machen ... und ich hoffe, du wirst sie zurückgewinnen. Aber mir scheint, das Zeitalter der freien Piraterie geht zu Ende ... genauso wie die fröhlichen Zeiten der Bukanier vergangen sind ... dies ist das Zeitalter der Reiche.« Er lächelte Davies von der Seite zu. »Würden die Brüder mir folgen oder die Amnestie annehmen, läßt man ihnen die Wahl?«

Davies lächelte müde zurück und wartete, bis die nächste anlaufende Wellenfront sich brach und ihre schäumenden Ausläufer über den Sand beinahe zu ihren Stiefeln kamen, bevor sie zurückflossen, dann sagte er: »Sie werden die Amnestie annehmen. Mit Schwarzbart zu segeln, ist eine Verabredung mit dem Henker.«

Schwarzbart nickte. »Aber ...?«

Davies zuckte die Achseln. »Das Problem wird unverändert bleiben — es sei denn, König Georg ist so vernünftig, einen weiteren Krieg anzufangen. Die Karibik ist voller Männer, die kein anderes Gewerbe kennen als ein Kriegsschiff zu segeln. Seit der Friede ausgebrochen ist, sind sie alle ohne Arbeit. Gewiß, sie werden die Amnestie annehmen — dankbar! — um ihre vergangenen Übeltaten abzuschreiben ... aber einen oder zwei Monate später werden sie alle wieder im Kontobuch stehen.«

Schwarzbart nickte, und während Shandy und Davies zurücktraten, blickte er nicht einmal zu seinen Füßen nieder, als die nächste Wellenfront brach und weiße Gischt über die Stelle hinaustrug, wo er stand, und ihm im Ablaufen einen Strang Seetang um die Knöchel drapierte. Schließlich sagte er bedächtig: »Würden sie einem neuen Kapitän folgen, der Schiffe und Geld hätte?«

»Natürlich — und wenn dieser Kapitän wirklich keine verbrecherische Vergangenheit hätte, könnte er unter allen Seeleuten der Neuen Welt seine Auswahl treffen, denn sie würden ihre Amnestie nicht verletzen, indem sie mit ihm segelten. Aber an wen hast du gedacht? Selbst Shandy hier hat einen hübschen Ruf.«

»Weißt du, Phil, warum Juan Ponce de Leon jenen Ort jenseits des Sumpfwaldes den Jungbrunnen nannte?«

»Nein.« Davies lachte kurz auf. »Wenn überhaupt, fühle ich mich ein gutes Stück älter, seit ich dort war.«

Schwarzbart wandte sich zu Shandy. »Hast du eine Vermutung, Jack?«

Shandy erinnerte sich Hurwoods makaberer Possen mit dem toten Kopf seiner Frau. »Weil der Ort benutzt werden kann, Tote wieder zum Leben zu erwecken.«

Schwarzbart nickte. »Ich war sicher, daß du das herausbringen würdest. Ja, der alte Hurwood will den Geist seiner Frau aus ihrem getrockneten Kopf erwecken und dem Körper seiner Tochter einpflanzen. Pech für die Tochter, die ohne Körper bleibt.« Der Riese lachte leise. »Hurwood kam letztes Jahr hier heraus in die Neue Welt — er hatte gehört, daß Zauberei hier so alltäglich wie Salz sei.«

Bei den Feuern hinter ihnen wurden weitere Rufe laut,

aber Schwarzbart hing seinen Erinnerungen nach. »Eine Pistolenkugel zerschmetterte ihm den Arm«, sagte er. »Wir mußten ihn abhacken und den Stumpf teeren. Hätte nie gedacht, daß ein Mann seines Alters das überleben würde. Aber man hätte schwören mögen, daß er es schon am nächsten Tag vergessen hatte — statt sich um seinen Arm zu grämen, beobachtete er mich die ganze Zeit. Die Geister plagten mich damals ziemlich schlimm, und ich trank zwei- oder dreimal am Tag Rum mit Schießpulver. Und obwohl die Magie in der Alten Welt seit Jahrtausenden ausgetrocknet ist, hatte er ihre alten Fußabdrücke gefunden und schließlich sogar ihre Gebeine … und sie studiert. Er wußte, was mich plagte und hatte eine ziemlich klare Vorstellung, wie ich zu all diesen Geistern gekommen war. Er bot mir an, mich von ihnen zu befreien — sie zu exorzieren — wenn ich ihm genau den Ort zeigen würde, wo ich sie mir zugezogen hatte. Ich sagte gut, gehen wir, aber er sagte, nicht so schnell. Wir brauchen ein geisterabstoßendes Mittel, dieses besondere Medizinkraut, das die Indianer in Carolina anbauen. Ich sollte nach Norden segeln und etwas davon besorgen, und er wollte nach England zurückkehren, um ein paar Dinge zu beschaffen: seine Tochter und den Kopf seiner Frau, wie es scheint. Der einzige Grund, der ihn zur Beschäftigung mit der Magie und dem Versuch geführt hatte, ihrem Weiterleben auf die Spur zu kommen, war der Wunsch, seine Frau wiederzuhaben. Aber ehe er nach England zurückfuhr, kam er nach New Providence zu uns und lebte ein paar Wochen unter den *bocors*. Eines Nachts segelte er mit einem von ihnen nach Westen und kam ganz erschöpft und verrückt aussehend zurück — aber aufgeregt. Ich wußte, er hatte es irgendwie fertiggebracht, mit der Frau Verbindung aufzunehmen. Und dann fuhr er fort und versprach mir als letzten Teil des Handels ein feines Schiff für mich.«

Shandy dachte an den alten Chaworth, und die Erkenntnis, daß er nun vom gleichen Schlag wie jene waren, die den gütigen alten Mann ruiniert und umgebracht hatten, brachte ihm Bitterkeit in den Sinn.

»Und Hurwood hatte natürlich recht«, fuhr Schwarzbart fort. »Wir machen hier draußen Gebrauch von Zauberei, und diejenigen unter uns, die sich nicht zu fein dünken, auf die schwarzen *bocors* zu hören — besonders diejenigen von uns, die auf See leben —, kennen ein paar hübsche Kniffe. Ich kenne vielleicht mehr als sonst jemand ... und seit unserer Reise flußaufwärts habe ich nun die Macht, jeden dieser Kniffe noch besser zu beherrschen. Seit Jahren habe ich von diesem Brunnen gehört und bin den Geschichten nachgegangen, wegen einer Zauberei, die ich im Zusammenhang damit erfahren hatte. Ein Mann mit der geeigneten Kraft kann dadurch unsterblich werden, wenn er darauf achtet, auf See zu leben. Blut, frisches Blut, und Seewasser, und du brauchst den Kopf nicht, noch einen Körper, in den die Seele hinein kann; das Blut des Zauberers kann in der See, in einer Art von Ei, einen neuen heranwachsen lassen, innerhalb von Stunden nach dem Eintropfen ...«

Davies runzelte nachdenklich die Stirn. »Ich verstehe. Also willst du ...«

»Nordwärts segeln, Phil, in eine zivilisierte Gegend, wo alles dokumentarisch geschieht und offiziell aufgezeichnet wird. Und ich könnte mir denken, daß der berühmte Schwarzbart in einem Seegefecht gestellt und getötet werden wird, in einer Weise, daß etwas von seinem Blut in den Ozean fallen wird ... und dann sollte es mich nicht wundern, wenn irgendein Fremder erscheinen würde, der zufällig wüßte, wo ich all meine Moneten versteckt habe, und er wird keinen Ruf und keine rühmliche oder unrühmliche Vorgeschichte haben, die ihn belasten könnte. Ich denke mir, er wird auf unauffällige Art und Weise ein Schiff an sich bringen — hah! Ich wette, Stede Bonnett wird dabei aushelfen — und dann südwärts nach New Providence segeln. Ich könnte mir denken, daß er dich wird sprechen wollen, Phil — und ich meine, es wäre gut, wenn du die *Carmichael* wiederbekommen würdest.«

Davies nickte. »Willst du ... daß wir diese Amnestie annehmen, die Rogers überbringt?«

»Warum nicht?«

»Hast du das gehört, Jack?« sagte Davies zu Shandy. »Du darfst wieder zurück ins Schaufenster.«

Shandy öffnete den Mund zu einer Antwort, dann schloß er ihn und schüttelte den Kopf.

»Er ist ein zu großer Sünder, Phil«, sagte Schwarzbart, und seine Augen funkelten belustigt.

Benjamin Hurwood legte die letzten zehn Schritte in aufgeregt schlenkernden Sprüngen zurück, daß der hölzerne Kasten an seinem Gürtel auf und niederflog. »Wann fahren wir?« schrie er. »Begreifen Sie nicht, wie wichtig es ist, daß wir uns beeilen? Er könnte sie umbringen; ganz gewiß hat er jetzt die Macht, ihren Schutz zu überwinden.«

Schwarzbart ignorierte ihn. »Ich fahre nach Norden«, sagte er und stapfte über den Strand zurück zu den Feuern.

Davies beäugte den blassen, zitternden Hurwood. »Können Sie sie finden?«

»Natürlich kann ich sie finden — meine Tochter, jedenfalls.« Er schlug respektlos mit der flachen Hand an den hölzernen Kasten. »Dieses Ding ist jetzt ein verdammter Magnet für sie, besser als der Wegweiser, der Sie vor einem Monat zur *Carmichael* führte.«

»Dann laufen wir sofort aus«, sagte Davies. »Sobald wir die *Jenny* bemannen können. Wir ...« Er hielt inne. »Die Besatzung der *Carmichael*«, sagte er. »Was soll aus den Burschen werden, die wir nicht an Bord der *Jenny* befördern können?«

»Wen kümmert es?« schrillte Hurwood. »Die Mannschaft kann geteilt werden — eine Hälfte fährt mit Thatch, die andere Hälfte mit Bonnett. Verdammt soll er sein, dieser fette Wurm! Hah, was ich mit dem Galgenvogel machen werde, wenn ich ihn erwische! Prometheus hat nicht halb so viel gelitten wie Leo Friend leiden wird, das verspreche ich …«

»Nein«, sagte Davies nachdenklich, »von meinen Burschen wird keiner mit Thatch nach Norden segeln … Ehe ich das zulasse, belade ich die *Jenny* mit so viel Männern, daß sie bis ans Deck im Wasser liegt!«

Hurwood tanzte vor Ungeduld von einem Bein aufs andere, und nun kniff er die Augen zu und ballte seine Faust und erhob sich langsam vom Sand, bis er ungestützt drei Fuß über dem Boden schwebte. Er öffnete die Augen einen Spalt, zischte zornig und schloß sie wieder — und dann wurde er wie eine Gliederpuppe zur See hinausgeschleudert und schlug draußen, wo die Brecher sich aufbauten, um schäumend auf den Strand zu stürzen, mit einem gewaltigen Aufklatschen ins Wasser.

Ein paar Piraten waren am Strand, und sie hatten mit offenen Mäulern diese Vorstellung verfolgt und starrten nun verwundert hinaus, wo der Mann im aufspritzenden Wasser verschwunden war.

»Holt ihn!« rief Davies ihnen zu, und die Männer sprangen zum nächsten Boot, zogen es hinunter zum Wasser und ruderten in die Brandung. Zu Shandy gewandt, sagte Davies: »Du möchtest das Mädchen finden, richtig?«

»Richtig.«

»Und ich will mein Schiff wiederhaben. Also wollen wir Hurwood an Bord der *Jenny* schaffen, bevor er seine Flugkünste vervollkommnet und davonflattert, sie ohne uns zu finden.«

Die Seeleute hatten das breite Beiboot durch die Brandung geschoben und gerudert. »Bringt ihn nicht zurück!« brüllte Davies, beide Hände um den Mund gelegt. »Bringt ihn zur *Jenny!*«

»Wird gemacht, Phil!« schrie einer der Ruderer zurück.

Davies faßte Shandy bei der Schulter. »Zurück zum Lager, Jack«, sagte er. »Laß von unseren Leuten so viele zu Bonnetts Mannschaft gehen, wie an Bord der *Revenge* Platz finden — den Rest bringst du hierher und an Bord der *Jenny.* Aber von unseren Maaten segelt keiner mit der *Revenge,* klar?«

»In Ordnung, Phil«, sagte Shandy. »Ich werde sie in drei Minuten hier bei den Booten haben.«

»Gut. Geh!«

Shandy lief den Strand hinauf zu der Menge, um die rauchenden Feuerstellen, als Trauerkloß ihn am Arm faßte und zurückhielt. Die dunklen Augen des *bocors* funkelten ihm aus dem breiten schwarzen Gesicht an. »Bist verdammt langsam, Junge«, sagte der Mann. »Ich dachte, du würdest die Dinge flußaufwärts in Ordnung bringen. Jetzt ist es zu spät für eine einfache Lösung — jetzt mußt du ihn töten und an Land verbrennen.«

»Wen töten?« platzte Shandy heraus, ohne zu bedenken, daß der Mann taub war.

»Du segelst nicht mit *Queen Anne's Revenge*«, sagte Trauerkloß.

Shandy, dem verspätet die Taubheit des *bocor* in den Sinn kam, schüttelte den Kopf und setzte eine ernsthaft zustimmende Miene auf. Er stand bereits auf den Zehenspitzen und hoffte, der riesige *bocor* würde ihn nicht noch höher heben. »Nein, Sir!« schrie er.

»Hab nicht fünf Jahre auf dich gewartet, daß du eine Marionette von ihm sein kannst und stirbst, bloß um mehr Blut zu liefern und seine Todesszene überzeugender zu machen.«

»Ich fahre nicht mit der *Revenge!*« sagte Shandy laut und mit übertriebenen Lippenbewegungen. Dann fragte er: »Was willst du damit sagen, ›fünf Jahre‹?«

Trauerkloß sah umher — niemand schenkte ihnen Beachtung, und er senkte seine Stimme zu einem Flüstern, das irgendwie noch immer ein Grollen war. »Als der

Krieg der weißen Männer endete, konnte jeder sehen, daß Thatch zu viel gelernt hatte.«

Shandy wußte nicht zu sagen, ob dies eine Antwort oder etwas war, was Trauerkloß ohnedies hatte sagen wollen.

»Man ließ ihm vieles durchgehen, weil er sich Kommandant eines Kaperschiffes nannte«, fuhr der *bocor* fort. »Die Engländer ließen ihn in Ruhe, weil sie dachten, er nehme nur spanische Schiffe. Aber er war an Unterscheidungen zwischen spanischen oder englischen oder holländischen Schiffen nicht interessiert, nur an Menschenleben und Blut. Er tötete sogar diesen alten englischen Zauberer, bei dem er gelernt hatte, und dann versuchte er, ihn zurückzubringen.« Trauerkloß lachte. »Damals half ich ein bißchen, ließ eine Schildkröte das Blut im Wasser essen. Hätte sowieso nicht sehr lange geklappt, weil keiner von ihnen vorher in Erebus Blut vergossen hatte, aber du hättest diese Schildkröte sehen sollen, als sie versuchte, mit ihren Flossenfüßen englische Worte auf das Deck zu schreiben.« Er sah Shandy scharf an. »*Du* hast dort kein Blut vergossen, oder?«

»Wo?«

»In Erebus, wie die weißen Leute den Ort nennen. Den Ort, wo die Fontäne ist, wo Geister nicht Geister sein können, wo aus Blut Pflanzen wachsen?«

Shandy schüttelte den Kopf. »Nein, nein, ich nicht. Nun laß mich los, ja? Ich muß ...«

»Nein? Gut. Wenn du hättest, würde er ... Verwendung für dich haben. Und als der Krieg zu Ende war und er noch lebte, und nahe daran war, eine ganze Nation zusammenzubringen, von Bösewichtern, wie es schien, da sah ich, daß ich einen Tod für ihn aus der Alten Welt rufen mußte. Als der einarmige Mann letztes Jahr kam und von Geistern wußte, war ich sicher, daß er mein Mann war, besonders, weil seine Frau im selben Jahr gestorben war, als ich meinen Ruf aussandte — wenn die größeren *loas* ihn für mich schickten, hatten sie vielleicht ihren Tod verursacht, solange die Komplikationen geeignet wären, ihn hierher zu treiben.«

»Das ist wirklich großartig«, sagte Shandy. Er sprang hoch und entwand seinen Arm der riesigen Hand des *bocors.* »Aber jetzt muß ich zu den Mannschaften, verstehst du? Wer getötet und verbrannt werden muß, wird einfach noch ein bißchen warten müssen.« Er wandte sich um und lief davon, bevor Trauerkloß ihn wieder greifen konnte.

Durch Drohungen und Andeutungen, daß das Ausgesetztsein hier am öden Strand eine reale Möglichkeit wäre, brachte Shandy es zu seiner eigenen Verwunderung fertig, David Herriot, Bonnetts beschränkten Segelmeister, zu bewegen, etwas mehr als die Hälte der Besatzung der *Carmichael* aufzunehmen, und die anderen zu den Booten und aufs Wasser zu bringen, bevor das Boot, das Hurwood aufgenommen hatte, die *Jenny* hatte erreichen können.

Der Nebel hatte sich unterdessen weitgehend aufgelöst, und als das Boot, in dem Shandy saß, die mannshohen Brandungswellen durchbrochen hatte, lächelte er zärtlich, als er die zerschlagene alte *Jenny* draußen im strahlenden Licht der Morgensonne standhaft die einlaufende Dünung abreiten sah.

»Wird gut sein, wieder nach Süden zu kommen, wohin wir gehören«, sagte er zu Skank, der bei ihm im Bug saß.

»Oh, klar«, stimmte ihm der junge Pirat zu. »S'ist riskant, sich zu weit von Mate Care-For und den anderen zu entfernen.«

»Ja.« Shandy befühlte hastig seine Rocktasche, um sich zu vergewissern, daß er den Lehmklumpen nicht verloren hatte. »Ja, es gibt die merkwürdigsten Bestien auf der Welt, und man tut gut daran, bei denjenigen zu bleiben, mit denen man sich gutgestellt hat.«

Minuten später stieß die Bordwand des Bootes gegen den vom Beschuß mit Alteisen zernarbten Rumpf der

Jenny, und Shandy streckte sich, bekam die Deckskante zu fassen und zog sich über die Reling hinauf. Während er Anweisungen gab, die sorgfältig reparierten Segel zu setzen und die frisch gespleißten Schotleinen zu belegen, und die hastige Verladung mehrerer Fässer mit Pökelfleisch und Bier beaufsichtigte, die er aus dem Lager hatte fortschaffen können, wurde ihm bewußt, daß die Planken unter seinen Stiefelsohlen alle paar Sekunden kurz vibrierten, und als er nach achtern ging, um Davies zu melden, daß sie bereit zum Auslaufen seien, sah er Hurwood über seinen schrecklichen Kasten gebeugt auf dem schmalen Schanzdeck sitzen, und die rauhen Atemzüge des alten Mannes stimmten genau mit den Vibrationen des Decks überein.

»Hoffentlich muß er nicht niesen«, bemerkte Davies, der das Phänomen gleichfalls bemerkt hatte. »Alles bereit?«

»Würde ich sagen, Phil«, antwortete Shandy mit einem von Spannung zuckenden Grinsen. »Viel zu viele Männer, kaum Proviant, die Segel mit Zwirn geflickt, und der Steuermann ein einarmiger Verrückter, der einen abgeschnittenen Kopf in einem Kasten als Kompaß benutzt.«

»Ausgezeichnet«, sagte Davies und nickte. »Gute Arbeit. Ich wußte, daß ich den richtigen Mann zum Quartiermeister und Steuermannsmaat gemacht habe.« Er blickte zu Hurwood hinüber. »Welche Richtung?« Hurwood wies nach Süden.

»Heißt Anker!« rief Davies. »Und Ruder hart Steuerbord!«

Die alte Schaluppe drehte den Bug bedächtig nach Süden, und dann nahm sie so rasch Fahrt auf, obwohl sie hoffnungslos überfüllt war, daß Shandy glaubte, Hurwood müsse für irgendeine Art von zauberischem Antrieb gesorgt haben, um die Segel zu unterstützen; und zur Mittagszeit waren sie mit breiter Bugwelle bis hinunter an der Südspitze Floridas vorbeigepflügt.

Eine halbe Stunde später begann etwas zu geschehen. Hurwood hatte seit ihrer Abfahrt in den hölzernen Kasten gestarrt, nun aber blickte er auf, und Shandy, der den alten Mann im Auge behalten hatte, bemerkte die Veränderung und ging die Reling entlang nach achtern. Ein paar Schritte vor dem einarmigen Zauberer machte er halt.

»Es gibt … andere …«, sagte der alte Mann.

Mehrere Piraten waren in die Wanten geklettert, um dem Gedränge an Deck zu entgehen und sorgten für die Unterhaltung ihrer unten sitzenden Gefährten, indem sie sich gegenseitig eine immer leichter werdende Rumflasche zuwarfen, ohne sie fallen zu lassen; aber nun spähte einer von ihnen aufmerksam nach Westen. »Ein Segel!« schrie er. »Au, verdammt«, fügte er hinzu, als die Flasche von seinem Knie abprallte und unter ihm in begierig zugreifende Hände fiel. »Ein Segel Steuerbord voraus, und nur eine oder zwei Meilen entfernt!«

Das muß die *Carmichael* sein, dachte Shandy und wandte sich so rasch in die angegebene Richtung, daß er zufassen und sich an der Reling halten mußte, um nicht das Gleichgewicht zu verlieren. Sobald er jedoch das andere Schiff sah, wußte er, daß es nicht die *Carmichael* sein konnte — dieses Schiff hatte einen Vorschiffaufbau und ein besonders hohes Schanzdeck, und hatte jeweils zwei große Segel an Fock- und Hauptmast, und selbst aus dieser Entfernung konnte er helle rote und weiße Zeichen an die Seite gemalt sehen.

»Ich bin kein Hundsfott!« schrie Bird, der die Rumflasche erbeutet hatte, sich mit ihr zum Bug zurückzog und wild zu den übrigen Piraten hinblickte.

Shandy starrte das fremde Schiff an. »Was ist das?« fragte er Davies, »und wie, zum Henker, konnte es so nahe herankommen, ohne daß jemand von uns es gesichtet hat?«

»Will verdammt sein, wenn ich das weiß«, knurrte Davies. »Wir haben keinen richtigen Wachdienst, aber einer von diesen betrunkenen Zuchthäuslern hätte es sehen müssen.« Er kniff die Augen zusammen und spähte hinüber zu dem Schiff, das parallel zu ihnen Kurs zu halten schien. »Das ist eine spanische Galeone«, sagte er verwundert. »Ich wußte nicht, daß noch welche davon schwimmen — sie werden seit mindestens einem halben Jahrhundert nicht mehr gebaut.«

Shandy fluchte, dann lächelte er Davies müde zu. »Anscheinend hat es nichts mit unseren Sorgen zu tun.«

»Anscheinend nicht.«

»Also bleiben wir einfach auf Kurs?«

»Warum nicht? Sogar in überladenem Zustand sollten wir ihm davonlaufen, besonders wenn Hurwood seinen zauberischen Druck dahinter setzt. Wenn ...«

»Ein Ertrunkener!« schrie einer der Männer oben in den Wanten. »Auf Backbord, zwanzig Schritte entfernt.«

Shandy blickte in die Richtung und sah Möwen über einem schwammigen, treibenden Klumpen kreisen, der bald in ihrer Bugwelle verschwand.

»Noch einer voraus!« rief der selbsternannte Ausguck. »Wir überfahren ihn.«

»Einer von euch nimmt einen Bootshaken«, befahl Davies, »und hält ihn fest.«

Ein dritter treibender Leichnam wurde gesichtet, zu weit steuerbords, um von Deck gesehen zu werden, aber der andere, den der Ausguck voraus entdeckt hatte, wurde an den Haken genommen, als er am Bug vorbeiglitt. Die Seevögel kreischten zornig, als der Leichnam mit vereinten Kräften aus der See gezogen und an Bord gehievt wurde.

»Alle Heiligen, steht uns bei!« rief einer der Männer, die den triefenden Leichnam aufs Deck gezogen hatten. »Es ist Georgie de Burgo!«

»Dann sind wir dem fetten Hundesohn auf der Fährte«, sagte Davies in ruhigem Ton. »De Burgo war einer von dem Dutzend Männern, die an Bord der *Carmichael* waren, als sie vor Anker lag.«

Davies bahnte sich den Weg durch die Menge an Deck, und Shandy eilte ihm nach, bevor der Pfad sich wieder schließen konnte. Er wünschte, er hätte einen genaueren Blick auf den Leichnam tun können, den er in der Bugwelle hatte verschwinden sehen, und er quälte sich mit dem Versuch, sich zu besinnen, ob der Stoff, in den der Tote gewickelt gewesen war, dieselbe Farbe wie das Baumwollkleid gehabt hatte, das Beth getragen hatte, als er sie zuletzt gesehen hatte.

Bis Davies und Shandy zum Bug kamen, hatten die anderen ihnen Platz gemacht, und Shandy konnte de Burgos Leichnam aus mehreren Schritten Entfernung sehen, und dieser Augenblick der Vorbereitung rettete wahrscheinlich seinen Mageninhalt, denn Georgie de Burgos Kopf war allem Anschein nach durch einen Streich einer sehr scharfen und sehr schweren Klinge fast ganz vom Körper abgetrennt worden.

Shandy starrte in beklommener Faszination auf den Leichnam, als der Ausguck abermals rief: »Und noch einer auf Backbord!«

»Laßt ihn wieder zu Wasser«, sagte Davies mit gepreßter Stimme und wandte sich zum Heck.

Er und Shandy schwiegen, bis sie sich zum Ruder und ihrem unheimlichen Steuermann durchgearbeitet hatten. »Ich denke«, sagte Davies dann, »wir können annehmen, daß er alle zwölf umgebracht und über Bord geworfen hat. Ich kann mir nicht vorstellen, wie, aber das ist nicht das eigentliche Geheimnis.«

»Richtig«, sagte Shandy, während sein Blick den leeren blauen Horizont voraus absuchte. »Wen hat er als Besatzung?«

Eine volle Minute lang sprach keiner von ihnen, dann blickte Shandy nach Steuerbord zu der spanischen Galeone. »Ah ... Phil? Sagtest du nicht, wir seien schneller als der Spanier?«

»Hm? Gewiß, ja, an seinem besten und unserem schlechtesten Tag.« Auch Davies blickte nach Steuerbord

— dann erstarrte er und glotzte, denn die Galeone war gegenüber der *Jenny* ein gutes Stück vorangekommen. »Gott befohlen«, stieß er hervor. »Das ist nicht möglich.«

»Nein«, pflichtete ihm Shandy bei. »Auch nicht der Umstand, daß er keine sichtbare Bugwelle macht.«

Davies starrte ein paar Sekunden hinüber, dann rief er nach einem Fernrohr. Es wurde gebracht, und eine lange Minute spähte er der sich entfernenden Galeone nach. »Alle Mann an die Arbeit«, sagte er dann, und setzte das Fernrohr ab. »An allem, Taue spleißen, Segel hissen und reffen, Mann-über-Bord-Übungen — Hauptsache, ihre Aufmerksamkeit wird von diesem Spanier abgelenkt.«

»Zu Befehl, Phil«, sagte der verwirrte Shandy und eilte nach vorn. Er wies den Männern innerhalb so kurzer Zeit so viele Arbeiten zu, daß einer, der heimlich Pfeife geraucht hatte — an Bord eines Schiffs verboten —, es in der Verwirrung fertigbrachte, eine Pfütze von Birds Rum zu entzünden und den halben Bug in Brand zu setzen; fettiges Haar und teerfleckige Kleider gingen in Flammen auf, und ein Dutzend plötzlich in Brand gesetzter Männer wälzten sich und sprangen mit Schreckensgeheul über Bord.

Shandy ließ den Rudergänger sofort beidrehen, und innerhalb von Minuten hatte Davies' ständiger Drill sich ausgezahlt — das Feuer war aus, und die Männer im Wasser waren alle wieder an Bord gezogen, bevor jemand von ihnen Zeit gehabt hatte, zu ertrinken. Nachdem die Aufregung sich gelegt und Shandy wieder zu Atem gekommen war und etwas vom überlebenden Rum geschluckt hatte, ging er zurück zum Heck. Hurwood, obwohl er wahrscheinlich protestiert hatte, als die *Jenny* vom Kurs abgewichen war, starrte wieder stumm in seinen hölzernen Kasten, und als Shandy nach dem Spanier Ausschau hielt, sah er von diesem nur noch einen unregelmäßigen weißen Fleck am südlichen Horizont.

»Als ich sagte, du sollst ihnen Arbeit geben«, fing Davies an, »meinte ich nicht ...«

»Ich weiß, ich weiß.« Shandy kratzte an einer versengten Stelle seines Bartes, dann lehnte er sich an die Straff gespannten Wanten und faßte Davies ins Auge. »Also, warum? Nur damit sie die fehlende Bugwelle nicht sehen sollten?«

»Zum Teil. Aber wichtiger war mir, daß keiner von den Burschen daran denken sollte, ein Fernrohr zu nehmen und den Namen am Heck zu lesen. Es ist die *Nuestra Señora de Lagrimas*«, sagte er. »Du magst nicht von ihr gehört haben, aber die Hälfte dieser Männer kennt wahrscheinlich ihre Geschichte. Sie fuhr eine Ladung Gold von Veracruz und hatte das Unglück, einem englischen Kaperschiff zu begegnen, der *Charlotte Bailey.* Ein paar von den Engländern überlebten, um davon zu erzählen. Schreckliches Seegefecht —, und beide Schiffe gingen unter.« Er blickte zu Shandy und grinste. »Das war 1630.«

Shandy starrte ihn an. »Das ist bald ein Jahrhundert her.«

»Richtig. Weißt du etwas über Geisterbeschwörung?«

»Nicht wirklich — obwohl ich nach allem, was vorgegangen ist, bald mehr darüber wissen werde als über das Segeln.«

»Ja, ich bin selbst kein Sachverständiger, aber ich weiß, daß es nicht einfach ist. Selbst die Beschwörung eines dunstigen, stummen Abbildes einer toten Person erfordert eine Menge Zauberkraft.« Er winkte nach vorn. »Und da hat jemand die ganze verdammte *Nuestra Señora de Lagrimas* beschworen — mit Segeln, Masten, Farbe und allem, und mit Besatzung, nach der Art und Weise zu urteilen, wie sie gefahren ist: massiv genug, um sich nicht von einem wirklichen Schiff zu unterscheiden, und noch dazu bei hellem Sonnenschein.«

»Leo Friend?«

»Ich glaube es irgendwie. Aber warum?«

Shandy blickte zu Hurwood. »Ich fürchte, wir werden es wahrscheinlich herausfinden.« Und ich hoffe, dachte er inbrünstig, daß der fette Teufel zu beschäftigt gewesen ist, Piraten zu ermorden und Geisterschiffe zu beschwören, um seine Aufmerksamkeit Beth Hurwood zuzuwenden.

17

Wo sie im Winkel der Kajüte kauerte, konnte Beth Hurwood nur unzusammenhängende Abschnitte von Leo Friends tänzelnder Annäherung sehen, denn er hatte die Tür hinter sich geschlossen, als er hereingekommen war, und das einzige Licht in der Kajüte war das rasche, regelmäßige Aufleuchten des blauen Himmels vor einem Bullauge, das ständig verschwand und wieder erschien, offenbar im Gleichtakt mit dem Herzschlag des fetten Zauberers.

Sie war im Morgengrauen erwacht, als sie in Kälte und Nebel über dem Strand zu einem Boot gegangen war, das im seichten Wasser geschaukelt hatte. Als sie den grinsenden Leo Friend darin hatte sitzen sehen, war sie entschlossen gewesen, auf der Stelle kehrt zu machen, hatte es aber nicht können; dann hatte sie versucht, am Boot vorbeizugehen, aber auch das war unmöglich gewesen; sie hatte nicht einmal den Schritt verlangsamen können, als sie hilflos hinaus in das kalte Wasser gewatet und ins Boot geklettert war. Sie hatte sprechen wollen, war aber weder fähig gewesen, die Stimmbänder zu spannen noch den Mund zu öffnen. Das Boot war durch die Brecher hinaus zu der undeutlichen Silhouette der *Brüllenden Carmichael* gefahren; die Fahrt hatte nur eine Minute oder so gedauert, und während dieser Zeit hatte Friend die lose schleifenden Ruder nicht angerührt, und Beth war außerstande gewesen, einen Muskel zu bewegen.

Aber das alles war vor mehreren Stunden geschehen, und seither hatte sie wenigstens genug Herrschaft über ihre eigenen Handlungen zurückgewonnen, um in diesen Winkel zu kriechen und sich die Ohren zuzuhalten, als sie die Piraten hatte schreien und sterben hören.

Nun beobachtete sie Friend trotz ihrer Angst wachsam wie ein Tier, schätzte ab, wo sie ihn am wirksamsten mit Zähnen und Fingernägeln bekämpfen könnte, und versuchte sich gegen eine weitere Überwältigung durch magisch erzeugte, puppenhafte Hilflosigkeit zu stählen.

Doch schon einen Augenblick später spürte sie, daß sie aufstand — unter Schmerzen und in einer unbequemen Haltung, die sie freiwillig niemals eingenommen hätte; zuerst auf den Zehenspitzen, dann auf den Fußsohlen, und ihre Arme wurden hochgerissen und ausgestreckt, allerdings nicht zur Wahrung des Gleichgewichts, denn sie konnte ebensowenig fallen wie der Mast eines gut getakelten Schiffes.

Friend hob seinerseits die Arme, und sie begriff, daß sie in diese Haltung gebracht worden war, um ihn zu umarmen. Seine wulstige Unterlippe war naß und zitterte, und das Bullauge erschien und verschwand so schnell wie beide Seiten einer in die Höhe geworfenen Münze, und als er in ihre Arme trat, fühlte sie die Hände um seinen wabbeligen Rücken gehen, und dann drückte sein Mund sich auf ihren.

Er stank nach Parfüm und Schweiß und Zuckerwerk, und eine seiner Hände befummelte unbeholfen ihren Körper, aber Beth war im Augenblick fähig, ihre Augen und Zähne fest zu schließen. Dann glitt sein Mund von ihrem ab, und sie hörte ihn wieder und wieder leidenschaftlich ein Silbenpaar flüstern.

Sie öffnete die Augen ... und starrte verblüfft umher.

Das flackernde Bullauge, die ganze Schiffskajüte, war verschwunden. Sie standen auf einem Flickenteppich in einem Raum, der offenbar ein schäbiges englisches Schlafzimmer war; die Luft war muffig und roch nach gekochtem Kohl. Beth versuchte wieder, sich seinen Armen zu entziehen, und obwohl es ihr nicht gelang, konnte sie einen flüchtigen Blick auf sich selbst tun. Sie war auf einmal fett, trug ein formloses, langes schwarzes Kleid, und ihr Haar war grau. Und dann wurde ihr klar, was er flüsterte, und warum.

»Ach Mama, Mama«, keuchte er, an ihrer Kehle schnaufend. »Ach Mama, Mama, Mama.«

Aber erst als sie merkte, daß er kramphaft sein wohlgepolstertes Becken an ihr rieb, wurde ihr schlecht.

Weniger als eine halbe Minute später war Leo Friend draußen auf dem Achterdeck und schritt mit rotem Gesicht in der Morgensonne auf und ab.

Die Sache mit Fehlern, sagte er sich, als er mit seidenem Schnupftuch den Fleck an seinem Rüschenhemd betupfte, ist, daß man aus ihnen lernen muß. Und dieser Vorfall eben in der Kjüte hätte mich gewiß etwas lehren sollen. Ich muß einfach warten, noch ein wenig länger, bis ich genug Ruhe und Frieden bekomme, etwas von der Magie, der ich jetzt fähig bin, richtig einzusetzen.

Und dann, dachte er mit einem Blick zu der Kajütentür, die er gerade wieder von außen verriegelt hatte, dann werden wir sehen, wer wessen Zudringlichkeiten abwehren muß. Er holte tief Atem und stieß ihn mit entschlossenem Nicken aus. Er überblickte das Achterdeck dessen, was er aus der *Carmichael* gemacht hatte, und nachdem er seine neue Besatzung in Augenschein genommen hatte, befand er, daß sie um einiges weniger lebhaft erschien als sie gewesen war, als er sie vor mehreren Stunden beschworen hatte. Sie schienen noch blasser und aufgedunsener, und sie legten immer wieder die Köpfe schief, als ob sie lauschten, und blickten mit Mienen nach Norden zurück, die sogar auf ihren toten Gesichtern als angstvoll kenntlich waren.

»Was ist los?« fuhr er eine der Gestalten an, die am Ruder stand. »Fürchtest du dich vor Schwarzbart? Hast du Angst, er würde kommen und dir ein Enterbeil in deine kalten Gedärme stecken? Oder Hurwood würde uns verfolgen, wegen seiner gottver-d-d-d-dammten Tochter? Keine Bange, ich habe mehr Macht als jeder von den beiden.«

Der Rudergänger schien nicht zu hören und wandte bloß seinen perlgrauen Kopf zurück — so weit, daß sein Hals aufzureißen begann —, um über das Heck nach achtern zu spähen. Aus seiner nutzlosen Kehle kam ein leises Zischen, das ein Wimmern sein mochte.

Zunehmend gereizt, denn die offensichtliche Furcht seiner Besatzung hatte begonnen, ihn trotz seiner Zuversicht und der Ermutigung, die ein sonniger Tag bringt, anzustecken, erstieg Friend die Treppe zum zweiten Schanzdeck und blickte über die Heckreling nach achtern.

Zuerst dachte er, das verfolgende Schiff sei Schwarzbarts *Queen Anne's Revenge,* und seine dicken Lippen kräuselten sich in einem grausamen Lächeln — welches jedoch einen Augenblick später verschwand, als er erkannte, daß es kein Schiff war, das er je zuvor gesehen hatte. Dieses war breiter gebaut und um den Bug rot und weiß bemalt ... und schob der Bug sich nicht unheimlich gleichmäßig vorwärts? Hoben und senkten sich die Schiffe nicht ein wenig, wenn sie Fahrt machten? Schoben sie nicht eine Bugwelle vor sich her?

Er ging zur Reling, wo er das Mitteldeck überblicken konnte. Wenigstens jetzt hatte sein Schiff vorübergehend aufgehört, seine Merkmale zu ändern, und es gab keine Masten oder Decks, die von einem Augenblick zum anderen ihre Meinung änderten, ob sie da sein oder verschwinden sollten. Wahrscheinlich war sogar dieses Bullauge in der Kajüte entweder dauerhaft da oder ebenso dauerhaft nicht.

»Mehr Fahrt!« rief Friend seiner nekrotischen Mannschaft zu. Mehrere graue Gestalten begannen, die Takelage hinaufzukriechen. »Schneller!« schrillte er. »Kein Wunder, daß die verdammte *Charlotte Bailey* unterging, wenn das die Art und Weise ist, wie ihr sie gesegelt habt!«

Er blickte zurück zum verfolgenden Schiff und überlegte, ob er sich bloß einbildete, daß es bereits nähergerückt sei. Er war ziemlich sicher, daß es sich so verhielt. Nachdem er sich breitbeinig aufs Deck gepflanzt hatte, weckte er die neuen Bereiche seines Geistes und zeigte mit einem Wurstfinger auf das fremde Schiff. »Geh!« sagte er.

Augenblicklich eruptierte ein breiter Streifen der See in Dampf, der kochend in einer weißen, scharfrandigen Wolke emporstieg, und Friend kicherte erfreut — aber das Kichern brach einen Augenblick später ab, als das Schiff aus der Wolke hervorbrach, scheinbar unbeschädigt. Tatsächlich schimmerten seine Segel im hellen Knochenweiß trockener Leinwand.

»Verdammt«, murmelte Friend.

Es spielt keine Rolle, wer es ist, dachte er mit Unbehagen. Ich habe Besseres zu tun als mich mit ihm herumzuschlagen. Ich könnte mich und Elizabeth emporschweben lassen und einfach davonfliegen ... aber wenn sie uns und nicht dieses Schiff verfolgen, würde ich im Nachteil sein, denn ich müßte einen Teil meiner Kraft einsetzen, um uns in der Höhe zu halten ... natürlich brauche ich schon jetzt einen guten Teil davon, um diese verfluchten, wiedererweckten Seeleute in Bewegung zu halten ...

Er stieg hinunter zum nächsten Deck, und nachdem er den stumm arbeitenden grauen Gestalten weitere Befehle zugerufen hatte, fiel sein Blick auf die Decksplanken unter seinen schlammbespritzten, aber dennoch schön verzierten Schnallenschuhen. Ich könnte einfach hineinstürmen und sie nehmen, dachte er, und die heiße Erregung begann ihn wieder zu würgen, trotz seiner Furcht vor dem verfolgenden Schiff. Und diesmal könnte ich sie in einem vollkommen zauberischen Griff halten, so daß sie nicht einmal mit dem Auge zwinkern könnte, wenn ich es nicht erlaubte ... oder ich könnte sie einfach bewußtlos machen und ihren Körper durch Magie in der Art bewegen, wie ich es wünsche ...

Er schüttelte den Kopf. Nein, das wäre kein Unterschied gegenüber den Aktivitäten, denen er gefrönt hatte, seit er als Heranwachsender gelernt hatte, in der Luft über seinem Bett ektoplasmische Frauen zu formen. Jetzt könnte er Beth Hurwood allenfalls vergewaltigen, und jeder gewöhnliche Matrose konnte eine Vergewaltigung begehen. Friend wollte — mußte — eine viel tiefergehende Verletzung begehen: er mußte ihren eigenen Willen manipulieren, so daß sie nicht nur machtlos sein würde, sich am Vollzug der Paarung mit ihm zu hindern, sondern in der Hoffnung darauf lebte. Und wenn es dann geschah, daß er sie mit seiner … mit jemand anders verwechselte … würde sie gehörig *geschmeichelt* sein.

Um jedoch in der Lage zu sein, Menschen so gründlich zu beherrschen, war mehr Kontrolle der Wirklichkeit erforderlich, als er bisher zustandegebracht hatte — umfassende Kontrolle all ihrer Bereiche. Und um die Gegenwart vollständig zu bestimmen, würde er in der Lage sein müssen, die Vergangenheit zu revidieren — die Zukunft zu diktieren — tatsächlich Gott zu werden.

Nun, dachte er mit einem nervösen Lächeln, warum nicht? Bin ich diesem Ziel nicht mein ganzes Leben hindurch gleichmäßig nähergekommen?

Er trat zur Backbordreling, beugte sich hinaus und blickte wieder zurück zu dem geheimnisvollen Verfolger. Das rot und weiß bemalte Schiff hatte aufgeholt und verfolgte einen Kurs, als wollte es die *Carmichael* auf Backbord überholen, und nun konnte er weiter zurück ein anderes Segel erkennen, das von dem unbekannten Schiff verdeckt gewesen war. Friend schnaufte alarmiert und kniff die Augen zusammen, um es besser beobachten zu können.

Für Schwarzbarts oder Bonnetts Schiff war es zu klein. Es mußte diese verdammte Schaluppe sein, die *Jenny.* Hurwood wird an Bord sein, und dieser Romeo von einem Schiffskoch, dieser Shandy … vielleicht sogar Davies, der mir noch zürnt, weil ich auf ihn geschossen habe. Das muß der Grund sein, daß meine Besatzung in der letzten halben Stunde ständig nach rückwärts Ausschau gehalten hat. Er blickte zu seinem schlecht erhaltenen Rudergänger hinüber, aber die Aufmerksamkeit der toten Männer hatte inzwischen einen anderen Brennpunkt gefunden. Die leblosen Gestalten blickten nicht mehr nach achtern, sondern nach Backbord achteraus, zu der bemalten Galeone.

»Idioten!« schrie Friend. »Die Gefahr ist *dort!*« Er zeigte zurück zu der aufholenden Schaluppe.

Seine Besatzung aus toten Männern schien anderer Meinung zu sein.

»Das ist nicht die *Carmichael!*« hatte Davies ausgerufen, als die *Nuestra Señora de Lagrimas* hart am Wind nach Osten kreuzte und der *Jenny* einen klaren Blick auf das Schiff gewährte, das sie verfolgten. Immer wieder setzte er das Teleskop an.

»Es muß die *Carmichael* sein«, sagte Shandy.

Hurwood, der seine gebückt sitzende Haltung seit dem Antritt der Reise nicht verändert hatte, blickte auf. »Es ist das Schiff, auf dem sie ist«, sagte er gerade laut genug, daß er durch das Rauschen des Wassers, das Spritzen der Gischt und des pfeifenden Windes in der Takelage gehört werden konnte.

Davies schüttelte zweifelnd den Kopf. »Achterschiff und Schanzdeck scheinen zu hoch zu sein, aber wir werden es bald wissen; beide Schiffe scheinen langsamer zu werden. Holen wir jeden Knoten Geschwindigkeit aus diesem Kahn heraus?«

Shandy zuckte die Achseln und nickte zu Hurwood. »Frag ihn — aber ich würde sagen, ja und ein riskantes bißchen mehr. Nach der letzten Beschleunigung, um den Spanier in Sicht zu behalten, mußten wir alle Segel herunterholen, weil sie uns nur verlangsamten, und jedesmal, wenn wir einen Wellenkamm nehmen, biegt und dehnt sich die Rumpfbeplankung mehr und leckt stärker.«

»Na, es sollte nicht mehr lange dauern.« Sie holten das Schiff vor ihnen rasch ein, und nach einer Weile rief Davies »Fang!« und warf Shandy das Fernrohr zu. »Wie heißt es?«

Shandy spähte durch das Teleskop. »Was ... *Barimychael?* Nein ... nein, es ist die *Carmichael,* ich sehe es jetzt deutlich ...«

»Behalte das Glas am Auge!« sagte Davies.

»... Nun«, sagte Shandy nach einer Weile, »es verschwimmt und verändert sich. Aber vor einem Augenblick las ich *Charlotte Bailey.*« Er seufzte und murmelte einen Fluch, den er vor einem Monat noch nicht gekannt hatte. »Also hat er die Besatzung der *Charlotte Bailey* auferweckt, um die Männer zu ersetzen, die er ermordete, aber seine neue Zauberkraft ist so groß, daß er auch den Geist des Schiffes wiedererweckte, und er haftet der *Carmichael* an.«

Davies nickte zu der spanischen Galeone. »Er erweckte sogar das Schiff, das mit der *Bailey* unterging.«

»Mein Gott«, sagte Shandy. »Aber ich frage mich, ob er das weiß.«

»Und ich frage mich, ob das wichtig ist. Die *Nuestra Señora* scheint den Kampf wieder aufnehmen zu wollen, wo sie vor einem Jahrhundert aufhörte ... und das können wir nicht erlauben.«

»Nein«, sagte Shandy.

»Nein«, stimmte Hurwood ihm bei. Er war endlich aufgestanden und hatte seinen abscheulichen Kasten geschlossen. »Und um Ihre frühere Frage zu beantworten, nein, Friend weiß nicht, was der Spanier ist, sonst hätte er keine Energie verschwendet und versucht, ihn zu vernichten — das Schiff ist Teil derselben Magie, die ihm zu einer Besatzung verholfen hat, und er kann es nur loswerden, wenn er diese Magie aufgibt.« Er lachte ohne Humor. »Friend beherrscht seine neue Kraft noch nicht. Er hat zum Meeresboden hinabgegriffen, um eine Besatzung zu gewinnen, und dabei alles und jeden in der

Nachbarschaft mit heraufgehoben. Ich möchte wetten, daß unter uns jetzt Fische schwimmen, die gestern noch verstreute Skelette waren.«

»Verzeihen Sie«, sagte Shandy, »aber können Kanonenkugeln von Geisterschiffen wirkliche Schiffe beschädigen? Die *Nuestra Señora* scheint sich für eine Breitseite in Position zu manövrieren.«

»Ich weiß es nicht«, murmelte Hurwood. Er schloß die Augen und holte tief Atem, und dann verlor die Hälfte der Männer an Bord der *Jenny* das Gleichgewicht und fiel übereinander, als die alte Schaluppe zu noch höherer Geschwindigkeit beschleunigte und geradezu über die Wellenkämme fegte. Shandy stand an eine Drehbasse gelehnt, das Gesicht dem anstürmenden Wind zugekehrt, überlegte und unterließ es dann leichtsinnig, Hurwood zu warnen, daß die zerschlagene alte Schaluppe dieses Tempo wahrscheinlich nicht aushalten würde.

Weißer Rauch schoß aus der Steuerbordflanke des Spaniers, und einen Augenblick später rieb Shandy sich ungläubig die Augen, denn die *Carmichael* war auf einmal verschwommen und unscharf, schien sich gleichzeitig unter der Wucht der Breitseite überzulegen und unbeeinflußt weiterzulaufen, schien Rahen und Segel zu verlieren und gleichzeitig unter voller Besegelung zu fahren.

Beim Anblick dieses Wunders brachen die betrunkenen Piraten an Bord der *Jenny* in Geschrei aus, und mehrere von ihnen versuchten, auf eigene Faust Segel zu setzen, während andere zum Ruder stürzten. Ein Mann machte sich über die Ankerwinsch her und wollte Anker werfen.

Davies grinste den Leuten entgegen, die nach achtern zum Ruder stürzten, und zog die Pistole, und Shandy schrie: »In diesem Kampf gibt es ohne Freiwillige schon genug Geister! Unser einziger lebender Gegner ist der fette Kerl — wollt ihr ihn mit eurem Schiff davonkommen lassen?«

Shandys Worte und der noch überzeugendere Anblick von Davies' Pistole ließen den Ansturm erlahmen. Die Piraten schwankten, tarnten ihre Unschlüssigkeit durch vermehrte Flüche und Forderungen und zielloses Gestikulieren.

Davies feuerte die Pistole in die Luft, und in die darauf eintretende relative Stille brüllte er: »Ich gebe zu, der Spanier ist ein Geist — aber er lenkt den fetten Halunken ab. Er hat uns inzwischen gesehen — greifen wir also an, solange er beschäftigt ist, oder warten wir, bis er sich nach Belieben gegen uns wendet?«

Die Leute drehten kleinlaut um und arbeiteten sich im hämmernden Gegenwind zurück auf ihre Posten. Sie hatten nur ein Segel setzen können, das kleine Toppsegel, und ehe sie auch nur anfangen konnten, es wieder einzuholen, zerriß es unter dem Winddruck in hundert flatternde Bänder, die dem vorwärtsschießenden Schiff ein Aussehen schäbiger Festlichkeit verliehen, aber seine hohe Fahrt nicht verlangsamten.

Die dahinjagende *Jenny* schob sich rasch zwischen die beiden Segler.

»Alle Backbordgeschütze Feuer!« brüllte Davies in den Wind. »Und dann das Ruder drei Striche nach Backbord!«

Die sieben Backbordgeschütze der *Jenny* krachten dröhnend los, und dann, nachdem sie den Rückstoß überwunden hatte, scherte die Schaluppe nach Steuerbord, und Shandy hielt sich an der Backbordreling fest und blinzelte in die Gischt der Wellen, die wenige Handbreit unter ihm vorbeisausten; und als die Schaluppe sich wieder aufgerichtet hatte, reckte er den Hals, um zu der Galeone hinüberzuspähen.

Sie war offensichtlich havariert. Der dicke Hauptmast war in der Mitte abgebrochen, und lag mit dem größten Teil der Takelage im Wasser, aber Shandy fluchte leise in sich hinein, denn die *Jenny* war ein viel kleineres Fahrzeug, und ihre Breitseite hatte auf den Rumpf des Spaniers gezielt, nicht auf Masten und Takelage ... und ihm kam der Gedanke, daß er Augenzeuge des wirklichen Seegefechts zwischen der *Nuestra Señora de Lagrimas* und der *Charlotte Bailey* war, das von den zeitweilig wiederbelebten Teilnehmern, welche sich in einem beeinträchtigten Sinne noch des tatsächlichen Gefechtsverlaufs erinnerten, neu aufgeführt wurde.

»Kurs halten!« befahl Davies, »und lassen Sie uns jetzt langsamer werden«, fügte er, zu Hurwood gewandt, hinzu. »Dann kreuzen wir den Kurs der *Carmichael* vor dem Bug und entern von der Steuerbordseite.«

Die zwei großen Segler hatten schon verlangsamt, ehe die *Nuestra Señora* den Hauptmast verloren hatte, und so hatte die *Jenny,* obschon überladen und rasch langsamer werdend, noch reichlich Sicherheitsabstand, als sie vor dem Bug der *Carmichael* nach Steuerbord kreuzte. Dann stieß der Bug der *Jenny* gegen den Schiffsrumpf, daß die Splitter flogen, und die Schaluppe erzitterte unter dem Anprall; im nächsten Augenblick flogen Enterhaken über die Reling der *Carmichael,* und die Piraten schwärmten wie große, zerlumpte Insekten die Taue hinauf. Unter den ersten war Shandy, der sich in diesen Augenblicken der Ironie bewußt war, daß er in dieser zweiten Kaperung der *Carmichael* durch die *Jenny* einer der wilden bärtigen Männer sein sollte, die an den Enterleinen an Bord kletterten.

Als er halbwegs oben war, die Stiefelsohlen gegen den Schiffsrumpf gestemmt, erbebte dieser plötzlich wie eine straff bespannte Pauke unter dem aufprallenden Schlegel, und er schwang mit der Leine seitwärts und schlug gegen die Beplankung, daß ihm der Schädel dröhnte und der rechte Arm betäubt wurde, doch gelang es ihm, am Seil festzuhalten. Ein Blick hinab an seinen baumelnden Stiefeln vorbei zeigte ihm, daß die meisten der Männer, die mit ihm an den Enterleinen gewesen waren, in das aufgewühlte Wasser zwischen den beiden Schiffen klatschten.

»Der Spanier hat gerade die andere Seite getroffen!« rief Davies und sprang selbst nach einer der schlaff herabhängenden Enterleinen. »Jetzt oder nie!«

Shandy holte tief Luft — durch den Mund, denn aus der Nase tropfte ihm Blut —, spannte die Armmuskeln, stemmte die Füße gegen den Schiffsrumpf und zog sich müde weiter hinauf. Er war der erste, der die Reling erreichte und ein Bein hinüberbrachte, doch trotz seiner Sorge um Beth Hurwood zögerte er mit dem Rücken zur Reling, den Säbel in der Faust, und blickte wild umher.

Die spanische Galeone war ein Gewirr von zersplitterten Rahen und verknäuelter Takelage im Hintergrund, aber Shandys Aufmerksamkeit galt seiner unmittelbaren Umgebung. Das Schiff, an dessen Reling er stand, war einfach nicht die *Carmichael* — das Mitteldeck war breiter, aber kürzer, und es gab zwei Schanzdecks, eines über dem anderen, und die Kanonen standen auf dem Mitteldeck, statt darunter im Batteriedeck, aber was seine beklommene Aufmerksamkeit vollkommen in Anspruch nahm, waren die Seeleute an Bord.

Sie bewegten sich linkisch und langsam, und ihre Hautfarbe war ein fahles Grau, und ihre Augen vom milchigen Weiß eines verwesenden Fisches.

Die meisten dieser unvollkommen wiederbelebten Matrosen tappten zur Backbordreling, wo eine Menge ähnlich ruinös aussehender Seeleute von der *Nuestra Señora* über die zertrümmerte Reling das Deck enterten.

Shandy war sehr danach zumute, wieder über Bord und ins Wasser zu springen. Er hatte in den gräßlichsten seiner Kindheitsträume Szenen wie diese gesehen und befürchtete allen Ernstes, daß er tot niederfallen würde, sollte eine dieser Kreaturen ihren schrecklich wissenden Blick voll auf ihn richten.

Dann merkte er, daß sie ihn wahrgenommen hatten, denn mehrere von ihnen kamen in ihrem unheimlich tappenden, aber dennoch raschen Schritt auf ihn zu und schwangen rostige, doch sonst sehr gebrauchsfertig aussehenden Enterbeile und Säbel. Ihre bloßen Füße machten leise patschende Geräusche wie hüpfende Kröten.

Schrill vor Panik, stieß Shandy die ersten Sätze des Ave Maria aus, hob seinen Säbel in Parierhaltung und erwartete den vielfachen Angriff; er machte eine Finte, als wollte er zwei seiner Angreifer anfallen, dann sprang er zur anderen Seite, wie Davies es ihm gelehrt hatte, und parierte die Klinge eines anderen Gegners in einer metallisch kreischenden Bindung, die Shandys Säbel korkenzieherartig durchstoßen und wie ein Fleischermesser in den grauen Hals schneiden ließ. Er sprang über die strauchelnde, beinahe geköpfte Gestalt, sah mehrere Männer auf sich zuwanken — und sah auf dem nächst höheren Deck die ramponierte Gestalt Leo Friends, der ebenso zornig wie ängstlich dreinschaute. Friend starrte auf etwas hinter und über Shandy, und nachdem dieser sich seine nächsten Angreifer mit raschen Finten und Säbelhieben vom Leib gehalten hatte, riskierte er einen Blick über die Schulter.

Benjamin Hurwood hing freischwebend in der Luft, ein Dutzend Fuß über der Schiffsreling und ein paar Armeslänge außerhalb, und durch das um sein Gesicht wehende weiße Haar lächelte er Friend beinahe gütig zu. »Ich brachte Sie mit«, sagte der alte Mann, und obwohl er leise sprach, erschien das Klirren und Stampfen der kämpfenden Geisterbesatzungen gedämpft, als er sprach, so daß die Worte klar verständlich waren. »Ich zeigte Ihnen den Weg aus der Sackgasse, die Sie erreicht hatten, zeigte Ihnen den Ort, den Sie aus eigener Kraft nicht entdecken konnten.« Das Lächeln wurde breiter und bekam Ähnlichkeit mit einem grinsenden Totenschädel. »Dachten Sie wirklich, Sie seien mir überlegen, Sie könnten so weit vorankommen, daß ich Ihnen nicht würde folgen können? Hah. Ich bin froh, daß Sie Ihre verräterische Natur enthüllt haben — eines Tages hätten Sie vielleicht mächtig genug werden können, mir gefährlich zu werden.« Er schloß die Augen.

Andere Piraten waren unterdessen an Bord gekommen und kämpften nach den ersten verblüfften Augenblicken verbissen mit den kadaverhaften Matrosen und kamen bald darauf, daß die seelenlosen Gegner so gründlich wie möglich verstümmelt werden mußten, um sie außer Gefecht zu setzen. Andererseits waren die Wiederbelebten in einer insektenhaften Art und Weise schnell, und mehrere von Davies' Männern fielen in den ersten Minuten des Kampfes blutig zugerichtet aufs Deck.

Shandy hörte jemand unter dem Deck, auf dem Friend stand, gegen eine Tür schlagen, und vermutete, daß es Beth sei, die dort eingesperrt war, doch fiel es ihm zunehmend schwerer, gegen den Feind voranzukommen. Sein Säbelarm ermüdete, und er konnte bald nicht mehr tun als die Hiebe der Enterbeile zu parieren — er war einfach zu erschöpft, um vorzuspringen und seinen Säbel in einem wirksamen Gegenstoß zur Geltung zu bringen.

Dann stampfte einer der belebten Leichname schwerfällig auf ihn zu und holte mit einem grünen Enterbeil aus — Shandy parierte mit dem Säbel und fing den Hieb auf, aber die Wucht schlug ihm den Säbel aus der Hand. Er klapperte auf das Deck und war außer Reichweite. Der belebte Kadaver, zu nahe, als daß Shandy sich ihm durch die Flucht hätte entziehen können, holte zum entscheidenden Schlag aus, und Shandy blieb nichts übrig als den tödlichen Schlag zu unterlaufen und mit seinem ekligen Gegner handgemein zu werden.

Sein Körper roch nach verdorbenem Fisch und fühlte sich an wie Ketten und Gelee in einem nassen Ledersack, und Shandy kämpfte mit einer Ohnmacht, als er mit dem belebten Kadaver rang. Dieser zischte und schlug Shandy mit dem Messingknauf seines Enterbeils auf den Rücken, aber Shandy gelang es, den anderen mit sich ziehend zur Steuerbordreling zurückzuweichen und den anderen, sein Vorwärtsdrängen ausnutzend, über Bord zu rollen. Die grauen Hände packten Shandys Rockaufschläge, und Shandy wurde über die Reling gezogen und starrte in die weißlichen Augen des an ihm hängenden toten Mannes; dann löste sich erst einer, dann auch der andere Unterarm unter der Last des Körpers aus dem Ellbogengelenk, und der Körper fiel klatschend in die See, während Hände und Unterarme ohne Ärmel an Shandys Aufschlägen hängenblieben.

Waffenlos jetzt, hielt er verzweifelt Umschau nach seinem verlorenen Säbel, doch selbst in dieser Panik konnte seiner Aufmerksamkeit nicht entgehen, was mit Leo Friend geschah. Der fette Zauberer hatte sich vom Schanzdeck in die Luft gehoben, und helle Flammen züngelten um ihn, obwohl sein Haar und seine Kleidung bislang unberührt blieben. Shandy blickte zu Hurwood und sah auch ihn in einer flammenden Korona, wenn auch nicht so hell und stark, und er begriff, daß er Zeuge eines tödlichen Duells zwischen zwei überaus mächtigen Zauberern war.

»Hinter dir, Jack!« schrie Davies, und Shandy warf sich vorwärts, daß die grauen Arme an seinen Rockaufschlägen wild baumelten, bevor eine Säbelklinge durch die Luft pfiff, wo soeben noch sein Kopf gewesen. Sein Sprung brachte ihn gefährlich nahe an ein anderes Besatzungsmitglied der *Charlotte Bailey* heran, der mit ausdrucksloser Miene einen gummiartigen Arm hochriß, aber ehe er mit dem Enterbeil zuschlagen konnte, flog ihm der Kopf von den Schultern, als Davies' Klinge ihn glatt vom Rumpf trennte.

»Augen auf!« keuchte Davies und beförderte des doppelt toten Mannes Waffe mit einem Fußtritt zu Shandy. »Geistesgegenwart — hab ich's dir nicht gesagt?«

»Doch, Phil«, schnaufte Shandy, bückte sich und hob das entmutigend schwere Enterbeil auf.

Keines der Besatzungsmitglieder der *Charlotte Bailey* war in unmittelbarer Nähe, und Davies nahm den Säbel in die Linke und krümmte und streckte die Finger der freien rechten Hand; Shandy sah, wie er dabei die Augen zusammenkniff, und er erinnerte sich, daß Davies sich im Sumpfwald die Hand verbrannt hatte.

»Ist deine Hand ...«, begann er, dann schrie er: »Selbst aufgepaßt!« und sprang an Davies vorbei, um eine zustoßende Klinge wegzuschlagen und das quallige Gesicht des Angreifers zu spalten. »Ist deine Hand arbeitsfähig?«

»Sie hat keine andere Wahl«, sagte Davies mit gepreßter Stimme, umfaßte wieder den Säbelknauf und überblickte das mit regungslos hingestreckten Körpern besäte Deck. »Paß auf, wir müssen zusehen, daß Friend diesen Kampf verliert; es gibt ...«

Hinter Shandy ertönte ein Knarren von überdehntem Holz, gefolgt von lautem Splittern und Bersten, und als er nach achtern blickte, sah er, daß Friend die Hand abwärts gestreckt hatte, und obwohl der fette Zauberer zwei Körperlängen über dem Deck schwebte und seine Wurstfinger kaum über seine Gürtellinie hinausreichten, waren ein guter Teil des oberen Schanzdecks und seiner Frontseite von der Kajüte gerissen; die zerbrochenen Balken und Planken hingen einen Augenblick in der Luft, dann fielen sie achtlos auf das Mitteldeck, und Shandy hörte Schreie durch das dumpfe Gepolter und wußte, daß einige Männer von der *Jenny* unter die fallenden Holztrümmer geraten waren.

Dann hob Friend die hohle Hand, und aus der nun deckenlosen Kajüte schwebte Beth Hurwood in den Sonnenschein hinauf, zappelnd in einem unsichtbaren Griff, der ihre Oberarme fest an die Seiten zwang.

18

Mein Gott, dachte Shandy in jäher Panik, er gebraucht sie als Geisel oder Ablenkung; wahrscheinlich hat er sie bereits vergewaltigt und wird sie in Brand setzen oder ihr sonst etwas zufügen, um Hurwood zu zwingen, daß er sich eine Blöße gibt.

Er ging über das vom Blut schlüpfrige Deck zum Schiffsheck und bemerkte nicht einmal, daß einer der lebenden Toten zwischen ihm und der deckenlosen Kajüte seine Aufmerksamkeit auf ihn gerichtet hatte und in geduckter Haltung stand, das grüne Enterbeil zum Zuschlagen bereit.

Aber Davies sah es. »Verdammt, Jack«, stieß er hervor und sprang mit langen Sätzen dazwischen, um den nekrotischen Matrosen zu erreichen, bevor dieser Shandy den Schädel spalten konnte.

Venner, dessen Hemd in Fetzen hing und dessen rotes Haar durch eine lange, stark blutende Kopfverletzung noch röter als sonst war, und dessen gewohnheitsmäßiges Grinsen zu einer Grimasse verzweifelter Anstrengung geronnen war, erfaßte die Situation mit einem Blick — und warf den älteren Mann mit einem Schulterstoß gegen die Brust aus der Bahn.

Durch den Anprall außer Atem, taumelte Davies seitwärts, fing sich aber wieder und eilte weiter, nachdem er Venner mit einem schnellen Blick zorniger Verheißung gestreift hatte.

Shandy hatte einer Gruppe keuchender, klirrender Kämpfer ausweichen müssen, doch nun lief er gerade auf die emporschwebende Gestalt Beth Hurwoods zu — und dem geduldig lauernden, noch unbemerkten toten Matrosen entgegen.

Davies blieb keine Zeit für ein Täuschungsmanöver; er rannte die letzten paar Schritte auf den untoten Matrosen zu und holte mit dem Säbel zu einem Schlag nach dem Hals aus.

Die Klinge biß tief hinein, aber mit seiner verbrannten Hand und außer Atem, wie er war, hatte Davies nicht genug Kraft in den Hieb legen können, um den Kopf ganz abzuschlagen, und ehe er seinen Säbel freibekommen konnte, wurde das korrodierte Enterbeil gräßlich tief in seinen Leib getrieben.

Plötzlich aschfahl, keuchte Davies einen Fluch, dann krallte er beide Hände um den Säbelknauf und zog die Klinge in einer krampfartigen Bewegung, die ebenso ein Schaudern wie eine Angriffsbewegung war, mit letzter Kraft durch den gummiartigen grauen Hals und sägte den Kopf vollends ab.

Die beiden entseelten Körper fielen übereinander aufs Deck.

Shandy hatte den Zusammenstoß nicht einmal bemerkt. Unter Beth angelangt, ließ er den Säbel fallen und spannte alle Muskeln und Sehnen zu einem Hochsprung, sie zu erreichen, aber seine ausgestreckten Finger stießen einen Fuß von ihr entfernt auf unsichtbaren Widerstand — obwohl ihr abwärts starrender Blick für einen Moment bittend seine Augen fand und ihre Lippen Worte formten, die er nicht hören konnte.

Dann fiel er, verlor das Gleichgewicht und stürzte schmerzhaft vom zersplitterten Kajütendach auf das sonnenheiße Mitteldeck, wo er durchgeschüttelt und vollständig erschöpft liegenblieb und wartete, daß eine Säbelklinge oder ein Enterbeil ihn auf die Planken nagelten.

Aber plötzlich waren die zum Leben erweckten Kämpfer blasser und durchscheinend vor dem hellen Himmel. Das Gewicht der Unterarme des Toten an seiner Brust verschwand.

Im selben Augenblick wurde Shandy bewußt, daß er auf dem vertrauten Schanzdeck der *Brüllenden Carmi-*

chael lag und auf gepanzerte Planken starrte, bei deren Anbringung er selbst geholfen hatte — und er vermutete, daß Friend, durch die Verteidigung gegen Hurwood zu sehr in Anspruch genommen, den Zauber nicht hatte aufrechterhalten können, der ihn mit einer Besatzung versehen hatte.

»Ich könnte Sie töten«, sagte Friend, und sein angestrengtes Stirnrunzeln löste sich in einem Lächeln blutiger gebleckter Zähne auf.

Nun schwankte Hurwood, und Friend zeigte mit der freien Hand auf den älteren Zauberer, und ein Feuerball, weißglühend sogar in der wolkenlosen Mittagssonne, flog durch nachgebendes Tauwerk gerade auf Hurwood zu.

Der Einarmige parierte den Angriff mit einer fuchtelnden Geste, und der Feuerball wurde abwärts in die *Jenny* umgelenkt, wo er mit alarmierten Schreien begrüßt wurde; aber Hurwood fiel ein paar Fuß, und dann fing er sich mit einem Ruck und streckte mit einem Klagelaut die Hand nach seiner Tochter aus, die langsam zu seinem Gegner emporschwebte. Der Feuerschein, der Friend zuvor umgeben hatte, war ganz erloschen, und der fette Zauberer, grinsend und vom Triumph zusätzlich aufgebläht, glich einem grotesken, bebänderten Heißluftballon.

Er holte tief Luft, beugte sich zurück und streckte die dicken Arme zu beiden Seiten aus.

Dann war die Luft trotz des kräftigen Windes erfüllt vom Gestank einer leeren Eisenpfanne auf einem Feuer, und das Schiff war wieder die gedrungene, hoch aus dem Wasser ragende *Charlotte Bailey* mit ihren vielen Decks, und die englischen und spanischen Seeleute waren nicht nur wieder substantiell, sondern lebendig aussehend — mit geröteten Wangen, gebräunten Armen, blitzenden Augen — und Friend leuchtete tatsächlich am Himmel, hell wie eine Sonne von Menschengestalt ...

Leo Friend wußte, daß er jetzt nahe daran war, alles zu verstehen; er befand sich an der Schwelle zur Gottheit — und ohne eine äußere Hilfe, ohne sich auf etwas anderes als seine eigenen Kräfte zu verlassen! Er konnte jetzt sehen, daß es so hatte sein müssen. Tat man es nicht selbst, blieb es ungetan; und um Benjamin Hurwood zu bewältigen, würde er es tun müssen, und zwar jetzt.

Doch um Gott zu sein — was selbstverständlich bedeutete, die ganze Zeit Gott gewesen zu sein —, mußte er jedes Ereignis in seiner Vergangenheit rechtfertigen, jede Handlung in Begriffen bestimmen, die sie mit seiner Gottheit in Einklang brachten ... es durfte keine Zwischenfälle mehr geben, deren Erinnerung allzu unerfreulich wäre.

Mit übermenschlicher Geschwindigkeit ließ er Jahr um Jahr erinnerten Verhaltens vor seinem geistigen Auge Revue passieren — das Quälen von Haustieren, die Bosheiten gegenüber Spielgefährten, das vergiftete Zukkerwerk, ausgelegt in der Nähe von Schulhöfen und Arbeitshäusern —, und er konnte jedes Stück davon ins Auge fassen und in die Göttlichkeit eingliedern, und er fühlte dabei, wie er an Macht gewann und der vollkommenen Selbstzufriedenheit, die Allmacht bringen würde, näher und näher kam ...

Und schließlich, nachdem Hurwood so gut wie besiegt war, gab es nur noch einen Vorfall in Friends Leben, der aus der einfachen, armseligen Realität herausgehoben und geheiligt werden mußte ... aber es war die herzzerreißendste Erfahrung, die er je gemacht hatte, und sich ihr zu stellen, die Erinnerung daran wachzurufen, war überaus schwierig ... nun jedoch, als er in der Luft über seinem Schiff schwebte, seinem so gut wie zerschmetterten Feind gegenüber, und seine so gut wie gewonnene Beute aus der aufgebrochenen Kajüte unter ihm zu sich emporsteigen ließ, kam ihm die Szene wieder in den Sinn.

Er war fünfzehn Jahre alt und stand neben dem Bücherschrank in seinem muffig riechenden, vollgestopften Zimmer... nein, in seinem elegant getäfelten Schlafgemach, erfüllt von der nach Jasmin duftenden Brise, die aus dem Park zu den hohen Fenstern hereinströmte und sich wohltuend mit dem würzigen Geruch der schweinsledernen Einbände aus dem offenen Bücherschrank vermischte... so war es immer gewesen, den schäbigen, unsauberen Raum hatte es nie gegeben... und seine Mutter öffnete die Tür und kam herein. Nur für einen Augenblick war sie eine fette, grauhaarige alte Schlampe in einem formlosen schwarzen Kleid — dann war sie eine hochgewachsene, hübsche Frau in einem gemusterten Seidengewand... Jahre vorher hatte er die Zauberei entdeckt, und hatte sie seither fleißig geübt und vervollkommnet, und verstand jetzt eine Menge davon. Und er wollte den Reichtum in seinem Geist mit der einzigen Person teilen, die diesen Geist jemals anerkannt hatte...

Er ging zu ihr und küßte sie...

Aber es begann ihm zu entgleiten, sie war wieder die formlose, früh gealterte Frau, gerade die Treppe heraufgekommen, um sein Bett frisch zu beziehen, und der Raum war wieder das enge, vollgestellte, schmuddelige Zimmer, und er war ein erschrockener dicker Junge, versunken in eine seiner vielen einsamen Selbstverabreichungen, und er küßte sie schwindlig, weil er in seinem herzklopfenden Delirium die Ursache ihres Besuches mißverstanden hatte... »Oh, Mama«, keuchte er, »wir können die ganze Welt haben, du und ich, ich kenne Zauberei, ich kann Dinge...«

Mit einer gewaltigen Willensanstrengung zwang er sie, die schöngewandete Frau zu sein, zwang den Raum, sich wieder zu seinen königlichen Dimensionen auszudehnen... und er tat es gerade noch rechtzeitig, denn er wußte, daß sein Vater als nächster den Raum betrat, und er bezweifelte füglich, daß er diese Szene noch einmal so würde durchleben können, wie sie wirklich geschehen war.

Nun, tröstete er sich, ich schaffe hier Realität. In ein paar Minuten wird diese unerträgliche Erinnerung nicht sein, was wirklich geschah.

Schwere Tritte dröhnten auf der Treppe. Friend konzentrierte sich, und die Lautstärke der sich nähernden Schritte wurde schwächer, bis es ein Kind hätte sein können, das die Treppe erstieg. Auf dem Treppenabsatz brannte eine Lampe, und ein riesiger, borstiger Schatten verdunkelte die Türöffnung und begann in den Raum vorzudringen, aber wieder kämpfte Friend ihn zur Bedeutungslosigkeit nieder — jetzt wuchs ein gebeugter, dünner Schatten in die Türöffnung, trübe, als ob die Person, die ihn erzeugte, nicht von Fleisch und Blut wäre.

Nun kam ein kleiner Mann wie eine aufrechte Ratte in sackartig weiten Hosen hereingewatschelt, offensichtlich von keiner Gefahr für irgend jemand, trotz seines finsteren Blinzelns. »Was geht ...?« fing er mit ohrenbetäubendem Gebrüll an, aber Friend konzentrierte sich wieder, und seine Stimme kam rauh quickend und verdrießlich heraus: »Was geht hier vor?« Sein Atem stank nach Schnaps und Tabak. Die Vater-Kreatur stolzierte jetzt lächerlich über den gefliesten Boden zu Leo Friend, und in dieser Version der Realität war der Schlag, den er ihm versetzte, ein leichter, zitteriger Klaps.

Die Mutter stellte sich dem Eindringling entgegen, und ihr Blick genügte, daß die unrasierte Kreatur vor dem Jungen zurückschreckte. »Du unwissendes Tier«, sagte sie leise zu ihm, und ihre tiefe, musikalische Stimme hallte von den getäfelten Wänden wider und verband sich angenehm mit dem leisen Klingen des von der Brise angerührten kristallenen Kronleuchters und mit dem Plätschern der Springbrunnen im Park. »Du garstiges Scheusal voll Schmutz und Schweiß und Arbeitszeug. Schönheit und Glanz sind jenseits deiner primitiven Wahrnehmung. Geh!«

Das Ding stolperte verwirrt zurück zur Tür, und sein Gestank ließ gleichzeitig nach, obwohl Stücke seines schlecht sitzenden schwarzen Mantels und der rissigen Lederstiefel abblätterten und den Fliesenboden verunreinigten.

Hurwood fiel wieder ein Stück; er war jetzt beinahe auf der Ebene des Decks. Schweiß klebte ihm das weiße Haar auf den Schädel, und er atmete in rauhem Keuchen. Seine Augen waren geschlossen — aber eines öffnete sich kurz zu einem dünnen Schlitz, und es schien ein verräterischer Glanz darin zu sein, das Blitzen eines fast vollkommen verborgenen Triumphes.

Es erschütterte Friends Selbstsicherheit, und einen Augenblick geriet ihm die Szene außer Kontrolle; und in dem erinnerten Zimmer begann der Vater größer zu werden, und langsamer wegzugehen. Auch der Raum verfiel wieder zu seiner ursprünglichen Form und Größe, und Friends Mutter plapperte: »Warum haust du Leo, immer haust du ihn ...«, und der Vater wandte sich zu ihnen um.

Hoch über dem Schanzdeck ballte Leo Friend die Fäuste und setzte seine ganze Willenskraft ein; und langsam wurde der Vater wieder herabgedrückt, die Täfelung wurde wenigstens undeutlich an den Wänden sichtbar ...

Dann hörte Hurwood auf, seine Niederlage vorzutäuschen, und lachte offen und schlug zu.

Und Friends Vater, obwohl er dem Jungen noch den Rücken gekehrt hatte, wuchs, bis die Türöffnung beinahe zu niedrig und zu eng für ihn wurde, und als er sich umwandte, hatte er Hurwoods grinsendes Gesicht, und er öffnete den riesigen Mund und überfiel Friends Trommelfelle mit dem Satz, den Friend verzweifelt aus der

Realität seiner Erinnerung hatte hinwegeskamotieren wollen: »Was hast du mit deiner Mutter gemacht, du kleines Ungeheuer? Da, sieh nur, du hast sie so weit gebracht, daß sie sich übergeben hat!«

Vor Entsetzen stöhnend, wandte Leo Friend sich zu seiner Mutter, aber in den Augenblicken, seit er sie zuletzt gesehen, hatte sie sich nachteilig verändert und war jetzt ein Wesen wie ein fetter, haarloser Hund, der sich auf allen vieren von ihm zurückzog und den Bauch krampfhaft einzog, während sie ihre inneren Organe auf den schmutzigen Boden herauswürgte ...

Das Zimmer hatte sich nicht nur zu seiner originalen Schäbigkeit zurückentwickelt, sondern wurde noch dunkler, die Luft noch abgestandener. Friend versuchte, aus ihm zu entkommen, zurück an die reine Seeluft an Bord der *Charlotte Bailey,* oder selbt der *Brüllenden Carmichael,* aber er konnte keinen Weg hinaus finden.

»Du hast es zu schnell aufgebraucht«, sagte die furchtbare Erscheinung, die sein Vater war, und Benjamin Hurwood und jeder andere starke Erwachsene, der ihn je verachtet hatte — und dann stürzte sie sich auf ihn, als der Raum sich ganz verfinsterte, ihn zu verschlingen.

Ein Donnerschlag erschütterte die Luft und betäubte nicht nur Shandy, der sich gerade aufgerappelt hatte, sondern brachte ihn auch ins Wanken, so daß er ein Tau fassen mußte, um sich auf den Beinen zu halten, und als er umherblickte, hustend im verdoppelten Gestank heißen Metalls, sah er, daß das Schiff wieder die vertraute alte *Carmichael* war, und daß die auferweckten Matrosen nur noch matte Schatten waren. Die Hände an seinen Rockaufschlägen waren verschwunden.

Er blickte auf. Beth Hurwood hing bewegungslos mitten in der Luft, zwanzig Fuß über dem Schanzdeck, aber Friend stieg rasch aufwärts in den blauen Himmel, und obwohl er jetzt heller denn je leuchtete, beinahe zu hell, um ihn zu beobachten, schlug er um sich wie ein von Wespen angegriffener Mann, und noch durch das Dröhnen in seinen Ohren konnte Shandy ihn schreien hören. Zuletzt gab es weit in der Höhe einen Blitz, der eine rote Lichterscheinung vor Shandys Augen hinterließ, wohin er auch sah, und der Himmel war voll feiner weißer Asche.

Sehr behutsam wurde Beth Hurwood wieder in die Kajüte herabgesenkt, und einige der herausgerissenen Planken glitten wie von einem eigenen Willen beseelt herbei und legten sich über die aufgerissenen Lücken. Die Geister der wiedererweckten spanischen und englischen Seeleute, jetzt kaum noch sichtbar, trieben da und dort über das Deck zu den Blutlachen um die getöteten Besatzungsmitglieder der *Jenny*, und obwohl die Geister aus dem Blut vorübergehend Kräftigung zu ziehen schienen, hatte die still auf das Deck herabregnende Asche, die Leo Friend gewesen war, offenbar eine vergiftende Wirkung auf sie.

Der Haufen zerbrochener Hölzer blieb in Bewegung, nachdem die beseelten Planken fortgekrochen waren, um Stangen für Beths Käfig abzugeben, und endlich krochen zwei blutige menschliche Gestalten darunter hervor. Shandy hob zu einem erfreuten Begrüßungsschrei an, dann sah er den eingeschlagenen und entleerten Schädel des einen, und den vollständig eingedrückten Brustkorb des anderen. Danach erst sah er ihnen in die Augen und war nicht überrascht, Leere in ihnen zu finden.

Näher bei Shandy richtete sich der Leichnam des Negers auf, den die anderen Matrosen »Hundsfott Bird« zu nennen sich angewöhnt hatten, und schwankte hinüber zu den Blöcken und Kloben, wo die Hauptsegel gesteuert wurden; nach und nach gesellten sich die anderen Leichen dort zu ihm, und als sie alle versammelt waren, brachten sie es trotz ihrer toten Gesichter irgendwie fertig, erwartungsvoll zu blicken. Shandy zählte vierzehn von ihnen.

»Nicht Davies«, sagte er mit belegter Stimme, als er dessen Leichnam unter ihnen sah und zum ersten Mal erkannte, daß sein Freund getötet worden war. »Nicht ... nicht Davies!«

Hurwood kam über die Reling hereingesegelt, schwenkte wie ein großer Vogel über die Köpfe Shandys und der anderen erschöpften Überlebenden und landete auf dem Schanzdeck bei dem nun größtenteils überplankten Loch. Mehrere Sekunden starrte er mit ausdrucksloser Miene zu Shandy herab, dann schüttelte er den Kopf. »Tut mir leid«, sagte er zu ihm. »Meine Mannschaft ist nicht groß genug, als daß ich ihn erübrigen könnte. Jetzt verlassen Sie mein Schiff.«

Shandy blickte zur *Jenny*, deren Mast und ein Teil des angesengten Segels über der Steuerbordreling zu sehen waren. Der Rauch, der in dichten Wolken emporgestiegen war, nachdem der Feuerball in die Schaluppe gefallen war, hatte sich in dünnes Gekräusel aufgelöst — augenscheinlich war es den an Bord gebliebenen Männern gelungen, das Feuer zu löschen.

Die etwa zwanzig überlebenden Piraten auf dem Deck der *Carmichael*, von denen viele verwundet waren und bluteten, wandten die Köpfe zu Shandy.

Er nickte. »Zurück an Bord der *Jenny!*« sagte er und versuchte die würgende Bitterkeit, die ihn erfüllte, aus seiner herauszuhalten. »Ich komme gleich nach.«

Als seine Männer über das Deck zu den Enterhaken schlurften und hinkten, die noch an der Seite der *Carmichael* hingen, holte Shandy tief Atem und schritt, obwohl er wußte, daß es nutzlos und sehr wahrscheinlich tödlich sein würde, absichtsvoll über das Deck und zu der beschädigten Kajüte, in der Beth war.

Hurwood sah ihn kommen, ein leichtes Lächeln im Gesicht.

Shandy hielt vor der verriegelten Tür und kam sich ebenso lächerlich wie furchtsam und entschlossen vor, als er anklopfte. »Beth«, sagte er vernehmlich. »Hier spricht Jack Shandy — das heißt, John Chandagnac.« Der Name kam ihm bereits unnatürlich vor. »Komm mit mir, und ich verspreche dir, daß ich dich direkt zum nächsten zivilisierten Hafen bringen werde.«

»Wie«, drang Beths Stimme überraschend ruhig durch die verzogene Tür, »kann ich einem Mann trauen, der einen Marineoffizier ermordete, um Räuber und Mörder vor den gerechten Folgen ihrer Handlungen zu bewahren, und der mir später ein Messer an die Kehle setzte, um mich von meinem eigenen Vater fernzuhalten?«

Shandy strich eine Locke salzsteifen Haares aus seiner Stirn und blinzelte zu Hurwood hinauf — der ihm zulächelte und in gespieltem Mitgefühl die Achseln zuckte.

»Dieser Marinekapitän«, sagte Shandy, bemüht, in ebenso ruhigem Ton zu sprechen, »war im Begriff, Davies zu ermorden — ihn ohne Gerichtsverfahren zu töten. Ich hatte keine Wahl. Und dein Vater ...« Er brach verzagt ab, dann zwang er sich, weiterzusprechen, entledigte sich der Worte, wie die Besatzung eines sinkenden Schiffes Kanonen und Ladung über Bord wirft. »Dein Vater beabsichtigt, deine Seele aus deinem Körper zu treiben, so daß er sie durch diejenige deiner Mutter ersetzen kann.«

Aus dem Innern der Kajüte kam keine Antwort.

»Bitte verlassen Sie jetzt mein Schiff«, sagte Hurwood in höflichem Ton.

Statt dessen griff Shandy nach dem Riegel — und sah sich einen Augenblick später mitten in der Luft schweben, aufsteigend und sich von der Kajütentür entfernend. Er sperrte die Augen auf, dann drückte er sie fest zu, um sie darauf wieder blinzelnd zu öffnen, und sein ganzer Körper war steif von unkontrollierbarem Schwindelgefühl.

Als er über die Reling der *Carmichael* geschwebt war und dreißig Fuß über dem Wasser hing, vor dem vom Feuer geschwärzten Bug der *Jenny,* wurde er losgelassen und sauste eine lange Sekunde durch die Luft abwärts, bevor er in das kalte Wasser plumpste.

Um sich schlagend und speiend erreichte er die Oberfläche und schwamm mit matten Zügen zur *Jenny,* wo sich ihm kräftige Arme entgegenstreckten und an Bord zogen. »Es ist stinkende Zauberei, Käpt'n«, sagte Skank zu ihm, als er sicher an Bord war, am Mast lehnte und tief atmete, während sich um seine Stiefel eine Pfütze Seewasser ausbreitete. »Können sogar von Glück sagen, daß wir mit einem blauen Augen davonkommen.«

Shandy ließ sich seine Überraschung, als Kapitän angeredet zu werden, nicht anmerken. Schließlich war Davies tot, und Shandy war sein Quartiermeister gewesen. »Hast recht«, murmelte er.

»Freut mich aber wirklich, daß du es geschafft hast, Jack«, versicherte ihm Venner mit einem breiten Lächeln, das die Kälte in den grauen Augen nicht verbergen konnte.

Die letzten Piraten machten die Enterhaken los und sprangen ins Wasser und waren bald an Bord der *Jenny* und verlangten Rum.

»Ja, gib ihnen Rum«, sagte Shandy, strich sich wieder die Haarsträhne aus der Stirn und dachte, daß er das Haar bald würde zurückziehen und seinen geteerten Zopf um einen weiteren Zoll oder zwei verlängern müßte. »Wie schwer ist die *Jenny* beschädigt?«

»Nun ja«, sagte Skank mit kritischer Miene, »sie war schon vor diesem Feuerball nicht in der besten Verfassung. Aber wir sollten imstande sein, sie ohne große Schwierigkeiten nach New Providence zurückzubringen — selbst wenn wir die ganze Zeit kreuzen müßten.«

»New Providence«, sagte Shandy. Er blickte auf und sah Birds Leichnam in die Wanten der *Carmichael* klettern. Der Körper trat in das Fußseil, das unter der Rah verlief, die das aufgegeite Großsegel trug, und mit der Präzision eines Uhrwerkmechanismus begann er das Segel zu setzen, während andere Hände unter ihm das

Fall bedienten. Die Segel füllten sich, die Leinen knarrten durch die Blöcke, und langsam entfernte sich das große Schiff von der *Jenny.*

»New Providence«, wiederholte der neue Kapitän der *Jenny* nachdenklich.

Und in der Kajüte der *Carmichael* löste sich endlich der Bann von Beth Hurwoods Kehle, und sie keuchte: »Ich glaube dir, John! Ja — ja, ich komme mit dir! Bring mich fort von hier, bitte!«

Aber zu diesem Zeitpunkt war die *Jenny* nur noch ein schäbiger Fetzen verfärbter Segelleinwand in der mittleren Entfernung des glitzernden blauen Ozeans, und die einzigen Ohren außer denen ihres Vaters, die ihre Worte erreichten, waren die der toten Männer, die als Besatzung der *Brüllenden Carmichael* dienten.

Drittes Buch

»Wie spät ist es?«
Fünf Minuten vor zwölf,
Und morgen ist der Tag des Jüngsten Gerichts.

T. L. Beddoes

19

Sechs Mann kletterten aus dem Boot, als es im seichten Wasser auflief. Stede Bonnett, der hinter einem Hartriegelstrauch auf dem Strandwall, der sein Lagerfeuer gegen den kühlen Seewind schützte, zu ihnen herabspähte, grinste erleichtert, als er ihren Anführer erkannte — es war William Rhett, derselbe britische Armeeoberst, der Bonnett vor mehr als einem Monat gefangen hatte und nun offensichtlich hier war, ihn nach seiner jüngsten Flucht aus dem Wachhaus, das in Charles Town als Gefängnis diente, wieder einzufangen.

Gott sei Dank, dachte Bonnett; ich werde wieder eingesperrt — und wenn ich sehr viel Glück habe, werde ich vielleicht heute hier getötet.

Er machte eilig kehrt und trottete auf der anderen Seite des Strandwalls hinunter, bevor seine Gefährten ihm nachgehen und selbst die Angreifer bemerken konnten; und er versuchte, seine Erregung zu dämpfen, denn der Neger konnte Stimmungen beinahe so gut wie Schwarzbart erspüren.

Die drei saßen noch um das Feuer, der Indianer und der Neger auf einer Seite, David Herriot auf der anderen.

»Na, David«, sagte er in aufmunterndem Ton, »das Wetter hellt sich entschieden auf. Ich kann mir denken, daß du auf den Tag gewartet hast, wenn du diese verdammte Insel verlassen und an Bord eines anderen Schiffes gehen kannst, nicht?«

Herriot, der vom Stapellauf der *Revenge* bis zu dem Tag, als Oberst Rhett das Schiff im Cape Fear River gekapert hatte, Bonnetts getreuer Steuermann gewesen war, zuckte bloß mit der Schulter. Seine kindische Freude über ihre gelungene Flucht aus Charles Town hatte sich zu abergläubischer Furcht gewandelt, als unerklärlich schlechtes Wetter sie gezwungen hatte, hier auf Sullivan's Island Unterschlupf zu suchen, und seit der Indianer und der Schwarze zu ihnen gestoßen waren, hatte er sich einer grämlichen Lethargie hingegeben.

Der Indianer und der Neger waren eines Morgens vor einer Woche einfach vor Bonnetts Zelt erschienen, und obwohl sie sich nicht vorgestellt hatten, hatten sie Bonnett und Herriot mit ihren Namen begrüßt und erklärt, daß sie gekommen seien, ihnen zu einem anderen Schiff zu verhelfen. Bonnett dachte, er habe den Indianer im Mai an Bord der *Queen Anne's Revenge* gesehen, als Schwarzbart Charles Town terrorisiert hatte, um das geisterabstoßende Arzneikraut zu bekommen, und das Zahnfleisch des schwarzen Mannes war so weiß wie seine Zähne, was ihn als einen *bocor* auswies. Es war dem einfältigen Herriot so klar wie Bonnett, daß Schwarzbart sie gefunden hatte.

Seit beinahe eineinhalb Monaten nach jener schrecklichen Reise landeinwärts zum Jungbrunnen hatte Bonnett keine Herrschaft mehr über seine eigenen Handlungen. Sein Schiff hatte die *Queen Anne's Revenge* nordwärts nach Virginia begleitet, und obgleich es Bonnetts Mund gewesen war, der seinen Matrosen die Befehle zugerufen hatte, war es Schwarzbart gewesen, der durch ihn gesprochen hatte. Wie ein Schlafwandler hatte Bonnett sich vor North Carolinas Gouverneur Eden eingefunden, die Begnadigung durch den König angenommen und Vorbereitungen getroffen, südwärts zu segeln, heim nach Barbados, wo er, wenn irgend möglich, seine Rolle als ein Angehöriger der führenden Gesellschaftsschicht der Plantagenbesitzer wieder aufnehmen wollte. Schwarzbart hatte natürlich vor, sich töten zu lassen, so daß er in einen neuen Körper zurückkehren könnte, und offensichtlich dachte er sich dabei, daß es nützlich wäre, auf jener reichen Insel einen wohlhabenden Herren zu haben, der als seine Marionette für ihn arbeitete.

Nachdem er die Begnadigung angenommen hatte, war Bonnett wieder in den Besitz seiner Handlungsfreiheit gelangt; offenbar dachte Schwarzbart, daß eine Rückkehr zu seinem früheren Leben Bonnetts größter Wunsch auf Erden sei, und so kümmerte er sich nicht mehr weiter darum, die Kooperation des Mannes zu erzwingen.

In Wahrheit fürchtete Bonnett die Rückkehr nach Barbados jedoch mehr als den Tod. Während seiner Jahre dort war er ein geachteter Bürger gewesen — ein Major, der seinen Abschied genommen hatte, und ein reicher Pflanzer —, und er ertrug es nicht, als ein Expirat dorthin zurückzukehren, ein Mann, der sich nur deshalb des Lebens und der Freiheit erfreute, weil er sich unter dem weiten Mantel der königlichen Amnestie versteckt hatte. Und jede Hoffnung, die er gehegt haben mochte, daß die Bewohner jener entfernten Insel in Unkenntnis seiner seeräuberischen Karriere sein würden, war sehr bald zunichte geworden, denn das zweite Schiff, das er gekapert hatte, war die *Turbet* gewesen ... ein Schiff aus Barbados. Damals schon hatte er gewußt, daß er alle an Bord töten sollte, um keinen übrig zu lassen, der gegen ihn Zeugnis geben könnte, aber er hatte es nicht über sich gebracht, den Befehl zu erteilen ... und außerdem hätte David Herriot niemals untätig zugesehen, wie Leute, mit denen er sein Leben lang gesegelt hatte, ermordet wurden.

Und die Vorstellung, seine Frau wiederzusehen, *jetzt*, machte ihn schaudern. Die Frau war schon eine zanksüchtige alte Schachtel gewesen, bevor er — wenn auch unfreiwillig! — seine verbrecherische Laufbahn begonnen hatte, und noch immer wachte er nicht selten schwitzend auf, ihr allzu deutlich erinnertes Gezeter in den Ohren: »Laß mich in Ruhe, du brutaler Kerl!« Und Ausdrücke wie »elender Faulpelz«, »Schwein« und »Schafskopf« gingen ihr bei jeder Gelegenheit leicht von den Lippen. Und jeder dieser Auftritte hatte damit geendet, daß er aus dem Haus geflohen war, seinem eigenen Haus, zitternd vor Zorn und dem Wunsch, seine Frau oder sich selbst umzubringen ... oder beide.

Aber eine Rückkehr nach Barbados und zu ihr war die vorgezeichnete Zukunft ... es sei denn, er könnte die Pläne, die Schwarzbart für ihn hatte, zunichte machen. Und so hatte er am vierzehnten September Herriot in die Stadt geschickt, um möglichst viele Angehörige seiner ursprünglichen Besatzung aufzutreiben — er wollte niemanden, der mit Schwarzbart oder Davies gesegelt hatte — und sie an Bord der *Revenge* zu bringen. Das Schiff war keine Beute eines Piratenstückes, er hatte für jede Planke und jeden Zoll Takelage bezahlt —, und so konnten die Hafenbehörden keine Einwendungen machen, wenn er das Schiff auslaufen ließ. Sobald sie den Hafen verlassen hatten, hatte er seine Männer jedoch den Namen *Revenge* vom Heck kratzen und statt dessen den neuen Namen *Royal James* aufmalen lassen.

Und dann hatte Bonnett sich daran gemacht, seine Begnadigung so rasch und gründlich wie möglich zu verwirken. Noch ehe die Sonne an jenem Mittwoch untergegangen war, hatte er ein Schiff gekapert, und während der nächsten zehn Tage überfiel er elf weitere. Die Beute war nicht besonders wertvoll — Tabak, Pökelfleisch, Eisenwaren und Tee —, aber er wirkte unübersehbar als Seeräuber. Den Besatzungen der beraubten Schiffe ließ er erzählen, daß sein Name Kapitän Thomas sei, denn er wollte vermeiden, daß Schwarzbart von seinem Rückfall erfuhr, solange er nicht sicher außer Schwarzbarts Reichweite war.

Um das zu bewerkstelligen, hatte er beschlossen, nach Schwarzbarts eigenem Rezept zu verfahren — da Bonnett sich völlig unter Schwarzbarts Kontrolle befunden hatte, war er der einzige Mensch gewesen, mit dem der Piratenkönig seine Pläne diskutiert hatte —, allerdings wollte Bonnett sich dieser Pläne zu einem bescheideneren Zweck bedienen; denn während Schwarzbart darin einen Trittstein zur Unsterblichkeit sah, hoffte Bonnett nur auf einen raschen Tod, oder, sollte ihm dieser nicht vergönnt sein, eine Gerichtsverhandlung und anschließende Erhängung fern von Barbados.

Er segelte die *Royal James* den Cape Fear River hinauf, angeblich, um sie für Reparaturen aufzulegen —, sorgte aber dafür, daß Kapitän und Besatzung des letzten Schiffes, das er gekapert hatte, seinen Ankerplatz zu sehen bekamen, bevor er sie freiließ.

Des Gouverneurs Piratenjäger unter Oberst Rhett waren am Abend des sechsundzwanzigsten prompt an der Flußmündung erschienen; und Bonnett sorgte dafür, daß sein vorgetäuschter Fluchtversuch am nächsten Morgen bei Ebbe stattfand. Zwar hatte Herriot ihn verblüfft angestarrt und auf die Unausführbarkeit seiner letzten Befehle hingewiesen, doch war es Bonnett gelungen, das Schiff in einer Position auf Grund laufen zu lassen, aus der eine wirkungsvolle Verteidigung unmöglich sein würde. Im letzten Augenblick hatte Bonnett noch versucht, seine eigenen Pulverfässer zur Explosion zu bringen, was die Überreste seiner selbst und der meisten Besatzungsmitglieder über die sumpfige Landschaft verstreut hätte, wurde jedoch an seinem Vorhaben gehindert, bevor er die Lunte anzünden konnte.

Dann war er in Ketten nach Charles Town gebracht worden. Seine Mannschaft wurde im Versammlungshaus der Wiedertäufer im südöstlichen Winkel der Stadt eingesperrt, bewacht von einer Kompanie Miliz, aber Bonnett und Herriot wurden im Wachhaus südlich der Stadt gefangen gesetzt, am Ufer des Ashley River, bewacht von nur zwei Posten.

Eines Abends, zwei Wochen nach ihrer Inhaftierung, waren beide Posten gleichzeitig zum Abendessen in die Stadt gegangen ... und das Türschloß erwies sich als so rostig, daß ein kräftiger Stoß den Riegel brechen ließ. Selbst Bonnett hatte sich niemals wirklich der Demütigung eines Gerichtsverfahrens und anschließender öffentlicher Hinrichtung aussetzen wollen, und so waren er und Herriot, froh über den vermeintlichen Glücksfall, entschlüpft und hatten ein Boot gestohlen und waren ostwärts an Johnsons Fort vorbei und weiter aus dem Hafen gerudert.

Dann aber war Schlechtwetter aufgekommen, mit Wind und Regen und Schaumkronen auf den Wellen, und sie hatten auf Sullivan's Island landen müssen, knapp außerhalb und nördlich des Hafens; und zu spät hatten beide sich voll Unbehagen mit der Frage beschäftigt, ob ihre gelungene Flucht wirklich ein Glücksfall gewesen sei.

Das Wetter hatte sich nicht gebessert. Die zwei Flüchtlinge hatten aus dem Segel ihres Bootes ein Zelt gemacht, und zwei Wochen lang von Flundern und Schildkröten gelebt, die sie über einem sorgfältig versteckten Feuer gekocht hatten. Bonnett hoffte, der bescheidene, vom Wind verwehte Rauch würde sich unbemerkt im immerwährenden grauen Himmel verlieren.

Offensichtlich hatte er es nicht getan.

Bonnett riß einen fächerförmigen Wedel von einer der zahlreich vorkommenden Zwergpalmen und warf ihn ins Feuer; er begann zu knistern und sich einzurollen, und er hoffte, es werde alle Geräusche übertönen, die Oberst Rhett und seine Leute machten, wenn sie die Seeseite des Strandwalles hinaufkrochen. »Ja«, fuhr er mit erhobener Stimme fort, »es wird uns beiden guttun, David, von dieser Insel wegzukommen. Ich bin bereit, wieder auszufahren und mehr Schiffe zu kapern — und ich habe aus meinen Fehlern gelernt! Nie wieder werde ich jemanden am Leben lassen, daß er gegen mich Zeugnis geben kann!« Er hoffte, Rhetts Gruppe hörte diese frommen Vorsätze. »Die Männer erschießen, die Frauen vögeln, und dann alle über Bord für die Haie.«

Herriot schaute noch unglücklicher drein, und der *bocor* starrte Bonnett mit offenem Argwohn an.

»Was hast du vor?« fragte der *bocor.* Wegen ihrer Entfernung von den schützenden karibischen *loas* besonders wachsam, hob er die Hand und fühlte die Brise mit den Fingern.

Wo bleibst du, Rhett? dachte Bonnett verzweifelt, und sein fröhlicher Gesichtsausdruck begann zu versagen. Seid ihr schon in Position? Die Pistolen und Musketen geladen und gezielt?

Der Indianer stand auf und überblickte die Lichtung. »Ja«, sagte er zu dem Schwarzen, »es gibt hier versteckte Ziele.«

Des *bocors* Finger fuhren noch immer durch die Luft, aber die Hand zeigte zum seeseitigen Strandwall. »Es gibt … andere! Nahebei!« Schnell wandte er sich dem Indianer zu. »Beschützende Magie! Schnell!«

Die Hand des Indianers schoß zu dem verzierten Lederbeutel an seinem Gürtel …

»Feuer!« schrie Bonnett.

Ein Dutzend nahezu gleichzeitige Explosionen zerrissen die Luft, und überall auf der Lichtung spritzte der Sand auf, und aus dem Feuer flog ein Funkenwirbel auf. Stimmen brüllten auf den Strandwall, aber Bonnett konnte nicht hören, was sie riefen. Langsam wandte er den Kopf und sah sich um.

Der Indianer saß im Sand und hielt seinen aufgerissenen und blutigen Oberschenkel, und der *bocor* hielt sein rechtes Handgelenk und starrte finster auf seine zerrissene und fast fingerlose rechte Hand. David Herriot lag flach auf dem Rücken und starrte aufmerksam in den Himmel; ein großes Loch war in die Mitte seines Gesichts geschlagen worden, und Blut hatte um seinen Kopf bereits einen dunklen Heiligenschein in den Sand gemacht.

Lebewohl, David, dachte Bonnett. Ich bin froh, daß ich dir wenigstens dies geben konnte.

Oberst Rhett und seine Leute glitten und rannten den diesseitigen Hang des Strandwalles herab, geladene und gespannte Pistolen auf die Männer um das Feuer gerichtet. Bonnett bemerkte erst jetzt, daß ihn keine der Kugeln, die in die Lichtung gefeuert worden waren, getroffen hatte.

Das bedeutete, daß er überleben würde ... um vor Gericht gestellt zu werden und dann allen Einwohnern von Charles Town — wie auch allen Indianern, Seeleuten und Fallenstellern, die zufällig in der Stadt weilten — Anlaß zu krankhafter Unterhaltung und Heiterkeit zu liefern, wenn er zappelte und Grimassen schnitt und öffentlich die Kontrolle über Blase und Gedärme verlor, während er einige lange Minuten am Ende eines Strickes vom Galgen baumelte.

Ihn schauderte. War es schon zu spät, Oberst Rhetts Leute zu provozieren, daß sie ihn hier und jetzt niederschossen?

Es war. Rhett war bereits hinter ihn getreten, zog ihm mit einem Ruck die Arme auf den Rücken und band ihm die Handgelenke. »Guten Tag, Major Bonnett«, sagte er kalt.

Die Anwandlung von Beklommenheit löste sich, und Bonnett sah, daß er sich entspannen konnte. Er blickte auf und nahm die Schultern zurück, wie es sich für einen vormaligen Major geziemte. Zwar würde er ohne Ehre sterben, aber auch ohne nennenswerte offenstehende Schulden. Er hatte den Tod verdient, den sie für ihn bereithielten. Nicht durch Piraterie, denn dies hatte er nach Möglichkeit stets ohne Blutvergießen betrieben; aber nun brauchte er sich wegen einer anderen Angelegenheit nicht mehr selbst zu täuschen.

»Guten Tag, Oberst Rhett«, sagte er.

»Bindet den Schwarzen und den Indianer«, befahl Rhett seinen Männern, »und dann treibt sie zum Boot. Macht ihnen mit der Messerspitze Beine, wenn sie nicht laufen wollen.« Dann gab er Bonnett einen Stoß. »Das gleiche gilt für Sie.«

Bonnett stapfte den Dünenhang zum grauen Himmel

hinauf. Er lächelte beinahe. Nein, dachte er bei sich, ich brauche mir nicht mehr einzureden, daß ich betrunken war, als ich diese arme Hure totschlug, die meine Frau so überzeugend imitierte. Nun, da ich abberufen werde, wenn auch aus ganz irrigen Gründen, für ein schreckliches Verbrechen zu büßen, kann ich froh sein, daß sie wenigstens einen Mann gefunden haben, der es verdient hat zu hängen.

Er dachte an Schwarzbart. »Lassen Sie mich nicht wieder entwischen, hören Sie«, sagte er zu Rhett. »Sperren Sie mich irgendwo ein, wo ich nicht hinaus kann, und stellen Sie wachsame Posten an die Tür!«

»Seien Sie unbesorgt«, sagte Rhett.

20

Als das schwache Rosa der Morgendämmerung hinter der Schulter der Ocracoke-Insel kräftig genug geworden war, daß man die Einfahrt in die kleine Bucht erkennen konnte, schmunzelte Schwarzbart, als er die Masten und aufgegeiten Segel der zwei Kriegsschiffe sah, wo sie schon am Vorabend geankert hatten. Der hünenhafte Pirat leerte die letzte Flasche Rum und schwenkte sie vor Richards' Gesicht. »Hier ist noch eine für Miller«, sagte er. »Werd' sie ihm bringen.« Er atmete tief und genoß die Mischung der kühlen Morgenluft mit dem Rumdunst, und ihm schien, daß die Luft selbst voll knisternder Spannung sei — das Atmen war wie die Berührung eines Holzes, das fast bis zum Brechpunkt gebogen wird.

Obwohl er sie nicht mochte, zwang er sich, einen weiteren Mundvoll der Kugeln aus Zucker und geraspelter Kokosnuß zu zerkauen und zu schlucken, und er würgte, brachte sie aber hinunter. Das muß genug sein, sagte er sich; wahrscheinlich hat noch kein Mensch jemals so viel Rum getrunken und so viel verdammtes Zuckerwerk gegessen wie ich in dieser Nacht. Bestimmt ist kein Tropfen Blut in mir, der nicht mit Zucker und Alkohol gesättigt ist.

»Wir könnten immer noch nach Osten davonschlüpfen, Käpt'n«, sagte Richards sichtlich nervös. »Die Flut hält noch lange genug, daß wir über die Untiefen hinwegkommen.«

Schwarzbart reckte die Arme. »Und unsere Beute aufgeben?« fragte er und wies mit einem Daumen zu dem zweimastigen Rahschoner, der dreißig Schritte entfernt auf Steuerbord ankerte und den sie gestern gekapert hatten. »Nein. Wir können mit diesen Marinejungs fertig werden.«

Richards runzelte noch immer besorgt die Stirn, wagte jedoch keinen weiteren Einwand. Schwarzbart wanderte befriedigt grinsend nach achtern zum Niedergang des Batteriedecks. Es sah so aus, als hätte das Exempel, das er mit der Erschießung Israel Hands' statuiert hatte, seine Wirkung getan. Die anderen hatten jetzt Angst, sich auf einen Streit mit ihm einzulassen.

Sein Grinsen ging in einen schmerzlich-verkniffenen Ausdruck über — in einem zahmeren Gesicht hätte er sich vielleicht wie Traurigkeit ausgenommen —, als er sich der Zusammenkunft in seiner kleinen Kajüte vor zwei Nächten erinnerte. Gerade war Nachricht von Tobias Knight, dem Zolleinnehmer, eingegangen, daß Virginias Gouverneur Spotswood von Schwarzbarts Aufenthalt Wind bekommen und eine Art Streitmacht zu seiner Gefangennahme organisiert habe. Israel Hands hatte sofort Pläne gemacht, diesen Ankerplatz bei Ocracoke aufzugeben.

Schwarzbart hatte sich über den Tisch gebeugt und mit ausdrucksloser Miene die Becher aufgefüllt. »Entscheidest du, was wir tun, Israel?« hatte er gefragt.

»Wenn du es nicht tust, Ed, dann tue ich es, ja«, hatte Hands erwidert. Die beiden waren früher schon auf einem Kaperschiff zusammen gesegelt, und dann wieder als Piraten unter dem alten Bukanieradmiral Ben Hornigold, und Israel Hands nahm sich im Umgang mit Schwarzbart mehr heraus als sonst jemand. »Warum? Willst du vielleicht bleiben und von der *Adventure* aus kämpfen?« Er hatte verächtlich an die niedere Decke und Wand geschlagen. »Die ist nichts als eine verdammte Schaluppe, Mann, kaum mehr als ein Fischerboot! Laß uns zurückfahren, wo wir die *Queen Anne's* versteckt haben und wieder in See stechen! Zum Teufel mit diesem Herumkriechen zwischen Untiefen und Brandung — ich möchte wieder ein richtiges Deck unter den Füßen fühlen, das von einer richtigen See getragen wird.«

Und bewegt von der Notwendigkeit, seiner Autorität Geltung zu verschaffen, und einer plötzlichen Regung von Zuneigung zu seinem treuen alten Schiffskameraden, hatte Schwarzbart sich impulsiv zu einem Vorgehen entschlossen, das in gleicher Weise ein Exempel und ein Gnadenakt war, als ein solcher aber niemals erkannt würde. »Ich werde dafür sorgen«, murmelte er kaum hörbar, »daß du leben und auch segeln wirst, Israel.«

Dann zog er unter dem Tisch zwei Pistolen, beugte sich vor und blies die Öllampe aus, kreuzte die Pistolen und feuerte sie ab.

Die gleichzeitigen Explosionen blitzten als gelber Lichtschein durch die Risse und Löcher der Tischplatte, und Israels Hands wurde seitwärts von seinem Stuhl gerissen und gegen die Wand geworfen. Als das aufgeregte Gebrüll und Getrampel so weit zur Ruhe gekommen war, daß jemand daran dachte, die Lampe wieder anzuzünden, sah Schwarzbart, daß er perfekt gezielt hatte — eine Kugel war harmlos ins Deck gefahren, und die andere hatte Israel Hands' Knie zu einer blutigen Ruine zerschmettert.

Die Männer in der engen Kajüte, jetzt alle auf den Beinen, hatten Schwarzbart in Furcht und Verblüffung angestarrt, aber Israel Hands, an die Wand gekauert und mit beiden Händen das blutige Knie umklammernd, hatte verständnislos und mit schmerzverzerrtem Gesicht zu seinem alten Gefährten aufgeblickt, und sein Gesicht war auf einmal hager geworden. »Warum ... Ed?« hatte er zwischen zusammengebissenen Zähnen gefragt.

Unfähig, ihm die Wahrheit zu sagen, hatte Schwarzbart barsch erwidert: »Zum Teufel — wenn ich jetzt nicht geschossen hätte, würdet ihr noch vergessen, wer ich bin.«

Hands war am nächsten Morgen von Bord gebracht worden, fiebernd und Rache gelobend. Aber, dachte Schwarzbart jetzt, als er den Niedergang zum Batteriedeck hinabstieg, wenigstens wirst du morgen noch am Leben sein, Israel — du bist nicht hier.

»Da ist noch eine«, sagte er zu Miller, der bereits ein Dutzend Flaschen mit Hackblei und Pulver gefüllt, sie mit einer Lunte versehen und auf eine Decke gelegt hatte. »Dann wären wir soweit?«

Millers narbiges Gesicht grinste. »Jederzeit, Käpt'n«, erwiderte er.

»Fein.« Mit einem leisen Echo des Gefühls, das er für Israel Hands empfunden hatte, wünschte Schwarzbart, daß es ihm gelungen wäre, einen Grund zu finden, die ganze Besatzung fortzuschicken und Spotswoods Piratentötern allein entgegenzutreten. Aber je mehr Blut heute vergossen wurde, desto besser würde seine Magie wirken, und, Sentimentalität beiseite, jedes Mißgeschick für andere, das ihm nützte, war ein annehmbarer Handel. »Kein Pardon«, sagte er. »Heute soll es im Ozean mehr Blutsalz als Seesalz geben, wie?«

»Verdammt richtig«, pflichtete ihm Miller bei und schüttete Pulver durch einen Trichter in die neue Flasche.

»Verdammt richtig«, echote Schwarzbart.

»Drüben liegen angezündete Luntenschnüre, Käpt'n«, bemerkte Miller. »Wenn die Sonne hochkommt, wirst du sie eingeflochten haben wollen.«

»Nein«, antwortete Schwarzbart. »Ich glaube, heute werde ich keine tragen.« Er wandte sich zum Niedergang, hielt inne und winkte, ohne zurückzublicken, über die Schulter Miller und den an den Kanonen arbeitenden Männern zu. »Ah ... danke.«

Wieder auf Deck, sah er, daß in der Tat der Tag angebrochen war. Der rosige Schein im Osten hatte sich zu einem himmelumspannenden graublauen Glanz ausgebreitet. Eine Kette Pelikane flog in niedriger Höhe über den Sand, und einige stelzbeinige Vögel liefen geschäftig am Strand der Ocracoke-Insel, hundert Schritte querab auf Backbord, hin und her.

»Da kommen sie, Käpt'n«, sagte Richards grimmig.

Die Segel der beiden Kriegsschiffe waren jetzt gesetzt und vom Wind gebläht, und die schmalen Rümpfe glitten durch das ruhige silbrige Wasser, langsam wegen seiner vielen Sandbänke und Untiefen.

»Ich frage mich, ob sie einen Lotsen haben, der die Einfahrt kennt«, meinte Richards.

Eine der Korvetten lief auf und kam so rasch zum Stillstand, daß die Masten sich bogen; einen Augenblick später saß auch die andere fest.

»Nein«, sagte Schwarzbart, »sie haben keinen.« Hoffentlich, dachte er grimmig, ist dies alles nicht umsonst gewesen. Hoffentlich sind diese Marineleute keine unfähigen Schafsköpfe.

Man konnte das Wasser aufklatschen sehen, als Matrosen der beiden Kriegsschiffe sich daran machten, Ballast über Bord zu werfen. Beeilt euch, ihr Dummköpfe, dachte er, die Ebbe läuft ab. Und wenn ich bis Weihnachten, das nur noch fünf Wochen entfernt ist, nicht ... umgepflanzt bin, werde ich sie verpassen und Hurwood wird sein albernes eheliches Zauberkunststück ausgeführt und sie beseitigt haben.

Er wünschte, er hätte eher gelernt — oder erraten —, daß seine Heiratsmagie mit gewöhnlichen Frauen nicht mehr wirkte. Schon frühzeitig in seiner Laufbahn als Zauberer hatte er entdeckt, daß der Magie ebenso weibliche wie männliche Aspekte eigen waren, und daß kein Mann auf sich gestellt Zugang zu den weiblichen Gebieten finden konnte. In der Vergangenheit hatte er dieses Hindernis stets überwunden, indem er sich durch das Sakrament der Ehe mit einer Frau verbunden und diese Bindung dann gebraucht hatte, was sie tatsächlich zu gleichen Partnern gemacht hatte, um seine ansonsten einseitige zauberische Fähigkeit zu vervollständigen. Die Verfügbarkeit frischer Frauen hatte ihn gegenüber ihrer Individualität achtlos gemacht, und sie waren allesamt kurz nach der Eheschließung gestorben oder hatten den Verstand verloren, als er sie aufbrauchte, und diejenige, die heute zur Witwe werden sollte, war seine vierzehnte.

Sie mußte jetzt sechzehn Jahre alt sein und war noch sehr hübsch gewesen, als er sie zuletzt im Mai gesehen hatte. Vorher hatte er sich ziemlich stark mit ihr verbunden und die der Magie fähigen Bereiche ihres weiblichen Geistes benutzt, um Bonnett unter Kontrolle zu halten — aus irgendeinem Grund war Bonnett für die weiblichen Aspekte der Magie empfänglicher und verletzlicher —, und das hatte ihr schließlich den Verstand geraubt. Sie war jetzt in einem Tollhaus in Virginia, und als er sie dort im Mai besucht hatte, um zu sehen, ob sie ihm noch von Nutzen sein könnte, hatte sie gekreischt und war vor ihm geflohen und hatte dann ein Fenster zerbrochen und versucht, sich mit einem langen Glassplitter zu töten. In der anschließenden Verwirrung waren eine Hebamme und ein Priester herbeigerufen worden, denn die Wärterin, die sie an ihrem Vorhaben gehindert hatte, war zuerst der Meinung gewesen, sie habe versucht, eine Abtreibung an sich vorzunehmen.

Aber jetzt war Schwarzbart weit über den magischen Status der durchschnittlichen Frau hinaus. Er hatte Blut in Erebus vergossen und damit seinen Status drastisch verändert ... und so konnte er gewinnbringend nur mit einer Frau verheiratet sein, die gleichfalls dort Blut vergossen hatte. Soweit ihm bekannt war, gab es nur eine lebende Frau, die das getan hatte.

»Wir könnten versuchen, vorbeizuschlüpfen, während sie festsitzen«, bemerkte Richards vorsichtig. »Ich meine, wenn wir ...« Er seufzte. »Nein — sie sind wieder flott.«

Schwarzbart unterdrückte ein befriedigtes Lächeln, als er hinüberspähte. »So ist es.«

»Gott«, sagte Richards mit heiserer Stimme, »genauso haben sie vor zwei Monaten Bonnett gefangen — haben ihn morgens bei Ebbe in einer engen Bucht gestellt.«

Schwarzbart runzelte die Brauen. »Du hast recht«, knurrte er.

Richards blickte zu ihm auf, offensichtlich von der Hoffnung beseelt, daß dem Piratenkönig endlich das Ausmaß der Gefahr, in der sie hier schwebten, bewußt geworden war.

Aber Schwarzbart erinnerte sich bloß an die Geschichte von Bonnetts Gefangennahme, die ihm zugetragen worden war. Ja, beim Baron, dachte er zornig, abgesehen von dem Umstand, daß es hundertfünfzig Meilen südlich von hier stattfand, *war* es verdammt ähnlich.

Bonnett hatte ihm das Schauspiel seiner Niederlage gestohlen!

Er hatte sich nicht nur für die Rolle disqualifiziert, die Schwarzbart ihm zugedacht hatte, so subtil, daß dieser es erst zu spät bemerkt hatte, sondern er hatte auch daran gedacht, sich die seit langem geplante Niederlage, die Schwarzbart am heutigen Tag inszenieren wollte, anzueignen und vorwegzunehmen! Und die beiden Magier, die er ausgeschickt hatte, um Bonnett von dieser Insel zu holen, waren ohne ihn zurückgekehrt, und verwundet ... und an diesem letzten Sonntag, genau um die Mittagszeit, hatte Schwarzbart aufgehört, sich psychisch des anderen bewußt zu sein. Anscheinend hatte er eine Schlinge gefunden, durch die er ihm entschlüpft war – die Schlinge am Ende eines Henkerstricks.

»Anrufdistanz in einem Augenblick«, krächzte Richards, trotz der Morgenkühle, die seinen Atem sichtbar machte, schweißnaß im Gesicht.

»Anrufdistanz«, sagte Schwarzbart. Er reckte die massigen Schultern und schritt langsam und gemessen zum Bug, wo er einen gestiefelten Fuß auf den Klüverbaum setzte. Er füllte die Lungen, dann legte er beide Hände an den Mund und rief die Marinekorvetten an: »Gott verdamm euch als Schurken, wer seid ihr? Und von wannen kommt ihr?«

Am Deck der nächsten Korvette entstand Bewegung, und dann stieg die britische Schiffsflagge flatternd zur Mastspitze empor. »Ihr könnt an unseren Farben sehen«, kam die Antwort, »daß wir keine Piraten sind!«

Beinahe formal, als ob dies ein rhetorischer Wortwechsel in einer uralten Litanei wäre, rief Schwarzbart: »Kommt an Bord, damit ich sehen kann, wer ihr seid.«

»Ich kann mein Boot nicht entbehren«, schrie der Marinekapitän zurück, »aber ich werde bei euch an Bord kommen, sobald ich kann, mit meinem Schiff!«

Schwarzbart lächelte und schien sich zu entspannen. Er rief zurück: »Der Teufel soll meine Seele zerreißen, wenn ich euch Pardon gebe oder von euch annehme.«

»Wir erwarten keins, noch werden wir es geben!«

Schwarzbart wandte sich zu Richards. »Ich würde sagen, das ist klar«, bemerkte er. »Laß unsere Flagge hissen und das Tau kappen — wir gehen ab.«

»Zu Befehl, Käpt'n«, sagte Richards. »Und die Beute lassen wir zurück?« fügte er hinzu und zeigte zu dem erbeuteten Rahschoner.

»Klar, den alten Kahn würden wir bei Ebbe nicht über die Untiefen bringen.«

Die vordere der beiden Korvetten kreuzte nordwärts, offenbar mit der Absicht, eine Schleife zu fahren und Schwarzbart jede Flucht nach Osten zu versperren, aber einen Augenblick später glitt Schwarzbarts Schiff, die *Adventure,* vor dem Wind über die glatte Oberfläche des Pamlico-Sundes nach Westen und zielte gerade wie ein Pfeil zwischen die andere Marinekorvette und das Ufer der Ocracoke-Insel, zum Einlaß und der offenen See jenseits. Jeder Mann an Bord der *Adventure,* Schwarzbart ausgenommen, hielt den Atem an, denn das Wasser war kaum tiefer als sechs Fuß, und es herrschte Ebbe. Mehrere gruben sogar Münzen aus den Taschen und warfen sie über Bord — die Sonne hatte den Buckel der Insel noch nicht überstiegen, und die Münzen versanken mit mattem Blinken im rauchgrauen Wasser.

Richards blickte nach Norden zu der Korvette, die sie angerufen hatte. Er lachte leise. »Sie sind wieder aufgelaufen!« flüsterte er.

Schwarzbart fühlte sich plötzlich sehr müde. Er zog eine seiner Pistolen und sagte: »Segel losmachen. Wir werden diesen Burschen eine Breitseite geben.«

Richards fuhr herum. »Was? Wir haben es geschafft, wir können davonkommen, wenn wir ...«

Schwarzbart hob die Pistole und stieß Richards die Mündung in den Mund. »Segel losmachen und Steuerbordgeschütze feuerbereit machen, verdammt!«

»Zu Befehl!« sagte Richards mit einer Stimme, die beinahe ein Schluchzen war, und wandte sich, den Befehl weiterzugeben. Die meisten der Männer gafften in ungläubigem Erstaunen, aber sie konnten die Pistole sehen, und Israel Hands' Schicksal war noch allzu frisch in jedermanns Erinnerung, also gehorchten sie, und die *Adventure* verlangsamte mit lose flatternden Segeln und glitt längsseits der Marinekorvette.

»Steuerbordgeschütze — Feuer!« brüllte Schwarzbart, und die *Adventure* krängte nach Backbord, als die Kanonen losgingen und die Morgenluft mit Wolken bitteren Pulverrauchs beschmutzten und ein lärmendes Aufflattern erschrockener Seevögel verursachten.

Der Rauch trieb westwärts zum Einlaß davon, und Schwarzbart lachte, als er die Korvette hilflos sich wälzen sah, die Takelage zerfetzt und Reling und Schanzborde ein Chaos zertrümmerten Holzes.

»Segel wieder setzen?« sagte Richards mit einem Blick zum Ufer, das langsam näherrückte.

Auch Schwarzbart sah hinüber. »Ja«, sagte er nach einem Augenblick denn es war zu spät.

Der Wind, von Anfang an unbeständig, war abgeflaut, und obwohl die Piraten jeden Quadratfuß Leinwand setzten, wie verhungernde Fischer, die alle Netze auswerfen, trieb die *Adventure*.

Die Korvette im Norden war wieder flott geworden,

und die Männer an Bord hatten ein Beiboot ausgebracht und schleppten ihre Korvette durch den Einlaß auf die *Adventure* zu.

Als hätte sie darauf gewartet, lief die *Adventure* mit sanftem Knirschen auf Grund.

»Schneller mit dem Nachladen der Steuerbordkanonen!« rief Schwarzbart. Er ging hinüber zu einer Gruppe von Piraten, die verzweifelt Kanonenrohre und Ketten über die Backbordseite warfen. »Laßt das sein, Leute«, sagte er, »ihr bringt sie nicht schneller hoch als die Ebbe sie sinken läßt! Seht lieber nach euren Pistolen und Enterbeilen.«

Die verbliebene Korvette näherte sich langsam aber gleichmäßig im Schlepptau ihrer Ruderer. »Erst feuern, wenn ich es sage«, befahl Schwarzbart.

»In Ordnung«, sagte Richards, der seinen kurzen Säbel gezogen hatte und ihn mit gestrecktem Arm langsam in einer Aufwärmübung kreisen ließ. Nun, da keine Hoffnung bestand, dem Treffen auszuweichen, war seine Furcht verschwunden. Er grinste Schwarzbart zu. »Ich hoffe, du wirst es nächstes Mal nicht noch knapper machen.«

Der Piratenkönig legte Richards eine Pranke auf die Schulter und drückte sie kurz. »Nie wieder so knapp«, sagte er mit leiser Stimme. »Das verspreche ich dir.«

Die Marinekorvette war kaum noch hundert Schritte entfernt, und Schwarzbart konnte nicht nur das Klopfen der Ruder in den Dollen hören, sondern auch das angestrengte Grunzen der Ruderer. Er wußte, daß der Marinekapitän überlegen würde, wann er die eigenen Kanonen abfeuern sollte, und sowie er sah, daß seine Musketenschützen bereitstanden und die Kanoniere die Korvette ins Visier bekamen, gab er Feuerbefehl.

Wieder donnerten die Steuerbordgeschütze der *Adventure* und peitschten das Deck der Korvette mit Kartätschen, während die Salve der Musketen zwischen die glücklosen Ruderer fuhr und sie wie Puppen übereinander warf. Auf dem Deck der Korvette flogen Körper und Trümmerstücke wie von einem zischenden Sensenstrich getroffen in einer Sprühwolke von Splittern und Blut auf die Planken. Die Piraten brachen in Jubelrufe aus, aber Schwarzbart, der auf dem Bug der *Adventure* stand, sah den jungen Deckoffizier eilig all seine noch lebenden Matrosen unter Deck treiben.

»Jetzt die Granaten!« schrie Schwarzbart, sobald die letzten noch gehfähigen Matrosen unter Deck der Korvette verschwunden waren. Das Schiff hatte sich inzwischen, langsam nähergleitend, der *Adventure* bis auf zwei Dutzend Schritte genähert.

Die Piraten machten sich eifrig daran, die Zündschnüre an den Hälsen der mit Hackblei und Pulver gefüllten Flaschen anzuzünden, und sobald eine zischende und sprühende Zündschnur weit genug abgebrannt war, schleuderten sie die Granate auf das Deck der Korvette. Dort explodierten die Flaschen mit einem Stakkato dumpf knallender Explosionen, schleuderten Hackblei in alle Richtungen, zerfleischten die auf dem Deck verstreut liegenden Leichen und erledigten alle Matrosen, die zu schwer verletzt waren, um unter Deck zu gelangen.

»Sie sind alle tot, bis auf drei oder vier«, brüllte Schwarzbart und zog seinen Säbel. »Wir entern und hauen sie in Stücke!«

Das Entern erwies sich als einfach, denn die Marinekorvette glitt zusehends näher, und dann flogen die Enterhaken und Wurfleinen, und als erstem gelang es Schwarzbart, auf das verwüstete Deck zu springen; im selben Augenblick wurde die Luke über dem Niedergang aufgestoßen und ein Offizier, nach seiner Uniform ein Leutnant, kam herausgeklettert. Schwarzbart bleckte die Zähne in einem Grinsen, das so voll von Wiedererkennen und Willkommen war, daß der Leutnant sich unwillkürlich umsah, um auszumachen, welchen alten Freund der Piratenkönig erspäht hatte.

Aber hinter ihm war nichts als ein Trupp seiner eigenen Männer, die nachdrängend den Niedergang heraufkamen, die achtzehn von den ursprünglich fünfunddreißig Mann, die noch einen Degen führen oder eine Pistole abfeuern konnten. Die Piraten sprangen und kletterten hinter ihrem Anführer an Bord, und der Leutnant und seine Männer hatte kaum Zeit, ihre Degen zu ziehen, bevor die schreienden Piraten über ihnen waren.

Während der ersten Augenblicke war das Deck ein heilloser Wirrwarr heulender, stampfender, hauender und keuchender Wildheit, untermalt von gelegentlichen Pistolenschüssen, dann hatten die Piraten sich mit ihren schweren Säbeln durch die Reihe der Marinesoldaten gehauen und begannen sie einzukreisen, und viele der Marinedegen zerbrachen bei dem Versuch, die harten Schläge der kurzen Säbel zu parieren, die als Hiebwaffen genauso gefährlich waren wie als Stichwaffen. Bald war das Deck schlüpfrig vom Blut, das aus Armstümpfen spritzte, aus offenen Kehlen und aufgeschlitzten Bäuchen, und die von Schreien und Waffengeklirr erzitternde Luft war voll vom warmen Eisengeruch frischen Blutes.

Aber die überlebenden Matrosen der Korvette sahen, daß sie Verstärkung von ihrem Schwesterschiff erhielten, zwei Boote voller bewaffneter Matrosen, die in schneller Fahrt herüberruderten, und sie beschränkten sich darauf, den Säbelhieben auszuweichen, statt ihre dünnen Klingen aufs Spiel zu setzen, und nach den ersten Minuten wilden Kampfes schwangen die keuchenden, schwitzenden Piraten ihre zehn Pfund schweren Säbel mit weniger Gewandtheit und Kraft, und die leichteren Degenklingen konnten immer häufiger aus den sich verstärkenden Reihen der Matrosen vorstoßen und Kehlen und Augen und Leiber durchbohren. Bald fielen ebensoviele Piraten wie Marinesoldaten, wenn ihre Verletzungen auch weniger grauenhaft aussahen. Die Wende zeichnete sich ab.

Schwarzbart kämpfte am Hauptmast der Korvette, Rücken an Rücken mit einem seiner Männer, aber als eine Degenspitze dem niedersausenden Säbel des anderen Piraten auswich und zustieß, ihm die Brust zu durchbohren, und er leblos auf das Deck hinstürzte, trat Schwarzbart vom Mast zurück und zog mit der Linken seine Pistole.

Der Marineleutnant, der ihm gegenüberstand, zog eine der seinigen.

Die beiden Schüsse krachten wie ein Doppelschlag, doch während Schwarzbarts Kugel fehlging und über das Wasser davontanzte, durchschlug die Kugel des Leutnants den Bauch des hünenhaften Piraten.

Der Schlag warf ihn zurück, aber einen Augenblick später hatte Schwarzbart sich gefangen und sprang brüllend vorwärts, und sein Säbel kam in einem Hieb herab, der die Degenklinge des Leutnants knapp über dem Griff abbrach; Schwarzbart holte abermals aus, um dem anderen den Schädel zu spalten, aber ein Matrose griff ihn von schräg rückwärts an und schlug ihm die schwere, axtähnliche Klinge einer Hellebarde in die linke Schulter, knapp am Ohr vorbei. Das Schlüsselbein zerbrach hörbar, und der Pirat wurde auf Knie niedergeworfen. Er hob den Kopf, dann streckte er, so unglaublich es scheinen mochte, die massiven Beine und stand auf, schwankte zurück, als die Hellebarde von neuem niedersauste, so daß sie ihm Stirn und Wange aufriß, statt den Schädel zu zertrümmern.

Schwarzbart hatte die abgefeuerte Pistole fallen gelassen, aber seine unversehrte rechte Hand hielt noch immer den Säbel, und er schwang ihn in einem horizontalen Bogen nach der Seite, daß Kopf und Körper des Hellebardenträgers getrennt über das Deck kollerten.

Eine weitere Pistole wurde direkt auf Schwarzbarts Brust gefeuert, und als er zurücktaumelte, ringsum Blut verspritzend, wurden ihm zwei Degen tief in den Rükken getrieben; er wirbelte trotz seiner tödlichen Wunden so rasch herum, daß eine Klinge in ihm abbrach, und sein Säbel durchschlug den Arm des Mannes, der den zerbrochenen Säbel hielt. Zwei weitere Schüsse trafen ihn, und eine dritte Klinge biß tief in seine Seite.

Endlich bekam er wieder festen Stand, und richtete sich zu seiner vollen Größe auf — die Matrosen wichen furchtsam zurück —, und dann stürzte er gerade wie ein gefällter Baum vornüber, und das nasse Deck erzitterte unter dem Aufschlag.

»Großer Gott!« schnaufte der Leutnant und setzte sich nieder, die vor Erschöpfung verkrampften Hände noch um die abgefeuerte Pistole und den zerbrochenen Degen geschlossen.

Nach einer Weile hob einer der Matrosen Schwarzbarts Säbel auf, kniete bei dem Toten nieder und holte mit der schweren Klinge aus, offensichtlich im Zweifel, wo im Dickicht des wirren schwarzen Haares der Hals des Piratenkönigs war. Dann hatte er sich entschlossen und schlug zu; die Klinge durchschnitt Schwarzbarts Genick und biß in die Decksplanken, und Schwarzbarts abgetrennter Kopf rollte zur Seite, um mit einem angestrengten, aber ironischen Grinsen zum Himmel hinaufzustarren.

Als am frühen Abend die Flut kam, liefen die vier Schiffe langsam aus der engen Bucht, vorbei an Beacon Island und hinaus auf die See. Die überlebenden Piraten lagen gefesselt unter bewaffneter Bewachung an Bord der *Adventure,* und Schwarzbarts Kopf baumelte vom Bugspriet der Marinekorvette. Das Blut hatte vor Stunden schon aufgehört, von der schaurigen Trophäe zu tropfen, und das meiste davon war längst in dünnen Fäden im kalten Salzwasser davongetrieben, kleine Fische zu füttern, aber ein halb geronnener Klumpen war fest geblieben und haftete jetzt knapp unterhalb der Wasserlinie am Rumpf der Korvette.

Er pulsierte ganz leise.

21

Der Knall des Pistolenschusses rollte über die Hafenbucht von New Providence, und obwohl sich auf dem Deck der *Delicia* ein Aufblinken zeigte, als einer der Marineoffiziere das Fernrohr auf das Ufer richtete, floh niemand, in Furcht ermordet zu werden, oder in der Erwartung zu sehen, wie es einen anderen erwischte, was noch vor sechs Monaten der Fall gewesen wäre, und Jack Shandy stapfte barfuß durch den heißen Sand zu dem Huhn, das er mit der Pistolenkugel geköpft hatte. Es war augenscheinlich noch zu früh am Tag, als daß der Alkohol seine Zielsicherheit hätte beeinträchtigen können.

Er hob den Kopf auf. Wie er befürchtet hatte, trug der Schnabel Schriftzeichen in schwarzer Tinte, und er ließ ihn fallen.

Verdammte, dachte er. Soviel für ein gebratenes Huhn. Ein Glück, daß der alte Sawney noch nicht angefangen hat, das Fieber in Langusten zu zaubern.

Er steckte die Pistole in den Gürtel und ging auf das Fort zu. Das dunklere Mauerwerk der neu errichteten Teile verlieh dem ganzen Bauwerk ein scheckiges Aussehen, und Shandy dachte, daß es wahrscheinlich mehr diesen Veränderungen als der britischen Flagge oder der Anwesenheit von Woodes Rogers zuzuschreiben sei, des offiziellen Gouverneurs, die den verrückten alten Gouverneur Sawney vertrieben hatten.

Als er mühsam zu der Ansammlung von Zelten ging, blickte er nach links zur Hafenbucht. Heutzutage lagen hier weniger Schiffe als es vor Rogers' Eintreffen gewesen waren, und es war leicht, die alte *Jenny* auszumachen. Shandy hatte die Führung abgegeben, als er vor drei Monaten die Begnadigung angenommen hatte, und Venner war an seine Stelle getreten und hatte sich zum

Kapitän erklärt. Zu dieser Zeit hatten jedoch alle die Begnadigung angenommen, und den meisten war klar, daß die Tage der Seeräuberei endgültig zu Ende waren, und niemand hielt die Frage, wer Kapitän einer arg mitgenommenen alten Schaluppe sei, für wichtig genug, daß ein Streit darüber lohnte, und so hatte niemand Venner den Anspruch streitig gemacht. Er hatte das Schiff aufgelegt, gereinigt und ausgebessert und die Takelage samt der Besegelung ersetzt, und es war offensichtlich, daß er vorhatte, seine Begnadigung in den Wind zu schlagen und wieder auf Kaperfahrt zu gehen. Shandy hatte gehört, daß er unter dem Teil der Inselbevölkerung, der den schlechten alten Zeiten nachtrauerte, verstohlen eine neue Besatzung rekrutierte — Shandy hatte er nicht gefragt, und Shandy war ohnehin nicht interessiert.

Die britische Brigantine, die er heute morgen zwischen den Untiefen hatte lavieren sehen, lag jetzt vor Anker, doch obwohl Versorgungsgüter ausgeladen und an Land gebracht wurden, war nichts von der festlichen Atmosphäre zu spüren, die der Anlaß hätte erwarten lassen — Männer standen in kleinen Gruppen am Strand herum, sprachen mit gedämpften Stimmen und schüttelten den Kopf, und eine der Prostituierten schluchzte theatralisch.

»Jack!«

Shandy wandte den Kopf und sah Skank herbeieilen.

»Morgen, Skank«, sagte er, als der junge Mann schnaufend vor ihm haltmachte.

»Hast du die Neuigkeit gehört?«

»Wahrscheinlich nicht«, sagte Shandy. »Und wenn, habe ich sie vergessen.«

»Schwarzbart ist tot!«

Shandy lächelte versonnen wie jemand, der erfährt, daß ein aus fernen Kindheitstagen erinnertes Spiel noch heute von Kindern gespielt wird. »Ach.« Er ging langsam weiter, und Skank trottete neben ihm her. »Ist das sichere Nachricht?« fragte Shandy, als sie bei dem Zelt anlangten, das als eine Art Freiluftwirtshaus diente.

»O ja, könnte nicht sicherer sein. Es war in North Carolina, vor einem Monat. Die Hälfte seiner Leute geriet in Gefangenschaft, und die verdammten Hundesöhne schnitten Thatch den Kopf ab und brachten ihn dem Gouverneur.«

»Dann starb er auf dem Wasser, nehme ich an«, bemerkte Shandy und nahm den Becher Rum an, den er nicht mehr eigens zu bestellen brauchte.

Skank nickte. »Er war mit einer Schaluppe namens *Adventure* in der Ocracoke-Bucht. Die *Queen Anne's Revenge* hatte er irgendwo versteckt, zusammen mit all seinem Geld, heißt es. Sie behaupten, er habe nicht einen einzigen *Real* an Bord gehabt. Das sieht ihm aber nicht ähnlich — wahrscheinlich steckten die Marineleute alles Geld ein.«

»Nein, ich möchte wetten ...« Shandy hielt inne, um einen großen Schluck Rum zu trinken. »Ich möchte wetten, daß er alles versteckt hatte. *Adventure,* sagtest du? Ein passender Name — es war *sein* großes Abenteuer, glaube ich.«

Skank überblickte die Zelte und den Strand und die halb gesunkenen Hulks aufgegebener Schiffe, die Gouverneur Rogers bereits abwracken ließ. »Wahrhaftig, das ist keine Pirateninsel mehr.«

Shandy lachte. »Fällt dir das erst jetzt auf? Oder hast du vergessen, daß Rogers erst vor zwei Tagen acht Mann hängen ließ, weil sie gegen die Bedingungen der Amnestie verstoßen hatten? Und wir alle sahen bloß zu, und als es geschehen war, gingen wir einfach auseinander.«

»Gewiß, aber ...« Skank rang mit der Vielschichtigkeit der Idee, die er auszudrücken versuchte. »Aber das bloße Wissen, daß der alte Thatch irgendwo da draußen war ...«

Shandy nickte achselzuckend. »Und vielleicht zurückkommen würde. Ja, ich weiß. Ich kann mir nicht vorstellen, daß ihm jemand widerstehen würde, nicht einmal Rogers. Ja, bald wird es jetzt Steuern und Löhne und Gesetze und Bestimmungen geben, wo du dein Boot zu ankern hast. Und weißt du was? Ich glaube, auch hier wird die Zauberei nicht mehr wirken, genauso wie es im Osten geschehen ist.«

»Verdammt ja.« Skank nahm geistesabwesend Shandys Becher, trank daraus und gab ihn zurück. »Wohin willst du gehen, Jack? Ich denke daran, bei Venner anzumustern.«

»Ach, ich werde dableiben, bis mir das Geld für Rum ausgeht, und dann werde ich wohl weiterziehen und irgendeine Arbeit annehmen. Es ist nur eine Frage der Zeit, bis England wieder Krieg gegen Spanien führen und die Seeräuberei gegen spanische Schiffe wieder rechtmäßig sein wird, und dann werde ich vielleicht auf einem Kaperschiff anmustern. Ich weiß nicht, die Sonne scheint, und ich habe Rum — um die Probleme von morgen werde ich mir Sorgen machen, wenn es so weit ist.«

»Hm. Du warst sonst immer ...« — es war für Skank ein Tag abstrakter Vorstellungen — »mehr ... unruhig.«

»Richtig. Ich weiß.« Er leerte den Becher und gab ihn zum Nachfüllen zurück. »Aber ich glaube, bald werde ich mich nicht mehr daran erinnern.«

Skank nickte und wanderte vage beunruhigt davon zu den Booten, von denen die frisch eingetroffenen Ballen, Fässer und Kisten entladen wurden.

Shandy setzte sich in den Sand und lächelte in seinen sonnenwarmen Rum. Mehr unruhig, dachte er. Nun, gewiß, Skank — ich hatte Grund zur Unruhe. Zwei Aufgaben hatte ich mir gestellt. Ich wollte meinen Onkel Sebastian zur Rede stellen und vor der Welt und dem Gesetz bloßstellen, was er meinem Vater angetan hatte; und ich wollte Beth Hurwood vor ihrem Vater retten und sie über einige ... Schlußfolgerungen unterrichten, zu denen ich gelangt war. Aber keines von beidem erwies sich als möglich.

Draußen in der Hafenbucht wurde ruckweise am Großsegel der *Jenny* gezogen, und Shandy lenkte seine Aufmerksamkeit dorthin. Anscheinend versuchte jemand, das Gaffel höherzuziehen. Nichts zu machen, Freund, dachte er. Der alte gußeiserne Gaffelsattel ist von dem Beschuß mit Alteisen so verbogen, daß du froh sein kannst, wenn du das Gaffel so hoch ziehen kannst, wie du es hast — und offen gesagt, die *Jenny* nimmt den Wind besser auf, wenn ein paar Runzeln im Segel sind. Wäre der alte Hodges noch am Leben, oder Davies, würden sie dir das gleiche sagen. Du wärst besser beraten, wenn du deine Zeit damit verbringen würdest, die Fugen der Beplankung zu kalfatern.

Shandy erinnerte sich der Überholung der *Jenny* vor bald vier Monaten, an der er selbst mitgearbeitet hatte, nachdem die alte Schaluppe sich angekohlt und zerschossen und mit behelfsmäßiger Besegelung in den Hafen gerettet hatte, ohne ihren alten Kapitän und die Hälfte ihrer Mannschaft. Woodes Rogers war erst zwei Wochen vorher auf New Providence eingetroffen, doch hatte der neue Gouverneur bereits so unbußfertige Bürger wie Charlie Vane vertrieben und Ansprachen über Bürgertugenden gehalten und die britische Flagge gehißt und Druckschriften der Gesellschaft Zur Förderung Christlichen Wissens verteilt — und so war niemand von der Nachricht, daß Philip Davies tot und die *Brüllende Carmichael* verschwunden sei, sonderlich überrascht. Es schien übereinstimmend mit dem Wandel der Zeiten und Verhältnisse.

Zuerst hatte Shandy die alte Schaluppe ignoriert. Er hatte sie an einem Freitagnachmittag in den Hafen gesegelt, und noch am selben Abend hatte er, betrunken, seine bis dahin beste Bouillabaisse zubereitet und dazu den größten Teil der verbliebenen Beutevorräte an Knoblauch, Safran, Tomaten und Olivenöl auf der Insel verbraucht, und das Gericht hatte sogar Woodes Rogers' höchstes Lob erfahren, der sich erkundigt hatte, was der Menschenauflauf am Strand zu bedeuten habe, und, nachdem man ihn aufgeklärt hatte, etwas davon für sich selbst und seine Hauptleute erbeten hatte; aber Shandy hatte von der Suppe und den Zutaten und Meeresfrüchten nur so viel gekostet, daß er ihrer korrekten Zubereitung sicher war, und sich im übrigen an einige Flaschen von Davies' gehortetem 1712er Château Latour gehalten. Er lachte über jeden Scherz und beteiligte sich an den Rundgesängen — die freilich nicht mehr so herzhaft und unbekümmert erklangen wie in den Tagen vor Rogers' Ankunft —, aber seine Gedanken waren offensichtlich anderswo, und selbst Skank bemerkte es und riet ihm zu essen und zu trinken und sich morgen um die Probleme des morgigen Tages zu sorgen.

Schließlich war Shandy von den Feuern und den Expiraten und den nervös das Treiben beobachtenden Marineoffizieren fort und zum Strand hinuntergegangen. Erst sechs Wochen waren vergangen, seit er das erste Mal seinen Fuß auf diese Insel gesetzt hatte, doch war sie ihm schon mehr zur Heimat geworden als jeder andere Ort, den er in seinem Leben kennengelernt hatte, und er kannte die Bewohner besser als diejenigen seiner früheren Wohnorte — hier hatte er Freunde gewonnen und hatte sie sterben gesehen, bevor die Schiffe des gegenwärtigen Gouverneurs am ewigen blauen Horizont aufgetaucht waren.

Dann hatte er in der Dunkelheit hinter ihm Schritte durch den trockenen Sand streifen hören und sich erschrocken umgewandt. »Wer ist es?«

Eine dralle Figur in zerlumptem Kleid zeichnete sich als Schattenriß gegen die Feuer ab. »Ich bin's, Jack«, antwortete eine leise Mädchenstimme. »Anne. Anne Bonny.«

Er erinnerte sich, gehört zu haben, daß sie sich um eine Scheidung von Jim Bonny bemühte. »Anne.« Er zögerte, dann ging er langsam auf sie zu und legte ihr die Hände auf die Schultern. »So viele von uns sind jetzt tot, Anne«, sagte er und hätte sich nicht gewundert, wenn er in Tränen ausgebrochen wäre. »Phil ... und Hodges ... Bird ...«

Anne lachte, aber er konnte die wehmütige Trauer heraushören. »Ich bin kein Hundsfott!« sagte sie.

»Die Zeit vergeht hier so viel ... rascher«, sagte er, legte einen Arm um ihre Schultern und winkte mit der anderen Hand zur Schwärze des Waldrandes. »Mir ist, als hätte ich hier seit Jahren gelebt ...«

Sie gingen zusammen den Strand entlang, fort von den Feuern. »Man muß dafür geeignet sein, Jack«, sagte sie. »Dieser Gouverneur Rogers könnte fünfzig Jahre hier leben und würde doch nicht hergehören — für ihn gibt es nur Pflichten und Konsequenzen, und Bestrafung von Verbrechen, und so viel Geld für so viel Ware zu dem und dem Datum in diesem Hafen hier. Das ist alles Alte Welt. Aber du, also schon als ich dich zum ersten Mal sah, sagte ich mir, da ist ein Bursche, der für diese Inseln geschaffen ist.«

Diese Inseln. Die Worte waren voller Bilder: Schwärmen von rosa Flamingos, die man am frühen Morgen hinter undurchdringlichen Barrieren hochgekrümmter Mangrovenwurzeln sehen konnte, Haufen von Schalen zerbrochener Perlmuscheln im Umkreis des rußigen Kraters einer Kochfeuergrube im weißen Sand, und das blendende Sonnenglitzern auf blaugrüner See, gesehen durch den Dunst von Rumtrunkenheit, Fetzen rauchgeschwärzter Ladepfropfen, die nach einem Pistolenduell wie die gebrauchten Tintenwischer des alten Mars persönlich vom Wind über den Strand gerollt wurden ...

Und er paßte hierher, konnte sich jedenfalls diesem Leben einfügen: ein Teil von ihm fühlte sich wohl inmitten der beinahe unschuldigen Wildheit dieses Lebens, der Freiheit, der Abdankung aller Schuld und Schuldfähigkeit ...

Sie wandte sich zu ihm und küßte ihn, und sein freier Arm ging um ihre Mitte, und auf einmal begehrte er sie schrecklich, verlangte nach dem Identitätsverlust, den sie ihm geben konnte; innerhalb von Augenblicken lagen sie im warmen Sand, und sie zog ihr Kleid hoch, und er war auf ihr, fieberhaft keuchend ...

... und ein Schuß aus nächster Nähe betäubte ihn und erhellte für einen Augenblick Annes bemühtes Gesicht, und ehe er weiter denken konnte, wurde ihm ein Pistolenknauf hart auf den Hinterkopf geschlagen — er traf jedoch den geteerten Stumpf seines abgeschnittenen Pferdeschwanzes, und statt ihn bewußtlos zu machen, setzte der Schlag nur den Mechanismus seines Selbsterhaltungstriebs in Gang. Er wälzte sich seeseitig von Anne und sprang auf.

Anne lag noch auf dem Rücken; ein kleiner Trichter im Sand nahebei zeigte, wo die Pistolenkugel eingeschlagen hatte, und Anne war unverletzt, aber sie winselte ungeduldig und stieß mit den Hüften aufwärts und nagte an dem zerfaserten Saum ihres Kleides, und Shandy wollte nichts als den Kerl umbringen, der ihn unterbrochen hatte, wer er auch war, und dann zu ihr zurückkehren.

Jim Bonny stand auf ihrer anderen Seite. Er steckte die verschossene Pistole ein und hob eine Hand; Shandy fühlte die jähe Hitze in der Luft ringsum und hob die Rechte in einer schnellen Kontergebärde, dann biß er sich auf die Zunge, daß sie blutete, und spuckte zu Bonny hinüber, um der Erwiderung mehr Macht zu verleihen.

Bonnys Haar begann zu schwelen, aber er faßte nach einem Ball aus geflochtenem Fell an seinem Gürtel, und die Hitze wurde zerstreut. »Mate Care-For schaut auf mich, du Affenarsch«, flüsterte Bonny. »Er und ich werden dafür sorgen, daß du dich nicht mehr an anderer Leute Frauen vergreifst.«

Zu ungeduldig und atemlos, um Furcht zu verspüren, schnippte Shandy mit den Fingern und zeigte dann zu

Bonny; aber Bonnys Hand war noch an dem Fellball, und der Angriff prallte zurück, schlug Shandy zu Boden und krümmte ihn in schrecklichen Krämpfen. Bonny benutzte die Gelegenheit, seiner Frau einen Fußtritt zu geben und, zu Shandy gewandt, einen schnellen Reim zu sprechen.

Blut ergoß sich Shandy aus Nase und Ohren, und die Vernunft sagte ihm, daß er hier übertroffen worden sei und versuchen sollte, um Hilfe zu rufen oder zu fliehen; aber er wollte Anne — wollte sie nehmen, mit Jim Bonnys Blut heiß an den Händen ...

Aber wenn Mate Care-For Bonny beschützte, konnte er nicht viel tun. Er kam gebückt auf die Knie und pfiff Bonny eine Blindheit zu, doch trotz seiner besten Parade prallte auch sie auf ihn zurück, und während Shandy blind war, sandte Bonny ihm einen Krampfanfall.

Shandy brach zusammen und zappelte und heulte hilflos im Sand wie ein vom Veitstanz Befallener, und während er sich wand, hörte er Bonny wieder seine Frau treten und dann über sie steigen, um sich ihn vorzunehmen.

Shandy wußte, daß es jetzt zu spät war, um einen Fluchtversuch zu machen oder um Hilfe zu rufen — er würde hier und jetzt sterben, wenn er sich nicht etwas ausdachte, und — dieser Gedanke schien unerträglicher als jener an den Tod — Jim Bonny würde derjenige sein, der zwischen Annes Beinen niederknien würde; und in diesem Augenblick würde sie den Unterschied wahrscheinlich weder bemerken noch darauf achten.

Ohne den Schmerz eines verkrampften Fingers zu beachten, steckte er seine zuckende rechte Hand in die Hosentasche; darin war noch ein Rest von dem Klumpen Lehm, den er an der Küste Floridas von seinen Stiefeln gekratzt hatte, und er drückte ihn zwischen Daumen und Zeigefinger wieder fest zusammen. Dann riß er die Hand aus der Tasche und warf den kleinen Lehmklumpen in die Luft, so hoch er konnte.

Und auf einmal war er in einem Boot und fuhr unter einer mit farbigen Papierlampions behängten Brücke durch, und statt nach Knoblauch und Wein schmeckte es in seinem Mund nach Stachelbeeren. Er erinnerte sich — dies war Paris, und er war, wie alt, neun Jahre alt gewesen, als sein Vater, nachdem er etwas Geld verdient hatte, ihn nach der Marionettenvorstellung zu einem guten Abendessen und einer Bootsfahrt auf der Seine eingeladen hatte. Die Gestalt neben ihm wandte das Gesicht zu ihm, aber diesmal war es nicht sein Vater.

Es schien ein uralter Neger zu sein, denn sein Gesicht war runzlig, und das Haar und der kurze Bart so weiß und gekräuselt, als hätte er sie von einer römischen Marmorstatue genommen.

»Erste Vodu-Angriffe werden im allgemeinen auf die Erinnerungen des defensiven Kämpfers gerichtet und finden dort statt«, sagte der Schwarze in einem weichen französischen Dialekt, »da die Erinnerungen die gesammelte Summe einer Person sind. Wenn ich dir schaden wollte, würdest du diese erinnerte Szene, und die erinnerten Menschen in ihr in beängstigender und tödlicher Weise verändert finden … sehr ähnlich dem Delirium bei hohem Fieber … und es würde schlimmer und schlimmer, bis du entweder zum Gegenangriff übergingst oder umkämst.« Er lächelte und hielt ihm die Hand hin. »Ich bin Maître Carrefour.«

Nach kurzem Zögern schüttelte Shandy ihm die Hand.

»Zum Glück für mich selbst«, fuhr der alte Neger fort, »bin ich ein *loas,* dessen Domäne besiedelte Inseln sind. Ich habe viel Umgang mit Menschen und kann ihre Handlungsweisen voraussehen, anders als der natürliche *loas,* den ihr im Sumpfwald von Florida kennenlerntet. Dein hochgeworfenes bißchen Dreck würde mich nicht töten — in den eineinhalb Wochen, seit du es herausgebracht hast, hat es viel von seiner Wirkungskraft verloren —, aber es wird mich nichtsdestoweniger verletzen, wenn ich bleibe und von einem Gegenangriff absehe. Darum ziehe ich mich vor dem Konflikt zwischen dir und Mr. Bonny zurück.«

Shandy blickte beschämt weg, in die Richtung, aus der sie gekommen waren. Unter den Fußgängern auf der Brücke konnte er mehrere Frauen sehen; trotz des hellen Scheins der Lampions waren nur ihre Gesichter einigermaßen scharf, und ihm kam der Gedanke, daß dies die Art und Weise gewesen sein mußte, wie er als Zehnjähriger Frauen wahrgenommen hatte. Nicht entfernt wie die Art und Weise, wie er vor einer Minute Anne Bonny gesehen hatte. Welche Betrachtungsweise, fragte er sich mit Bitterkeit, war die engere?

»Hmmh … danke«, murmelte Shandy. »Warum … warum tun Sie das, warum lassen Sie mich laufen? Bonny sagte, Sie beschützten ihn?«

»Ich sehe zu, daß er nicht zu Schaden kommt. Hast du die Absicht, ihm Schaden zuzufügen?«

»Nein — jetzt nicht, nicht mehr.«

»Dann täusche ich mich nicht.« Etwas veränderte sich lautlos am Himmel. Shandy blickte auf und sah, daß die Sterne weniger deutlich geworden waren, als hinge jetzt eine Scheibe beschlagenen Glases zwischen ihnen und ihm. Maître Carrefour war offenbar im Begriff, die Illusion aufzulösen.

Der alte Schwarze schmunzelte. »Du kannst von Glück sagen, junger Freund — Chandagnac ist dein Name, nicht wahr? —, daß ich einer von den Rada-*loas* bin, und keiner von den jüngeren Petro-*loas*. Ich habe die Wahl, keinen Anstoß zu nehmen.«

»Ich … äh … das freut mich.« Der Geschmack von Stachelbeeren war verschwunden.

»Das hoffe ich. Du hast diese Taktik, diesen Kniff mit der Lehmkugel, von Philip Davies — und du hast ihn verschwendet. Er gab dir noch etwas; es würde mich nicht erfreuen, zu sehen, daß du auch dies verschwendest.«

Weicher Sand war unter Shandys linker Seite, und der sternübersäte Nachthimmel über seiner Rechten, und er sah, daß er wieder am Strand von New Providence lag; und als er das leise Aufschlagen des Lehmklumpens im Sand hörte, war ihm klar, daß sein Gespräch mit Maître Carrefour nicht in Ortszeit stattgefunden hatte.

Er war jetzt imstande, Bonnys magische Angriffe mit einer Geste und einem Pfeifen abzuwehren; er tat es und kam müde auf die Beine. Bonny schleuderte ihm noch immer schädliche Zauberangriffe zu, und Shandy wehrte sie ab.

»Laß gut sein, Jim«, seufzte er. »Sonst brauchst du einen Monat lang Hilfe, um eine Gabel zu heben. Laß dir eine Portion Leber und Blutwurst mit Rosinen geben, und wenn du die gegessen hast, wird es dich vielleicht nicht zu hart treffen.«

Bonny zwinkerte ihn überrascht an, dann ballte er die Fäuste und bellte, dunkel vor Anstrengung, ein halbes Dutzend Silben.

Shandy lenkte den Angriff seewärts ab, und ein Fisch sprang aus dem Wasser und explodierte mit einem blauen Blitz und einem nassen Patschen. Shandy schüttelte den Kopf. »Mach nur so weiter, dann wirst du nicht bloß weißes Zahnfleisch kriegen, sondern weißes Haar.«

Bonny schwankte, tat einen Schritt auf Shandy zu und brach dann zusammen und fiel mit dem Gesicht in den Sand. Shandy kauerte nieder und wälzte ihn herum, damit er nicht ersticke.

Anne hatte sich aufgesetzt und blickte zu ihm her. »Komm zu mir«, sagte sie.

Er tat es, setzte sich aber nicht. »Ich muß gehen, Anne. Das ... wäre nicht gut gewesen, was wir tun wollten. Ich bleib nur lange genug auf New Providence, um die *Jenny* auszurüsten und zu verproviantieren«, sagte er und entschied sich erst, als er es sagte. »Und dann muß ich mich um eine bestimmte Angelegenheit kümmern.«

Anne war im Nu auf den Beinen. »Ist es seinetwegen?« fragte sie und versetzte ihrem besinnungslosen Mann einen Fußtritt. »Er ist es nicht wert, dieser Hundsfott, der Gouverneur Rogers die Stiefel leckt! Ich habe für eine Scheidung durch Ablösung gespart, und du könntest mich gleich auslösen.«

»Nein, Anne, es ist nicht seinetwegen — oder nur zum Teil. Ich habe bloß ...«

»Du Saukerl!« schrillte sie. »Du willst wieder hinter dieser verdammten Hurwood-Votze her!«

»Ich gehe nach Haiti«, sagte er in geduldigem Ton. »Ich habe dort einen Onkel, der mich mit einem richtigen Dreimastvollschiff ausrüsten wird ... bevor er an den Galgen kommt.«

»Lügner!« schrie sie. »Gottverdammter Lügner!«

Er ging zurück zu den Feuern, und mit einer Hand parierte er vorsichtshalber alle bösen Verwünschungszauber, die sie in den Katalog der Beschimpfungen, die sie ihm nachrief, einflechten mochte.

Es war nicht gelogen, Anne, dachte er. Ich werde wirklich nach Haiti gehen und meinen Onkel ruinieren, wenn ich kann und sein gestohlenes Geld zum Kauf eines Schiffes verwenden. Aber gleichzeitig hattest du recht. Sobald ich ein hochseetüchtiges Schiff bekommen kann, werde ich die einzige Frau suchen und retten und — wenn noch irgendein Wert in mir ist — heiraten, in der ich einen Körper *und* ein Gesicht sehen kann, und mit der ich nicht auf eins oder das andere verzichten muß.

22

Und so traktierte er seine überdrüssige Mannschaft während der nächsten drei Tage mit den üppigsten Mahlzeiten, die er zusammenbringen, und mit den besten Spirituosen, die er beschaffen konnte, um sie im Austausch mit Hochdruck die Überholungsarbeiten an der *Jenny* zu Ende bringen zu lassen; doch selbst Venner, der sich am meisten beklagte, konnte nicht behaupten, daß ihr neuer Kapitän ihnen ein ungerechtes Übermaß an Arbeit abverlangte, denn Shandy war morgens stets der erste an der Arbeit, tagsüber stets bereit, schwerere Lasten zu tragen als sonst jemand, derjenige, der keine Ruhepausen beanspruchte ... und dann, wenn die einbrechende Nacht weitere Arbeit unmöglich machte, derjenige, der das reichhaltige Essen kochte und kulinarische Kunstwerke aus Marinaden und langsam ziehenden Fischsuppen machte, die er schon früh am Morgen, wenn er an die Arbeit ging, vorbereitete und über ein kleines Feuer stellte.

Am Morgen des siebzehnten August, eines Mittwochs, segelte die *Jenny* aus der Hafenbucht von New Providence. Sie war mit Pulver und Blei ebenso gut ausgerüstet wie mit Lebensmitteln und Wasser, und beförderte wenigstens doppelt so viele Männer wie sie benötigte, aber die Frist zur Annahme der Begnadigung lief erst in drei Wochen aus, und Shandy hatte keinen *bocor* an Bord; es war ihm gelungen, dem tauben Trauerkloß die Bitte deutlich zu machen, mit ihnen nach Haiti zu segeln, aber der Zauberer, welcher Tage vor der *Jenny* irgendwie wieder auf der Insel erschienen war, hatte abgelehnt. Nicht zuletzt dieser Umstand mochte Woodes Rogers bewogen haben, seine noch nicht allzu gefestigte Position zu gefährden, indem er versuchte, die Ausreise der Schaluppe zu verhindern.

Shandys Besatzung sorgte sich wegen Wirbelstürmen, denn der August war ein gefährlicher Monat, und in allen vorausgegangenen Jahren hatten die karibischen Piraten sich um diese Zeit oben vor der amerikanischen Küste aufgehalten, aber Shandy argumentierte, daß die Reise nach Port au Prince tatsächlich etwas kürzer und viel direkter sei als die Reise zur Westküste Floridas gewesen war, und daß sie auf der Fahrt nach Südosten in der Nähe der Exumas und der Inaguas bleiben und auf diese Weise niemals weiter als eine Stunde Fahrt von einem schützenden Strand entfernt sein würden. Und zweimal sahen sie während der dreitägigen Reise tatsächlich die unheilverkündenden eisengrauen Kappen entfernter Stürme am südlichen Horizont, aber beide Male zogen die Unwetter westlich in Richtung auf Kuba ab, bevor die *Jenny* in ihre Nähe kam.

Am Samstagmorgen kreuzte die *Jenny* vor der bewaldeten haitianischen Westküste durch den Canal de St. Marc zu dem französischen Kolonialdorf L'Arcahaye. Shandy ruderte das kleine Beiboot zum Ufer, und dann gab er etwas von Philip Davies' angesammeltem Gold aus, um sich das Haar schneiden zu lassen und einen Rock und ein Halstuch zu kaufen, unter denen er sein zerlumptes Hemd verbergen konnte. Halbwegs respektabel aussehend, gab er einem schwarzen Farmer ein paar Münzen und ließ sich dafür auf einer Wagenladung mit Kassavas und Mangos zur Stadt Port au Prince fahren, achtzehn Meilen weiter die Küste entlang.

Als sie die Stadt erreichten, war es Spätnachmittag, und die einheimischen Fischer ruderten bereits heimwärts und zogen ihre primitiven Einbäume unter den schattenspendenden Palmen auf den Strand, bevor sie schwere Strohkörbe und Bambuskäfige mit Krabben und Hummern davontrugen, die wie große Spinnen darin herumkrochen.

Die Stadt Port au Prince erwies sich als ein Netz rechtwinklig angelegter schmaler Straßen um einen zentralen Platz. Der Platz und die meisten Straßen waren mit weißen Steinplatten gepflastert, doch um die Läden und Lagerhäuser am Hafen war das Pflaster nahezu verborgen unter Tausenden von braunen, plattgetretenen Hülsen. Bevor er auf den von Menschen wimmelnden Platz hinausging, hob Shandy eine der Hülsen auf und roch daran. Es war Zuckerrohr, und nun wurde ihm klar, daß dies der Ursprung des unangenehm süßen, halb fermentierten Geruchs war, der sich in der Nachmittagshitze mit den vertrauten Gerüchen von fauligem Fisch und rauchigen Küchendüften mischte, die allen Seehäfen der Inselwelt eigentümlich waren. Er warf die Hülse weg und fragte sich, ob sie von den Chandagnac-Pflanzungen gekommen sei.

Die meisten der Menschen, denen er auf dem Platz begegnete, waren Schwarze, und als Shandy sich zu den amtlich aussehenden Gebäuden auf der anderen Seite durcharbeitete, wurde er mehrmals höflich mit »Bon jou', blanc« gegrüßt. Er nickte jedesmal höflich, und einmal, als zwei junge Neger sich in ihrem halb französischen, halb westafrikanischen Patois über seine aller Beschreibung spottenden Manschetten lustig machten, konnte er im selben Patois mit einem Sprichwort aufwarten, daß jede Art von Manschetten, oder auch gar keine, eisernen vorzuziehen sei. Die jungen Männer lachten, starrten ihm aber neugierig nach, und Shandy verstand, daß er sich hier würde in acht nehmen müssen. Dies war nicht New Providence, dies zählte zur Zivilisation.

Wachsam nach jeder Art von Gesetzeshütern Ausschau haltend — denn es war möglich, daß die britischen Behörden die Franzosen über den John Chandagnac unterrichtet hatten, der vor kaum einem Monat an der völligen Zerstörung eines Kriegsschiffes der Royal Navy mitgewirkt hatte —, erkundigte Shandy sich bei einem Kaufmann, wohin er sich wenden solle, um Nachlaßfragen und Besitzrechte an Grund und Boden zu klären, und wurde zu einem der Regierungsgebäude am Platz verwiesen.

Beim Überqueren des Platzes faßte er den Entschluß, zuerst in Erfahrung zu bringen, wo die alte Pflanzung war, und Onkel Sebastian dort einen Besuch abzustatten. Es war nicht nötig, sich ihm sofort zu erkennen zu geben, obwohl er die Absicht hatte, dies recht bald zu tun.

Im Innern glich das Gebäude jeder europäischen Amtsstube — mehrere weiße Männer arbeiteten an hohen Stehpulten, auf denen schwere, ledergebundene Hauptbücher lagen —, aber die tropische Brise, die mit den Spitzenvorhängen an den hohen Fenstern spielte, machte die Illusion zunichte, und das Kratzen der Gänsekiele auf dem Papier schien hier so unpassend wie Papageiengekreisch in einer Londoner Straße.

Einer der Beamten blickte bei Shandys Eintreten auf. »Ja?«

»Guten Tag«, sagte Shandy, zum ersten Mal seit zwei Monaten bemüht, sauberes Französisch zu sprechen. »Ich habe eine Frage im Zusammenhang mit dem Chandagnac-Besitz . . .«

»Sind Sie einer der Angestellten? Wir können hier nichts tun, um Ihnen zu Ihren rückständigen Lohnzahlungen zu verhelfen.«

»Nein, ich bin kein Angestellter.« Shandy bot seinen besten Pariser Akzent auf. »Ich möchte mich nach dem Besitztitel über Haus und Grundbesitz erkundigen.«

»Ach so, Sie sind ein Gläubiger. Nun, soweit mir bekannt ist, wurde alles verkauft; aber am besten sprechen Sie selbst mit dem Testamentsvollstrecker.«

»Testamentsvollstrecker?« Shandys Magen wurde kalt. »Ist er — ist Sebastian Chandagnac *tot?*«

»Sie wußten es nicht? Entschuldigen Sie. Ja. Er beging am Mittwochabend Selbstmord. Sein . . .«

»Diesen letzten Mittwoch?« Shandy mußte seine Erregung unterdrücken, um es nicht laut zu rufen. »Vor drei Tagen?«

»Ja. Sein Leichnam wurde am Donnerstagmorgen von der Haushälterin gefunden.« Der Beamte zuckte die Achseln. »Geschäftliche Rückschläge, wie es scheint. Es heißt, er habe alles verkaufen müssen und trotzdem große Schulden hinterlassen.«

Shandys Gesicht fühlte sich taub und wie hölzern an, als hätte er zu viel getrunken. »Ich ... hörte, daß er ein ... Spekulant war.«

»Genau, Monsieur.«

»Wie heißt dieser Testamentsvollstrecker und wo kann ich ihn finden?«

»Um diese Zeit werden Sie ihn wahrscheinlich beim Brandy auf der Terrasse von Vigneron antreffen. Er ist ein kleiner Mann mit vorstehenden Zähnen. Sein Name ist Lapin, Georges Lapin.«

Shandy fand den Bezeichneten an einem Tisch mit Blick über den belebten Hafen, und nach der Zahl der Untertassen vor ihm zu urteilen, mußte er bereits seit geraumer Zeit hier sitzen.

Der Mann schrak heftig zusammen, als er Shandy sah, dann entschuldigte er sich und nahm Shandys Angebot, ihn zu einem weiteren Brandy einzuladen, ohne Umschweife an.

»Man sagte mir, daß Sie der Testamentsvollstrecker Sebastian Chandagnacs seien«, begann Shandy, sobald er sich gesetzt hatte. »Ach, zwei Brandies bitte«, sagte er zu dem Kellner, der ihm halb argwöhnisch zu Lapins Tisch gefolgt war.

»Sie sind ein Verwandter von Sebastian Chandagnac«, sagte Lapin.

Shandy bejahte.

»Es besteht eine überraschende Ähnlichkeit — einen Augenblick dachte ich, Sie seien er.« Er seufzte. »Testamentsvollstrecker, ja, das bin ich. Obwohl es, wie es scheint, nichts zu vollstrecken gibt und meine Tätigkeit sich darauf beschränkt, die verschiedenen Gläubiger aufeinander zu verweisen, damit sie sich vergleichen. Ohne unser, seiner Freunde Wissen, ist Sebastian verarmt.« Er nahm seinen Brandy, sobald der Kellner ihn auf den Tisch gestellt hatte und leerte ihn auf einen Zug, als wollte er Sebastians Chandagnacs Verschwendung illustrieren.

»Noch einen für Monsieur Lapin, bitte«, sagte Shandy zum Kellner. Darauf fragte er, zu Lapin gewandt: »Und er ist tot? Ganz gewiß?«

»Ich sah den Toten selbst, Monsieur Chandagnac. Wie seltsam, einen anderen so zu nennen! Er hatte hier keine Angehörigen, müssen Sie wissen. Ja, er versah ein altertümliches Faustrohr von einer Pistole mit Zündpulver und lud es mit allem Gold und Juwelen, die er noch besaß.« Lapin breitete die Hände über dem Tisch aus. »Nicht viel als Vermögen, aber als Stückladung war es königlich. Dann muß er die Waffe so gehoben haben, daß die glockenförmige Mündung vielleicht einen Fuß von seinem Gesicht entfernt war, tat einen letzten Blick wie wir annehmen dürfen, auf den Rest seines Vermögens und jagte es sich dann in den Kopf! Ach ja, es war poetisch, in einer Weise. Wenn auch furchtbar unsauber, pragmatisch betrachtet — der größte Teil seines Kopfes landete im Garten unter seinem Schlafzimmerfenster. Armer Sebastian! Ich bin überzeugt, daß die örtliche Gendarmerie das meiste von der ... Munition eingesteckt hat.«

In diesem Augenblick fiel Shandy ein, wo er den Namen Lapin gehört hatte — Skank hatte gesagt, daß die großen Hehler und Händler auf Haiti, die mit Piraten zusammenarbeiteten, »Lapin« und »Shander-knack« seien. Und du hast recht, Skank, dachte Shandy jetzt — er sieht wirklich wie ein Kaninchen aus.

»Ich denke, ich kann mir vorstellen, warum man es so machte, daß es wie Selbstmord aussah«, sagte Shandy sinnend.

»Ich bitte um Vergebung«, sagte Lapin, »aber *aussah?* Es stand außer Frage …«

»Nein, nein«, beeilte sich Shandy zu erwidern, »ich will Ihnen ganz gewiß nicht irgend etwas erzählen, was Sie nicht zu wissen brauchen. *Sie* sind nicht in Gefahr. Ich bin überzeugt, *Sie* hatten nie Geschäfte mit«, er beugte sich näher, »Piraten.«

Lapins Gesicht erbleichte im Abendlicht. »Piraten?«

Shandy nickte. »Ein englischer Gouverneur ist nach New Providence entsandt worden, das der Hauptstützpunkt der Piraten ist. Und nun bringen die Piraten alle angesehenen Kaufleute um, mit denen sie früher Geschäfte gemacht hatten.« Shandy zwinkerte. »Um niemanden übrig zu lassen, der als Zeuge gegen sie auftreten könnte.«

Shandy mußte sich bei der Vorstellung, die Piraten von New Providence könnten in irgend etwas methodisch vorgehen, ein Lachen verbeißen, zwang sich jedoch zu einer düster-trauervollen Miene.

Lapin schluckte. »Sie *töten* die Kaufleute?«

»So ist es. Die Piraten warten einfach, bis die Kaufleute Verbindung mit ihnen aufnehmen. Sobald einer ihrer alten Kunden sich an sie wendet oder bereitfindet, sie zu sprechen, wenn sie an ihn herantreten, sind die Betreffenden so tot wie mein Onkel Sebastian.«

»Mon Dieu!« Lapin stand hastig auf und verschüttete den Rest seines Brandys. Er ließ einen furchtsamen Blick über den Hafen gehen, als rechne er damit, daß Briganten schon jetzt an Land stürmen könnten. »Es ist — später als ich gedacht hatte. Es war sehr angenehm, mit Ihnen zu sprechen, Monsieur Chandagnac, aber ich fürchte, ich muß Ihnen adieu sagen.«

Shandy blieb sitzen, hob aber sein Glas. »Auf Ihre gute und fortdauernde Gesundheit, Monsieur Lapin.«

Doch nachdem Lapin davongeeilt war, machte Shandys momentan gehobene Stimmung Niedergeschlagenheit Platz. Sein Onkel war tot, sein Besitz in fremden

Händen. Es würde keine Vergeltung, kein Schiff geben. Er mietete sich für die Nacht in einer Herberge ein, und am nächsten Morgen ließ er sich von einem Fuhrwerk nach L'Arcahaye mitnehmen und ging an Bord der wartenden *Jenny*.

In den nächsten zwei Wochen führte er die *Jenny* auf eine hektische Rundreise durch die Karibik, doch obwohl er alle Hafenregister überprüfte, selbst die in englischen Häfen, wo er gesucht wurde, gab es keine Aufzeichnungen, nach der eine *Brüllende Carmichael* oder auch eine *Charlotte Bailey* seit dem ersten August irgendwo gesichtet worden wäre, als Benjamin Hurwood, nachdem er Shandy durch Zauberkraft emporgehoben und über Bord geworfen hatte, mit seiner Mannschaft lebender Toter fortgesegelt war.

Und am Ende der zwei Wochen fruchtloser Suche war seine Besatzung am Rande der Meuterei, und der letzte Termin für die Annahme der Begnadigung war nur noch zwei Tage entfernt, also befahl Shandy seinen Leuten, Kurs auf New Providence zu nehmen.

Sie trafen dort am fünften September, einem Dienstag, am Nachmittag ein, und als Shandy von Bord der *Jenny* ging, blickte er nicht zurück; von nun an mochte Venner sie führen und in die Hölle oder ins Himmlische Königreich segeln, ihm war es gleich. Einmal an Land, hatte Shandy Zeit, zum Fort zu gehen, sich von Gouverneur Rogers offiziell die Begnadigung aussprechen zu lassen und rechtzeitig wieder am Strand zu sein, um ein gewaltiges Festmahl zu kochen. Und wie es im Laufe der nächsten drei Monate zur Tradition werden sollte, aß er selbst fast nichts davon und begnügte sich statt dessen mit großen Mengen geistiger Getränke.

23

Ja, Skank, dachte Shandy, als er zur Hafenbucht blickte und sah, wie jemand versuchte, die Gaffel der *Jenny* höherzuziehen ... ja, ich war damals unruhiger. Ich hatte zu tun; jetzt bleibt mir nur noch eine Aufgabe, und das ist ... vergessen. Er streckte sich im Sand aus und ließ den sonnenwarmen Rum in seinem Becher kreisen.

Ein junger Marinefähnrich kam zögernd näher. »Verzeihen Sie ... sind Sie Jack Shandy?«

Shandy leerte den Becher und visierte den jungen Mann mit umflortem Blick über den Rand hinweg an. »So ist es«, sagte er und ließ den Becher sinken.

»Dann sind Sie derjenige, der die *Whitney* versenkte, nicht wahr?«

»Glaube ich nicht. Was war die *Whitney*?«

»Ein Kriegsschiff, das in die Luft flog und sank, im letzten Juni. Sie hatten Philip Davies gefangen und ...«

»Ach so.« Shandy bemerkte, daß sein Becher leer war, und stand auf. »Richtig. Bis jetzt hatte ich den Namen nicht gewußt. Tatsächlich war es Davies, der das Schiff in die Luft sprengte — ich half bloß.« Er stellte den Becher auf den Tisch vor dem Ausschankzelt und nickte dem Mann zu, der es betrieb.

»Und Sie erschossen den Kapitän?« fuhr der junge Fähnrich fort.

Shandy nahm den aufgefüllten Becher. »Das ist lange her. Ich erinnere mich nicht.«

Der Fähnrich machte ein enttäuschtes Gesicht. »Ich bin mit Gouverneur Rogers an Bord der *Delicia* hierher gekommen«, erläuterte er. »Ich, ah ... nehme an, es war ein ziemlich wildes Leben hier, ich meine, vorher, nicht? Messerstechereien, Duelle, Schätze ...«

Shandy lachte leise und beschloß, die romantische

Seifenblase den Jungen nicht zum Zerplatzen zu bringen. »O ja, alles das.«

Ermutigt fuhr der junge Mann fort: »Und Sie segelten mit Schwarzbart, hörte ich, auf dieser geheimnisvollen Reise nach Florida? Wie war das?«

Shandy machte eine umfassende Gebärde. »Oh ... höllisch, höllisch. Verrat, Messerstecherei, Männer, die ertränkt wurden, Seegefechte ... weglose Sümpfe, schreckliche Fieberanfälle, kannibalische Kariben-Indianer auf unserer Fährte ...« Er hielt inne, denn der Fähnrich runzelte errötend die Brauen.

»Sie brauchen sich nicht über mich lustig zu machen.«

Shandy zwinkerte, da er sich nicht genau erinnerte, was er gesagt hatte. »Was soll das heißen?«

»Daß ich hier draußen ein Neuling bin, bedeutet keineswegs, daß ich überhaupt nichts weiß. Ich weiß, daß die Kariben-Indianer vor zweihundert Jahren von den Spaniern ausgerottet wurden.«

»Oh.« Shandy verzog in angestrengter Konzentration das Gesicht. Wo hatte er von Kariben-Indianern gehört? »Das wußte ich nicht. Hier, ich geb dir einen aus. Ich wollte mich nicht über ... über dich ...«

»Ich darf in Uniform nicht trinken«, sagte der Fähnrich, schien jedoch besänftigt.

»Dann trink ich deinen mit.« Shandy leerte seinen Becher und stellte ihn wieder auf den Tisch. Der Mann dahinter füllte ihn auf und machte einen weiteren Strich auf seine Kreditliste.

»Es hat wirklich den Anschein, daß ich die große Zeit der Seeräuberei verpaßt habe«, seufzte der Fähnrich. »Davies, Bonnett, Schwarzbart — alle tot. Hornigold und Shandy haben die Begnadigung angenommen — allerdings gibt es einen neuen. Kennen Sie Ulysse Segundo?«

»Nein«, sagte Shandy und hob vorsichtig seinen Becher auf. »Eleganter Name.«

»Ja, gewiß. Er hat einen großen Dreimaster, die *Aufsteigender Orpheus,* und damit hat er in den letzten paar Monaten Dutzende von Schiffen gekapert. Er soll der Blutgierigste von allen sein — angeblich fürchten die Seeleute ihn so sehr, daß manche ins Meer gesprungen sein und sich selbst ertränkt haben sollen, als klar wurde, daß er ihr Schiff kapern würde!«

»Das hört sich freilich schlimm an.«

»Es gibt alle möglichen Geschichten über ihn«, erzählte der Fähnrich. »Natürlich glaube ich die meisten davon nicht, aber viele Leute scheinen davon überzeugt zu sein. Sie sagen, er könne einem den Wind aus den Segeln pfeifen und in seine eigenen lenken, und er könne sogar im dichtesten Nebel navigieren und Schiffe überfallen, und wenn er ein Schiff kapert, nehme er nicht nur alle Wertsachen, sondern auch die Leichen der bei der Kaperung getöteten Seeleute! Die Leute sagen, er kümmere sich nicht um Waren wie Getreide oder Leder oder Eisen — er nehme nur Münzen, Gold und Juwelen und derlei Dinge, obwohl sie sagen, daß er frisches Blut am meisten schätze, und schon ganze Besatzungen ausgesaugt habe. Ein Kapitän, der sein Schiff an ihn verloren hatte, aber überlebte, schwört Stein und Bein, daß in der Takelage der *Orpheus* Leichen gewesen seien, offensichtlich verwesende Leichen — daß er selbst aber eine von diesen haben sprechen hören!«

Shandy lächelte. »Und was hatte sie zu sagen?«

»Also, ich glaube es natürlich nicht ... aber der Kapitän schwur, dieser Leichnam habe geschrien: ›Ich bin kein Hundsfott‹ — he, Vorsicht!« fügte er ärgerlich hinzu, denn Shandy hatte seinen Becher fallen lassen, und Rum war auf die Uniformhose des Fähnrichs gespritzt.

»Wo wurde er zuletzt gesehen?« fragte Shandy. »Und wann war es?«

Der Fähnrich, verdutzt über dieses plötzliche und brennende Interesse, das so uncharakteristisch für den verschlafen dreinschauenden, trägen Mann war, dessen einziges Ziel im Leben es gewesen zu sein schien, der Trunkenbold der Siedlung zu werden, sperrte die Augen auf. »Wieso, ich weiß nicht, ich ...«

»Überleg mal!« Shandy ergriff den jungen Mann bei den Schultern und schüttelte ihn. »Wo und wann?«

»Hmm — bei Jamaica, vor der Montego Bay — vor nicht ganz einer Woche!«

Shandy machte auf dem Absatz kehrt, ließ ihn stehen und rannte zum Ufer. »Skank, verdammt, wo — da bist du ja. Komm her!«

Der junge Expirat trottete ungewiß näher. »Was hast du, Jack?«

»Die *Jenny* läuft heute noch aus, diesen Nachmittag. Hol alle Männer zusammen, die du kriegen kannst — und geht an Bord!«

»Aber Jack ... Venner will bis Januar warten und sich dann mit Charlie Vane zusammentun ...«

»Zum Henker mit Venner! Habe ich je gesagt, daß ich die Führung der *Jenny* aufgeben will?«

»Das nicht, Jack, aber wir nahmen alle an ...«

»Zum Teufel mit euren Annahmen! Treib sie zusammen und geht an Bord!«

Skanks verwundertes Stirnrunzeln löste sich in einem Lächeln. »Klar ... Käpt'n.« Er drehte um und lief davon, daß seine bloßen Füße den weißen Sand aufspritzen ließen.

Shandy war gerade zu einem auf den Strand gezogenen Ruderboot gelaufen und hatte angefangen, es zum Wasser zu ziehen, als er sich erinnerte, wo er von Kariben-Indianern gehört hatte. Der verrückte alte Gouverneur Sawney hatte sie erwähnt, am Abend bevor die *Carmichael* und die *Jenny* abgesegelt waren, Schwarzbart vor Florida zu treffen. Was hatte der alte Mann gesagt? Daß er zu seiner Zeit nicht wenige von ihnen getötet habe, etwas von der Art.

Shandy hielt inne und blickte nachdenklich den Hang

hinauf zu dem Winkel der Siedlung, wo der seltsame Alte sein kleines Zelt errichtet hatte. Nein, sagte er sich und nahm das Ringen mit dem schweren Boot wieder auf — Sawney ist alt, aber er ist nicht zweihundert.

Aber einen Augenblick später hielt er abermals inne, denn er erinnerte sich an etwas anderes. »Wenn ihr zu diesem Geysir kommt«, hatte der Alte gesagt. Und der Jungbrunnen *war* eine Art Geysir gewesen. Und als Shandy damals die erste Marionettenvorstellung gegeben und Sawney sie mit seinen wirren Reden unterbrochen hatte, war da nicht von Gesichtern im Sprühwasser die Rede gewesen … von, ja: *Almas de los perdidos* die Rede gewesen? Den Seelen der Verdammten …

War Sawney einmal dort gewesen?

Wenn es sich so verhielt, konnte er älter als zweihundert Jahre sein. Es wäre tatsächlich nicht verwunderlich. Verwunderlich war nur, daß sein Zustand sich so verschlechtert hatte. Als Shandy sich wieder gegen das Boot stemmte, überlegte er, welchen Fehler Sawney gemacht haben konnte.

Wieder hielt er inne. Nun, wenn es etwas gab, irgendeine Wirkung, die einen plappernden senilen Schwachsinnigen aus einem Zauberer machen kann, der mächtig genug war, nach Erebus zu gelangen und ein oder zwei Jahrhunderte zusätzlicher Lebenszeit zu erkaufen, dann war das etwas, worüber sich zu unterrichten er gut beraten sein würde — wenn er diesmal mehr erreichen wollte als einfach aufgehoben und in den Ozean geworfen zu werden. Er ging weiter.

Langsam zuerst, dann mit beschleunigten Schritten, als ihm in Verbindung mit dem alten Sawney andere sonderbare Einzelheiten einfielen: sein fehlerloses, aber archaisches Spanisch, seine Gewandtheit im Umgang mit Zauberei.

»Hast du heute schon den Gouverneur gesehen?« fragte er einen ausgemergelten alten Expiraten. »Sawney, meine ich — nicht Rogers.«

Shandy lächelte und hatte versucht, seine Frage in beiläufigem Ton vorzubringen, aber der andere hatte sein Gespräch mit dem jungen Fähnrich beobachtet und trat mit beschwichtigend erhobenen Händen zurück. »Klar, Jack, er ist in seinem Zelt. Nur keine Aufregung, ja?«

Ohne auf das Gemurmel und Kopfschütteln hinter ihm zu achten, lief Shandy durch den Sand, übersprang die alte Kochgrube und hielt auf die Stelle zu, wo er vor einem halben Jahr geholfen hatte, die *Carmichael* wieder seetüchtig zu machen; und er verlangsamte seinen Lauf und atmete beruhigt durch, als er den alten Sawney vor dem Segeltuchzelt sitzen sah, das heutzutage seine Wohnung war. Er hatte eine halbvolle Flasche Rum in den Händen, in die er aufmerksam spähte, wenn er nicht daraus trank.

Der alte Mann trug weite, hellgelbe Kniehosen und einen bestickten Seidenrock, und wenn er eine Art Halstuch trug, so war es unter seinem wirren Bart, der die Farbe gebleichter Knochen hatte, versteckt.

Shandy stapfte zu ihm und setzte sich. »Ich würde gern mit dir sprechen, Gouverneur.«

»So?« Sawney musterte ihn aus zusammengekniffenen Augen. »Schon wieder im Fieber? Laß die Hühner in Ruhe.«

»Nein, Gouverneur. Ich möchte etwas von dir wissen ... über *bocors*. Besonders solche, die den ... den Jungbrunnen besucht haben.«

Sawney schluckte wieder aus seiner Flasche und spähte hinein. »Laufen viele *bocors* herum. Ich bin keiner.«

»Aber du weißt, was ich mit dem Jungbrunnen meine? Dem ... Geysir?«

Der alte Mann ließ den Rum in der Flasche kreisen und sang mit hoher, brüchiger Stimme:

»Mas molerá si Dios quisiere —
Cuenta y pasa, que buen viaje faza.«

Shandy versuchte, eine ungefähre Übersetzung im Kopf zustandezubringen — Mehr wird gemahlen, so Gott will — Zähl und geh, daß gut die Reise werde ... — und fand, daß es ihm nicht weiterhelfen konnte. »Sehr gut«, sagte er, seine Ungeduld zügelnd, »fangen wir anderswo an. Erinnerst du dich an die Kariben-Indianer?«

»Freilich, Kannibalen waren es. Wir löschten sie aus. Brachten sie in der Cordoba-Expedition der Jahre 17 und 18 alle um, oder schafften sie als Sklaven nach Kuba, was auf das gleiche hinauslief. Sie verstanden sich auf die Magie; sie hielten Arawak-Indianer in Gehegen, wie wir Vieh halten. Um sie aufzufressen, natürlich — aber weißt du, was wichtiger war als das? Hah? Das Blut, frisches Blut. Die Kariben hielten diese Arawak am Leben wie unsereiner Schießpulver trocken hält.«

»Wußten sie von dem Ort in den Sumpfwäldern Floridas? Der Fontäne an der Stelle, wo es sich anfühlt, als ob der Boden ... zu fest ist?«

»Ay, Dios ... si«, murmelte Sawney und warf einen schnellen Blick zum sonnenbeschienenen Hafen, als fürchtete er, jemand oder etwas in der See könne ihn belauschen. »Es war dort nicht so dunkel, habe ich gehört, bevor sie kamen ... verdammtes Loch zur Hölle ...«

Shandy beugte sich näher und fragte leise: »Wann warst du dort?«

»1521«, sagte Sawney deutlich. Er nahm einen enormen Zug aus der Rumflasche. »Ich wußte damals, wo es sein mußte — ich konnte die Zeichen lesen, trotz der *padres* mit ihrem Weihwasser und ihren Gebeten ... und ging hinein und hielt mir den Mückenschwarm der Geister vom Leibe, bis ich es fand; Essig hält Läuse vom Körper fern, aber du brauchst das schwarze Tabakskraut, um Geister zu vertreiben ... und ich vergoß Blut dort, bei der Fontäne ... brachte diese Pflanze zum

Sprießen. Und es gelang mir gerade noch rechtzeitig — kaum war ich aus diesem Sumpf zurück, gab es ein Gefecht mit den Indianern, und ich erwischte einen Pfeil, und die Wunde entzündete sich ... Ich sorgte, daß etwas von meinem Blut in die See gelangte. Blut und Seewasser, und ich werde ewig leben, wieder und wieder, solange die Pflanze noch dort ist ...«

Shandy entsann sich der abgestorbenen, vertrockneten Pflanzen, die er in Erebus gesehen hatte, und dachte, daß dies wahrscheinlich die letzte von Sawneys Lebenszeiten sein würde. »Wie geschieht es«, fragte er, »daß jemand der mächtig genug ist, dorthin zu gelangen und Blut zu vergießen und die Magie des Blutes und Seewassers zu gebrauchen, um viele Leben zu erkaufen, verfallen kann? Die große Magie verlieren und ... einfältig werden kann?«

Sawney lächelte und hob eine weiße Braue. »Wie ich, meinst du, wie? Eisen.«

Trotz seiner Verlegenheit, daß der alte Mann ihn so klar verstanden hatte, drängte Shandy weiter: »Eisen? Was meinst du damit?«

»Du mußt es gerochen haben. Der magische Geruch, weißt du. Wie eine Pfanne, die auf einem Feuer stehenbleibt. Heißes Eisen. Und frisches Blut riecht auch so, und Magie benötigt frisches Blut, also ist offensichtlich Eisen darin. Hast du einmal die Geschichte gehört, daß die Götter als Klumpen von rotglühendem Eisen aus dem Himmel herabfallen? Nein? Nun, es gibt diese Klumpen; ich habe selbst einmal einen gefunden. Und die ältesten Überlieferungen behaupten, daß die Seelen von Sternen in dem Zeug seien, denn ein sterbender Stern würde vor dem Tode diese Eisenglut ausatmen.«

Shandy fürchtete, der alte Mann habe seine geistige Klarheit wieder eingebüßt, denn offensichtlich gab es kein Eisen im Blut oder in den Sternen, aber er beschloß, eine weitere Frage zu investieren. »Wie also kommt es, daß Zauberei an Kraft und Macht verlieren?«

»Wie?« Sawney blies über den Flaschenhals und erzeugte ein hohles Tönen. »Oh, das ist nicht so.«

Shandy schlug die Faust in den Sand. »Verdammt, Gouverneur, ich muß es wissen ...«

»*Kaltes* Eisen bringt sie durcheinander — massives Eisen. Es ist fertig, verstehst du, du kannst nicht zaubern, wenn es da ist, weil auch alle Magie erledigt ist, bevor du überhaupt anfängst. Hast du mal Wein gemacht?«

Shandy rollte die Augen. »Nein, aber ich weiß über Essig und Läuse Bescheid, vielen Dank. Ich ...«

»Kennst du *vino de Jerez?* Die Engländer nennen ihn Sherry. Oder Port?«

»Klar, Gouverneur«, sagte Shandy. Er fragte sich überdrüssig, ob der alte Mann ihn auffordern würde, eine Flasche zu holen.

»Also, weißt du, wie sie gemacht werden? Warum einige von ihnen so süß sind?«

»Na ... sie werden verstärkt. Man spritzt den Wein mit Brandy auf und stoppt die Gärung, so daß ein Teil des Zuckers im Wein bleibt und nicht alles in Alkohol umgewandelt wird.«

»Richtig. Ja, der Brandy stoppt die Gärung. Und so hast du noch Zucker, aber jetzt kannst du ihn nicht mehr in Alkohol umwandeln; das ist danach nicht möglich. Und was ist dieses Zeug, dieser Brandy, der alles so zum Stillstand bringt?«

»Nun«, sagte Shandy, der nicht wußte, worauf der alte Mann hinauswollte, »destillierter Wein, denke ich.«

»*Verdad.* Ein Produkt der Gärung macht weitere Gärung unmöglich, verstehst du?«

Shandy klopfte das Herz schneller, denn er glaubte fast zu sehen. »Kaltes Eisen, festes Eisen, wirkt genauso auf die Magie, wie Brandy auf die Gärung wirkt«, sagte er zögernd. »Ist es das, was du sagen willst?«

»*Seguro!* Ein kaltes eisernes Messer ist sehr gut, um einen Geist loszuwerden. Diese Geschichten wirst du sicherlich gehört haben. Mit viel festem und kaltem Eisen um dich hast du noch Blut, wie der Zucker im Sherry, aber es kann nicht für Magie gebraucht werden. *Bocors* tragen kein Eisen bei sich, und sie üben Magie, und es fehlt ihnen sehr an Blut. Du hast ihr Zahnfleisch gesehen? Und um die Häuser der Mächtigsten ist ein feiner, rostiger roter Staub aus ...« — er beugte sich näher und flüsterte — »Eisen.«

Shandy bekam eine Gänsehaut auf den Armen. »Und in der Alten Welt«, sagte er leise, »hörte die Magie auf, ein wichtiger Faktor des Lebens zu sein, als Eisen für Werkzeuge und Waffen allgemein in Gebrauch kam.«

Sawney nickte und lächelte durch seinen wuchernden weißen Bart. »Kein Zufall.« Er blies wieder über den Flaschenhals: *tuut.* »Und jedes magisch wiederauferstandene Bewußtsein wird durch die Nähe *kalten* Eisens beschädigt. (tuut). Ein wenig zur Zeit. Als ich das lernte, war es für mich zu spät. Es stellte sich heraus, daß ich seit meiner Rückkehr aus diesem verdammten Loch in Florida einen großen Bogen um jedes Eisen hätte machen sollen. Ich hätte keines tragen, in die Hand nehmen und um mich dulden dürfen, nicht einmal etwas essen sollen, was in einem eisernen Topf war! *(Tuut)*. Hohe Könige mußten in der Alten Welt auf diese Weise leben, bevor die Magie dort ganz verschwunden war. Teufel noch mal. Du mußt Salat und rohes Gemüse und solches Zeug essen, wenn du die Zauberei ausüben willst.«

»Kein Fleisch?« fragte Shandy, dem etwas eingefallen war.

»Oh, freilich, viel Fleisch, für Zauberkraft aber auch für einfache Stärke, denn Zauberer neigen dazu, blaß und schwindlig und schwach zu werden. Aber natürlich muß es Fleisch sein, das nicht mit etwas Eisernem getötet oder zerlegt oder gekocht wurde. *(Tuut.)* Aber weißt du, ich bedauere es nicht. Ich habe zweihundert Jahre zusätzlich gehabt, in denen ich wie ein normaler Mensch leben und tun konnte, was mir gefiel. Ich wäre wirklich verrückt, wenn ich die ganze Zeit wie ein verdammter *bocor* gelebt hätte, in ständiger Sorge, ob nicht irgendein Bestandteil dieser oder jener Mahlzeit meiner Magie abträglich sein könnte, und entsetzt, einen Nagel in ein Brett schlagen zu müssen.«

»Weißt du ein Mittel, Gouverneur, daß ich *kaltes* Eisen gebrauchen könnte, um einen Zauberer zu überwinden, der so frisch von der Fontäne ist, daß er noch den Staub von Erebus in den Ritzen seiner Stiefel trägt?«

Sawney starrte ihn lange an, dann setzte er die Flasche nieder. »Vielleicht. Wen?«

Shandy beschloß, aufrichtig zu sein. »Benjamin Hurwood, oder Ulysse Segundo, wie er sich jetzt anscheinend nennt. Er ist der ...«

»*Yo conozco,* der mit dem fehlenden Arm. Der den Körper seiner Tochter für den Geist seiner Frau herrichtet. Das arme Kind — weißt du, daß sie nur mit Grünzeug gefüttert wird und mit Zwieback aus hölzernen Kästen? Sie wollen das Mädchen magisch leitfähig machen, aber sie soll keine Willenskraft haben, also bekommt sie kein Fleisch.«

Shandy nickte; die Bedeutung von Beth Hurwoods seltsamer Diät war ihm gerade klar geworden.

»Gut, ich will dir sagen, wie du mit ihm fertig werden kannst. Erstich ihn mit einem Säbel.«

»Gouverneur«, sagte Shandy in gequälter Ungeduld, »ich brauche mehr als das. Er ...«

»Du hältst mich für einfältig? Hast du nicht zugehört? Verbinde dein Blut mit dem *kalten* Eisen des Säbels. Mach, daß die Teilchen des Blutes und des Eisens sich ausrichten, wie eine Kompaßnadel sich nach Norden ausrichtet. Oder umgekehrt. Es ist alles relativ. Eine arbeitende magische Kraft wird zu ihrem eigenen Unheil Energie hinzufügen. Oder sie wird zunichte, weil das ausgerichtete Eisensystem so wirksam ist, siehst du? Wenn dir die Vorstellung nicht gefällt, daß eine Münze zu Boden fällt, mußt du es so sehen, daß der Boden heraufkommt, die bewegungslose Münze zu treffen, nicht wahr? *(Tuut.)*«

»Großartig, aber wie fange ich es an?«

»*(Tuut-tuut.)*«

»Gouverneur, wie bringe ich die Teilchen dazu, daß sie sich ausrichten? Wie verbinde ich Blut und Eisen?«

Sawney trank die Flasche leer, dann stellte er sie vor sich in den Sand und begann zu singen:

> *»Bendita sea el alma,*
> *Y el Señor que nos la manda;*
> *Bendita sea el dia*
> *Y el Señor que nos lo envía.«*

Wieder übersetzte Shandy im Kopf mit: Gesegnet sei die Seele, und der Herr, der sie uns sendet; gesegnet sei der Tag, und der Herr, der sie sie uns schickt.

Wenigstens eine weitere Minute lang versuchte er, eine zusammenhängende Antwort auf seine Frage zu erhalten, aber der Rum hatte den Funken der Munterkeit in den Augen des alten Mannes erlöschen lassen, und schließlich gab er auf und erhob sich.

»Bis dann, Gouverneur.«

»Bleib gesund, Junge. Keine Hühner.«

»Recht so.« Shandy wandte sich zum Gehen, dann machte er noch einmal kehrt. »Sag mal ... wie heißt du eigentlich, Gouverneur?«

»Juan.«

Shandy hatte mehrere Versionen des Namens gehört, den der Gouverneur beanspruchte, aber es war immer etwas wie Sawney oder Pon-sia oder Gawnsey gewesen — Juan hatte er noch nicht gehört. »Ich meine, wie heißt du mit vollem Namen, Gouverneur?«

Der alte Mann gackerte und scharrte ein wenig im Sand, dann blickte er zu Shandy auf und sagte leise aber mit deutlicher Stimme. »Juan Ponce de Leon.«

Shandy stand mehrere Sekunden lang wie versteinert,

und trotz der tropischen Sonne, die alle Konturen über dem weißen Sand in flimmernden Hitzewellen auflöste, fröstelte ihn. Zuletzt nickte er, machte kehrt und stapfte davon. Hinter ihm fing das Tuten wieder an.

Erst als er den Strandwall überstiegen hatte und sich durch das Gewirr von Zelten und Hütten den Weg suchte, kam ihm in den Sinn, daß der verwahrloste Alte, der hier in eine leere Rumflasche blies, wirklich Gouverneur dieser Insel war, oder jedenfalls gewesen war — und von jeder anderen Insel zwischen Hispaniola und Florida.

Er wanderte zwischen den Zelten dahin, berechnete im Kopf, wieviel von Davies' Geld ihm noch blieb, nachdem er drei Monate lang verschwenderisch für Rum ausgegeben hatte und überlegte, wie lange die Reise sein durfte, wenn er sie vom Rest des Geldes finanzierte — natürlich würde es nicht sehr lang sein müssen, Weihnachten war weniger als zwei Wochen entfernt, und Hurwood hatte gesagt, daß er die Austreibung Beths aus ihrem Körper zum »Julfest« vollziehen werde —, als eine Gestalt ihm den Weg vertrat. Er blickte auf und erkannte Anne Bonny. Er erinnerte sich, daß sie ein Verhältnis mit einem anderen begnadigten Piraten, Calico Jack Rackam, angefangen hatte, nachdem Shandy nach Haiti gesegelt war, und daß die beiden ohne Erfolg versucht hatten, Anne eine Scheidung durch Freikauf zu ermöglichen.

»Hallo, Anne«, sagte er und blieb stehen, denn er dachte, er schulde ihr die Gelegenheit, ihn ein wenig zu schmähen.

»Sieh da«, sagte Anne, »da ist ja unser Köchlein! Zur Abwechslung mal aus dem Rumfaß gekrochen, wie?«

Sie sah sowohl schlanker wie auch älter aus — nicht überraschend, denn Gouverneur Rogers betrachtete den altehrwürdigen englischen Brauch der Scheidung durch Freikauf als die Höhe der Liederlichkeit und hatte versprochen, sie öffentlich entkleiden und auspeitschen zu lassen, sollte sie noch einmal mit diesem Ansinnen zu ihm kommen, und ein paar furchtbar vulgäre Lieder über diese vorgestellte Bestrafung waren entstanden und sehr populär geworden —, aber in der Art und Weise, wie sie stand und den Kopf auf die Seite neigte, war noch immer die heiße Ausstrahlung von Sexualität.

Shandy lächelte vorsichtig. »Wie du siehst.«

»Und wie lange, meinst du, wird es dauern, bis du wieder hineinkriechst?«

»Mindestens zwei Wochen.«

»Das glaubst du selbst nicht. Ich gebe dir ... eine halbe Stunde. Du wirst hier sterben, Shandy, nachdem du ein paar Jahre Gouverneur Sawneys Lehrling gewesen bist. Nun, *ich* werde das nicht tun — Jack und ich wir werden bald von hier verschwinden. Endlich habe ich einen Mann gefunden, der sich vor Frauen nicht fürchtet.«

»Na, das freut mich. Ich muß zugeben, sie machen mir oft Angst. Ich hoffe, ihr zwei seid glücklich miteinander, Rackam und du.«

Anne schien verwirrt und trat beiseite. »Und wohin willst du?«

»In die Gegend nördlich Jamaicas. Dort ist ein Schiff gesichtet worden, das die alte *Brüllende Carmichael* sein muß.«

Sie schien sich zu entspannen, lächelte und schüttelte bekümmert den Kopf. »Mein Gott, es ist immer noch dieses Mädchen, nicht? Hurley?«

»Hurwood.« Er zuckte die Achseln. »Ja, so ist es.«

»Also wirst du mit dieser Reise gegen die Bedingungen deiner Begnadigung verstoßen?«

»Weiß ich nicht. Wird Rackams Reise ihn nicht in die gleiche Lage bringen?«

Sie lächelte breit. »Ganz unter uns, Shandy — natürlich wird sie es. Aber mein Jack hat ein Mädchen, dem es nichts ausmacht, mit einem Gesetzlosen zu leben.«

»Das weiß ich auch nicht.«

Sie zögerte, dann beugte sie sich näher zu ihm und hauchte ihm einen Kuß auf die Lippen.

»Wofür war das?« fragte er erstaunt.

Ihre Augen glänzten. »Wofür? Für Glück, Mann.«

Sie ging fort, und er wanderte weiter zum Strand. Ein paar Kinder spielten mit Puppen, die er einmal gemacht hatte, und als sie ihm aus dem Weg gingen, bemerkte er, daß sie jetzt Fäden gebrauchten, um die kleinen Gelenkfiguren zu bewegen. Recht so, Kinder, dachte er, lernt ein Handwerk. Ich glaube nicht, daß eure Generation einen Mate Care-For haben wird, der sich euer annimmt.

Jemand ging schwerfällig hinter ihm. Er blieb stehen und sah sich um und erschrak ein wenig, als er Trauerkloß ohne Neugier auf ihn herabstarren sah. Da ihm rechtzeitig einfiel, daß der Mann taub war, nickte Shandy bloß.

»Sie werden ohne ihn auskommen«, sagte der riesige *bocor.* »Jedes Land macht die Zeit durch, wo Magie wirkt. Hier geht diese Zeit zu Ende. Ich fahre mit dir.«

Shandy war überrascht, hatte er doch erfolglos versucht, Davies' *bocor* zu überreden, mit ihm nach Haiti zu fahren. »Na fein, gewiß, das ist eine Reise, bei der wir einen guten *bocor* gebrauchen können, und ich vergeude bloß meine Zeit, wenn ich davon rede, nicht?« Er behalf sich mit nachdrücklichem Kopfnicken.

»Du fährst nach Jamaica.«

»Nun, nein, eigentlich — ich meine, es könnte sein, wir fahren in die Gegend ...«

»Ich bin in Jamaica geboren, aber mit fünf brachten sie mich nach Virginia. Und nun will ich zurück — um zu sterben.«

»Hmm ...« Shandy versuchte noch, sich eine passende Erwiderung darauf auszudenken, und wie er sie in Gesten ausdrücken sollte, als der *bocor* an ihm vorbei zum Strand marschierte, und Shandy eilen mußte, ihn einzuholen.

Um das Boot, das Shandy ins Wasser hatte schieben wollen, standen Männer und stritten, und als Shandy näherkam, gingen zwei von ihnen auf ihn zu, fuchtelten mit den Armen und riefen etwas. Der eine war Skank, der andere Venner, dessen Gesicht so gerötet war, daß seine Sommersprossen unsichtbar waren.

»Einer nach dem anderen«, sagte Shandy.

Mit einer wütend niederstoßenden Handbewegung brachte Venner den anderen zum Schweigen. »Die *Jenny* wird nirgendwohin fahren, bis Charlie Vane kommt«, erklärte er.

»Sie läuft heute nachmittag nach Jamaica aus«, sagte Shandy. Obwohl er ein mildes Lächeln zur Schau trug, schätzte er peripher Entfernungen ab und fragte sich, wie schnell er an Skanks Säbel herankommen würde.

»Du bist nicht mehr ihr Kapitän«, fuhr Venner fort, rauh vor Erregung. Sein Gesicht war womöglich noch dunkler geworden.

»Ich bin noch immer ihr Kapitän«, sagte Shandy.

Die Männer, die im Umkreis standen, scharrten mit den Füßen und murmelten, offenbar ungewiß, auf welche Seite sie sich schlagen sollten. Shandy fing den Teil einer Bemerkung auf: »... zu oft besoffen für einen Kapitän ...«

Dann trat Trauerkloß vor und sagte im Ton eines alttestamentarischen Propheten: »*Jenny* fährt nach Jamaica. *Jetzt.*«

Die Männer waren überrascht, denn nicht einmal Skank hatte geahnt, daß Davies' *bocor* in dieser Sache Shandys Verbündeter war; und obwohl Shandy den Blick nicht von Venners Gesicht wandte, spürte er, wie die Stimmung zu seinen Gunsten umschlug.

Venner und Shandy starrten einander sekundenlang an, dann zog Skank seinen Säbel und warf ihn Shandy zu, der ihn beim Griff auffing, ohne den Blick von Venner zu wenden. Dieser sah auf die Klinge in Shandys Hand, und Shandy sah ihm an, daß Venner es nicht darauf ankommen lassen wollte. Dann blickte Venner in die Runde der Männer, und sein Mund wurde zu einer dünnen, bitteren Linie, als er erkannte, daß die Entscheidung gegen ihn gefallen war, als der *bocor* gesprochen hatte.

»Gut«, grollte Venner. »Ich wünschte, du würdest ... uns über diese Dinge besser unterrichten, Käpt'n ...« Er machte eine Pause, setzte wieder an und stieß die Worte hervor, als ob es seinen Zähnen Schmerzen bereitete, sie durchzulassen. »Es war ... gewiß nicht meine Absicht ... dich unter Druck zu setzen.«

Shandy grinste und klopfte ihm auf die Schulter. »Kein Problem.«

Er überblickte seine Besatzung — und ließ sich die Enttäuschung und Besorgnis nicht anmerken, die er empfand. Diese Mannschaft bezeugte die Wirksamkeit von Woodes Rogers' Taktik: die einzigen, die jetzt noch zu einer Piratenfahrt anheuerten, waren diejenigen, die zu dumm, blutdürstig oder faul waren, um sich in gesetzlichen Verhältnissen über Wasser zu halten. Und diese Reise mochte sich sehr wohl zu einem Piratenunternehmen entwickeln, wenn sie die *Carmichael* nicht finden konnten — diese Strolche und Tagediebe würden Beutegut und Plünderung verlangen.

Um seine Begnadigung würde es wahrscheinlich bald geschehen sein, dachte er. Vielleicht aber war es besser, ein Gesetzloser mit einem Ziel zu sein als ein gesetzestreuer Bürger ohne eins.

»Skank«, sagte er, da er diesen jungen Mann für den Verläßlichsten der ganzen Bande hielt, »du bist Quartiermeister.« Venners Stirnrunzeln entging ihm nicht, aber er ignorierte es. »Geht alle an Bord und laßt uns die Segel setzen, bevor diese Kerle von der Marine Wind davon bekommen, was wir vorhaben.«

»Zu Befehl, Käpt'n.«

Und zwanzig Minuten später segelte die *Jenny* ohne Fanfaren, aber begleitet von einigen zweifelnden Blicken der Offiziere an Bord der *H.M.S. Delicia* zum letzten Mal aus der Hafenbucht von New Providence.

24

Ein Gesprenkel von Sonnenkringeln lag auf dem Südbalkon eines der prächtigsten Häuser auf den Höhen von Spanish Town, und wenn die vom Wind bewegten Zweige des Pfefferbaumes die Sonne direkt auf den elegant gekleideten, bärtigen Mann scheinen ließen, der am Frühstückstisch saß, beschattete er instinktiv sein Gesicht, denn ihm lag daran, so faltenlos und jugendlich wie möglich auszusehen. Zum einen schienen Investoren zu meinen, daß ein jüngerer Mann mehr über die gegenwärtige Martklage und die jüngsten Entwicklungen der Preise und Devisenkurse wissen würde; und zum anderen war der ganze Sinn des Reichtums fragwürdig, wenn man erst als alter Mann dazu kam.

Ein weiteres Stöhnen vom Obergeschoß bewirkte ein Zucken seiner Hand, und etwas von dem Tee, den er einschenkte, geriet auf die Untertasse. Verdammt, dachte der Mann, der sich Joshua Hicks nannte, als er verdrießlich die Teekanne abstellte. Kann man nicht einmal auf seinem eigenen Balkon in Ruhe in Frieden frühstükken, ohne all dieses … Wehklagen? Noch sechs Tage, sagte er sich, dann habe ich meinen Teil des Handels mit diesem verdammten Piraten abgeschlossen, und er wird seine Zauberkunststücke machen und sie von hier fortschaffen und mich in Ruhe lassen.

Der Gedanke war ihm jedoch kaum durch den Kopf gegangen, als er ihn bereits als reines Wunschdenken erkannte. Der Mann würde ihn niemals in Ruhe lassen, solange er ein nützliches Werkzeug für ihn sein konnte.

Vielleicht sollte er seine Nützlichkeit beenden, wie der arme Stede Bonnett es so mutig getan hatte, als er mit Schwarzbart in einer ähnlichen Lage gewesen war … den Behörden reinen Wein einschenken, ein Geständnis ablegen … Er war einige Male mit Stede Bonnett zusammengekommen, als die Unberechenbarkeiten des Zuckermarktes ihn auf Geschäftsreisen nach Port au Prince geführt hatten, und der Mann war auch kein Held, kein Heiliger ...

Nein, dachte er, und sein Blick ging über das polierte Balkongeländer hinaus, vorbei an den Palmwedeln, die sich in der kühlen Brise von den Bergen wiegten, zu den absteigenden Terrassen weißer Häuser, die das Wohnviertel von Spanish Town waren, und weiter hinaus, wo am Rand der blauen See gerade noch die roten Dächer des landseitigen Teils von Port Royal zu sehen waren, die den Untergang der Stadt überlebt hatten. Er streckte die Hand aus, nahm den Stöpsel aus einer Kristallkaraffe und goß einen Schuß bernsteinfarbenen Kognak in seinen Tee. Nein, was immer man über ihn sagen mochte, Bonnett war ein mutigerer Mann als er. Joshua Hicks traute sich nicht zu, was Bonnett getan hatte — und Ulysse wußte es auch, platzen sollte er. Wenn er schon in einem Käfig leben mußte, dann zog er einen luxuriösen vor, mit Gitterstäben, die, wenngleich stärker als Eisen, weder gesehen noch berührt werden konnten.

Er trank den gehaltvollen Tee aus und stand auf. Bevor er sich der offenen Balkontür und dem Wohnzimmer zuwandte, setzte er ein ruhiges Lächeln auf ... und nickte dem ausgestopften Hundekopf zu, der wie eine schäbige Jagdtrophäe an der Wand hing.

Er ging durch das geräumige Wohnzimmer zum Korridor hinaus und bewahrte sein Lächeln, denn auch hier war ein ausgestopfter Hundekopf an der Wand aufgehängt. Mit einem Schaudern, das sein Lächeln verblassen ließ, erinnerte er sich jenes Tages im September, kurz nach seiner Ankunft hier, als er jeden Hundekopf im Haus mit einem Tuch verhängt hatte; diese Tat hatte ihm ein willkommenes Gefühl von Ungestörtheit verschafft, doch innerhalb einer Stunde war die schreckliche schwarze Krankenwärterin hereingekommen, natürlich ohne zu klopfen, und war durch das ganze Haus gewatschelt und hatte alle Tücher wieder entfernt. Sie hatte ihn nicht einmal angesehen, und natürlich konnte sie nicht sprechen, da ihr der Mund zugebunden worden war, aber ihre Erscheinung hatte ihn dermaßen irritiert, daß er nie wieder versucht hatte, Ulysses Wachhunde zu blenden.

Gestärkt durch den Brandy und das Wissen, daß die Schwester gewöhnlich erst im Laufe des Vormittags kam, stieg Hicks die Treppe hinauf und lauschte vor der Tür seines Gästezimmers. Das Stöhnen hatte aufgehört, und er zog den Riegel zurück, drückte die hölzerne Klinke und öffnete.

Die junge Frau schlief, erwachte aber mit einem Aufschrei, als er, sich auf Zehenspitzen in den halbdunklen Raum wiegend, versehentlich gegen das unberührte Abendessen stieß, das sie auf dem Boden stehengelassen hatte — die Holzschüssel überschlug sich in der Luft und prallte gegen die Wand und verstreute das Grünzeug über den Teppich. Sie setzte sich im Bett auf und blinzelte verwirrt. »Mein Gott ... John ...?«

»Nein, verdammt noch mal«, sagte Hicks, »ich bin es. Ich hörte Sie stöhnen, und wollte mich nur vergewissern, ob alles in Ordnung ist. Wer ist dieser John? Sie haben mich schon einmal für ihn gehalten.«

»Ach.« Beth Hurwood ließ sich zurücksinken, die Hoffnung verlor sich aus ihren Augen. »Ja, alles ist in Ordnung.«

In diesem Zimmer gab es drei Hundeköpfe, und diesen Umstand nahm Hicks zum Anlaß, sich zu seiner vollen Höhe aufzurichten und mit strenger Miene auf die verstreuten Kräuter und Blätter zu zeigen. »Sie haben wieder versucht, sich vor der Einnahme Ihrer Arzneien zu drücken? Das kann ich nicht dulden, wissen Sie. Ulysse wünscht, daß Sie die Kräuter nehmen, und sein Wunsch ist mir Befehl.« Er konnte sich gerade noch daran hindern, tugendhaft dem über dem Bett befestigten Hundekopf zuzunicken.

»Mein Vater ist ein Ungeheuer«, flüsterte sie. »Eines Tages werden Sie selbst sein Opfer sein.«

Hicks vergaß die Hundeköpfe und runzelte die Stirn. In den frühen Tagen ihrer Gefangenschaft hatte er über Beth Hurwoods Behauptungen gelacht, Ulysse Segundo sei ihr Vater, denn sie hatte auch stets behauptet, daß ihr Vater einarmig sei, während Ulysse ganz offensichtlich zwei Arme hatte; aber beim nächsten Besuch des Piraten hatte Hicks dessen rechte Hand gesehen — sie war unzweifelhaft von Fleisch und Blut, aber rosig und glatt wie eine Kinderhand, ohne die winzigste Narbe, ohne Altersflecken und runzlige Haut.

»Nun gut«, sagte er mißmutig, »in weniger als einer Woche ist Weihnachten, und dann bin ich Sie los.«

Die junge Frau schlug die Decke zurück, schwang die Beine aus dem Bett und versuchte zu stehen, konnte aber die Knie nicht durchdrücken und fiel keuchend auf das Bett zurück. »Der Teufel soll Sie und meinen Vater holen«, schnaufte sie. »Warum bekomme ich nichts zu essen?«

»Wie nennen Sie dieses Zeug, das Sie liegenlassen, damit andere Leute darüber stolpern?« fragte Hicks, hob ein Blatt auf und wedelte es zornig vor ihrem Gesicht.

»Zeigen Sie mir, wie Sie es essen«, sagte sie.

Hicks blickte zweifelnd auf das Blatt, warf es schnaubend weg, wie um anzudeuten, daß er keine Zeit für kindische Mutproben habe.

»Lecken Sie sich wenigstens die Finger«, sagte Beth.

»Ich ... brauche Ihnen nichts zu beweisen.«

»Was soll am Samstag geschehen? Sie sagten einmal etwas von einer ›Prozedur‹.«

Hicks war froh, daß die Vorhänge zugezogen waren, denn er merkte, wie er errötete. »Sie sollen Ihre verdammte Arznei nehmen!« versetzte er. »Sie sollen ...« Schläfrig sein, dachte er den Satz zu Ende; schlafwandlerisch. Nicht hellwach und mit unangenehmen Fragen kommen. »Außerdem wird Ihr Va-, Kapitän Segundo, meine ich, mit größter Wahrscheinlichkeit bis dahin eintreffen, so daß ich nicht — ich meine, dann können Sie es mit ihm ausmachen!«

Er nickte entschlossen und machte auf dem Absatz kehrt, verdarb aber seinen würdevollen Abgang mit einem schrillen Quieken und Zurückweichen, denn die schwarze Krankenwärterin war lautlos hereingekommen und stand vor ihm.

Beth Hurwood lachte, und die Schwester starrte in ihrer üblichen leeren, entnervenden Art, und Hicks entfloh — und fragte sich, als er eilig einen Bogen um die Krankenwärterin machte, warum das Kleid der Schwarzen zugenäht statt einfach zugeknöpft war, und warum sie, wenn sie so versessen darauf war, ihre Sachen zuzunähen, ihre herausgerissenen Taschen nicht reparierte, und warum sie immer barfuß ging.

Auf der Treppe entspannte er sich, zog ein Taschentuch aus dem Ärmel und betupfte seine Stirn. Ich frage mich, dachte er weiter, warum die anderen Schwarzen die Wärterin so fürchten. Der schwarze Koch, der hier gearbeitet hatte, sah sie nur einmal an, dann sprang er zum Fenster hinaus. Im zweiten Stock!

Nachdem er die Erfahrung hatte machen müssen, daß alle Neger, die er einstellen wollte, sich lieber hätten auspeitschen lassen, als dieses Haus zu betreten, hatte er weiße Bedienstete gegen Lohn einstellen müssen. Und selbst von diesen hatten mehrere gekündigt.

Er ging wieder hinaus auf den Balkon, aber der Morgenfrieden war zerstört, und er ließ die Teekanne stehen und füllte seine Tasse mit Kognak. Ulysse und seine ›Hilfe‹, dachte er. Ich hätte niemals Haiti verlassen und meinen Namen ändern sollen.

Er trank den Brandy und erinnerte sich verdrießlich, wie überzeugend Ulysse Segundo anfangs gewesen war. Der Mann war in der ersten Augustwoche in Port au Prince eingetroffen und hatte sofort angefangen,

Kreditbriefe von den angesehensten europäischen Banken einzulösen. Er hatte gesellschaftlich einen guten Eindruck gemacht; er sprach ausgezeichnet Französisch, war kultiviert, gut gekleidet, Eigner eines feinen Schiffes — das er allerdings weit draußen auf Reede ankern ließ, vorgeblich wegen einer Frau an Bord, die gerade von einem Gehirnfieber genesen sei.

Der augenscheinliche Reichtum und die Unabhängigkeit des Mannes hatten Hicks beeindruckt, als er mit ihm bekanntgemacht worden war, und ein paar Tage später, als Segundo bei ihm zu Abend gegessen und im Vertrauen angeboten hatte, ihn an ein paar nicht ganz ethischen aber gewinnbringenden Investitionen zu beteiligen, war er auch von seinen intimen Kenntnissen des internationalen Geflechts wirtschaftlicher Interessen der maßgebenden europäischen Staaten in der Neuen Welt beeindruckt. Offenbar gab es keine größere Wirtschaftstransaktion und keinen Betrug, von denen Segundo nicht wußte und die er nicht zu seinem Vorteil ausnutzte, mochten sie noch so weit zurückliegen. Hicks hatte geglaubt, man müsse Gedanken lesen oder mit den Toten sprechen können, um von diesen Dingen zu wissen.

Und dann, eines späten Abends Mitte August, war Segundo mit schlechten Nachrichten zu Hicks' Haus gekommen. »Ich fürchte«, hatte er erklärt, als Hicks ihn schläfrig angeblinzelt und einen rasch geweckten Diener um Brandy geschickt hatte, »daß Sie in Gefahr sind, mein Freund.«

Der Mann, der sich jetzt Hicks nannte, war gerade erst von Segundos mitternächtlichem Klopfen an die Tür geweckt worden und hatte zunächst gedacht, Segundo wolle ihn vor Räubern oder entwichenen Sklaven warnen, die sich seinem Haus näherten. »Gefahr?« hatte er gesagt, sich die Augen reibend. »Ich habe zehn vertrauenswürdige Diener und ein Dutzend geladene Musketen und Pistolen — was ...?«

»Ich meine nicht die Gefahr eines Angriffs«, hatte Segundo ihn lächelnd unterbrochen. »Ich meine die Gefahr einer baldigen Zwangsvollstreckung.«

Das hatte ihn munter gemacht. Er nahm ein Glas Brandy von seinem Diener, trank davon und faßte Segundo mißtrauisch ins Auge. »Aufgrund welchen Beschlusses?«

»Nun«, sagte Segundo mit einem Lächeln, als er sich in einen Sessel niedersetzte, »das ist schwierig zu sagen. Sie und ich haben einen gemeinsamen ... Geschäftspartner, und ich fürchte, er ist in Gefangenschaft geraten und versucht nun, sich bei den Behörden einzuschmeicheln, indem er alle anschwärzt, mit denen er jemals illegalen Umgang hatte ... größtenteils Schmuggel und Hehlerei, glaube ich, aber man weiß, daß er bestimmten Geschäftsleuten in der Karibik auch andere Gefälligkeiten erwiesen hat, wie etwa Entführung oder Mord oder Brandstiftung. Danke«, sagte er zu dem Diener, der ihm ein Glas reichte.

Hicks setzte sich Segundo gegenüber. »Wer?«

Segundo blickte zu dem gähnenden Diener, dann beugte er sich näher. »Nennen wir ihn ... Ed Thatch.«

Hicks leerte sein Glas, wollte sich nachschenken lassen, sagte dann dem Diener, er solle die Karaffe dalassen und gehen. »Von welchen illegalen Geschäften hat er ihnen erzählt?« sagte er, als der Mann gegangen war. Schwarzbart hatte ihm weiß Gott in einer ganzen Anzahl von Fällen geholfen, angefangen mit der Ertränkung einer allzu kenntnisreichen unverheirateten Tante, als er angefangen hatte, Beweismaterial zu fälschen, die seine Geschichte, daß sein Bruder tot sei, stützen sollten.

»Nun, da liegt das Problem, wissen Sie. Ich weiß es nicht. Wir müssen annehmen, daß er alles beichten wird, was er erinnert.« Hicks ächzte und senkte das Gesicht in seine Hände, und Segundo griff zur Karaffe und füllte ihm das Glas auf. »Verzweifeln Sie nicht«, sagte er.

»Sehen Sie mich an — ich bin auch betroffen, mindestens so schwer wie Sie, und bin ich niedergeschlagen? Aus jedem Unheil gibt es einen Ausweg.«

Hicks blickte auf. »Was können wir tun?«

»Das ist einfach. Verlassen Sie Haiti. Sie können mit meinem Schiff fahren.«

»Aber wie kann ich genug Geld mitnehmen, um sorgenfrei zu leben? Und sicherlich werden sie mich verfolgen.«

Ulysse Segundo zwinkerte ihm zu. »Nicht, wenn Sie noch hier sind. Angenommen, man findet einen Toten in Ihrem Schlafzimmer, in Ihrem Nachtgewand ... einen Toten von Ihrer Größe, Hautfarbe und Figur ... das Gesicht zerstört von einer Ladung Hackblei aus einem großkalibrigen Faustrohr ... und einen Abschiedsbrief in Ihrer eigenen Handschrift?«

»Aber ... wer ...?«

»Haben Sie nicht einige weiße Männer in Ihren Diensten, die als Kontraktarbeiter eingesetzt sind? Würde einer vermißt werden?«

»Nun ... ich nehme an ...«

»Und was das Geld betrifft, so werde ich Sie gleich jetzt auskaufen — Ihr Haus, Ihre Ländereien und alles. In Voraussicht dieser Eventualität habe ich von meinem Anwalt eine Anzahl Verzichterklärungen, Schuldscheine, Solawechsel und Verkaufsverträge ausfertigen lassen, rückdatiert durch die letzten zwei Jahre, aus denen hervorgehen wird, daß Sie Ihr Vermögen Stück für Stück an eine Gruppe von Gläubigern verloren haben — es würde einer internationalen Armee von Buchhaltern Jahre kosten, zu entdecken, daß jeder dieser Gläubiger, dem Sie durch alle stillen Teilhaberschaften und anonymen Holding-Gesellschaften verpflichtet sind, ich bin.« Er lächelte fröhlich. »Und auf diese Weise wird es auch ein Motiv für Ihren Selbstmord geben, sehen Sie? Finanzieller Ruin! Denn ich darf wohl annehmen, daß Sie verschiedenen Leuten Geld schulden, und wenn sie versuchen, sich an Ihrem Besitz schadlos zu halten, wird unsere fabrizierte Geschichte herauskommen.«

Und so hatten sie es gemacht. Hicks hatte alle Papiere unterzeichnet, dann, nachdem Segundo gegangen war, hatte er das Quartier seiner Bediensteten aufgesucht, einen Mann passenden Alters und ungefähr gleicher Größe und Konstitution geweckt und ihm befohlen, zum Herrenhaus zu kommen. Ohne weitere Erklärungen hatte er ihn in sein Schlafzimmer geführt und ihm Wein mit einem Schlafmittel gegeben, und als der Mann schließlich im Sessel eingeschlafen war, hatte Hicks ihn entkleidet und seine Sachen im Kamin verbrannt, darauf den erschlafften Körper in sein eigenes Nachthemd gesteckt und eine alte Donnerbüchse von Pistole mit einer doppelten Handvoll von Ringen und Münzen und Goldketten geladen, und den ganzen Rest seines Goldes und der Juwelen in drei Kästen verpackt. Nicht viel später war Segundo mit mehreren krank aussehenden aber kräftigen Seeleuten zurückgekehrt, und das letzte, was Sebastian Chandagnac tat, bevor er das Haus seiner Väter verließ und den Namen Joshua Hicks annahm, war die Erschießung des bewußlosen Dieners durch eine gemischte Ladung ins Gesicht. Der Rückstoß bescherte ihm ein verstauchtes Handgelenk, und er war bestürzt über den Krach und die Verwüstung — die Ladung hatte eine ganze Seite des Zimmers schauderhaft zugerichtet und den Kopf des Dieners in tausend Stücken glatt durch das geschlossene Fenster und hinaus in den Garten geblasen.

Segundo war jedoch in guter Stimmung gewesen, und als sie vierspännig davongefahren waren, hatte er behauptet, in der Lage zu sein, das Blut des getöteten Dieners in der Nachtluft zu riechen. »Danach werde ich von nun an trachten, wissen Sie«, hatte er im Vertrauen bemerkt. »Ich habe alles an Reichtum, was ich brauche — und was ich nun haben muß, ist Seewasser und Blut — enorme Mengen frischen roten Blutes.« Sein fröhliches, beinahe jungenhaftes Gelächter verhallte zwischen den Kokospalmen und Brotfruchtbäumen zu beiden Seiten der zum Hafen führenden Straße.

Nun saß er auf dem Balkon seines Hauses in Jamaica und starrte unfroh in seinen Brandy. Ja, dachte er, ich hätte abwarten und die Sache selbst nachprüfen sollen. Segundo wollte bloß einen absolut zuverlässigen Diener — einen Strohmann mit guten Manieren —, um dieses Mädchen zu bewachen; und in dem Fall, daß Segundo bis Weihnachten nicht zurück ist ... wie hatte Segundo es ausgedrückt? ... »das Ritual auszuführen, welches sie zu einem leeren Gefäß machen wird, bereit, gefüllt zu werden.« Daß er vor Weihnachten zurückkommt — nicht nur, weil ich den Gedanken nicht ertragen kann, dieses Ritual auszuführen, das er mir eingeschärft hat, sondern auch wegen der Abendgesellschaft, die ich hier am Weihnachtsabend gebe; nachdem ich die lästige Mühe auf mich genommen habe, mir einen Bart wachsen zu lassen, damit niemand mich als Sebastian Chandagnac wiedererkenne, würde es eine unmögliche Schande sein, wenn ich meine Abendgäste bedeckt mit Blut und Hühnerfedern und nach der Erde eines Grabes riechend empfangen würde ...

Mit betrübtem Kopfschütteln erinnerte Chandagnac sich des Hauses und der Pflanzung, die er auf Haiti zurückgelassen hatte ... für nichts. Eine von Segundos Banken zahlte ihm eine regelmäßige Rente, aber für alles das, was er Segundo überschrieben hatte, war niemals eine Zahlung vereinbart worden; und erst vor einer Woche hatte er im Laufe eines kurzen Gesprächs mit dem Postboten erfahren, daß Schwarzbart Mitte November nicht gefangengenommen, sondern getötet worden war: volle drei Monate nach dem mitternächtlichen Besuch Segundos, bei dem er Chandagnac weisgemacht hatte, Schwarzbart sei in Gefangenschaft geraten und schwärze nun alle an, mit denen er Geschäfte gemacht hatte.

Er hörte, wie im oberen Stockwerk die Tür geschlossen und der Riegel vorgeschoben wurde. Er sprang auf, stürzte hinunter, was noch in seiner Teetasse war, ergriff dann die Karaffe und lief zurück ins Haus, um sein Schlafzimmer zu erreichen, ehe die schreckliche Krankenwärterin die Treppe herunterkommen konnte.

25

Hoch in den Wanten, einen Fuß um die Gaffel gehakt und an den Mast gelehnt, ließ Jack Shandy schließlich das Fernrohr sinken, nachdem er annähernd eine Viertelstunde lang die Wellen, die feinen Federwolken und vor allem die massige dunkle, scharf begrenzte Wolke beobachtet hatte, die voraus am östlichen Horizont emporstieg. Er vergegenwärtigte sich alle Wetterregeln, die er von Hodges und Davies gelernt hatte, prüfte seine eigenen Erfahrungen und mußte zugeben, wenigstens vor sich selbst, daß Venner recht hatte. Es wäre am klügsten, umzukehren und zu versuchen, die fünfundsechzig Seemeilen nach Grand Cayman zurückzulaufen, durch die östliche Zufahrt die geschützte nördliche Bucht zu erreichen, um die *Jenny* dann auf den Strand zu ziehen und ein Faß Rum aufzumachen. Und es würde bald sein müssen, denn der Sturm zog schneller als die *Jenny* segeln konnte, und der Wind schien sich zu legen.

Aber heute, dachte er verzweifelt, ist der dreiundzwanzigste Dezember. Übermorgen wird Hurwood die Magie wirken, die Beths Seele und Persönlichkeit aus ihrem Körper vertreiben wird. Ich muß Ulysse Segundo finden, wie der alte Dummkopf sich jetzt anscheinend zu nennen beliebt, heute oder morgen, oder ich hätte gleich auf New Providence bleiben können. Und wenn wir nach Nordwesten zurücklaufen und den Sturm abwarten, werden wir mindestens zwei Tage verlieren. Aber kann ich diese Männer einem Sturm aussetzen, der sie alle das Leben kosten mag?

Er steckte das Teleskop in den Gürtel und machte sich an den Abstieg. Über den Kurs zu entscheiden, war das Vorrecht des Kapitäns; er hatte nicht die Aufgabe, riskanten Situationen auszuweichen, sondern das Schiff durchzubringen und das Ziel zu erreichen. Außerdem konnte er nicht glauben, daß Trauerkloß sich daran hindern lassen würde, den Boden Jamaicas zu betreten ... nicht einmal von einem Wirbelsturm.

Er sprang aufs Deck und lächelte zuversichtlich. »Da können wir untendurch fahren, wenn die Hälfte von euch sturzbetrunken ist«, sagte er. »Wir bleiben auf Südostkurs.«

»Großer Gott, Jack«, fing Skank an, aber Venner unterbrach ihn. »*Warum?*« fragte er und reckte den dicken, sommersprossigen Arm nach achtern. »Grand Cayman ist nur ein paar Stunden entfernt in der Richtung! Und wenn der Wind abflaut, und es sieht ganz danach aus, wird uns schon die gottverdammte Strömung dorthin tragen!«

Shandy wandte sich bedächtig zu Venner um. »Ich brauche es nicht zu erklären, aber ich werde es tun. Wir würden nicht nach Grand Cayman kommen. Dieser Sturm wird uns einholen, und wir nehmen ihn besser von vorn, wenn er kommt.«

Venners breite Schultern krümmten sich mit gespannten Muskeln, aber Shandy zwang sich zu einem unbekümmerten Lachen. »Und, zum Teufel, Mann, der berühmte Segundo ist irgendwo voraus, vergiß das nicht! Die Fischer gestern sagten, sie hätten sein Schiff noch am Morgen gesehen. Er hat nicht nur die Beute von einem Dutzend gekaperter Schiffe bei sich, sondern es ist ziemlich gewiß, daß er mit der alten *Carmichael* fährt, die er umgetauft hat. Das ist *unser* Schiff — und es ist ein hochseetüchtiger Dreimaster. Wir werden ihn brauchen, denn kleine Küstensegler wie die *Jenny* hier taugen nicht für die langen Strecken nach Madagaskar und dem Indischen Ozean, und das verlangen diese Zeiten von uns. Ihr wißt, was mit Thatch geschehen ist, als er auf eine Schaluppe umstieg.«

»*Und* dieser Ulysse-Kerl hat die Frau bei sich«, sagte Venner und spuckte es beinahe hin. »Versuch nicht, uns weiszumachen, das sei nicht dein einziger Grund, daß du hinter ihm her bist! Nun, vielleicht bedeutet sie dir mehr als deine Haut, aber mir bedeutet sie nichts. Und ich riskiere nicht Kopf und Kragen, um sie dir zu besorgen.« Er sah in die Runde der anderen. »Denkt darüber nach, Jungs. Warum müssen wir *heute* diesen Ulysse oder Hurwood einholen? Was ist gegen nächste Woche zu sagen?«

Shandy hatte die letzten Tage nicht viel geschlafen. »Es ist heute, weil ich es sage«, sagte er, ein wenig heftig. »Was hältst du davon?«

Trauerkloß trat neben Shandy, daß sein großer Schatten Venner einhüllte. »Wir fahren nach Jamaica«, sagte er.

Mehrere lange Sekunden hindurch, während die Wolke voraus wuchs und Grand Cayman weiter hinter ihnen zurückblieb, stand Venner bewegungslos, nur seine Augen blickten von Shandy zu Trauerkloß und zurück, und dann wandte er den Kopf zum Rest der Mannschaft, offenbar mit der Überlegung, ob er eine Meuterei provozieren könne.

Obwohl Shandy um ein selbstsicheres Auftreten bemüht gewesen war, beschäftigte ihn die gleiche Überlegung. Während des Monats, nachdem Hurwood die *Carmichael* an sich gebracht hatte, war er ein halbwegs tüchtiger Kapitän gewesen, und er wurde wegen der übertriebenen Rolle, die er bei der Flucht von dem englischen Kriegsschiff gespielt hatte, noch immer mit einiger Ehrfurcht betrachtet, und es half auch, die Unterstützung von Davies' altem *bocor* zu haben, obwohl der Mann dieser Tage nur noch ein Thema zu kennen schien, und das war sein bevorstehender Tod; aber Shandy konnte nur vermuten, in welchem Maß das Vertrauen der Männer zu ihm durch seine drei Monate betrunkener Teilnahmslosigkeit in der Siedlung auf New Providence gelitten hatte.

»Shandy weiß, was er tut«, murmelte ein zahnloser alter Schwerenöter.

Skank nickte mit einer gewissen Überzeugungskraft. »Gewiß«, sagte er. »Wir würden Grand Cayman nicht vor dem Sturm erreichen.«

Shandy war sehr dankbar, denn er wußte, daß Skank nicht aufrichtig war.

Venner ließ die Schultern hängen, und sein Grinsen, das anfing, weniger nach Lachfalten als nach den Knittern in einem lange nicht gewechselten Hemd auszusehen, wurde wieder in sein Gesicht gehißt. »Natürlich wird der Sturm uns einholen«, sagte er mit gepreßter Stimme. »Ich wollte bloß ... sichergehen, daß wir uns alle ... einig sind.« Er wandte sich, stieß ein paar Leute beiseite und stampfte zum Achterschiff während Shandy Anweisung gab, Klüver und Hauptsegel einzuholen und die Sturmsegel zu setzen.

Als die Schaluppe unter einem Minimum an Segelfläche weiterglitt und Shandy prüfend zu der Wolke aufblinzelte, die ihren Schirm inzwischen über das Schiff geschoben hatte, tippte Skank ihn an die Schulter und nahm ihn mit einer Kopfbewegung beiseite.

»Venner ist alles andere als froh«, sagte Skank mit halblauter Stimme. »Gib auf ihn acht! Es wird heute noch sein, und wahrscheinlich von hinten.«

»Ah, gut, danke. Ich werde ihn im Auge behalten.« Shandy wollte sich umwenden, aber Skank hielt ihn zurück.

»Wußtest du«, fuhr der junge Pirat fort, »daß er Davies umgebracht hat?«

Shandys Ungeduld war verflogen. »Erzähl!« sagte er. Ein paar schwere Regentropfen fielen durch die stille Luft, machten lange dunkle Streifen auf die Segel und klatschten auf das Deck. Regen, bevor der Wind einsetzte, dachte Shandy und erinnerte sich, daß der alte Hodges ihn einmal gewarnt hatte. »Gebt ein bißchen Leine«, rief er, dann wandte er sich wieder zu Skank. »Erzähl!«

»Nun, der tote Seemann, der ihn umbrachte, wollte kurz vorher dich umbringen — du liefst zu dem Mädchen in der Luft und sahst nicht, daß dieser Kerl auf dich wartete. Also ging Phil dazwischen, den Untoten zu erledigen und dich zu schützen, kein Problem, aber Venner sah, was er vorhatte, und blockierte ihn. Venner war nicht froh, daß Phil dich zum Quartiermeister gemacht hatte.«

Der Regen fiel jetzt gleichmäßig, und noch immer kam kein Wind auf.

»Als Venner ihn anrempelte«, fuhr Skank fort, »wurde Davies aus dem Tritt gebracht, und du kamst zwei Schritte weiter; Davies ließ sich nicht abbringen, konnte den anderen aber nicht mehr mit einem Schlag erledigen. Mit dem zweiten Schlag schnitt er ihm den Kopf ab, doch inzwischen hatte der Untote ihm den Säbel in den Leib gestoßen.«

Dann kam der Wind so plötzlich, daß die See von einem Augenblick zum anderen gekräuselt war, und die Sturmsegel knallten, und die *Jenny* legte sich scharf über, daß die Männer an Bord sich an Tauwerk und Reling halten mußten, um nicht nach Steuerbord abzurutschen. Der Mast neigte sich um fünfundvierzig Grad.

Wenige Minuten nach dem Losbrechen des Sturmes herrschte bereits beträchtlicher Seegang, und Skank arbeitete sich zum Achterschiff, dem Rudergänger zu helfen, das Ruder gegen den Druck der anstürmenden See zu halten und den Bug härter an den Wind zu drehen. Langsam, gegen den Widerstand der See und der pfeifenden Böen, richtete sich das Schiff wieder auf.

Der Wind heulte um das kleine Fahrzeug und riß weiße Gischtfahnen von den Kämmen der anlaufenden See, die das Schiff schwindelnd in die Höhe hoben, um es dann ebenso rasch ins nächste Wellental hinabschießen zu lassen, daß das Ruder einen Augenblick frei in der Luft hing und der lange Bugspriet in den nächsten grauen Wasserberg voraus stieß. Shandy beobachtete das Verhalten des Schiffes mit angehaltenem Atem und erwartete, daß entweder der Bugspriet abbrechen oder der

Bug und der gesamte Rumpf unter den gewaltigen Wassermassen begraben und nicht mehr hochkommen würden — aber nach acht schnellen Herzschlägen hob sich der Bug mit intaktem Bugspriet und warf das Gewicht des Wassers von sich, daß es ablaufend über die Bordwände schäumte und in armdicken Strahlen aus den Speigatten schoß.

Shandy atmete auf. Wer die *Jenny* gebaut hatte, mußte sein Handwerk verstanden haben. Er zog sich am Spannseil nach achtern zu den Männern am Ruder. Einstweilen konnten sie den Kurs halten, und das Schiff machte hart am Wind mit den Sturmsegeln noch beinahe zu viel Fahrt. Es waren keine weiteren Befehle zu geben, und der Sturmwind hätte ihm die Worte ohnehin vom Mund gerissen und im Toben der Elemente zerflattern lassen, also hielt er sich an Spannseil und Stag, versuchte, Gefahrenmomente zeitig zu erkennen und überlegte, wie lange die *Jenny* diesen Kampf führen konnte, ohne auseinanderzubrechen.

Die Windstärke nahm noch zu, und Gischt von den Wellenkämmen flog in dahinfegenden Wolken über das Schiff und brannte ihm im Gesicht und auf den Armen; er leckte sich die Lippen, und der salzige Geschmack verriet ihm, daß es wirklich Gischt und nicht Regen war. Die anlaufenden Wellen waren jetzt so hoch und steil, daß sie wie graugrüne Wände auf den allzu träge sich ihnen entgegenhebenden Bug der *Jenny* zukamen, über ihm brachen und als donnernde Sturzseen aufs Deck schlugen, daß die Schaluppe in allen Fugen ächzte. Bei jedem neuen Brecher überfluteten die brausenden Seen das Deck, brandeten Shandy um die Hüften und drohten ihn fortzureißen.

Er blinzelte in den Wind, um Veränderungen der Windrichtung auszumachen und sicherzugehen, daß sie nicht aus dem Ruder liefen und breitseits vor den Sturm kämen, was das sichere Ende bedeutet hätte. Er war verblüfft, wie gut die alte Schaluppe sich hielt, selbst wenn sie von tonnenschweren Wassermassen begraben wurde; jedesmal strebte sie unermüdlich wieder empor, schüttelte sich und nahm den Kampf von neuem auf. Dann sah Shandy Dampf von dem Gelenk strömen, wo die Ruderpinne am Kopf des Ruders festgemacht war, und als er genauer hinsah, entdeckte er, daß der eiserne Bolzen kirschrot glühte. Trauerkloß stand auf der anderen Seite des Ruders, hatte die Augen geschlossen und kaute auf den Knöcheln einer Hand — und obwohl Regen und Gischt die braune Hand peitschten, konnte Shandy sehen, daß die Zähne sie blutig gebissen hatten; und er verstand, daß Seetüchtigkeit und Kursstabilität der *Jenny* in diesem Sturm nicht allein ein Ergebnis der Tüchtigkeit des Schiffbauers und der Geschicklichkeit des Rudergängers war.

Der Himmel war von einem finsteren, einförmigen Grau, der Regen prasselte auf die tobende See, und die schäumenden Wellenkämme leuchteten geisterhaft weiß aus dem diesigen Halbdunkel, aus dem der Wind wie aus einem Höllenrachen heulte und in dem jede Orientierung unmöglich schien; die Sicht betrug selten mehr als hundert Schritte.

Die *Jenny* erhob sich wieder aus einem Wellental, drängte unter der schäumenden, grünschwarzen Flut des letzten Brechers empor, daß die Wassermassen in Katarakten über die Bordwände abflossen — und als sie, emporgehoben, abermals von der vollen Gewalt des Sturmes getroffen wurden, brach der eiserne Gaffelsattel mit einem Knall wie ein Pistolenschuß. Die Gaffel war nun wie ein Speer, festgemacht an der flatternden Flagge des Sturmsegels, und sie schlug unter dem Baum des Hauptsegels aufs Deck, prallte ab, wirbelte herum wie eine verrückte Kompaßnadel und flog nach achtern.

Shandy hatte sich geduckt, als die Gaffel im Sturm über das Deck wirbelte, und als er nun aufblickte, besorgt, sie könnte die Rudergänger über Bord gefegt oder, schlimmer noch, die Ruderpinne zerstört haben, sah er die beiden Männer noch immer angebunden, die Arme um die Ruderpinne gelegt — und erst als er erleichtert aufatmen wollte, sah Shandy, daß die eisenbeschlagene Gaffel Trauerkloß in die Mitte seines massigen Rumpfes getroffen und aufrecht an den Heckbalken genagelt hatte.

»Mein Gott!« stieß Shandy durch steife Lippen hervor. Konnten sie ohne den *bocor* überleben?

Er war alles andere als zuversichtlich, zog sich aber am Spannseil vorwärts, bis zum Mast, wo das Stagsegel lose im Wind schlug. Jemand war auf der anderen Seite des Baumes bei ihm — Skank, das Gesicht ausgemergelt vor Anstrengung, und er hatte ein Messer und eine Seillänge. Zusammen gelang es ihnen, ein paar Löcher durch das obere Ende des Sturmsegels zu stechen; sie hielten sich mit angehaltenem Atem fest, während eine weitere Sturzsee über das Deck der *Jenny* brodelte, und als das Wasser ablief, zog Shandy das Seil durch die Löcher. Dann, als der Bug sich dem nächsten Wellenkamm entgegenhob, warf Shandy das Seilende hoch nach Steuerbord, und der schräg von vorn heulende Sturmwind warf es um den Mast zurück zu Skank, der es auffing und zwei Schlingen um einen Belegklampen schlug, bevor die nächste See über ihre Köpfe schäumte.

Das behelfsmäßig gesetzte Sturmsegel fing genug Wind ein, um dem Rudergänger die Aufgabe, das Schiff auf Kurs zu halten, zu erleichtern, aber Shandy befürchtete, daß es nicht lange halten würde. Mehrere Besatzungsmitglieder hatten sich an den Spannseilen zu ihnen gearbeitet, um zu helfen, und Shandy hielt sich in den Wanten fest und zog den Kopf ein, denn die nächste Sturzsee ging meterhoch über ihre Köpfe hinweg. Bevor sie ablief, schluckte er eine Portion Seewasser, und sein Magen krampfte sich zusammen, entweder vor innerer Anspannung oder unter der unwillkommenen salzigen Dusche, und er glaubte, erbrechen zu müssen.

Auf einmal wurde ihm bewußt, daß etwas wie ein Gewicht an seiner Jacke hing und den Kragen enger um seinen Nacken zog, und er blickte an sich herab und schrak zurück, denn vorn an seiner Jacke hatten sich zwei knollenköpfige graue Aale im Stoff verbissen; erst als er einen packte, um ihn loszureißen, erkannte er, daß es zwei unfrische menschliche Arme waren, abgetrennt an den Ellbogen, deren Finger sich in den Jackenstoff krallten.

Er ächzte innerlich vor Entsetzen, aber nach dem ersten schreckensstarren Augenblick kam ihm der Gedanke, daß dies dieselbe Jacke war, die er an dem Tag getragen hatte, als Hurwood die *Carmichael* von Leo Friend erobert hatte — und daß einer der Untoten von Friends Besatzung sich an die Jacke geklammert hatte, nachdem er über Bord gegangen war, und nur in die See gefallen war, weil seine Arme in den Ellbogen aus den Gelenken gerissen waren. Diese Arme waren kurz darauf verschwunden, doch wie es schien, hatten sie sich seither geisterhaft an der Jacke festgehalten, wie Spinnweben an der Decke, die nur bei bestimmten Lichtverhältnissen zu sehen sind.

Der zunehmende Magenschmerz zwang ihn, sich zu krümmen, aber er versuchte, weiter zu überlegen. Wie, fragte er sich, muß das Licht beschaffen sein, das diese gräßlichen Dinge sichtbar macht? Nun, offensichtlich feindliche Magie, unbehindert durch den Zwang, auf festem Boden ausgeübt zu werden. Du hättest es auch am Geruch heißen Eisens erkannt, wäre dieser Sturm nicht gewesen. Die Magenschmerzen sind ein Geschenk von jemandem.

Er holte tief Atem und klammerte sich fest, als die *Jenny* eine weitere Sturzsee nahm, und dann richtete er sich gegen den übermächtigen Drang seines Körpers, sich zu krümmen, zu voller Höhe auf — der kalte Schweiß in seinem Gesicht ließ die Gischt und den Regen wärmer erscheinen —, und er zog den nächsten Mann am Ärmel zu sich und rief ihm ins Ohr: »Wo ist Venner?«

Der Mann glotzte auf die grauen Unterarme, die von der Jacke des Kapitäns hingen, aber er zeigte zum Vorschiff und dann abwärts.

Shandy nickte und ließ ihn los, dann zog er sich unter Schmerzen Schritt für Schritt am Spannseil entlang zum Vorschiff; gerade in diesen Augenblicken wurde das Schiff von einer mächtigen Woge emporgehoben, und der Orkan riß ihn von den Füßen, und er kroch die letzten Schritte flach auf dem Bauch und zog sich mit ausgebreiteten Armen weiter. Als die nächste Sturzsee abgelaufen war, hob er mit einer keuchenden Anstrengung, die all seine Bauchmuskeln loszureißen schien, die Luke über dem Niedergang, dann rollte er sich hinein und krabbelte und fiel in den niedrigen Raum, nachdem er den Lukendeckel geschlossen hatte.

Es war dunkel, aber er wußte, wo das Waffengestell war, und schon die nächste Schiffsbewegung warf ihn dagegen, und er ertastete einen Griff und zog einen Degen heraus; er war leichter als ein Säbel, schien aber die richtige Länge zu haben und lag bequem im Griff seiner Hand. Aus dem offenen Bugraum, wo die kleine Kombüse am Ende des Durchgangs zwischen den Reihen der zu beiden Seiten angeordneten doppelstöckigen Schlafkojen untergebracht war, glomm matter roter Schein, und Shandy hielt darauf zu. Seine abscheulichen Aufschlagverzierungen baumelten wild hin und her.

Venner kauerte über einem kleinen Herdfeuer, flüsterte und warf Fasern irgendwelcher Kräuter in die Kohlenglut. Die Herdringe hatte er herausgenommen.

Shandy streckte den Degen vor und zwang sich trotz seiner Magenkrämpfe zu einem Ansturm, der Venner überrumpeln sollte, aber die *Jenny* stieß in ein Wellental hinab, und sein Ansturm wurde zu einem Salto vorwärts — er prallte hart auf Venners stämmige Gestalt, und die beiden polterten vorwärts in das unter den Bodenplanken nach vorn schwappende tiefe Bilgenwasser. Durch ihr Keuchen und das Ächzen der überbeanspruchten Spanten und das Heulen des Windes hörte Shandy das Herdfeuer zischen, als ihre Körper ins Wasser schlugen und es durch die ganze Kombüse spritzen ließen; und selbst als er kopfüber im kalten Wasser in dem Winkel zwischen verkantetem Deck und Bugverstrebungen verkeilt war, Venners Ellbogen im Rücken, fühlte er den Magenschmerz auf einmal aussetzen und verschwinden, und des toten Mannes Arme zerrten nicht mehr an seinen Aufschlägen.

Der Bug krachte in ein Wellental, und sekundenlang wurden beide Männer noch stärker in den Winkel des Bugraumes gepreßt — Shandy fühlte Sprühwasser durch die Fugen zwischen den unter Druck nachgebenden Planken eindringen, als ob die See ihn zwischen hölzernen Zähnen anspie —, und dann hob sich der Bug der Schaluppe rasch empor, als sie der nächsten Woge entgegenlief.

Das Bilgenwasser verlief sich unter den Bodenplanken nach achtern, und Shandy und Venner purzelten durch die Kombüse rückwärts ... Shandy versuchte, seinen Degen hochzubringen und im Dunkeln auf Venner zu zielen; zweimal fühlte er die Spitze in etwas Nachgiebigeres als Holz stechen und versuchte nachzustoßen, glitt aber auf den nassen Planken aus. Grauer Schein vom Oberlicht des Mittelganges zwischen den Kojen zeigte ihm momentan den Umriß seines Gegners, aber einen Augenblick später hatte Venner den Niedergang zum Deck erreicht, die Luke aufgestoßen und eilte die Leiter hinauf zum Deck.

Shandy rappelte sich auf und folgte ihm, den Degen — der, wie er nun bemerkte, Davies gehört hatte — zwischen sich und dem Licht über der Lukenöffnung, um mögliche Schläge von Venner abzuwehren; doch als er auf das Deck kam und die Luke gerade noch rechtzeitig schloß, bevor eine neue Sturzsee das Deck überschwemmte, sah er, daß Venner zum Vorschiff gelaufen war und ihm nun aus zehn Schritten Entfernung gegenüberstand, eine Pistole in der Hand, die er jemandem abgenommen hatte.

Shandy unterdrückte eine Regung, sich sofort in Dekkung zu werfen, denn er war der Kapitän, und sogar inmitten dieses mörderischen Sturmes starrten alle Männer, die nicht mit den Segeln oder am Ruder beschäftigt waren, mit offenen Mündern zu ihm und Venner herüber — und ein Schuß aus zehn Schritten Entfernung, auf einem nassen, stark stampfenden Deck und bei prasselndem Regen, würde wahrscheinlich fehlgehen, und vielleicht war die Regennässe unter den Pfannenschutz gedrungen und hatte das Pulver durchnäßt. Er machte jedoch ein Zugeständnis an sein Sicherheitsbedürfnis, indem er sich seitwärts aufstellte und Venner über seine rechte Schulter fixierte. Er hob den Degen zum Gruß des Fechters, sowohl wegen der scheinbaren Kaltblütigkeit der Geste, als auch in der Hoffnung, daß die Pistolenkugel, wenn gut gezielt, Klinge oder Stichblatt treffen würde.

Die Nässe hatte das Pulver nicht erreicht. Im selben Augenblick, als er das Mündungsfeuer sah, fühlte Shandy die heiße Kugel in Brusthöhe über die Haut fahren; er zuckte unwillkürlich zurück, fiel aber nicht und ließ auch den Degen nicht fallen; und als er eine oder zwei Sekunden später die Fassung zurückgewonnen hatte, verbeugte er sich so höflich, wie es ihm auf dem stampfenden Deck möglich war — es erforderte, daß er mit der freien Hand das Spannseil hielt und die Füße etwas breitbeiniger auf die Planken setzte als es üblich war —, und dann ging er gegen Venner vor.

Die beiden Rudergänger, abgelenkt von dem Drama auf Deck, hielten den Bug nicht gerade genug in die nächste anlaufende Welle, und diese packte die *Jenny* und warf sie seitwärts; das Schiff legte schwerfällig über, gleichzeitig rauschte der Brecher über das schrägliegende Deck und fegte wenigstens einen Mann über Bord. Shandy wartete mit angehaltenem Atem auf das Kentern des Schiffes, aber es blieb diesmal noch aus.

Die *Jenny* lag breitseits zur Windrichtung im Wellental. Durch diese Entwicklung mehr erschreckt als durch Venner, hastete Shandy zum Heck und mußte den Degen fallen lassen, um sich mit beiden Händen festzuhalten. Skank und der andere Mann am Baum des Hauptsegels hatten mehrere Fuß vom Sturmsegel aufgezogen, und ein Mann versuchte, am schwankenden Mast emporzuklettern, das Seilende zwischen den Zähnen, um es in der Höhe am abgebrochenen Rest des Gaffelsattels festzuknoten, so daß die Männer unten es als Fall benutzen konnten. Es war alles, was sie tun konnten, aber es würde nicht genügen.

Hinter ihm zog sich Venner am Spannseil nach achtern, langsam, weil er den Säbel nicht aufgeben wollte, den er in die Hände bekommen hatte.

Shandy blickte zu den beiden Rudergängern, die ihre Pinne ganz nach Steuerbord gelegt hatten, und es war ihm klar, daß die beiden sie kaum würden halten können, wenn der Orkan sie auf dem Wellenkamm breitseits traf, aber dann sah er den großen *bocor.*

Trauerkloß hatte sich vom Heckbalken gelöst und stand jetzt auf dem Deck und hielt mit beiden Händen die hölzerne Gaffel, die ihn aufgespießt hatte; und als Shandy hinsah, bog der Schwarze das Stück vor seiner Brust — der Sturm riß alle Geräusche mit sich fort, aber zwischen den schwarzen Händen begannen sich Splitter zu lösen. Shandy vermutete, daß der *bocor* es mit Magie bewerkstelligte, aber Trauerkloß mußte mit den Füßen nachtreten, als er die armdicke Gaffel weiterbog, und Shandy fühlte sich von einer Gänsehaut überlaufen, denn nun konnte er die blutige eisenbeschlagene Spitze der Gaffel aus dem breiten Rücken ragen sehen, und obwohl das Eisen noch dampfte, glühte es nicht — der *bocor* zerbrach die Gaffel mit nichts als seiner Körperkraft.

Endlich zerbrach sie, und der *bocor* fiel auf die Knie. Shandy eilte hinzu, ihm aufzuhelfen, aber Trauerkloß hob mit einer Hand die abgebrochene Gaffel und stieß sie ihm hin — für sich selbst eine eindrucksvolle Leistung, denn selbst das abgebrochene Stück war armdick, gute sechs Fuß lang und behangen mit dem oberen Ende des Sturmsegels, abgerissenen Leinen und dem anderen Ende des zerbrochenen Gaffelsattels.

»Treibanker!« rief der *bocor.* »Werft ihn auf Steuerbord aus!«

Shandy verstand sofort und nahm ihm die Gaffel aus der Hand — er mußte beide Hände gebrauchen und beim Emporheben die Zähne zusammenbeißen, so schwer war sie —, dann wandte er sich um, ließ von einem Mann ein Stück Tau anbinden und warf sie über die Steuerbordreling.

Die nächste Welle ging unter der *Jenny* durch, und sie legte stark über, als der Wind sie von Steuerbord traf, und dann glitten sie auf der anderen Seite ins Wellental, und die Rudergänger stemmten sich beide gegen die Pinne, um sie in Position zu halten.

Die *Jenny* hatte den Bug noch nicht in den Wind gedreht, als der nächste Brecher über das Deck ging. Shandy hielt sich unter Wasser am Spannseil fest, und fragte sich, ob sie gekentert seien, ob die *Jenny* einfach sinken würde, ohne wieder hochzukommen; aber dann wurde das Wasser schwer auf seinen gebeugten Schultern, und rauschte vorbei, gab zuerst seinen Kopf frei, dann die Arme, und als es nur noch um seine Knie wirbelte, und vor dem Bug schon die nächste Welle auflief, merkte Shandy den Zug der achteraus treibenden Gaffel, spürte, wie die alte Schaluppe mehr gegen den Wind gedreht wurde und dann auf Segel und Ruder zu reagieren begann.

Während dieser Vorgänge hatte er das Deck nicht aus den Augen gelassen, und als er, scheinbar auf das Manövrieren des Schiffes konzentriert, aus den Augenwinkeln die Bewegung sah, warf er sich flach zu Boden, und Venners Säbel fuhr in die Reling statt in Shandys Kopf.

Shandy wälzte sich fort und sprang auf, während

Venner die festsitzende schwere Klinge lockerte, und als er auf die Beine gekommen war, warf Skank ihm den fallen gelassenen Degen zu.

Das Schiff stampfte, und Regen und Gischt waren in seinen Augen — er verfehlte den zugeworfenen Degen, hörte ihn auf das nasse Deck klappern, hörte auch das Knarren, als die Säbelklinge freigehebelt wurde, und sah Venner mit gleitenden Schritten näherkommen.

Shandy sprang nach dem Degen, als der Bug sich in eine anlaufende Wasserwand bohrte, schloß die Augen und stemmte sich gegen die Reling, als das Wasser über ihn hereinbrach, wartete, bis sein Kopf frei kam und zwinkerte umher. Das Licht war schlecht, aber er sah den Degen, der vom ablaufenden Wasser über das Deck gerollt wurde, und er stürzte sich darauf und bekam den Griff zu fassen.

Venner griff wieder an, als Shandy aufzustehen versuchte, aber das Deck neigte sich stark nach achtern, als Venner ihm den Garaus machen wollte, und der Mann kam aus dem Gleichgewicht und fiel, und der Schlag traf Shandys Schulter mit der flachen Klinge.

Venner war zu Boden gegangen, und Shandy nutzte die Gelegenheit, seine Degenspitze in den einzigen erreichbaren Körperteil Venners — seine Knie — zu treiben, bevor er selbst aufsprang.

Auch Venner kam auf die Beine.

Shandy war sich darüber im klaren, daß er gegen Venner den kürzeren ziehen konnte, daß dieser endlose Kampf damit enden mochte, daß der verdammte Säbel ihm den Kopf spaltete oder den Bauch aufschlitzte, aber er war zu erschöpft, um aus der Vorstellung mehr als ein bedrückendes Gefühl von Unglücklichkeit zu ziehen. Er hielt sich mit einer Hand am Spannseil und festigte mit der anderen den Griff um das schlüpfrige Heft des Degens.

Venner zielte einen Säbelhieb auf Shandys Kopf, und dieser konnte den Schlag mit der Degenklinge parieren, doch gelang es ihm nur, die niedersausende schwere Klinge zu drehen und abzufedern, so daß sie ihn wieder mit der flachen Seite traf — diesmal an die Kopfseite. Seine Knie gaben einen Moment nach, als der Schlag ihm betäubend durch den Kopf dröhnte.

Er wollte sich aufrichten, aber Venners Klinge trieb ihn jetzt zustoßend zurück — Shandy versuchte zu parieren, so gut es ging, dann wich er mit dem Körper aus, als der Säbel den leichteren Degen beiseite schlug, und die Spitze fuhr über seine Rippen hin und verfing sich in seiner Jacke, nagelte ihn an die Vorschiffwand und verhinderte, daß er fiel; aber er hatte den Degen in einer Parade erhoben, die zwar zu spät gekommen war, seine Degenspitze aber mehr oder weniger auf das Ziel ausgerichtet hatte. Wacklig wie eine nachlässig manipulierte Marionette kam er wieder auf die Beine.

Sein Hemd zerriß, als er sich von der Wand abstieß, und dann wurde Venners Jacke durchbohrt und ließ zwei Zoll — und dann vier, als Shandy nachstieß — rostigen Stahls ein.

Plötzlich erbleichend, taumelte Venner zurück von der Klinge, und der Säbel entfiel seinen Fingern und klirrte auf die Decksplanken. Der nächste Wellenkamm wanderte unter der *Jenny* durch, und das Schiff neigte sich. Alle bis auf die beiden Duellanten hielten sich an Wanten und Spannseilen fest, aber Shandy war wieder im Angriff und sprang auf seinen Gegner zu, als das Deck unter ihm wegsackte und trieb den Degen mit solcher Gewalt in Venners breite Brust, daß die Klinge brach und beide durch die regenerfüllte Luft zur Steuerbordreling segelten. Shandy ließ den abgebrochenen Degen los und griff geistesgegenwärtig in die Wanten, aber Venner und Davies' Degen gingen über Bord. Dann fiel der Bug, und das Heck hob sich, und Shandy verlor den Halt und wurde schwer auf das Deck geschleudert.

26

STUFENWEISE KAM ER ALLMÄHLICH zur Besinnung, ließ nur widerwillig von den Träumen, die der kalten, schmerzenden Lage, die Wirklichkeit zu sein schien, so sehr vorzuziehen waren: Träume der Erinnerung, wie Reisen mit seinem Vater und dem Marionettentheater, und Wunschträume, wie Beth Hurwood zu finden und ihr endlich zu sagen, was er ihr sagen wollte. Zuerst hatte es so ausgesehen, als könnte es ihm gelingen, die Situation, zu der er erwachen würde, einfach durch Konzentration darauf zu wählen; aber die Nässe und Kälte und die Bewegungen des Decks unter ihm nahmen mehr und mehr die Unausweichlichkeit der wahren Realität an, und als er die Augen aufschlug, war er auf dem Deck der *Jenny*.

Er versuchte, sich aufzurichten, aber jähe Übelkeit warf ihn wieder auf den Rücken, schwach und schwitzend, obwohl ihn fröstelte. Er öffnete wieder die Augen und sah in Skanks besorgtes Gesicht. Shandy wollte sprechen, aber seine Zähne klapperten. Er biß die Kiefer zusammen und nahm einen neuen Anlauf. »Was ... ist los?«

»Nachdem du Venner getötet hattest, krachtest du ziemlich hart aufs Deck.«

»Wo ist Davies?«

Skank runzelte die Brauen. »Er ist ... na, tot, Käpt'n. Als Hurwood die *Carmichael* übernahm. Du erinnerst dich.«

Es schien Shandy, daß er sich wirklich an etwas dergleichen erinnerte. Er richtete sich wieder auf, und fiel abermals zurück, fröstelnd. »Was ist passiert?«

»Also — du warst dabei, Käpt'n. Und ich erzählte dir heute davon, weißt du noch? Wie einer von Hurwoods toten Seeleuten ihn umbrachte?« Skank sah sich unglücklich nach den anderen um.

»Nein, ich meine, was gerade eben passierte?«

»Du fielst auf das Deck. Sagte ich doch.«

»Ah.« Shandy unternahm einen dritten Versuch und blieb diesmal sitzen, obwohl die Übelkeit zunächst wiederkehrte. »Vielleicht mußt du es mir noch öfter sagen.« Er mühte sich in die Höhe und stand wankend und zitternd, hielt sich an der Reling fest und schaute benommen umher. »Mhh ... der Sturm ... hat aufgehört«, bemerkte er, stolz auf die Fähigkeit, seine Geistesgegenwart zu demonstrieren.

»Ja, Käpt'n. Während du weg warst. Wir hielten sie im Wind und ritten den Sturm ab. Der Treibanker gab den Ausschlag.«

Shandy rieb sich angestrengt das Gesicht. »Der Treibanker.« Er mochte nicht fragen. »Gut. Welches ist unser Kurs?«

»Südost, mehr oder weniger.«

Shandy winkte ihn näher, und als Skank sich zu ihm beugte, fragte er leise: »Wohin fahren wird?«

»Jamaica, sagtest du.«

»Ah.« Er runzelte die Stirn. »Was wollen wir dort eigentlich?«

»Ulysse Segundo«, sagte Skank, dessen Miene von Sekunde zu Sekunde sorgenvoller wurde, »und sein Schiff, die *Aufsteigender Orpheus.* Du sagtest, er sei in Wirklichkeit Hurwood, und die *Orpheus* die *Carmichael.* Wir folgten Berichten über Sichtungen des Schiffes bis zu den Cayman-Inseln, wo du hörtest, er sei wieder unterwegs nach Jamaica. Ja, und Trauerkloß wollte auch nach Jamaica, bevor er starb.« Skank schüttelte traurig den Kopf.

»Ist Trauerkloß tot?«

»Die meisten von uns glauben es. Die Gaffel durchbohrte ihn wie ein Brathähnchen am Spieß, und nachdem er das große Stück abgebrochen und dir als Treibanker gegeben hatte, sackte er vornüber. Wir schafften ihn unter Deck, zum Begräbnis, wenn wir nach Jamaica kommen, denn du kannst einen toten *bocor* nicht einfach über Bord gehen lassen, wenn du weißt, was gut für dich ist — aber ein paar von den Leuten sagen, sie können einen Puls in seinem Handgelenk fühlen, und Lamont behauptet, Trauerkloß summe vor sich hin, obwohl *ich* nichts höre.«

Shandy versuchte sich zu besinnen. Er erinnerte sich unbestimmt an einige von diesen Geschehnissen, wenn Skank sie schilderte, und er erinnerte ein Gefühl verzweifelter Dringlichkeit, konnte sich jetzt aber nicht besinnen, warum das so gewesen sein sollte. Was er sich im Moment am meisten wünschte, war unmöglich: ein trockener Platz zum Schlafen.

»Dieser Sturm«, sagte er. »Zog er sehr plötzlich auf? Hätten wir keine schützende Insel anlaufen können?«

»Wir hätten nach Grand Cayman zurücklaufen können«, antwortete Skank. »Venner war dafür. Du sagtest, wir müßten weiter.«

»Sagte ich … warum?«

»Du sagtest, der Sturm würde uns in jedem Fall einholen, und wir sollten die *Orpheus* verfolgen. Venner sagte, du verlangtest das nur wegen diesen Mädchens. Du weißt schon, Hurwoods Tochter.«

»Ah!« Er begann in seinen von der Gehirnerschütterung durcheinandergeworfenen Erinnerungen einige Zusammenhänge zu erkennen. »Was für ein Datum haben wir heute?«

»Ich weiß nicht. Es ist Freitag … und ja, Sonntag ist Weihnachten.«

»Ich verstehe«, sagte Shandy. »Erinnere mich daran, ja? Und nun, da der Sturm vorüber ist, wollen wir alle Leinwand setzen, die wir haben.«

Früh am nächsten Morgen erspähten sie die *Aufsteigender Orpheus* — und es gab keine Meinungsverschiedenheit darüber, was zu tun sei, denn sie hatten die ganze Nacht damit verbracht, Wasser zu schöpfen, und obwohl sie ein mit Teer beschmiertes Segel unter den vorderen Kiel gezogen und mit Reis gefüllte Stoffrollen in die Spalten zwischen den Planken gehämmert hatten, drang das Wasser mit jeder Stunde stärker ein, und Shandy bezweifelte, daß die vom Sturm zerschlagene alte Schaluppe lange genug zusammenhalten würde, um festes Land zu erreichen. Alle verfügbaren Segel waren ausgebracht, und die *Jenny* lief durch die lange blaue Dünung auf das Schiff zu.

Shandy kauerte im Bug und beobachtete das Schiff durch sein Teleskop, die Augen gegen das blendende Glitzern der Morgensonne auf den Wellen zusammengekniffen. »Es ist die *Carmichael,* kein Zweifel, und er hat gelitten«, bemerkte er zu den ausgemergelten, fröstelnden Männern hinter ihm. »Er hat Rahen verloren, und am Fockmast sind Teile der Takelage heruntergekommen, aber sonst scheint er gut zusammenzuhalten. Wenn wir unsere Arbeit in der nächsten Stunde richtig machen, wird es Rum und Proviant und trockene Kleider geben.«

Es gab ein allgemeines Knurren der Zustimmung, denn die meisten Leute hatten die vergangene Nacht im Regen an den Bilgenpumpen gearbeitet und sich nur gelegentlich eine kurze Pause gegönnt, um eine Handvoll nassen Schiffszwieback hinunterzuwürgen; und das Rumfaß war während des Sturmes aus der Verankerung gerissen worden und zerbrochen, so daß es unter Deck verlockend nach dem unerreichbaren Alkohol roch.

»Ist etwas von unserem Pulver trocken geblieben?« fragte Shandy.

Skank zuckte die Achseln. »Vielleicht.«

»Hm. Na, wir wollen die *Carmichael* sowieso nicht zerstören.« Er setzte das Teleskop ab. »Wenn unser Mast nicht bricht, sollten wir auf Südkurs gehen und ihn abfangen können ... Und dann sollten wir, glaube ich, einfach versuchen, ihn zu entern.«

»Das oder nach Jamaica schwimmen«, sagte ein zerlumpter, rotäugiger junger Pirat.

»Meinst du nicht, daß er versuchen wird, uns davonzulaufen, wenn er sieht, daß wir ihn verfolgen?« fragte Skank.

»Vielleicht«, sagte Shandy, »obwohl ich wetten möchte, daß wir ihn einholen können, selbst in unserem Zustand — und außerdem können wir nicht allzu gefährlich aussehen.« Wieder setzte er das Fernrohr ans Auge. »Nun, darum brauchen wir uns nicht mehr zu sorgen«, sagte er nach einer kleinen Weile. »Er kommt auf uns zu.«

Sekundenlang blieb alles still. Dann bemerkte einer der älteren Männer mit grimmiger Miene: »Hat in diesem Sturm ein paar Leute verloren, denke ich. Wird Ersatz wollen.«

Skank biß sich auf die Lippe und sah zu Shandy. »Als du es letztes Mal mit ihm ausmachen wolltest, hob er dich auf und ließ dich in den Ozean fallen. Hast du ... gute Gründe, zu glauben, daß es diesmal nicht so abgehen wird?«

Über diese Frage hatte Shandy gegrübelt, seit sie von New Providence ausgelaufen waren. Blut, hatte Gouverneur Sawney gesagt. Das eigene Blut mit dem kalten Eisen des Säbels verbinden. Die Teilchen des Blutes und Eisens ausrichten, wie eine Kompaßnadel sich nach Norden ausrichtet. Oder umgekehrt. Es sei alles relativ ...

Shandy grinste, trotz seiner Bemühungen, etwas kränklich. »Das wollen wir alle hoffen. Bring mir jemand einen Säbel ... und einen Hammer und einen schmalen Meißel.«

Der *Orpheus* hatte einen Halse gemacht und lief direkt auf die *Jenny* zu. Die Morgensonne hinter dem Schiff warf die Schatten ihrer Takelage und Masten auf die weiß leuchtenden Segel. Shandy behielt das Schiff im Auge, als er mit Hammer und Meißel den Griff des Säbels bearbeitete, den Skank ihm gebracht hatte, und als das Schiff noch hundert Schritte entfernt war, richtete er sich auf und hielt den Säbel bei der Klinge in die Höhe.

Er hatte die Lederumhüllung und die Hälfte der hölzernen Griffschalen entfernt und das Eisen bloßgelegt, das die Klinge mit dem beschwerten Knauf verband, und genau dort, wo der Handballen Druck ausüben mußte, hatte er mit dem Meißel einen schmalen Spalt in das Metall geschlagen.

»Sollte es heute morgen hier ... gegen uns ausgehen«, sagte er zu Skank, der ihm die letzten Minuten verständnislos bei der Arbeit zugesehen hatte, »lauft östlich an ihm vorbei – in seinem Zustand kann die *Carmichael* nicht kreuzen – und seht zu, daß ihr Jamaica erreichen könnt.«

»Dazu sollten wir es lieber nicht kommen lassen.«

Shandy lächelte, und irgendwie ließ es ihn noch müder erscheinen. »Richtig.« Er trat zur Kompaßsäule, hob den Hammer und schlug kräftig auf das Deckglas, dann ließ er den Hammer fallen und fingerte zwischen den Glasscherben herum; einen Augenblick später hob er mit blutigen Fingern die Kompaßnadel heraus. »Sag den Leuten, sie sollen Enterhaken und Leinen bereithalten. Mit etwas Glück werden wir die *Carmichael* entern, bevor Hurwood merkt, daß wir ihn angreifen wollen.«

Skank ächzte leise, nickte aber und eilte fort.

Sorgfältig setzte Shandy das spitze Ende der Kompaßnadel in den Spalt, den er in den Griffzapfen des Säbels geschnitten hatte, dann bückte er sich und hob den Hammer wieder auf und klopfte die Nadel fest.

Darauf steckte er den Säbel in den Gürtel, und dann schloß er die Augen und atmete tief. Dann, als die *Aufsteigender Orpheus* von Steuerbord voraus heranrauschte und ihren Schatten über die *Jenny* warf, griff er sich einen Enterhaken, wirbelte ihn ein paarmal in einem vertikalen Kreis und ließ ihn zur Reling des großen Schiffes hinauffliegen; Sonnenschein glitzerte auf den Stahlspitzen, als der Haken den höchsten Punkt seiner Flugbahn erreichte, dann fiel er über die Reling und biß sich fest, als Shandy die Leine straff zog.

Dies ist gewiß das letzte Mal, daß die *Jenny* die *Carmichael* kapern wird, dachte er, als er sich Hand über Hand am Seil hinaufzog, die Füße an der Bordwand.

Die Anstrengung verursachte ihm Nasenbluten und ein Gefühl im Kopf, als müsse ihm der Schädel bersten, und als er endlich oben anlangte und ein Bein über die Reling schwang, konnte er sich nicht besinnen, warum er hier war. Einige Zeit schien vergangen — dies war die *Brüllende Carmichael,* dessen war er gewiß ... aber die Reling war größtenteils verschwunden, und das ganze Vorschiff dazu! Hatten sie Jamaica noch immer nicht erreicht? Wo war Kapitän Chaworth? Und dieses kranke Mädchen mit dem fetten Arzt?

Seine Desorientierung ließ ein wenig nach, als er den Vater des Mädchens den Niedergang vom Schanzdeck herabsteigen sah — wie hieß er noch gleich? Hurwood, das war es — aber dann zog Shandy die Stirn in Falten, denn er hatte den Mann als Einarmigen in Erinnerung.

Kämpfe auf dem Mitteldeck lenkten ihn ab, und als er genauer hinsah — es war schwierig, im blendenden Sonnenlicht deutlich zu sehen —, glaubte er wirklich, den Verstand zu verlieren. Ausgemergelte Männer in zerlumpten, aber farbenfrohen und auffallenden Kleidern kletterten zu beiden Seiten von ihm an Bord und gerieten in ein wüstes Handgemenge mit unmöglich belebten Leichnamen, deren verweste Hände nicht hätten imstande sein sollen, einen Säbel zu halten, und deren milchige, eingesunkene Augen nicht hätten imstande sein dürfen, die Säbelhiebe zu lenken. Das träge aus Shandys Ohren rinnende Blut und das dumpfe Pochen in seinem Kopf beraubten das Geschehen nahezu aller

Geräusche und verliehen ihm die grotekse Unwirklichkeit eines Fiebertraumes, und die Frage, warum er sich entschlossen hatte, seine Rockaufschläge mit zwei halb mumifizierten menschlichen Unterarmen zu schmükken, schien relativ unwichtig.

Er traute seinem Gleichgewicht nicht und stieg vorsichtig von der Reling aufs Deck. Der Mann, der Benjamin Hurwood zu sein schien, kam auf ihn zu, ein Begrüßungslächeln im faltigen alten Gesicht ...

Und dann träumte Shandy wirklich, mußte träumen, denn er stand neben seinem Vater im Halbdunkel des Gerüstes über einer Marionettenbühne, und beide blickten angespannt in die Helligkeit unter ihnen und bewegten geschäftig die Führungskreuze, an denen die Fäden der Marionetten befestigt waren; und es mußte eine Massenszene sein, die sie aufführten, denn viele weitere Führungskreuze waren in den Federhaken aufgehängt, welche die untätigen Marionetten unten auf der Bühne in leicht hüpfende und schwankende Bewegungen versetzten. Im Nu hatte er vergessen, daß es ein Traum sein mußte, und war in Panik, weil er nicht wußte, welches Stück sie aufführten.

Angestrengt spähte er zu den kleinen Figuren hinunter, und zum Glück erkannte er sie. Es waren die Marionetten für *Julius Caesar.* Und zum Glück hatte der dritte Akt begonnen und es gab nicht mehr allzu viel zu tun — sie waren bereits in der Szene der Ermordung, und die gewöhnlichen rechten Hände der kleinen hölzernen Senatoren waren durch die dolchbewehrten Hände ersetzt.

Die Caesar-Puppe sprach — und Shandy glotzte, denn das Gesicht war nicht mehr von Holz, sondern aus Fleisch und Blut, und erkannte es. Es war sein eigenes Gesicht. »Fort, sag ich!« hörte er sein Miniaturselbst sagen. »Willst du den Olymp versetzen?«

Die Senatorenpuppen, die jetzt auch alle von Fleisch und Blut waren, drangen mit ihren Dolchen auf ihn ein ... und dann erlosch die Szene plötzlich, und Shandy stand wieder auf dem Deck der *Carmichael* und blinzelte gegen die grelle Sonne zu Hurwood hin.

Ein zuversichtliches Lächeln verblaßte auf den Zügen des alten Mannes, aber er versuchte es aufs Neue, und Shandy kniete im heißen Sand von New Providence und betrachtete kritisch die vier Bambusstangen, die er aufrecht in den Sand gestoßen hatte. Sie hatten fest genug gestanden, bis er versucht hatte, Querstangen an ihren oberen Enden festzumachen, und nun standen sie alle auswärtsgeneigt wie Kanonen, die bereit sind, einen Angriff von allen Seiten abzuwehren.

»Willst du einen Korb flechten?« fragte Beth Hurwood hinter ihm.

Er hatte ihre Annäherung nicht gehört, und zuerst war er geneigt, eine gereizte Antwort zu geben, aber dann lächelte er ein wenig kläglich. »Es soll eine Hütte werden. Für mich, um darin zu schlafen.«

»Es würde einfacher sein, wenn du es mit Verstrebungen machtest — paß auf, ich werde es dir zeigen!«

Es war ein Sommertag gewesen, während der Überholung der *Carmichael;* Beth hatte ihm gezeigt, wie er ein viel stabileres Gerüst aufbauen konnte, und es hatte einen Augenblick gegeben, als sie, auf den Zehenspitzen stehend, um die Firststange an einen der Giebel zu binden, gegen ihn gefallen war, und einen Augenblick war sie in seinen Armen gewesen, und ihre braunen Augen und das kupferfarbene Haar hatten eine schwindelerregende Gefühlsregung in ihm geweckt, die körperliche Anziehung nur in dem Maße mit eingeschlossen hatte, wie ein Orchester eine Gruppe Blechbläser mit einschließt. Es war eine Erinnerung, die oft in seinen Träumen wiederkehrte.

Diesmal ging es jedoch anders. Diesmal gebrauchte sie Hammer und Nägel, statt eines Strickes, und ihre Augenlider und Lippen waren so weit aufgerissen, wie sie sich öffnen ließen, und ihre Zähne und das Weiße in ihren Augen glänzten in der tropischen Sonne, als sie seine Arme die Bambuspfosten entlang streckte und den ersten Nagel an sein Handgelenk hielt …

… Und wieder stand er auf dem Deck der *Carmichael* und blinzelte Hurwood an.

Dieser sah nun entschieden beunruhigt aus. »Was zum Teufel ist mit Ihrem Verstand los?« knurrte er. »Er ist wie eine abgedrehte Schraube.«

Shandy war geneigt, ihm beizupflichten. Er versuchte immer wieder, sich zu besinnen, was er hier tat, und jedesmal, wenn er in das alptraumhafte Getümmel blickte, das ringsum vor sich ging, war er von neuem verblüfft und entsetzt. Und nun, wie um alle seine vorausgegangenen Desorientierungen zu übertreffen, fühlte er das Deck nicht mehr unter seinen Stiefelsohlen und begann langsam und ungestützt in die Luft zu schweben.

Instinktiv streckte er die Hände aus, etwas zu fassen — und was er in die Finger bekam, war weder die Reling noch ein Stütztau, sondern das Heft seines Säbels. Die herausstehende Kompaßnadel bohrte sich in seine Handfläche, aber derselbe Impuls, der ihn bewogen hatte, danach zu greifen, ließ ihn jetzt festhalten. Er begann zu sinken, und Sekunden später stand er wieder auf dem Deck.

Er sah sich um: Der Kampf tobte so gräßlich wie zuvor, obwohl alle Geräusche noch immer gedämpft an sein Ohr drangen, aber keiner der Kämpfer kam in die Nähe von Hurwood und ihm — anscheinend betrachteten sie ihre Begegnung als ein persönliches Duell.

In Hurwoods Zügen war ein Ausdruck von Verwunderung, sogar Bestürzung, und er sagte etwas, was Shandy nicht hören konnte. Dann zog der alte Mann ein Rapier und griff ihn leichtfüßig vorspringend an.

Shandy umklammerte noch immer unter Schmerzen den Säbelgriff, und nun zog er die Waffe eben noch rechtzeitig aus dem Gürtel, um Hurwoods Spitze mit einer unbeholfenen Parade seitwärts zu schlagen, und dann sprang er zurück und parierte etwas leichter den nächsten Stoß, den Hurwood führte, und dann den übernächsten. Die in seine Rockaufschläge gekrallten grauen Unterarme baumelten und schlugen ekelerregend gegeneinander.

Blut von seiner aufgerissenen Handfläche machte den Säbelgriff schlüpfrig, und jedesmal, wenn seine Klinge gegen Hurwoods schlug, bohrte sich die Kompaßnadel tiefer in seine Handfläche, kratzte an den Mittelhandknochen und löste qualvolle Schmerzsignale aus, die bis in seine Schulter hinauf liefen.

Hurwood bellte ein rauhes einsilbiges Lachen und sprang vor, aber Shandy fing die zustoßende Klinge mit einer Korkenzieherbindung ab, die das Rapier aus Hurwoods Fingern schlug; der Schmerz der Anstrengung bewirkte, daß Shandy momentan schwarz vor Augen wurde, aber mit einem letzten Drehschwung sandte er Hurwoods Rapier über die Reling, und dann starrte er aufs Deck und atmete tief und keuchend durch, bis seine Sicht klarer wurde.

Hurwood war zurückgewichen, und nun blickte er zur Seite und wies gebieterisch auf Shandy. Offensichtlich war es kein persönliches Duell mehr.

Einer der verwesten Seeleute schwankte gehorsam über das Deck auf sie zu; seine Kleider waren zerlumpte Fetzen, und Shandy konnte zwischen Schienbein und Wadenbein Tageslicht sehen, aber die Schultern waren breit, und ein knochiges Handgelenk schwang einen schweren Säbel durch die Luft, als wäre es die Nadel eines Segelmachers.

Shandy war bereits der Erschöpfung nahe, und die Spitze der in seine Hand eingedrungenen Kompaßnadel war eine heiße, sich mit jeder Bewegung erneuernde Qual. Ihm war, als müßte jeder Gegenstand, mit dem seine Säbelklinge in Berührung käme, mehr Schmerz erzeugen als er ertragen und bei Bewußtsein bleiben konnte, aber er trat zurück und hob den Säbel, obwohl die Bewegung ihm den kalten Schweiß ausbrechen ließ und die Welt vor seinen Augen grau machte.

Der tote Mann wankte näher — Hurwood lächelte ihm zu und sagte: »Töte Shandy!« —, und der knochige Arm holte mit dem Säbel zum Zuschlagen aus.

Shandy zwang sich zur Konzentration, zwang seine brennende Hand zur Bereitschaft …

Aber der Säbel schlug seitwärts zu, traf Hurwood mit voller Wucht und warf ihn über das Deck zum Achterschiff, und in dem Augenblick, bevor der nekrotische Seemann in den Ruinen seines Skeletts zusammenbrach und gleichzeitig die grauen Arme von Shandys Rockaufschlägen verschwanden, begegnete Shandys Blick dem Schimmer in den eingesunkenen Augenhöhlen des Seemannes, und es gab einen Austausch von Wiedererkennen, Gruß und Abschied zwischen wahren Kameraden. Dann gab es auf dem ganzen Deck nichts als durcheinander fallende alte Gebeine und ein paar Fetzen alter Lumpen, aber Shandy ließ den peinigenden Säbel los und fiel auf die Knie, dann vorwärts auf seine blutenden Hände, und seine Ohren waren inzwischen klar genug, daß er seine Tränen auf das Deck fallen hörte. *»Phil!«* winselte er. »Phil! Mein Gott, Mann, komm zurück!«

Aber Davies, und mit ihm alle die toten Männer, waren fort und zu leblosen Gebeinen zerfallen, und außer Hurwood waren die einzigen Männer auf dem sonnigen Deck jene, die von der *Jenny* das Schiff geentert hatten.

Hurwood lehnte an der Steuerbordreling, das Gesicht aschfahl, und umklammerte den Stumpf, wo sein neu gewachsener Arm gewesen war. Kein Blut drang aus dem Stumpf, doch kostete es den Mann augenscheinlich seine ganze magische Konzentration, diesen Zustand zu erhalten.

Dann setzte Hurwood sich in Bewegung. Er löste sich von der Reling und schleppte sich mit langsamen, schwerfälligen Schritten zum Achteraufbau und der Kajütentür. Shandy stand auf und ging ihm nach.

Hurwood gab der Tür einen Fußtritt, sie ging auf, und er wankte hinein.

Shandy blieb vor dem Eingang stehen und starrte ins Halbdunkel. »Beth!« rief er. »Bist du dort?«

Die einzige Antwort war ein Gemurmel von Hurwood, und Shandy holte tief Luft, zog mit der unversehrten Hand das Klappmesser aus der Tasche und trat ein.

Hurwood richtete sich gerade von einer offenen Truhe an der Wand auf, und seine Hand hielt einen hölzernen Kasten, den Shandy früher schon gesehen hatte. Er wandte sich um und kam auf Shandy zu, und Shandy spürte, wie die Luft dick wurde und ihn zurückdrängte, hinaus ins Sonnenlicht, während Hurwood unerbittlich Schritt um Schritt über das Deck ging, und bald wurde deutlich, daß er es auf das Beiboot abgesehen hatte.

Shandy öffnete das Klappmesser halb, legte den Zeigefinger über den Spalt und ließ die Klinge zuschnappen. Blut quoll aus dem aufgeschnittenen Finger, und die Luft bot ihm keinen Widerstand mehr. Offenbar war jetzt sogar unmagnetisches Eisen ausreichend, um Hurwoods Zauberbann zu brechen. Er setzte sich in Bewegung, und ehe Hurwood seine soeben gewonnene Bewegungsfreiheit bemerkte, schlug er ihm den Kasten aus der Hand.

Der Kasten prallte auf das Deck, und Hurwood, dessen Mund vor Anstrengung offenhing, beschrieb eine halbe Drehung und wollte auf den Kasten zugehen; er fiel, begann aber auf den Knien und einer Hand zu dem Kasten zu kriechen.

Nicht viel besser zu Fuß als der andere, wankte Shandy dem Kriechenden voraus und setzte sich neben dem Kasten auf das heiße Deck, den Zeigefinger noch immer schmerzhaft unter der Klinge des Klappmessers. So öffnete er unbeholfen den Deckel des Kastens.

»Meinen Säbel«, krächzte er zu Skank, der sich gerade den Oberschenkel bandagierte. Der erschöpfte junge Pirat stieß Shandys Säbel klappernd über das Deck zu ihm. Ohne das Klappmesser vom Finger zu lösen, umfaßte Shandy den quälenden Säbelgriff, daß die Kompaßnadel sich abermals tief in seine Hand bohrte, und dann trieb er die Spitze des Säbels in den Kasten.

Der getrocknete Kopf im Innern fiel mit einem Geräusch wie zerreißender mürber Bezugstoff in sich zusammen.

Hurwood hielt inne, starrte, holte rasselnd Atem und stieß ihn in einem Geheul aus, das selbst die Schwerverwundeten unter Shandys Piraten überrascht aufblicken ließ. Dann fiel er in sich zusammen, und Blut begann aus seinem Armstumpf zu spritzen.

Schaudernd ließ Shandy den Säbel wieder fallen und zog die Messerklinge vom Finger. Dann machte er sich unbeholfen und mühselig daran, seinen verwünschten Rock mit dem Messer in Streifen zu schneiden und als Aderpresse zu verwenden — denn wenn Beth nicht an Bord war, mußte er verhindern, daß Hurwood verblutete.

Schwindelgefühl, Übelkeit und Augenblicke totalen Gedächtnisausfalls wirkten zusammen und machten Shandys Durchsuchung der *Carmichael* zu einem zeitraubenden Geschäft, doch der Hauptgrund, daß er so lange brauchte — und in Kisten und Truhen nachsah, die Beth Hurwood nicht enthalten konnten, und manche Kajüte zweimal überprüfte, um nachzusehen, ob sie sich vielleicht versteckt und hinter seinem Rücken ihren Platz gewechselt hatte — war, daß er fürchtete, was er wahrscheinlich würde tun müssen, sobald Gewißheit bestünde, daß sie nicht an Bord war. Der Augenblick kam jedoch, und der Aufschub ließ ihn um so düsterer erscheinen, als er sich eingestehen mußte, daß er jeden Kubikfuß des Schiffes durchsucht hatte. Im Laderaum waren mehr Wertsachen und Gold, als an einem Tag ausgeladen werden konnte, aber keine Beth Hurwood.

Er stieg lustlos hinauf zum Deck und blinzelte in die Sonne und den Kreis der erschöpften Piraten, die ihn erwarteten, bis er Skank unter ihnen ausmachte. »Ist Hurwood schon zu sich gekommen?«

»So viel ich weiß, noch nicht«, sagte Skank. »Aber hör zu: hast du unten Glück gehabt?«

»Nein.« Shandy wandte sich zögernd zur Kajüte, in die man Hurwood getragen hatte. »Hol mir einen —«

Skank vertrat ihm den Weg, und mit ihm das Dutzend anderer Männer, die noch gehen konnten; das Antlitz des jungen Piraten war so ausgemergelt und hart wie ein vom Sand poliertes Stück Treibholz. »Käpt'n«, sagte er mit rauher Stimme, »du sagtest, er habe seine gottverdammte Beute an Bord, Gott soll dich verfluchen, das Zeug von all den Schiffen, die er —«

»Ach ja, die Beute.« Shandy nickte. »Ja, die ist da. Jede Menge, wie ich sagte. Ich glaube, ich habe mir einen Bruch gehoben, als ich eine Kiste Goldbarren zur Seite schieben wollte. Ihr könnt alle ... gehen und euch darin wälzen. Aber zieht mir vorher einen Eimer Seewasser herauf, ja? Und seht zu, ob ihr Feuer finden könnt, eine Kerze oder was ... irgendwo. Ich werde bei ihm in der Kajüte sein.«

Skank trat zurück, ein wenig verwirrt. »Ah, natürlich, Käpt'n. Klar.«

Shandy schüttelte unglücklich den Kopf, als er zur Kajüte hinkte und hineinging. Hurwood lag bewußtlos am Boden und atmete rauh; es hörte sich an wie eine langsam gezogene Säge in trockenem Holz. Sein Hemd war mehr dunkel als weiß, und trocknende Blutspritzer schwärzten die Planken um seine Schulter, doch schien die Blutung aufgehört zu haben.

Shandy stand über ihm und fragte sich, wer der Mann wirklich sei. Der Oxford-Professor und Buchautor? Beths Vater? Ehemann der unerträglich toten Margaret? Der Pirat Ulysse Segundo? Die Knochen traten in dem bleichen Gesicht hervor und ließen das nächste Stadium seiner vergänglichen Hülle unangenehm deutlich voraussehen. Um den Eindruck zu verwischen, versuchte Shandy sich vorzustellen, wie Hurwood als junger Mann ausgesehen hatte. Er konnte es sich nicht vorstellen.

Er kniete bei ihm nieder und schüttelte ihn bei seiner guten Schulter. »Wachen Sie auf, Mr. Hurwood.«

Das Gleichmaß der Atmung blieb unverändert, die runzligen Augenlider regten sich nicht.

»Mr. Hurwood, es ist wichtig. Bitte wachen Sie auf!«

Keine Reaktion.

Shandy kniete neben dem Mann, starrte in das röchelnde Gesicht und versuchte nicht zu denken, bis Skank hereinhumpelte. Neues orangefarbenes Licht wetteiferte schwächlich mit dem einfallenden Sonnenschein von draußen.

»Wasser«, sagte Skank und setzte einen schwappenden Wassereimer auf die Planken. »Und eine Lampe.« Nachdem er ungewiß umhergeblickt hatte, stellte er auch sie auf den Boden.

»Fein«, murmelte Shandy. »Dank dir.«

Skank humpelte hinaus, schloß die Tür, und die bewegte Flamme in der Laterne wurde zur einzigen Lichtquelle in der Kajüte, da die eichenen Läden vor den Heckfenstern geschlossen und verriegelt waren.

Shandy nahm eine Handvoll Seewasser und schüttete sie über Hurwoods geschlossene Augen. Der alte Mann zuckte kaum merklich, aber das war alles. »Verdammt noch mal«, sagte Shandy, beinahe schluchzend. »Zwingen Sie mich nicht!« Er ergriff eines von Hurwoods Ohren und drehte es heftig … ohne Wirkung. Shandy stand auf, von Furcht ebenso bewegt wie von seinem Zorn, stieß die Laterne mit dem Fuß aus dem Weg, hob den Eimer und goß den gesamten Inhalt über Hurwoods Kopf. Das Gewicht des Wassergusses drehte das Gesicht des alten Mannes auf die Seite und klebte ihm das nasse Haar an den Schädel, aber die Atmung blieb bei aller

Schwäche so gleichmäßig wie zuvor, wurde nicht einmal von einem Husten unterbrochen.

Schluchzend vor Verzweiflung, wandte Shandy sich um und griff zur Laterne ... dann hauchte er ein Dankgebet, als er Spucken und Ächzen hinter sich hörte.

Er kauerte neben Hurwood. »Wachen Sie auf«, sagte er. »Das ist der beste Rat, den Sie je bekommen haben.«

Hurwood schlug die Augen auf. »Ich ... ich bin verletzt.«

»Ja.« Shandy wischte sich die Tränen aus den Augen, um den alten Mann deutlicher zu sehen. »Aber Sie werden es wahrscheinlich überleben. Sie haben es schon einmal überlebt. Wo ist Beth, Elizabeth, Ihre Tochter?«

»Ach ... es ist alles vorbei, nicht wahr? Alles erledigt.« Sein Blick begegnete dem Shandys. »Sie ...! Sie haben ihn zerstört ... Margarets Kopf ... ich spürte, wie ihr Geist daraus entschwand. Ein bloßer Säbel!« Seine Stimme klang überraschend fest und ruhig, als ob er über ein gemeinsam besuchtes Theaterstück diskutierte. »Nicht bloß, weil es kaltes Eisen war ...?«

»Und verbunden mit meinem Blut, ja.« Shandy versuchte sich Hurwoods ruhigem Tonfall anzupassen. »Wo haben Sie Ihre Tochter versteckt?«

»Jamaica. In Spanish Town.«

»Aha.« Shandy nickte. »Wo in Spanish Town?«

»In einem hübschen Haus. Sie ist natürlich unter Bewachung. Eine Gefangene. Aber sie hat es bequem.«

»Wessen Haus?«

Shandy war so erleichtert, daß er aufatmend die Schultern hängen ließ.

»Haben Sie Schokolade?« fragte Hurwood. »Ich habe keine.«

»Nein, leider.« Shandy stand auf. »Wir können Ihnen in Jamaica welche besorgen.«

»Wir fahren nach Jamaica?«

»Sobald wir diese alte Hulk seetüchtiger gemacht haben. Wir können uns jetzt ein wenig Zeit lassen, da ich weiß, wo sie ist. Beth wird noch einen oder zwei Tage aushalten, während wir die nötigsten Reparaturen machen.«

»Oh, gewiß, Hicks wird sich sehr gut um sie kümmern. Ich habe ihm die striktesten Anweisungen gegeben, und dazu eine Krankenwärterin, die achtgibt, daß er alles richtig macht.«

Eine Krankenwärterin? Shandy konnte sich nicht gut vorstellen, daß eine Krankenwärterin ein Mitglied der begüterten Oberschicht herumkommandieren würde. »Nun, gut. Wir werden ...«

»Übrigens, was für einen Tag haben wir heute?«

»Weihnachtsabend.«

»Vielleicht sollte ich ihm morgen winken.« Shandy, noch lächelnd vor Erleichterung, legte den Kopf schief. »Wem winken?«

»Hicks. Er wird morgen früh mit einem Teleskop auf einem Kliff bei Portland Point sein. Es ist ihm zuwider — er will morgen eine große Abendgesellschaft geben und würde viel lieber zu Hause sein und Vorbereitungen dafür treffen — aber er wird dort sein. Er fürchtet mich. Ich sagte ihm, daß er nach diesem Schiff Ausschau halten und sichergehen soll, daß er mich draußen auf Deck stehen und ihm zuwinken sieht.«

»Wir werden morgen früh nicht vor der Südküste Jamaicas stehen«, sagte Shandy. »Ich glaube nicht, daß dieses Schiff es machen würde.«

»Ach.« Hurwood schloß die Augen. »Dann werde ich ihm nicht winken.«

Shandy hatte gehen wollen, nun aber stand er unschlüssig und starrte auf den alten Mann herab. »Warum wollten Sie ihm winken? Warum wird er auf dem Kliff stehen und Ausschau halten?«

»Ich möchte jetzt schlafen.«

»Sagen Sie es mir.« Shandys Blick wanderte zur Laterne und wieder zurück. »Oder es gibt keine Schokolade.«

Hurwood schürzte verdrießlich die Lippen, ließ sich jedoch zu einer Antwort herbei. »Wenn ich nicht vorbeisegle und winke, wird er annehmen, daß ich nicht zeitig kommen werde und selbst den ersten Teil der Magie übernehmen. Den Teil, der am Weihnachtstag verrichtet werden muß. Ich wollte heute in Jamaica sein und ihm die Mühe ersparen, nach Portland Point hinauszugehen, aber der Sturm gestern, und heute. Sie ...« Hurwood öffnete die Augen einen Spalt. »Ich dachte nur, wenn wir morgen in der Nähe wären, würde ich ihm zuwinken und die Mühe ersparen. Schließlich haben Sie die volle Prozedur durch die Zerstörung des Kopfes unmöglich gemacht.« Er schloß wieder die Augen.

»Woraus besteht dieser ... dieser erste Teil der Magie?« fragte Shandy, von neuem in Sorge.

»Der Teil, der an Land vorgenommen werden kann. Der große Teil, den ich hätte tun müssen, kann nur auf See stattfinden.

Morgen mittag wird er mit dem ersten Teil beginnen. Ihm wäre es lieber, wenn ich es täte. Er wird unglücklich sein, wenn er mich nicht vorbeisegeln sieht.«

»Was wird er tun? Verdammt noch mal, woraus besteht dieser erste Teil?«

Hurwood öffnete wieder die Augen und starrte Shandy verwundert an. »Nun ... die Austreibung ihres Geistes. Elizabeths Bewußtsein — ihre Seele wird durch Magie aus dem Körper getrieben. Ich habe ihm gezeigt, wie es gemacht wird. Allerdings«, fügte er hinzu, »ist es jetzt Zeitverschwendung, da es keine Persönlichkeit gibt, die an ihre Stelle eingegeben werden könnte.«

»Wird sie dann zurückkehren?« fragte Shandy mit überschnappender Stimme. »Wird Beths Seele dann in ihren Körper zurückkehren?«

Hurwood lächelte. »Zurückkehren? Nein. Wenn sie fort ist, wird sie ... weg sein.«

Shandy war nahe daran, den alten Mann zu erwürgen oder zu erschlagen, und er sprach erst wieder, als er sicher war, daß er Hurwoods unbekümmert-beiläufigem Ton entsprechen konnte. »Also«, begann er, aber in seiner Stimme war eine rauhe Schärfe, und er fing noch einmal an. »Also, wissen Sie was? Ich werde zusehen, daß dieses Schiff doch bis morgen früh vor Portland Point sein wird. Und dann werden Sie Ihrem ... Freund zuwinken, diesem Hicks, nicht wahr?« Er lächelte, aber seine verletzten Hände waren wie angezogene Knoten zu Fäusten geballt.

Hurwood gähnte. »Sehr gut. Jetzt möchte ich gern schlafen.«

Shandy stand auf. »Gute Idee. Wir werden morgen verdammt früh aufstehen.«

Wenn er aus den Augenwinkeln spähte — es wurde erwartet, daß er andächtig ins Gebet versunken aussah —, mußte der Meßdiener zugeben, daß es in der Kirche wirklich dunkler wurde. Und wenn er auch die trockenen, staubigen, vogelähnlichen Wesen fürchtete, die herauskommen würden, wenn alles Licht geschwunden wäre, hoffte er andererseits, daß es bald ganz dunkel würde, denn nach der Zeremonie der Eheschließlung würde der Priester die Kommunion austeilen, und der Meßdiener wußte, daß er zu schwer gesündigt hatte, um sie ohne Beichte zu nehmen, und darum wollte er ungesehen davonschlüpfen ... selbst wenn das bedeuten sollte, daß er selber eines der spinnwebigen Vogelwesen würde. Ein Frösteln überlief ihn, und unglücklich fragte er sich, was aus all den angenehmen Dingen geworden sei. Es hatte Freunde gegeben, eine Ehefrau, Gelehrsamkeit, den Respekt von Kollegen, Selbstachtung ... Vielleicht waren sie nur ein quälender Traum gewesen, und in Wahrheit hatte es nie etwas anderes gegeben als Dunkelheit und Kälte und das langsame Einkriechen des Schwachsinns.

Der Gedanke erschien ihm tröstlich.

Endlich kam das Hochzeitspaar in den Schatten zu

Füßen des Altars zusammen und erstieg die Stufen, und der Meßdiener begriff, daß die völlige Dunkelheit zu lange ferngehalten worden war.

Die Braut war nur ein leeres, aber bewegtes Kleid; das war nicht so schlimm — es war immer ermutigend, nur eine Abwesenheit zu finden, wo es geschienen hatte, daß eine Gegenwart sein könnte —, aber der Bräutigam war gegenwärtig und lebendig; freilich konnte man unmöglich sagen, daß er menschlich war, denn das häutige, blutende Fleisch, aus dem er bestand, mochte nur wegen der Beengung der Kleider von menschenähnlicher Form sein. Wenn er Augen hatte, so waren sie geschlossen, aber der Meßdiener konnte sehen, daß er lebte, denn Blut rann allenthalben an ihm herab, und sein Mund öffnete und schloß sich wie bei einem Karpfen.

Auf einmal bemerkte der Meßdiener, daß das abgehäutete Wesen er selbst war, aber die Erkenntnis blieb ohne Schrecken, denn nun wußte er auch, daß er aus sich heraus konnte: ganz, wenn er nur bereit wäre, von allem zu lassen, um zum Nichtsein zu gelangen.

Und dies tat er, mit tiefer Erleichterung.

27

Als die ersten Anzeichen des nahen Morgens die Helligkeit des Sirius und der drei Gürtelsterne im Orion verblassen ließ, setzte Shandy das Fernrohr an und suchte den schwachen Kontrast der schwarzgrauen Töne ab, die den südöstlichen Horizont noch beherrschten — und dann, obwohl er nach der langen und anstrengenden Nacht zu erschöpft und zu heiser war, um einen Ruf auszustoßen, zeigte er die Zähne in wortloser Befriedigung, denn er konnte die Unebenheit der Kimmlinie sehen, die Jamaica sein mußte.

»Wir sind da, Skank«, sagte er zu dem Mann neben ihm und gab ihm das Fernrohr zurück. »Zehn Stunden Nachtfahrt und Navigation nach den Sternen, in einem Stück, weil wir nicht kreuzen konnten, und wie es Tag wird, stehen wir genau dort, wo wir sein wollten! Bei Gott, ich wünschte, Davies könnte es sehen.«

»Ja«, murmelte Skank mit dumpfer Stimme.

»Einer der Jungen soll Hurwood heraufbringen. Es wird bald Zeit, daß er auf die Bühne tritt.«

»Zu Befehl, Käpt'n.« Skank wankte in die Dunkelheit davon und ließ Shandy allein auf dem Vorschiff.

Er starrte hinaus zur dunklen Kimm und versuchte wieder, Jamaica ohne die Hilfe des Fernrohrs auszumachen, aber nach zwei schlaflosen Nächten war die Konzentration der Augen eine körperliche Anstrengung, und alles, was er sehen konnte, waren flimmernd aufgelöste Trugbilder, die in verschiedene Richtungen davonwirbelten, wenn er die Blickrichtung veränderte.

Mit der stumpfen Objektivität, die äußerster, alles aufzehrender Anstrengung folgt, legte er sich die Frage vor, ob er in Jamaica gefangen und eingekerkert würde ... und was in diesem Fall folgen würde. Es ließe sich argumentieren, daß er seine Begnadigung nicht verletzt hatte, da das einzige Schiff, welches er gekapert hatte, dieses war, und Hurwood keinesfalls als der rechtmäßige Kapitän auftreten konnte. War der Raub geraubten Gutes weniger verwerflich als einfacher Raub? Nun, selbst wenn er in Gefangenschaft geriete und vor Gericht gegen ihn entschieden würde, konnte er vorher Beth Hurwood befreien ... und sie die Geschichte anhören lassen, die ihr Vater zu erzählen hatte, und ihr zeigen, daß die Dinge anders waren, als sie glaubte.

Er rieb sich die brennenden Augen und dachte wieder, aber ohne tiefere Empfindung, an alles, was dieser Sommer und Herbst ihn gekostet hatten: seine rechtschaffenen Überzeugungen, seine Unbescholtenheit, seine Jugend, sein Herz — und er grinste in die kühle Dunkelheit, als er erkannte, daß er die zerschlagene, unordentliche, notdürftig abgedichtete und behelfsmäßig getakelte treue *Jenny* beinahe mehr vermißte als all die leblose Unschuld und die Freunde. Als während der gestrigen Kämpfe niemand erübrigt werden konnte, die Bilgenpumpen zu bedienen, war sie vollgelaufen und untergegangen, so daß die Leinen der Enterhaken zum Zerreißen gespannt waren und die *Carmichael* merklich nach Backbord Schlagseite bekam. Traurig hatte er Befehl gegeben, die Leinen zu kappen, und Tränen hatten in seinen Augen gestanden, als zu zugesehen hatte, wie der Mast und die vielfach zusammengeflickten Segel sich langsam zum Wasser gebeugt hatten, als das sinkende Schiff achteraus zurückgeblieben war ... und obwohl sein Gehör noch schlechter war, oder vielleicht deshalb, hatte er das Gefühl gehabt, wie von ferne ein allmählich sich verlierendes Durcheinander von Stimmen zu hören, von denen eine noch immer darauf beharrte, kein Hundsfott zu sein ...

Hinter ihm näherten sich Schritte auf dem Deck, und Skank tippte ihm auf die Schulter. »Käpt'n?«

Shandy wandte sich um. »Ja? Wo ist Hurwood. Mir ist gleich, ob er krank ist, er muß ...«

»Käpt'n«, sagte Skank, »er ist tot.«

Heiße Wut stieg in Shandy auf. »Tot? Was? Nein, das kann nicht sein, der Hurensohn, er ...«

»Käpt'n er ist kalt und atmet nicht — und er blutet nicht, wenn du ihn mit dem Messer stichst.«

Shandy wurde knieweich und sackte an der Reling herunter, bis er auf dem Deck saß. »Der Teufel soll ihn zerreißen«, flüsterte er mit schriller Stimme. »Soll ich vielleicht an Land schwimmen und die Kliffs erklettern und diesen Hicks suchen? Wie, zum Henker, soll ich ...?« Er ließ den Kopf in die aufgestützten Hände sinken, und eine Weile dachte der bestürzte Skank, er weine; doch als Shandy schließlich den Kopf hob und sprach, war seine Stimme angestrengt, aber ruhig.

»Bring ihn her!« Shandy stand schwerfällig auf, sah hinüber zur Küste Jamaicas, die sich nun klarer abzeichnete, und bewegte die steifen Hände. Im Osten lichtete sich der Himmel — nicht lange, und die Sonne würde aufgehen.

»Ah ... Wird gemacht, Käpt'n.« Skank wandte sich zum Gehen, blickte wieder zurück. »Aber ... warum?«

»Und ein paar feste, spannenlange Rundhölzer, und eine Rolle von der festesten, aber nicht zu dicken Schnur«, fuhr Shandy fort, ohne den Blick von der Küste zu wenden. »Und eine ...« Er brach ab und schien zu würgen.

»Und eine was, Käpt'n?«

»Eine scharfe Segelmachernadel.«

Welchen Sinn hatte es gehabt, Port au Prince zu verlassen, fragte sich Sebastian Chandagnac, als er einen halbwegs bequemen Platz zwischen dem Fels und dem taunassen Gras suchte, wenn ich in dieser neuen Identität als Joshua Hicks noch immer an einsamen Küsten herumschleichen und im Morgengrauen auf Signale von Piratenschiffe warte? Ihn fröstelte, und er zog den Umhang fester um sich und nahm noch einen Schluck aus der flachen Brandyflasche, die er mitgenommen hatte, und der Alkohol wie auch der Neid des Kutschers, der mit dem offenen Wagen mehrere Schritte hinter ihm hielt, erwärmten ihn.

Er spähte mit verdrießlicher Miene zum Horizont, dann straffte seine Haltung sich unwillkürlich, denn er sah draußen an der bleigrauen Kimm einen hellgrauen Flecken. Er zog das Teleskop aus der Rocktasche, setzte es an und suchte den Horizont ab. Ja, es war ein Schiff, ein Dreimaster. Außerstande, einstweilen mehr darüber zu erfahren, ließ er das Teleskop sinken.

»Das *muß* er sein«, dachte er. Welches andere Schiff würde im Morgengrauen des Weihnachtstages vor Portland Point auftauchen? Er blickte zur Kutsche — der Fahrer schaute verdrießlich drein, und eines der Pferde stampfte ungeduldig —, aber Chandagnac blieb wo er war, denn Ulysse hatte ihm eingeschärft, daß er warten solle, bis er ihn auf dem Deck sehen würde. »Es mag mein Schiff sein, wissen Sie«, hatte Segundo mit diesem unangenehmen Lächeln gesagt, das zwar fröhlich wirkte, aber zu viele Zähne zeigte, »aber ich mag nicht an Bord sein — ich könnte irgendwo zurückgehalten oder sogar getötet worden sein, so daß es mir nicht möglich sein würde, zu Weihnachten zurück zu sein. Und der ... Austreibungszauber muß am Weihnachtstag gewirkt werden. Also sehen Sie vor, ihn selbst zu übernehmen, wenn Sie mich nicht winken sehen.«

Sei an Bord, alter Satan, dachte Chandagnac bei sich, sei an Bord und winke. Ich will mit diesem Zeug nichts zu schaffen haben. Nun wurde ihm auch bewußt, daß er im Augenblick hier auf diesem kalten Kliff glücklicher war als er es zu Hause gewesen wäre, denn gestern abend hatte die gräßliche schwarze Krankenwärterin angefangen, Vorbereitungen für den Austreibungszauber zu treffen: sie hatte lebende Schlangen und Insekten im Kamin verbrannt — unempfindlich gegen ihre Stiche und Bisse —, dann sorgsam die Asche gesammelt und ein paar Löffelvoll davon über ein Häuflein von Blättern und Wurzeln geschüttet, die das Essen des gefangenen Mädchens waren; darauf hatte sie mindestens ein Dutzend kleiner Zinnpfeifen gestimmt und erprobt, in diverse schmutzige alte Flaschen geflüstert und sie sodann augenblicklich verkorkt, wie um die geflüsterten Worte drinnen festzuhalten; das Schlimmste aber war — und dies hatte Chandagnac Anlaß gegeben, hinauszustürzen und viel früher als notwendig seine Vorbereitungen für die Fahrt hinaus zum Standplatz auf den Klippen vorzubereiten, wie sie mit dem Rasiermesser eine Ader in ihrem knochigen Handgelenk geöffnet und etwas vom Inhalt in eine Tasse hatte rinnen lassen, aber was herausgekommen war, war beileibe kein Blut gewesen, noch irgendeine andere Flüssigkeit, sondern ein feines schwarzes Pulver ...

Die Erinnerung daran schüttelte ihn. Ja, sei an Bord, dachte er, damit du deine verwünschte Zauberei selbst wirken kannst und ich Zeit bekomme, alles für meine große Abendgesellschaft vorzubereiten. Der nächste Blick durch das Fernrohr zeigte den Dreimaster näher und den Himmel heller, und er konnte sehen, das es tatsächlich die *Aufsteigender Orpheus* war ... ein wenig mitgenommen aussehend, aber unter vollen Segeln, soweit sich ausmachen ließ, und mit guter Fahrt.

So weit so gut, dachte er mit vorsichtiger Befriedigung. In einer halben Stunde kann ich nach Spanish Town zurückfahren ... im Club frühstücken und ein paar Gläser trinken und mich vom Haus fernhalten, bis Ulysse sein scheußliches Geschäft beendet hat ... dann lasse ich die Perücke locken und vergewissere mich, daß alle Kleider makellos sind. Vielleicht reicht die Zeit für einen Mittagsschlaf. Es ist wichtig, daß ich mir all diese Unerfreulichkeiten aus dem Kopf schlage, damit ich auf diesen Edmund Morcilla einen guten Eindruck machen kann.

Sogar in seiner Halbeinsamkeit hatte Chandagnac

frühzeitig von Morcilla gehört — dem großen, kahlköpfigen und glattgesichtigen Mann, der Ende November in Kingston eingetroffen war und dem Vernehmen nach viel Geld in alle karibischen Wirtschaftszweige investierte, von Zuckermühlen und Plantagen bis zu Sklaven. Und vergangene Woche hatte Morcilla tatsächlich an Joshua Hicks geschrieben und ihm eine Partnerschaft in einem Geschäft mit Ländereien vorgeschlagen. Chandagnac hatte sofort zurückgeschrieben und sein Einverständnis bekundet, sah er Morcilla doch als ein mögliches Mittel, von Ulysse Segundo freizukommen; und als Morcilla mit einem langen, freundlichen Brief geantwortet hatte, in welchem er seinen Wunsch erwähnt hatte, eine lebhafte, vorzugsweise kastanienbraune junge Dame zu heiraten, war Chandagnac so eifrig bestrebt gewesen, sich einzuschmeicheln, daß er in seinem Antwortbrief die junge Dame »mit einem leichten Anflug von Gehirnfieber« erwähnt hatte, die sich in seinem Haus aufhielt. Im selben Brief hatte er Morcilla zu seiner Weihnachts-Abendgesellschaft eingeladen, und niemand hätte glücklicher als Chandagnac sein können, als Morcilla postwendend geantwortet und die Einladung mit Dank angenommen hatte. In dieser Stimmung sorgte er sich nicht einmal wegen Morcillas Nachsatz, in welchem der reiche Mann sein starkes Interesse zum Ausdruck gebracht hatte, die junge Dame kennenzulernen.

Ein erster Strahl roten Sonnenlichts legte sich über die dunkle See und erreichte die Kliffs, und Chandagnac erwachte aus seiner Gedankenverlorenheit, und als er das Fernrohr diesmal ansetzte, behielt er es am Auge, denn das Schiff zog an den Kliffs vorüber und zeigte sich ihm in voller Länge. Der Sturm schien es wirklich sehr mitgenommen zu haben — mehrere Rahen waren gebrochen, und Teile der Takelage und Besegelung waren einfach losgeschnitten und abgebunden, und eines der unteren Focksegel hatte sich losgerissen und in die Stütztaue verstrickt, so daß es wie eine Art Zelt aussah —, aber er konnte deutlich Männer auf Deck erkennen. Angstrengt beobachtete er diese Gestalten, das lange Fernrohr auf den Ast eines Ballatabaumes gelegt, und nach wenigen Augenblicken hatte er Segundo ausgemacht.

Der Mann stand beim Fockmast und hatte den Rücken der Küste zugekehrt, aber Chandagnacs Auge erkannte die Gestalt, die Kleider und das weiße Haar — und dann wandte Segundo sich um, dem Kliff zu, und Chandagnac lachte erleichtert, denn es war unverkennbar das zerklüftete Gesicht und der eindringliche, starre Blick. Während Chandagnac den Mann beobachtete, beugte Segundo das linke Knie und stellte seinen Fuß auf eine Taurolle, und obwohl er die rechte Hand in der Rocktasche ließ, winkte er deutlich mit der Linken und nickte dazu.

Chandagnac schwenkte das Fernrohr über dem Kopf, obwohl es unwahrscheinlich war, daß die Gebärde gesehen würde, und runzelte nicht einmal die Stirn, als das Teleskop seinen vom Warten und der Kälte steif gewordenen Fingern entglitt und in hohem Bogen auf die Felsen flog, wo es zerschellte. Fröhlich pfeifend kehrte er der See den Rücken, und schritt zu der wartenden Kalesche.

Und Shandy, verborgen in den Wanten unter dem zurückgeschlagenen Focksegel, erschlaffte in den Tauen, die ihn hielten, als ihm schwarz vor Augen wurde und die lange zurückgedrängte Ohnmacht ihn überwältigte. Seine vom Blut schlüpfrigen Hände glitten von dem Führungskreuz, das er verfertigt hatte, und es balancierte einen Augenblick in den Wanten, dann rutschte es auf eine Seite und blieb dort hängen, so daß die Marionette auf dem Deck unter ihm plötzlich eine bestürzende Haltung einnahm: Hurwoods Leichnam, obschon von den Marionettenfäden mehr oder weniger aufrecht gehalten, lehnte sich jetzt in einem Winkel von fünfundvierzig Grad zurück, lächelte mit geschlossenen Augen entspannt zum Himmel auf und streckte das linke Bein gerade empor, wie ein Tänzer, der in einem besonders akrobatischen Augenblick erstarrt ist.

Die Piraten starrten dieses Wunder an, dann bekreuzigte sich einer von ihnen, zog den Säbel und durchschlug die gespannten Schnüre, die durch Hurwoods Rückgrat, Kopfhaut, Gliedmaßen und linke Hand genäht waren. Die von ihrer Last befreiten Schnüre sprangen empor und trafen Shandy ins Gesicht, und Hurwoods Kopf fiel in den Nacken, und der Körper schlug dumpf aufs Deck. Dann kam das Führungskreuz herunter und prallte einen Augenblick später neben dem Toten auf die Planken. Der Körper lang hingestreckt wie eine zerbrochene Puppe, denn die Leichenstarre hatte bereits eingesetzt, und Shandy hatte mit einer Säge zu Werke gehen müssen, bevor er sich mit Segelmachernadel und Schnur über ihn hergemacht hatte.

Shandy erwachte aus seiner Ohnmacht, blinzelte umher und versuchte aufzustehen und sein Gewicht von den Tauen zu nehmen, die unter seinen Armen durchgezogen waren.

»Werft ihn über Bord«, sagte Skank auf dem Deck unter ihm und zeigte auf Hurwoods mißbrauchten Leichnam.

»Nein!« schrie Shandy, durch die Anstrengung neuerlich einer Ohnmacht nahe.

Die Piraten starrten zu ihm auf.

»Nicht … seinen Körper«, stieß Shandy hervor, noch immer bemüht, aus den Schlingen in die Wanten zu steigen und hinabzuklettern, »und keinen Tropfen von seinem Blut … darf in die See fallen.« Endlich hatte er die Arme aus den Schlingen befreit, atmete tief durch, richtete sich auf und blickte hinab. »Habt ihr mich verstanden? Er muß eingeäschert weden, wenn ihr mich an Land bringt.«

»An Land?« fragte ein alter Pirat. »Du willst an Land gehen?«

»Selbstverständlich gehe ich«, knurrte Shandy. Er fummelte an den Knoten in den Tauen, die seine Mitte an die Wanten banden, behindert durch blutende Hände und nachlassendes Sehvermögen. »Kann jemand heraufkommen und mir helfen? Ich muß —« Er merkte, wie die Bewußtlosigkeit ihn wieder bedrängte, gab aber nicht nach. »Ich muß heute zu einer Abendgesellschaft gehen.«

Es kostete die *Carmichael* mehrere Stunden, bis er das südliche Ende des Hafens von Kingston erreichte, denn das Schiff war außerstande, gegen den Wind zu kreuzen und mußte vorsichtig lavieren, um den Wind bald von einer Seite, bald von der anderen einzufangen. Während dieser langen Stunden hatte Shandy reichlich Zeit, sich ein wenig auszuruhen, dann den grau durchschossenen, vom Salz steifen Bart zu rasieren, Kleider aus Hurwoods Garderobe anzuziehen und ein paar schafslederne Handschuhe über seine verbundenen Hände zu ziehen.

Die Sonne stand hoch am Himmel, als er endlich über den Mastenwald des Hafens zu den roten Dächern der Stadt hinübersehen konnte, über denen sich die grünen Vorberge und der purpurne Zentralkamm des Berglandes erhoben. Endlich, dachte er, bekam er Kingston zu sehen, und sogar vom Deck der *Carmichael* ... wenn auch sechs Monate später als geplant. Er erinnerte sich, wie er und Beth Hurwood übereilt das bevorstehende Ende der Reise gefeiert hatten, indem sie einer Seemöwe von Maden durchsetzten Schiffszwieback zugeworfen hatten, und er sich vorgenommen hatte, am Abend mit Kapitän Chaworth in einem Hafenrestaurant zu essen.

Er winkte dem Rudergänger, nicht weiter hineinzufahren, und wandte sich zu Skank. »Sie sollen Hurwood einwickeln und in das Boot legen, bevor ihr es abfiert.

Und Vorsicht beim Abfieren. Und dann werde ich jemand brauchen, der mich an Land rudert, ist das geschehen, manövriert ihr die *Carmichael* südwärts um das Wrackriff und wartet dort auf uns ... Sollten wir bis morgen vormittag nicht zum Schiff zurückgekehrt sein, setzt ihr Segel und sucht das Weite, denn dann werden wir wahrscheinlich in Gefangenschaft geraten sein, und die Gefahr für dieses Schiff wird mit jeder Stunde wachsen, denn der Hafen liegt voller Marinefahrzeuge. Du wirst Kapitän sein, Skank. Fahrt weit weg, verteilt die Beute und lebt irgendwo wie Könige. Ich weiß nicht, ob die letzten Ereignisse eine Verletzung unserer Begnadigung gewesen sind oder nicht, also wird es besser sein, ihr geht irgendwohin, wo man noch nie von uns gehört hat. Werdet fett und liegt in der Sonne und betrinkt euch jeden Tag, denn ihr werdet für mich mittrinken.«

Wahrscheinlich war Skank keiner Tränen fähig, aber seine schmalen Augen glänzten hell, als er Shandy die Hand schüttelte. »Mein Gott, Jack, du wirst es zurück an Bord schaffen. Du bist in schlimmeren Situationen gewesen.«

Shandy grinste, und tiefe Falten gingen durch sein hageres Gesicht. »Ja. Hast recht. Also, sag den Jungen, daß sie Hurwood ...«

»Laßt den Toten einstweilen an Bord«, unterbrach ihn eine dumpf polternde Stimme vom Niedergang. Shandy und Skank erkannten sie und verfolgten in entsetzter Verblüffung, wie Trauerkloß schwerfällig die Stufen heraufkam. Der hünenhafte Neger hatte sich das zerfetzte Stück Segeltuch, das an der seiner Brust entragenden Gaffel hing, nach Art einer Toga um die Schultern gelegt, und er bewegte sich langsamer als gewöhnlich, aber sonst sah er aus wie immer — stark, streng und gleichmütig. »Verbrennt Hurwoods Körper später. Ich rudere dich jetzt an Land. Ich werde auf Jamaica sterben.«

Shandy tauschte einen Blick mit Skank, dann zuckte

er mit der Schulter und nickte. »Gut, ich glaube, ich werde dann keinen Ruderer brauchen.«

»Auf jeden Fall wirst du einen brauchen, Jack«, sagte Skank. »Es scheint, daß der *bocor* an Land bleiben wird, und du kannst mit den zerschnittenen Händen nicht zurückrudern.«

»Das wird erst morgen sein. Dann wird es schon gehen.« Er wandte sich zu dem *bocor,* und da ihm rechtzeitig einfiel, daß der Mann taub war, machte er eine »Nach Ihnen«-Gebärde zur Reling und dem Boot, das von den Davits hing.

28

Sobald das Boot zu Wasser gelassen war, wurden die Segel getrimmt, und der Wind füllte sich, und die *Carmichael* lief an der Südspitze der Hafenbucht vorbei, bevor Trauerkloß fünfzig Ruderschläge getan hatte. Shandy saß auf der Heckbank und vermied es, dem *bocor* in das unheimlich friedlich dreinblickende Gesicht zu sehen. Er erfreute sich der Sonne und der Aussicht und der würzigen Düfte, die ihm von Land zuwehten. Nun, da das belastende Schiff von der Bildfläche verschwunden war, waren sie bloß zwei Männer in einem Ruderboot — obwohl ein Blick unter die Toga des schwarzen Ruderers unzweifelhaft selbst den abgebrühtesten Hafenmeister überrascht haben würde —, und Shandy hielt es für wahrscheinlich, daß sie an Land gehen könnten, ohne sonderliches Interesse auf sich zu ziehen.

Selbst als eine Schaluppe der Royal Navy auf sie zuhielt, das hohe Klüversegel einschüchternd weiß in der Mittagssonne, dachte er, sie könne in einer Angelegenheit auslaufen, die nichts mit ihm zu tun habe; erst als die Schaluppe den Bug des Ruderbootes kreuzte und dann alle Segel flattern ließ und vor ihnen zum Halten kam, begann Shandy sich Sorgen zu machen. Er tauschte einen Blick mit Trauerkloß und konnte dem *bocor* verdeutlichen, daß ein Hindernis voraus war.

Trauerkloß blickte über die Schulter, nickte und hob die Ruder aus dem Wasser. Sekunden später stieß das Ruderboot sanft an die Bordwand der Schaluppe.

Flankiert von einem halben Dutzend Seeleuten mit Pistolen, trat ein junger Offizier an die Reling und blickte zu den beiden Männern im Ruderboot herab. »Sind Sie John Chandagnac, auch bekannt als Jack Shandy, und der Zauberdoktor, der als Kummerspeck bekannt ist?« fragte er sichtlich nervös.

»Wir gehen nach Jamaica«, unterbrach ihn der *bocor* mitten in der Frage.

»Es hat keinen Sinn, zu ihm zu sprechen ...«, begann Shandy.

»Nun? Sind Sie es?« verlangte der Offizier in barschem Ton zu wissen.

»Nein, verdammt noch mal«, rief Shandy verzweifelt. »Ich bin Thomas Hobbs, und dies ist mein Diener Leviathan. Wir waren gerade ...«

»Wehe dir, babylonische Hure!« intonierte Trauerkloß in seinem tiefsten Baß, zeigte auf den Offizier und öffnete weit seine erschreckenden Augen. »Der Löwe von Juda wird die Feigenbäume und Weinreben deiner Kinder niedertreten!«

»Sie sind festgenommen!« rief der Offizier und zog seine Pistole. Zu einem seiner Untergebenen gewandt, sagte er: »Gehen Sie ins Boot, sehen Sie, ob die beiden unbewaffnet sind, und bringen Sie sie als Gefangene an Bord!«

Die Seeleute ließen eine Strickleiter hinab, und der Matrose kletterte ins Boot, und dann stiegen Shandy und Trauerkloß auf das Deck der Marineschaluppe, während ein paar Matrosen ein Tau an das Ruderboot banden und es in Schlepp nahmen. Und als man den Gefangenen die Hände gebunden hatte, wurden sie unter Deck in eine saubere, aber enge Kajüte gebracht. Trauerkloß mußte sich tief bücken, um darin Platz zu finden. Shandy fühlte sich unangenehm an seinen kurzen Besuch an Bord des Kriegsschiffes erinnert, das die *Jenny* aufgebracht hatte.

»Gefangene«, sagte der Offizier, »Sie wurden beobachtet, als Sie sich von dem Piratenschiff *Aufsteigender Orpheus* ausschifften. Wir haben Nachricht von der Kolonie New Providence erhalten, daß John Chandagnac und Kummerspeck diese Insel am dreizehnten Dezember mit der Absicht verließen, nach Jamaica zu segeln und ein Treffen mit dem Piraten Ulysse Segundo herbeizuführen. Wollen Sie leugnen, daß Sie diese beiden Männer sind?«

»Ja, wir leugnen es«, plusterte sich Shandy auf. »Ich sagte Ihnen, wer wir sind. Wohin bringen Sie uns?«

»Zum Gefängnis nach Kingston, wo Sie Ihre gerichtliche Belangung abwarten werden.« Als wollte sie seine Worte betonen, nahm die Schaluppe Fahrt auf, sowie die Schotleinen wieder straff gezogen wurden und der Wind die Segel füllte, und einen Augenblick später gab es achtern einen Ruck, als die Schleppleine des Ruderbootes sich spannte. »Die Beschuldigungen gegen Sie sind schwer«, fügte der Offizier mißbilligend hinzu. »Es sollte mich wundern, wenn Sie nicht beide hängen werden.«

Trauerkloß hob den massigen Kopf, daß er die ganze Kabine zu füllen schien. »Ihr bringt uns ins Seerechtsarchiv«, sagte er eindringlich.

Shandy roch einen Augenblick rotglühendes Eisen, und hinter dem riesigen *bocor* stieg Rauch empor.

Als hätte er vorher weder gesprochen noch Trauerkloßens Worte vernommen, sagte der Offizier: »Wir bringen Sie zum Seerechtsarchiv.« Und fügte wie zur Erklärung hinzu: »Schließlich gehen die Anschuldigungen von dort aus.«

Trauerkloß nahm seine vorherige Haltung wieder ein, offenbar befriedigt. Shandy roch verbranntes Holz und bemerkte, als er nachsah, daß die Stuhllehne des *bocors* brannte, wo der abgebrochene Stumpf des Gaffelsattels gegen sie stieß. Er konnte nur hoffen, daß der sterbende Zauberer sich etwas Gutes ausgedacht hatte. Shandy wußte, daß das Seerechtsarchiv eine Art Buchhalterhöhle war, kein Ort, wohin jemals Verbrecher gebracht wurden.

Shandy und Trauerkloß wurden in die Kabine gesperrt, als der Offizier ging, aber sogar durch das Deck über ihm und die Zwischenwände konnte Shandy ungläubige Proteste der Matrosen hören.

Das Seerechtsarchiv befand sich in dem südlichsten eines halben Dutzends Regierungsgebäude an der Westseite des Hafens und hatte eine eigene Anlegestelle, die von der Marineschaluppe angelaufen wurde. Wie die meisten anderen Gebäude der Hafenfront war das Haus aus Mauerwerk und weiß getüncht, mit einem roten Ziegeldach. Als der Offizier und mehrere bewaffnete Matrosen die beiden Gefangenen auf das Gebäude hinführten, sah Shandy ein paar Angestellte, die bereits neugierig aus den hohen offenen Fenstern die merkwürdige Prozession beobachteten. Seine Hände waren noch vor ihm gefesselt, und er blickte unwillkürlich suchend nach irgend etwas umher, was zum Durchtrennen seiner Fesseln dienen könnte.

Einer der Matrosen eilte voraus und hielt die Tür auf. Der Offizier, dessen Selbstsicherheit zu bröckeln schien, ging zuerst hinein, aber der Anblick des riesigen Schwarzen in seiner Toga aus Segeltuch hatte zur Folge, daß die Angestellten mit ärgerlichen Ausrufen ihre Federkiele weglegten und ihre Bücher zuklappten. Größer als jeder von ihnen, und mit einem Leibesumfang, der drei von ihnen hätte aufnehmen können, stand der *bocor* da und blickte mit augenrollender Mißbilligung umher. Shandy vermutete, daß er nach einem Flecken jamaicanischer Erde Ausschau hielt, nachdem er bisher nur Pflastersteine und Dielenbretter unter den Füßen gehabt hatte.

Einer der Angestellten, von seinem weißhaarigen Vorgesetzten ausgesandt, trat auf die Gruppe zu. »W-was suchen Sie hier?« fragte er stockend. Sein entsetzter Blick ging immer wieder zu Trauerkloß. »Was w-wünschen Sie?«

Der Marineoffizier ergriff das Wort, aber Trauerkloßens an Erdbebengrollen gemahnende Stimme übertönte ihn mit Leichtigkeit. »Ich bin taub, ich kann nicht hören«, verkündete der *bocor*

Ehe jemand wußte, wie er auf diese Erklärung reagieren sollte, hatte Trauerkloß durch eine offene Verandatür einen kleinen abgeschlossenen Innenhof mit Kieswegen, einer Fahnenstange, einem Springbrunnen ... und Gras entdeckt. Zielbewußt steuerte er darauf zu.

»Halt!« rief der Marineoffizier, aber Trauerkloß stapfte weiter, und der Offizier zog seine Pistole. Shandy sah, daß niemand ihm sonderliche Beachtung schenkte, und bewegte sich parallel zu dem *bocor,* aber einige Schritte zur Linken, um in den Hof zu gelangen.

Der Pistolenschuß krachte, und während Blut und Stoffetzen von einem neuen Loch im Rücken von Trauerkloßens Toga spritzten, brach in der Amtsstube Panik aus, und alles stürzte zur Tür — mehrere sprangen kurzerhand aus den ebenerdigen Fenstern. Indes brachte der Schuß den *bocor* nicht einmal ins Wanken. Er trat durch die Verandatür hinaus auf den kiesbestreuten Weg. Shandy hielt sich hinter ihm.

Der Offizier hatte die verschossene Pistole eingesteckt und lief nun herbei und packte den riesigen Schwarzen beim Arm, um ihn wieder hineinzuziehen; es gelang ihm lediglich, die Segeltuchtoga von den Schultern zu ziehen.

Mehrere Augenzeugen, darunter auch der Offizier, schrien auf, als sie den Stumpf der abgebrochenen Gaffel blutig aus dem breiten Rücken ragen sahen, aber Trauerkloß schritt langsam weiter, und ein bloßer Fuß und dann der andere drückten ihre Umrisse in jamaicanischen Boden.

Shandy war hinter ihm, und als der *bocor* plötzlich rückwärts wankte und fiel, hob er ganz instinktiv die gefesselten Hände, um den Sturz des Mannes abzufangen.

Die scharfkantige Bruchstelle des Gaffelsattels schnitt in den faserigen Strick seiner Handfessel, als der erschlaffende Körper zusammenbrach, und dann lag Trauerkloß tot im Gras, ein beseligtes Lächeln in dem himmelwärts gewandten Gesicht ... und Shandy zerrte an dem halb zersägten Strick, bis er riß und seine Hände frei waren.

Er lief hinaus in den Hof. Der Schuß hatte Leute in alle umliegenden Hauseingänge gelockt, und einige von ihnen hatten sich hastig mit Pistolen und Stichwaffen ausgerüstet. Shandy mußte erkennen, daß er eingeschlossen und seine neuerliche Gefangennahme sicher war … bis ihm ein rettender, wenn auch verzweifelter Einfall kam.

Mit raschen Schritten und mit der Hoffnung, in der allgemeinen Aufregung keine Aufmerksamkeit auf sich zu lenken, erreichte er die Fahnenstange; dann, gähnend, als wollte er zu verstehen geben, daß dies eine tägliche Routineübung sei, begann er an der hölzernen Stange emporzuklettern. Er war halbwegs oben, bevor der mit Trauerkloß beschäftigte Marineoffizier aufmerksam wurde und ihn sah.

»Sofort herunter da!«

»Kommen Sie herauf und holen Sie mich!« rief Shandy zurück. Er erreichte die Spitze und krümmte sich über den dicken runden Messingknopf am Ende der Fahnenstange, die Beine darunter um die Stange geschlungen und die britische Flagge wie eine Kapuze über dem Kopf.

»Holt eine Axt!« rief der Offizier, aber Shandy schwang sein Gewicht rückwärts und zog an der Spitze der Fahnenstange; sie schwang zurück, dann in die Gegenrichtung, und Shandy hielt fest und verstärkte den Rückwärtsschwung … und so ging es mehrere Male, bis die zum äußersten gespannte Fahnenstange ein gefährliches Knistern hören ließ; dann ließ Shandy beim Vorwärtsschwingen los und flog in hohem Bogen kopfüber kopfunter hoch über den Innenhof auf das Ziegeldach eines der umliegenden Gebäude. Halb betäubt vom sich überschlagenden Flug und dem Aufprall, rutschte Shandy inmitten zerbrochener Dachziegel mit dem Kopf voran die Dachschräge abwärts, doch gelang es ihm, die

Bewegung mit ausgebreiteten Armen und Beinen abzubremsen; die zerbrochenen Dachziegel glitten an ihm vorbei und verschwanden über die Traufel.

Ächzend begann er sich rückwärts wieder hinaufzuschieben, und als von der Straße das Prasseln der Ziegelscherben heraufdrang, hatte er ein Bein über dem Dachfirst, setzte sich aufrecht und kam auf die Füße. Dann lief er gebückt über die klappernden Ziegel zu den das Dach streifenden Ästen eines alten Olivenbaumes, und sprang und kletterte mit einer Behendigkeit, die er sich in vielen Stunden des Umherkletterns in den Wanten und Rahtauen von Segelschiffen angeeignet hatte, hinunter zum Boden. Ein mit Gemüse beladenes Fuhrwerk rollte durch die schmale Straße, in der er landete, und er schwang sich über die Seitenplanke und legte sich flach zwischen faserige Kokosnüsse und Tarowurzeln, wähend der Wagen landeinwärts rumpelte, fort vom Hafen.

Vor einem mit Palmstroh gedeckten Markt in einer Hauptstraße von Kingston stieg er vom Fuhrwerk. Ein paar Passanten starrten ihn an, aber er schenkte ihnen ein wohlwollendes Lächeln und wanderte davon, die Ladenzeile entlang. Hurwoods Kleider waren inzwischen da und dort aufgerissen und bedeckt mit Ziegelstaub und Kokosnußfasern und im Gehen steckte er unauffällig zwei Finger in den Gürtel, riß die lose Naht auf, die er am Morgen genäht hatte und fummelte ein paar der Golddublonen heraus, die er ins Futter eingenäht hatte. Das sollte für neue Kleider und einen guten Degen mehr als genug sein.

Er blieb stehen, als ihm ein Gedanke kam, dann lächelte er und ging weiter, machte aber nach einigen Schritten wieder halt. Gut, sagte er sich, warum nicht? Es konnte nicht schaden, und er konnte es sich leisten. Und so beschloß er, auch noch einen Kompaß zu kaufen.

29

Der Umstand, daß Weihnachtsabend war, verstärkte nur die Fremdartigkeit des Landes: die warmen Düfte von Punsch und gebratenem Truthahn und Plumpudding machten die Nasen der Abendgäste nur noch empfänglicher für die wilden und würzigen Düfte, die von den Bergwäldern landeinwärts zu ihnen drangen; der gelbe Lampenschein und die feierlich-erhebende Musik eines kleinen Streichorchesters konnten aus den geöffneten Fenstern nicht weit in die Nacht hinausdringen, bevor sie von der Dunkelheit und dem Knarren und Rascheln der hohen Palmen in der tropischen Nachtbrise verschluckt wurden; und die Gäste schienen sich in ihrem europäischen Aufputz mit Allongeperücken, Seidenwesten und knielangen Röcken nicht recht wohl zu fühlen; es war zu warm. So blieb das Lachen gedämpft, man vermied schweißtreibende Lebhaftigkeit und zog sich auf gravitätische Langeweile zurück, und die Schlagfertigkeit schien sich hilflos um Verfeinerung zu bemühen.

Die Gesellschaft war jedoch gut besucht. Es hatte sich herumgesprochen, daß Edmund Morcilla anwesend sein sollte, und Jamaicas begüterte Oberschicht, neugierig auf den reichen Neuankömmling, hatte sich entschlossen, von Joshua Hicks' Gastfreundschaft Gebrauch zu machen, obwohl dieser selbst ein Unbekannter war, der zu seiner Empfehlung außer der Adresse wenig vorzuweisen hatte.

Der Gastgeber war überglücklich vom Erfolg des Abends. Er eilte geschäftig durch den großen Ballsaal, küßte Damen die Hände, vergewisserte sich, daß Gläser gefüllt wurden und kicherte pflichtschuldig zu geistreichen Bemerkungen. Und wenn er zu niemandem sprach, blickte er aufmerksam und besorgt umher und strich mit manikürten Fingern glättend über seine Kleider und den gepflegten Bart.

Um acht Uhr warteten die ankommenden Kutschen und Kaleschen tatsächlich in langer Reihe vor dem Haus, und Sebastian Chandagnac sah sich außerstande, jeden Gast persönlich zu begrüßen, obwohl er es sich angelegen sein ließ, zu der ragenden Gestalt Edmund Morcillas zu eilen und ihm die Hand zu schütteln — und es geschah, daß ein Mann unbemerkt hineinschlüpfte und sich ungebeten zu dem Tisch begab, wo die kristallene Punschbowle stand.

Seine Erscheinung war nicht sonderlich auffallend, denn keiner der geladenen Gäste konnte wissen, daß seine Perücke, der Degen und die gesamte Kleidung von den Schnallenschuhen bis zum Samtrock erst am Nachmittag mit Piratengold erstanden worden waren; sein Gang hatte vielleicht etwas mehr von der breitbeinigen Fortbewegungsart des Seemannes, als man von einem so elegant gekleideten Mann erwarten würde, doch schließlich war dies die Neue Welt, und unter den Gästen befanden sich viele, die es in den Kolonien zwar zu Vermögen gebracht, von der kultivierten Lebensart der Alten Welt jedoch nur eine dünne Tünche übernommen hatten. Dazu kam, daß man hier, fern der alten Heimat, oftmals gezwungen war, entehrende Fertigkeiten zu erwerben. Der Diener an der Punschbowle füllte ein Glas und reichte es ihm, ohne einen zweiten Blick auf ihn zu tun.

Shandy trank vom Punsch und ließ seinen Blick durch den Raum schweifen. Er war nicht sicher, wie er verfahren sollte, und sein einziger Plan bestand bislang darin, herauszubringen, welcher von diesen Leuten Joshua Hicks war, den Mann sodann unter einem Vorwand aus den Gesellschaftsräumen zu locken und zu zwingen, Beth Hurwoods Aufenthalt preiszugeben. Dann wollte er sie befreien, ihr in aller Eile sagen, was vorgefallen war, und versuchen, seine Flucht von dieser Insel zu bewerkstelligen.

Der heiße Punsch, gewürzt mit Limonen und Zimt, erinnerte Shandy an Weihnachtsfeste in seiner Jugend, wenn er mit seinem Vater durch die verschneiten Straßen irgendeiner europäischen Stadt der Wärme des unvermeidlichen Herbergsraumes entgegengeeilt war, wo sein Vater wenigstens ein symbolisches Weihnachtsmahl zubereiten und über dem Feuer, das funkelnde Spiegelungen in den Glasaugen der Dutzenden von aufgehängten Marionetten erzeugte, mit ihm anstoßen würde. Aber diese Erinnerungen an seinen Vater, an die verschneiten Winter und das Marionettentheater betrübten ihn, und er zwang sich zur Konzentration auf seine Umgebung.

Für dieses Haus war unzweifelhaft viel Geld ausgegeben worden. Shandy wußte, wie kostspielig und schwierig es gewesen sein mußte, all diese riesigen Gemälde in ihren vergoldeten Rahmen, diese kristallenen Kronleuchter, dieses kostbar eingelegte Mobiliar von Europa zu verschiffen. Nichts in den Räumen stammte aus heimischer Fertigung; und nach den Gerüchen aus der Küche zu urteilen, sollte sogar das Essen so echt englisch wie möglich sein. Shandy, der die würzige spanisch-indianische Küche schätzen gelernt hatte, fand die Aussicht nicht sehr verlockend.

Ein Diener betrat den Ballsaal und verkündete mit erhobener Stimme, daß die verehrten Gäste gebeten seien, in den Speisesaal zu kommen, wo alsbald das Abendessen serviert würde.

Die Gäste stürzten den Rest Punsch in ihren Gläsern hinunter und schoben sich über das Hartholzparkett zu den Türen, die in den Speisesaal führten. Shandy ließ sich lächelnd vom Strom mitnehmen, aber er machte sich Sorgen — wenn er den anderen in den Speisesaal folgte, würde sich bald herausstellen, daß für ihn kein Platz gedeckt war und daß er nicht zu den geladenen Gästen zählte. Wo, zum Henker, war Hicks? Was Shandy brauchte, war ein Ablenkungsmanöver, und er hielt unauffällig Ausschau nach einer besonders beleibten Person, die er heimlich zu Fall bringen könnte.

Gerade als er einen geeigneten Kandidaten entdeckt hatte, einen rundlichen alten Knaben, ganz eingehüllt in spitzenbesetzten roten Samt, ergab sich die gewünschte Ablenkung ohne sein Zutun.

Auf der anderen Seite des Ballsaales kamen vier Männer gleichzeitig zur Tür herein, wodurch einiges Gedränge entstand. Der erste hatte einen sauber geschnittenen Bart und Shandy die meiste Zeit den Rücken zugekehrt — er schien der Gastgeber zu sein, denn er gestikulierte mit beiden Armen und machte irgendwelche Vorstellungen; bei ihm war ein stämmiger Riese von einem Mann, der mit augenscheinlicher Erheiterung zusah und an einer dünnen schwarzen Zigarre paffte — er war elegant gekleidet, trug jedoch keine Perücke, eine eigentümliche Unterlassung, da sein Kopf völlig kahl war; und hinter ihnen kamen zwei britische Marineoffiziere, die offensichtlich darauf bestanden, Einlaß zu erhalten.

»Es geschieht zu Ihrer eigenen Sicherheit und der Ihrer Gäste«, erklärte einer der beiden mit erhobener Stimme, und der Mann, in welchem Shandy Hicks vermutete, gab seinen Widerstand endlich auf und ließ die beiden Offiziere eintreten. Shandy trat unauffällig zurück, daß er hinter den fetten Burschen in rotem Samt geriet und, für alle Fälle, dem Fenster näher war.

Der kahlköpfige Riese machte den Offizieren Platz, und sein Lächeln hinter der kleinen Zigarre war so schlau und wissend, daß Shandy ihn neugierig anstarrte. Plötzlich schien ihm, daß er diesen Mann schon gesehen habe, daß er ihn mit Ehrfurcht betrachtet habe … obwohl ihm das breite, glatte Gesicht sicherlich nicht vertraut war.

Man ließ ihm jedoch keine Zeit, darüber zu grübeln, denn einer der Marineoffiziere begann sich ohne Umschweife an die Gesellschaft zu wenden: »Mein Name ist

Leutnant MacKinlay. Wir möchten Ihre Abendgesellschaft nicht länger unterbrechen und uns auf die allgemeine Warnung beschränken, daß der Pirat Jack Shandy heute für kurze Zeit in Kingston ergriffen wurde; er entkam jedoch und befindet sich bis zur Stunde auf freiem Fuß.«

Das erregte einiges Interesse, und selbst in seiner plötzlichen Aufwallung von Furcht bemerkte Shandy, daß der kahlköpfige Riese die buschigen Brauen hob und die Zigarre aus dem Mund nahm, um die Gäste eingehender in Augenschein zu nehmen. Die Heiterkeit war aus seinem Gesicht verflogen und durch einen Ausdruck vorsichtiger Wachsamkeit ersetzt.

»Der Grund, der uns bewogen hat, nach Spanish Town zu kommen und Sie von diesem Geschehen zu unterrichten«, fuhr MacKinlay fort, »ist der, daß Shandy, nachdem er sich mit neuen Kleidern ausgestattet hatte, sich bei verschiedenen Personen nach der Lage dieses Hauses erkundigte. Er soll gut gekleidet sein, aber weiße Lederhandschuhe tragen, die an den Nähten Blutflecken zeigen.«

Der rundliche alte Herr vor Shandy wandte sich schwerfällig um und zeigte auf Shandys behandschuhte Finger. Er stieß, aufgeregt Speichel versprühend, zusammenhanglose Silben aus und versuchte, Worte hervorzubringen.

Leutnant MacKinlay hatte die aufgeregte Bestürzung des alten Mannes noch nicht bemerkt — obwohl einige Leute in Shandys Nähe neugierig die Hälse reckten — und fuhr in seiner Ansprache fort: »Es scheint uns klar zu sein, daß Shandy von dieser Abendgesellschaft gehört hat und beabsichtigt, zum Zwecke eines Raubes oder einer Entführung hierher zu kommen. Eine Abteilung bewaffneter Matrosen wird zur Zeit aufgeboten, das Haus zu umstellen und ihn zu ergreifen, und inzwischen werden mein Kamerad und ich ...«

Hicks war auf die Unruhe im Hintergrund aufmerksam geworden und spähte scharf herüber — und dann griff sich der prustende alte Mann ans Herz und brach in die Knie, und Shandy und Hicks standen sich auf mehrere Meter Distanz gegenüber und starrten einander an.

Beide erschraken vor dem Anblick eines vermeintlichen Gespenstes.

Nach dem ersten Erschrecken begriff Shandy, daß es nicht sein Vater sein konnte — sein Gesicht war zu feist, der Mund zu voll —, aber die Augen, die Nase, die Backenknochen, die Stirn waren ganz die seines Vaters, und einen Augenblick staunte er, daß der Zufall in einem Fremden derartige Ähnlichkeit hervorgebracht haben konnte; doch im nächsten Moment begriff er, wer es sein mußte und von welcher Art die wahre Geschichte des ›Selbstmordes‹ Sebastian Chandagnacs sein mußte.

»Gott im Himmel!« rief eine Frau in Shandys Nähe. »Das ist er ja!«

Mehrere Männer unter den Gästen machten finstere Mienen und griffen an ihre Zierdegen, aber irgendwie erforderte das Bedürfnis, Ellbogenfreiheit zu gewinnen und die Klingen zu ziehen, daß sie sich rasch vor dem Piraten zurückzogen.

Plötzlich brach der Kahlköpfige in ein dröhnendes Gelächter aus, eine tiefe, aus voller Brust hervorbrechende Heiterkeit wie Sturmbrandung, die an eine Felsenküste donnert, und Shandy erkannte ihn.

Schon hatten die beiden Marineoffiziere Pistolen gezogen, und riefen den Gästen zu, Platz zu machen, und einige Männer gingen zögernd gegen Shandy vor und fuchtelten mit ihren Zierdegen, und Sebastian Chandagnac verlangte mit lauter Stimme, daß die Offiziere den Piraten auf der Stelle erschießen sollten.

Frauen kreischten, Männer fielen über Stühle, und Shandy sprang auf den Tisch, zog im Sprung seinen Degen und beförderte die Punschbowle mit einem Fußtritt auf den Boden, als er den Tisch entlang zur Tür rannte; MacKinlays Pistole krachte ohrenbetäubend, aber die

Kugel fuhr splitternd in die Wandvertäfelung über Shandys Kopf, und dann war er vom Ende des Tisches gesprungen. MacKinlays Kollege aber war zurückgesprungen und versuchte, Shandy mit vorgehaltener Pistole den Weg zu vertreten, und Shandy, der keinen anderen Ausweg sah, stürzte sich auf ihn, fing den langen Pistolenlauf mit der Degenklinge und band ihn mit einer schnellen Korkenzieherbewegung, der die Waffe in hohem Bogen aus der Hand des Offiziers fliegen ließ, bevor dieser feuern konnte. Hinter ihm glitten fluchende Männer auf dem nassen, mit Scherben bedeckten Boden aus, und einige Stichwaffen klapperten geräuschvoll auf das Parkett, und Shandy sprang zur Seite, riß die Klinge herum und setzte sie mit der Spitze an MacKinlays Brust. Alles erstarrte. Die Pistole klapperte über den Boden und kam an der Wand zur Ruhe.

»Ich glaube, ich werde mich ergeben«, sagte Shandy in die plötzliche Stille hinein, »doch bevor ich es tue, möchte ich Ihnen noch sagen, wer Joshua Hicks ist. Er ist …«

Sebastian Chandagnac hatte sich auf die herrenlose Pistole gestürzt und kam mit ihr hoch; sitzend feuerte er sie auf Shandy ab.

Die Kugel traf Leutnant MacKinlay in den Kopf, der wie in einer Explosion zerplatzte — und als sein Körper wie eine Gliederpuppe zurückgestoßen und zu Boden geschleudert wurde, und das Kreischen wieder anhob, lauter als zuvor, krabbelte Shandys Onkel auf die Beine, zog seinen Zierdegen und warf sich auf ihn. Shandy parierte den Stoß mit Leichtigkeit, obwohl seine weißen Handschuhe entlang den Nähten glänzten, und er entwaffnete ihn im Gegenangriff und packte seinen Onkel bei der Kehle, den Degen an seine Brust gesetzt.

»Beth Hurwood, das Mädchen, das du gefangen hältst«, herrschte er ihn an. »Wo ist es?«

Der kahlköpfige Morcilla war nähergetreten, als wollte er dazwischengehen, doch auf diese Frage hielt er ein.

»Oben«, schluchzte Sebastian Chandagnac, die Augen geschlossen, »im verriegelten Zimmer.«

Frauen kreischten und weinten, und mehrere Männer standen mit gezogenen Degen in der Nähe und blickten einander ungewiß an. Der zweite Marineoffizier hatte seinen Säbel gezogen, hielt sich aber zurück, solange Shandy augenscheinlich eine Geisel festhielt.

Shandys linker Daumen war auf dem Kehlkopf seines Onkels, und er wußte, daß er ihn wie ein Ei zerdrücken konnte; aber er war der Tode überdrüssig und glaubte nicht, daß es ihm ein Gefühl von Befriedigung oder Erfüllung verschaffen könnte, diesen verängstigten alten Mann am Boden herumschnellen zu sehen, während er an seinem eigenen Kehlkopf erstickte. Er verlagerte seinen Griff zum Kragen des Mannes.

»Wer ... bist du?« krächzte Sebastian Chandagnac, die Augen groß vor Entsetzen.

Plötzlich wurde Shandy klar, daß er glattrasiert und mit all den neuen Furchen des Alters und der Müdigkeit im Gesicht ziemlich auffallend seinem Vater gleichen mußte, wie dieser gewesen war, als Sebastian ihn zuletzt gesehen haben mußte ... und natürlich wußte dieser Mann nicht, daß sein Neffe John Chandagnac in die Karibik gekommen war.

Nachdem er entschieden hatte, ihn nicht zu töten, fand Shandy, daß er nicht umhin konnte, seines Onkels Schuldbewußtsein bloßzulegen. »Sieh mir in die Augen«, flüsterte er rauh.

Der alte Mann tat es, wenngleich mit viel Zittern und Stöhnen.

»Ich bin dein *Bruder*, Sebastian«, sagte Shandy durch zusammengebissene Zähne. »Ich bin François.«

Das Gesicht des alten Mannes war purpurrot. »Ich hörte, du seist ... gestorben. Wirklich gestorben, meine ich.«

Shandy grinste bösartig. »So ist es — aber hast du nie von Vodu gehört? Ich bin erst heute abend aus der Hölle zurückgekehrt, um *dich* zu holen, lieber Bruder.«

Anscheinend hatte Sebastian von Vodu gehört, und fand Shandys Behauptung nur zu einleuchtend; seine Augen rollten zurück in den Kopf, daß fast nur noch das Weiße darin zu sehen war, dann erschlaffte er mit einem so scharfen Ausstoßen des Atems, als hätte er einen Schlag in den Bauch bekommen.

Überrascht, aber nicht wirklich erschreckt, ließ Shandy ihn zu Boden fallen.

Dann sprangen er und der Kahlköpfige beinahe Seite an Seite zur Treppe; vermutlich verfolgte Edmund Morcilla den Piraten, aber es war auch möglich, daß sie beide um die Wette liefen, einem gemeinsamen Ziel entgegen. Ein paar Männer mit Zierdegen sprangen ihnen in den Weg und dann noch schneller beiseite, und einen Augenblick später hetzte Shandy die Treppe hinauf, drei Stufen auf einmal nehmend, keuchend und betend, daß er durchhalten würde.

Am Kopf der Treppe war ein Korridor, und dort hielt er schweratmend inne und wandte sich dem Mann zu, der sich Morcilla nannte und zwei Stufen unter dem Treppenabsatz haltgemacht hatte. Seine Augen waren auf gleicher Höhe mit Shandys.

»Was ... willst du?« schnaufte Shandy.

Das Lächeln des Riesen sah auf seinem glatten Gesicht engelhaft aus. »Die junge Frau.«

Unten wurden neuerlich Rufe und rennende Schritte laut, Türen schlugen, und Shandy schüttelte ungeduldig den Kopf. »Nein. Vergiß es! Geh wieder hinunter!«

»Ich habe sie verdient — ich habe dieses Haus den ganzen Tag beobachtet und war bereit, beim ersten Anzeichen von Austreibungsmagie einzugreifen ...«

»Die nicht stattfand, weil ich Hurwoods Plan zunichte machte«, sagte Shandy. »Geh fort!«

Der Kahlköpfige hob seinen Degen. »Ich würde dich lieber nicht töten, Jack, aber ich verspreche dir, daß ich es tun werde, wenn es sein muß, um sie zu bekommen.«

Shandy ließ entmutigt die Schultern hängen und entspannte seine Züge in Erschöpfung und Verzweiflung — und dann warf er sich vorwärts, schlug den Degen des Riesen mit dem linken Unterarm gegen die Wand, während seine Rechte den eigenen Degen in die breite Brust stieß. Nur der Umstand, daß der Kahlköpfige stehenblieb, verhinderte, daß Shandy kopfüber die Treppe hinabstürzte. Shandy fand das Gleichgewicht wieder, hob den rechten Fuß und setzte ihn neben seiner Degenklinge an die Brust, dann trat er zu und richtete sich auf, und der Kahlköpfige stürzte rücklings die Treppe hinunter. Ausrufe des Schreckens und der Überraschung erhoben sich aus dem allgemeinen Stimmengewirr unten.

Shandy wandte sich und überblickte den Korridor. Eine der Türklinken war aus Holz, und er ging wankend darauf zu. Die Tür war verschlossen, und er trat müde zurück, hob den Fuß und stieß ihn in einer Wiederholung der Bewegung, die seine Degenklinge aus Morcillas Brust befreit hatte, die Tür ein. Das hölzerne Schloß splitterte, die Tür flog auf, und Shandy verlor den Degen, als er vornüber in den Raum fiel.

Er landete auf allen vieren und blickte auf. Eine Öllampe brannte im Zimmer, aber die Szene, die sie erhellte, war alls andere als ermutigend: übelriechende Blätter waren überall am Boden verstreut, jemand hatte mehrere abgetrennte Hundeköpfe an die Wände gehängt, eine offensichtlich seit langem tote Negerin lag in einem Winkel, und Beth Hurwood kauerte beim Fenster und versuchte anscheinend, den hölzernen Rahmen zu essen.

Aber sie sah sich erschrocken um, und ihre Augen waren klar und wachsam. »John!« sagte sie mit heiserer Stimme, als sie ihn erkannt hatte. »Mein Gott, ich hatte die Hoffnung fast aufgegeben! Nimm den Degen und schlag diesen hölzernen Riegel entzwei — meine Zähne kommen damit nicht voran.«

Er stand auf und eilte zu ihr, glitt nur einmal auf den Blättern aus, dann kniff er die Augen zusammen, um den Riegel besser zu sehen. Er hob den Degen. »Ich bin überrascht, daß du mich wiedererkennst«, bemerkte er geistlos.

»Natürlich erkenne ich dich, obwohl du wirklich mitgenommen aussiehst. Wann hast du zuletzt geschlafen?«

»... Ich kann mich nicht erinnern.« Er zielte und schlug mit dem Degen zu. Die Klinge durchschnitt den Riegel, und Beth fummelte die Stücke aus den Klammern und stieß das Fenster auf, und die kühle Nachtluft vertrieb die abgestandenen Gerüche des Zimmers und trug die Rufe tropischer Vögel aus dem Wald herein.

»Hier draußen ist ein Dach«, sagte sie. »Am Nordende des Hauses tritt der Abhang des Hügels so nahe heran, daß wir ohne Gefahr hinunterspringen können. Nun paß auf, John, ich ...«

»Wir?« fragte Shandy. »Nein, du bist jetzt sicher. Mein Onkel — Joshua Hicks — ist tot. Du bist ...«

»Sei nicht albern, natürlich komme ich mit dir. Aber hör mich an, bitte! Diese Kreatur dort im Winkel fiel vergangene Nacht tot um — wieder tot, sollte ich sagen —, und seit dem habe ich außer diesen verdammten Pflanzen nichts zu essen gehabt, und ich bin furchtbar schwach und habe Anwandlungen von ... ich weiß nicht, Desorientierung. Dann schlafe ich mit offenen Augen ein. Ich weiß nicht, wie lange es dauert, aber es hört dann wieder auf — wenn es also passiert, wenn ich plötzlich wie eine Schlafwandlerin auf dich wirke, dann mach dir keine Sorgen und sieh nur zu, daß ich in Bewegung bleibe. Ich komme wieder heraus.«

»Ah ... sehr gut.« Shandy stieg durch das Fenster auf das Dach. »Bist du sicher, daß du mit mir kommen willst?«

»Ja.« Sie folgte ihm hinaus, schwankte und ergriff seine Schulter, holte dann tief Atem und nickte. »Ja. Laß uns gehen!«

»In Ordnung.«

Durch das offene Fenster hinter ihnen konnten sie Leute zögernd aber geräuschvoll die Treppe heraufkommen hören, also nahm er sie beim Ellbogen und führte sie so schnell wie er es riskieren zu können glaubte, zum Nordende des Daches.

Epilog

Verblaßt ist's mit dem Hahnenschrei.
Es heißt, daß immer, wenn die Zeit anbricht,
Da unseres Herrn Geburt begangen wird,
Der Dämm'rung Vogel singt die ganze Nacht;
Und dann, so heißt es, kann kein Geist im Freien geh'n.
Die Nächte sind gesund; Planeten treffen nicht zusammen,
Kein Zauber wirkt, noch hat die Hexe Macht zu bannen,
So sehr geheiligt und gottselig ist die Zeit.

William Shakespeare

Sie gingen stundenlang auf Nebenwegen und mieden die breiteren, besser instandgehaltenen Straßen wegen der Trupps berittener, Fackeln tragender Soldaten, die, wie es schien, durch ganz Spanish Town patrouillierten. Shandy half Beth über niedrige Steinmauern und führte sie schmale Fußpfade entlang und durch Zuckerrohrfelder. Zweimal wurden sie von Hunden verbellt, und die Moskitos plagten sie so sehr, daß sie sich die Gesichter mit Schlamm verschmierten, um den Stichen zu entgehen. Shandy verfügte über einen guten Orientierungssinn und konnte durch die Beobachtung des Sternhimmels sogar ungefähr die Stunde angeben, wenn ihr Weg nicht unter einem Laubdach dahinführte ... aber er warf den Kompaß, den er am Nachmittag gekauft hatte, nicht fort, obwohl er ein unbequemes, klobiges Gewicht in seiner Rocktasche war.

Mehrmals schien Beth unter schlafwandlerischen Phasen zu leiden und wäre dann gegen Bäume gelaufen, wenn er sie nicht bei der Hand geführt hätte, und einmal schlief sie vor Schwäche ein, und er mußte sie über die Schulter legen und tragen; zumeist aber war sie wach und bei klarem Verstand, und sie und Shandy verkürzten die langen Meilen, indem sie sich leise unterhielten. Sie erzählte ihm von ihren Jahren in der schottischen Klosterschule, und er schilderte seine Reisen mit dem Vater und den Marionetten. Sie fragte ihn in einem so gewollt beiläufigen Ton nach Anne Bonny, daß er Herzklopfen bekam. Trunken vor Erschöpfung und Glück, beantwortete er die Frage mit einem langen, unzusammenhängenden Monolog, dem er selbst kaum folgen konnte — er wußte unbestimmt, daß es mit Liebe und Verlust und Reife und Tod und Geburt und dem Rest ihrer Leben zu tun hatte. Was immer er gesagt hatte, es schien ihr nicht zu mißfallen; und obwohl sie nicht schlafwandelte, nahm er sie bei der Hand.

Sie wanderten immer in östlicher Richtung, und als er schätzte, daß es drei Uhr früh sein müsse, erreichten sie das sandige Ende eines der durch die bewaldeten Bergausläufer führenden Fußpfade, traten unter einem Baldachin von Palmwedeln hinaus und sahen, daß sie am Strand waren. Zu ihrer Linken lagen im matten Sternenlicht die schwarzen Umrisse von Dächern und Gebäuden; Shandy dachte, daß sie in der Nähe der Kolonialverwaltung sein mußten, wo auch das Seerechtsarchiv untergebracht war, aber Gewißheit gab es nicht. Sie folgten dem Küstenverlauf, hielten sich nach Möglichkeit in den Schatten von Gebäuden und Bäumen und überquerten Straßen und offene Plätze so rasch und leise wie sie konnten. Ein paar Lampen schimmerten verstreut in den Häusern der Stadt, und einmal hörten sie in nicht allzu großer Entfernung die Stimmen von Betrunkenen, aber sonst lagen die Straßen verlassen, und niemand rief sie an.

Sie gelangten zum Hafen und passierten mehrere Anlegebrücken und Ansammlungen auf den Strand gezogener Boote, doch jedesmal, wenn Shandy sich näherbewegte, um nach einem Boot Ausschau zu halten, das sie stehlen könnten, blakte irgendwo im Umkreis eine Laterne, oder es flüsterten Stimmen; und zweimal vernahm er das unverkennbare metallische Schleifen eines Säbels, der aus der Scheide gezogen wird, und einmal trug ihm der Wind einen gewisperten Satz zu, in welchem der Name »Shandy« betont schien. Nachdem es ihnen nicht gelungen war, ihm das Betreten der Insel zu verwehren, waren die britischen Behörden offensichtlich entschlossen, ihn nicht wieder gehen zu lassen.

Vorsichtiger denn je setzten Shandy und Beth ihre Wanderung fort, passierten die letzten gemauerten Häuser, durchschlichen ein Vorstadtgebiet aus Bambushütten und Segeltuchzelten, und endlich, als die Sterne schon verblaßten, erreichten sie einen breiten Gürtel Marschland, wo die vereinzelten Hütten von Fischern und Schildkrötenfängern die höchsten Punkte der Landschaft waren. Die Moskitos waren hier noch viel schlimmer und zwangen die beiden Flüchtlinge, sich Stoffstreifen vor die unteren Gesichtshälften zu binden, um das Einatmen der Insekten zu verhindern, aber Shandy wußte die Einsamkeit dieses Küstenabschnitts zu schätzen, und da es nicht mehr auf vollkommene Stille ankam, konnten sie ausschreiten.

Als es dämmerte, fanden sie einen altersschwachen Anlegesteg, an dessen Ende ein Segelboot festgemacht war, und Shandy beobachtete minutenlang das halbe Dutzend zerlumpter Männer, die um ein kleines Kohlenbecken kauerten — wenn der umlaufende Wind in die Kohlen blies, konnte er den matten roten Glutschein sehen —, dann kroch er zurück hinter den Busch, der ihn und Beth verbarg.

»Bloß Fischer«, flüsterte er, hauptsächlich zu sich selbst, denn Beth war in einen erschöpften Halbschlaf gesunken. Schon vor Stunden hatte er ihr seinen vom Kompaß beschwerten Samtrock um die Schultern gelegt, und er fröstelte im windigen Morgengrauen, als er aufstand und sie weckte und mühsam auf die Beine zog. »Komm mit«, sagte er, führte sie weiter und befühlte seinen Gürtel, um sich zu vergewissern, daß das Gewicht der Golddublonen noch da war. »Wir werden uns ein Boot kaufen.«

Es war ihm klar, daß er und Beth diesen Fischern ein seltsames Schauspiel an einem kühlen Wintermorgen bieten mußten — eine Frau in einem Nachthemd und dem samtenen Überrock eines Mannes, geleitet von einem blutbefleckten Mann in eleganter seidener Kniehose, Schnallenschuhen, bestickter Weste und spitzenbesetztem Hemd, beide mit lehmbeschmierten, halb maskierten Gesichtern und bis in Kniehöhe bespritzt mit Schlamm — aber er war zuversichtlich, daß ein halbes Dutzend der Goldmünzen alle Bedenken zerstreuen würde.

Als sie den Sandstrand hinunter zum Steg wankten, hatten die meisten der um das Kohlenbecken sitzenden

Gestalten sich zu ihnen umgewandt, nur ein Mann, der einen verwitterten Strohhut trug und in eine Decke gehüllt saß, blieb am Ende des Steges und blickte unverwandt über die graue See hinaus nach Osten, wo rosiges Licht den Sonnenaufgang ankündigte.

Shandy lächelte und hielt die sechs Dublonen schon in der behandschuhten Rechten, als er Beth Hurwood zu den altersgrauen Planken des Steges führte …

Da versiegte sein Lächeln und verschwand, denn er hatte die leblosen, trüben Augen in den grauen Gesichtern gesehen, und die aufgebundenen Unterkiefer, und die zugenähten Hemden und die bloßen Füße.

Er murmelte eine hoffnungslose Verwünschung. Weder er noch Beth hatten die Kraft, davonzulaufen — er konnte nicht mehr tun als stehenbleiben. Ohne Überraschung sah er die Gestalt am Ende des Steges aufstehen, die Decke abwerfen und den Hut ablegen, so daß der rosige Widerschein des Morgenhimmels auf dem kahlen Schädel glänzte. Der Mann nahm die Zigarre aus dem Mund und lächelte Shandy zu.

»Danke, Jack«, polterte er. »Komm her, meine Liebe!« Er winkte Beth, und sie stolperte vorwärts, als würde sie von hinten gestoßen. Der Samtrock glitt ihr von den Schultern und fiel auf die verwitterten Planken.

Ungefähr im gleichen Augenblick gaben Shandys Knie nach, und er sah sich plötzlich auf dem Steg sitzen. »Du bist tot«, stieß er hervor. »Ich tötete dich … auf der Treppe.«

Beth tat zwei weitere rasche, unsichere Schritte.

Der Kahlköpfige schüttelte bekümmert den massigen Schädel, wie ein Lehrer, dessen Schüler sich als Enttäuschung erwiesen hat. Er paffte an der Zigarre und winkte Shandy mit dem glühenden Ende. »Komm schon, Jack, erinnerst du dich nicht an die langsam glimmenden Zündschnüre, die ich in Haare und Bart zu flechten pflegte? Langsam glimmendes Feuer, das ist die *drogue*, die einem Baron Samedis schützende Aufmerksamkeit sichert. Eine brennende Zigarre erfüllt den Zweck genauso gut. Deine Klinge traf mich, kein Zweifel, aber der Baron, der gute alte Herr der Friedhöfe, reparierte den Schaden, bevor ich Zeit hatte, mein Leben auszuhauchen.«

Beth war jetzt auf halbem Wege zwischen ihnen, und die eben aufgehende Sonne ließ ihr Haar wie frisches Kupfer erglühen. Shandy tastete über das Holz und den Rockschoß, versuchte Kräfte zu sammeln und wieder aufzustehen.

»Aber ich bin nicht nachtragend«, fuhr der Riese fort, »ebenso wenig wie Davies, als du ihn verletztest. Im Gegenteil, ich bin dir dankbar, daß du mir meine Braut zugeführt hast — die einzige Frau auf der Welt, die in Erebus Blut vergossen hat —, und ich möchte dich zu meinem Quartiermeister machen.«

Shandys Tränen tropften auf die verwitterten Planken. »Vorher sehe ich dich in der Hölle, Schwarzbart.«

Der hünenhafte Mann lachte, doch war sein Blick jetzt auf Beth Hurwoods schlanke Gestalt gerichtet. »Schwarzbart ist tot, Jack«, sagte er, ohne den Blick von der Frau zu wenden. »Du mußt davon gehört haben. Es ist mit absoluter Sicherheit festgestellt worden. Ich brauche jetzt einen neuen Spitznamen. Glatzkopf, vielleicht.« Er lachte wieder, und seine bewegungslos verharrenden toten Matrosen fielen mit ein und wieherten wie kranke Pferde durch die Nasenlöcher.

Shandy hatte unwillkürlich den Samtrock zu sich gezogen, und nun fühlte er den harten Klumpen darin. Er steckte die Hand in die Tasche und fühlte die messingumrundete, glasgedeckte Scheibe des Kompasses. Sein Herz klopfte schneller, und mit einem verzweifelten Stöhnen sank er vornüber auf den Rock.

Der Riese streckte Beth die Hand entgegen.

Shandy zog den Kompaß aus der Rocktasche und befühlte ihn hilflos — er hatte nichts, womit er unauffällig das Glas zerbrechen konnte.

Schwarzbart berührte Beth Hurwood, und ein Vibrieren schien durch die Luft zu gehen.

Shandy sperrte den Mund auf und keilte das Kompaßgehäuse zwischen seine Kiefer, dann biß er zu. Er schmeckte Messing und fühlte, wie von mindestens einem Backenzahn durchdringender Schmerz ausging, bis ihn schwindelte, und seine Zähne und Backenmuskeln qualvoll erlahmten; er hob den Kopf und sah Schwarzbarts Hand auf Beths Schulter, und der Anblick verlieh ihm erneuerte Kraft. Das Glas zerbrach unter den Vorderzähnen, und Glasscherben und Blut spuckend, nahm er das Ding aus dem Mund, löste die Kompaßnadel aus ihrer Befestigung, zog dann den Degen und stieß die Nadel unter die Lederumhüllung des Degengriffes, bis er sie am Stahl des Heftzapfens kratzen fühlte. Darauf legte er die behandschuhte Rechte so um den Griff, daß das vorstehende Ende der Kompaßnadel in seine Handwurzel gepreßt wurde ... und er packte den Degengriff und trieb die Nadel tief unter die Haut. Beflügelt von einer plötzlichen Eingebung, hob er den Degen über den Kopf und schrie: »Phil!«

Und ohne sich umsehen zu müssen, wußte er, daß er nicht mehr allein war. Mit Hilfe kam er auf die Beine, hob den Degen mit blutender Hand und ging langsam den Steg entlang gegen Schwarzbart vor.

Doch obwohl die Hünengestalt sich als dunkler Schattenriß klar von der zunehmenden Helligkeit des Himmels und der See abhob, war auch Schwarzbart — vielleicht gegen seinen Willen — nicht mehr allein. Als müsse eine Art kosmischen Gleichgewichts gewahrt werden, schien Shandys Hilferuf Sekundanten für beide Seiten hervorgerufen zu haben. Shandy wußte selbst nicht genau, woran er es erkannte: an einem Geräusch, einem Geruch? Ja, das war es, ein Geruch: eine schwache, unangenehme Mischung von Kölnisch Wasser, Schokoladensirup und ungewaschenem Leinen verdarb die reine Seeluft.

Der unverkennbare Geruch von Leo Friend.

Schwarzbarts Hand schloß sich um Beths Schulter. Seine Lippen waren feucht, und seine Augen hätten nicht weiter geöffnet sein können, und sein Atem ging schnaufend durch den offenen Mund. Die Zigarre hing bedenklich an seiner Unterlippe. Während er vorging, gewann Shandy den Eindruck, daß der körperlose Leo Friend irgendwie denselben Raum wie Schwarzbart einnahm, und, wenigstens in diesem Augenblick, die Herrschaft an sich gerissen hatte.

Shandy faßte Beth beim anderen Arm und zog sie beiseite, dann schlug er dem großen Mann mit dem Handrücken die Zigarre aus dem schlaffen Mund, und als sie im Wasser unter dem Steg verzischte, trieb er mit aller ihm verbleibenden Kraft den Degen in den Bauch des Riesen.

Dessen Augen blieben weit offen, aber nun starrten sie gerade in Shandys, und es war nur Schwarzbart, der herausschaute. Der Mund öffnete sich in einem blutigen, aber zuversichtlichen Lächlen.

Schwarzbart trat einen Schritt vorwärts. Beinahe ohnmächtig vor Schmerzen, stemmte Shandy sich mit seinem ganzen Gewicht gegen den Degen und versuchte, das Andrängen seines Gegners aufzuhalten, doch obwohl die Klinge um ein paar weitere Zoll in Schwarzbarts Körper gezwungen wurde, bohrte die Kompaßnadel sich in seine Handwurzelknochen, und er mußte zurückweichen. Laut scharrten seine Stiefel auf den Planken des Stegs.

Der Riese, noch immer blutig grinsend, tat einen weiteren Schritt, und wieder stemmte Shandy sich trotz des qualvollen Schmerzes in seiner Hand gegen ihn, und diesmal fühlte er die Klinge durch den Rücken des Mannes ins Freie dringen — aber Schwarzbart hatte das Kohlenbecken erreicht und bückte sich, nahm eine der glühenden, mit Asche überstaubten Kohlen auf, als wäre sie ein Stück Zuckerwerk auf einem dargebotenen Tablett, und umschloß sie mit der großen linken Pranke.

Überall im Hafen und die Küste entlang, so weit das Auge reichte, flatterten Seevögel aufgeschreckt kreischend in die Luft.

Rauch quoll zwischen Schwarzbarts Fingern hervor und wehte davon, und Shandy hörte das Fleisch zischen. »Langsam glimmendes Feuer«, knirschte der Gigant. Dann trat er leichtfüßig zurück, daß die Klinge, deren Griff Shandy festhielt, aus seinem Körper glitt, und zog mit der Rechten den eigenen Degen. Einen Augenblick hielt er inne und blickte auf die in schneller Folge von Shandys Hand fallenden Blutstropfen. »Ach, Jack«, sagte Schwarzbart mit leiser Stimme, »jemand hat dich den Blut- und Eisenzauber gelehrt? Du hast deine Faust um eine Kompaßnadel geschlossen? Das wirkt nicht gegen Baron Samedi — er ist mehr als ein *loas*, und durch ihre Regeln nicht gebunden. Er zeigte den Kariben-Indianern, warum die Nacht zu fürchten ist, Jahrhunderte bevor Jean Petro geboren wurde. Laß den Degen fallen!«

Shandy war überzeugt, daß er verloren hatte, aber er fühlte Philip Davies in seinem Rücken, und als er sprach, dachte er ungewollt, was Davies ihm eingab. »Meine Männer und ich«, sagte Shandy heiser, aber deutlich, »segeln nach New Providence, um sich Woodes Rogers zu ergeben.« Er zeigte die Zähne in einem Lächeln. »Ich gebe dir die Wahl. Werde einer der unsrigen, nimm unsere Ziele als deine eigenen an, oder stirb jetzt, wo du stehst.«

Schwarzbart blickte erschrocken, dann lachte er ...

... und plötzlich wankte Shandy auf der Zimmermannsbank zurück und starrte auf die Marionette, die er in der Rechten hielt. Es war eine der teuren, drei Fuß hohen sizilianischen Marionetten, und er mußte sie ruhig halten, bis der Leim, der ihren Kopf auf dem Hals hielt, getrocknet war, aber ein langer Splitter ragte aus dem Rücken der Puppe und stach ihn schmerzhaft in die

Hand. Das Ding war außerdem noch schwer. Sein Arm zitterte unter dem Gewicht und vor Schmerz. Aber wenn er sie fallen ließe, wäre sie ruiniert.

Ihre bunt aufgemalten Augen waren auf ihn gerichtet, und dann öffnete sie den Mund. »Laß mich fallen!« sagte sie. »Öffne deine Hand und laß mich fallen!«

Der kleine hölzerne Mann sprach mit Shandys Stimme! Bedeutete das nicht, daß in Ordnung sein mußte, was er sagte? Shandy wollte der Aufforderung folgen, erinnerte sich jedoch, wie stolz sein Vater gewesen war, als sie diese Puppe erstanden hatten. Er konnte sie nicht einfach fallen lassen, ganz gleich, wie sehr es schmerzte, sie hochzuhalten.

»Laß mich fallen!« wiederholte die Marionette.

Nun gut, warum nicht, dachte er, als der stechende Schmerz des Splitters noch stärker wurde. Wie, wenn es *mein* Leben wäre, das ich halte? Es schmerzt, und keines von diesen Dingern hält ewig.

Dann fiel ihm etwas ein, was ein alter Neger ihm einmal auf einem Boot auf der Seine gesagt hatte: »Du hast diese Taktik, diesen Kniff mit der Lehmkugel, von Philip Davies — und du hast sie vergeudet. Er gab dir noch etwas; es würde mich nicht erfreuen, wenn du auch das vergeuden würdest.«

Der schwarze Mann war fort, aber eine weiche, aufmunternde Hand faßte ihn bei der Schulter, und er entschied, daß er die quälende Puppe noch eine Weile würde halten können.

Er öffnete die Augen und blickte in Beth Hurwoods Gesicht.

Beth hatte mit verständlicher Verzögerung begriffen, daß sie aus ihren Schwächephantasien erwacht und in die Wirklichkeit zurückgekehrt war — auf einem Landungssteg am frühen Morgen, in ihrem Nachthemd und umgeben von aufrecht stehenden Toten. John Chandagnac stand vor ihr und hielt einen Degen in der Hand, von dessem Griff das Blut tropfte, und ihm gegenüber stand ein riesiger kahlköpfiger Mann mit einer rauchenden Faust und einem schrecklichen Schnitt im Bauch.

Es war die kühle Luft und der reine Geruch der See, die sie schließlich überzeugten, daß diese seltsame Szene nicht ein weiteres Traumgebilde war. Spannung und schreckliche Herausforderung lagen in der Luft, und sie erinnerte sich der letzten Worte, die sie hier gehört hatte: *»Ach, Jack, jemand hat dich den Blut- und Eisenzauber gelehrt? Du hast deine Faust um eine Kompaßnadel geschlossen? Das wirkt nicht gegen Baron Samedi — er ist mehr als ein loas, und durch ihre Regeln nicht gebunden. Er zeigte den Kariben-Indianern, warum die Nacht zu fürchten ist, Jahrhunderte bevor Jean Petro geboren wurde. Laß den Degen fallen!«*

Ihr Blick war zu Shandys rechter Hand gegangen, und sie hatte mit einem schmerzlichen Zusammenzucken das Blut gesehen, das sich in der Krümmung des Bügels gesammelt hatte und ihm vom Unterarm tropfte ... zugleich aber hatte sie verstanden, daß die eiserne Nadel, die in seine Handwurzel stieß, seine einzige Hoffnung war ... und daß der Kahlköpfige versuchte, ihn zum Fallenlassen der Waffe zu bewegen.

Shandys Augen waren geschlossen, und der Degen zitterte in seiner Hand — offensichtlich war er drauf und dran, ihn loszulassen —, aber Beth ging bereits zu ihm. Sie umfaßte mit einer Hand seine Schulter, und mit der anderen hielt sie den Degen fest — indem sie die scharfe Klinge packte. Ihr warmes Blut rann den kalten Stahl hinunter, folgte dem Heftzapfen durch den Fingerschutz und vermischte sich mit Shandys. Seine Augen öffneten sich und begegneten ihrem Blick.

Als ihr und Johns Blut sich mischten, wurde der Kahlköpfige zurückgestoßen, aber Beth wußte, daß er nur gehemmt war, nicht geschlagen.

Und dann hörte sie eine Stimme in ihrem Kopf, und zuerst wollte sie nicht darauf hören, weil sie einen zynisch-humorvollen Ton anschlug — es war die Stimme dieses Piraten, dieses Philip Davies'! —, aber er erklärte etwas, was sie wissen mußte, etwas über die Bereiche der Magie, die nur Frauen zugänglich waren und von Männern nur unter bestimmten Bedingungen nutzbar gemacht werden konnten …

»Willst du, John, mich, Elizabeth, zu deiner rechtmäßig angetrauten Ehefrau nehmen, sie von diesem Tag an schützen und ehren … allen anderen entsagen … in Reichtum wie in Armut, in Gesundheit wie in Krankheit, ich glaube, das ist alles, bis daß der Tod uns scheidet?« Ihr Nachthemd wehte in der kühlen Meeresbrise um ihre Knöchel, und sie zitterte wie eine nasse Katze. Ihre aufgeschnittene Hand aber hielt die Degenklinge.

Schwarzbart wurde einen weiteren Schritt zurückgedrängt. Er hatte sein Rapier gezogen und schwang es in pfeifenden Kreisen, als gelte es, die Luft von Widerstand zu befreien. »Nein«, würgte er, »du bist für mich! Du kannst nicht …«

»Ich kann«, sagte Shandy. »Und willst du, Elizabeth, mich, J-John, zu deinem rechtmäßig angetrauten Ehemann nehmen, ihn von diesem Tag an lieben und ehren …« — er grinste zähnebleckend —, »allen anderen entsagen, in Reichtum wie in Armut, in Gesundheit wie in Krankheit, bis daß der Tod uns scheidet?«

Schwarzbart heulte vor Wut. »Ich will«, sagte Beth.

Sie ließ die Klinge los und steckte die aufgeschnittene Hand unter den Arm, aber Shandy fühlte sich erwachen, fühlte Geistesgegenwart und neue Kräfte in sich einströmen und sein Gesichtsfeld weiten und das Gewicht seines Degens leichter, federnder machen. Die umgebenden toten Männer drängten heran, und wurden dann von irgendeiner Kraft zurückgestoßen, die sie austrocknete.

Shandy vermochte nicht zu sagen, ob es sein Vater oder Davies war, der den Anstoß gab, aber er sah sich auf Schwarzbart zustürmen, und obwohl seine Beine vorwärtssprangen und sein Arm die Klinge ausgestreckt vor sich hielt, glaubte er, hoch über sich Hände zu fühlen, die geschickt mit Führungskreuz und Hauptholz arbeiteten und die bereitwillige Marionette, die er selbst war, in einem *coup-et-flèche* den Kahlkopf angreifen ließ.

Überrascht duckte Schwarzbart sich hinter seinem ausgestreckten Rapier. Beim letzten Schritt glaubte Shandy beinahe den Aufwärtszug des Fadens zu fühlen, als er seine Degenspitze schnell über das Rapier schnellte und in Schwarzbarts Innenlinie wieder ausstreckte; dieser parierte, aber Shandys Degenspitze war nicht mehr dort — sie hatte die Parade unterlaufen, und Shandy benutzte die Schwungkraft seines Angriffs, um die Degenklinge in Schwarzbarts Seite und hindurchzustoßen.

Hitze explodierte in Shandys Hand, und beinahe fiel er vom Ende des Stegs; aber Schwarzbart stand noch, und er zwang sich, nicht zurückzuweichen oder den vom Blut schlüpfrigen Degen loszulassen, denn er spürte, wie die Kraft durch die Verbindung strömte, in der er selbst ein Glied war — das magnetische Eisen in seiner Hand, das vermischte Blut von ihm und Beth, und der kalte Stahl des Degens —, und dann weitete sich sein Gesichtskreis für einen Augenblick nach außen: er konnte durch Beths Augen über den Steg hin sich selbst sehen und, zu seinem Entsetzen, Schwarzbarts Eingeweide mit der Degenklinge fühlen ...

... und dann begann ringsum ein Absterben. Mit einer Wahrnehmung, die nicht eigentlich Gehör war, fing er die Schreie ausgetriebener Wesen auf, die vor dem Sonnenlicht in die See und in den Wald flohen ... unechten Persönlichkeiten, aus unbelebten Elementen durch Zauberei geschaffen, verschwanden im Nichts wie aufgelöste Knoten ... Shandy fühlte, reagierte aber nicht auf bettelnde, verführerische Luftwesen, die in seinem Geist Einlaß und Unterkunft suchten ... und ein ungesehenes, aber baumlanges Wesen, so schwarz und kalt wie der Tod allen Lichts, gezwungen, sein zerbrochenes Vehikel aufzugeben, machte Shandy ein eisiges Versprechen, bevor es in die Nacht davonstelzte, die nach Westen zurückwich …

Und als Schwarzbart vornüber auf die Planken des Stegs stürzte, im Fallen den Degen endlich Shandys tauber Hand entriß, starrte Shandy in dumpfer Verwunderung auf den Leichnam, denn er war zerhackt von Säbelhieben, zerrissen von den wie explodiert aussehenden Wunden, die Pistolenkugeln machen, und die linke Schulter war fast ganz durchgehauen, wie durch den furchtbaren Schlag einer Hellebarde.

Trauerkloßens Anrufung schien gewirkt zu haben — Shandy hatte sich in der Tat als der Tod erwiesen, der aus der Alten Welt kam und Schwarzbart ereilte.

Nach einer Weile blickte er auf. Die Untoten mit ihren zugenähten Kleidern waren verschwunden. Beth stand mit hängenden Armen, und von ihrer linken Hand tropfte Blut in metronomischem Gleichmaß. Die Sonne war aufgegangen, und Shandy kam der Gedanke, daß er sich würde beeilen müssen, wenn er Beth und sich selbst verbinden, einen Scheiterhaufen für Schwarzbart errichten und entzünden und dann irgendwie mit seinen ruinierten Händen das Segelboot zu der Stelle hinausfahren wollte, wo die *Carmichael* wartete, bevor Skank Segel setzen und den Anker lichten ließ.

Und selbst dann würden seine Probleme nicht gelöst sein. Beths Geistesabwesenheiten würden sich mit der Zeit vermutlich auflösen, aber würde seine Mannschaft nicht meutern, wenn er ihr befahl, nach New Providence zurückzusegeln? Und konnte Woodes Rogers überzeugt werden, daß keines der von Shandy zu verantwortenden Ereignisse der vergangenen zwei Wochen eine Verletzung der königlichen Begnadigung dargestellt hatte?

Er bemerkte, daß die Kompaßnadel noch aus seinem bluttriefenden rechten Handschuh ragte. Nachdenklich, ohne auch nur zu zucken, bewegte er die Nadel in seinem tauben Fleisch hin und her und zog sie schließlich heraus und starrte sie an. Er lächelte, warf sie vom Ende des Stegs in die unter der Morgensonne funkelnde See ... dann blinzelte er zur Sonne auf, lachte leise und mit vollkommener Zufriedenheit, denn er war mit Beth Hurwood verheiratet. Seine Glückssträhne war offensichtlich stark und beständig, und er war zuversichtlich, daß er sie beide unbeschadet würde durch diese Schwierigkeiten bringen können. Er hatte viel, viel Schlimmeres ausgestanden.

Lächelnd begann er sein spitzenbesetztes Seidenhemd in Streifen zu reißen, um Verbandmaterial zu gewinnen.